周明初　注譯
黃志民　校閱

新譯

明散文選

三民書局　印行

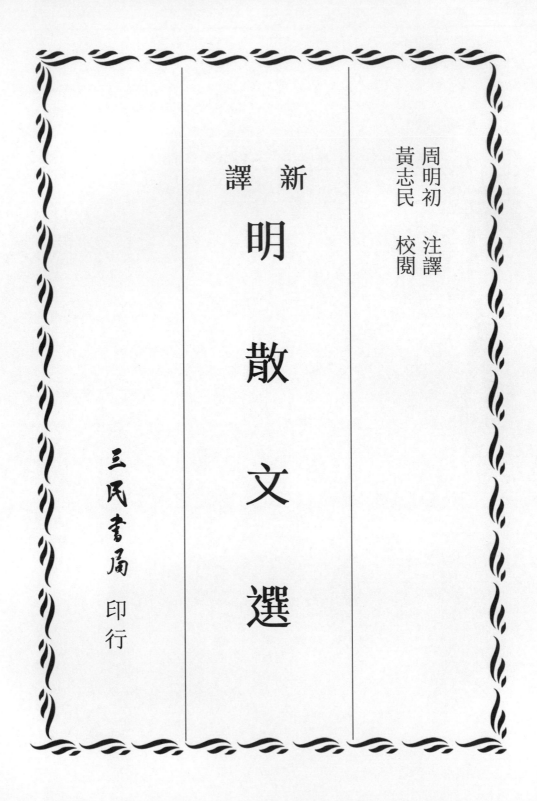

刊印古籍今注新譯叢書緣起

劉振強

人類歷史發展，每至偏執一端，往而不返的關頭，總有一股新興的反本運動繼起，要求回顧過往的源頭，從中汲取新生的創造力量。孔子所謂的述而不作，溫故知新，以及西方文藝復興所強調的再生精神，都體現了創造源頭這股日新不竭的力量。古典之所以重要，古籍之所以不可不讀，正在這層尋本與啟示的意義上。處於現代世界而倡言讀古書，並不是迷信傳統，更不是故步自封；而是當我們愈懂得聆聽來自根源的聲音，我們就愈懂得如何向歷史追問，也就愈能夠清醒正對當世的苦厄。要擴大心量，冥契古今心靈，會通宇宙精神，不能不由學會讀古書這一層根本的工夫做起。

基於這樣的想法，本局自草創以來，即懷著注譯傳統重要典籍的理想，由第一部的四書做起，希望藉由文字障礙的掃除，幫助有心的讀者，打開禁錮於古老話語中的豐沛寶藏。我們工作的原則是「兼取諸家，直注明解」。一方面熔鑄眾說，擇善而從；一方面也力求明白可喻，達到學術普及化的要求。叢書自陸續出刊以來，頗受各界的喜愛，使我們得到很大的鼓勵，也有信心繼續推廣這項工作。隨著海峽兩岸的交流，我們注譯的成員，也由臺灣各大學的教授，擴及大陸各有專長的學者。陣容的充實，使我們有更多的資源，整理更多樣化的古籍。兼採經、史、子、集四部的要典，重拾對通才器識的重視，將是我們進一步工作的目標。

古籍的注譯，固然是一件繁難的工作，但其實也只是整個工作的開端而已，最後的完成與意義的賦予，全賴讀者的閱讀與自得自證。我們期望這項工作能有助於為世界文化的未來匯流，注入一股源頭活水；也希望各界博雅君子不吝指正，讓我們的步伐能夠更堅穩地走下去。

新譯明散文選 目次

導讀

明代散文，比不上唐宋散文那樣興盛——至少它沒有出過像「唐宋八大家」那樣的散文大家，也沒有同時代的小說、戲曲這些俗文學那樣富有生機。不過，明代散文也有它值得稱道的地方，一是流派紛呈，名家輩出；二是晚明小品文大放異彩，給明代文學史抹上了穠麗的一筆。

明代初期的散文家都是由元入明的人物，大多詩文兼長。無論是宋濂還是劉基、方孝孺，都承襲宋代以來的文學觀念，主張「文道合一」，在散文中，道學的色彩比較重。但由於他們身處元明之交，經歷了社會動亂，所以往往又有一些富有現實意義的作品。

到了永樂、成化年間，文壇上出現了一種雍容典雅的文體，由於倡導者是當時的館閣大臣，因此這種文體叫「臺閣體」。臺閣體文大多以歌功頌德為主，較為空泛平庸，所以這時期的散文成就不太高。

首先起來抨擊「臺閣體」浮靡文風的是茶陵（今湖南茶陵）人李東陽，以後是以李夢陽、何景明為首的「前七子」和以李攀龍、王世貞為首的「後七子」。李東陽是「茶陵派」的領袖，主要成就在詩歌方面。前七子的活動時期是在明中葉的弘治、正德年間，他們以「復古」相號召，掀起了第一次文學復古運動的高潮；後七子主要活動時期是在嘉靖年間，他們繼承了前七子復古的理論，掀起文學復古運動的第二次高潮。前、後七子提倡散文學習秦漢，詩歌則近體學盛唐，古體學漢魏，以追求高古的格調，來救治宋元以來「文道合一」的文學主張和「臺閣體」空泛的文風；他們的文章重在模擬古人，所以有價值的不多，但是他們在詩文理論和實踐方面作了許多有益的探索，如在追求文學的獨立性、真實性、情感性等方面的主張，對倡導個性解放的晚明文學有或多或少的影響。

時代介於前、後七子之間，主張學習唐宋古文，而以反駁復古派理論和創作為主要目標的文學流派稱為「唐宋派」。這一派的成員比較複雜。像王慎中、唐順之這兩位主腦人物，實際上是從「文道合一」的觀點出發來反對復古派的，因此道學氣息濃厚。而茅坤附和他們的主張，但態度不那麼極端，所編選的《唐宋八大家文鈔》，對後世影響較大。歸有光也被劃入「唐宋派」之列，但他與王、唐等人沒有實際的聯繫，一些基本觀點也有所不同；他的一部分描寫身邊瑣事的文章，筆墨平淡而感情真摯，成就較高。

嘉靖、萬曆年間，激烈反對復古派理論，主張詩文要有獨創性，要反映自己的真情實感的是徐渭和李贄。徐渭詩文俱佳，但地位卑下，生前的影響不大，死後他的文學價值才漸漸為人們所認識。李贄是個思想家，主要成就不在文學方面，但他的思想對晚明文學有重要影響。因此徐渭、李贄可看作是晚明文學的先驅。

嘉靖後期到萬曆時期出現的思想解放的潮流，對晚明文學產生了深遠的影響。在晚明詩文領域中，聲勢最大的是以袁氏三兄弟為代表的「公安派」，他們反對復古派復古擬古的主張，提倡詩文「獨抒性靈，不拘格套」，要求表現出個人的獨特創造；其文學成就主要在散文方面。

公安派的創作，不太注重詞語的鍛煉，因而容易產生淺俗的弊病，這在公安派的末流尤甚。於是以竟陵（今湖北天門）人鍾惺、譚元春為代表的「竟陵派」出來進行救治。竟陵派繼承了公安派「獨抒性靈」的理論，同時主張用「幽深孤峭」的風格來糾正公安派俚俗、淺露的弊病。這一派的理論在明末乃至清初非常流行，影響比公安派還來得久遠。

明末還有「復社」、「幾社」等文社出現，他們的文學主張，與前、後七子的復古主張比較接近，但是影響不大。

晚明時期的散文，以小品文的成就為最大且最具鮮明的審美特性。「小品」原是佛家用語，指大部佛經的略本，明中期以後才用來指稱一般體制短小的文章。但是按照晚明小品文理論家的解說和選家的選錄標準，體制短小並不就算是小品文。晚明小品文不乏體制短小的作品，但這並不是它的必要條件；其主要精神，無寧說是更側重於文字的輕鬆雋永、感受的活潑新鮮、情感的真摯深刻，其所藉以表現的形式則呈現多元而自由的傾向，舉凡遊記、傳記、尺牘、日記、序跋等，都曾為晚明小品文作家所廣泛運用，以表現他們特具的審美趣味。

晚明小品文的出現與晚明作家提倡性靈、追求文學的自我娛樂功能有關。像徐渭、屠隆、湯顯祖等人，標舉文學的「真我」、「性靈」，寫作了不少簡短清新的小品文字，他們是小品文的早期作家。湯顯祖明確提出創作小品文是為了「自嬉」，而他們之後的公安派高舉「性靈說」的旗幟，寫作小品文的意識更為自覺，對晚明小品文的興盛起了很大的影響。晚明時期，寫作小品文的卓然名家不下一、二十人，他們大多形成了自己的獨特風格，這在晚明出現的各種小品文選本中可以清楚地看到。而陳繼儒、袁宏道、張岱等人是其中成就最為卓著的小品文作家。

本書是明代散文的選注選譯本。所選計五十家、一百一十多篇，基本上可以反映明代散文發展的概貌。在選文時，力求各時期、各文體、各流派都能夠照顧到，而尤以篇幅簡短、清新雋永的散文為主，其中晚明小品文佔了二分之一以上的篇幅。

周明初

一九九八年二月

宋濂

【作者】宋濂（西元一三一〇～一三八一年），字景濂，號潛溪，浦江（今浙江浦江縣）人。早年受業於著名學者吳萊、柳貫、黃溍。元至正年間召為翰林院編修，堅辭不就，隱居龍門山中著書十餘年。明初徵為江南儒學提舉，後為太子講經，奉命負責纂修元史。官至翰林學士承旨、知制誥，參預制訂明朝開國典章制度。當時朝廷中有關祭祀、朝會、詔諭、封賜的文章，大多由他執筆。晚年辭官還家。後因長孫宋慎受胡惟庸謀反案牽連，全家流放茂州（今四川茂汶羌族自治縣），中途病死於夔州（今重慶市奉節）。英宗正統年間追諡「文憲」。宋濂以散文見長，明太祖稱他為「開國文臣之首」，劉基推許他為「當今文章第一」，其文名且遠播海外，傳說高麗、日本曾出重價購買他的文集。他繼承唐宋古文傳統，主張「宗經」、「師古」，講求「文道合一」、「溫柔敦厚」。文章雄深雅健，雍容醇厚，開一代文風。有《宋文憲公全集》。

閱江樓記

【題解】本文選自《宋文憲公全集》，是篇記文。因是奉旨應制之作，不免有歌功頌德之言，但也並不一味歌頌，而是將歌頌與規勉結合起來，以勸勉君王遊樂之餘，不忘圖治，可謂「寓規於頌」。全文由敘述金陵的山川王氣，引出閱江樓的興建，然後由登此「天造地設」之「偉觀」，轉入閱江之思，引出對陳跡的回顧與對安危繫於一江的山川分合的感慨；最後歸結到對君王的規勉，帶出主旨。

金陵❶為帝王之州❷。自六朝❸迄於南唐❹，類皆偏據一方❺，無以應山川之王氣❻。逮我皇帝，定鼎於茲❼，始足以當之❽。由是聲教所暨，罔間朔南❾；存神穆清❿，與天同體⓫。雖一豫一遊⓬，亦思為天下後世法⓭。

【章旨】敘金陵的山川王氣，為下文詔建閱江樓作引。

【注釋】❶金陵　今江蘇南京。戰國時楚滅越後置金陵邑。秦改名秣陵。魏晉南北朝時又改名建康、建業。南唐時為江寧府。明太祖朱元璋建都於此，稱應天府。❷帝王之州　建立帝王大業的地方。自三國東吳至明初，前後有八朝建都於今南京，故稱。❸六朝　指三國東吳、東晉、南朝宋、齊、梁、陳這六個朝代。先後建都於今南京，故稱。❹南唐　五代時十國之一。建都於今南京。❺類皆偏據一方　全都只是據守一方。指六朝和南唐都只是佔有一小部分土地，沒有成為統一的大帝國。類皆，全部。偏據，只佔據一部分。❻應山川之王氣　與山川所呈現的帝王之氣相應合。王氣，預示帝王興起的祥光瑞氣。相傳秦時有望氣者說金陵地形有王者都邑之氣，秦始皇因此開鑿了秦淮河，以破壞其王氣。❼逮我皇帝二句　指明太祖於西元一三六八年稱帝，建都於今南京。逮，及；到了。我皇帝，指明太祖朱元璋。定鼎，定都。傳說夏禹鑄九鼎以象徵九州，夏、商、周三代都將九鼎作為傳國重器，置於國都，後來就稱定都為「定鼎」。茲，這裡；此地。指今南京。❽足以當之　夠得上和它相稱。當，相稱；對等。之，指金陵山川之王氣。❾聲教所暨二句　聲威教化所到的地方，不因南北而有所阻隔。指明朝統一全國，不像「自六朝迄於南唐，類皆偏據一方」。語本《尚書・禹貢》：「朔南暨聲教，訖于四海。」聲，聲威。教，教化。暨，及；達到。罔，無；不。間，間隔；阻隔。朔，指北方。❿存神穆清　存養精神，和穆而清明。⓫同體　融合成一體。⓬一豫一遊　每一次遊樂。豫，遊樂。⓭法　效法；作為榜樣。

【語譯】金陵是建立帝王大業的地方。從六朝到南唐，一直都只是據守一方，無法與山川所呈現的帝王之氣相應合。直到當今皇帝，定都在這裡，才足以和它相稱。從此聲威教化所達到的地方，不因地分南北而有所阻隔；存養精神，和穆而清明，與天融為一體。即使是一次遊樂，也想到要為天下後世所效法。

京城之西北有獅子山❶，自盧龍❷蜿蜒❸而來，長江如虹貫❹，蟠遶其下❺。上❻以其地雄勝❼，詔❽建樓於巔，與民同遊觀之樂，遂錫❾嘉名❿為「閱江」云。登覽之頃⓫，萬象森列⓬，千載之祕⓭，一旦⓮軒露⓯，豈非天造地設⓰，以俟⓱大一統⓲之君，而開千萬世之偉觀⓳者歟？

【章　旨】寫皇上詔建閱江樓的緣由以及樓名的來歷，並由此而展開議論，以稱頌皇上。

【注　釋】❶獅子山　山名。在今南京西北挹江門外。❷盧龍　山名。在今江蘇江寧西北二十里，西臨長江。❸蜿蜒　曲折延伸。❹如虹貫　像長虹一樣貫穿其間。❺蟠遶其下　盤繞在山腳下。蟠，曲折盤繞。其，指獅子山。❻上　皇上。指明太祖。❼雄勝　地勢雄偉壯觀。❽詔　命令。特指皇帝頒發的命令。❾錫　通「賜」。給與。❿嘉名　美名。嘉，美。⓫頃　時；時候。⓬萬象森列　各種景象紛然羅列。森列，像樹木叢生那樣羅列其間。⓭祕　祕藏；奧祕。⓮一旦　一時之間；頃刻之間。⓯軒露　顯露；表露。軒，開朗；開闊。⓰天造地設　天地自然生成。⓱俟　等待。⓲大一統　統一全天下。⓳偉觀　偉大的景觀。

【語　譯】京城的西北有獅子山，從盧龍山曲折延伸而來。長江像長虹一樣貫穿著，盤繞著山腳而流。皇上因為它的地勢雄偉壯觀，下詔在山頂建樓，與老百姓同享遊覽觀賞的樂趣，於是賜給它「閱江」的美名。登樓觀覽之際，可以看到各種景象紛然陳列於眼前，千年的大地祕藏，也在頃刻之間顯現出來。這難道不是天地自然生成，以等待一統天下的君王，而展現千萬世的偉大景觀嗎？

當風日清美❶，法駕❷幸臨❸，升其崇椒❹，凭欄遙矚❺，必悠然❻而動遐思❼。

見江漢❽之朝宗❾，諸侯❿之述職⓫，城池⓬之高深⓭，關阨⓮之嚴固⓯，必曰：「此朕⓰櫛風沐雨⓱，戰勝攻取之所致也。」中夏⓲之廣，益思有以保之。見波濤之浩蕩⓳，風帆⓴之上下，番舶㉑接跡㉒而來庭㉓，蠻琛㉔聯肩㉕而入貢㉖，必曰：「此朕德綏威服㉗，覃及㉘內外㉙之所及也。」四陲㉚之上，益思有以柔㉛之。見兩岸之間，四郊㉜之上，耕人㉝有炙膚皸足㉞之煩㉟，農女有捋桑行饁㊱之勤，必曰：「此朕拔諸水火㊲，而登於衽席㊳者也。」萬方之民，益思有以安㊴之。觸類而思㊵，不一而足㊶。臣知斯樓之建，皇上所以發舒精神㊷，因物興感㊸，無不寓㊹其致治㊺之思，奚㊻止閱夫長江而已哉！

【章旨】設想皇上登臨此樓，將觸景生情，產生許多的遐想，其中尤以保疆土、柔遠人、安百姓三種思緒為主。

【注釋】❶風日清美　風和日麗；天氣很好的日子。❷法駕　本指皇帝的車駕。借指皇帝。❸幸臨　到來。皇帝的到來稱「幸」或「幸臨」。❹升其崇椒　登上高山之頂。升，登上。其，指獅子山。崇，高。椒，山頂。❺凭欄遙矚　依靠欄干，眺望遠處。❻悠然　閒適地；自然地。❼遐思　遐想；深遠的思緒。❽江漢　長江和漢水。漢水是長江的支流，在今湖北武漢注入長江。❾朝宗　本指諸侯朝見天子。春天朝見稱朝，夏天朝見稱宗。此借指江漢之水流歸於海。❿諸侯　原指周代分封的各國國君，這裡指掌握實權的地方長官。⓫述職　原指諸侯向天子陳述職守，這裡指地方官員向朝廷報告施政情況。⓬城池　城牆和護城河。城，指城牆。池，指護城河。⓭高深　指城高和池深。⓮關阨　關塞和險要之處。阨，險要之處。⓯嚴固　嚴密而堅固。⓰朕　我。秦始皇時起專用為皇帝的自稱。⓱櫛風沐雨　以風梳髮，以雨洗頭。形容不避風雨，非常辛苦。

⑱中夏　中國。⑲浩蕩　水波很大的樣子。⑳風帆　迎風張起的船帆。指船隻。㉑番舶　外國船隻。番，原為對西方各族的稱呼，後用作對外族或外國的通稱。舶，船。㉒接跡　腳步接著腳步；相繼而來。㉓來庭　來到朝廷朝見皇上。㉔蠻琛　外國的珍寶。蠻，原為對南方各族的稱呼，後用作對外族或外國的通稱。琛，珍寶。㉕聯肩　肩聯著肩；接連不斷。㉖入貢　指從國外來到朝廷朝見皇上並進獻物品。㉗德綏威服　用恩德安撫，用威力鎮服。㉘覃及　延及。覃，長；延長。㉙內外　指國內、國外。㉚四陲　四邊。陲，邊疆。㉛柔　懷柔；安撫。㉜四郊　四方。郊，城外；野外。㉝耕人　耕田的農夫。㉞炙膚皸足　皮膚受到烈日炙烤，腳因受寒而凍裂。皸，皮膚凍裂。㉟煩　煩苦；痛苦。㊱捋桑行饁　採桑葉和送飯到田間。捋，採摘。饁，給耕田者送飯。㊲拔諸水火　從水火中拔救出來。亦即從痛苦中拯救出來。諸，之於。水火，比喻痛苦。㊳衽席　臥席。比喻安樂的境地。衽，床席。㊴安　安撫。㊵觸類而思　受到事物的觸動而產生思緒。㊶不一而足　不只一樣。指很多。㊷發舒精神　舒發精神。即抒發懷抱。㊸因物興感　因事物而產生感慨。㊹寓　寄託。㊺致治　獲得治世的局面。治，指政治安定清明。㊻奚　何；如何。

【語　譯】在風和日麗的時候，皇上的車駕到來，登上高山之頂，憑靠欄干遠望，必定悠然產生遐想。看到長江、漢水東流歸海，有如諸侯赴京陳述職守；看到城池的高深，關塞的嚴密堅固，一定會說：「這是我不避風雨受盡辛苦，戰勝強敵攻城取地所得來的啊。」面對廣闊的中國江山，更加想到要如何去保住它。看到波濤浩蕩起伏，船隻來來往往，外國船隻相繼來到朝廷，外國珍寶接連不斷地進貢到京師，一定會說：「這是我用恩德安撫，用威力鎮服，德威延及國內外才達到的啊。」看到四方是如此遼遠，更加想到如何去安撫它們。看見大江兩岸之間，城郊四方之野，耕田的農夫有烈日炙烤皮膚、嚴寒凍裂腳趾的煩苦，農婦有採摘桑葉、送飯到田裡的辛勤，一定會說：「這是我從水火之中拯救出來，安放在臥席之上的人啊。」對於天下的人民，更加想到要如何使他們安居樂業。由這些事物觸發而產生的思緒，不一而足。臣知道建造這座樓，是皇上用來舒發精神襟懷，憑藉事物而觸發思考，無不寄託著怎麼達到政治清明的思緒，何止是觀賞長江而已呢！

彼臨春、結綺❶，非不華矣；齊雲、落星❷，非不高矣。不過樂管絃之淫響❸，藏燕趙之豔姬❹，不旋踵間❺而感慨係之❻，臣不知其為何說也。雖然，長江發源岷山，委蛇七千餘里而入海❼，白涌碧翻❽，六朝之時，往往倚之為天塹❾。今則南北一家，視為安流❿，無所事乎戰爭矣。然則果誰之力歟？逢掖之士⓫，有登斯樓而閱斯江者，當思聖德如天，蕩蕩難名⓬，與神禹⓭疏鑿之功同一罔極⓮，忠君報上之心，其有不油然而興⓯者耶？臣不敏⓰，奉旨撰記。欲上推宵旰圖治⓱之功者，勒諸貞珉⓲。他若留連光景之辭⓳，皆略而不陳⓴，懼褻㉑也。

【章旨】先寫自己登此樓而產生的感慨，再說明自己奉旨撰記，最後歸結到對君王的規勉。

【注釋】❶臨春結綺　皆閣名。南朝陳後主所建。陳後主自居臨春閣，張貴妃居結綺閣。閣用沉香木構築，有複道相通。隋兵攻入金陵，燬於火。❷齊雲落星　皆樓名。齊雲樓為唐代曹恭王所建，故址在今江蘇吳縣。元末朱元璋戰勝並俘獲吳王張士誠，其群妾焚死於此。落星樓為三國吳孫權所建，故址在今南京市東北落星山上。❸管絃之淫響　管絃樂器所發出的淫靡音響。管是用竹製成的樂器，絃是用絲為絃的樂器。❹燕趙之豔姬　燕趙的美女。燕、趙都是戰國時的諸侯國，在今河北省一帶，以多美女著稱。❺旋踵間　轉足之間；轉身之際。形容時間短暫。❻係之　聯繫到它。❼長江發源岷山二句　《尚書·禹貢》：「岷山導江。」古人認為長江發源於岷山，長達七千餘里。近代探明長江發源於青海的唐古拉山，長達五千多公里。岷山在四川、甘肅兩省交界處，是長江、黃河的分水嶺。委蛇，曲折綿延。❽白涌碧翻　波濤洶湧。白、碧都是指波浪。❾天塹　天然的壕溝。❿安流　平穩的河流。⓫逢掖之士　指儒士。逢掖，古代儒士所穿的一種袖子寬大的衣服。⓬蕩蕩難名　浩蕩闊大，難以形容。蕩蕩，浩蕩；闊大。名，表達；形容。⓭神禹　大禹。奉舜之命治理洪水，三過家門而不入，採用疏導的方法，經過十多年時間，終於治服了洪水。因治水有功，舜將帝位禪讓於他。神是對大禹的美稱。⓮同一罔極同樣偉大沒有邊際。極，邊際。⑮油然而興　自然而然地產生。⑯不敏　不聽敏。⑰宵旰圖治　晝夜考慮著治理國事，顧不了休息和進食。宵旰，宵衣旰食的省略。宵衣，天未亮就穿衣起身。旰食，到晚上才進食。旰，晚。⑱勒諸貞珉　刻在碑石上。勒，刻。貞珉，對碑石的美稱。珉，一種似玉的美石。⑲留連光景之辭　指描寫美景的言辭。留連，留戀不願離開。⑳略而不陳　省去不說。㉑褻　褻瀆；冒犯。

【語　譯】那臨春閣、結綺閣，不是不華麗啊；齊雲樓、落星樓，不是不高大啊！也不過是用來享受管絃演奏的淫靡音響，藏燕趙之地徵來的美女，一轉眼間，只讓後人為之感慨而已，臣不知道他們會有怎樣的想法。雖是這樣，長江發源於岷山，曲折綿延七千多里才流入大海，白浪洶湧，碧波翻騰，六朝的時候，往往靠它作為天然的壕溝。如今南北統一，把長江看作平安的水流，不再把它用在軍事上了。這到底是誰的力量呢？讀書人有登上此樓觀賞此江的，應當想到皇上的恩德如天，浩蕩闊大，難以形容，與大禹疏導、開鑿河流治水的功績一樣偉大而沒有邊際，忠於皇上、報答皇上的思想，難道不會自然而然地產生嗎？臣不聽敏，奉旨撰寫這篇記文，想推求皇上日夜操勞治國的功績，把它刻在碑石上。其他像留戀美景之類的言辭，都省去不說，是惟恐褻瀆皇上啊。

【研　析】此文從宋朝王禹偁的〈待漏院記〉脫胎而來，後又為清朝劉曾的〈漢關夫子春秋樓記〉所取法。它是一篇完全散文化的賦，與漢賦、六朝小賦及後世文賦並不相同，但賦的筆法仍然歷歷可見，體物寫志之意反而更加突出。結構的嚴謹縝密和遣詞造語的雍容華貴，構成了這篇應制文字的特色；而寫城、山、樓、江所展示的開闊恢宏，又體現了開國伊始的雄壯氣勢。

此文為記樓而作，本可從第二章「京城之西北有獅子山」寫起，但作者卻從金陵王氣寫起，可說是騰空而起。此不僅為詔建閱江樓作引，而且也為這篇文章立下了本旨：「雖一豫一遊，亦思為天下後世法」，寓規於頌之意立現。而作為記樓之作，本當極寫樓之壯麗、登樓所見景物之佳，但文中對這些只是一兩筆點綴而已；而通體發為規勉，前以「與民同遊觀之樂」引起，中間痛發安不忘危之意，末段仍歸到規勉君王作結。

雖未極寫閱江樓之景物，而所寫又無不與閱江樓有關聯。

而第三章所寫皇上登樓時觸景之思，好像在揣度皇上此時的心理活動，其實是作者希望他這樣去想、這樣去做。作者寓規於頌之意在這裡得到很好的體現。這種寫法，與當時逐漸形成的八股文有相近之處。八股文代聖賢立言，而此則代皇帝設想。又八股文有比偶之段，而此則用三股近於排比的敘寫。

至於第四章所寫作者登樓而產生的思緒，又推及一般的「逢掖之士」，這樣寫來，從君王到臣子也就面面俱到了。這後兩章都從登覽而產生思緒寫起。因是奉旨應制之作，故代皇帝設想之語最多，自己是秉筆者，也不能不多寫些感想，而寫登樓的一般士人的思恩報君之情，則最為簡略，這樣寫詳略既得當，措辭也頗得宜。

送東陽馬生序

【題　解】本文選自《宋文憲公全集》，是篇為送別同鄉後輩所寫的贈序之作。文章通過昔年作者自己年輕時求學的勤苦艱難和此時太學生學習條件的優越便易作對比，旨在啟發後學者專心求學、刻苦自勵。東陽，今浙江東陽。馬生，字君則，當時為南京國子學的學生，事跡不詳。洪武十一年（西元一三七八年），即宋濂辭官回家後的次年，他又入朝南京。太學生馬生拜訪了他，並說自己將回鄉探親，宋濂就寫了這篇贈序送他。序是文體的名稱，有兩種：一種是用來說明著作的寫作情況及相關問題，對著作發表評論的，置於書的正文之前的，是序跋類的序，又稱「敘」或「引」。另一種就是贈序，本指古人送別時所作的相贈詩文經過結集後所作的序，後來也指不附於詩文集的單篇的送別贈言的文章。這篇贈序就屬後一種。

余幼時即嗜學❶，家貧，無從致書以觀❷，每假借❸於藏書之家，手自筆錄❹，計日❺以還。天大寒，硯冰堅❻，手指不可屈伸❼，弗之怠❽。錄畢，走❾送之，不敢稍逾約❿。以是人多以書假余，余因得遍觀群書。既加冠⓫，益慕聖賢之道⓬。又患無碩師⓭、名人與游⓮，嘗趨百里外，從鄉之先達⓯執經叩問⓰。先達德隆望尊⓱，門人弟子填⓲其室，未嘗稍降辭色⓳。余立侍左右，援疑質理⓴，俯身傾耳㉑以請。或遇其叱咄㉒，色愈恭，禮愈至，不敢出一言以復，俟其欣悅，則又請焉。故余雖愚，卒獲有所聞㉓。

【章旨】寫自己年輕時好學，先寫借書和鈔書的刻苦，說明自己讀書的切實；再著重寫從師和求教的艱辛，說明學問得來的不易。

【注釋】❶嗜學　愛好學習。嗜，喜歡；愛好。❷無從致書以觀　無法買書來看。致，得到。此有買得的意思。❸假借　借。假，也是借的意思。這是同義複詞。❹手自筆錄　親手鈔寫。自，親自。❺計日　約定期限。計，約定。❻硯冰堅　硯池裡的水凍結成冰很堅硬。❼屈伸　彎屈和伸直。❽弗之怠　「弗怠之」的倒裝。不放鬆。指不停地鈔錄。❾走　跑。這裡是趕快的意思。❿逾約　超過約定的日期。⓫加冠　指成年。古時男子二十歲時舉行加冠禮，表示成年。⓬益慕聖賢之道　更加喜好聖賢的道理。也就是更加喜愛儒家經書上的道理。⓭碩師　學問淵博的老師。碩，大。⓮與游　和他交往。⓯先達　有學問的前輩。⓰執經叩問　手捧經書請教。叩，問。⓱德隆望尊　道德高，名望大。⓲填　充滿。⓳稍降辭色　說話的語氣和臉色稍稍緩和些。辭色，言辭和臉色。⓴援疑質理　提出疑惑，請問道理。援，引；提出。質，問。㉑俯身傾耳　俯著身子側著耳朵。形容態度恭敬。㉒叱咄　大聲呵責。㉓卒獲有所聞　意思是終於學到些東西，懂得些道理。

【語　譯】我從小就喜歡讀書。家裡窮，沒法買書來看，常常向藏書的人家借書，親手鈔寫，約定期限歸還。大冷天裡，硯池中的墨水凍成了冰很堅硬，手指不能屈伸，我也不敢懈怠。鈔完後，趕緊送還，不敢超過一點點約定的期限。因此人家都願意將書借給我，我也因此能夠讀到很多的書。到了成年，更加仰慕聖賢的學說道理，又憂慮沒有大師、名人相識指導，曾經趕到一百里外，跟隨同鄉博學的前輩，捧著書本向他請教。前輩道德高、名望大，學生擠滿了房間，他嚴肅得很，對人的言辭和臉色從未稍稍和善過。我站在旁邊侍候著他，提出疑惑請問道理，俯著身子側著耳朵向他求教。有時遇到他大聲訓斥，我臉色更加謙恭，禮節更加周到，連一句話也不敢說，等到他高興了，才又向他請教。因此我雖然愚笨，終於獲得了一些學問和道理。

當余之從師也，負篋曳屣❶，行深山巨谷中。窮冬❷烈風，大雪深數尺，足膚皸裂❸而不知。至舍，四肢僵勁❹不能動，媵人❺持湯沃灌❻，以衾擁覆❼，久而乃和❽。寓逆旅❾，主人日再食❿，無鮮肥滋味⓫之享。同舍生皆被綺繡⓬，戴朱纓寶飾之帽⓭，腰白玉之環⓮，左佩刀，右佩容臭⓯，燁然⓰若神人。余則縕袍敝衣⓱處其間，略無慕豔⓲意，以中有足樂者⓳，不知口體之奉不若人也。蓋余之勤且艱若此。今雖耄老⓴，未有所成，猶幸預君子之列，而承天子之寵光，綴公卿之後㉑，日侍坐，備顧問㉒，四海亦謬稱其氏名㉓，況才之過於余者乎？

【章　旨】承上章，寫求學時奔走的勞累和衣食的粗陋，與同時富家子弟的豪奢生活對比，進一步說明好學之切和求學之樂。最後說自己現在得到的地位和名望是好學的結果，其用意在於勉勵後輩刻苦求學。

【注　釋】❶負篋曳屣　背著書箱，拖著鞋子。篋，小箱子。屣，鞋子。❷窮冬　嚴冬。冬季最冷的時節。❸皸裂　皮膚因寒冷乾燥而裂開。❹僵勁　僵直。❺媵人　侍候的人。此指旅店的僕役。媵，原指陪嫁的女子。❻持湯沃灌　拿熱水澆洗。湯，熱水。沃，澆水。❼以衾擁覆　用被子覆蓋。衾，被子。❽和　暖和。❾寓逆旅　寄住在旅店裡。逆旅，旅店。❿日再食　每天供應兩頓飯。食，拿食物供人吃。⓫鮮肥滋味　指美味佳餚。鮮肥，指魚肉類食物。滋味，指味道很好的食物。⓬被綺繡　穿著繡花的絲綢衣服。被，穿著。綺，有花紋的絲織品。⓭朱纓寶飾之帽　有紅色帶子並且裝飾著珠寶的帽子。纓，帽帶子。⓮腰白玉之環　腰間掛著白玉環。腰，腰間掛著。名詞作動詞用。環，一種圓形而中間有孔的玉器。⓯容臭　香囊。臭，氣味。⓰煜然　燦爛鮮豔的樣子。⓱縕袍敝衣　舊絮袍，破衣服。縕袍，以麻為絮的粗袍子。⓲慕豔　羨慕。豔，羨。⓳中有足樂者　心中有足以快樂的事。⓴耄老　年老。耄，古指八、九十歲的年紀，引申指一般的老年。㉑承天子之寵光二句　受到皇上的恩寵榮光，跟隨在公卿大官的後面。意思是在朝廷中做官，這是作者自謙的說法。承，受。寵光，恩寵榮光。綴，連接；跟隨。公卿，泛指朝中高官。㉒日侍坐二句　每天侍候在皇帝座位旁，準備接受皇帝的詢問。指作者任翰林學士承旨、知制誥一類的官職。㉓謬稱其氏名　不適當地稱說著我的姓名。這是作者自謙的說法，實際意思是自己的名望很大。氏名，姓名。

【語　譯】當我從師求學的時候，背著書箱，拖著鞋子，走在深山大谷中。嚴冬時寒風猛烈，大雪有數尺深，腳上皮膚凍裂而沒有感覺。回到旅店，四肢僵直不能活動，旅店的僕役拿熱水澆灌，用被子覆蓋身上，過了很久才暖和過來。寄住在旅店裡，主人每天供兩頓飯，沒有佳餚美味的享受。住在同一旅店的同學都穿著繡花的絲綢衣服，戴著有紅色帶子並且裝飾著珠寶的帽子，腰間掛著白玉環，左邊佩著刀，右邊掛著香袋。光彩鮮豔好像神仙一般。我卻穿著舊袍子、破衣服處在他們中間，一點也沒有羨慕的意思，因為心中有足以快樂的事，就感覺不到自己的吃穿不如別人。當時我就是這樣的勤奮和艱苦。我現在雖然年老了，沒有什麼成就，還是僥倖地參預君子的行列，而且受到皇上的恩寵榮光，跟隨在公卿大官的後面，天天侍候在皇帝的座位邊，準備接受皇帝的詢問，四海之內也不適當地稱說著我的姓名，何況才能超過我的人呢？

今諸生❶學於太學❷，縣官日有廩稍之供❸，父母歲有裘葛之遺❹，無凍餒❺之患矣；坐大廈之下而誦詩書，無奔走之勞矣；有司業、博士❻為之師，未有問而不告，求而不得者也；凡所宜有之書，皆集於此，不必若余之手錄，假諸人而後見也。其業有不精，德有不成者，非天質之卑，則心不若余之專耳，豈他人之過哉！

【章　旨】指出當時太學生優越的學習、生活條件，與上文自己求學時的艱苦情況形成對比。強調學業是否有成，關鍵在於自己是否專心。

【注　釋】❶諸生　太學及府州縣學生員的通稱。❷太學　設於京城的最高學府，在明代即國子監。❸縣官日有廩稍之供　朝廷每天供給糧食。縣官，指朝廷或皇帝。古代不敢直言朝廷，往往只說縣官。廩稍，指公家供給的糧食。廩，米倉。稍，俸祿。❹父母歲有裘葛之遺　家裡每年送來適合不同時節穿的衣服。裘，皮衣，適於冬天穿。葛，葛布衣，適於夏天穿。遺，送；給予。❺餒　飢餓。❻司業博士　皆學官名。古代國子學裡設有祭酒、司業、博士、助教等學官。司業是國子監的副長官，博士是一般的教職人員。

【語　譯】現在在太學裡學習的學生，朝廷每天都供給糧食，家裡每年都送來四季穿著的衣服，沒有受凍挨餓的憂慮了；坐在高堂裡誦讀詩書，沒有東奔西走的辛勞了；有司業、博士做他們的老師，沒有請問而不告知、求教而不回答的了；凡是應有的書籍都集中在這裡，不必像我那樣要親手鈔寫，向人家借來才能讀到。如果有學業不精、德行不成的，要不是天資低下，就是用心不如我那樣專一罷了，難道會是別人的過錯嗎！

東陽馬生君則，在太學已二年，流輩❶甚稱其賢。余朝京師❷，生以鄉人子❸謁❹余，譔長書以為贄❺，辭甚暢達。與之論辨❻，言和而色夷❼。自謂少時用心於學甚勞。是可謂善學者矣。其將歸見其親也，余故道為學之難以告之。謂余勉鄉人以學者，余之志也；詆我夸際遇之盛❽而驕鄉人者，豈知余者哉！

【章旨】說明寫作此篇的緣由，並勉勵馬生。

【注釋】❶流輩　同輩；同學。流，品類。❷朝京師　進京朝見皇帝。京師，指明初的京城南京。❸鄉人子　同鄉晚輩。東陽是宋濂家鄉浦江鄰近的一個縣，同屬金華府。❹謁　進見；拜見。❺譔長書以為贄　寫了長信作為見面禮。譔，寫作。贄，進見尊長者時送上的禮物。❻論辨　討論道理。辨，通「辯」。❼色夷　臉色平和。❽際遇之盛　遭遇很好。

【語譯】東陽馬生君則，在太學已有二年，同學們都極誇讚他好。我進京朝見皇上，他以同鄉晚輩的身分拜訪我，寫了一封長信作為見面禮，文字很流暢明達。和他討論道理，他說話謙和，臉色平和。自己說少年時用心學習，十分刻苦。這可以說是善於學習的了。他將回鄉去探親，因此我將我求學時的艱難告訴了他。說我勉勵同鄉後輩努力學習，這正是我的心意；若毀謗我自誇遭遇很好，並且在同鄉後輩面前炫耀自己，這難道是了解我嗎！

【研析】一般的贈序之作，內容多推重、譽揚或勉勵之辭。這篇贈序，目的也在於勉勵後學，但它在文章布局上卻是先賓（自己）後主（後學）、反客為主。文章從自己年輕時的刻苦求學寫起，而且文章的寫作重點也是放在這裡。他先寫自己借書和鈔書的刻苦，再寫從師和求教的艱辛，又寫求學時奔走的勞累和衣食的粗陋。寫自己的這些經歷，用了整整兩章，佔了全文一大半的篇幅。為了突出自己當年求學的刻苦艱辛，文章中還用了兩組對比，一是自己當年求學時的窮困與同舍的富家子弟的豪奢作對比；一是自己當年求學時的艱苦條件與當今太學生學習的優越條件作對比。

以上的這些寫法，似乎游離了勉勵後學這一立意，實際上卻似斷實連，前勾後連，有條不紊，意脈清晰。自己得書很難，但終於能「遍觀群書」；求師不易，但終於能「獲有所聞」；求學時奔走勞累、衣食粗陋，「勤且艱若此」，終於取得了事業上的成功：天子寵光、四海稱名。通過與當今太學生優越條件的對比，更是得出了「業有不精」、「德有不成」，主要是用心不專的結論，從而說明了艱難困苦可以造就人的道理。這樣，在以上「賓」的部分敘述得越充分，說明的道理也就越深刻，從而非常自然地過渡到了本意，勉勵馬生刻苦自勵也就越殷切。由於「賓」的部分已經充分說明了刻苦求學的重要，所以文章最後推出本意，可說已經水到渠成，也就不須多言了。

此文用自己的切身經歷來勉勵後學，平易親切，如話家常，充滿了誠摯的感情和殷切的期望。語言簡潔樸素，明白流暢，道理講得透徹而有說服力，但絲毫沒有嚴厲的口吻和空洞的說教。

秦士錄

【題　解】本文選自《宋文憲公全集》，是篇人物傳記。文章抓住了幾個富於特徵的細節，生動地刻畫出鄧弼這個勇猛無敵、博學多才而又豪爽狂放的人物形象，同時也寫出了他英雄抱負不能實現的悲憤。

鄧弼，字伯翊，秦人❶也。身長七尺，雙目有紫稜❷，開合閃閃如電。能以力雄人❸，鄰牛方鬥不可擘❹，拳其脊❺，折仆地❻；市門石鼓，十人舁❼，弗能舉，兩手持之行。然好使酒❽，怒視人，人見輒避，曰：「狂生不可近，近則必得奇辱。」

【章旨】介紹鄧弼的出身，描繪他的外貌和平時的為人行事。

【注釋】❶秦人　指今陝西一帶的人。春秋戰國時，這一帶為秦國疆域。❷雙目有紫棱　形容眼睛銳利有神。❸雄人　稱雄於人；比別人雄壯。❹擘　分開。❺拳其脊　用拳頭打牛的背脊。拳，作動詞用，用拳頭打。❻折仆地　牛脊折斷，跌倒在地。❼舁　抬。❽使酒　喝酒以後使性子發脾氣。

【語譯】鄧弼，字伯翊，秦地人。身高七尺，兩眼銳利有神，一睜一閉之間發出閃電一樣的光芒。憑著力大稱雄於人，鄰居家的牛正鬥在一起不能分開，他用拳頭打牛的背脊，牛脊折斷，跌倒在地；市場的門口有石鼓，十個人也抬不起來，他可以雙手提了它走路。可是他喜歡喝酒後亂發脾氣，瞪著眼睛看人，人們見了他就要迴避，並且說：「這是個狂生，不能接近的，接近他一定會受到很大的羞辱。」

一日，獨飲娼樓❶，蕭、馮兩書生過其下，急牽入共飲；兩生素❷賤❸其人，力拒之。弼怒曰：「君終不我從❹，必殺君，亡命❺走山澤❻耳；不能忍君苦❼也。」兩生不得已，從之。弼自據中筵❽，指左右，揖❾兩生坐。呼酒歌嘯❿以為樂。酒酣⓫，解衣箕踞⓬，拔刀置案上，鏗然鳴⓭。兩生雅⓮聞其酒狂，欲起走，弼止之曰：「勿走也！弼亦粗⓯知書，君何至相視如涕唾⓰？今日非速⓱君飲，欲少⓲吐胸中不平氣耳。四庫書⑲從君問，即⑳不能答，當血是刃㉑。」兩生曰：「有是哉？」遽摘七經㉒數十義扣㉓之，弼歷舉傳疏㉔，不遺一言㉕。復詢歷代史，上下三千年纚纚如貫珠㉖。弼笑曰：「君等伏乎未也㉗？」兩生相顧慘沮㉘，不敢再有問。弼索酒㉙，被髮跳叫㉚曰：「吾今日壓倒老生㉛矣！古者學在養氣㉜，今人一服儒衣㉝，反奄奄欲絕㉞，徒欲馳騁文墨㉟，兒撫一世豪傑㊱，此何可哉？此何可哉？君等休矣。」兩生素負多才藝，聞弼言大愧，下樓，足不得成步。歸詢其所與游㊲，亦未嘗見其挾冊呻吟㊳也。

【章　旨】詳記鄧弼第一件奇事：在娼樓上逞才使氣，使蕭、馮兩書生折服。

【注　釋】❶娼樓　妓館。❷素　平素；向來。❸賤　輕視；看不起。❹不我從　「不從我」的倒裝。不依從我；不接受我的邀請。❺亡命　逃命。❻走山澤　跑到山林大澤中。澤，聚水的低窪之地。❼忍君苦　忍受你們的氣。苦，氣苦；因受氣而苦惱。❽自據中筵　自己佔據了正中的席位。筵，宴飲時的座位。❾揖　作揖。❿呼酒歌嘯　大聲要酒，歌唱呼嘯。形容縱酒時的行為。嘯，撮口發出聲音。⓫酒酣　酒喝得很盡興。⓬箕踞　兩腿向前伸直岔開，形如畚箕。這是粗慢無禮的姿態。⓭鏗然鳴　發出鏗然的響聲。鏗然，金屬器具碰擊時發出的響聲。⓮雅　素來；向來。⓯粗　略微；稍稍。⓰相視如涕唾　把我看作像眼淚、唾液那樣的東西。也就是賤視我的意思。⓱速　召致；邀請。⓲少　稍微。⓳四庫書　指經、史、子、集四部的書。唐玄宗開元年間，蒐羅圖書分藏在長安、洛陽兩地，以甲、乙、丙、丁為次序，分庫收藏，分列為經、史、子、集四庫，因此四庫也就是四部。⓴即　如果。㉑當血是刃　該讓血沾染這把刀的刀刃。也就是當自刎而死。㉒七經　七種儒家經典。有幾種不同的說法：漢代以《論語》、《孝經》、《詩》、《書》、《禮》、《易》、《春秋》為「七經」，後代也有以《易》、《書》、《詩》、《周禮》、《儀禮》、《禮記》、《春秋》為「七經」。㉓扣　通「叩」。問。㉔傳疏　注釋經文的稱「傳」，解釋傳文的稱「疏」。㉕不遺一言　不漏一字。遺，遺漏。㉖纚纚如貫珠　像成串的珠子一樣接連不斷。形容談吐流暢，滔滔不絕。纚纚，連綿不斷。㉗伏乎未也　服氣了沒。伏，屈服；服輸。㉘慘沮　沮喪失色。㉙索酒　要酒喝。索，討取。㉚被髮跳叫　披頭散髮，又跳又叫。形容酒後狂態。㉛老生　老書生。㉜養氣　指加強內心的修養。㉝一服儒衣　一穿上讀書人的衣服；一成為讀書人。㉞奄奄欲絕　氣息微弱，快要斷絕了。奄奄，氣息微弱的樣子。㉟馳騁文墨　指賣弄學問。㊱兒撫一世豪傑　把世上所有豪傑當作小兒來玩弄。也即輕視當世豪傑。撫，撫摸；玩弄。㊲所與游　和他交往的人。㊳挾冊呻吟　拿著書籍吟詠、誦讀。冊，指書籍。呻吟，這裡是低聲吟詠的意思。

【語　譯】有一天，鄧弼一個人在妓館的樓上喝酒，有姓蕭和姓馮兩位書生從下面經過，鄧弼急忙拉他們進來一起喝酒。兩位書生向來看不起鄧弼這人，竭力推辭。鄧弼生氣著說：「你們終究不肯依從我的話，我一定要殺了你們，逃命到深山大澤中去，我不能忍受你們的氣。」兩位書生沒辦法，只好依從他。鄧弼自己佔據了居中的席位，指著兩旁的席位，作揖請兩位書生坐下。大聲吆喝著喝酒，一邊唱歌一邊長嘯，用來作樂。酒喝得正盡興，解開衣服兩腿像畚箕那樣向前張開著坐著，拔刀放在桌上，發出鏗然的響聲。兩位書生平時聽說他酒後會發狂，想站起來跑掉，鄧弼阻止了他們，說：「不要跑！我也稍稍讀過一點書，你們為什麼把我看得像眼淚、唾液那樣？今天並不是請你們來喝酒，是想稍微吐一吐胸中的不平之氣罷了。經、史、子、集四部的書隨你們提問，如果我回答不出，我就用這把刀自殺。」兩位書生說：「有這種事嗎？」立即摘七經中幾十道條目請問他，鄧弼一一列舉傳疏中的話，不漏一字，又問他各個朝代的歷史，上下三千年的歷史他如數家珍。鄧弼笑著說：「你們認輸了沒有？」兩人互相看著，沮喪失色，不敢再問。鄧弼又要了酒來，披頭散髮，又跳又叫，說：「我今天壓倒老書生了！古人讀書是在於養氣，現在的人一穿上讀書人的衣服，反而氣息微弱，只想賣弄學問，將當代所有的豪傑當作小兒來玩弄，這怎麼行呢？這怎麼行呢？你們算了吧。」兩位書生一向自負多才多藝，聽了鄧弼的話非常慚愧，下樓時，走路都不成步子。回去後問和鄧弼有交往的人，也從來沒有看見鄧弼拿著書本吟誦過。

泰定❶末，德王❷執法西御史臺❸，弼造書❹數千言，袖謁之❺。閽卒❻不為通，弼曰：「若❼不知關中有鄧伯翊耶？」連擊踣❽數人，聲聞於王。王令隸人捽❾入，欲鞭之。弼盛氣❿曰：「公奈何不禮⓫壯士？今天下雖號無事，東海島夷⓬尚未臣順，間者⓭駕海艦互市於鄞⓮，即不滿所欲，出火刀斫柱，殺傷我中國民，諸將軍控弦引矢⓯追至大洋，且戰且卻，其虧國體⓰為已甚。西南諸蠻，雖曰稱臣奉貢，乘黃屋左纛⓱，稱制與中國等⓲，尤志士所同憤。誠得如弼者一二輩，驅十萬橫磨劍⓳伐之，則東西止。日所出入，莫非王土矣。公奈何不禮壯士？」庭中人聞之，皆縮頸吐舌，舌久不能收。王曰：「爾自號壯士，解持矛鼓譟⓴前登堅城乎？」曰：「能。」「百萬軍中，可刺大將乎？」曰：「能。」「突圍潰陣㉑，得保首領㉒乎？」曰：「能。」王顧左右曰：「姑試之。」問所須，曰：「鐵鎧㉓、良馬各一，雌雄劍㉔二。」王即命給與。陰戒善槊㉕者五十人，馳馬出東門外，然後遣弼往。王自臨觀，空一府隨之。暨弼至，眾槊并進；弼虎吼㉖而奔，人馬辟易㉗五十步，面目無色。已而烟塵漲天㉘，但見雙劍飛舞雲霧中，連斫馬首墜地，血涔涔㉙滴。王撫髀㉚驩㉛曰：「誠壯士！誠壯士！」命勺酒㉜勞㉝弼，弼立飲不拜。由是狂名振一時，至比之王鐵槍㉞云。

【章　旨】詳記第二件奇事：自薦於德王，施展才藝，以求為國出力。

【注　釋】❶泰定　元泰定帝也孫鐵木兒的年號（西元一三二四～一三二八年）。❷德王　《元史・諸王表》載有安德王、宣德王、懿德王、保德郡王等。這裡的德王可能是指安德王不答失里。❸執法西御史臺　掌管西御史臺。執法，掌管；主持。西御史臺，指陝西諸道行御史臺，是元朝設置在陝西的監察官署，管轄陝西、甘肅、四川等地區。❹造書　寫信。❺袖謁之　藏在袖子裡去進見德王。❻閽卒　守門的士兵。❼若　你；你們。❽踣　跌倒。❾捽　揪；抓。❿盛氣　態度傲慢地。⓫禮　禮待；尊重。⓬東海島彝　東方海島上的少數民族部落。這裡是指日本。彝，通作「夷」。古代對東方少數民族部落的稱呼。⓭閒者　平時；往常。⓮互市於鄞　在寧波一帶從事貿易。互市，互相往來貿易。鄞，在今浙江寧波，明代為寧波府治所在縣。⓯控弦引矢　拉開弓弦放箭。指進行戰爭。⓰虧國體　損害國家的尊嚴。虧，損害。國體，國家的體面。⓱黃屋左纛　座車的車蓋用黃繒為裡，車左裝飾有犛牛尾或雉尾。這是古代帝王的儀仗。黃屋，用黃色的絲織品作裡子的車蓋。屋，通「幄」。篷帳。纛，古代帝王座車上用犛牛尾或雉尾作的裝飾。設在車衡的左邊，故稱左纛。⓲稱制與中國等　行使帝王職權，與中國帝王等同。稱制，行使帝王的職權。等，等同。⓳橫磨劍　利劍。借指精銳的兵士。⓴鼓譟　擂鼓吶喊。指軍隊出戰時大張聲勢。㉑突圍潰陣　突破包圍，衝垮敵陣。㉒首領　腦袋和脖子。㉓鎧　鎧甲；戰袍。㉔雌雄劍　可以合成一對的寶劍。據《搜神記》載，戰國時干將、莫邪曾為楚王鑄成雌雄各一的寶劍。㉕槊　長矛。古代的一種兵器。㉖虎吼　發出像猛虎一樣的吼叫聲。㉗辟易　因受驚而後退。㉘烟塵漲天　塵土飛揚，遮蔽了天空。形容戰鬥激烈。㉙涔涔　不斷下滴的樣子。㉚撫髀　拍著大腿。髀，大腿。㉛驩　通「歡」。高興。㉜勺酒　用勺舀酒。㉝勞　慰勞。㉞王鐵槍　指五代時王彥章。曾隨朱溫轉戰各地，驍勇善戰。手使兩枝鐵槍，各重一百多斤，軍中稱他為「王鐵槍」。

【語　譯】泰定末年，德王掌管陝西諸道行御史臺，鄧弼寫了一封幾千字的信，帶著去進見他。守門的士兵不替他通報，鄧弼說：「你們不知道關中有個叫鄧伯翊的嗎？」接連打倒了幾個人。聲音傳到德王那裡，德王叫差役將他揪了來，將鞭打他。鄧弼傲慢地說：「您為什麼不禮待壯士？現在天下雖說太平無事，東方海島上的少數民族部落還沒有臣服，平時駕著海船到寧波來貿易，如果不滿足他們的要求，就拿出火刀斫斷屋柱，殺傷我中國百姓，幾位將軍手持武器，追趕到大洋中，一邊作戰一邊後退，這實在是太嚴重損害國家尊嚴了。

西南各少數民族部落，雖說向朝廷稱臣進貢，但他們乘黃屋車，車的左邊設有犛牛尾，與中國帝王同樣的行使帝王的職權，這更是志士所普遍憤恨的。如果能得到像我這樣的一、二個人，發動十萬精兵討伐他們，那麼東西兩邊都安定了。太陽所升起和落下的地方，沒有不是帝王的國土了。您為什麼不禮待壯士呢？」廳堂上的人聽了，都縮著脖子、吐出舌頭，舌頭久久不能縮回去。德王問：「你自稱是壯士，懂得拿著長矛擊鼓吶喊，向前攀登堅固的城牆嗎？」鄧弼回答說：「能夠。」德王又問：「在敵方百萬大軍中，你能刺殺它的大將嗎？」鄧弼回答說：「能夠。」德王又問：「你能突破敵軍的圍困，衝垮他們的陣地，而保住腦袋嗎？」鄧回答說：「能夠。」德王回頭對手下的人說：「不妨試一試他。」問鄧弼需要什麼裝備，鄧弼說：「鐵的鎧甲和良馬各一樣，雌雄劍兩把。」德王當即吩咐給他，暗中布置了善使長矛的士兵五十人，騎馬奔到東門外，然後讓鄧弼前去。德王親自去觀戰，一府的人都跟去。等到鄧弼到了那裡，所有的長矛一齊向他刺來；鄧弼發出猛虎般的吼叫聲，向前奔來；德王的士兵連人帶馬驚退五十步，面目都變色。不久煙塵彌漫了天空，只看見雙劍在雲霧中飛舞，接連將馬頭砍落在地，血不斷往下滴。德王拍著大腿高興地說：「確實是壯士！確實是壯士！」命手下人用勺舀酒慰勞鄧弼，鄧弼站著喝酒，不肯下拜。從此他的狂名振動一時，甚至有人把他比作五代時的王鐵槍。

王上章❶薦諸天子，會丞相與王有隙❷，格❸其事不下。弼環視四體❹，歎曰：「天生一具銅筋鐵肋❺，不使立勳萬里外，乃槁死❻三尺蒿❼下，命也，亦時也！尚何言！」遂入王屋山❽為道士。後十年終。

【章旨】寫鄧弼空有才能，終究得不到施展。

【注　釋】❶上章　上奏章給皇上。❷有隙　有嫌隙；不和。隙，指感情上不融洽。❸格　阻撓；阻隔。❹四體　四肢。❺銅筋鐵肋　形容身體非常健壯。❻槁死　枯死；老死。槁，乾枯。❼蒿　一種長得很高的野草。❽王屋山　山名。在今山西陽城西南。

【語　譯】德王寫了奏章向皇上推薦鄧弼。正巧丞相與德王有嫌隙，阻撓了這事沒有實現。鄧弼環顧自己的四肢，感歎道：「天生一副銅筋鐵肋，不讓我在萬里之外建立功勳，卻枯死在三尺高的蒿草之下，這是命啊，也是時勢不好啊！還有什麼可說的呢！」於是到王屋山去做了道士。十年後就去世了。

史官❶曰：「弼死未二十年，天下大亂，中原數千里，人影殆絕；玄鳥來降失家❷，競❸棲林木間。使弼在，必當有以自見❹。惜哉！弼鬼不靈❺則已；若有靈，吾知其怒髮上衝❻也。」

【章　旨】寫鄧弼死後形勢，歎息鄧弼生不逢時。

【注　釋】❶史官　這裡是作者自指。漢司馬遷作《史記》，在每一篇傳記之後，以「太史公曰」發表評論。後人作傳記文，往往倣其體。❷玄鳥來降失家　燕子飛來都失去築巢的地方了。意思是說天下大亂，人亡家破，連燕子都無棲身之地。玄鳥，燕子。玄，黑色。來降，歸來；飛落。❸競　競相；紛紛。❹自見　自我表現。指施展才能。見，通「現」。❺靈　靈異；顯靈。❻怒髮上衝　因發怒而頭髮直豎。形容異常憤怒。

【語　譯】史官說：「鄧弼死後不到二十年，天下大亂。中原數千里，人影幾乎絕跡；燕子歸來也失去了築巢的地方，紛紛棲息在樹林裡。假使鄧弼還在世，他的才能一定有所施展。可惜啊！鄧弼的鬼魂不靈異也就罷了；要是有靈異，我知道他一定會憤怒得頭髮直豎。」

【研　析】宋濂的散文以雅健雍容、簡潔質樸見長。但這篇文章卻別具一格，文字之間流露出一種神采飛揚的「奇」氣，真稱得上是以奇文寫奇人敘奇事。

文章開頭一章寫鄧弼的出身和行事。寫他的外貌，「身長七尺，雙目有紫棱，開合閃閃如電」，生有一副異相，這是寫他的生之異；寫他能一拳將正在爭鬥的牛打倒在地，打折牛脊，能雙手提起十個人也抬不動的石鼓走路，這是寫他的力之雄；寫他常常酒後使氣，人們見了要躲避他，這是寫他的行事之狂。通過這幾個富有特徵性的細節描寫，寫出了一個亦異、亦雄、亦狂的奇人形象。而這幾個細節描寫，筆墨都很簡省，只是寥寥幾筆，就使一個奇人形象栩栩如生，躍然紙上，這也可以看出作者行文之奇。

接著作者用濃筆重彩狀寫了鄧弼的兩件奇事。第一件奇事寫他娼樓飲酒，硬拉兩位自負多才藝的書生作陪，讓他們用四部書中的內容考校自己，終於使兩位書生折服。這件奇事突出了他的文才。在曲折的敘事中，作者不時穿插幾筆，略作點染，使情節更生動，人物更具神采。如寫鄧弼「自據中筵」、「解衣箕踞」、「被髮跳叫」，都寫出了他輕慢無禮、不拘禮數和得意非凡時的狂態。而寫兩書生對鄧弼的邀請飲酒「力拒之」，寫出了他們對鄧弼的看不起；在鄧弼酒酣時「欲起走」，寫出了他們怕他發酒瘋的恐懼；在聽了鄧弼請他們提問考校自己時，「遽摘七經數十義扣之」，寫出了他們對鄧弼的話的不相信；「相顧慘沮」，寫出了他們在無法考倒鄧弼時的驚恐和沮喪；而「下樓，足不得成步」更是寫出了他們離開時的狼狽不堪。

第二件奇事寫他謁見德王，自求錄用。這一件奇事突出了鄧弼的武略，鋪排張揚，酣暢淋漓。他去見德王，因守門士卒不讓進去，他「連擊踣數人」，見了德王又很「盛氣」，寫出了他的無所畏懼。而他指責德王不禮待壯士的一番話，既表現了他的雄才大略，又表達了他希望為國出力的強烈願望。最後寫他在東門外獻藝，舞劍砍馬，寫出了他的超群武藝。寫這件奇事，作者用了多種表現手法。寫鄧弼的慷慨陳辭，用了鋪陳手法，體現了辭令之美；而寫庭中人聽了鄧弼的話，「皆縮頸吐舌，舌久不能收」，用的是誇張手法，寫出庭中人的驚懼神態，同時又是反襯手法，用庭中人的驚懼來反襯鄧弼的無畏。寫舞劍砍馬的場面，「弼虎吼而奔，人馬辟易五十步」、「烟塵漲天，但見雙劍飛舞雲霧中」，更是誇張地寫出了鄧弼的超群武藝，同時渲染了當時場景的緊張激烈。另外，德王詢問鄧弼的話，可以看作是三個排比的設問句，體現了德王居高臨下，不可一世的神態；而鄧弼斬釘截鐵的三個「能」字，簡潔而乾脆，體現了他從容、鎮定的神態。

大言

【題　解】本文選自《宋文憲公全集．燕書四十首》，是篇寓言，目的在諷刺大言不慚的人。文中的主人公尊盧沙善於說大話，但沒有真實本領。他從秦國行騙到楚國，在楚國做了高官，但在晉國軍隊進攻楚國，楚王要他想辦法時，他只能「瞠目視」，毫無辦法，最後受到了割鼻、放逐的處罰。

秦有尊盧沙❶者，善誇談❷，居之不疑❸。秦王笑之。尊盧沙曰：「勿予笑❹也，吾將說楚以王國之術❺。」翩翩然南❻。

【章　旨】介紹尊盧沙的為人和他離秦赴楚的經過。

【注　釋】❶尊盧沙　作者虛構的人名。複姓尊盧，名沙。❷誇談　說大話。❸居之不疑　以為自己真有大本事，從不懷疑自己所說的話是否真實。居，任；當。❹勿予笑　「勿笑予」的倒裝。不要笑我。❺說楚以王國之術　向楚國陳說治國的方法。說，勸說。王，名詞作動詞用。稱王；統一國家。❻翩翩然南　非常輕快地到南方去。

【語　譯】秦國有個叫尊盧沙的人，喜歡說大話，以為自己真有大本事，從不懷疑自己的話是否真實。秦王嘲笑他。尊盧沙說：「不要笑我。我將向楚國陳說治國的方法。」於是非常輕快地去了南方。

迨❶至楚境上，關吏❷縶❸之。尊盧沙曰：「慎毋❹縶我，我來為楚王師。」關吏送諸朝。大夫置之館❺，問曰：「先生不鄙夷❻敝邑❼，不遠千里❽，將康❾我楚邦。承顏色日淺❿，未敢敷布腹心⓫。他不敢有請⓬，姑問師楚之意何如？」尊盧沙怒曰：「是非子所知。」大夫不得其情⓭，進於上卿瑕⓮。瑕客之⓯，問之如大夫。尊盧沙愈怒，欲辭去。瑕恐獲罪於王，亟言之⓰。

【章　旨】寫尊盧沙到了楚國後，先後欺騙關吏、大夫和上卿瑕，終於使上卿瑕上報了他的情況。

【注　釋】❶迨　等到。❷關吏　把守邊關的官吏。❸縶　拘禁。❹慎毋　千萬不要。表示告誡的詞語。❺大夫置之館　大夫把他安置在館舍中。大夫，諸侯國中，國君之下有卿、大夫、士三級官職。❻鄙夷　輕視；看不起。❼敝邑　敝國。對自己國家的謙稱。邑，都城；城市。❽不遠千里　不以千里為遠。❾康　使……康；壯大。❿承顏色日淺　謂相識的日子還很短。承顏色，幸得見面的客氣說法。日淺，日子少。⓫敷布腹心　陳述心裡話。敷布，陳述。腹心，指內心想說的話。⓬請　問。⓭不得其情　沒法知道他的真實意思。情，指真實的情況。⓮上卿瑕　上卿是官名。瑕是人名。上卿，先秦時天子和諸侯都設有卿這一官職，分上卿、中卿、下卿三級。⓯客之　以賓客的禮節對待他。⓰亟言之　急忙報告了他的情況。亟，急忙。

【語　譯】等到了楚國邊境，把守邊關的官吏拘禁了他。尊盧沙說：「千萬不要拘禁我，我是來做楚王的導師的。」守邊關的官吏將他送到了朝廷上。大夫將他安置在館舍中，問道：「先生不輕視我們國家，從千里之外趕來，將壯大我們楚國。和您相識的日子還很短，不敢向您陳述自己的心裡話。別的事情不敢請問，暫且請問您所謂做楚國的導師是什麼意思？」尊盧沙怒道：「這不是您所能知道的。」大夫無法知道他的真實情況，把他進獻給上卿瑕。上卿瑕用對待賓客的禮節招待了他，也像大夫那樣問他。尊盧沙更加憤怒，想辭別離開。上卿瑕怕得罪了楚王，急忙將他的情況報告了上去。

王趣見❶，未至，使者三四往❷。及見，長揖不拜❸，呼楚王謂曰：「楚國，東有吳越，西有秦，北有齊與晉，皆虎視不瞑❹。臣近道出晉郊❺，聞晉約諸侯圖楚❻，刑白牲❼，列珠槃玉敦❽，歃血以盟❾，曰：『不禍楚國，無相見也❿！』且投璧⓫祭河⓬欲渡。王尚得奠枕而寢⓭耶？」楚王起問計。尊盧沙指天曰：「使尊盧沙為卿，楚不強者，有如日⓮。」王曰：「然，敢問何先⓯？」尊盧沙曰：「是不可以空言白⓰也！」王曰：「然。」即命為卿。

【章　旨】寫尊盧沙進見楚王，憑著大言得到了高位。

【注　釋】❶趣見　催促前來見面。趣，通「促」。催促。❷使者三四往　楚王的使者去請了三、四次。❸長揖不拜　只行長揖之禮，並不跪拜。古代見尊長要下拜。不拜是種無禮的行為。長揖，從上到極下的一種拱手禮。拜，古代一種敬重的禮節，雙膝跪地，兩手拱合，俯頭至手與心平，但不至地。❹虎視不瞑　像老虎那樣睜大眼睛注視著。瞑，閉眼。❺臣近道出晉郊　我不久前途經晉國。近，近來；不久前。道出，路上經過。晉郊，謂晉國的領土上。郊，本指城外，引申為野外。❻圖楚　謀劃進攻楚國。圖，圖謀。這裡有圖謀攻取的意思。❼刑白牲　宰了白馬。刑，宰割。白牲，白毛的犧牲。這裡指白馬。古代用白馬作盟誓的犧牲。牲，犧牲。古代用來祭祀的牛、羊等。❽珠槃玉敦　用珠玉裝飾的槃和敦，這是古代諸侯盟誓時所用的器皿。盟誓時，割牛耳取血，用珠槃盛牛耳，用玉敦盛血。槃，木盤。敦，青銅製成的器皿，蓋和器身都作半球形，合成圓球，底下有三足或圈足。❾歃血以盟　嘴唇塗上牲畜的血進行盟誓。歃血，在嘴唇上塗血，以表示誠意。❿不禍楚國二句　如果不使楚國遭受損失，就不再見面。禍，使……遭受禍害。無，毋；不要。⓫璧　一種圓形、中間有孔的玉。⓬河專指黃河。⓭莫枕而寢　安枕而睡。莫，安放。⓮有如日　這是指著太陽發誓以表示誠信的話。⓯何先　以何為先；先做什麼事。⓰白　稟告。

【語譯】楚王催促尊盧沙來見面。尊盧沙來到前，楚王的使者去催請了三四次。等到進見時，尊盧沙只行了長揖之禮，並不跪拜，大聲向楚王說：「楚國在東邊有吳國和越國，在西邊有秦國，北邊有齊國和晉國，這些國家都像老虎那樣瞪大眼睛注視著楚國。臣不久前途經晉國，聽說晉國邀請了諸侯國圖謀攻打楚國，宰了白馬，陳設了裝飾有珠玉的槃和敦，歃血結盟，說：『如果不使楚國遭受損失的話，我們就不要再見面！』並且將璧投入黃河中，祭祀後將渡過黃河。大王還能夠安枕而睡嗎？」楚王站起來問他辦法。尊盧沙指著天說：「如果尊盧沙做了卿，楚國還不強大的話，有太陽作證，我將受到處罰。」楚王說：「好，請問應當先做什麼事？」尊盧沙說：「這不能用空話來對您說啊！」楚王說：「是。」就任命他為卿。

居三月，無異者❶。已而晉侯帥❷諸侯之師至。王恐甚，召尊盧沙卻之❸。尊盧沙瞠目❹視，不對。迫之言❺，乃曰：「晉師銳❻甚，為王上計❼，莫若割地與之平❽耳。」王怒，囚之三年，劓而縱之❾。尊盧沙謂人曰：「吾今而後，知誇談足以賈禍❿。」終身不言，捫⓫鼻即止。

【章旨】寫尊盧沙到了緊要關頭，毫無辦法。遭到嚴厲處罰後，知道了說大話將遭受禍害，從此不再說話。

【注釋】❶無異者　沒有什麼不尋常的事情出現。異，不同尋常。❷帥　率領。❸卻之　使它退兵。卻，後退。❹瞠目　瞪大眼睛。❺迫之言　硬要他說話。❻銳　精銳；勇猛。❼為王上計　替大王作最好的打算。上計，最好的辦法。❽平　講和。❾劓而縱之　割掉鼻子後釋放了他。劓，割鼻子。古代的一種酷刑。❿賈禍　招致禍患。⓫捫　撫；摸。

【語　譯】過了三個月，並沒有什麼不尋常的事情發生。不久晉國國君率領諸侯國的軍隊來進攻楚國了。楚王很害怕，召見尊盧沙要他設法退敵。尊盧沙瞪眼直視，不回答。硬要他說話，竟說道：「晉國軍隊精銳得很，替大王作最好的打算，莫過於割讓土地講和。」楚王發怒了，將他關了三年，割了他的鼻子才將他放出來。尊盧沙對人說：「我從今以後，知道說大話足以招來禍患。」到老死不再說話；想要說話時，摸著鼻子就止住。

君子曰❶：戰國之時，士多大言無當❷，然往往藉是以媒利祿❸。尊盧沙，亦其一人也。使晉兵不即止❹，或可少售其妄❺。未久輒❻敗，亦不幸矣哉！歷考❼往事，矯虛❽以誑人❾，未有令後❿者也。然則尊盧沙之劓，非不幸也，宜也。

【章　旨】就尊盧沙之事發表評論，認為尊盧沙因說大話而被割鼻，雖然不幸，但也是合乎情理之事。

【注　釋】❶君子曰　這裡是作者自己發表評論。❷大言無當　說大話不著邊際。當，底；邊際。❸媒利祿　謀求富貴。媒，引導；取得。❹止　制止；阻止。❺少售其妄　稍稍施展他的騙術。妄，虛妄；不實。❻輒　「輒」的俗體。就。❼歷考　逐一考察。歷，普遍；逐一。❽矯虛　弄虛作假。矯，假託。❾誑人　騙人。誑，欺騙。❿令後　好的結局。令，美；好。後，後果；結局。

【語　譯】君子說：戰國的時候，士大都說大話不著邊際，但往往憑藉這些而取得富貴。尊盧沙，也是其中一人。如果不是晉國軍隊到來阻止了他的話，或者還可以稍微施展他的騙術。他行騙不久就敗露了，也算是不幸吧！逐一考察往事，那些弄虛作假來騙人的，從沒有好結局的啊。那麼尊盧沙被割鼻，並不是他的不幸，而是理所當然的了。

【研　析】這篇寓言生動地塑造了一個說大話者的形象。寓言中的尊盧沙沒有任何真實本領，僅僅是「善誇談，居之不疑」。大概是大話說昏了頭，所以連自己是誰也不清楚了，以為自己真的本事很大。在受到秦王取笑後，一點也不覺悟，依然「翩翩然南」，想到楚國去幹一番大事業。

他的口氣也真大，動輒「我來為楚王師」，而且脾氣也特大，當楚國官員試圖探明他的真正意圖時，「怒曰：『是非子所知』」、「愈怒，欲辭去」，靠大言蒙住了從邊關到朝廷的楚國官員。楚王要見他，他架子十足，要「使者三四往」才請得來。見了楚王，「長揖不拜」，又傲氣十足，一開口就向楚王要卿這樣的最高級的官做。憑著他的大話，也終於如願以償。然而，騙術有效，也終有限。不久就露出馬腳。當楚王問他如何使晉軍退兵時，竟然「瞠目視，不對」，當被問急了，竟然說最好的辦法是割地求和。最後終於受到割鼻放逐的處罰。

這則寓言旨在諷刺說大話者。但事情還有它的另一面。這位尊盧沙的騙術實在並不怎麼高明，除了裝腔作勢、大言不慚之外，並沒有別的手段，而他竟然處處得手，從邊關到朝廷，從守關的官吏到朝中的大夫、上卿再到楚王，一個個上當受騙，被玩弄於股掌之中。為什麼人們對於騙術的識別能力如此差，對說大話者的防禦能力又是如此低下呢？因此，如何提高自己的鑑別、判斷、分析能力，增強自我保護能力，不上當、免受騙，才是我們從這則寓言中得到的最大啟示。

劉基

【作者】劉基（西元一三一一～一三七五年），字伯溫，青田南田（今浙江文成）人。元朝末年進士，曾任江西高安縣丞、江浙儒學副提舉等職。因招安方國珍等事，與朝廷大臣意見不合，受到在紹興羈管的處分。一度出任江浙行省都事，不久棄官歸隱。後接受朱元璋聘請，協助他平定天下，建立明朝，為開國功臣之一。官至御史中丞兼太史令，封誠意伯。因與丞相李善長不和，辭官。後又受左丞相胡惟庸構陷，憂憤而死。劉基通經世之學，精天文及兵法。詩文也很有名，與宋濂並稱一代文宗。他的詩歌以古樸、雄放見長；散文犀利遒勁，寓意深遠，有不少諷世作品。著有《郁離子》、《覆瓿集》等，後人編為《誠意伯文集》。

工之僑為琴

【題解】本文選自《誠意伯文集・郁離子・千里馬》，是篇寓言。它通過同一把琴在裝飾前後的不同遭遇，諷刺了社會上那種盲目崇古的心理和只重外表不重內在的行為。這篇寓言作於作者元朝末年辭官歸隱之時，作者的意圖在於感歎時世：有真才實學的人得不到重視，只能埋沒在深山之中。

工之僑❶得良桐❷焉，斲❸而為琴，弦而鼓之❹，金聲而玉應❺，自以為天下之美❻也。獻之太常❼。使國工❽視之，曰：「弗古。」還之。

【章　旨】寫工之僑用桐木製成發音優美的琴，獻給朝廷樂官，因為不是古物而被退回。

【注　釋】❶工之僑　作者虛構的人名。❷良桐　質地很好的桐木。古人多用桐木作琴。❸斲　砍削。❹弦而鼓之　裝上琴弦彈奏它。弦，名詞作動詞用。裝上琴弦。鼓，彈奏。❺金聲而玉應　像金屬樂器發出聲音而有玉製樂器發聲相應。這裡是形容琴聲悅耳動聽。應，應和。❻天下之美　天下最美好的。❼太常　太常寺。朝廷中掌管祭禮、禮樂等的機構。❽國工　國內傑出的樂師。工，指樂工。

【語　譯】工之僑得到質地很好的桐木，將它砍削加工成琴，裝上琴弦後彈奏它，琴聲悅耳動聽，自認為這是天下最好的琴了。把它獻給太常寺。太常寺讓著名樂師來鑑定它，樂師說：「這不是古琴。」將它退還了回來。

工之僑以歸，謀諸漆工❶，作斷紋❷焉；又謀諸篆工❸，作古窾❹焉；匣❺而埋諸土。朞年❻出之，抱以適市❼。貴人過而見之，易之以百金❽，獻諸朝。樂官傳視，皆曰：「希世❾之珍也！」

【章　旨】寫工之僑回來後，將琴加工得古色古香後，被貴人購得後獻給朝廷，被樂官當成了稀世珍寶。

【注　釋】❶謀諸漆工　與漆工商議。謀，商議。諸，之於。❷斷紋　裂痕。紋，紋路。❸篆工　刻字工匠。古人刻字多用篆體，故稱為篆刻，刻字工也就稱篆工。❹古窾　指刻上篆文、金文之類的古字。窾，同「款」。款識。❺匣　名詞作動詞用。裝在匣中。❻朞年　一週年。朞，同「期」。❼適市　到市場上去。❽易之以百金　用百金來購買它。易，交換；購買。❾希世　稀世；世上少有。希，通「稀」。

【語　譯】工之僑拿了琴回來，與漆工商量，在琴上作了斷痕；又與刻工商量，在琴上刻了古體字；又將它裝在匣中埋進土裡。一整年後，將它取出來，抱了琴到市場上去。有一個貴人經過看到了，用百金買走了它，將它獻給朝廷。樂官們傳遞著觀看，都說：「這是世上少有的珍寶啊！」

工之僑聞之，歎曰：「悲哉，世也！豈獨一琴哉！莫不然矣。而❶不早圖❷之，其與亡矣❸！」遂去，入于宕冥之山❹，不知其所終。

【章旨】寫工之僑從琴的前後不同遭遇上受到啟發，感歎時世，並且歸隱到了山中。

【注釋】❶而　如果。❷圖　謀劃；打算。❸其與亡矣　將要與它一起滅亡了。其，表示將來的語氣詞。❹宕冥之山　這是作者虛構的山名。宕冥含有高深的意思。

【語譯】工之僑聽說了這件事，歎息道：「這世道可悲啊！難道僅僅是一把琴這樣嗎！沒有事物不是這樣。如果不及早為自己打算的話，將要與這世道一起滅亡了！」於是離開了塵世，到了宕冥之山中，不知道他後來結局如何。

【研析】同一把琴，當它還沒有經過修飾時，儘管它演奏出來的聲音美妙無比，卻因為不是古物而得不到賞識，主動呈獻上去也被退了回來；而將它刻意地修飾一番，變得古色古香時，立即身價百倍，被貴人用百金買走，獻給朝廷後，被當作是稀世之寶。作者在寓言中正是通過對比描寫的手法，來揭示人們只重視外表不注重內在本質的行為，以及盲目崇古的心理，其諷刺是很辛辣的。

作為一篇寓言，除了以上的諷刺作用外，它還有更深刻的寓意。作者寫琴，實際是寫人；琴的遭遇其實也就是人的遭遇。社會上有真才實學的人其實很多，他們卻得不到重視，只能埋沒於世，甚至只能終老在深山荒谷中，而他自己也正是如此。究其原因，正是元朝末年那種黑暗的時世造成的。作者託物喻人，感慨時世，這一點在最後一章中表露得很清楚。

司馬季主論卜

【題　解】本文選自《誠意伯文集・郁離子・天道》，是篇議論文。它假託古人東陵侯向司馬季主問卜，用對話的方式，闡述了天道無常，有盛必有衰的道理，儆戒世人不應盲目追求富貴。司馬季主，據《史記・日者列傳》，是西漢初年楚人，通天文星曆之學，在長安東市賣卜，宋忠、賈誼等曾向他請教。

東陵侯❶既廢❷，過❸司馬季主而卜焉。季主曰：「君侯❹何卜也？」東陵侯曰：「久臥者思起，久蟄❺者思啟❻，久懣❼者思嚏❽。吾聞之，蓄極則洩❾，閟極則達❿，熱極則風，壅極則通⓫。一冬一春，靡屈不伸⓬；一起一伏，無往不復⓭。僕竊有疑⓮，願受教焉。」季主曰：「若是，則君侯已喻⓯之矣，又何卜為？」東陵侯曰：「僕未究其奧⓰也，願先生卒⓱教之！」

【章　旨】寫東陵侯向司馬季主問卜，請教衰後有盛、窮後有通的道理。

【注　釋】❶東陵侯　指邵平。秦朝時封為東陵侯，秦亡後喪失爵位，成為平民，在長安城東種瓜為業。相傳瓜有五色，味甜美，被稱為「東陵瓜」。❷既廢　指秦亡喪失侯爵位之後。❸過　拜訪。❹君侯　對東陵侯的敬稱。❺蟄　蟄伏。動物冬眠時潛伏在土中或洞穴中的狀態。❻啟　開啟；打開閉塞出來。❼懣　悶；閉塞。❽嚏　打噴嚏。❾蓄極則洩　積蓄到了極限就會宣泄出來。洩，泄。⑩閟極則達　閉塞到了極點就會暢達。閟，閉塞。⑪蘊極則通　阻塞到了極點就會暢通。蘊，阻塞。⑫靡屈不伸　沒有在彎曲之後不伸展的。靡，沒有。⑬無往不復　沒有在去了之後不回來的。復，返回。⑭僕竊有疑　我私下有些疑惑。僕，我。這是自謙的稱呼。竊，私下。⑮喻　明白。⑯奧　深奧；奧祕。⑰卒　終於；終當。

【語譯】東陵侯失去爵位後，拜訪司馬季主並向他問卜。司馬季主說：「您想占卜什麼？」東陵侯說：「長時間臥伏的想要起來，長時間蟄伏的想要出來。我聽說，蓄積到了極點就會宣泄，閉塞到了極點就會暢達，炎熱到了極點就會產生風，阻塞到了極點就會暢通。一冬一春，沒有不收縮之後不伸長的；一起一伏，沒有出去之後不返回的。我私下有些疑惑，希望受到指教。」司馬季主說：「如果這樣，那您已經明白了，又為什麼要占卜？」東陵侯說：「我還不能推究它的奧祕，希望先生終究能夠指教我！」

季主乃言曰：「嗚呼！天道何親，惟德之親①；鬼神何靈②，因人而靈。夫蓍③，枯草也，龜④，枯骨也，物也；人，靈於物者也，何不自聽⑤而聽於物乎？且君侯何不思昔者也？有昔者必有今日。是故碎瓦頹垣⑥，昔日之歌樓舞館也；荒榛斷梗⑦，昔日之瓊蕤玉樹⑧也；露蛬風蟬⑨，昔日之鳳笙龍笛⑩也；鬼燐螢火⑪，昔日之金釭華燭⑫也；秋荼春薺⑬，昔日之象白駝峰⑭也；丹楓白荻⑮，昔日之蜀錦齊紈⑯也。昔日之所無，今日有之不為過；昔日之所有，今日無之不為不足。是故一晝一夜，華⑰開者謝；一秋一春，物故者新。激湍⑱之下，必有深潭；高丘之下，必有浚谷⑲。君侯亦知之矣，何以卜為？」

【章旨】通過司馬季主的口，暢談天道無常的道理，說明有過去就有現在，有盛就有衰，過去了的榮華富貴不值得留戀。

【注釋】❶天道何親二句　出自《尚書・蔡仲之命》：「皇天無親，惟德是輔。」天道，自然變化的規律。親，親近；庇護。德，指有道德的人。❷靈　靈異；靈驗。❸蓍　蓍草。蓍可以用來占卜。❹龜　指龜甲。古人用來占卜。❺自聽　聽從自己；自己作決斷。聽，聽任；取決。❻頹垣　倒塌的牆。頹，敗壞；倒塌。垣，牆。❼荒榛斷梗　荒蕪叢雜的草木。榛，灌木叢。梗，草木的莖幹。❽瓊蕤玉樹　指美好的花木。瓊，一種美玉。蕤，花下垂的樣子。瓊、玉，都是形容花木的美好。❾露蛬風蟬　露天的蛬，風中的蟬。蛬，同「蛩」。蟋蟀。❿鳳笙龍笛　形狀像鳳的笙，管的一端裝飾有龍形的笛。⓫鬼燐螢火　燐火和螢火。燐火是屍體腐化時由骨殖分解出來的燐化氫，在空氣中自動燃燒發出的光亮，呈淡綠色，夜間在野地裡有時可以看到。古人認為這是鬼火，故稱鬼燐。螢火，螢火蟲發出的光亮。⓬金釭華燭　黃金做的燈和華麗的燭。釭，燈。⓭秋荼春薺　秋天的荼和春天的薺菜。荼，苦菜。⓮象白駝峰　象鼻和駝峰。象白，象鼻。駝峰，駱駝背上的肉峰。象白和駝峰古人作為名貴的菜。⓯丹楓白荻　紅色的楓葉，白色的荻花。這裡是說用它們來代替棉絮。⓰蜀錦齊紈　蜀地出產的錦和齊地出產的絹。都是古代的名貴衣料。蜀，今四川西部一帶。錦，一種有彩色大花紋的絲織品。齊，今山東北部、東部一帶。紈，一種細薄而潔白的絹。⓱華　同「花」。⓲激湍　激流。湍，急流的水。⓳浚谷　深谷。浚，深。

【語譯】司馬季主於是說道：「唉！天道親近誰呢，只親近有道德的人；鬼神有什麼靈驗呢，因人的不同而有不同的靈驗。蓍草，不過是枯草，龜甲，不過是枯骨，這些不過是外物；人，比外物靈異，為什麼不聽從自己而要聽從外物呢？況且您為什麼不想想過去呢？有過去就必定有現在。因此現在是碎瓦斷牆，在過去是歌樓舞館；現在是荒榛斷梗，在過去是瓊蕤玉樹；現在是露蛬風蟬，在過去是鳳笙龍笛；現在是鬼燐螢火，在過去是金釭華燭；現在是秋荼春薺，在過去是象白駝峰；現在是丹楓白荻，在過去是蜀錦齊紈。過去所沒有的，現在有了也不算過分；過去所有過的，現在沒有了也不算不足。因此一晝一夜之間，花開放了的會凋謝；一秋一春之間，事物陳舊了的會革新。激流的下面，一定有深潭；高山的下面，一定有深谷。您也懂得這些道理了，為什麼還要占卜呢？」

【研　析】東陵侯與司馬季主的對話，都舉出了許多事例來說明天道無常的道理。可是兩人的側重點並不相同。東陵侯所舉的事例，偏重於說明有衰然後有盛，有窮然後有通。他是站在現在角度瞻望未來的。而司馬季主所舉的事例，偏重於說明有盛必有衰，有通必有窮。他是站在現在的角度反思過去的。

兩人論述天道無常的側重點不同，但他們的出發點卻是相同的，都是從現在的狀態出發的。這現在的狀態就是「東陵侯既廢」。東陵侯從過去的侯爵淪落為今天的平民，由過去的榮華富貴變成現在的窮困潦倒。他所關心的自然是如何擺脫目前的窮厄而重新取得富貴，所以他寄希望於將來。對於天道無常的道理，他自然注重於窮後有通，衰後有盛了。寄希望於將來，但是將來又是不確定的；從現在瞻望未來，看到的只是可能性，而不是必然性。東陵侯的問卜正反映了他渴望重新取得富貴，但又感到希望難以實現的困惑心態。而司馬季主則是從現在的狀態出發追溯造成這種狀態的原因，他是把現在的狀態看作結果的，有昔必有今，有盛必有衰，東陵侯今日的窮困潦倒是昔日的榮華富貴變化的必然結果。因此他所舉的事例，所說明的天道無常，在於勸戒東陵侯不要迷戀富貴、追求富貴。而作者自己的觀點、文章的寫作目的，也正是假託司馬季主的口表達出來的。

這篇文章是篇議論文，議論文如果用概念、判斷、推理來說明道理，容易變得抽象、枯燥。而這篇議論文不直接由自己述說道理，而是採用對話形式，借古人的口來說明自己的觀點。顯然，它是借鑑了古人文章的作法的，像《楚辭》中的〈卜居〉、西漢枚乘的〈七發〉等。這種採用對話體的形式，通過故事來說明道理的寫作手法，可以化枯燥為活潑，變艱深為平易。另外，此文雖然篇幅短小，但富於變化。文中用了設問、比喻、對偶、排比等多種修辭手法，其中最多的是對偶和排比，像東陵侯和司馬季主各自論述天道無常所舉的事例都是由排比句構成，而說明觀點則是對偶句式。這種大量採用排比、對偶的句式，增強了文章的氣勢，同時也使文章呈現出辭賦化的傾向，這也可以看出〈卜居〉、〈七發〉在語言影響方面的痕跡。

尚節亭記

【題　解】本文選自《誠意伯文集》。名為記文，實際上是篇議論文。文章從會稽黃中立喜好植竹，給竹間亭子取名「尚節亭」引發議論，認為竹子因為有節，所以能歷經寒暑不被風雨霜雪摧折而保持本色，從而由竹節比況人的節操，認為只有君子才能臨大節而不可奪，在世衰道微時保持本色。又進一步說到「節」的時代意義，樹立節操得當與否，其實是很難的。

古人植卉木❶而有取義❷焉者，豈徒為玩好❸而已。故蘭取其芳❹，諼草取其忘憂❺，蓮取其出汙而不染❻。不特卉木也，佩以玉，環以象❼，坐右之器以欹❽，或以之比德而自勵❾，或以之懲志而自警❿，進德脩業⓫，於是乎有裨⓬焉。會稽⓭黃中立⓮好植竹，取其節也，故為亭竹間而名之曰尚節之亭，以為讀書游藝⓯之所。澹⓰乎無營乎外⓱之心也。予觀而喜之。

【章　旨】先寫古人種植草木、佩戴裝飾等都是有特定的用意的。然後入題，寫黃中立植竹的用意和自己作這篇記文的原因。

【注　釋】❶卉木　草木。卉，草。❷取義　取用它的意義。❸玩好　賞玩。❹蘭取其芳　蘭花取用它芳香這一特點。蘭，蘭花。花清香，作為觀賞植物，人們喜愛栽培。也可能指蘭草。一種香草，古人喜用作佩飾物。芳，香。❺諼草取其忘憂　諼草取用它忘憂這一特點。諼草，又作「萱草」。古人認為可以使人忘憂的一種草，故又稱忘憂草。❻蓮取其出汙而不染　蓮花取用它長在淤泥中但不被汙染這一特點。北宋大儒周敦頤作〈愛蓮說〉，稱它「出淤泥而不染，濯清漣而不妖」。❼佩以玉二句　用美玉和象牙作裝飾物。環，圍繞。象，指象牙。❽坐右之器以欹　在座位右邊陳設欹器。坐右，座位的右邊。欹，指欹器。古代盛酒的一種器具。虛則傾斜，滿則翻覆，適量則中正。古人置於座位右邊，以作為警戒。欹，同「攲」。傾斜。❾比德而自勵　比擬德行並且激勵自己。❿懲志而自警　懲戒心志並且警惕自己。⓫進德脩業　使德行和學業有進步。⓬裨裨益；好處。⓭會稽　縣名，今浙江紹興市和紹興縣。明代為紹興府的屬縣。因境內有會稽山，故名。⓮黃中立　劉基的朋友，事跡不詳。⓯游藝　指娛樂。⓰澹　澹泊。⓱無營乎外　不向外謀求。指不謀求功名。

【語譯】古人種植草木是各有用意的，哪裡只是為了賞玩而已。因此蘭花取它的芳香，諼草取它的忘憂，蓮花取它的出於淤泥之中而不受汙染的含義。不單單是草木如此，人們佩帶玉器，用象牙作環圈，在座位右邊陳設欹器；或者用它們來比擬德行、激勵自己，或者用它們來懲戒心志、警惕自己，使德行和學業的進步，都因此而得到助益。會稽黃中立愛好種竹，取竹有環節這一特點，因此在竹林中建了一個亭子，並且取名為「尚節亭」，用來作為讀書娛樂的場所。他的心志澹泊而無所謀求。我觀賞後很喜歡。

夫竹之為物，柔體❶而虛中❷，婉婉❸焉而不為風雨摧折❹者，以其有節也。至於涉寒暑❺、蒙霜雪❻而柯❼不改、葉不易，色蒼蒼❽而不變，有似乎臨大節而不可奪❾之君子，信乎有諸中形於外，為能踐❿其形也。然則以節言竹，復何以尚之哉？世衰道微⓫，能以節立身⓬者，鮮矣！中立抱材，未用而早以節立志，是誠有大過人者，吾又安得不喜之哉！

【章旨】承上圍繞一個「節」字展開議論，說明自己觀賞後喜歡亭子的原因。

【注釋】❶柔體　指竹子枝幹柔和。❷虛中　指竹子中空。❸婉婉　柔和；柔順。❹摧折　折斷。❺涉寒暑　經歷嚴寒和酷熱。❻蒙霜雪　承受霜雪。蒙，承受；遭遇。❼柯　枝條。❽蒼蒼　深青色。❾臨大節而不可奪　在緊要關頭也不改變節操。奪，奪去。❿踐　到達。⓫世衰道微　時世和大道都衰敗了。微，衰敗。⓬以節立身　用節操來處世。

【語譯】竹子這一種植物，柔軟而中空，很柔和但不被風雨折斷，因為它有節。至於經歷寒暑、承受霜雪而枝不改、葉不變，顏色依舊深青，像是在緊要關頭不改變節操的君子，確實是內在有什麼，表現在外也是什麼，能夠到達外形上。那麼，用節來形容竹，還有什麼比這更恰當的呢？如今，時世和大道都衰微了，能夠用節操來處世的人太少了！中立有才能，還沒有施展，而能及早用節操來立志，這實在有大大超過人的地方，我又怎麼能不喜歡呢！

夫節之時義❶，大《易》❷備矣，無庸❸外而求也。草木之節，實枝葉之所生，氣之所聚，筋脉所湊❹，故得其中和❺則暢茂條達❻而為美植❼；反之則為樠❽、為液❾、為癭腫❿、為樛屈⓫，而以害其生矣。是故春夏秋冬之分至，謂之節⓬。節者，陰陽寒暑轉移之機⓭也，人道⓮有變，其節乃見。節也者，人之所難處⓯也，於是乎有中焉。故讓國⓰，大節也，在泰伯則是⓱，在季子則非⓲；守死⓳，大節也，在子思則宜⓴，在曾子則過㉑。必有義焉，不可膠㉒也。擇之不精，處之不當，則不為暢茂條達，而為樠、液、癭腫、樛屈矣。不亦遠哉！

【章旨】闡述「節」的時代意義。從草木之節得時與否所產生的兩種不同結果，說到人的立身處世也有得當與不得當，其準則即為「中」。

【注　釋】❶時義　時代意義。❷大易　指《易經》。稱「大」是推崇的意思。《易經》六十四卦有〈節卦〉。❸無庸　不用。庸，同「用」。❹湊　合；聚合。❺中和　適中和諧。❻暢茂條達　茂盛而且挺拔。暢茂，茂盛。條達，通達。這裡是筆直、挺拔的意思。❼美植　美好的植物。❽樠　謂材質疏鬆。❾液　謂脂汁滲出。❿瘻尰　臃腫；枝節隆起。⓫樛屈　彎曲不直。⓬春夏秋冬之分至二句　春分、夏至、秋分、冬至，稱為節。分，指春分、秋分。至，指夏至、冬至。春分、秋分日，晝夜長短幾乎相等，故稱分，是晝夜平分的意思。夏至日白晝時間最長，冬至日白晝時間最短，故稱至。至是到了極點的意思。節，指節令、節氣。古人分一年為二十四個節氣，二分、二至都是節氣。⓭機　時機；關鍵。⓮人道　人事。⓯難處　難以處理。⓰讓國　把君位讓給別人。⓱在泰伯則是　泰伯讓位是得當的。泰伯，又作「太伯」。周太王（周文王祖父古公亶父）的長子。周太王因為幼子季歷（周文王父親）有賢子昌（周文王姬昌），因此想把自己的位子傳給季歷，好再傳給昌。泰伯得知後，就和弟弟仲雍一起避走江南，斷髮文身，改從當地風俗，後來成為當地的君長，自稱「句吳」，是周代吳國的始祖。⓲在季子則非　季札讓位是不得當的。季子，少子；幼子。這裡指春秋時吳王壽夢的幼子季札。壽夢多次想傳位給他，他不接受，讓位給哥哥諸樊。封於延陵（今江蘇常州），稱延陵季子。他才能很好，以多聞著稱，是春秋時賢公子。出使魯國時，能在當時演奏的各國音樂中分析出各國的盛衰大勢。因為他不該讓位而讓位，故稱在季子則非。⓳守死　遵守死者的遺命。⓴在子思則宜　指子思遵守孔子的遺教，能安貧樂道。子思，孔子學生原憲的字。一次子思問孔子什麼是恥辱。孔子說：「國家政治清明，就出來做官接受俸祿；國家政治混亂，而出來做官接受俸祿，這就恥辱。」（「邦有道，穀；邦無道，穀，恥也。」）孔子死後，子思隱居了起來，因為當時天下混亂，他不願出來做官。孔子的另一個學生子貢在衛國做丞相，帶了大隊車馬來拜訪他。子思穿著破舊衣服來會見。子貢認為這是恥辱，說：「您難道有病嗎？」子思說：「我聽說，沒有錢財稱為貧，學道而不能遵行稱為病。像我是貧而不是病。」子貢很慚愧地離開了。事見《論語・憲問》和《史記・仲尼弟子列傳》。㉑在魯子則過　指魯隱公不肯廢太子允自立，以致被殺。魯子，指春秋時魯隱公。魯隱公是魯惠公庶出的長子。惠公死時，太子允年少，魯人共同推舉魯隱公攝政，行君事。公子揮向隱公獻諂，讓他廢太子允而自立為君。隱公不肯，說：立太子允是先君遺命，他不過是因為太子允年少，才代行君事。現在太子年紀大了，他正要歸政於他。公子揮害怕太子允得知此事後誅殺他，就反過來向太子允誣告隱公將廢太子允自立，並說要為太子允除去隱公，得到了太子允的許諾。隱公終於被殺，太子允即位，這就是魯桓公。事見《史記・魯周公世家》。㉒膠　謂拘泥不知變通。

【語　譯】節的時代意義，《易經》的解釋已經很完備，不用另外求解了。草木的節，是枝葉生長、氣息聚集、筋脈會合的所在，因此得到中和就茂盛挺拔而成為美好的植物；反之就材質疏鬆、脂汁滲出、變得臃腫、變得彎曲，從而妨害它的生機了。因此春分、夏至、秋分、冬至，稱為節令。節令是晝夜、寒暑轉換的關鍵。人事有變化，人的節操才表現出來。節操，是人所難以處理的，這就有適中與否的不同。因此把君位出讓給別人，這是大節，但在泰伯，他讓位是對的，在季札，他讓位是不對的；遵守死者的遺命，這也是大節，但在子思是適宜的，在魯隱公是不適宜的。這一定有不同的道理在，不能拘泥而不知變通。假如選擇得不精細，處理得不妥當，就不能茂盛挺拔，而將成為材質疏鬆、脂汁滲出、臃腫和彎曲了，這不就相差很遠了嗎！

傳❶曰：行前定則不困❷。平居❸而講之，他日處之，裕如❹也。然則中立之取諸竹以名其亭，而又與吾徒❺游❻，豈苟然❼哉！

【章　旨】說明及早樹立大節的重要，並讚揚黃中立。

【注　釋】❶傳　指儒家經傳。這裡指《禮記・中庸》。❷行前定則不困　見《禮記・中庸》。原作「事前定則不困，行前定則不疚」。困，困惑。❸平居　平時。❹裕如　從容的樣子。裕，寬緩；從容。如，猶「然」。語助詞。❺吾徒　我輩；我們這類人。❻游　交遊；交往。❼苟然　苟且；隨便。

【語　譯】經傳上說：在行動之前決定好就不會困惑。平時就講究這些，將來面對它就很從容了。那麼黃中立選取竹的節來命名他的亭子，又和我輩交往，難道是隨隨便便的嗎！

【研　析】前人寫作詩文，有時候講究結構章法。講究章法，可以使詩文法度嚴謹、層次分明、主旨突出，但有時候不免失之呆板。起承轉合可說是最為普遍的詩文作法了，似乎特別適合於議論文。劉基此文正是用的起承轉合之法：分四章，「起」，從泛論入手，進入題意，說明寫作的原因，點出「尚節」之意；「承」，圍繞一個「節」字加以議論生發；「轉」從正反兩方面說明「節」是很難處理的，對「節」的意義不能拘泥；「合」，又回到取竹之節名亭一事上，呼應開頭，結束全文。此文章法儼然，卻毫不使人有呆滯之感。究其原因，大致有三：

一、以記文作議論文，由記述具體的事情而展開議論，帶有夾敘夾議的特點，這就使議論文帶有了記敘文的因素，不同於純粹論述抽象道理的說理文。

二、由於是從具體的事物出發展開議論，這就使得在議論過程中帶有較多的「狀物」的性質，如第二章寫竹子「柔體」、「虛中」而不被風雨摧折，第三章寫草木之節得中和與否的兩種情況，都是用了較多的筆墨狀物的，這樣從竹節到人的節操，從草木之節到人的大節，都是從具體到抽象展開議論。同時，在從具體到抽象的議論過程中，較多地運用了象徵、比喻等手法，這些都增強了議論文的形象性。

三、用起承轉合之法來作詩文，是呆板還是活潑，主要還得看看「轉」這章是否富於變化。按照一般的看法，「轉」就是轉折，就是從反面立論。這樣寫來論說是完整全面了，但不免呆板。而此文在「轉」這章的寫法上，不是從反面論述「以節立身」的重要，從而補足上一章的文義，而是宕開了寫「節」的難以處理和把握。這在寫作上就比較活泛。

從文章的思想意義角度來說，此文有價值之處，正是在這「轉」的一章。以竹節來比況人的節操，以竹有節而在風雨霜雪中不受摧折來比況臨大節而不被奪的君子，從而說明「以節立身」很重要，這些方面並沒有什麼新奇之處，有許多人想得到並且說得出。但此章並不一味肯定大節，它從正反兩個方面指出「大節」有當與不當，說明對於大節的意義不能拘泥而不知變通，則是很多人想不到，更少有人說得出的。在道學氣很重的明清時代，一般的讀書人不會對「大節」進行具體分析，即使是現代社會也還會有不少讀書人盲目肯定「大節」而不作具體的分析。劉基在那個時代就能對「大節」作出具體分辨，這一點是最為重要的。

賣柑者言

【題解】本文選自《誠意伯文集》，是篇具有諷刺性的寓言。它通過賣柑者的話，指出那些坐高堂、騎大馬、飲美酒、食佳肴，神氣十足的文官武將，實際上都是些不懂用兵、不會治世，「金玉其外，敗絮其中」的朽物，表現了作者諷世憤世之情。

杭❶有賣果者，善藏柑❷，涉寒暑不潰❸。出之燁然❹，玉質而金色❺。置於市❻，賈❼十倍，人爭鬻❽之。

【章旨】敘有人善於保藏柑，使外表好看而賣得好價錢。

【注釋】❶杭　指浙江杭州。❷柑　水果名。形似橘而大，橙黃色。❸潰　腐爛。❹出之燁然　拿出它來鮮豔耀目。燁然，光彩耀眼的樣子。燁，本是形容火光明亮。❺玉質而金色　質地像玉一樣，顏色像金子一樣。❻置於市　放到市場上出售。❼賈　通「價」。價錢。❽爭鬻　爭相購買。鬻，賣或買。這裡是買的意思。

【語譯】杭州有位賣水果的人，善於保藏柑，經過一冬一夏，柑也不腐爛。拿出來鮮豔耀目，質地像玉，顏色像金。放在市場出售，價錢雖比別人的高十倍，人們卻搶著買。

予貿❶得其一，剖之，如有烟撲口鼻❷，視其中，乾若敗絮❸。予怪❹而問之曰：「若❺所市❻於人者，將以實籩豆❼、奉祭祀❽、供賓客❾乎？將衒外❿以惑愚瞽⓫也？甚矣哉為欺也⓬！」

【章　旨】說自己買到一只壞柑，因而責備賣柑者欺人。

【注　釋】❶貿　買賣。這裡是買的意思。❷如有烟撲口鼻　指柑已變質，發出如煙火一樣難聞的氣味。撲，沖。❸敗絮　破舊的棉絮。❹恠　同「怪」。❺若　你。❻市　賣。❼實籩豆　盛在籩豆中。實，充實；裝滿。籩豆，古代祭祀或宴會時的食器，盛果脯等的竹製器是籩，盛齏醬等的木製器叫豆。❽奉祭祀　供祭祀之用。奉，進獻。❾供賓客　招待賓客。❿衒外　炫耀它的外表。⓫惑愚瞽　欺騙傻子和瞎子。惑，欺騙。瞽，瞎子。⓬甚矣哉為欺也　騙人也騙得太過分了啊。

【語　譯】我買到一顆柑，剖開後有股煙火味直衝口鼻，看看裡面像破棉絮那樣乾枯。我感到奇怪，就問他道：「你賣給人家的，是用來盛在籩豆裡，供奉祭祀、招待賓客的嗎？還是用來炫耀它的外表，欺騙傻瓜和瞎子的呢？騙人也騙得太過分了啊！」

賣者笑曰：「吾業是❶有年❷矣，吾賴是以食吾軀❸。吾售之，人取之，未嘗有言❹，而獨不足子所❺乎？世之為欺者不寡❻矣，而獨我也乎？吾子❼未之思❽也。今夫佩虎符❾、坐皐比❿者，洸洸乎⓫干城之具⓬也，果能授⓭孫、吳之略⓮耶？峨大冠⓯，拕長紳⓰者，昂昂乎⓱廟堂之器⓲也，果能建伊、皐之業⓳耶？盜起而不知禦⓴，民困㉑而不知救，吏姦㉒而不知禁，法斁㉓而不知理㉔，坐糜廩粟㉕而不知恥。觀其坐高堂，騎大馬，醉醇醲㉖而飫肥鮮㉗者，孰㉘不巍巍乎㉙可畏，赫赫乎㉚可象㉛也？又何往而不金玉其外，敗絮其中也哉？今子是之不察㉜，而以察吾柑！」

【章　旨】記賣柑者諷世的話。

【注　釋】❶業是　以是為業；從事這種職業。❷有年　有好多年。❸食吾軀　維持我的生活。食，供養。❹未嘗有言　不曾有過什麼閒話。言，指不滿的話。❺不足子所　不滿足你的需要。❻寡　少。❼吾子　您。對對方的尊稱。❽未之思　「未思之」的倒裝。沒有想過它。❾佩虎符　佩帶虎形的兵符。指大將。虎符，刻成虎形的兵符。古時大將出征，國君分兵符的一半給他，作為調動軍隊的憑據。❿坐皐比　坐在虎皮上。亦指將軍。皐比，虎皮。將軍座位上的設置。⓫洸洸乎　威武的樣子。乎，相當於「然」。⓬干城之具　保衛國家的人才。干，盾。在戰爭中，盾和城都是防禦物，古人就把干城作為捍衛的意思用。⓭授　傳授；懂得。⓮孫吳之略　指兵法、謀略。孫，指孫武。春秋時齊人，著名軍事家，著有《孫子兵法》。吳，指吳起。戰國時魏人，也是著名軍事家。受楚悼王重用，在對外戰爭中屢獲大勝。⓯峨大冠　戴著高大的帽子。峨，高。這裡作動詞用。高戴。大冠，士大夫的大帽子。⓰拕長紳　拖著長長的腰帶。拕，同「拖」。紳，士大夫束在腰間並垂下一部分作為裝飾的大帶子。⓱昂昂乎　高傲的樣子。⓲廟堂之器　朝廷大臣之材。廟堂，宗廟朝堂；朝廷。器，才幹；有才幹的人。⓳伊皐之業　指傑出的功業。伊，指伊尹。商初大臣，輔佐商湯滅夏。皐，指皐陶。相傳為舜時掌管刑法的大臣。⓴禦　防止。㉑困　困頓。㉒姦　欺詐。㉓斁　敗壞。㉔理　治理；整頓。㉕坐糜廩粟　白白地消耗國家的俸祿。坐，徒然。糜，浪費；消耗。廩粟，公家發給的米糧。廩，公家的米倉。㉖醇醴　美酒。㉗飫肥鮮　飽吃美食。飫，飽食。肥鮮，指魚肉之類美食。㉘孰　誰。㉙巍巍乎　高大的樣子。㉚赫赫乎　氣勢很盛的樣子。㉛象　效法。㉜是之不察　「不察是」的倒裝。不推究這些。

【語　譯】賣柑人笑道：「我做這生意好多年了，我靠它來養活自己。我賣它，別人買它，不曾有過閒話，卻只是不能如您的意嗎？這世上騙人的還真不少呢，難道只有我嗎？只是您沒去想罷了。現在那些佩帶虎符、坐在虎皮上的人，一副威風凜凜的樣子，好像有保家衛國的本領，他們果真能懂得孫武、吳起的謀略嗎？那些高戴大帽、長拖腰帶的人，一副高傲不凡的樣子，好像有治理國家的才能，他們果真能建立伊尹、皐陶那樣的功業嗎？盜賊產生了，不懂得去防止；百姓困頓了，不懂得去解救；官吏欺詐了，不懂得去禁止；法制敗壞了，不懂得去整頓，白白地消耗國庫的錢糧而不知羞恥。看他們坐在高堂中，騎在大馬上，美酒喝得醉醺醺，好菜吃得飽鼓鼓，誰不是一副高大得使人害怕、氣盛得可以效法的樣子，又哪裡不是外表像金玉，裡面像破絮呢？現在你不去推究這些，卻推究起我的柑子來了！」

予默然无以應❶。退而思其言，類❷東方生❸滑稽之流❹。豈其憤世疾邪❺者耶？而託❻於柑以諷耶？

【章　旨】借回味賣柑者的話，點出文章的寓意。

【注　釋】❶應　回答。❷類　類似。❸東方生　指東方朔。漢武帝時文人，性詼諧，善諷諫。❹滑稽之流　善於用詼諧機智的話語啟發人的那一類人物。❺憤世疾邪　憤恨社會，痛恨邪惡。❻託　假借。

【語　譯】我聽了他的話，默默地沒話回答。回來後細想他所說的話，很像東方朔一流的滑稽人物。難道他是個憤世嫉俗的人嗎？他是借著柑來諷刺世俗嗎？

【研　析】本文託物以諷，言近旨遠。作為一篇政治諷刺的寓言，作者僅選取了買柑、剖柑、斥柑、說柑的情節。文章開頭的記事是引子，通過買柑、剖柑，指出了賣柑者所賣之柑，外表好看卻實質敗壞，是欺騙了顧客。從而突出一個「欺」字，引起下文賣柑者的大段議論。作者正是抓住這一「欺」字，通過賣柑者之口生發開來：那些享有高官厚祿的武將文臣看起來高大威嚴，好像頗具安邦治國的才能，實際上就像賣柑者一樣，也是在欺世。

在本文中，主題思想的表達，不是由作者本人現身說法，而是借助了賣柑者的議論，並且運用了形象的比喻。對問題本質的揭示，不是開門見山地提出，而是先遠遠地由賣柑者和買柑者的對話這樣一個在日常生活中常見的事件引起和生發，從一個「欺」字的責難開端，採用一問一答的形式，由遠及近，由表及裡，層層深入。用這樣的手法無疑加強了文章的說服力，給讀者留下鮮明的印象。

全篇字數不多，寫得十分簡練，充滿了辛辣的諷刺，也足見作者構思之巧妙。

高啟

【作者】高啟（西元一三三六～一三七四年），字季迪，長洲（今江蘇蘇州）人。元末避兵亂隱居吳淞江畔的青丘，自號青丘子。明太祖洪武初年，應詔入京修《元史》，授翰林院國史館編修官。又受命教授諸王功臣子弟讀書。不久升戶部侍郎，堅辭不就，歸居家鄉教書。曾經作詩有所諷刺，受到朱元璋忌恨。後蘇州知府魏觀打算在張士誠故宮的廢址上修建府治，被人誣告有異謀而處死。高啟因代魏觀作〈上梁文〉受牽連，被朱元璋腰斬於市，年僅三十九歲。他以詩著稱而兼長各體，與楊基、張羽、徐賁並稱「吳中四傑」。散文峻潔雄健，成就也很高。著有詩集《高太史大全集》、文集《鳧藻集》。

遊靈巖記

【題解】本文選自《鳧藻集》，是篇遊記。它敘述了陪同張士誠所任命的淮南行省大員饒介遊覽靈巖山之事，當作於元至正二十四到二十六年（西元一三六四～一三六六年）張士誠據蘇州自稱吳王期間。文章題為遊記，但並不著意於敘寫遊歷過程；明為應命之作，卻暗寓諷刺之意。靈巖，又稱硯石山，在今江蘇蘇州西南，春秋時吳王夫差曾建有離宮，有古跡多處。

吳城❶東無山，唯西為有山，其峰聯嶺屬❷，紛紛靡靡❸，或起或伏，而靈巖居其間，拔奇挺秀❹，若不肯與眾峰列❺。望之者，咸知其有異也。

【章　旨】寫靈巖所在位置和它的特異之處。

【注　釋】❶吳城　指蘇州城。春秋時吳國建都城於此，後來的吳郡、吳州治所都在此，故稱吳城。明清時蘇州府城為吳縣、長洲兩縣分治。❷峰聯嶺屬　山連著山。屬，連綴。❸紛紛靡靡　眾多而散亂的樣子。靡靡，散亂、零落的樣子。❹拔奇挺秀　以奇異秀麗超出其間。拔，超出。挺，直立。❺列　並列；排列。

【語　譯】蘇州城的東面沒有山，只有西面才有山，山峰一個連著一個，眾多而散亂，有的高有的低，靈巖山處在這中間，以奇異秀麗超出眾山，好像不願和眾山並列在一起似的。望著它的人，都知道它有與眾不同之處。

山仰行而上❶，有亭焉，居其半❷，蓋以節行者之力❸，至此而得少休❹也。由亭而稍上，有穴窈然❺，曰西施❻之洞；有泉泓然❼，曰浣花之池❽；皆吳王夫差❾宴遊❿之遺處⓫也。又其上則有草堂，可以容棲遲⓬；有琴臺⓭，可以周眺覽⓮；有軒⓯以直洞庭之峰⓰，曰抱翠；有閣⓱以瞰具區之波⓲，曰涵空。虛明動蕩⓳，用號奇觀⓴。蓋專㉑此郡之美者，山；而專此山之美者，閣也。

【章　旨】寫一路而上正面所見的景物。

【注　釋】❶仰行而上　往上走。❷居其半　處在半山腰上。居，處；坐落。❸節行者之力　調節路人的體力。❹少休　略微得到休息。少，稍；稍微。❺窈然　幽深的樣子。❻西施　春秋時越國美女。越王句踐戰敗後，將她獻給吳王夫差，成為夫差最寵幸的妃子。❼泓然　水勢很大的樣子。❽浣花之池　洗花的水池。傳說西施在此洗花。浣，洗。❾夫差　春秋末期吳國國君。曾經在吳越爭霸戰爭中大敗越國，迫使越王句踐稱臣。後來越王句踐經過十年準備，再次攻打吳國，吳國被攻滅，夫差被迫自殺。❿宴遊　閒遊；遊樂。宴，安；安逸；閒適。⓫遺處　遺跡。⓬容棲遲　供人宿息。容，供；讓。棲遲，休息；宿息。⓭琴臺　傳說為西施撫琴的土臺。⓮周眺覽　向四周遠望觀賞。⓯軒　指有窗檻的長廊或小屋。⓰直洞庭之峰　正對著洞庭山峰。洞庭，蘇州西南太湖中的小山，有東西兩座。⓱閣　古代一種可供遊覽、遠眺的小樓。⓲瞰具區之波　俯視太湖的水波。瞰，從上向下看。具區，太湖的古稱。⓳虛明動蕩　水波動盪，廣闊又明亮。⓴用號奇觀　因此稱為奇觀。用，因此；於是。號，稱。㉑專　專有；獨有。

【語譯】迎著山向上走，在半山腰有一亭子，用來讓路人調節體力，到這裡能夠稍稍休息一下。從亭子稍微往上一點，有一洞看起來很幽深，稱為西施洞；有泉水很大，稱為浣花池；這些都是吳王夫差遊樂的遺跡。再往上有草堂，可供人宿息；有琴臺，可用來遠望四周；有帶窗的小屋正對著洞庭山峰，稱為抱翠；有小閣樓可以俯視太湖的水波，稱為涵空。動蕩的水波又廣闊又明亮，因而稱為奇觀。可以說，吳郡最美之處是靈巖山，靈巖山最美之處是涵空閣。

啟，吳人，遊此雖甚亟❶，然山每匿幽閟勝❷，莫可蒐剔❸，如鄙予之陋❹者。

今年春，從淮南行省❺參知政事❻臨川饒公❼與其客十人復來遊。升於高，則山之佳者悠然❽來；入於奧❾，則石之奇者突然出。氛嵐❿為之搴舒⓫，杉檜⓬為之拂舞⓭。幽顯巨細⓮，爭獻厥狀⓯，披豁呈露⓰，無有隱遁⓱，然後知於此山為始著於今而素昧於昔⓲也。

【章旨】寫自己以前每次遊山都領略不到山的佳美之處，這次遊覽，才對山色之美有了體會。

【注釋】❶甚亟　很多次。亟，屢次；多次。❷匿幽閟勝　把幽境美景隱藏封閉起來。匿，隱藏。幽，幽靜的境界。閟，閉塞；封閉。勝，勝景；美景。❸莫可蒐剔　沒法尋找到美景，也沒法對它進行品評。蒐，尋求。剔，挑剔。指仔細加以品評。❹鄙予之陋　鄙薄我的見識短淺。鄙，鄙薄；看不起。陋，指見識短淺。❺淮南行省　這是張士誠在蘇州稱吳王時仿照元朝行省建制所設置，所轄範圍相當於今江蘇、安徽兩省長江以北、淮河以南地區。❻參知政事　指行省的副長官。❼饒公指饒介。字介之，臨川（今江西臨川）人。元末自翰林應奉出僉江浙廉訪司事，張士誠稱吳王後，任淮南行省參知政事。吳亡後，被處死。❽悠然　自在的樣子。❾奧　深。指山的深處。❿氛嵐　山間霧氣。⓫蹇舒　舒展。蹇，通「褰」。揭起。⓬杉檜　杉樹和檜樹。杉樹是高大喬木，種類很多。檜樹是柏樹的一種，也叫檜柏、圓柏。⓭拂舞　飄拂搖曳。⓮幽顯巨細　或幽或顯，或巨或細。幽，隱蔽。顯，顯露。⓯厥狀　它的狀態。厥，其；它。⓰披豁呈露　呈現出來。披，打開。豁，敞亮。呈，顯現。露，顯露。⓱隱遁　隱避。遁，逃避。⓲素昧於昔　過去一向不明白。昧，無知。

【語譯】我是蘇州人，遊此山的次數雖然很多，但此山常常把它的幽境美景隱藏起來，使人沒法尋求並細細品味，好像是鄙視我的見識短淺。今年春天，跟隨淮南行省參知政事臨川饒公和他的幕僚十人又來這裡遊覽。登上高處，山的美景自然出現；進入幽深處，奇石也突然出現。山間霧氣因為他的到來而舒展開來，杉樹檜樹也飄拂搖曳。無論是隱藏的還是顯露的，是大的還是小的，都爭相呈獻出它們的形狀，顯現出來，一點也不隱避。這才知道自己對於這山是從今天才開始明白的，過去一直並不了解。

夫山之異於眾者，尚能待人而自見❶，而況人之異於眾者哉！公顧瞻有得❷，因命客賦詩，而屬❸啟為之記。啟謂：「天於詭奇❹之地不多設❺，人於登臨之樂不常遇。有其地而非其人，有其人而非其地，皆不足以盡夫遊觀之樂也。今靈巖為名山，諸公為名士，蓋必相須而適相值❻，夫豈偶然哉！宜其目領而心解❼，景會而理得❽也。若啟之陋，而亦與其有得焉，顧非幸也歟？啟為客最少❾，然敢執筆而不辭者，亦將有以私識其幸❿也。」十人者，淮海秦約⓫、諸暨姜漸⓬、河南陸仁⓭、會稽張憲⓮、天台詹參⓯、豫章陳增⓰、吳郡金起⓱、金華王順⓲、嘉陵楊基⓳、吳陵劉勝⓴也。

【章旨】借饒介命幕僚賦詩、自己作記而發揮議論。最後記同遊之人。

【注釋】❶自見　自己顯現出來。見，通「現」。❷顧瞻有得　觀看山色深有體會。顧，回頭看。瞻，向前看。有得，有得益；有體會。❸屬　通「囑」。囑咐。❹詭奇　奇異。詭，怪異。❺設　設置；具有。❻相須而適相值　相互等待而且恰好相互遇上。須，等待。適，正巧；恰好。值，遇上。❼目領而心解　眼睛看到並且心裡理解。❽景會而理得　景物被領會到並且理趣被體會到。理，理趣；意趣。❾最少　年齡最小；最年輕。❿私識其幸　私下裡記著這種幸運。識，記下。⓫淮海秦約　淮海人秦約。字文仲，太倉（今江蘇太倉）人。明朝初年應召拜禮部侍郎，因母老辭歸。後再赴京言事，因年老難任職，做溧陽教諭。淮海是郡望，不是籍貫。⓬姜漸　字羽儀，諸暨（今浙江諸暨）人。元末客居蘇州。張士誠為吳王時，任他為行省都事，不久以病辭職。明朝初年徵拜太常博士。⓭陸仁　字良貴，河南人。客居崑山，是當時在野的大名士。⓮張憲　字思廉，山陰（今浙江紹興，舊屬會稽郡）人。張士誠為吳王時，任他為樞密院都事。吳亡後，隱名不出。⓯天台詹參　天台人詹參。事跡不詳。天台，今浙江天台。⓰豫章陳增　豫章人陳增。事跡不詳。豫章，今江西南昌。⓱吳郡金起　吳郡人金起。事跡不詳。吳郡，今江蘇蘇州。⓲金華王順　金華人王順。事跡不詳。金華，今浙江金華。⓳楊基　字孟載，原籍嘉陵（今四川樂山市），生長在蘇州。張士誠為吳王時，任他為丞相府記室。明朝初年任山西按察使，後削職，謫為輸作，卒於工所。與高啟、張羽、徐賁並稱「吳中四傑」。⓴吳陵劉勝　吳陵人劉勝。事跡不詳。

【語　譯】與眾不同的山，還能夠等待人的欣賞而自己顯現出來，更何況是與眾不同的人呢？饒公在觀賞之時深有體會，因此要求幕僚們賦詩，囑咐我作記文。我說：「奇異的地方老天並不多設，人也不經常遇到登臨的快樂。有值得欣賞的地方卻沒有懂得欣賞的人，或者有懂得欣賞的人卻沒有值得欣賞的地方，都不能夠完全領略到遊賞的快樂。現在靈巖是名山，諸位大人是名士，一定是相互等待並且恰好相互遇上了，這難道是偶然的嗎！當然是眼睛看到並且心裡理解，景物被領會到並且理趣被體會到。像我這樣見識短淺，也和他們一起有所體會，這難道不是幸運嗎？我作為幕僚最年輕，竟然敢提筆作記而不推辭，是想私下裡記著這種幸運啊！」同遊的十人是淮海人秦約、諸暨人姜漸、河南人陸仁、會稽人張憲、天台人詹參、豫章人陳增、吳郡人金起、金華人王順、嘉陵人楊基、吳陵人劉勝。

【研　析】作為一篇遊記，本文並不著意於遊歷的過程。作者說靈巖山有異於蘇州諸山，但究竟異在何處，並沒有說明；寫沿山而上所見景物，也只是寫到了此山與西施、吳王夫差有關的古跡，以及草堂、琴臺、樓閣之類的人文景觀，而對靈巖山本身的自然景觀卻並沒有敘寫，更不作稱道。而是筆調一轉，說自己是本地人，遊靈巖的次數並不少，但沒有領略到它的幽境勝景，好像此山鄙薄本地人的見識淺陋，故意把幽境勝景隱藏起來。而這次陪同饒介等外來貴賓遊山，它才毫無保留地顯露出它的幽美景色來。這實際上是說，靈巖山本沒有什麼奇異之處，它的自然景觀並不足觀，但饒介一行人卻無論「幽顯巨細」，對此山景物稱賞不已。

饒介自以為觀賞山色深有體會，於是讓幕僚們賦詩，並讓作者作記遊之文。於是作者借此發揮議論，說名山有待名士來賞識，名士須遇名山而遊賞，才能盡興，而自己其實不識山色，也有幸參預了。本來，一個人對自己身邊的事物接觸得多了，太熟悉了，就感覺不到它的新鮮特異之處，可謂熟視無睹，而在新來乍到的人看來，往往覺得處處新奇，常常能在平凡之處發現出特異來。這也是非常正常的情況。高啟是當地人，常遊靈巖，感覺不到它的特異處，而饒介等一班人初遊靈巖，處處覺得新奇，這似乎也很正常。

但高啟寫此文的用意顯然不是這樣。在這篇應命而寫的遊記中，寫自己見識淺陋不能欣賞山的幽美，而饒介等人卻對山色深有體會，用故意貶抑自己而讚美對方的手法，在寫景、記事和議論中，巧作對照，暗寓比喻，明褒而實貶，嘲諷饒介其實不懂得欣賞山水，並不識靈巖，卻故作風雅，妄加評論，而這群同遊名士趨炎附勢，推波助瀾，更不足論了。

書博雞者事

【題　解】本文選自《鳧藻集》，是篇記敘文。它記載了元朝末年江西袁州發生的一個真實事件：頗得民心的袁州路總管被誣陷罷官，激起了民憤，一位以鬥雞作賭博為業的下層平民見義勇為，率領民眾代為伸冤，終於伸張了正義。題目「書博雞者事」，意為記博雞者的事。博雞者，以鬥雞作賭博為業的人。

博雞者袁❶人，素無賴❷，不事產業❸，日抱雞呼少年博市中。任氣❹好鬥，諸為里俠者皆下之❺。

【章　旨】交代博雞者的為人。

【注　釋】❶袁　指元朝的袁州路，在今江西宜春一帶。❷素無賴　向來遊手好閒。素，平素；向來。無賴，遊手好閒，蠻不講理。❸不事產業　不從事生產。事，從事。產業，生產；生計。❹任氣　逞性使氣。❺諸為里俠者皆下之　當地恃強好勝的人都屈服於他。里，鄉里。古代基層行政單位，比鄉低一級。俠，這裡指好講義氣，勇武有力的人。下之，居於他的下面；服從他。

【語　譯】博雞者是袁州人，平時遊手好閒，不從事生產，整天抱著雞招呼一幫年輕人在市上賭博。他逞性使氣，喜歡爭鬥，許多在地方上恃強好勝的人都屈從於他。

元至正❶間，袁有守❷多惠政❸，民甚愛之。部使者臧❹，新貴❺，將按郡❻至袁。守自負年德❼，易之❽，聞其至，笑曰：「臧氏之子❾也。」或以告臧，臧怒，欲中守法❿。會⓫袁有豪民嘗受守杖⓬，知使者嗛⓭守，即誣守納己賕⓮。使者遂逮守，脅服⓯，奪其官⓰。袁人大憤，然未有以報⓱也。

【章　旨】寫能得民心的袁州地方長官遭誣陷被罷黜，引起當地百姓不滿的經過。

【注　釋】❶至正　元朝最後一個皇帝元順帝（惠宗）妥懽帖睦爾的年號（西元一三四一～一三六八年）。❷守　指袁州路的總管。元時各路設總管府，長官稱總管，相當於先朝州郡的長官太守，故這裡借用先朝的稱呼。❸惠政　善政；好的政績。❹部使者臧　指江西湖東道肅政廉訪司使臧某。元時分全國為二十二個監察區域，稱為道，置肅政廉訪司使，巡視所屬各路，糾察刑獄等事，兼管勸農。袁州路屬江西湖東道。部使者是借用漢武帝時掌管督察郡國的部刺史的名稱。❺新貴　新近得勢顯貴；新近做了高官。❻按郡　視察所管各郡。這裡指巡察所管各路。元朝的路相當於先朝的郡，故借用舊稱。❼自負年德　自以為資歷深、名望高。年，年紀。這裡指資歷。德，品行。這裡指名望。❽易之　看不起他。易，輕視；看不起。之，指臧某。❾臧氏之子　《孟子．梁惠王下》記載，魯平公將見孟子，被寵臣臧倉阻止了。孟子的學生樂正告訴了孟子。孟子說：「吾之不遇魯侯，天也，臧氏之子焉能使予不遇哉？」袁守用這一典故，稱「部使者臧」為「臧氏之子」，是帶有輕侮性質的玩笑話，因此部使者得知後很惱怒。❿欲中守法　想要用法律來陷害袁守。中，使之中；正好合上。⓫會　正好；正巧。⓬杖　杖刑。用棍棒打人脊背、臀部和腿部的刑罰。⓭嗛　懷恨。⓮納己賕　收受自己的賄賂。賕，賄賂。⓯脅服　逼迫人服罪。脅，脅迫；威逼。服，服罪。⓰奪其官　罷免他的官職。奪，罷去；革除。⓱報　報復。指回擊部使者。

【語　譯】元朝至正年間，袁州有位總管有許多好的政績，老百姓很愛戴他。一位姓臧的肅政廉訪司使，新近做的高官，巡視各路將到袁州。袁州總管自以為資歷深、聲望高而輕視他，聽說那人要到了，笑道：「這個臧家的孩子。」有人將這話告訴了姓臧的，姓臧的很惱怒，想借故陷害他。正巧袁州有個強橫的富人曾經受到總管的杖刑，得知廉訪使懷恨總管，就誣陷總管收受了自己的賄賂。廉訪使就逮捕了總管，逼迫他服罪，罷了他的官。袁州人很憤恨，可是沒有什麼辦法來報復廉訪使。

一日，博雞者遨於市[1]。眾知有為[2]，因讓[3]之曰：「若素名勇[4]，徒能藉貧孱者[5]耳。彼豪民恃其貲[6]，誣去賢使君[7]，袁人失父母[8]。若誠丈夫[9]，不能為使君一奮臂[10]耶？」博雞者曰：「諾[11]！」即入閭左[12]呼子弟[13]素健者，得數十人，遮[14]豪民於道。豪民方華衣乘馬，從群奴[15]而馳。博雞者直前捽下提毆之[16]。奴驚，各亡去[17]。乃褫豪民衣自衣[18]，復自策[19]其馬，麾[20]眾擁豪民馬前，反接[21]，徇諸市[22]，使自呼曰：「為民誣太守者視此[23]！」一步一呼，不呼則杖其背，盡創[24]。豪民子聞難[25]，鳩[26]宗族僮奴百許人，欲要篡[27]以歸。博雞者遂謂曰：「若欲死而父[28]，即前鬥；否則闔門善俟[29]，吾行市畢即歸若父，無恙[30]也。」豪民子懼遂杖殺其父，不敢動，稍斂眾以去[31]。袁人相聚從觀，歡動一城。郡錄事[32]駭之，馳白府[33]，府佐[34]快[35]其所為，陰縱之[36]，不問。日暮，至豪民第門[37]，捽使跪，數[38]之曰：「若為民不自謹[39]，冒[40]使君，杖汝，法也。敢用是為怨望[41]，又投間蠛汙[42]

使君，使罷㊸。汝罪宜死。今姑貸㊹汝，後不善自改，且復妄言，我當焚汝廬㊺，戕㊻汝家矣！」豪民氣盡㊼，以額叩地，謝㊽不敢。乃釋㊾之。

【章　旨】敘博雜者第一個舉動——懲治豪民。

【注　釋】❶遨於市　在街市上遊蕩。遨，遊；遊蕩。❷有為　有辦法；有能力。❸讓　責備。❹名勇　號稱勇敢。名，稱。❺藉貧孱者　欺侮貧窮和懦弱的人。藉，踐踏；欺凌。孱，懦弱；軟弱。❻恃其貲　憑藉他的財產。恃，憑藉。貲，資財；財產。❼使君　漢時對州郡長官的稱謂。這裡借稱總管。❽父母　舊時稱地方官為父母官。❾誠丈夫　果真是大丈夫。丈夫，男子漢。❿奮臂　振臂。這裡是出力相助的意思。⓫諾　表示答應的聲音。⓬閭左　指貧民居住區。閭，里門。秦代貧苦人家居里門之左，豪富人家居里門之右，故稱。⓭子弟　年輕人。⓮遮　攔截。⓯從群奴　帶著一群奴僕。從，跟隨。這裡是使之跟隨的意思。⓰直前捽下提毆之　一直上前將豪民從馬上揪下來摔打。捽，揪住。提，擲；扔。毆，打。⓱亡去　逃走。亡，逃。⓲褫豪民衣自衣　剝下豪民的衣服穿在自己身上。褫，剝去。自衣，穿在自己身上。這一「衣」字作動詞用。穿衣。⓳策　用馬鞭趕馬。⓴麾　指揮。㉑反接　將雙手交叉反綁在背後。㉒徇諸市　在街市上遊行示眾。徇，示眾。㉓為民誣太守者視此　做老百姓而誣陷太守的就是我這個下場。為民，做老百姓。太守，隋唐以前稱郡的最高長官為郡守，也叫太守。這裡借稱總管。視此，看看這樣子，意思是看看這下場。㉔盡創　都是傷痕。創，創傷；傷痕。㉕難　禍患；亂子。㉖鳩　聚集。㉗要篡　攔路奪取。要，通「邀」。攔截。篡，奪取。㉘死而父　讓你的父親死去。死，這裡是使之死的意思。而，通「爾」。你；你的。㉙闔門善俟　關起門來好好地等著。闔，關閉。㉚無恙　沒什麼妨礙。恙，疾病；傷害。㉛稍斂眾以去　漸漸地集合眾人而離開了。稍，漸。斂，集合；聚合。㉜郡錄事　指路裡的錄事。元朝在各路的長官衙門所在地設錄事司，掌管城中民事。錄事司置錄事、司候、判官各一員。㉝白府　稟告總管府。白，稟告。府，指總管府。㉞府佐　指總管府裡的佐官。包括同知、治中、判官之類。當時總管被逮革職，故由府中佐官暫時主持政事。㉟快　感到痛快。㊱陰縱之　暗地裡縱容它。指放任不管它。陰，暗中。縱，縱容；放任。㊲第門　家門。第，宅子。㊳數　列舉罪狀。㊴自謹　檢點自己；約束自己。㊵冒　冒犯；觸犯。㊶敢用是為怨望　竟敢因此而產生怨恨。敢，竟敢。用是，由此；因此。為，發生；

產生。怨望，怨恨。望，也是怨的意思。㊷投間巇汙　趁機誣陷。投間，趁機。間，間隙；機會。巇汙，汙巇；誣陷。㊸使罷　「使之罷」的省略。使他罷官。㊹姑貸　暫且寬恕。姑，姑且；暫且。貸，寬恕。㊺焚汝廬　燒掉你的房子。廬，房屋。㊻戕　殺。㊼氣盡　氣焰消了。㊽謝　謝罪；認罪。㊾釋　放掉。

【語譯】有一天，博雞者在街市遊蕩，大家知道他有辦法，就責備他道：「你平時號稱勇敢，只是能欺凌貧窮懦弱的人罷了。那個豪民憑仗他的錢財，用誣告除掉了好長官，袁州的百姓好像失掉了父母一樣。你真的是個好漢子的話，不能為長官出一把力嗎？」博雞者說：「好！」就到貧民區招呼了素稱勇健的年輕人，有幾十人，將那豪民在路上攔截了下來。那豪民正穿著華麗的衣服，乘著馬，帶著一群奴僕飛馳而來。博雞者逕直上前將他揪下馬來摔打他。奴僕們很驚恐，各自逃走了。博雞者就將豪民的衣服剝下來穿在自己身上，又自己騎了他的馬，指揮大家將豪民推在馬前，反綁他的雙手，在街市上遊行示眾，讓他自己喊：「做老百姓而誣陷太守的就是我這下場！」走一步喊一聲，不喊就用棍打他的背，背上都是傷痕。豪民的兒子聽到父親遭難，就聚集了本家和奴僕百來人，想在半路上將父親搶回去。博雞者迎面對他說：「你想讓你的父親死，就上前來打鬥；否則就關起門來好好地等待，我遊完街就放你父親回去，沒什麼妨礙。」豪民的兒子害怕父親被打死，不敢動手，漸漸集合眾人離開了。袁州百姓聚在一起跟著看，全城人都高興激動。路裡的錄事害怕事情鬧大，趕緊報到總管府，府裡的佐官對博雞者所做的事感到痛快，暗地裡縱容它，不過問。到天黑時，遊行到豪民家門口，揪住了讓他跪下，歷舉他的罪狀道：「你做老百姓的不檢點，冒犯了長官，用棍棒打你，這是按照法律辦事。你竟敢因此而產生怨恨，又趁機汙巇長官，使他丟了官。按你的罪真該死。現在暫且寬恕了你，以後不好好改過，還要胡言亂語的話，我就燒了你的房子，殺了你家的人！」那豪民的氣焰消失盡了，用額頭叩地，謝罪說不敢了，這才放了他。

博雞者因告眾曰：「是足以報使君未耶？」眾曰：「若所為誠快❶，然使君冤未白❷，猶無益也。」博雞者曰：「然。」即連楮為巨幅❸，廣二丈，大書一「屈」字，以兩竿夾揭之，走訴行御史臺❹。臺臣❺弗為理。乃與其徒日張「屈」字遊金陵市中。臺臣慙❻，追受其牒❼，為復守官而黜❽臧使者。方是時❾，博雞者以義聞東南。

【章旨】敘博雞者第二個舉動——為總管伸冤，終於使他官復原職。博雞者因此也出了名。

【注釋】❶快　痛快；暢快。❷未白　還沒有弄清楚。白，明白；清楚。❸連楮為巨幅　把紙黏連成一大張。楮，指紙張。楮是一種樹，葉子像桑而粗糙，樹皮可製桑皮紙。因此用作紙的代稱。巨幅，大張。❹行御史臺　元朝在中央設御史臺，掌管糾察百官善惡、政治得失。行御史臺是在各重要地區的分設機構，監察鄰近數道的官員、政治情況。這裡的行御史臺指江南行御史臺，所在地點屢有變動，最後設在建康路（今江蘇南京），故下文稱金陵。臧某所在的江西湖東道肅政廉訪司隸屬於它。❺臺臣　指行御史臺的長官。❻慙　羞慚。❼追受其牒　收下原先被拒絕的狀子。追，指事後補辦。牒，狀子。❽黜　貶斥；降職或罷免。❾方是時　正當這個時候。

【語譯】博雞者於是對大家說：「這樣做足夠報答使君了沒有？」大家說：「你做得確實讓人痛快，但使君的冤屈還沒有洗清，還是沒有什麼用處。」博雞者說：「對。」就用紙黏連成一大張，長二丈，上面寫著大大的一個「屈」字，用兩根竹竿夾住了高高舉起，跑到行御史臺去申訴。行御史臺的官員不受理，博雞者就和他的一幫子人天天張了這個「屈」字在金陵街市上遊行。行御史臺的官員感到羞愧，就接受了原先被拒絕的狀子，恢復了袁州總管的官職而把姓臧的廉訪使降了級。在當時，博雞者由於這件事的義舉傳遍了東南。

高子❶曰：余在史館❷，聞翰林❸天台陶先生❹言博雞者之事。觀袁守雖得民⑤，然自喜輕上⑥，其禍非外至也。臧使者枉用三尺⑦，以讎一言之憾⑧，固賊盭⑨之士哉！第⑩為上者⑪不能察，使匹夫⑫攘袂⑬群起以伸其憤；識者⑭固知元政紊弛⑮而變興自下之漸⑯矣。

【章　旨】作者對袁守、臧使者和他們的上級分別進行評論，指出了元朝政治腐敗是民間發生變亂的根源。

【注　釋】❶高子　作者自稱。❷在史館　指高啟在翰林院做國史編修官之時。史館，修撰國史的機構。明代史館入於翰林院。明太祖洪武初年，高啟在翰林院任職，參加編修元史。❸翰林　在翰林院任職的官員的通稱。明清時翰林院作為國家儲才之地，每次在進士考試後選拔一部分新進士進入翰林院任職，授翰林院庶吉士，稱為點翰林。❹天台陶先生　可能是指臨海人陶凱。陶凱字中立，明洪武初年修元史，授翰林應奉，後官至禮部尚書。天台和臨海是鄰縣，明代同屬台州府（今浙江台州），或因鄰近而誤記。❺得民　得民心；受到百姓擁護。❻自喜輕上　因自滿而輕視上級。自喜，自滿；自負。❼枉用三尺　歪曲地使用法律。枉，曲；不直。三尺，三尺法。漢以前將法律條文書寫在三尺長的竹簡上，後世就稱法律為三尺法，簡稱三尺。❽讎一言之憾　報復因一句話而引起的仇恨。讎，報仇；報復。憾，恨。❾賊盭　陰險狠戾。盭，同「戾」。❿第　但。⓫為上者　上司；上級部門。⓬匹夫　普通的個人。⓭攘袂　捋起袖子。⓮識者　有識之士。⓯紊弛　紊亂鬆懈。⓰變興自下之漸　變亂發生的徵兆。變，變亂。興，興起；產生。漸，徵兆。

【語　譯】高子說：我在國史館時，聽到翰林天台陶先生講起博雞者的事跡。在我看來，袁州總管雖然能得到百姓擁護，但他自滿而且輕視上司，他的禍患是他自己招來的。姓臧的廉訪使歪曲地使用法律，用來報復由一句話引起的怨恨，真是個陰險狠毒的人啊！但是上級部門不能審察這一情況，使得普通百姓成群地起來動手伸張他們的義憤；有識之士已經看出元朝政事混亂鬆懈，變亂將要發生的徵兆了。

【研　析】社會上常常有這樣一種人：他們身無恆業，家無恆產，生活在社會的底層。他們可能根本就不是忠厚的良民，常常惹事生非，稱霸一方，是造成社會不安定的因素，而且往往是黑社會勢力的基本成員。他們為惡，但在某些特定的情況下也能為善，而且常常可以做出一般人做不出的義舉，從而為人們所稱道。〈書博雞者事〉所寫的博雞者就是這樣一類人。他不事產業，整天在街市中鬥雞賭博，動不動就與人爭鬥，十足是個無賴之徒，為人們所不齒，連姓名也不為人所知。但他一旦為義憤所激發，懲豪民、鬥官府，使得好官袁州總管的冤情得到洗雪，伸張了正義。這些不尋常的義舉，就令人刮目相看，贏得了很大的名聲。

博雞者能夠做出這樣的舉動，首先在於他的勇敢。他任氣好鬥，使得地方上那些恃強好勝的人都能服從他。這自然很勇敢。正因為他勇敢，人們才推他出來做打抱不平的出頭之人，而他答應了人們的要求後，說幹就幹，將誣告好官的不法豪民拉來遊街，當豪民之子糾集了一大群人準備搶奪豪民時，他臨危不懼，嚇退了他們，終於將豪民狠狠懲治了一番。同樣是勇敢，使他一不做二不休，又帶領了一幫子人趕到南京去伸冤，當狀子被拒絕受理時，他敢於每天張著個大大的「屈」字遊行，迫使當局受理了，並做出公正處理後才罷休。他的這些舉動是一般人所做不出來的。袁州士民中，不乏具有正義感的人，但他們缺少敢作敢為的勇氣，所以沒有人敢出來領頭。

勇敢是博雞者這一類人所普遍具有的特徵，但這種勇敢往往只是用來任氣鬥狠，欺壓貧弱者，這種勇敢是種無賴之勇，不值得一提。而這種勇敢一旦用在正事上，做出有益於社會有益於民眾的事情，才值得稱道和提倡。博雞者能做出為人稱道的事情，除了勇敢外，還有一個重要因素是俠義。當他在街市上遊蕩時，人們用激將法激發了他的正義感。一個簡短而乾脆的「諾」字，體現了他豪爽仗義的性格。這使得他做出了懲治豪民的舉動。同樣，當人們認為事情還沒有做完，總管的冤情還沒有洗清時，他又只回答了一個「然」，二話沒說。同樣是這豪爽俠義的精神，使得他說到做到，在使總管的冤情得到洗雪前絕不罷休。重然諾，輕生死；言必信，行必果，是古代豪俠之士的俠義精神，博雞者的義舉也正是這種精神的體現。

高啟此文的最成功處，正是為我們刻畫出了一個為惡但也可能為善，並且能夠改惡為善的人物形象。

方孝孺

【作　者】方孝孺（西元一三五七～一四〇二年），字希直，一字希古，別號遜志，人稱正學先生，寧海（今浙江寧海縣）人。年輕時跟隨宋濂學習，以文章和理學著名於當時。明太祖洪武年間任漢中府教授。建文帝時任侍講學士，後改為文學博士。燕王朱棣（即明成祖）發動「靖難之役」，方孝孺為建文帝謀劃對策。燕王攻入南京，奪取政權後，命他起草登極詔書，他拒不受命而被殺，宗族親友受連累而死的有八百多人。著有《遜志齋集》。

深慮論

【題　解】本文選自《遜志齋集》，是篇史論文。〈深慮論〉共有十篇，本文是其中的第一篇。本文列舉了大量史實，說明歷代君主雖然深謀遠慮，但避免不了後世敗亡的命運，這是因為人的智力有限，不可能圖謀天道的緣故。要使國家避免敗亡的命運，只有積累至誠的心意，用大德來感動上天，求得保佑。

慮天下者，常圖其所難而忽其所易，備❶其可畏而遺❷其所不疑。然而禍常發於所忽之中，而亂常起於不足疑之事。豈其慮之未周與❸？蓋慮之所能及者，人事之宜然❹，而出於智力之所不及者，天道❺也。

【章　旨】認為人所能夠考慮到的只是人世間本來就應該如此的事情，而天道是人的智力所不能達到的。

【注　釋】❶備　防備。❷遺　遺漏。❸豈其慮之未周與　難道他們考慮得不周到嗎。周，周到。與，通「歟」。❹宜然　應當如此。❺天道　指支配人的命運的天的意志。

【語　譯】考慮天下大事的人，常常謀劃那些困難的事情而忽略了容易的事情，防備那些可怕的事情而遺漏了不被懷疑的事情。然而禍患常常在那些被忽略的事情之中發生，變亂常常在不值得懷疑的事情中產生。難道是他們考慮得不周到嗎？這是因為人所能夠考慮到的，只是人世間本來就應該如此的事情，而超出了人的智力，為智力所達不到的是天道。

當秦之世，而滅諸侯，一天下❶，而其心以為周之亡在乎諸侯之強耳，變封建為郡縣❷。方以為兵革❸可不復用，天子之位可以世守，而不知漢帝起隴畝之匹夫❹而卒亡秦之社稷❺。漢懲秦之孤立❻，於是大建庶孽而為諸侯❼，以為同姓之親，可以相繼而無變，而七國萌篡弒之謀❽。武、宣以後，稍剖析之而分其勢❾，以為無事矣，而王莽卒移漢祚❿。光武之懲哀、平⓫，魏之懲漢⓬，晉之懲魏⓭，各懲其所由亡而為之備，而其亡也，蓋出於所備之外。唐太宗聞武氏之殺其子孫，求人於疑似之際而除之⓮，而武氏⓯日侍其左右而不悟。宋太祖見五代方鎮之足以制其君，盡釋其兵權⑯，使力弱而易制，而不知子孫卒困於夷狄⑰。此其人皆有出人之智，負蓋世之才，其於治亂存亡之幾⑱，思之詳而備之審⑲矣。慮切於此而禍興於彼，終至於亂亡者，何哉？蓋智可以謀人，而不可以謀天。

【章旨】列舉歷朝君主深謀遠慮，而後世終不免敗亡的大量事實，說明人的智力能夠謀劃人事，而不能謀劃天道。

【注釋】❶一天下　統一天下。一，這裡作動詞用。統一。❷變封建為郡縣　指秦始皇廢除周朝的分封制而建立郡、縣兩級，由中央直接控制的集權制度。封建，指天子將爵位、土地賜給諸侯，在封定的區域裡建立邦國。郡縣，秦始皇時將全國分為三十六郡，郡下設縣，郡、縣的重要官吏由皇帝直接任命。❸兵革　指戰爭。兵，兵器；武器。革，用皮製成的戰衣之類。❹漢帝起隴畝之匹夫　謂漢高祖出身卑微。漢帝，指漢高祖劉邦，沛縣（今江蘇沛縣）人。曾做泗水亭長，是地方上負責治安的小官。秦二世元年（西元前二〇九年）陳勝起義，他在沛縣響應，後來成為反秦主力，在西元前二〇六年，率軍攻佔咸陽，推翻秦朝。經過五年的「楚漢戰爭」，在西元前二〇二年戰勝項羽，即皇帝位，建立漢朝。西元前二〇二～前一九五年在位。隴畝，田畝之中。隴，通「壟」。田埂。❺社稷　指國家。社，原指土地神。稷，原指穀神。社稷為古代君主所祭，故用作國家的代稱。❻漢懲秦之孤立　漢朝以秦朝只設立帝王不分封子弟作為教訓。懲，懲戒；教訓。孤立，指只設立帝王而不分封子弟。❼大建庶孽而為諸侯　指漢高祖即位分封自己的子弟十多人為王。庶孽，妾所生的兒子。這裡是泛指太子除外的子弟。❽七國萌篡弒之謀　指漢景帝時發生的「七國之亂」。漢景帝接受大臣鼂錯削藩的建議，逐步削奪王國的封地，引起諸侯王的不滿。吳王劉濞聯合其他六國，以誅鼂錯為名，發動了叛亂。七國，指吳、楚、趙、膠東、膠西、濟南、臨淄七國。萌，萌生；產生。篡弒，篡奪君位並謀殺君主。弒，指臣殺君或子殺父母。❾武宣以後二句　指漢武帝、漢宣帝削減了諸侯王的勢力。武，指漢武帝劉徹。西元前一四〇～前八七年在位。他頒布了「推恩令」，允許諸侯王把自己的土地分封給子弟，從而削弱了各王國的勢力。宣，指漢宣帝劉詢。漢武帝子戾太子的孫子。西元前七四～前四九年在位。剖析，指分割封地給子弟。❿王莽卒移漢祚　指王莽篡位。王莽，漢元帝皇后之姪子。西漢末以外戚身分掌握政權，逐步篡奪皇權。在初始元年（西元八年）稱帝，改國號為新。進行一系列改制，均告失敗。西元二三年，被綠林、赤眉軍所殺。移漢祚，篡奪了漢朝的帝位。祚，皇位。⑪光武之懲哀平　漢光武帝以漢哀帝、漢平帝時外戚專權為教訓。光武，指東漢光武帝劉秀。東漢的建立者。西元二五～五七年在位。他是西漢皇族，在王莽末年加入綠林軍，以恢復漢家制度為號召，逐步擴大武裝。在推翻王莽政權後，又削平各地割據勢力，統一全國。哀，指漢哀帝劉欣。西元前六～前一年在位。死時二十六歲。平，指漢平帝劉衎。西元前一年～西元五年在位。死時十四歲。哀帝時實權掌握在傅、丁兩系外戚集團手裡，平帝時實權掌握在外戚王莽手裡。外戚專權，終於導致了皇位被篡奪。⑫魏之懲漢　曹魏以東漢滅亡為教訓。魏，指三國魏。西元二二〇年曹丕代漢稱帝建立的政權。西元二六五年滅亡。⑬晉之懲魏　西晉以曹魏的滅亡為教訓。晉，指西晉。西元二六五年司馬炎代魏稱帝建立的政權。西元三一六年滅亡。⑭唐太宗二句　據《資治通鑑》，唐太宗貞觀二十二年（西元六四八年），有民間流傳的祕記上說：唐三代以後，將有女主武氏代唐取得天下。唐太宗問太史令李淳風是否可信，李淳風說根據天象和曆數，這個人已在皇宮中。三十年之內，將統治天下，殺害唐王室的子孫，這朕兆已經形成。唐太宗就想把宮中值得懷疑的人都殺掉，被李淳風所勸止。⑮武氏　指武則天。武則天十四歲時被選入宮，為唐太宗才人（妃嬪的稱號）。後被唐高宗立為皇后，參預朝政，與高宗並稱「二聖」。西元六八三年中宗繼位，她臨朝稱制。次年，廢中宗，立睿宗。西元六九〇年，廢睿宗，稱聖神皇帝，改國號周。在執政期間，殺戮李唐宗室多人。西元七〇五年，中宗復位，上尊號稱則天大聖皇帝，這年冬天去世。⑯宋太祖二句　指宋太祖即位後，採用宰相趙普的建議，將武將的兵權收了回來。宋太祖趙匡胤原是五代後周的殿前都點檢，領宋州歸德軍節度使，掌握兵權。西元九六〇年發動兵變，即帝位，國號宋。建國後，他採用趙普建議，用高官厚祿為條件，先後削奪了禁軍將領和藩鎮的兵權。五代，指唐朝以後的梁、唐、晉、漢、周五個王朝。方鎮，鎮守一方的軍事長官，唐五代時的節度使之類，也即藩鎮。釋，解除。⑰子孫卒困於夷狄　指宋朝軍事力量薄弱，被北方少數民族的政權所逼迫。北宋時，東北邊先後有遼、金，西北邊有西夏等少數民族政權的威脅和侵擾，南宋時則形成宋、金對峙局面，後來又為蒙古（元）所滅亡。夷狄，古代對少數民族的蔑稱。這裡指遼、西夏、金、元等少數民族建立的政權。⑱幾　細微的跡象。⑲審　仔細。

【語譯】在秦朝的時候，消滅了諸侯國，統一了天下，認為周朝的滅亡在於諸侯的強大，因此改變分封諸侯的制度代之以建立郡縣的制度。正以為戰爭可以不再進行，天子的職位可以世代保有時，竟不知道漢高祖這個在田野中崛起的匹夫，終於將秦王朝滅亡了。漢朝以秦朝的只設立帝王而不分封諸侯為教訓，於是大量分封自己的子弟為諸侯王，認為靠同姓的親屬關係，可以使皇位繼續下去而沒有什麼改變了，但吳楚七國卻產生了篡權弒君的陰謀。漢武帝、宣帝以後，漸漸將諸侯王的封地分割了，削弱他們的勢力，以為不再有什麼變故了，但王莽終於奪取了漢朝的皇位。東漢光武帝以西漢哀帝、平帝時的局勢為教訓，曹魏以東漢的滅亡為教訓，西晉以曹魏的滅亡為教訓，各自以前朝敗亡的緣由為教訓並採取了防備措施，但它們的敗亡，大多出於所防備的之外。唐太宗聽說將有姓武的女子殺戮他的子孫，就想搜求有嫌疑的人而加以清除，但武則天每天都侍奉在他身邊他卻感覺不到。宋太祖看到五代時的藩鎮勢力足以挾制君主，就將自己手下武將的兵權全部解除了，使它們力量減弱而容易控制，但不知道自己的後代終於受到少數民族政權的困擾。這些人都有超人的智慧，蓋世的才能，他們對於國家治亂存亡的微妙變化，思考得很詳細，防備得很周到。但他們的考慮在此處，禍患卻產生在別處，終於導致變亂敗亡，這是為什麼呢？是因為人的智力可以謀劃人事，但不能謀劃天道的緣故。

良醫之子，多死於病；良巫❶之子，多死於鬼。彼豈工於活人而拙於活己之子哉？乃工於謀人而拙於謀天也。古之聖人，知天下後世之變，非智慮之所能周❷，非法術之所能制，不敢肆❸其私謀詭計，而惟積至誠、用大德以結乎天心，使天眷❹其德，若慈母之保赤子而不忍釋。故其子孫雖有至愚不肖者，足以亡國，而天卒不忍遽❺亡之。此慮之遠者也。夫苟不能自結於天，而欲以區區之智❻，籠絡當世之務❼，而必後世之無危亡，此理之所必無者也，而豈天道哉！

【章旨】認為只有積累至誠的心意，用大德來聯結上天的意志，才能避免國家敗亡的慘禍，才是非常深遠的考慮。

【注釋】❶良巫　很高明的巫師。巫，以為人求神祈禱為職業的人。❷周　周到；細緻。❸肆　放縱。❹眷　眷念；喜愛。❺遽　立即；很快。❻區區之智　小小的智慧。區區，微不足道的樣子。❼籠絡當世之務　包攬當世的事務。籠絡，包攬；總括。務，指緊要的事務。

【語譯】高明的醫生的孩子，大多死於疾病；高明的巫師的孩子，大多死於鬼怪。難道是他們善於救活別人卻不善於救活自己的孩子？只是因為他們善於謀劃人事卻不善於謀劃天道啊。古代的聖人，知道天下後世的變化，不是人的智力思考所能周全的，不是法令權術所能控制的，不敢放縱他們的陰謀詭計，而只是積累他們的至誠的心意，用大德來聯結上天的意志，使上天顧念他們的品德，好像慈母保育自己的嬰兒那樣捨不得放開。因此他們的子孫，雖然有非常愚蠢不成材、足以使國家滅亡的，但上天終究不忍心使他們的國家即刻滅亡。這是考慮得很深遠的。假如不能夠自己聯結於上天，卻想用小小的智慧來包攬天下要緊的事務，而希望他們的後代一定沒有危亡的，這在道理上是一定沒有的，何況天道會有嗎！

【研析】這篇史論文的論證嚴密，邏輯性強。文章開頭提出考慮天下大事的人，常常考慮、防備了困難的、可怕的事情，而忽視、遺漏了容易的、不被懷疑的事情，但禍患常常發生在被忽略、不值得懷疑的事情中。這就很自然地把人事和天道聯繫起來了，從而也就自然而然地提出論點：人所能思考到的只是必然如此的人事，而人的智力所達不到的是天道。這就為全篇議論作了張本。接著文章列舉了大量史實，說明歷代君主都吸取了前朝敗亡的教訓，採取了相應的防範措施，但終於避免不了後代敗亡的慘禍。這些事例都是用來說明人的智力只能謀劃人事，但不能謀劃天道。這一章史實豐富，具有很強的說服力。接著文章用良醫之子多死於病、良巫之子多死於鬼的事例，進一步深化了論點。最後，文章認為只有積累至誠，用大德順應天的意志，才能夠受到上天的庇護，從而避免國家的敗亡。這是說天道雖然是人的智力所不能謀劃的，但人事可以合乎天心，順應天道。人事和天道可以相應合、相和諧。文章結尾用反問作結，顯得很明快。

論述天道與人事的關係，在古人是很多的。而像這篇文章那樣透澈明快，卻是不多見的。當然這篇文章將歷朝歷代敗亡的原因歸之於天道，從而陷入了天命論和不可知論，這一些是我們具有現代知識的人所不贊成的。因為歷朝敗亡的原因，其實並不在於天道，而也正是在於人事。不過，作者論述人事與天道的關係，要求統治者順應於天，「積至誠」、「用大德」，而不是妄作非為，這對於統治者還是有儆戒作用的。這也正是這篇文章的意義所在。

越巫

【題解】本文選自《遜志齋集》，是篇諷刺性的雜文。它諷刺了社會上那些自欺欺人、招搖撞騙的人，不單害別人，最後也會害了自己。越巫，越地的巫。越，現在浙江省一帶。春秋時為越國的疆域。巫，以降神驅鬼治病為職業的人。巫一般指女性，男性的稱為覡，也即神漢。這裡的巫是男性。

越巫自詭❶善驅鬼物❷。人病，立壇場❸，鳴角振鈴❹，跳擲叫呼❺，為胡旋舞❻禳之❼。病幸已❽，饌酒食❾，持其貲❿去；死則諉以它故⓫，終不自信其術之妄。恆夸人⓬曰：「我善治鬼，鬼莫敢我抗⓭。」

【章旨】介紹越巫的驅鬼伎倆，表明他是自欺欺人。

【注釋】❶自詭　自己假稱。詭，說假話。❷鬼物　鬼怪之類。❸壇場　指巫跳神作法事的地方。壇，土臺。場，場地。❹鳴角振鈴　吹角搖鈴。角，用動物角做成的一種樂器。振，搖動。❺跳擲叫呼　又是跳躍，又是喊叫。擲，騰躍。❻胡旋舞　一種旋轉的舞蹈。原是唐代時西域少數民族傳入。這裡指越巫驅鬼時跳躍的姿態。❼禳之　消除鬼怪。禳，用祭祀或祈禱來消除災禍。之，指鬼怪。❽病幸已　病碰巧好了。幸，僥倖；碰巧。已，停止。❾饌酒食　喝酒吃飯。饌，吃喝。❿貲　財物。⓫諉以它故　拿別的原因來推託。諉，推託；搪塞。它故，另外的原因。⓬夸人　向人誇耀。⓭莫敢我抗　「莫敢抗我」的倒裝。不敢和我對抗。

【語譯】越地有個男巫，自己假稱善於驅除鬼怪。別人生了病，他就設立壇場，吹角搖鈴，又跳又叫，旋轉跳躍，來祈禱消災。病碰巧好了，他就又吃又喝，收了錢財離開。要是人死了，他就找出些別的原因來推託，始終不相信自己的法術是假的。常常向人誇耀說：「我善於懲治鬼，鬼不敢和我相對抗。」

惡少年慍其誕❶，瞷❷其夜歸，分五六人，棲道旁木上，相去各里所❸，候巫過，下砂石擊之。巫以為真鬼也，即旋其角，且角且走。心大駭，首岑岑加重❹，行不知足所在。稍前，駭頗定❺，木間砂亂下如初，又旋而角，角不能成音，走愈急。復至前，復如初。手慄氣懾❻，不能角，角墜；振其鈴，既而鈴墜，惟大叫以行。行，聞履聲及葉鳴、谷響，亦皆以為鬼，號求救於人甚哀。夜半，抵家，大哭叩門。其妻問故，舌縮不能言❼，惟指床曰：「亟❽扶我寢，我遇鬼，今死矣！」扶至床，膽裂❾死，膚色如藍❿。巫至死不知其非鬼。

【章旨】寫越巫被人捉弄，受驚嚇而死。

【注釋】❶慍其誕　憤恨他的欺妄。慍，恨怒。誕，虛妄不實。❷瞯　窺視。❸里所　一里左右。所，表示大概。❹首岑岑加重　頭脹悶麻木。岑岑，頭脹痛的樣子。❺駭頗定　驚怕稍微鎮定了些。頗，稍微。❻手慄氣懾　手顫抖，氣也不敢出。慄，因害怕而抖動。懾，因恐懼而不敢出氣。❼舌縮不能言　舌頭收縮僵硬不能說話。❽亟　急。❾膽裂　膽破裂。古人認為過於恐懼會使人膽破裂。❿藍　藍靛。一種青色的染料。

【語譯】一些品行惡劣的年輕人憤恨他虛妄不實，趁著他在夜晚回家時，分五六人躲在路邊的樹上，每人相隔一里左右。等到男巫經過時，扔下砂石打他；男巫以為是真鬼，就旋轉他的角。一邊吹角一邊奔跑，心裡很害怕，頭脹痛發悶，走路也不成步子。稍稍往前走了一段，害怕也稍微安定了一點，樹間又像開始那樣亂扔砂石下來，男巫又旋轉他的角吹著，卻吹不出完整的聲音，男巫跑得更快了。他又往前跑了一段，樹間又像剛開始那樣亂扔砂石下來，男巫手在顫抖，氣也不敢出，再也不能吹角，角掉落在地上；搖他的鈴，不久鈴也掉落了，只有大聲叫喊著往前走。走時聽到鞋子聲以及樹葉發出的沙沙聲、山谷的回聲，也都以為是鬼。他大聲哭喊著，非常悲切地向人求救。半夜時到了家裡，大哭著敲門。妻子問他怎麼啦，他的舌頭收縮了說不出話來，只指著床說：「快扶我上去睡覺，我遇到鬼了，今天要死了！」把他扶上了床，他已嚇破了膽死去了，膚色發青。這個男巫到死也不知道遇到的其實不是鬼。

【研析】這位替人驅鬼治病的男巫其實什麼本事都不具備，但他偏要裝神弄鬼，而且自以為能，他的目的當然在於騙人錢財。可是在遇上假扮的鬼時，不僅他的驅鬼方法失去了作用，而且本人竟至於受驚嚇而死。他的騙人伎倆被揭穿不算，更賠上了自己的一條命。作者寫這篇文章的用意在於諷刺妄言欺人的人，不僅會害別人，最終還會害了自己。

這篇文章篇幅不長，卻寫得很生動明快。特別是用了對比的手法，寫男巫騙人伎倆被揭穿前後的行為，具有強烈的反差效果。被揭穿前，他設立壇場，鳴角搖鈴，又跳又叫，像煞有介事的樣子。而且還要時常向人誇耀，說自己治鬼的法術高明。可是一遇上假扮的鬼，以為遇上了真鬼，頭昏腦脹，走不成步，到後來更是角也不能鳴了，鈴也搖不響了，統統丟在路上，只好大喊救命。回到家，躺在床上，嚇破了膽，連膚色也發青，死去了。這樣的對比描寫自然是有震撼人的警戒效果。這篇文章通篇只是敘述描寫，沒有一句教訓的話，但包含的道理卻明顯而且深刻，很耐人尋味。

即使我們不去體會作者寫作的用意，單是從破除迷信的角度看，此文也是一篇具有教育意義並且富有現實性的好文章。巫婆、神漢裝神弄鬼是騙人，可是現實中相信鬼神，相信巫婆、神漢具有降神驅鬼法術的人並不在少數。推而廣之，種種江湖伎倆，其實也跟巫術有許多相同之處，從事這類職業的江湖術士跟文中這位男巫所用的招搖撞騙、自欺欺人的手法其實也差不多，可是相信他們的人也並不在少數。文中的男巫還有一幫惡少年加以揭穿，而現在的那些江湖騙子們又有誰來加以揭穿呢？

吳士

【題解】本文選自《遜志齋集》，是篇諷刺性的雜文。作者在篇後附有一段說明：「右〈越巫〉、〈吳士〉二篇，余見世人之好誕者死於誕、好夸者死於夸，而終身不自知其非者眾矣，豈不惑哉！遊吳越間，客談二事類之，書以為世戒。」這篇文章在於諷刺夸夸其談的人不僅耽誤了軍國大事，而且也為此付出了自己的生命。吳士，吳地的讀書人。吳，現在江蘇省長江以南一帶，包括現在的上海市和浙江省北部的一部分。為春秋時吳國疆域。

吳士好夸言❶，自高其能❷，謂舉世莫及。尤善談兵❸，談必推孫、吳❹。

【章　旨】刻畫夸夸其談的吳士形象。

【注　釋】❶好夸言　喜歡說誇張不實的話。❷自高其能　自認為才能很高。高，作動詞用。以為高；抬高。❸善談兵　喜好談論兵法。善，善於。這裡是喜歡的意思。❹孫吳　孫，指孫武。春秋時著名軍事家，著有《孫子兵法》。吳，指吳起。戰國時著名軍事家，著有《吳起兵法》，今已亡佚，傳世的《吳子》為後人偽託。

【語　譯】吳地有個讀書人喜歡吹牛皮，自認為才能很高，世上沒有人比得上他。特別喜歡談論兵法，談論時一定將孫武和吳起推舉出來。

遇元季❶亂，張士誠稱王姑蘇❷，與國朝爭雄❸，兵未決❹。士謁❺士誠曰：「吾觀今天下，形勢莫便於❻姑蘇，粟帛莫富於姑蘇，甲兵莫利於姑蘇；然而不霸❼者，將劣❽也。今大王之將，皆任賤丈夫❾，戰而不知兵，此鼠鬥❿耳！王果能將吾⓫，中原⓬可得，於勝小敵何有⓭？」士誠以為然，俾為將⓮，聽自募兵⓯，戒司粟吏勿與較贏縮⓰。

【章　旨】寫夸夸其談的吳士騙得張士誠的信任，受到了任用。

【注　釋】❶元季　元朝末年。季，末；最後的。❷張士誠稱王姑蘇　張士誠在蘇州自稱吳王。張士誠，元末泰州（今江蘇泰州）人，鹽販出身。與弟士德、士信率鹽民起兵反元，在至正十六年（西元一三五六年）定都平江（今江蘇蘇州）。第二年被朱元璋打敗，投降元朝。後來又擴佔土地，疆域南至浙江紹興，北到山東濟寧，西到安徽北部，東到海。至正二十三年（西元一三六三年）秋，自稱吳王。後又多次被朱元璋打敗。至正二十七年（西元一三六七年）秋，平江城破，被俘至金陵，自縊而死。姑蘇，今江蘇蘇州的別稱。因西南有姑蘇山而得名。❸與國朝爭雄　與本朝相爭。國朝，對本朝的稱呼。這裡指明朝。爭雄，爭勝。❹兵未決　戰爭勝負還沒有定下來。❺謁　拜見。❻便於　有利於。便，便利；有利。❼霸　稱霸。指取得天下。❽將劣　將領的本領差。❾賤丈夫　沒有本領的男人。❿鼠鬥　像老鼠相鬥。⓫將吾　以我為將。將，作動詞用。⓬中原　指黃河中下游一帶。⓭於勝小敵何有　對於戰勝弱小的敵人又算得了什麼呢。小敵，這裡是對朱元璋明軍的輕蔑稱呼。⓮俾為將　讓他擔任了將領。俾，使；讓。⓯聽自募兵　任由他自己招募士兵。聽，聽任；任由。⓰戒司粟吏勿與較贏縮　告誡主管糧食的官吏，不要與他計較使用了多少糧食。戒，告誡。司粟吏，主管糧食的官吏。司，主管；負責。較，計較。贏縮，多少。贏，通「贏」。滿；多。縮，少；不足。

【語　譯】適逢元末戰亂，張士誠在蘇州自稱吳王，和我明朝相爭，戰爭的勝負還沒有定。這位讀書人去拜見張士誠，說道：「我看當今天下，形勢沒有比蘇州更有利的，糧食和布帛沒有比蘇州更富有的，武器裝備沒有比蘇州更精良的，然而卻不能稱霸天下，那是因為將領的本領差。現在大王的將領，任用的都是些沒本領的人，他們打仗卻不知用兵，這不過是像老鼠在打架一樣罷了！大王如果能讓我擔任將軍的話，中原也可以取得，對於戰勝小小的敵人又算得了什麼？」張士誠認為他說得對，就讓他擔任了將軍，任由他自己去招募軍隊，告誡主管糧食的官吏不要計較他使用掉了多少糧食。

士嘗遊錢塘❶，與無賴懦人❷交。遂募兵於錢塘，無賴士❸皆起從之。得官者數十人，月靡粟萬計❹。日相與講擊刺坐作之法❺，暇則斬牲具酒❻，燕飲❼其所募士。實未嘗能將兵❽也。

【章　旨】寫吳士招募了一批無賴之徒，白白消耗了錢糧。其實吳士根本不會統率軍隊。

【注　釋】❶錢塘　今浙江杭州。❷無賴懦人　遊手好閒又膽量很小的人。無賴，沒有正當職業、遊手好閒的人。懦人，怯懦的人；膽量很小的人。❸無賴士　無賴之徒。❹月靡粟萬計　每月消耗數萬的糧食。靡，耗費。萬計，用萬作單位計算。

❺日相與講擊刺坐作之法　每天在一起講究擊劍、扎槍、跪倒、起立的方法。相與，互相；一起。坐作，跪倒和起立。這也是作戰的基本方法。❻斬牲具酒　殺了牲口準備了酒食。❼燕飲　設宴飲酒。燕，通「宴」。❽將兵　帶兵；統率軍隊。

【語　譯】這位讀書人曾經遊過杭州，和一些沒有正當職業又很膽小的人交往。於是他就到杭州招兵，無賴之徒都爭相跟隨了他。這些人中有幾十人得到了官職，每月耗費數以萬計的糧食。天天聚在一起講論擊劍、扎槍、跪倒、起立的方法，空下來就殺牲口準備酒食，設宴款待招來的士兵。其實他並不能統率軍隊。

李曹公❶破錢塘，士及麾下❷遁去，不敢少格❸。蒐得❹，轉至轅門❺誅之。垂死❻猶曰：「吾善孫、吳法。」

【章　旨】寫吳士根本不會打仗，可是死到臨頭仍不覺悟，還要誇說自己深懂兵法。

【注　釋】❶李曹公　即李文忠。朱元璋的外甥。洪武年間因為戰功封曹國公，官至大都督府左都督。❷麾下　部下。❸少格　稍作抵抗。少，稍微。格，搏鬥；抵抗。❹蒐得　搜索抓獲。蒐，同「搜」。❺轅門　軍門。古代打仗時，在將帥駐守地的出入之處仰起兩輛戰車，使兩車的轅相向交接，成一半圓形的門，稱為「轅門」。後用於指將帥軍營的大門。❻垂死　臨死。

【語　譯】李曹公攻破了杭州，這位讀書人和他的部下逃走了，一點也不敢抵抗。經過搜索抓到了他，綁到李曹公的軍門去斬首。臨死時他還要說：「我擅長孫武、吳起的兵法。」

【研　析】讀這篇〈吳士〉，可以跟前面所選的宋濂的〈大言〉聯繫起來看。這位吳士和〈大言〉中的尊盧沙實在有不少相似之處：兩人同是夸夸其談者，而且同樣的自我感覺良好，吳士「好夸言，自高其能，謂舉世莫及」；尊盧沙「善誇談，居之不疑」。兩人有相似的經歷，都憑著自己的善於說大話去遊說君王，並且取得了高官。吳士憑著他的「善談兵」在吳王張士誠那裡騙得了將軍的職位；而尊盧沙則憑著他的「王國之術」在楚王那裡騙得了卿這樣的高位。兩人也同樣的沒有真實本領，同樣的貽誤軍國大事：吳士在明朝軍隊的進攻下「遁去，不敢少格」；而尊盧沙聽說晉國軍隊打過來時，面對楚王「瞠目視，不對」，竟然建議楚王割地求和。兩人夸夸其談的結果都是既害國又害己：吳士被敵方殺了頭；尊盧沙則被楚王割了鼻。不過兩人也還是有不同之處：尊盧沙受了割鼻的教訓後，懂得了大言足以取禍，從此不再說大話，總算還能夠覺悟；而吳士死到臨頭，還在嘴皮子硬，說什麼自己擅長孫、吳的兵法。始終沒有覺悟，可笑也更加可憐。

這兩篇文章的用意都是諷刺夸夸其談者，指出沒有真實本領而只會大言不慚，其結果足以取禍，不僅會害國、害人，最終也必然害了自己。這兩篇文章同樣具有警戒世人的作用。不過，兩篇文章的體裁並不相同。宋濂的〈大言〉是則寓言，尊盧沙是個虛構的人物。而方孝孺的〈吳士〉是根據吳越間的一則傳聞寫成。這位吳士即使不是實有其人，也是有一定的事實作為根據的。《續資治通鑑》上說張士誠兄弟佔據蘇州一帶後，為了在讀書人那裡贏得讚譽，讀書人來投奔他，也不管是否有真才實學，往往給予優厚的待遇，因此濫竽充數的很多。張士誠的弟弟張士信做江浙丞相，有參軍黃敬夫、蔡彥文、葉德新等人因精於拍馬而得到重用。當時有民謠諷刺道：「丞相做事業，專用黃、蔡、葉，一朝西風起，乾鱉。」說明張士誠確實是重用吳士這樣的人。

指喻

【題解】本文選自《遜志齋集》，是篇雜文。它透過一位友人拇指生了個小疙瘩，因為沒有及時治療，逐漸變大，差點釀成大禍這樣的事情，說明了天下事的變化也往往在細微處發生，如果不及時注意並採取措施，往往也會釀成大害。

浦陽❶鄭君仲辨❷，其容闐然❸，其色渥然❹，其氣充然❺，未嘗有疾也。他日❻，左手之拇有疹❼焉，隆起而粟❽。君疑之，以示人，人大笑，以為不足患❾。既三日❿，聚而如錢⓫，憂之滋甚⓬，又以示人，笑者如初。又三日，拇之大盈握⓭，近拇之指皆為之痛，若剟刺⓮狀，肢體心膂⓯，無不病者。懼而謀諸醫⓰，醫視之，驚曰：「此疾之奇者。雖病在指，其實一身病也。不速治，且能傷生。然始發之時，終日可愈⓱；三日，越旬⓲可愈；今疾且成已⓳，非三月不能瘳⓴。終日而愈，艾㉑可治也；越旬而愈，藥可治也；至於既成，甚將延乎肝膈㉒，否亦將為一臂之憂。非有以禦其內㉓，其勢不止；非有以治其外，疾未易為也。」君從其言，日服湯劑㉔而傅以善藥㉕，果至二月而後瘳，三月而神色始復。

【章旨】記述友人拇指生病、治療的經過。

【注釋】❶浦陽　今浙江浦江縣。因浦陽江源出於縣的西部而得名。❷鄭君仲辨　作者的友人。姓鄭，仲辨當是字。❸闐然　豐滿的樣子。❹渥然　紅潤的樣子。❺充然　充沛的樣子。❻他日　某一天；有一天。❼疹　疹子。皮膚上出現的小疙瘩。❽隆起而粟　腫起像粟一樣大小。而，如。粟，小米。❾患　擔憂。❿既三日　三天後。既，已經。⓫聚而如錢　聚在一起像銅錢那麼大。錢，指銅錢。⓬滋甚　更加厲害。滋，增加。⓭盈握　滿把。握，古代指一手所能握持的大小或分量。⓮剟刺　刺。剟也是刺的意思。⓯膂　脊椎骨。⓰謀諸醫　求醫治病。⓱終日可愈　一整天就能治好病。愈，通「癒」。⓲越旬　超過十天。旬，十天。⓳且成已　將要完全形成了。已，完成；結束。⓴瘳　病癒。㉑艾　一種有香氣的草。葉子可製艾絨，供鍼灸用。㉒肝膈　指人身體內部的要害之處。膈，人體內分隔胸腔和腹腔的肌膜結構。㉓禦其內　防治他內部的。

內，指身體內部。㉔湯劑　湯藥；熬成湯汁的中藥。㉕傅以善藥　用療效很好的藥物敷在瘡口上。傅，通「敷」。

【語譯】浦江鄭仲辨，他的容貌豐滿，臉色紅潤，神氣十足，從未生過病。有一天，左手的拇指上生了一個小疙瘩，腫起像小米那麼大。他感到驚疑，給人家看，人家大笑，認為沒什麼好擔憂的。三天後，腫起像銅錢那麼大，他更加擔憂，又給人家看，人家還是像開始時那樣笑他。又過了三天，拇指腫大得握起來可以滿把，靠近拇指的手指都感到疼痛，好像鍼刺的感覺，四肢、心臟、脊骨、沒有一處不病痛。他很害怕，到醫生那裡去求治，醫生看到後，吃驚地說：「這是很奇特的病，雖然生在手指上，其實全身都是病，不趕緊治療的話，將會傷害生命。但在剛發病時，用一天時間就可以治好了；發病已經三天時，十多天時間可以治好；現在疾病將要完全形成，不用三個月的時間不能治好它。一天就可治好的話，用艾葉來治就行了；十多天就可治好的，用藥物來治療就行了；至於病害已完全形成了，甚至將蔓延到肝膈這些要害中去，不然的話，也將造成整條臂膊殘廢。要是沒有辦法來控制身體內部的病變，這個病勢就不會停止發展；要是沒有辦法在外部對它進行治療，這個病也不容易治好。」鄭仲辨按照他的吩咐，每天服湯藥，並且外敷好藥，果然過了二個月後病好了，到了三個月神色才恢復。

余因是思之：天下之事，常發於至微，而終為大患❶；始以為不足治，而終至於不可為。當其易也，惜日夕之力，忽之而不顧；及其既成也，積歲月、疲思慮❷而僅克之，如此指者多矣。蓋眾人之所可知者，眾人之所能治也。其勢雖危而未足深畏。惟萌❸於不必憂之地，而寓❹於不可見之初，眾人笑而忽之者，此則君子之所深畏也。

【章　旨】由友人拇指生病、醫治一事引起的思考，認為天下事情像這一情況的很多。

【注　釋】❶大患　重大的禍患。❷疲思慮　使思慮感到疲勞。也就是費盡心思的意思。❸萌　萌生；產生。❹寓　寄託；包含。

【語　譯】我因此想到：天下的事情，常常從極微小開始，到最後成為大禍患；開始的時候認為不值得治理，最後弄到不能夠治理的地步。當它還很容易對付的時候，連一早一晚這樣極短時間的精力也不肯花費，忽視了它不去注意它；等到已經造成了，成年累月、費盡心思才能把它克服，像這拇指一樣的事情是很多的。眾人所懂得的事情，也就是眾人能夠處理的事情，它的情勢即使危難，也不值得太畏懼。只有產生在不必要擔憂的境地，禍患開始產生時看不見，眾人覺得可笑而忽略了它，這樣的情況才是君子深為畏懼的。

昔之天下，有如君之盛壯無疾者乎？愛天下者，有如君之愛身者乎？而可以為天下患者，豈特瘡痏❶之於指乎？君未嘗敢忽之，特以不早謀於醫，而幾至於甚病❷。況乎視之以至踈之勢❸，重之以疲敝之餘❹，吏之戕摩剝削❺以速其疾者亦甚矣。幸其未發，以為無虞❻而不知畏，此真可謂智也與哉？

【章　旨】進一步認為可以造成天下禍患的，並不只是拇指上生瘡之類小事情。如果忽視它，甚至加重了它，其禍害是非常大的。

【注　釋】❶瘡痏　瘡癤。痏，瘡。❷甚病　大病；大的禍害。❸至踈之勢　非常疏略的心態。踈，同「疏」。疏略。❹疲敝之餘　指人力物力極度困乏。疲，指人力困乏。敝，指物力困乏。❺戕摩剝削　殘害掠奪。戕摩，殘害消滅。剝削，掠奪。❻無虞　不用擔憂。虞，憂慮。

【語　譯】從前的天下情勢，有像鄭仲辨那樣強壯無病嗎？愛天下的人，有像鄭仲辨愛護自己的身體那樣嗎？可以成為天下大害的，難道只是像手指上生瘡癤這樣的事情嗎？鄭仲辨未曾敢忽視它，只因為沒有及早求醫治療，才幾乎造成極大的禍害。何況是以非常疏略的心態來看天下事，加上人力物力的極度困乏，官吏的殘害掠奪，種種加速禍患的情況也是很嚴重的了。慶幸它還沒有發作，就認為不值得憂慮而不知道可怕，這真可以說是明智的嗎？

余賤❶不敢謀國❷，而君慮周行果❸，非久於布衣❹者也。《傳》❺不云乎「三折肱而成良醫」❻，君誠有位於時❼，則宜以拇病為戒。洪武辛酉❽九月二十六日述。

【章　旨】勉勵友人在得到官位時應以拇指得病為教訓。

【注　釋】❶賤　指地位低下。❷謀國　考慮國家大事。❸慮周行果　考慮周到，行動果斷。❹布衣　平民。多指沒有做官的讀書人。❺傳　指《左傳》。❻三折肱而成良醫　這是《左傳．定公十三年》上的話。原作「三折肱，知為良醫」。意思是說多次折斷臂膀，就有可能從親身經歷中體會到治療的方法，從而成為好醫生。三，表示多次，不一定是實指。肱，手臂從胕到腕的部分。❼有位於時　在這個時世有官位。位，指官位。❽洪武辛酉　洪武十四年（西元一三八一年）。洪武是明太祖朱元璋的年號。

【語　譯】我地位低下不敢考慮國家大事，而鄭仲辨思慮周到行動果斷，不是長久地做平民百姓的人。《左傳》上不是說「多次折斷胳膊就能夠成為高明的醫生」嗎？鄭仲辨如果能得到官職，那就應該以拇指得病作為教訓。洪武十四年九月二十六日作。

【研　析】從結構上看，這篇文章由兩部分組成，前半部分敘事，後半部分說理。敘事部分敘述友人鄭仲辨拇指上長了個小疙瘩，由於沒有及時治療，差一點釀成大禍。這一部分簡練樸實，不枝不蔓，為下文議論發揮作好了鋪墊。說理部分由友人拇指得病一事引起思考，認為天下的事情，常常產生於極微小之處，而最終成為大患，這正是君子所深為憂慮的。這一部分與上文敘事部分緊密呼應，不作泛泛之論，議論透闢，合情合理。

以小喻大是這篇文章的一大特色。人的手指上長出一個瘡癤之類的小疙瘩，由於沒有及時治療，以致腫大難治，這是日常生活中並不少見的事情，本是生活瑣事。一般人對於這樣的小事是不會有很多的聯想和思考的。而作者卻能從這一小事出發，以拇指得小病延誤不治以致差一點釀成大禍，比喻天下的大禍患也常常從極微小之處產生，從而深入挖掘，將事理提到治理國家的高度。

層層深入是這篇文章的又一大特色。作為論說文，是不是有分量，富有說服力，立意固然要高，而挖掘也必須要深。這篇文章以小喻大，從拇指得病引出對天下事情的思考，這立意無疑是很高的。而這篇文章又能夠由近及遠，層層挖掘，也就具有了深度和力度。文章第二段由敘事轉入說理部分，作三層議論。第一層說明天下事情由至微發展為大患，開始時以為不足治而以至於不能治。因此君子應該看得比一般人更遠，要在一般人輕忽、覺得可笑的事情中，看出可怕的成分來。第二層認為造成天下禍患的事端，其實常常並不只是拇指上生瘡癤那樣微小和簡單。拇指生小病由於沒有及時治療，尚且要幾乎造成大害，更何況是比拇指生瘡更大的事情，並且常常人為地有意地加重它呢？第三層提到了治理國家的高度，點出了做官處理政事，應該從拇指生病這一事上吸取教訓。

這篇文章由小及大，層層深入，邏輯謹嚴，說理透闢，很能代表方孝孺這樣一位儒士兼文士的文風特色。

蚊對

【題解】本文選自《遜志齋集》，是篇帶有哲理性的雜文。文章寫著夜睡覺遭到蚊子叮咬，因而責備童子並發出感歎，從而引出了童子的一番議論。文章借童子之口，闡發了動物生命等同和反對人與人之間同類相殘的觀點。「蚊對」的意思是由蚊子而引起的對話。

天台生❶困暑，夜臥絺帷❷中，童子持翣颺於前❸，適甚❹，就睡❺。久之，童子亦睡，投翣倚床，其音如雷。生驚寤❻，以為風雨且至也，抱膝而坐。俄而，耳旁聞有飛鳴聲，如歌如訴，如怨如慕❼，拂肱刺肉❽，撲股噆面❾。毛髮盡豎，肌肉欲顫。兩手交拍❿，掌濕如汗，引而嗅之，赤血腥然⓫也。大愕⓬，不知所為，蹴⓭童子呼曰：「吾為物所苦，亟起索燭照⓮！」燭至，絺帷盡張⓯，蚊數千皆集幃⓰旁，見燭，亂散。如蟣如蠅⓱，利觜飫腹⓲，充赤圓紅⓳。生罵童子曰：「此非噆吾血者耶？皆爾不謹⓴，褰帷㉑而放之入。且彼異類㉒也，防之苟至，烏能為人害㉓？」童子拔蒿束之㉔，置火於端㉕，其煙勃欝㉖，左麾右旋㉗，繞床數匝㉘，逐蚊出門。復於生曰：「可以寢矣，蚊已去矣。」

【章　旨】寫夏夜睡覺遭受蚊子叮咬，喚起童子讓他將蚊子趕走。

【注　釋】❶天台生　作者自稱。作者家鄉寧海縣在明代屬台州府（今屬寧波市），境內有天台山，故自稱天台生。❷絺帷　細葛布做成的蚊帳。絺，細葛布。夏天比較涼爽。帷，帳子。❸童子持翣颺於前　童子拿著大扇子在前面揮動。童子，小孩子。翣，古代儀仗中用的大掌扇，用羽毛編成。這裡指大的羽毛扇。颺，同「揚」。揮動。❹適甚　舒服得很。適，適意；舒服。❺就睡　入睡；睡著了。❻驚寤　驚醒。寤，睡醒。❼如怨如慕　像是怨恨又像是思慕。❽拂肱刺肉　輕觸在胳膊上並且刺入肉中。拂，輕觸。❾撲股噆面　撲在大腿上叮在臉上。股，大腿。噆，叮；咬。❿交拍　互拍；合拍。⓫腥然　指血腥氣很重。⓬大愕　非常驚訝。⓭蹴　用腳踢。⓮亟起索燭照　趕快起身尋找蠟燭來照明。亟，急忙。索，尋找。⓯張　張開；打開。⓰幃　指蚊帳。⓱如螘如蠅　像是螞蟻又像是蒼蠅。螘，同「蟻」。螞蟻。⓲利觜飫腹　嘴巴很尖利，肚子很飽。觜，同「嘴」。⓳充赤圓紅　指蚊子吸飽了血而通體脹大變紅。⓴不謹　不小心。㉑褰帷　揭起帳子。褰，揭起；撩起。㉒異類　與人不同的種類。㉓烏能為人害　怎能危害人。烏能，怎能。㉔拔蒿束之　取出蒿草來捆成一捲。拔，抽取；取出。蒿，一種艾類野草，乾枯後燃燒時有濃烈的氣味，可以驅趕蚊蟲。束，捆起來。㉕置火於端　在蒿草頭上點火。㉖勃欝　煙隨風迴旋的樣子。欝，同「鬱」。㉗左麾右旋　左右揮動。麾，揮動；揮舞。㉘數匝　好幾圈。匝，周；圈。

【語　譯】天台生因天熱感到難受，晚上臥在細葛布做成的蚊帳裡，童子拿著大扇子在前面揮動，天台生感到很舒服，睡著了。過了很久，童子也睡著了，扔掉了大扇子身靠著床，鼾聲如雷。天台生驚醒了，以為將要颳風下雨了，抱著膝蓋坐著。不久耳邊聽到有飛動鳴叫的聲音，像是歌唱又像是傾訴，像是哀怨又像是思慕，輕碰在手臂上刺入肉中，撲在大腿上叮咬了臉，使人毛髮都豎起來，肌肉也好像顫動了。兩隻手合拍，掌心濕濕的好像是汗，拿到鼻子底下聞聞，有股鮮血的腥味。天台生非常驚訝，不知道該怎樣才好。用腳踢童子，呼他道：「我被什麼東西所困擾，趕快起來拿蠟燭照照看！」蠟燭點來了，看到蚊帳完全張開著，有幾千隻蚊子都聚集在蚊帳邊上，見到了燭火都散亂了，好像螞蟻又好像蒼蠅，尖尖的嘴飽飽的肚子，通體漲大變紅。天台生罵童子道：「這不是吸我血的東西嗎？都是你不小心，揭起帳子將牠們放了進來。況且這些異類，如果防備周到，哪能害人？」童子取出蒿草捆成一捲，在一頭點了火，煙隨風迴旋；童子拿著蒿草左右揮動，繞床幾圈，將蚊子趕出了門。回答天台生說：「可以安睡了，蚊子都趕走了。」

生乃拂席❶將寢，呼天而歎曰：「天胡❷產此微物而毒人乎？」童子聞之，啞爾❸笑曰：「子何待己之太厚而尤天之太固❹也？夫覆載之間❺，二氣絪縕❻，賦形受質❼，人物是分。大之為犀象❽，怪之為蛟龍❾，暴之為虎豹，馴之為麋鹿與庸狨❿，羽毛而為禽為獸，裸身⓫而為人為蟲，莫不皆有所養。雖巨細修短之不同，然寓形於其中則一也。自我而觀之，則人貴而物賤；自天地而觀之，果孰貴而孰賤耶？今人乃自貴其貴，號為長雄⓬；水陸之物，有生之類，莫不高羅而卑網⓭，山貢而海供⓮，蛙黽⓯莫逃其命，鴻鴈莫匿其蹤⓰，其食乎物者，可謂泰⓱矣，而物獨不可食於人耶？茲夕蚊一舉喙⓲，即號天⓳而訴之；使物為人所食者，亦皆呼號告于天，則天之罰人，又當何如耶？且物之食於人，人之食於物，異類也，猶可言也。而蚊且猶畏謹恐懼⓴，白晝不敢露其形，瞰人㉑之不見，乘人之困怠㉒，而後有求焉。今有同類者，啜粟而飲湯㉓同也，畜妻而育子㉔同也，衣冠儀貌㉕無不同者，白晝儼然㉖，乘其同類之間㉗而陵之㉘，吮其膏㉙而鹽㉚其腦，使其餓踣㉛於草野，離流㉜於道路，呼天之聲相接也，而且無恤㉝之者。今子一為蚊所嚙而寢輒不安，聞同類之相嚙而若無聞，豈君子先人後身㉞之道耶？」

【章旨】通過童子之口，闡發了世上動物生命等同的道理，對人與人之間同類相殘的現象進行了揭露。

【注釋】❶拂席　輕揮席子。拂，拂拭。❷胡　為何；為什麼。❸啞爾　形容笑的聲音。❹尤天之太固　過分怨恨天。尤，怨恨。固，堅決；過分。❺覆載之間　指天地之間。❻二氣絪縕　陰陽二氣相互作用，而發生變化而產生萬物。二氣，指陰氣和陽氣。古代哲學認為陰陽二氣相結合而化生出萬物。絪縕，又作「氤氳」。古代哲學認為萬物由相互作用而變化生長的意思。❼賦形受質　給予萬物以形體和本質。賦，給予。形，外形。受，通「授」。授予；給予。質，本質；內在。❽犀象　犀牛和大象。犀，犀牛，體粗大，皮厚毛稀，多皺紋，色微黑，嘴唇上張，有一角或兩角。多產於亞洲和非洲熱帶森林地區。❾蛟龍　蛟和龍。都是傳說中的動物。蛟是龍類動物，無角，能發洪水。❿馴之為麋鹿與庸狨　馴順的動物如麋鹿和庸狨之類。馴，溫順。麋，鹿的一種。全身赤褐色，角大，尾短，能游泳，身體比牛大。庸，指大牛。狨，即金絲猴。體小，尾長，毛金色。⓫躶身　裸體。指身體光潔無毛。躶，同「裸」。⓬長雄　稱雄於世，沒有能比得上。⓭高羅而卑網　在高處張設捕鳥的網而在低處張設捕魚的網。羅，捕鳥用的網。網，專指魚網。⓮山貢而海供　山和海都貢獻上動物。意思是從山海取得動物。⓯蛙黽　蛙類動物。黽，蛙的一種。⓰鴻鴈莫匿其蹤　大雁也不能隱藏牠們的行跡。鴈，大雁。匿，隱藏。蹤，行跡。⓱泰　過甚；多。⓲喙　嘴。⓳號天　對著天號叫。⓴畏謹恐懼　謹慎恐懼。㉑瞰人　俯視人。瞰，從上往下看。㉒困怠　疲乏、鬆懈。㉓啜粟而飲湯　吃著糧食並且喝著熱水。啜，吃。粟，穀類作物。泛指糧食。湯，熱水。㉔畜妻而育子　養活妻子、生育子女。㉕儀貌　容貌；外表。㉖儼然　公然的樣子。㉗間　間隙；空隙。㉘陵之　欺壓他。陵，通「淩」。淩辱；欺侮。㉙吮其膏　吸取他的油脂。吮，吸。膏，脂肪；油脂。㉚噬　吸取。㉛踣　跌倒。㉜離流　離散、流浪。㉝恤　體恤；憐憫。㉞先人後身　先人後己。把他人放在前面，把自己放在後面。

【語譯】於是天台生拂拭了席子將要睡覺，他呼天歎道：「天為什麼造出這種小東西來害人呢？」童子聽了，啞然笑道：「您為什麼把自己看得那麼重要，而那麼固執地怨恨天？天地之間，陰陽二氣相互作用產生變化，造成了事物的形體和本質，使人和物得到區分。大的動物是犀牛和大象，怪異的是蛟龍，凶暴的是虎豹，馴順的是麋鹿、大牛和金絲猴，長羽毛的是禽和獸，光潔無毛的是人和蟲，無不都有供養。雖然有大小長短的不同，然而都是寄託形體於天地之間，這是相同的。從我們人類的角度來看，認為人高貴而動物低賤；從天地的角度，果真有哪個高貴哪個低賤嗎？現在人類自己抬高自己的職責，號稱是天地間的主宰者；水陸間的東西，有生命的種類，沒有不在高處張鳥網而在低處張魚網來捕捉，山中貢獻、海裡供應，連蛙類也不能逃命，大雁也不能隱藏蹤跡。人所吃的動物，可說是太多了，而動物難道不可以吃人嗎？今晚蚊子動了一下嘴巴，您就呼喊著向天傾訴；假使被人所吃的動物，也都呼喊著向天告訴，那天要處罰人，又該從何處罰起呢？況且動物被人吃，人被動物吃，都是不同的種類，還可以說得過去。而且蚊子還對人謹慎畏懼，大白天不敢暴露牠們的形跡，在人所看不見的地方察看著人，乘著人疲乏鬆懈時，然後才有所謀求呢。現在同是人類，吃著糧食喝著熱湯，這是相同的；養活妻子生育孩子，這是相同的；穿戴和容貌，沒有不相同的。而在大白天公然乘著同類有空隙時欺侮他，吸取他們的脂膏和腦髓，使他們餓倒在野地裡，流離在道路上，呼天的聲音接連不斷，也沒有人憐憫他們。現在您一被蚊子叮咬，就立即睡不安穩；聽說同類相殘，卻好像沒有聽見。這難道是君子先人後己的道理嗎？」

天台生於是投枕於地，叩心大息❶，披衣出戶❷，坐以終夕❸。

【章旨】寫天台生聽了童子的一番議論後，受到了觸動，再也不能入睡了。

【注釋】❶叩心大息　輕敲心窩發出長歎。叩，敲；拍打。大息，同「太息」。長歎。❷戶　門。❸終夕　到夜晚結束；直到天亮。

【語譯】天台生於是將枕頭扔在地上，輕輕拍打著心窩發出長歎，披了衣服走出了門，一直坐到天亮。

【研析】這是一篇很有特色的散文，它寫的是夏夜被蚊蟲叮咬這樣一件日常生活小事。它有時間、有地點、有人物、有情節；人物有行動、有對話；情節有發生、有發展、有結束，形式上是記敘文，但實質上卻是一篇探討生活哲理的論理文，通過童子的議論闡述了自己對生活、對世上事物的基本看法。從語言形式上看，它韻散結合，有相當多的韻文成分，如童子發表議論部分有對偶、有用韻，而且這部分鋪采摛文，因此它又具有賦體的一些特點。

從思想的角度來看，本文主要提出了兩個基本觀點。一是世上動物生命等同。認為萬物都是天地之間陰陽二氣相互作用而產生、變化的結果。因此動物形體無論是大是小、是長是短，都是天地之氣化育的。在天地看來，萬物的生命是等同的，人和動物是沒有什麼貴賤之分的。而人自以為是最高貴的，是世間的主宰者，無休止地捕獵動物當作食物，以致世上的動物被捕獵到了極限。既然人可以以動物為食物，那動物當然也可以以人為食物。這些看法顯然是受到了佛家的眾生平等、因果報應、嚴戒殺生等思想的影響。從人可以吃動物，動物也可以吃人的觀點出發，也就認為蚊子叮人也是理所當然的了。這自然不能為人所接受。而他認為世上動物生命等同的觀點，雖然抹煞了與動物具有根本區別這一點，但也提出了一個人與自然、與環境的關係問題。現在人類對自然資源（包括動物資源）的過度掠取，造成了生態環境的惡化，也影響了人類自身的生存。而方孝孺提出的動物生命等同，反對人對它過分獵取的觀點，對於我們現時代如何維護生態平衡、防止生物資源枯竭，與自然和諧相處，都是有意義的。

二是反對人類之間的自相殘害。無論是人吃動物還是動物吃人，都是異類相食，還說得過去。可是人與人之間，有些人很公然地欺壓人，盤剝人，使人餓斃，使人流離失所。這樣的現象應當是社會現實中人與人之間不平等現象的體現，也可說是人類社會自古至今很難消除的一個痼疾。作者指出了這樣一種現象，帶有悲天憫人的思想。

楊士奇

【作者】楊士奇（西元一三六五～一四四四年），名寓，以字行，泰和（今江西泰和）人。少時家貧，以教授學生為生。建文初，以史材薦入翰林院，充太祖實錄編纂官。成祖即位，入內閣典機務。仁宗時，官至禮部侍郎兼華蓋殿大學士。宣宗、英宗時，與楊榮、楊溥共掌國政，時稱「三楊」。而楊士奇資望最深，為「三楊」之首。他們在詩文寫作方面，倡導了一種雍容典雅的文風，時稱「臺閣體」。楊士奇的文章平正紆徐，敘事平穩，制誥碑版出於其手的很多。著有《東里文集》等。

遊東山記

【題解】本文選自《東里文集》，是篇遊記。文章側重寫了遊東山過程中經歷的人和事，體現了作者對人生聚散無常的情思，而對東山本身的景物則描寫得較少。東山，即洪山，在今湖北武昌東。

洪武乙亥❶，余客武昌❷。武昌蔣隱溪❸先生，始吾廬陵人❹，年已八十餘，好道家書❺。其子立恭，兼治儒術❻，能詩。皆意度闊略❼，然深自晦匿❽，不妄交遊❾，獨與余相得❿也。

【章　旨】介紹蔣隱溪父子的情況。

【注　釋】❶洪武乙亥　洪武二十八年（西元一三九五年）。❷客武昌　客居武昌。客，客居；寄居外地。武昌，今湖北武漢武昌鎮和武昌縣一帶。❸蔣隱溪　生平不詳。隱溪當是號。為當地的一位前輩。❹始吾廬陵人　原籍是我們江西廬陵人。廬陵，今江西吉安。❺好道家書　喜愛道家的學說，接受道家思想。道家，春秋戰國時的一個思想流派，代表人物是春秋時老聃（老子）和戰國時莊周（莊子）。道家崇尚自然，提倡清靜無為。❻儒術　指儒家的思想學術。❼意度闊略　氣度曠達而無所拘泥。❽晦匿　隱藏起來不為人知。晦，隱晦；不明顯。匿，隱藏。❾不妄交遊　不隨便與人交往。妄，胡亂；隨意。交遊，與人往來。❿相得　合得來；相處和諧。

【語　譯】洪武二十八年，我客居在武昌。武昌蔣隱溪先生，原是我們江西廬陵人，年紀已有八十多歲，喜愛道家的學說。他的兒子蔣立恭，除了道家外，還研究儒家的學說，能作詩。他們都是氣度曠達豪邁的人。但他們都深深地自我隱藏，不隨便與人往來，只與我相處得很好。

是歲三月朔❶，余三人者，攜❷童子四五人，載酒殽❸出遊。隱溪乘小肩輿❹，余與立恭徒步❺。天未明，東行，過洪山寺二里許，折北，穿小徑可❻十里，度松林，涉澗。澗水澄徹，深處可浮❼小舟。傍有盤石❽，容❾坐十數人。松柏竹樹之陰，森布蒙密❿。時風日和暢，草木之葩⓫爛然⓬，香氣拂拂⓭襲衣⓮，禽鳥之聲不一類⓯。遂掃石而坐。

【章　旨】記自己和蔣隱溪父子三人攜帶童子春日出遊的情況和路途中所見。

【注　釋】❶三月朔　三月初一。朔，農曆初一。❷攜　帶領。❸載酒殽　載著酒菜。載，裝運。殽，魚肉之類的菜。❹小

肩輿　兩人抬的小轎子。❺徒步　步行。❻可　大約；左右。❼浮　泛。❽盤石　大石頭。盤，通「磐」。❾容　容許；可以。❿森布蒙密　形容樹蔭很濃，遮蓋得很嚴密。森，盛。布，散布。蒙，覆蓋。⓫葩　花。⓬爛然　燦爛、鮮豔的樣子。⓭拂拂　形容輕柔、飄動的樣子。⓮襲衣　撲向衣服。⓯不一類　不只是一類；種類很多。

【語　譯】這年三月初一，我們三個人，帶了四五個童子，載著酒菜出遊。隱溪坐著小轎子，我和立恭步行。天還沒亮，我們向東走去，過了洪山寺二里左右，折向北，穿過了大約十里長的小路，經過了松樹林，渡過了澗水。澗水清澈見底，水深的地方可以泛小船。澗水邊有大石頭，可以坐十幾人。松柏竹各種樹木濃蔭密布。這時風光溫和舒暢，草木的花鮮豔奪目，香氣飄動襲人衣服，鳥鳴的聲音不一而足。於是清掃了石塊坐下。

坐久，聞雞犬聲。余招立恭起，東行數十步，過小岡，田疇❶平衍彌望❷，有茅屋十數家，遂造❸焉。一叟可七十餘歲，素髮❹如雪，被❺兩肩，容色腴澤❻，類❼飲酒者。手一卷❽，坐庭中，蓋齊邱《化書》❾。延❿余兩人坐。一媼捧茗盌飲客⓫。牖下有書數帙⓬，立恭探得《列子》⓭，余得《白虎通》⓮，皆欲取而難於言⓯。叟識其意⓰，曰：「老夫無用也。」各懷之⓱而出。

【章　旨】寫訪問農家，得到老人的贈書。

【注　釋】❶田疇　田地。疇，田畝。❷平衍彌望　土地平廣，滿眼可以望到。平衍，平廣。彌望，滿眼。❸造　前往；到。❹素髮　白髮。❺被　通「披」。❻腴澤　豐滿有光澤。腴，胖。❼類　類似；好像。❽手一卷　手裡拿著一本書。❾齊邱化書　齊邱所作的《化書》。齊邱，姓宋，名齊邱。南唐時人，好學能文，喜為縱橫家言。南唐元宗時任中書令，因為結黨而罷官，歸隱九華山。再次被起用為中書令，封楚國公。有人說他將陰謀篡位，被放還九華山，自縊而死。《化書》，本為南唐道士譚峭所著，齊邱竊為己作，也稱《齊邱子》。⑩延　延請；邀請。⑪一媼捧茗甌飲客　一位老婦人捧出茶碗來請客人喝茶。媼，老婦人。茗甌，茶碗。茗，茶。飲客，讓客人喝。⑫牖下有書數帙　窗下有數套書。牖，窗戶。帙，用布帛製成的書套。因此也稱一套書為一帙。⑬探得列子　取到《列子》。《列子》，道家著作之一，舊題為戰國時列禦寇著，其實可能是後人的作品。唐朝尊崇道家和道教，玄宗時下詔封為《沖虛真經》，成為道教的經典之一。⑭白虎通　又作《白虎通義》或《白虎通德論》。東漢班固撰。東漢章帝時召集古文經學和今文經學兩派儒生在白虎觀辯論五經同異，後來詔令班固將辯論結果匯編起來，成為《白虎通義》。⑮難於言　難於開口。⑯識其意　看出了他們的心意。⑰懷之　把書放入衣中拿走。

【語譯】坐了很久，聽到有雞鳴狗吠的聲音。我招呼立恭起來，向東走了幾十步，過一個小山岡，眼前是一片平廣的田地，有茅屋十多家，於是就前往拜訪。有一老者大約七十多歲，白髮如雪，披在兩肩上，容顏豐滿潤澤，好像喝過酒似的。手拿一本書，坐在庭院中，原來那書是齊邱著的《化書》。他邀請我們兩人坐下。一位老婦人捧出茶碗請我們喝茶。窗下有幾套書，立恭拿了套《列子》，我拿了套《白虎通》，都想將它們拿走卻不好開口。老人看出了我們的心意，說道：「老夫留著也沒有用。」我們各人將書放入懷中出來了。

還坐石上，指顧①童子摘芋葉②為盤，載肉③。立恭舉匏壺④注酒⑤，傳觴數行⑥。立恭賦七言近體詩⑦一章⑧，余和之。酒半，有騎而過者，余故人⑨武昌左護衛李千戶⑩也。駭而笑⑪，不下馬，徑馳去⑫。須臾，具盛饌⑬，及一道士偕來。道士岳州⑭人劉氏。遂共酌。道士出〈太乙真人圖〉⑮求詩。余賦五言古體⑯一章，書之。立恭不作，但酌酒飲道士不已⑰。道士不能勝⑱，降跽謝過⑲。眾皆大笑。

李出琵琶⑳彈數曲，立恭折竹，竅而吹之㉑，作洞簫㉒聲。隱溪歌費無隱〈蘇武慢〉㉓。道士起舞蹁躚㉔，兩童子拍手跳躍隨其後。已而道士復揖㉕立恭曰：「奈何不與道士詩？」立恭援筆書數絕句㉖，語益奇㉗。遂復酌。余與立恭飲少，皆醉。

【章　旨】寫作者三人與李千戶、劉道士一起飲酒、賦詩、歌舞為樂的場景。

【注　釋】❶指顧　指點。❷芋葉　芋艿葉。葉子闊大，如盾形，可以盛放物品。芋，芋艿。地下球莖可作食物。❸載肉　盛放了肉。❹匏壺　酒葫蘆。用葫蘆作壺盛酒。匏，匏瓜；葫蘆。❺注酒　倒酒。注，灌入。❻傳觴數行　傳遞酒杯，酌了好幾次酒。觴，酒杯。行，行酒；酌酒。❼近體詩　唐代形成的律詩和絕句之類。❽一章　一首。❾故人　老朋友；熟人。❿武昌左護衛李千戶　武昌左護衛李姓的千戶官。武昌左護衛，軍事機構名稱。明代時在要害之地設立衛所，駐紮軍隊，五千六百人的為衛，一千一百二十人的為所，稱千戶所。千戶是一所的軍官。⓫駭而笑　吃驚而笑。⓬徑馳去　一直馳馬離去。徑，逕自；一直。⓭具盛饌　備辦了豐盛的飯菜。具，準備。饌，酒食。⓮岳州　今湖南岳陽。⓯太乙真人圖　北宋名畫家李公麟所繪，內容為太乙真人臥在一大蓮葉中，執書仰讀。這裡的圖當為流行的仿製品。太乙真人是道教神仙名。真人，道教稱得道成仙的人。⓰古體　與近體詩相對而言。每首句數不拘，不求對仗，用韻、平仄都較自由。⓱酌酒飲道士不已　不停地酌酒勸道士飲。不已，不停止。⓲不能勝　承受不了。勝，承受。⓳降跽謝過　下跪求饒。降，下。跽，長跪。雙膝著地，上身挺直。謝過，謝罪；求饒。⑳琵琶　一種弦樂器。㉑竅而吹之　挖了孔洞而吹它。竅，孔。這裡作動詞用。挖孔。㉒洞簫　原指一種排簫，後指單管直吹的簫。㉓費無隱蘇武慢　費無隱所作的〈蘇武慢〉。費無隱，生平不詳。〈蘇武慢〉，詞牌名。又名〈過秦樓〉、〈惜餘春慢〉。㉔蹁躚　形容舞姿旋轉的樣子。㉕揖　拱手為禮。㉖絕句　近體詩的一種。四句，平仄和押韻都有一定的規定，以五言或七言為主。㉗語益奇　指詩句更為奇妙。

【語　譯】回來又坐到大石上，指點童子採摘芋艿葉作盤子盛肉。立恭舉起酒葫蘆倒酒，酒杯傳遞酌了幾次。

立恭作了七言近體詩一首，我和了詩。酒喝了一半，有人騎了馬經過，是我的老朋友武昌左護衛李千戶。他吃驚地笑了，不下馬，直接馳馬離開了。過了一會兒，備辦了豐盛的酒食，和一個道士一起來了。道士是岳州人劉某。於是一起喝酒。道士拿出〈太乙真人圖〉請人在圖上題詩。我作了五言古體一首，題了上去。立恭不作詩，只是酌酒不斷地勸道士飲酒。道士喝不下了，下跪謝罪推辭。大家都大笑。李千戶取出琵琶彈了幾曲。立恭折斷了一枝竹子，挖了孔洞吹奏它，發出類似洞簫的聲音。隱溪唱了費無隱的〈蘇武慢〉。道士蹁蹮起舞，兩個童子拍手跳躍跟在他的後面。一會兒，道士又向立恭作揖請求道：「為什麼不給我題詩？」立恭拿起筆來題了幾首絕句，詩句更加奇妙。於是又喝起了酒。我和立恭喝得不多，都醉了。

起，緣澗❶觀魚。大者三四寸，小者如指。余糝餅餌投之❷，翕然聚❸，已而往來相忘❹也。立恭戲以小石擲之，輒❺盡散不復。因共嘅嘆海鷗之事❻，各賦七言絕詩❼一首。道士出茶一餅❽，眾析❾而嚼之。餘半餅，遣童子遺❿予兩人。

【章旨】記沿著澗水觀魚及眾人分吃茶餅。

【注釋】❶緣澗　沿著澗水。緣，沿著。❷糝餅餌投之　將餅弄成碎屑投給魚吃。糝，飯粒。這裡作動詞用。指將餅弄成飯粒那樣的碎屑。餅餌，泛稱餅類食品。餌也是餅的意思。❸翕然聚　一下子聚集過來。翕然，聚集的樣子。❹往來相忘　自由自在地游來游去的樣子。相忘，指自由自在的樣子。❺輒　馬上；立即。❻嘅嘆海鷗之事　慨歎《列子》所記關於海鷗的故事。嘅嘆，同「慨歎」。海鷗之事，《列子．黃帝》上載：海邊有一人喜愛海鷗，每天早晨到海上，跟海鷗嬉戲，有一百多隻海鷗聚集過來。這個人的父親說：「我聽說海鷗都跟隨了你玩，你去抓幾隻回來，讓我玩玩牠。」第二天那人到了海上，海鷗在空中飛舞而不下來了。❼絕詩　即絕句。❽茶一餅　一塊茶餅。❾析　分開。❿遺　贈給；送給。

【語譯】大家起來，沿著澗水觀賞游魚。大的魚有三四寸，小的如手指大小。我將餅弄成碎屑投給魚吃，魚兒一下子聚集在一起，過了一會兒自由自在地游來游去。立恭惡作劇用小石子擲牠們，魚兒一下子全部散開了，再也不回來。因為這事大家一起慨歎《列子》上所記載海鷗的故事，每人作了七言絕句一首。道士拿出一塊茶餅來，大家分了吃它。剩下半塊，道士讓童子送給了我們兩人。

已而夕陽距西峰僅丈許，隱溪呼余還，曰：「樂其無已乎❶？」遂與李及道士別。李以卒從二騎送立恭及余❷。時恐晚不能入城，度澗折北而西，取捷徑❸，望草埠門❹以歸。中道❺，隱溪指道旁岡麓❻顧余曰：「是吾所營樂邱處也❼。」又指道旁桃花語余曰：「明年看花時索❽我於此。」

【章　旨】記回城途中的情況。

【注　釋】❶樂其無已乎　這種快樂還沒完嗎。意思是該結束這次活動回去了。其，表示揣測的助詞。❷李以卒從二騎送立恭及余　李千戶派他的兵帶著兩匹馬送立恭和我。卒，士兵。❸捷徑　近路。❹草埠門　武昌城西北的門。明嘉靖年間重修武昌城，改名為武勝門。❺中道　半路。❻岡麓　小山腳。岡，小山丘。麓，山腳。❼是吾所營樂邱處也　這是我建造墳墓的地方。是，這。營，建造。樂邱，指墳墓。❽索　尋找。

【語　譯】不久夕陽離西邊的山峰只有一丈左右了，隱溪招呼我回去，說：「這種快樂還沒完嗎？」於是與李千戶及道士告別。李千戶派兵用兩匹馬送立恭和我。這時恐怕天晚了不能進城去，渡過澗水後折向北又向西，抄近路望草埠門方向回去。半路上，隱溪指著路邊的小山腳對我說：「這就是我造墳的地方。」又指著路邊的桃花對我說：「明年看花的時候就在這裡找我。」

既歸，立恭曰：「是遊宜有記。」屬未暇❶也。是冬，隱溪卒，余哭之。明年寒食❷，與立恭豫約詣墓下❸。及期余病，不果行❹。未幾，余歸廬陵，過立恭宿別❺，始命筆❻追記之。未畢，立恭取讀，慟哭❼；余亦泣下，遂罷。然念蔣氏父子交好之厚，且在武昌山水之遊屢矣，而樂無加乎此❽，故勉而終記之❾。手錄一通❿，遺立恭。嗚乎！人生聚散靡常⓫，異時或相望千里之外，一展讀此文，存沒離合⓬之感其能已於中耶？既遊之明年，八月戊子⓭記。

【章　旨】敘撰寫此文的經過，感慨隱溪的去世。

【注　釋】❶屬未暇　正好沒有空閒時間。屬，適值；恰好。❷寒食　節日名。清明前一天（也有的說前兩天）。古人從那天開始三天內不生火做飯，吃冷食，故稱「寒食」。❸豫約詣墓下　事先約定到隱溪墓前。豫，事先；預先。詣，到。❹不果行　不果真去成；沒能去。果，確實。❺過立恭宿別　拜訪立恭，住了一宿後向他告別。過，拜訪。❻命筆　執筆；下筆。❼慟哭　大哭。慟，大哭。❽樂無加乎此　快樂沒有超過這一次的。❾勉而終記之　盡力把這篇遊記寫完。終，完成。❿手錄一通　親手抄一遍。通，遍。⓫靡常　無常；不一定。⓬存沒離合　生存與死亡，離散與會聚。⓭八月戊子　八月初三日。

【語　譯】回來後，立恭說：「這次遊山應該有記文。」正好我沒有時間寫。這年冬天，隱溪去世了，我哭他。第二年寒食節，和立恭預先約定到隱溪墳前去拜祭。約定的日期到了，我生了病，沒有去成。不久，我將回廬陵，先去拜訪立恭，在他那裡住一夜後和他告別，才動筆追記這次遊山。還沒有寫完，立恭拿了讀，大哭；我也哭得流下了眼淚，於是停了筆。然而想到蔣氏父子和我之間深厚的交情，並且在武昌好幾次遊山水，而快樂沒有超過這一次的，因此盡力把這篇遊記寫完了。親手抄寫了一份，送給立恭。唉！人生的聚散沒有定規，將來在千里之外相互想念時，一打開此文閱讀，存亡聚散的感慨，哪能抑制得住啊！遊山後的第二年八月初三日記。

【研　析】遊山玩水無疑是會使人感到快樂的。而這種快樂，有時候並不在山水本身，而是有至親好友與自己一起出遊。因此，在遊歷之後，常常會有這樣的情況，對於這次遊歷中的山水景物印象很模糊，而對於遊歷過程中的人事活動卻很清晰。即使是在相隔了很長時間之後，回憶起來，當時的活動情景仍能歷歷在目，對當時的快樂不勝留戀，對已經不在身邊的至親好友不勝懷念，心中充滿了無限的感慨。

楊士奇的這篇〈遊東山記〉可能也是這種情況。它題為遊記，而實際是篇敘事懷人之作。它作於遊歷後的第二年，而完成寫作時離那次遊歷差不多一年半了。它對所遊之地的自然風光描寫得很少，這可能正是東山本身並沒有很特出的景觀可記，時隔既久，對它的印象也已很模糊了。而此文對遊歷過程中人物本身的活動卻寫得很詳細。寫了與蔣氏父子出遊時的情況，寫了訪問農舍，得到老人的贈書，寫了與蔣氏父子、李千戶、劉道士飲酒、賦詩、歌舞為樂，寫了緣溪觀魚和吃茶餅，寫了回城情況和隱溪在途中所說的話，凡此種種，原原本本，細大不遺。正因為這次出遊是與相知相得的好友出遊，特別的感到快樂，對當時的活動場景記憶猶新。

這次遊歷確實是別有情趣，足以使人快樂的；風日和暢，鮮花燦爛，香氣襲衣，鳥鳴悅耳，掃石而坐，給人一種賞心之樂；造訪村舍，得遇仙風道骨的老叟，品茗之餘，又得贈書，很有雅致；而回坐石上，摘芋葉為盤盛肉，葫蘆注酒，傳觴賦詩，本已很是快樂，更得以遇上故人，奏樂高歌，起舞蹁躚，飲酒至醉，更是一種狂歡之樂；還有緣澗觀魚，感歎海鷗之事，分食茶餅之類，無一不是充滿樂趣的。這樣的快樂之事確實是「樂其未已」，使人流連忘返的。

可是，這年冬天蔣父去世了。本來和蔣立恭預約寒食節去掃墓的，後來又生病沒有去成。當作者完成這篇文章時，已由武昌回到了老家，想到人生的聚散無常，心中充滿了無限的感慨。最後這一段敘述寫作經過的文字，包含了對逝世者和離別者的深切懷念，與文章開頭的蔣氏父子「獨與余相得」相呼應，人生聚散無常、逝者長已的感慨也就更加沉痛了。

蘇伯衡

【作者】蘇伯衡（生卒年不詳），字平仲，明初金華（今浙江金華）人。曾入明太祖禮賢館。後任國子學錄，升學正。授翰林編修，辭不受。洪武十年（西元一三七七年），學士宋濂致仕，曾舉薦他代替，又辭不受。後為處州教授，因得罪，死在獄中。他學問淵博，散文在明初很有名。有《蘇平仲文集》。

空同子瞽說

【題解】本文選自《蘇平仲文集》，是篇議論文。〈空同子瞽說〉共二十八篇，這是第十五篇，闡述作文之道。它認為作文並沒有一定的規矩程式，並用各種比喻形象地說明了文章的內容、條理、氣勢等各方面應具備的要素。空同子是蘇伯衡的別號。瞽說是盲人瞎說的意思，是自謙的說法。出自《莊子‧逍遙遊》「瞽者無以與乎文章之觀」。

尉遲楚❶好為文，謁❷空同子曰：「敢問文有體❸乎？」曰：「何體之有？《易》有似《詩》者❹，《詩》有似《書》者❺，《書》有似《禮》者❻，何體之有？」「有法乎？」曰：「初何法❼？典謨訓誥❽，〈國風〉〈雅〉〈頌〉❾，初何法？」「難乎？

易乎？」曰：「吾將言其難也，則古《詩》三百篇❿多出於小夫婦人；吾將言其易也，則成一家言⓫者一代⓬不數人。」「宜繁？宜簡？」曰：「不在繁，不在簡，狀情寫物在辭達⓭。辭達則二三言⓮而非不足，辭未達則千百言而非有餘。」

【章旨】認為文章並沒有固定的體制、法度。

【注釋】❶尉遲楚　作者假設的人名。尉遲為複姓。❷謁　進見。指下級對上級、晚輩對長輩而言。❸體　指文章的體制、程式。❹易有似詩者　《易經》有類似《詩經》的地方。謂《易經》中也有叶韻的句子。《易》，指《易經》。《詩》，指《詩經》。都是儒家的經典著作。❺詩有似書者　《詩經》有類似《尚書》的地方。謂《詩經》頌的部分有近於《尚書》的句子。《書》，指《尚書》。又名《書經》。也是儒家經典著作。❻書有似禮者　《尚書》有類似「三禮」的地方。《禮》，指「三禮」。即《儀禮》、《周禮》和《禮記》這三部儒家典籍。❼初何法　最初能效法什麼；最初有什麼法度可遵循。❽典謨訓誥　指《尚書》中的篇章。《尚書》中有〈堯典〉、〈大禹謨〉、〈伊訓〉、〈湯誥〉等篇章。❾國風雅頌　指《詩經》中的三個組成部分。其中「國風」為十五〈國風〉，〈雅〉分〈大雅〉、〈小雅〉，〈頌〉為〈周頌〉、〈魯頌〉、〈商頌〉。❿古詩三百篇　指《詩經》，有三〇五篇，漢代以前稱為「詩」或「詩三百」。《詩經》中的十五〈國風〉和〈小雅〉中的一部分是來自民間的詩歌，佔了三分之二以上，所以說「出於小夫婦人」。⓫成一家言　指有所創見，流傳於後世的著作。⓬代　朝代。⓭狀情寫物在辭達　描寫感情和事物在於語言文字能夠將意思表達清楚。狀，描摹；敘寫。寫，描寫。辭達，用言辭能把意思表達清楚。⓮二三言　兩三個字。言，字。

【語譯】尉遲楚喜歡寫文章，他去拜見空同子，說道：「請問文章有體制的不同嗎？」空同子回答說：「有什麼體制呢？《易經》有類似於《詩經》的地方，《詩經》有類似於《尚書》的地方，《尚書》有類似於『三禮』的地方。有什麼體制的不同呢？」尉遲楚問：「有一定的法度可遵循嗎？」空同子答道：「最初能遵循什麼法？《尚書》中的典謨訓誥，《詩經》中的〈國風〉〈雅〉〈頌〉，能遵循什麼法呢？」尉遲楚問：「困難呢？還是容易呢？」空同子答道：「我要是說它困難吧，那《詩經》三百篇大多是出自平民百姓；我要是說它容易吧，那能夠獨創一格的作品在每一朝代都沒有幾個人。」尉遲楚又問：「應該繁複呢？還是應該簡略？」空同子答道：「不在於是繁複還是簡略，抒發感情描寫事物在於能夠用語言文字表達清楚。能夠表達清楚，則二三個字也不為不足；不能表達清楚，則用千百個字也不是有餘。」

「宜何如？」曰：「如江河。」「何也？」曰：「有本❶也。如鍵之於管❷，如樞之於戶❸，如將之於三軍，如腰領之於衣裳。」「何也？」曰：「有統攝❹也。如置陳❺，如構居第❻，如建國都。」「何也？」曰：「謹布置也。如草木焉，根而幹，幹而枝，枝而葉而葩❼。」「何也？」曰：「條理精暢而皆有附麗❽也。如手足之十二脈❾焉，各有起，有出，有循，有注，有會❿。」「何也？」曰：「支分派別而榮衛流通⓫也。如天地焉，包涵六合⓬而不見端倪⓭。」「何也？」曰：「氣象沉鬱⓮也。如漲海⓯焉，波濤湧而魚龍張⓰。」「何也？」曰：「浩汗詭怪⓱也。如日月焉，朝夕見而今人喜。」「何也？」曰：「光景常新⓲也。如烟霧舒而雲霞布⓳。」「何也？」曰：「動蕩而變化也。如風霆流而雨雹集⓴。」「何也？」曰：「神聚而冥會㉑也。如重林，如邃谷㉒。」「何也？」曰：「深遠也。如秋空，如寒冰。」「何也？」曰：「潔淨㉓也。如太羹㉔，如玄酒㉕。」「何也？」曰：「雋永㉖也。如瀨㉗之旋，如馬之奔。」「何也？」曰：「回復馳騁㉘也。如羊腸㉙，如鳥道㉚。」「何也？」曰：「縈迂曲折㉛也。如孫、吳之兵㉜。」「何也？」曰：「奇正相生㉝也。如常山之蛇㉞。」「何也？」曰：「首尾相應㉟也。如父師之臨子弟，如孝子仁人之處親側，如元夫碩士端冕而立乎宗廟朝廷㊱。」「何也？」曰：「端嚴也，溫雅也，正大也。如楚莊王之怒㊲，如杞梁妻之泣㊳，如昆陽城之戰㊴，如公孫大娘㊵之舞劍。」「何也？」曰：「激切也，雄壯也，頓挫也。如菽粟㊶，如布帛，如精金㊷，如美玉，如出水芙蓉㊸。」「何也？」曰：「有補於世也，不假磨礲雕琢㊹也。」

【章旨】用形象的比喻說明文章在內容、條理、氣勢等方面所應有的性質。

【注釋】❶有本　有根本；有依據。❷鍵之於管　鎖鑰對於鎖的關係。鍵，鎖鑰。管，鎖。中空，用以鎖門，以鍵開之。❸樞之於戶　轉軸對於門的關係。樞，門的轉軸。戶，門。❹統攝　統領。指文章有主題思想。攝，提起。❺置陣　布列陣勢。陳，通「陣」。❻居第　住宅。第，大宅子。❼葩　花。❽條理精暢而皆有附麗　條理簡練流暢而又有體系。附麗，依附。❾十二脈　中醫學中的經絡。包括手三陰經、手三陽經、足三陰經、足三陽經。❿各有起五句　指經脈運行由起始到交會的流通情況。循，循環。注，指分流。會，聚合。⓫支分派別而榮衛流通　肢體不同血脈有別，而有榮衛使它們貫通起來。比喻文章段落章節有別，而有主題使它們有機地聯繫起來。支，通「肢」。肢體。派，通「脈」。血脈；脈絡。榮衛，也叫「營衛」。中醫裡指人體的營養作用、防衛機能和血氣循環。營主血，衛主氣。營衛氣血相互聯繫，它們之間流通了，人的活動就正常了。⓬六合　天地和東、南、西、北四方。⓭端倪　邊際。⓮氣象沉鬱　氣勢深厚雄渾。⓯漲海　漲潮。大潮時海水上漲。⑯張　布列。⑰浩汗詭怪　盛大怪異。形容文章氣勢博大、新奇。⑱光景常新　指日月每天都是新的。這裡形容文章手法多樣，令人百讀不厭。⑲烟霧舒而雲霞布　煙霧舒展、雲霞散布。⑳風霆流而雨雹集　風雷流動、雨雹密集。霆，雷霆；響雷。雹，冰雹。㉑神聚而冥會　形容文章不費心思，如神來之筆。神聚，精神凝聚。冥會，暗合。㉒邃谷　深谷。㉓潔淨　指文字簡練。㉔太羹　又作「大羹」。古代祭祀時所用的不調五味的肉汁。㉕玄酒　古代祭祀時以水代酒，稱為玄酒。㉖雋永　滋味深長。㉗瀨　從沙石上流過的急水。㉘回複馳騁　回環奔馳。此指文氣而言。㉙羊腸　羊的腸子。形容曲折。㉚鳥道　只有飛鳥能夠通過的道路。形容險峻狹窄。㉛縈迂曲折　盤旋彎曲。這裡指文字不平鋪直敘。㉜孫吳之兵　孫武、吳起的用兵之法。孫，孫武，春秋時軍事家，著有《孫子兵法》。吳，吳起，戰國時軍事家。兵，指用兵。㉝奇正相生　作戰時出奇制勝的打法和常規的打法配合使用。這裡指作文既有常法又有變化。奇，奇計；出奇制勝的方法。正，指常規的方法。㉞常山之蛇　《孫子・九地》：「故善用兵，譬如率然。率然者，常山之蛇也，擊其首則尾至，擊其尾則首至，擊其中則首尾俱至。」《神異經・西荒經》：「西方山中有蛇，頭尾差大，有色五彩。人物觸之者，中頭則尾至，中尾則頭至，中腰則頭尾並至，名曰率然。」㉟首尾相應　頭和尾互相照應。這裡指文章各部分聯繫緊密，前後照應。㊱如元夫碩士端冕而立乎宗廟朝廷　好像達官貴人穿了禮服、戴了禮帽侍立在宗廟朝廷中。元夫，大人。碩士，學問淵博的士人。端，禮服。這裡作動詞用。穿著禮服。冕，禮帽。這裡也是作動詞用。戴著禮帽。宗廟，古代帝王、國君設立的祭祀祖宗的處所。㊲楚莊王之怒　《史記・楚世家》載：楚莊王繼位後，三年沒有處理過一件大事，整天整夜玩樂。並下命令說：有誰敢進諫將殺死不赦免。伍舉向他進諫，楚莊王說自己就像鳥一樣，三年不飛，飛將沖天；三年不鳴，鳴將驚人。提拔和罷黜官員之類的事，他是知道的。幾個月裡，社會風氣更壞了。大夫蘇從冒死向楚莊王進諫。於是楚莊王停止了淫靡的音樂，處理國家大事，誅殺了數百人，進用了數百人，遂大治。楚莊王，為春秋時楚國國君，五霸之一。㊳杞梁妻之泣　春秋時齊國杞梁隨齊莊公攻莒，戰死。相傳他的妻子姜氏對著城牆哀哭，哭了十天城也崩塌了。後來民間流傳很廣的孟姜女哭長城的故事就是從杞梁妻哭城的傳說演變而成的。㊴昆陽城之戰　西漢末年王莽稱帝時，綠林軍打敗王莽主力軍的一次大規模戰爭。新莽地皇四年（西元二三年）王莽的四十二萬大軍包圍昆陽城。王鳳等率領八、九千綠林軍奮戰堅守，劉秀等突圍求援。在各地起義軍進援昆陽時，劉秀率精兵三千集中突破敵軍中堅。在各路起義軍的內外夾攻下，王莽的主力被消滅。昆陽，今河南葉縣。㊵公孫大娘　唐朝開元年間教坊的著名舞伎。她和她的弟子李十二娘都擅長劍器舞，舞姿雄健優美，稱為「渾脫舞」。詩人杜甫作有〈觀公孫大娘弟子舞劍器行〉一詩描寫李十二娘舞時的情狀。㊶菽粟　泛指糧食。菽是豆類的總稱。為古代「五穀」之一。後專指大豆。

粟即稷，也就是穀子。去殼後叫小米。㊷精金　純金。㊸出水芙蓉　長出水面的荷花。喻文章清新秀潔。芙蓉，荷花的別稱。

㊹磨礲雕琢　仔細地進行加工製作。磨礲，磨。礲也是磨的意思。

【語　譯】尉遲楚問道：「應當像什麼？」空同子答道：「應當像江河。」問：「什麼意思呢？」答：「要有本源。又好像鎖鑰對於鎖、門軸對於門、將軍對於三軍、腰領對於衣裳。」問：「什麼意思呢？」答：「要有統領。又好像布列陣勢、建造住宅、建立國都。」問：「什麼意思呢？」答：「要仔細地進行布置。又好像是草木，有根而幹，有幹而枝，有枝而葉和花。」問：「什麼意思呢？」答：「要條理簡潔通暢而又都有依附。又好像手和腳有十二脈，各有起始、有延伸、有循環、有分流、有會聚。」問：「什麼意思呢？」答：「要段落分明而又相互聯繫。又好像天地，包含了六合而看不到邊際。」問：「什麼意思呢？」答：「要氣勢雄渾深厚。又好像海水上漲，波濤洶湧而魚龍布列。」問：「什麼意思呢？」答：「要盛大怪異。又好像日月，早晚都見得到卻令人喜歡。」問：「什麼意思呢？」答：「要手法多樣、風格常新。又好像煙霧舒展、雲霞散布。」問：「什麼意思呢？」答：「要動盪變化。又好像風雷流動、雨雹密集。」問：「什麼意思呢？」答：「要精神凝聚又暗中相合。又好像層林、深谷。」問：「什麼意思呢？」答：「要深遠。又好像秋空、寒冰。」問：「什麼意思呢？」答：「要清潔明淨。又好像太羹、玄酒。」問：「什麼意思呢？」答：「要滋味深長。又好像從沙石上流過的急水那樣迴旋，好像馬在奔騰。」問：「什麼意思呢？」答：「要回環奔馳。又好像羊腸、鳥道。」問：「什麼意思呢？」答：「要迂迴曲折。又好像孫武、吳起用兵之法。」問：「什麼意思呢？」答：「要奇正交替使用。又好像常山之蛇。」問：「什麼意思呢？」答：「要首尾互相呼應。又好像父親和老師對待自己的孩子和學生，好像孝子仁人侍候在雙親的旁邊，好像達官貴人穿著禮服戴著禮帽侍立在宗廟朝廷上。」問：「什麼意思呢？」答：「要端莊嚴肅，溫文爾雅，正直偉大。又好像楚莊王發怒，好像杞梁妻哭泣，好像昆陽城之戰，好像公孫大娘的劍器舞。」問：「什麼意思呢？」答：「要激切、雄壯、頓挫。又好像菽粟、布帛、純金、美玉、出水芙蓉。」問：「什麼意思呢？」答：「要對時世有補益，不需要借助於磨礪雕琢。」

「將烏乎❶以及此也？」曰：「《易》、《詩》、《書》、二禮❷、《春秋》❸所載，丘明❹、高❺、赤❻所傳，孟❼、荀❽、老❾、莊❿之徒所著，朝焉夕焉，諷⓫焉味⓬焉習⓭焉，斯得之矣。雖然，非力之可為也。聖賢道德之光，積於中而發乎外，故其言不文而文⓮。譬猶天地之化⓯，雨露之潤，物之魂魄⓰，以生華萼⓱毛羽，極⓲人力所不能為，孰非自然哉？故學於聖人之道，則聖人之言莫之致而致之⓳矣；學於聖人之言，非惟不得其道，並其所謂言亦且不能至矣。」

【章旨】說明怎樣才能達到上文所說的各項要求。

【注釋】❶烏乎　怎樣；如何。烏，何。❷二禮　指《儀禮》和《周禮》。它們的產生時代比《禮記》早，與《禮記》合稱「三禮」。❸春秋　春秋時魯國史官所編的編年體史書。相傳經過孔子的編訂。是儒家經典之一。❹丘明　指左丘明。複姓左丘，名明。但古書中常常把它割裂稱為丘明。春秋時魯國人，相傳著有《春秋左氏傳》，即《左傳》。❺高　指公羊高。戰國時齊人，相傳著有《春秋公羊傳》，即《公羊傳》。❻赤　指穀梁赤。戰國時魯人，相傳著有《春秋穀梁傳》，即《穀梁傳》。❼孟　指孟子。名軻，戰國時鄒（今山東鄒縣一帶）人，儒家思想的代表人物。著有《孟子》。❽荀　指荀子。名況，戰國時趙人。也是儒家思想的代表人物。著有《荀子》。❾老　指老子。即老聃，姓李名耳。春秋時楚人。道家思想的創始人。著有《老子》。❿莊　指莊子。名周，戰國時宋人。道家思想的代表人物。著有《莊子》。⓫諷　諷誦；背誦。⓬味　體會。⓭習　學習；研習。⓮不文而文　不是有意地為文而自然成文。⓯天地之化　天地的化生萬物。化，化生；化育。⓰魂魄　支持形體的精神。這裡指精髓。⓱華萼　花和花萼。華，花。萼，花瓣下邊的一圈綠色小片。⓲極　盡。⓳莫之致而致之　沒有想得到它卻得到了它。致，求得。

【語　譯】尉遲楚問：「怎樣才能達到這些要求呢？」空同子答：「《易》、《詩》、《書》、二禮、《春秋》所記載的，左丘明、公羊高、穀梁赤所作的傳，孟子、荀子、老子、莊子他們所著的書，不論早晚，諷誦它、體會它、研習它，這就可以得到寫文章的道理和方法了。雖是這樣，但是並不是單憑技巧就可以做到的。聖賢的道德光輝，聚積在內心而表現出來，因此他們的文章並不是有意為文卻自然成文。這就好比天地化生萬物，雨露滋潤草木，事物的精髓，生長了花萼毛羽，用盡人力也是不能達到的，哪一樣不是自然之力呢？因此從聖人的道理去學習，則聖人的文章也就自然而然地學到了；從聖人的文章去學習，不但得不到聖人的道理，而且連聖人的文章也將學不到了。」

尉遲楚出，以告公乘丘❶曰：「楚之於文也，其猶在山徑之間❷歟！微❸空同子導吾出也，吾不知大道之恢恢❹。於是盡心焉，將於文憪焉❺無難能❻者矣。」

【章　旨】尉遲楚認為在空同子那裡學到了作文的道理和方法。

【注　釋】❶公乘丘　作者假設的人名。公乘為複姓。❷在山徑之間　比喻對於作文之法茫然不知門徑。❸微　沒有。❹恢恢　寬廣的樣子。❺憪焉　閒適不用費力的樣子。❻無難能　沒有難以做到的。

【語　譯】尉遲楚告別空同子出來，對公乘丘說：「我對於寫作文章，就像在山路上行走那樣地摸不著路子吧！如果沒有空同子引導我出來，我不會知道大道是如此的寬廣。只要在聖人之道方面盡心盡力，作文章就可以毫不費力，沒有什麼難以做到的了。」

【研　析】這篇文章闡述作文的道理和方法。這是一個抽象的理論問題，很難用通俗易懂的語言說清楚而使人明白和掌握。歷來論述作文之道的文章並不少見，但有的寫得艱深、玄遠，不易領會，如陸機的〈文賦〉、劉勰的《文心雕龍》等採用駢體文的形式寫作的。也有的膠柱鼓瑟，執一偏之見，如王充的《論衡》反對文學藝術中的誇張等手法，如後世的許多文學家強調寫作要「明道」、「徵聖」、「宗經」等等。而這篇文章採用問答體的形式發表自己對作文之道的看法，使用大量的比喻，將抽象的道理化為具體的形象化的語言，便於讀者理解和體會。

此文認為作文並沒有規定的程式，沒有固定不變的法則。狀情寫物，不在於字數的多少、文章的繁簡，而在於語言文字能夠充分地把意思表達清楚。文章雖然沒有定法，但它終須有法度，而這種法度又是難以用抽象的概念，依靠邏輯、推理來說清楚的，所以此文第二段進一步運用各種比喻，從內容到形式，從詞句到篇章，從體裁到風格等等，加以形象的具體的說明。這樣寫，比直接講道理顯得活潑而淺易，便於別人理解和接受。此文第三段主張寫好文章，要多讀古人文章，諷誦、體會、研習，就能得到作文的道理和方法。但是學習古人的文章，又應該遺貌取神，提高自己的學問修養，這才是文章的根本所在。

這篇文章採用問答體的形式發議論，這樣寫可使文章變得生動活潑。但有時用得過多，也會使行文拖沓。像此文第二段用了二十一次問答，「何也」有二十次，「曰」有二十一次之多，顯得繁複。而且這樣的問答，有割裂文意的連貫性的弊病。僅舉此章開頭為例：「如江河有本也」、「如鍵之於管……，有統攝也」這樣的句子，本來文意顯豁，文氣通暢。可是文章採用了問答體形式，在「如江河」與「有本也」之間，在「如鍵之於管……」與「有統攝也」之間，插進了「何也」、「曰」之類，顯得生硬、語句不連貫。其實取消這些「何也」、「曰」，把文句連貫起來，在表達效果上可能更好。

薛瑄

【作者】薛瑄（西元一三九二～一四六四年），字德溫，號敬軒，河津（今山西河津）人。明成祖永樂年間進士。宣宗時任御史。代宗時任大理寺丞。英宗復辟，任禮部右侍郎兼翰林學士，入閣參預機務。後任南京大理寺卿。致仕，卒。成化年間諡文清。學宗程朱，是當時著名理學家，其修己教人，以復性為主，世稱其學為「河東學派」。工古文，詩清秀沖淡。有《讀書錄》、《薛文清公文集》。

遊龍門記

【題解】本文選自《薛文清集》，是篇遊記。它按照遊覽的先後順序，具體記述了龍門的勝跡及其特點。龍門，在山西河津西北。黃河向南流至此地，兩岸峭壁對峙如門。相傳為大禹時開鑿，故又稱「禹門口」。

出河津縣西郭門❶，西北三十里，抵龍門下。東西皆層巒危峰❷，橫出天漢❸。大河❹自西北山峽中來，至是，山斷河出❺，兩壁儼立❻相望。神禹❼疏鑿之勞，於此為大。

【章　旨】敘龍門的位置和險要的形勢。

【注　釋】❶西郭門　西城門。郭，原指外城。❷層巒危峰　層疊而高峻的山峰。危峰，高峰。❸橫出天漢　橫列著高入雲霄。天漢，銀河。❹大河　指黃河。❺山斷河出　謂龍門山在黃河處中斷，河水從斷口流出。❻儼立　整齊地排列著。儼，整齊。❼神禹　指夏禹。虞舜時奉命治洪水，功勞很大。後人感念他治水的功德，稱之為神禹。傳說禹鑿開龍門，黃河之水才得以通過。

【語　譯】出河津縣西城門，向西北走三十里，到達龍門之下。龍門的東西兩邊都是層層疊疊的高峰，橫列著高入雲霄。黃河從西北山峽中過來，到了這裡，龍門山中斷了，黃河流出來了，兩面山壁整齊地對立排列著。神禹開鑿疏通黃河的功勞，以這一件最大。

繇❶東南麓穴巖構木❷，浮虛駕水為棧道❸，盤曲而上。瀕河❹有寬平地，可❺二三畝，多石少土。中有禹廟，宮曰「明德」，制❻極宏麗。進謁❼庭下，悚肅思德者久之❽。庭多青松奇木，根負土石，突走連結❾，枝葉疏密交蔭，皮幹蒼勁偃蹇❿，形狀毅然⓫，若壯夫離立⓬，相持不相下。宮門西南一石峰，危出半流⓭。步石磴⓮，登絕頂。頂有臨思閣，以風高不可木⓯，甃甓為之⓰。倚閣門俯視，大河奔湍⓱，三面觸激⓲，石峰疑若搖振。北顧巨峽，丹崖翠壁，生雲走霧⓳，開闔晦明⓴，倏忽萬變㉑。西則連山宛宛㉒而去。東視大山，巍然與天浮㉓。南望洪濤漫流㉔，石洲沙渚㉕，高原缺岸，煙村霧樹，風帆浪舸㉖，渺茫出沒，太華、潼關、雍、豫諸山㉗，彷彿見之。蓋天下之奇觀也。

【章　旨】寫登山所見景象和景物。重點寫了半山的明德宮，和宮門西南石峰絕頂上四面眺望所見。

【注　釋】❶繇　同「由」。從。❷穴巖構木　在巖石上鑿洞，架起木材。穴，作動詞用。作穴。構，架。❸浮虛駕水為棧道　凌空在水上架起棧道。浮虛，凌空。駕水，在水的上面。棧道，在懸崖峭壁上鑿孔架木而成的通道。❹瀕河　靠著黃河。瀕，臨近；靠著。❺可　大約。❻制　指建築的規模。❼謁　指地位低或輩分小的人拜見地位高或輩分大的人。❽悚肅思德者久之　畏懼而恭敬地懷想夏禹的功德很久。悚肅，畏懼而嚴肅的樣子。❾根負土石二句　謂樹根彷彿不是埋在土中，而是背著泥土石塊，向四外伸展。負，背。突走，急奔。這裡形容向四處伸展的樣子。❿偃蹇　高聳、挺拔的樣子。⓫毅然　堅強的樣子。⓬離立　並立。⓭危出半流　高高地突出中流之上。危，高。半流，中流。⓮石磴　石階。磴，階石。⓯不可木　不能用木材建築。木，作動詞用。用木材建築。⓰甃甓為之　用磚來砌它。甃，原指用磚砌井壁。甓，磚。之，指臨思閣。⓱奔湍　奔騰湍急。湍，急流。⓲觸激　沖激。⓳生雲走霧　雲霧騰繞。走霧，雲霧流動得很快。⓴開闔晦明　指雲霧或開或闔，或晦或明。闔，關閉。晦，昏暗。㉑倏忽萬變　在很短時間內有著許多變化。倏忽，極短的時間。㉒宛宛　蜿蜒曲折。㉓巍然與天浮　高高聳立，與天相接，好像浮在空中。㉔漫流　水流浩大。㉕石洲沙渚　指江河中由泥沙沖積而成的小塊陸地。洲，水中陸地，渚，小洲。㉖風帆浪舸　揚帆破浪而前進的船隻。舸，小船。㉗太華潼關雍豫諸山　指今陝西、河南一帶的許多山。太華，即華山。在今陝西華陰南。潼關，關塞名。在今陝西潼關。雍，古代九州之一。相當於現在陝西中部，甘肅東南部和寧夏、青海的一部分地區。豫，古九州之一。相當於現在的河南一帶。

【語　譯】從東南山腳下的巖石上鑿洞，架構木材，凌空在水上架起棧道，迂迴曲折著向上。靠著黃河有寬闊的平地，大約二三畝，石多土少。半山腰有大禹廟，稱為「明德宮」，規模非常宏偉富麗。進去後在庭前拜見，畏懼而恭敬地對大禹的功德懷想了很久。庭中有許多青松奇木，樹根彷彿不是埋在土中，而是背著泥土石塊，往四外伸展，枝葉或疏或密，樹影交相掩映，樹皮樹幹蒼勁挺拔，形狀很堅強，好像壯實的漢子並立著，不相退讓。宮門西南有一座石峰，高高地突出在中流之上。沿著石階前行，登上絕頂。頂上有臨思閣，因為高空風急不能用木材建築，是用磚塊砌成的。靠著閣門往下看，黃河奔騰湍急，三面沖激，石峰好像在搖撼振動。向北看到巨大的峽谷，紅色的山崖綠色的山壁，雲霧騰繞，時開時閉，時暗時明，在很短的時間內有很多的變化。西邊則山連著山蜿蜒曲折著遠去。向東看到大山，高高聳立，與天相接，好像浮在半空。向南看則波濤洶湧，水流滾滾，河中的石洲沙渚，河邊的高原缺岸，煙霧中的村落和樹木，乘風破浪的船隻，在浩瀚蒼茫中或現或隱，華山、潼關、雍州、豫州一帶眾多的山，隱隱約約可以看見。這真是天下的奇觀。

下磴，道石峰東❶，穿石崖，橫竪施木，憑空為樓。樓心穴板❷，上置井床❸轆轤❹，懸繘汲河❺。憑闌檻❻，涼風飄瀟❼，若列禦寇馭氣在空中立❽也。復自水樓北道，出宮後百餘步，至右谷，下視窈然❾。東距山，西臨河，谷南北涯相去尋尺❿，上橫老槎⓫為橋，躋步⓬以渡。谷北二百舉武⓭，有小祠，扁曰「后土」⓮。北山陡起，下與河際⓯。遂窮⓰祠東，有石龕⓱窿然⓲若大屋，懸石參差，若人形，若鳥翼，若獸吻⓳，若肝肺，若疣贅⓴，若懸鼎㉑，若編磬㉒，若璞未鑿㉓，若礦未爐㉔，其狀莫窮。懸泉滴石上，鏘然㉕有聲。龕下石縱橫羅列：偃㉖者，側者，立者；若床，若几㉗，若屏；可席㉘，可憑㉙，可倚㉚。氣陰陰㉛，雖甚暑，不知煩燠㉜；但淒神寒肌㉝，不可久處。復自槎橋道由明德宮左，歷石梯上。東南山腹有道院㉞，地勢與臨思閣相高下，亦可以眺望河山之勝。遂自石梯下棧道，臨流觀渡㉟，並㊱東山而歸。

【章　旨】寫下山沿途所見。重點寫了石龕及周圍的景色。

【注　釋】❶道石峰東　從石峰往東走。道，取道。❷樓心穴板　在樓中心的木板上挖孔。穴，作動詞用。挖孔。❸井床　井闌。❹轆轤　汲取井水的器械。井上樹立支架，上裝可用手柄搖轉的軸，軸上繞繩索，兩端或一端繫水桶。搖轉手柄，可以將水汲上來。❺懸綆汲河　懸吊井繩，從河裡汲水。綆，井繩。❻闌檻　欄杆。❼飄瀟　飄蕩；輕疾。❽列禦寇馭氣在空中立　出自《莊子・逍遙遊》：「夫列子禦風而行，泠然善也。」列禦寇，即列子。相傳為戰國時鄭人，得道成仙，能乘風而行。馭，駕御。❾窈然　幽深的樣子。❿尋尺　七、八尺遠。指距離很近。古代八尺為一尋。⓫老槎　老樹枝。⓬跬步　小步行走。跬，兩腳相接地走路。⓭舉武　舉步。古代半步稱一武，即跨出一腳，相當於現代的一步。而古代跨出一腳後再跨出一腳稱一步，相當於現代的兩步。⓮扁曰后土　匾上題有「后土」兩字。扁，通「匾」。后土，土地神。⓯際　交接。⓰窮　走到盡頭。⓱石龕　安放神像的石室。⓲窿然　空洞洞的樣子。⓳獸吻　獸類嘴唇突出的部分。⓴疣贅　皮膚上長出的疙瘩。㉑懸鼎　掛著的鼎。鼎，古代三足的烹飪器具。㉒編磬　磬是古代用玉或石製成的樂器。十六個不同音調的磬編成一組，懸掛架上，稱編磬。㉓璞未礱　玉石未經雕琢加工。璞，未加工的玉石。㉔礦未爐　礦石還沒有經過爐火冶煉。爐，作動詞用。放在爐中冶煉。㉕鏘然　形容清脆的聲音。㉖偃　仰臥。㉗几　小桌子。可憑靠身體。㉘席　作坐席。㉙憑　憑靠；倚靠。㉚倚　倚靠。㉛陰陰　陰冷；陰濕。㉜煩燠　煩悶燥熱。㉝淒神寒肌　使精神和肌膚都感到寒冷。㉞道院　道教的廟宇。㉟臨流觀渡　在水邊觀看渡河的人。㊱並　沿著；傍著。

【語　譯】沿石階下來，經過石峰往東，穿過山石崖壁，有木材橫向豎向建構，在空中築起一層樓。在樓中心的木板上挖孔，上面架設了井闌和轆轤，懸吊井繩，在河中汲水。憑靠欄杆，涼風飄蕩，感覺好像列禦寇駕著雲氣在空中站立似的。又從水樓往北走，經過宮後一百多步，到達右邊的山谷，往下看，很幽深的樣子。東面與山相對，西邊靠河，山谷的南北之間相距只有七、八尺，上面橫放著一棵老樹枝作為橋梁，小步地渡河過去，山谷的北邊二百步，有小祠，匾上題有「后土」兩字。北邊的山陡直著升起，底部與河水交接。然後走到祠東邊的盡頭，有安放神像的石室，空蕩蕩地好像大屋，懸在空中的石塊高低不一，有的像人形，有的像鳥翼，有的像獸的嘴脣，有的像肝肺，有的像皮膚上的疙瘩，有的像懸掛著的鼎，有的像編磬，有的像未經鑿刻的玉石，有的像未經冶煉的礦石，各種形狀都有。懸空而下滴的泉水滴在石上，發出清脆的響聲。石室地面石塊縱橫排列：有的仰臥，有的側立，有的直立；像席，像几，像屏；可以坐，可以憑，可以倚。山氣陰冷，即使是很熱的時候，這裡也不覺得煩悶燥熱；只感到精神和肌膚都覺得寒涼，不能久留。又從老樹搭成的橋經過明德宮往左，經石梯往上。東南山腰中有道院，地勢和臨思閣差不多高，也可以眺望河山的美景。然後從石梯下棧道，在水邊觀看渡河的人，沿著東山回來。

時宣德元年丙午❶，夏五月某日。同遊者楊景端❷也。

【章旨】記載遊龍門的時間和同遊的人。

【注釋】❶宣德元年丙午　即西元一四二六年。宣德，明宣宗朱瞻基的年號。共十年（西元一四二六～一四三五年）。其元年即為丙午年。❷楊景端　作者的友人。景端當是字。生平不詳。

【語譯】遊歷時間為宣德元年丙午，夏五月某日。一道同遊的人是楊景端。

【研析】這篇遊記按遊覽的先後順序狀物寫景，逼真地描摹了龍門一帶雄奇壯麗的景象，使讀者有身臨其境之感。在寫作手法上有以下特點：

一、詳略得當，重點突出。本文雖按遊覽順序寫，但它並不平鋪直敘，均衡用墨，而是有詳有略，頗費剪裁。首章概述龍門的形勢，用「橫出天漢」、「山斷河出」，寥寥數筆，勾勒出了龍門奇偉的景象，筆墨淋漓，意境闊大。二章寫登臨所見，重點寫了半山的明德宮和在石峰絕頂眺望之所見。三章寫下山沿途所見，以石龕及其周圍的景物為重點進行描寫。儘管寫作有所側重，但遊覽的蹤跡仍很清楚，絲毫不使人感到有顧此失彼之處。這樣使得文章疏密相間、濃淡相宜。

二、遠近結合，虛實相生。文章不僅寫了眼前所見的近景，而且寫了眺望所見的遠景，寫眼前之景是實寫，而寫眺望之景帶有許多想像，是虛寫。如二章寫半山的明德宮，是寫眼前的近景，寫庭中的青松奇木「根負土石，突走連結，枝葉疎密交蔭，皮幹蒼勁偃蹇」，是實寫。寫登臨宮門西南石峰絕頂，臨思閣「風高不可木，甃甓為之」是近景，是實寫。而向四面眺望，「俯視大河」、「北顧巨峽」、「西則連山」、「東視大山」、「南望洪濤」都是寫遠景。「疑若搖振」、「倏忽萬變」、「巍然與天浮」、「渺茫出沒」、「彷彿見之」，是作者的想像之境，是虛寫。

三、寫景狀物，形象得神。文章除直接描寫之外，還運用了多種修辭手法，如比喻、誇張、擬人、排比等，這增強了事物的形象性。如寫青松奇木，「根負土石，突走連結」、「形狀毅然」用的是擬人手法；「若壯夫離立，相持不相下」是比喻用法；寫龍門東西諸峰「橫出天漢」，寫東視大山「巍然與天浮」是誇張手法；寫龕下石「縱橫羅列」，用的是排比。特別是寫石龕懸石，連用九個「若」字，以博喻手法多方取譬，音節短促，意象重疊，頗得山石神韻。

四、更重要的一點是，作者描寫龍門的山川景物，不是純客觀地描寫，而是融情於景，貫穿著一種對先賢敬畏、對勝景讚歎的深情豪氣。首章概寫龍門形勢，突出了夏禹疏鑿龍門而通黃河的功績，二章寫明德宮，「進謁庭下，悚肅思德者久之」，表現了作者對夏禹的滿懷敬意，並寫登石峰絕頂眺望所見，三章寫河山形勝，都洋溢著作者對大自然壯美景象的熱愛之情。

程敏政

【作　者】程敏政（約西元一四四五～一四九九年），字克勤。休寧（今安徽休寧）人。成化年間進士，入翰林院為編修。弘治初年官至禮部右侍郎。弘治十二年（西元一四九九年）與李東陽主持會試，被劾賣題下獄。出獄後不久病死。後追賜禮部尚書。學問賅博，文與李東陽齊名。著有《宋遺民錄》、《篁墩集》；編有《明文衡》、《新安文獻志》等。

夜渡兩關記

【題　解】本文選自《篁墩集》，是篇記敘文。它記述了自己因急於趕路，在夜間渡過清流關和昭關的兩次冒險經歷。兩關，指清流關和昭關，是今安徽境內滁州、全椒、和縣一帶山區的兩個險要關隘，是古代從皖北到皖東南的必經之處。

予謁告南歸❶，以成化戊戌❷冬十月十六日過大鎗嶺❸，抵大柳樹驛❹。時日過午矣，不欲但已❺。問驛吏❻，吏紿❼曰：「須晚尚可及滁州❽也。」上馬行三十里，稍稍❾聞從者言：「前有清流關❿，頗險惡，多虎。」心識⓫之。

【章　旨】交代冒險經歷的緣起。

【注　釋】❶予謁告南歸　我請假回南方老家。謁告，又作「告謁」。請假。當時作者在北京為翰林院編修，請假回老家休寧省親，故說南歸。❷成化戊戌　成化十四年（西元一四七八年）。成化為明憲宗年號（西元一四六五～一四八七年）。❸大鎗嶺　在今安徽滁州西六十里。❹大柳樹驛　在今安徽滁州西北五十里。❺不欲但已　不想僅僅走到這裡就停止了。但，僅；只。已，停止。❻驛吏　管理驛站的官吏。古時在交通要道上設置驛站，由專人負責，供傳遞公文的人或來往官吏暫時休息或換馬。❼紿　欺騙。❽須晚尚可及滁州　到天晚時還可以到達滁州。須，待；等到。及，到達。滁州，明代為南直隸的直隸州，今為安徽滁州。❾稍稍　暗地裡；無意中。❿清流關　在今安徽滁州西北二十五里。地形很險要，五代南唐時在此設關。⓫識　記住。

【語　譯】我請假回南方老家，在成化戊戌年冬十月十六日經過大鎗嶺，到達大柳樹驛。這時已過了正午，但我不想在這裡停下來不走。問了驛站的官吏，他騙我說：「到天晚時還可以到達滁州。」上馬走了三十里，無意中聽到跟隨的人說：「前面有清流關，很險惡，老虎很多。」心裡記下了這話。

抵關，已昏黑，退無所止，即遣人驅山下鄉卒❶，挾銅鉦❷束燎❸以行。山口兩峰夾峙，高數百尋❹，仰視不極❺。石棧嶇嵚❻，悉下馬累肩而上❼，仍❽相約：有警即前後呼譟❾為應。適有大星，光煜煜❿自東西流⓫。寒風暴起⓬，束燎皆滅。四山草木，蕭颯⓭有聲。由是人人自危，相呼譟不已。銅鉦鬨發⓮，山谷響動。行六七里，及山頂，忽見月出如爛銀盤⓯，照耀無際⓰，始舉手相慶。然下山猶心悸⓱不能定者久之。予計此關乃趙點檢破南唐，擒其二將處⓲，茲遊雖險，而奇當為平生絕冠⑲。夜二鼓，抵滁陽⑳。

【章旨】寫當晚過清流關時的驚險。

【注釋】❶郵卒　驛站裡傳遞文書的公差。❷挾銅鉦　拿了銅鑼。挾，持；拿。銅鉦，銅鑼。❸束燎　火把。❹尋　八尺。❺極　盡頭；終點。❻石棧嶇嵚　石頭棧道險峻不平。嶇嵚，山石險峻的樣子。❼累肩而上　謂前後列成一行往上走。累肩，前邊的人踏著後邊的人的肩膀。形容山路險峻。❽仍　乃；於是。❾呼譟　大聲喊叫。❿熠熠　明亮的樣子。⓫自東西流　從東往西移動。⓬暴起　驟然而起。⓭蕭颯　風吹草木發出的聲音。⓮鬨發　鬨然而發出響聲。鬨，形容發出的響聲。⓯爛銀盤　燦爛發亮的銀盤。⓰照耀無際　形容周圍很大一片都被照亮了。無際，沒有邊際。⓱心悸　心跳。悸，心跳。⓲趙點檢破南唐二句　趙匡胤擊敗南唐兵，生擒南唐兩名將領的地方。趙點檢，指趙匡胤。後周時他擔任禁軍統帥殿前都點檢。後周世宗顯德三年（西元九五六年），趙匡胤奉命帶兵襲擊南唐清流關，南唐的北面行營應援使皇甫暉和應援都監姚鳳驚慌而逃，趙匡胤在滁州東門外把他們擒獲。二將，指皇甫暉和姚鳳。⓳絕冠　絕無僅有。冠，位居第一。⓴抵滁陽　到達滁陽。滁陽指滁陽監。在滁州西南三里。

【語譯】到達清流關，天已昏暗，往回撤也沒有歇息的地方，當即派人催促山下的郵卒，拿了銅鑼、火把而趕路。山口有兩座山峰夾峙，高有幾百尋，仰視看不到頂點。石頭棧道險峻不平，全部下馬前後列成一行好像肩踩著肩那樣向上走，於是約定：有緊急情況就前後大聲呼喊作為救應。剛好有大星，發出明亮的光芒自東向西移動。一陣冷風突然吹起，火把都熄滅了。四山草木，發出蕭颯的響聲。於是人人都感到危險，相互不斷地發出呼喊聲，銅鑼也發出嘈雜的響聲，山谷振動。走了六、七里，到達山頂，忽然見到月出，像燦爛發光的銀盤，照耀得無邊無際，才舉手相互慶賀。但在下了山後還是心跳久久不定。我心想這關就是當年後周殿前都點檢趙匡胤攻破南唐，擒獲了南唐兩個將領的地方。這次遊歷雖然危險，但奇妙當是平生絕無僅有的一次。夜晚二更時，到達滁陽。

十七日午，過全椒❶，趨和州❷。自幸脫險即夷❸，無復置慮❹。行四十里，渡後河❺，見面山隱隱❻，問從者，云：「當陟❼此，乃至和州香淋院❽。」已而日冉冉❾過峰後，馬入山嘴，巒岫迴合❿，桑田秩秩⓫，凡數村，儼若武陵、仇池⓬，方以為喜。既暮，入益深，山益多，草木塞道，杳不知其所窮⓭，始大駭汗⓮。過野廟⓯，遇老叟，問：「此為何山？」曰：「古昭關⓰也。去香淋尚三十餘里，宜急行。前山有火起者，乃烈原⓱以驅虎也。」時銅鉦束燎皆不及備。傍山涉磵⓲，怪石如林，馬為之辟易⓳。眾以為伏虎⓴，卻顧反走㉑，顛仆枕籍㉒，呼聲甚微，雖強之大譟㉓，不能也。良久乃起。循嶺以行，諦視崖塹㉔，深不可測。澗水潺潺㉕，與風疾徐㉖。仰見星斗㉗滿天。自分恐不可免㉘。且念伍員昔嘗厄於此關㉙，豈惡地固應爾㉚邪？盡二鼓，抵香淋。燈下恍然自失㉛，如更生㉜者。

【章旨】寫第二天晚上過昭關時的險狀。

【注釋】❶全椒　今安徽全椒。在今滁州南面。明代為滁州的屬縣。❷和州　今安徽和縣。在全椒南面。明代為南直隸的直隸州。❸脫險即夷　脫離危險進入平安境地。即，近；到達。夷，平安。❹無復置慮　不再擔心。❺後河　在今安徽和縣北的一條河流。是滁水的上游主幹。❻見面山隱隱　隱隱約約地看見對面的山。隱隱，不分明的樣子。❼陟　登高。❽香淋院　在和州北三十五里。其地有香泉，水色深碧拂白，香氣襲人，浴之可治皮膚病。❾冉冉　慢慢地。❿巒岫迴合　四面被山峰圍繞著。巒岫，山峰。迴合，盤曲而合抱。⓫秩秩　整齊而有序的樣子。⓬儼若武陵仇池　好像是武陵源、仇池山那樣與外界隔絕的世界。儼若，好像。武陵，陶淵明〈桃花源記〉中所寫的桃源，在武陵（今湖南常德）一帶。這裡指桃花源。仇池，在今甘肅成縣西的一座山，因山上有仇池而得名。又因山上有平地百頃，又名百頃山。四面陡峭，極難攀登，外人罕至。⑬杳不知其所窮　很深遠不知道何處是它的盡頭。杳，深遠。窮，盡。⑭大駭汗　因極害怕而出汗。⑮野廟　在荒野之地沒人管理的廟宇。⑯昭關　又名小峴山。在今安徽含山縣北的昭關山上。兩山對峙，形成關隘。春秋時為吳、楚兩國的界關。⑰烈原　用火燒山。烈，放火。原，高而平之地。這裡指山地。⑱涉磵　渡過有流水的山澗。磵，同「澗」。⑲辟易　退避；閃開。⑳伏虎　埋伏著的老虎。㉑卻顧反走　邊往回跑，邊轉頭看。卻，後退。顧，回頭看。反走，往相反方向跑，即往回跑。㉒顛仆枕籍　跌倒在地，彼此相壓。顛仆，跌倒。枕籍，倒在一起，縱橫相枕。㉓強之大譟　強迫著自己發出大聲。強，勉強；迫使。之，指各人自己。㉔諦視崖塹　仔細看看陡崖和深溝。諦，仔細。崖塹，山崖和壕溝。㉕潺潺　水緩流發出的聲音。㉖與風疾徐　謂水流的快慢與風的快慢相一致。疾，快。徐，慢。㉗星斗　星。斗，原為二十八宿之一。這裡用作星的通稱。㉘自分恐不可免　自己料想恐怕不能免禍。分，料想。㉙伍員昔嘗厄於此關　據《史記·伍子胥列傳》載：伍員的父親伍奢和哥哥伍尚被楚平王殺害後，伍員向吳國出逃，走到昭關，昭關守吏要捕捉他。他跑到江邊，幸而遇上一個漁父，才將他送過江去。伍員，字子胥。春秋時楚大夫伍奢次子。他從楚國逃到吳國後，幫助吳公子光奪取王位，後出兵攻破楚國。晚年因勸阻吳王夫差與越國的講和，觸怒吳王，被迫自殺而死。厄，阻難；被困。指被昭關守吏追捕。㉚應爾　應該這樣。爾，如此。㉛恍然自失　恍恍惚惚好像丟失了自己的靈魂一樣。形容驚魂未定。恍然，恍惚。㉜更生　復生；重新得到生命。

【語譯】十七日正午時，經過全椒，向和州走。自己慶幸脫離了危險進入平安境地，不再擔心。走了四十里，渡過後河，可以看見對面隱隱約約的山，問跟隨的人，回答說：「應當登上這山，才到達和州香淋院。」不久，太陽慢慢地到了山峰後面，馬進入山嘴，四面山峰盤曲而合抱，桑田整齊，一共有幾個村落，好像武陵桃花源、仇池山那樣與外界隔絕的地方，正為此感到高興。到了晚上，往裡走得越深，山就越多，草木阻塞了道路，深遠得不知道何處是盡頭，才害怕得流汗。經過一座荒蕪了的廟宇，遇上一位老者，問他：「這裡是什麼山？」他回答說：「這裡就是古時的昭關。距離香淋院還有三十多里，必須趕緊走路。前山有火的地方，是用火燒山來驅趕老虎。」這時銅鑼和火把都來不及準備。沿著山渡過山澗，有怪石像樹林那樣，馬因此而退避。大家把它當成潛伏著的老虎，一面往回跑，一面轉頭看，跌倒在地互相壓著，喊叫聲非常低微，即使迫使自己大喊也已不能夠。過了好久才起來。沿著山嶺走，仔細看看陡崖和澗溝，深不可測。澗水緩緩流著，和風的快慢相一致。仰頭看見滿天星星。自己料想恐怕不能免禍。又想到伍員當年曾在此關遇險，難道險惡的境地本來應該如此嗎？過完二更，到達香淋院。在燈下恍惚像丟失了自己靈魂那樣，如同死而復生似的。

噫！予以離親之久，諸所弗計❶，冒險夜行，渡二關，犯虎穴，雖瀕危❷而幸免焉，其亦可謂不審❸也已！謹志❹之以為後戒。

【章　旨】說明作記的用意是要吸取這兩次冒險的教訓。

【注　釋】❶諸所弗計　各種情況都不加考慮。計，考慮。❷瀕危　臨近危險的境地。❸審　小心；謹慎。❹志　記；記下。

【語　譯】唉！我因為離開雙親的時間長了，什麼也不考慮，冒險夜行，過二關，進入虎穴，雖然臨近危險而僥倖免難，也可以說是不謹慎的了！小心地把它記下來作為今後行事的教訓。

【研　析】本文寫連續兩晚渡過兩關時的險狀，但前後兩次並不一樣，可以說第一次是先驚後喜，第二次是先喜後驚，因此在寫法上也就時時照應，形成了極鮮明的對比。

第一晚渡清流關是在有所準備的情況下進行的。在前行中，聽到隨行人員說前面多老虎，心裡已經有了防備，在入關時又預備了銅鑼和火把，在入關後還約定了遇到緊急情況相互照應的方法。因此當後來遇上了大星流動，山風驟起吹熄火把的情況，雖然人人自危，還不至於十分狼狽。而第二晚渡昭關是在完全解除了戒備心理的狀態下進行的。自以為化險為夷，不再擔憂。沿途又看見巒岫迴合，桑田秩秩，心裡正為幽美的風光感到高興。在進入深山，草木塞道，無窮無盡的情況下才緊張得流汗。途中又遇上老者說前面在燒山驅虎。而這一次銅鑼、火把等都沒有預備。因此遇上如林的怪石，以為是潛伏著的老虎，弄得狼狽不堪。兩晚都以為是遇上了老虎，其實都不過是虛驚一場。但兩次的受驚程度卻大不相同。第一晚儘管人人自危，但還能夠不斷地大聲呼喊，銅鑼鳴響，互相照應，等到達時看見明亮的月亮，互相舉手慶賀。而第二晚眾人不及防備，人人自顧不及，「卻顧反走，顛仆枕籍」，想大聲喊叫也不可能了。抬頭看見滿天星星，唯恐自己不免遭禍。

兩次遇險的心理變化過程，在文章中有生動逼真的描寫，也形成了強烈的對比。第一晚由於一開始就在心理上進入戒備狀態，而且有了物質上的防備，所以遇險時，反而不怎麼緊張了。在一場虛驚過後，登上山頂，互相慶幸。雖然下山後還有些心有餘悸，但總是喜多驚少，甚至還有種得勝了的感覺，因此會聯想到當年趙匡胤在清流關大破南唐軍隊，擒獲二將的情景。第二晚遇險是在自以為已經脫險即夷，心理毫無防備的情況下發生的，因此才會那樣狼狽不堪。而後來儘管虛驚過後，仍然戰戰兢兢，自料不能免禍。聯想到當年伍員困於昭關的情景，正是自己這種緊張心理狀態的反映。因此當已經到達香淋院，在燈光下還是感到恍然自失，好像死而復生。可見這失魂落魄的程度。

馬中錫

【作　者】馬中錫（約西元一四四六～一五一二年），字天祿，號東田，故城（今河北故城）人。成化年間進士，授刑科給事中。正德年間，官至兵部侍郎。因反對劉瑾被貶官、下獄。劉瑾被誅後，出任大同巡撫。山東、河北等地發生變亂，馬中錫被朝廷任命為右都御史，帶兵討伐。因主張「招撫」，與朝廷意見不合。後變亂者途經故城，相戒毋犯馬中錫家，遂被謗「縱賊」而下獄，後來死在獄中。數年後，有人為他訟冤，得以復官賜祭。能詩善文。有《東田文集》。

中山狼傳

【題　解】本文選自《東田文集》，是篇寓言。它寫了一個迂腐的墨者東郭先生救了一隻走投無路的狼，而狼一旦脫離了險境，就露出了本性，企圖吃掉救命恩人。本文以狼喻惡人，用意在於提醒人們對於惡人絕不能講仁慈。前人以為這個寓言是諷刺李夢陽對康海的忘恩負義。明武宗時，李夢陽因代人起草彈劾宦官劉瑾而下獄，劉瑾欲置之死地。李夢陽託人請劉瑾的同鄉、狀元康海解救他。康海向劉瑾說情，李夢陽獲釋。劉瑾敗後，康海因為與劉瑾有聯繫，被指為劉瑾黨羽而削職。這時李夢陽卻沒有救助他。馬中錫與康海交好，因此有人認為這篇寓言是諷刺李夢陽的。康海也寫過一齣《中山狼雜劇》。但也有人認為這個說法是種附會。

趙簡子①大獵於中山②，虞人③導前，鷹犬羅後④，駭禽鷙獸⑤應弦而倒者不可勝數⑥。有狼當道，人立而啼⑦。簡子垂手登車⑧，援烏號之弓⑨，挾肅慎之矢⑩，一發飲羽⑪，狼失聲而逋⑫。簡子怒，驅車逐之，驚塵蔽天，足音鳴雷⑬，十里之外，不辨人馬。

【章旨】寫趙簡子射中了中山狼，狼負傷而逃，趙簡子帶領人馬追趕。

【注釋】①趙簡子　春秋時晉國的大夫趙鞅。「簡」是諡號。這裡借用了古人的姓名，是寓言中常用的方法。②中山　春秋戰國時諸侯國名。在今河北定縣一帶。③虞人　古代掌管山澤狩獵等事的官。④羅後　羅列於後；成群地跟在後面。⑤駭禽鷙獸　凶猛的鳥獸。駭禽，使人駭怕的猛禽。鷙獸，猛獸。鷙，原指鳥凶猛，後也指性凶猛者。⑥不可勝數　多得數不清。⑦人立而啼　像人那樣直立著叫。人立，像人那樣站立。⑧垂手登車　垂下手上車。形容輕鬆、從容。⑨烏號之弓　傳說中用桑枝製成的一種良弓。⑩肅慎之矢　肅慎出產的一種箭。以射程遠著稱。這裡指好的箭。肅慎，周時的古國名，在今吉林省一帶。⑪飲羽　箭尾羽毛沒入而不見了。指箭射入目標物極深。飲，吞沒。⑫失聲而逋　呼叫著逃跑。失聲，禁不住發出聲音。逋，逃。⑬足音鳴雷　腳步聲很響，好像打雷一樣。形容人眾氣勢很盛。

【語譯】趙簡子在中山一帶大規模地打獵，主管山澤的虞人在前面導路，獵鷹獵犬跟隨在後面，凶猛的禽獸被射中而倒地的多得數不清。有一頭狼正在道路中間，像人那樣直立著叫。趙簡子垂著手登上車，拿起烏號良弓，搭上肅慎良箭，一箭射去深入狼體，連箭尾也沒入了肉中，狼忍不住發出叫聲，負痛而逃。趙簡子發怒了，趕著馬車追趕，驚飛的塵土遮蔽了天空，腳步聲像打雷那樣響，十里之外，分不清人馬。

時墨者①東郭先生②，將北適③中山以干仕④，策蹇驢⑤，囊圖書⑥，夙行失道⑦，望塵驚悸。狼奄至⑧，引首⑨顧曰：「先生豈有志於濟物⑩哉？昔毛寶放龜而得渡⑪，隋侯救蛇而獲珠⑫，龜蛇固弗靈於狼也。今日之事，何不使我得早處囊中以苟延殘喘乎？異時倘得脫穎而出⑬，先生之恩，生死而肉骨⑭也，敢不努力以效龜蛇之誠？」先生曰：「嘻！私汝狼而犯世卿⑮，忤⑯權貴，禍且不測⑰，敢望報乎？然墨之道，兼愛為本⑱，吾終當有以活汝，脫有禍⑲，固所不辭也！」乃出圖書，空囊橐⑳，徐徐焉實狼其中㉑，前虞跋胡，後恐疐尾㉒，三納之而未克，徘徊容與㉓，追者益近。狼請曰：「事急矣！先生果將揖遜救焚溺，而鳴鑾避寇盜㉔耶？惟先生速圖！」乃跼蹐㉕四足，引繩而束縛之，下首至尾㉖，曲脊掩胡，蝟縮蠖屈㉗，蛇盤龜息㉘，以聽命先生。先生如其指，內㉙狼於囊，遂括囊口，肩舉驢上，引避道左㉚，以待趙人之過。

【章　旨】寫狼在危急中向東郭先生求救，東郭先生將牠裝入書袋中。

【注　釋】❶墨者　信仰墨子學說的人。❷東郭先生　作者假設的人物。東郭是複姓。❸適　往；到。❹干仕　求做官。干，求。❺策蹇驢　騎著一頭跛腿的驢。策，馬鞭。也作用馬鞭趕。騎者執鞭，因此也作騎解。蹇，跛足。❻囊圖書　袋子中裝著圖書。囊，作動詞用。用袋子裝。❼夙行失道　清早趕路而迷了路。夙，早。失道，迷路。❽奄至　突然來到。奄，忽。❾引首　伸長了頭。❿濟物　周濟萬物；做好事。⓫毛寶放龜而得渡　據《搜神記》載：毛寶曾經得到一隻白龜，將牠放回江中。後來作戰失敗，別人投江逃命，都淹死了，而毛寶投水自殺，卻被那隻白龜救到岸上。毛寶，東晉時人，官至豫州刺史。⑫隋侯救蛇而獲珠　據《淮南子・覽冥訓》高誘注載：周時隋侯看見一條大蛇負了傷，用藥給牠敷傷。後來大蛇從江中銜來一顆大珠報答隋侯。⑬何不使我二句　這是狼化用戰國毛遂的話來表示如能脫此災禍，日後重新出頭。《史記・平原君列傳》：「毛遂曰：『臣乃今日請處囊中耳。使遂早得處囊中，乃穎脫而出，非特其未見而已。』」處，居。苟延殘喘，姑且延長殘剩的氣息。意思是姑且讓我得以活下來。異時，他日；日後。倘，倘使；如果。脫穎而出，口袋中的錐子穿透口袋露出尖來。比喻展露才華，出人頭地。穎，錐子的尖。⑭生死而肉骨　使死者復生，使白骨長出肉來。生、肉都是使動用法。⑮私汝狼而犯世卿　為著庇護你這狼而冒犯了世代的大貴族。私，暗中庇護。犯，干犯；冒犯。世卿，指趙簡子。他是趙盾的後代，好幾代都在晉國做卿。春秋時貴族的官職世代相襲，故稱。⑯忤　違犯。⑰禍且不測　禍患尚且不能測料。且，尚且。⑱兼愛為本　以兼愛為根本。《墨子》中有〈兼愛〉，闡述這種主張。兼愛，廣泛地愛。本，根本。⑲脫有禍　即使有災禍。脫，即使。⑳囊橐　口袋。橐，原為無底的袋子，可以在兩頭紮起。㉑實狼其中　把狼裝入袋中。實，充實。這裡是裝入的意思。㉒前虞跋胡二句　見《詩經・豳風・狼跋》：「狼跋其胡，載疐其尾。」原意是狼前進就踩住了自己的胡，後退就倒在自己的尾巴上。這裡謂東郭先生非常小心地裝狼，唯恐損傷了牠。虞，料想；擔心。跋，踐踏。胡，老狼頷下的懸肉。疐，阻礙。㉓徘徊容與　猶豫不決，動作緩慢。容與，原指從容不迫。㉔揖遜救焚溺二句　在救火、救人落水時還揖讓謙遜，躲避強盜時還鳴響車鈴。比喻人遇事不分緩急，迂闊害事。揖遜，揖讓謙遜。鳴鑾，響鈴。鑾，馬勒上的鈴。㉕跼蹐　蜷曲。㉖下首至尾　把頭彎下來湊到尾巴上。㉗蝟縮蠖屈　像刺蝟那樣縮起身子，像尺蠖爬行那樣身子屈起來。蠖，尺蠖。桑樹上的一種害蟲，前進時身子一屈一伸。㉘蛇盤龜息　像蛇那樣盤起來，像龜那樣屏住呼吸。㉙內　同「納」。裝入。㉚引避道左　退避到路邊。道左，路旁。

【語　譯】這時有一位墨家的信徒東郭先生將北往中山去謀求官職，他騎著一頭跛足的驢，袋子中裝了圖書，起早趕路迷了路，望著飛揚的塵土心裡很驚慌。那頭狼突然來到，伸長了頭回頭看看，說：「先生難道不是有志於做好事的人嗎？從前毛寶釋放了烏龜，在患難之時受到牠的解救，得以渡過大河；隋侯解救了一條受傷的大蛇，後來大蛇銜了一顆大珠來報答他，龜蛇本來就比不上狼有靈性。今天的事情危急，為什麼不讓我早點鑽進袋中保全我的微命呢？事情過後如果能夠出人頭地，先生的恩德，好像是使死者復生，使白骨長出肉來，我敢不努力倣效龜蛇那樣的赤誠嗎？」先生說：「哈！庇護你這狼而得罪了世家大族，冒犯了權貴，禍患尚且沒法估計，還敢希望得到報答嗎？但是墨家的行事之道，是兼愛作為根本，我終當有辦法使你活下去，即使有禍患，本來也沒什麼好推辭的！」於是拿出了圖書，空出了袋子，慢慢地將狼裝進去，但是往前恐怕壓了狼頷下的垂肉，往後又恐怕礙了狼的尾巴，裝了三次都沒有成功，猶豫不決，慢慢騰騰，追趕的人越來越近。狼請求說：「事情危急了！先生果真是要揖讓謙遜地來救火救落水者，打鈴來躲避強盜嗎？希望先生快點做事！」於是狼蜷縮了四條腿，讓東郭先生拿繩子綁縛牠，同時把頭低下來彎到尾巴上，彎著脊梁碰到了頷下的垂肉，像刺蝟那樣蜷縮著，像尺蠖那樣彎曲著，像蛇那樣盤捲著，像烏龜那樣屏住呼吸，來聽從東郭先生。東郭先生按照狼的指點，把狼裝進袋中，就把袋口紮起來，用肩舉起來放在驢子上，退避到路邊，等候趙人經過。

已而簡子至，求狼弗得，盛怒，拔劍斬轅端❶示先生，罵曰：「敢諱❷狼方向者，有如此轅！」先生伏躓就地❸，匍匐以進❹，跽❺而言曰：「鄙人不慧，將有志於世，奔走遐方❻，自迷正途，又安能發狼蹤，以指示夫子之鷹犬也！然嘗聞之，大道以多歧亡羊❼。夫羊，一童子可制之，如是其馴也，尚以多歧而亡；狼非羊比，而中山之歧，可以亡羊者何限？乃區區❽循大道以求之，不幾於守株緣木乎❾？況田獵，虞人之所事也，君請問諸皮冠❿。行道之人何罪哉？且鄙人雖愚，獨不知夫狼乎？性貪而狠，黨豺為虐⓫，君能除之，固當窺左足以效微勞⓬，又肯諱之而不言哉？」簡子默然，回車就道。先生亦驅驢，兼程而進。

【章旨】趙簡子問狼去向，東郭先生隱瞞不說，並辯解了一番。趙簡子離開了，東郭先生繼續趕路。

【注釋】❶轅端　車轅的頂端。轅，駕車用的直木或曲木。壓在車軸上，伸出車子的前端。❷諱　隱瞞。❸伏躓就地　伏倒在地上。躓，倒下。❹匍匐以進　向前爬行。匍匐，爬行。❺跽　跪。❻遐方　遠方。❼大道以多歧亡羊　大路上岔路多而丟失羊。這是引用《列子・說符第八》的故事：楊朱的鄰居丟了羊，帶了許多人去找，又請楊朱的小孩也幫忙找。楊朱說：丟了一頭羊，哪用得著這麼多人去追？鄰居說：因為岔路很多。等到追趕者回來，楊朱問：找到了羊嗎？回答說：丟失了。楊朱問：怎麼丟失的？回答說：岔路之中又有岔路，不知道該往哪條走，所以回來了。❽區區　僅僅；只是。❾不幾於守株緣木乎　不近乎守株待兔、緣木求魚了嗎？幾，近。守株，守株待兔。用《韓非子・五蠹》的故事：宋國有個農夫，田中有棵樹，一天他看到有隻兔子跑過來撞在樹幹上，折斷脖子死了。他就放下農具一直守在樹邊，希望能夠再得到兔子。兔子不可能再得到，他也成了個笑料。緣木，緣木求魚；爬到樹上去抓魚。出自《孟子・梁惠王》：「以若所為，求若所欲，猶緣木而求魚也。」守株、緣木，比喻行動和目標不一致，必將徒勞無功。❿皮冠　古代田獵時所戴的帽子。這裡是狩獵官的代稱。⓫黨豺為虐　與豺合夥做壞事。黨，結黨；合夥。豺，與狼同屬犬類。身體比狼瘦小，性凶猛，喜群居。因為豺和狼同是貪殘凶猛動物，又是同類，所以常常豺狼並稱。為虐，作惡。⓬窺左足以效微勞　謂舉一下足奉獻一點力量。窺左足，舉一下左腳。表示略盡一點力。出自《漢書・息夫躬傳》：「京師雖有武蠭精兵，未有能窺左足而先應者也。」窺，通「跬」。半步。

【語譯】不久趙簡子到了，沒有找到狼，他大怒，拔劍斬車轅的前端給東郭先生看，罵道：「敢於隱瞞狼的方向的，將像這車轅一樣！」東郭先生伏倒在地，爬行著向前，跪著說道：「我不聰明，將有志於世事，奔走遠方，自己都迷失了正路，又怎能揭發狼的蹤跡，而指點給您的鷹犬呢？然而我曾經聽說過，大路因為岔路多而丟失了羊。羊，一個小孩子就能控制牠，像這樣馴順的動物，還因為岔路多而丟失；狼不是羊可比，而中山的岔路，可以丟失羊的哪裡有限制？卻僅僅沿著大路去尋牠，不是近乎那守株待兔、緣木求魚了嗎？何況田獵，是虞人所掌管的事務，您請問那些戴皮帽的狩獵官吧。行路的人有什麼罪責呢？況且我雖然愚昧，難道不知道那狼嗎？本性貪殘而且狠毒，與豺合夥作惡，您能消滅牠，我本當像伸出左腳來那樣奉獻我的微力，又肯隱瞞牠而不說嗎？」趙簡子默默地回到車上繼續趕路。東郭先生也趕著驢，加快速度前行。

良久，羽旄❶之影漸沒，車馬之音不聞，狼度❷簡子之去已遠，而作聲囊中曰：「先生可留意矣。出我囊，解我縛，拔矢我臂❸，我將逝❹矣！」先生舉手出狼。狼咆哮❺謂先生曰：「適為虞人逐，其來甚速，幸先生生我❻。我餒甚❼，餒不得食，亦終必亡而已。與其飢死道路，為群獸食，毋寧斃於虞人，以俎豆於貴家❽。先生既墨者，摩頂放踵，思一利天下❾，又何吝一軀啖我❿而全微命乎？」遂鼓吻奮爪⓫以向先生。先生倉卒以手搏之，且搏且卻，引蔽驢後，便旋而走⓬，狼終不得有加於先生⓭；先生亦極力拒，彼此俱倦，隔驢喘息。先生曰：「狼負我！狼負我！」狼曰：「吾非固欲負汝，天生汝輩，固需吾輩食也！」相持既久，日晷漸移⓮，先生竊念天色向晚，狼復群至，吾死矣夫！因紿⓯狼曰：「民俗，事疑必詢三老，第行⓰矣，求三老而問之，苟謂我當食即食，不可即已。」狼大喜，即與偕行⓱。

【章旨】狼在脫離險境後，想吃掉東郭先生；東郭先生竭力抗拒，兩者相持不下。

【注釋】❶羽旄　一種軍旗，旗竿上裝飾有雉尾或犛牛尾。❷度　估計。❸拔矢我臂　將我前腿上的箭拔去。臂，這裡指前腿。❹逝　去；離開。❺咆哮　指猛獸怒吼。❻生我　使我生；救活我。❼餒甚　餓得很。❽俎豆於貴家　盛放在貴族家的俎豆中作食品。俎豆，盛食品的器具。俎為青銅器具，古代盛牛、羊等用。豆為陶製或木製的器具，也有青銅製；形似高足盤，盛放有醬汁的食物用。❾摩頂放踵二句　出自《孟子・盡心上》：「墨子兼愛，摩頂放踵，利天下為之。」摩頂放踵，從頭到腳都受到磨傷。摩頂，摩突其頂；磨穿頭頂。放，至。踵，腳跟。❿啖我　使我啖；給我吃。啖，吃。⓫鼓吻奮爪　張牙舞爪。形容想吃人時的凶相。鼓吻，動嘴。⓬便旋而走　回轉著跑；兜圈子而跑。便旋，回轉。⓭有加於先生　佔先生的上風。加，超過；勝過。⓮日晷漸移　日影漸漸西移。表示時間既久。日晷，日影。⓯紿　騙。⓰第行　只管走。第，但；只管。⓱偕行　同行。

【語　譯】過了很久，趙簡子一行的旗幟漸漸看不見了，車馬的聲音也聽不見了，狼估計趙簡子已走遠了，在袋中說話道：「先生可以留意了。把我從袋裡放出來，解開我身上的束縛，把我前腿上的箭拔掉，我將離開了！」東郭先生用手將狼放出來。狼咆哮著對東郭先生說：「剛才被虞人追趕，他們追得很快，幸好先生救活了我。我很餓了，餓了吃不到東西，最後必然也會死去。與其餓死在路上，被群獸吃掉，還不如死於虞人之手，盛在俎豆中成為貴族家的食物。先生既然是個墨家的信徒，願意從頭頂到腳都磨傷了，來有利於天下，那又何必吝惜自己的身體，讓我吃以保全我的小命呢？」於是張嘴舞爪地面對東郭先生。東郭先生匆忙用手和牠搏鬥，一邊搏鬥一邊退卻，退避到驢子的後面，轉著圈子跑。狼始終不能夠佔到他的上風，東郭先生也盡力抵抗。彼此都很累，隔著驢喘氣。東郭先生說：「狼對不起我！狼對不起我！」狼說：「我並不是一定要對不起你，但老天生下你們，本來是給我們吃的啊！」相持已久，日影漸漸西移了，東郭先生暗想天色漸晚，如果又有群狼來，我就死定了！因而欺騙狼道：「按照民俗，事情決定不下來就必定詢問三位老者。只管前走，找三位老者來問他們，如果說我應當被吃就吃好了，如果說不能吃就不吃。」狼很高興，當即和東郭先生同行。

踰時❶，道無人行，狼饞甚，望老木僵立❷路側，謂先生曰：「可問是老！」先生曰：「草木無知，叩焉何益❸？」狼曰：「第問之，彼當有言矣！」先生不得已，揖老木，具述始末，問曰：「若然，狼當食我邪？」木中轟轟有聲，謂先生曰：「我杏也。往年老圃❹種我時，費一核耳，踰年華❺，再踰年實❻，三年拱把❼，十年合抱❽，至於今二十年矣！老圃食我，老圃之妻子食我，外至賓客，下至奴僕皆食我。又復鬻❾實於市，以規利❿於我。其有功於老圃甚巨。今老矣，不能斂華就實⓫，賈老圃怒⓬，伐我條枚，芟⓭我枝葉，且將售我工師之肆取直焉⓮。噫！樗朽之材⓯，桑榆之景⓰，求免於斧鉞⓱之誅而不可得，汝何德於狼，乃覬⓲免乎？是固當食汝。」言下，狼復鼓吻奮爪以向先生。先生曰：「狼爽盟⓳矣，矢⓴詢三老，今值㉑一杏，何遽見迫邪㉒？」復與偕行。

【章　旨】問老杏樹，老杏樹訴說了自己有功於人卻受人虐待的不幸遭遇後，認為狼該當吃東郭先生。

【注　釋】❶踰時　過了一會兒。踰，通「逾」。越。❷僵立　直立。僵，挺直不動。❸叩焉何益　問了它有什麼好處。叩，問。❹老圃　指管理園圃的人。❺踰年華　隔年開花。華，開花。❻實　結實。❼拱把　用手拱握。拱，兩手相合。把，一手所握。❽合抱　兩臂相圍合。❾鬻　出賣。❿規利　謀利。規，謀劃。⓫斂華就實　收縮花而結出果實。也就是花謝後結實。⓬賈老圃怒　使得老圃發怒。賈，買。這裡是招致的意思。⓭芟　刪除；除去。⓮且將售我工師之肆取直焉　將要把我賣到工匠的鋪子裡去換錢。且將，將要。工師之肆，工匠的鋪子。直，通「值」。價錢。⓯樗朽之材　像樗那樣不堅固的木材。

樗，一種高可數丈的喬木，材質稀鬆，味臭。也即臭椿。⓰桑榆之景　日落之時，陽光還留在桑樹榆樹上。借喻人到晚年。景，日光。⓱斧鉞　斧頭。鉞，青銅製的圓刀的斧。⓲覬　覬覦；非分的希望。⓳爽盟　違盟；違約。爽，失；違背。⓴矢誓；立誓。㉑值　遇上。㉒何遽見迫邪　何必那麼急切地逼迫呢。遽，急。見迫，相迫；逼迫。

【語譯】過了一會兒，路上沒有遇到行人，狼很饞，望見有一棵老樹直立在路邊，對東郭先生說：「可以問問這老樹！」東郭先生說：「草木沒什麼識見，問它有什麼用？」狼說：「只管問它，它應當有話說！」先生不得已，向老樹拱手，敘述了事情的經過，問道：「像這樣，狼該當吃我嗎？」樹木中轟轟作響，對東郭先生說：「我是杏樹。從前老圃種我時，只用了一顆杏核，過了一年開花了，又過了一年結實了，第三年有拱把那麼粗了，十年有合抱那麼粗了，至於今已二十年了。老圃吃我的果子，老圃的妻子和孩子吃我的果子，外至賓客，下至僕人都吃我的果子。又將果子在集市上出賣，在我身上謀取財利。我對於老圃有很大的功勞。現在我老了，不能收縮花朵結出果實了，使得老圃發怒，伐我的枝幹，砍我的枝葉，而且將要把我出售給工匠的舖子去換錢。唉！像我這樣無用的樹木，已像日光照在桑榆上那樣到了晚年，想免遭斧鉞的砍伐還不可能，你對狼有什麼恩德，竟企圖避免被狼吃呢？這狼本來就應當吃你。」剛說完，狼又張嘴舞爪地面向東郭先生。東郭先生說：「狼違約了，立誓問三位老者，現在只遇上了一棵杏樹，何必那麼急切地逼迫我呢？」狼又和東郭先生向前行。

狼愈急，望見老牸❶，曝日敗垣中❷，謂先生曰：「可問是老！」先生曰：「曏者❸草木無知，謬言害事❹，今牛，禽獸耳，更何問焉？」狼曰：「第問之，不問，將咥❺汝！」先生不得已，揖老牸，再述始末以問。牛皺眉瞪眼，舐鼻張口，向先生曰：「老杏之言不謬矣！老牸繭栗❻少年時，筋力頗健，老農賣一刀以易我，使我貳群牛、事南畝[7]。既壯，群牛日以老憊[8]，凡事我都之[9]。彼將馳驅，我伏田車[10]，擇便途以急奔趨。彼將躬耕，我脫輻衡[11]，走郊坰以闢榛荊[12]。老農視我猶左右手。衣食仰我而給[13]，婚姻仰我而畢[14]，賦稅仰我而輸[15]，倉庾[16]仰我而實。我亦自諒[17]可得帷席之敝如馬狗[18]也。往年家儲無擔石[19]，今麥秋多十斛[20]矣；往年窮居無顧藉[21]，今掉臂行村社[22]矣；往年塵卮罌[23]，涸[24]脣吻，盛酒瓦盆，半生未接，今醞黍稷，據樽罍[25]，驕妻妾[26]矣；往年衣裋褐[27]，侶木石[28]，手不知揖，心不知學，今持《兔園冊》[29]，戴笠子，腰韋帶[30]，衣寬博矣。一絲一粟，皆我力也。顧[31]欺我老弱，逐我郊野。酸風射眸[32]，寒日弔影[33]；瘦骨如山，老淚如雨；涎垂而不可收，足攣[34]而不可舉；皮毛俱亡，瘡痍未瘥[35]。老農之妻妒且悍[36]，朝夕進說曰：『牛之一身，無廢物也。肉可脯[37]，皮可鞟[38]，骨角可切磋為器[39]。』指大兒曰：『汝受業庖丁[40]之門有年矣，胡不礪刃硎[41]以待？』跡是[42]觀之，是將不利於我，我不知死所矣！夫我有功，彼無情乃若是，行將蒙禍；汝何德於狼，覬幸免乎？」言下，狼又鼓吻奮爪以向先生。先生曰：「毋欲速！」

【章旨】又問老母牛，老母牛訴說了自己有功於人卻受人虐待的不幸遭遇後，也認為狼該當吃東郭先生。

【注　釋】❶老牸　老母牛。牸，母牛。也可泛指雌性的動物。❷曝日敗垣中　在毀壞了的牆邊曬太陽。❸曏者　先前；上次。❹謬言害事　胡言亂語把事情搞壞了。❺咥　咬；吃。❻繭栗　指初長成的牛角，細小而且形似繭和栗。❼貳群牛事南畝　和眾多的牛一起耕種田地。貳，副；輔助。南畝，原指南邊或朝南的土地，後泛指田畝。❽老憊　年老力衰。憊，疲勞；衰竭。❾都之　承擔了它。都，總管；承擔。❿伏田車　駕著打獵的車。伏，通「服」。駕。田車，古代田獵所用的車。田，通「畋」。打獵。⓫脫輻衡　卸下車子。輻衡，指車輛。輻，車輪上連結軸心和輪圈的直條。衡，車轅的橫木。⓬走郊坰以闢榛荊　跑到郊野去開墾荒地。郊坰，郊外；郊野。坰，遠郊。闢榛荊，指開墾荒地。榛、荊，都是灌木叢。泛指荒草雜樹。⓭給　豐足；富裕。⓮畢　完成；辦好。⓯輸　送交；繳納。⓰倉庾　糧倉。⓱自諒　自料。諒，料想。⓲可得帷席之敝如馬狗　死後可以像狗和馬那樣，得到帷蓆掩埋屍體。《禮記・檀弓》：「敝帷不棄，為埋馬也；敝蓋不棄，為埋狗也。」《漢書・陳湯傳》：「夫犬馬有勞於人，尚加帷蓋之報。」帷席，即帷蓋。帷帳和蓆子之類。⓳擔石　謂糧食很少。擔，同「儋」。兩石。石，古代一百二十市斤為一石。⓴斛　古代十斗為一斛。㉑無顧藉　沒有什麼可以照顧、依靠的。藉，依靠。㉒掉臂行村社　謂可以在鄉村裡拋頭露面了。掉臂，甩著手臂走路。形容無拘無束的樣子。村社，鄉村。社，古代農村基層單位。二十五家或方圓六里為一社。㉓塵巵罌　巵和罌上積了灰塵。謂無酒可喝。塵，作動詞用。積塵。巵，酒器。罌，腹大口小的容器，盛漿水。這裡也作酒器用。㉔涸　乾枯。㉕據樽罍　拿著樽罍。樽，酒杯。罍，小口深腹的盛酒器，似壺。㉖驕妻妾　傲慢地對待妻妾。驕，傲慢。㉗裋褐　貧苦人所穿的粗布服。㉘侶木石　與木石為伴。意指沒有人際交往。㉙兔園冊　唐宋時期村塾用於教授學童的課本。㉚腰韋帶　腰上繫著皮帶。腰，腰上繫著。韋帶，皮帶。韋，熟牛皮。㉛顧　反而。㉜酸風射眸　冷風刺痛了眼睛。㉝寒日弔影　寒日安慰身影。形容孤單。㉞足攣　腳蜷曲不能伸直。攣，手腳蜷曲。㉟瘡痍未痊　創傷還沒有痊癒。瘡痍，創傷。痊，病癒。㊱妒且悍　妒忌而且凶悍。㊲脯　肉乾。這裡作動詞用。製成肉乾。㊳鞟　同「鞹」。去毛的皮。這裡作動詞用。製成去毛的皮。㊴切磋為器　磨製成器具。切磋，磨治。㊵庖丁　廚師。古代廚師兼掌宰殺牲畜。㊶礪刃硎　在磨刀石上把刀磨快。刃，刀刃。硎，磨刀石。㊷跡是　根據這些。

【語　譯】狼更心急了，望見一頭老母牛在殘敗的矮牆裡曬太陽，對東郭先生說：「可以問問這老牛！」東郭先生說：「先前草木沒有什麼識見，胡言亂語搞壞了大事。現在這頭牛，是牲畜罷了，又何必問牠？」狼說：「只管問牠。不問，將要吃你了！」東郭先生不得已，向老母牛拱拱手，又將事情的經過說了一遍並且向牠詢問。牛皺起眉瞪著眼，舔舔鼻張張口，對東郭先生說：「老杏樹的話是不錯的！我在當初剛長角時，筋力很健壯，老農賣了一把刀買了我，讓我輔助群牛耕種田地。在我強壯之後，群牛一天天地衰老了，所有的事務都由我承擔。他要打獵，我就駕了打獵的車，選近便的路急急奔跑。他要耕種，我就卸下車子，跑到郊野去墾荒。老農把我看作是他的左右手。穿的吃的依靠我而豐足，婚姻依靠我而完成，賦稅依靠我而繳納，糧倉依靠我而充實。我也自料可以像馬和狗那樣在死後得到破舊的帷蓆來遮掩屍體了。從前他家沒有一兩擔儲糧，如今秋收麥子也多了十斛；從前窮居在家，沒有什麼人可以照顧、依靠，如今大搖大擺地走在鄉村裡了；從前卮罌上都沾滿了塵埃，唇燥口乾，盛酒的瓦盆半生也沒接觸過，如今用黍稷釀酒，手拿樽罍之類的酒器，可以傲慢地對待妻妾了；從前穿著粗布衣，和木石作伴，手不懂得打拱作揖，心不懂得學識書本，如今手拿《兔園冊》之類的課本讀書識字，戴著笠子，腰繫皮帶，穿著寬大的衣服了。一絲一粟，都是我的力量。如今反而欺我又老又弱，把我趕到郊野。冷風刺痛眼睛，寒日安慰身影；瘦骨如山，老淚如雨；口水流下來不能收起，腿腳蜷曲不能抬起；皮毛都掉光了，創傷還沒有痊癒。老農的妻子妒忌而且凶悍，從早到晚向他進言說：『牛的全身沒有廢物。肉可以製成肉乾，皮可以製成去毛的熟皮，骨頭和牛角都可以磨治成為器具。』指使大兒子說：『你在廚師那裡學習技藝已有多年了，為什麼不在磨刀石上磨快了刀等著殺牛呢？』從這些跡象來看，必將對我不利，我不知道我將死在何處。我有功勞，他們還如此無情，我將要遭受禍害；你對狼有什麼恩德，竟企圖倖免災禍嗎？」老牛話剛說完，狼又動嘴舞爪面向東郭先生。東郭先生說：「不要這樣急！」

遙望老子杖藜❶而來，鬚眉皓然❷，衣冠閒雅❸，蓋有道❹者也。先生且喜且愕，舍狼而前，拜跪啼泣，致辭❺曰：「乞丈人❻一言而生。」丈人問故，先生曰：「是狼為虞人所窘[7]，求救於我，我實生之。今反欲咥我，力求不免，我又當死之，欲少延於片時，誓定是於三老[8]。初逢老杏，強我問之，草木無知，幾[9]殺我。次逢老牸，強我問之，禽獸無知，又幾殺我。今逢丈人，豈天之未喪斯文[10]也。敢乞一言而生。」因頓首杖下，俯伏聽命。丈人聞之，欷歔[11]再三。以杖叩狼曰：「汝誤矣！夫人有恩而背之，不祥莫大焉。儒謂受人恩而不忍背者，其為子必孝，又謂虎狼知父子[12]。今汝背恩如是，則併父子亦無矣！」乃厲聲曰：「狼，速去！不然將杖殺汝！」狼曰：「丈人知其一，未知其二，請愬之[13]，願丈人垂聽[14]。初，先生救我時，束縛我足，閉我囊中，壓以詩書，我鞠躬不敢息[15]，又蔓辭[16]以說簡子，其意蓋將死我於囊，而獨竊[17]其利也。是安可不咥？」丈人顧先生曰：「果如是，是羿亦有罪焉[18]。」先生不平，具狀其囊狼憐惜之意。狼亦巧辯不已以求勝。丈人曰：「是皆不足以執信[19]也。試再囊之，我觀其狀，果困苦否。」狼欣然從之。信足[20]先生，先生復縛置囊中，肩舉驢上，而狼未之知也。丈人附耳[21]謂先生曰：「有匕首否？」先生曰：「有。」於是出匕。丈人目[22]先生，使引匕刺狼。先生曰：「不害狼乎？」丈人笑曰：「禽獸負恩如是，而猶不忍殺。子固仁者，然愚亦甚矣！從井以救人[23]，解衣以活友[24]，於彼計則得，其如就死地何㉕？先生其此類乎？仁陷於愚，固君子之所不與㉖也。」言已大笑，先生亦笑。遂舉手助先生操刃，共殪㉗狼，棄道上而去。

【章 旨】遇上一位老人，東郭先生向他敘述事情的經過並向他求救。狼則為自己的行為狡辯。老人設計將狼再次裝入袋中，協助東郭先生將狼殺死。

【注 釋】❶杖藜 拄著拐杖。藜，一種草本植物，莖高數尺，老時可做拐杖。❷皓然 雪白的樣子。❸衣冠閒雅 穿戴整齊文雅。❹有道 指有品行有識見。❺致辭 發表意見。這裡是訴說的意思。❻丈人 古時對老人的尊稱。❼窘 困迫。❽誓定是於三老 約好以三位老者的意見為準決定此事。是，此；這件事。❾幾 差一點。❿天之未喪斯文 老天不讓我們讀書人丟命。斯文，原指禮樂教化。後也指儒士、讀書人。這是反用《論語・子罕》「天之將喪斯文也，後死者不得與於斯文也」的話。⓫欷歔 歎息。⓬虎狼知父子 虎狼這樣凶殘的動物也懂得父子的道理。⓭愬之 訴說它。愬，通「訴」。⓮垂聽 傾聽。請對方聽取自己意見的恭敬說法。⓯鞠躬不敢息 弓著身子不敢出氣。鞠躬，彎著身子。⓰蔓辭 冗長的話；廢話。⓱竊 竊取；佔有。⓲是羿亦有罪焉 出自《孟子・離婁下》：「逢蒙學射於羿，盡羿之道。思天下惟羿為愈己，於是殺羿。孟子曰：『是亦羿有罪焉。』」孟子是說羿不能分清好壞，自己也有過失。這裡借用這話，是說東郭先生救了狼，自己也有過錯。羿，即后羿。傳說為夏時東夷族首領，以善射著稱。神話傳說在堯時十日並出，他射去九日。⓳執信 作為憑信。⓴信足 伸腳。信，通「伸」。㉑附耳 把嘴湊近別人的耳朵邊。㉒目 用眼睛示意。㉓從井以救人 看見有人掉落井中，自己跟著跳下去救他。這樣不僅救不了人，自己也會淹死。出自《論語・雍也》：「宰我問曰：『仁者雖告之曰，井有仁焉，其從之也？』子曰：『何為其然也！君子可逝也，不可陷也。』」㉔解衣以活友 脫下衣服來給朋友穿，救活了他，自己卻凍死了。活友，使朋友活。出自《列士傳》：戰國時燕國人左伯桃與羊角哀友善，兩人在同往楚國途中遇雪，衣薄糧少。左伯桃將自己的衣服和糧食都給了羊角哀，自己躲藏到空樹中，凍餓而死。㉕於彼計則得二句 謂從他那方面考慮，是合適的，但自己接近死地又怎麼辦呢？㉖與 肯定；贊同。㉗殪 殺。

【語 譯】遠遠望見一位老人扶杖而來，鬍子和眉毛都發白了，穿戴整齊文雅，看樣子是個有品行有識見的人。

東郭先生又喜又驚，離開狼迎上前去，跪拜哭泣，訴說道：「求老人家說一句話而讓我活著。」老人問這情由，東郭先生說：「這狼被虞人所困迫，向我求救，我解救了牠。現在反而想吃掉我，我力求而不能免，我將因此而死，只想稍延片刻，就約定以三位老者的話為準決定此事。起先遇上了老杏樹，牠強迫我問這杏樹，草木沒什麼識見，差點兒害死了我。接著又遇上了老母牛，牠強迫我問這母牛，禽獸也沒什麼識見，又差點兒害死了我。現在遇上了您老人家，莫非是老天不讓我讀書人丟命嗎？求您說一句話可讓我活著。」就在老人的杖前叩頭，俯伏著聽候老人說話。老人聽了東郭先生的話，再三歎息。用杖擊狼說：「你錯了啊！別人對你有恩德而你卻背棄了他，沒有比這更不祥的了。儒家說受到了別人恩惠而不忍心背棄的人，他作為兒子也一定孝順，又說即使是虎狼也有父子的感情。現在你如此背棄恩德，則連父子的感情也沒有了！」於是聲音嚴厲地說道：「狼！你趕快離開！不然我要用杖打死你了！」狼說：「老人家只了解一方的情形而不了解另一方的情形，請讓我訴說這情形，希望老人家能傾聽。起先東郭先生救我時，綁縛了我的腳，把我塞在袋中，將書本壓在我身上，我弓著腰不敢出氣，他又跟趙簡子說了許多廢話，用意是想讓我死在袋子裡，而獨佔這好處。這樣的人又怎能不吃掉他呢？」老人回頭對東郭先生說：「果真如此的話，那后羿也有罪責了。」東郭先生不服，詳細地敘述了他將狼裝入袋子時愛惜狼的心意。狼也不斷地狡辯力求取勝。老人說：「這些話都不足以作為憑信。試著再裝一次，我看看這情狀，是否真的困苦。」狼高興地聽從了。將腳伸給東郭先生，東郭先生又將狼綁縛了放在袋子裡，用肩扛起來放在驢上，而狼沒有覺察到。老人把嘴湊到東郭先生的耳邊問東郭先生說：「有匕首嗎？」東郭先生說：「有。」於是拿出了匕首。老人用眼睛示意東郭先生，讓他拿匕首刺狼。東郭先生說：「這不是害了狼嗎？」老人笑著說：「禽獸如此背恩，你還不忍心殺牠。你確實是個仁者，但也愚蠢得很啊！看到別人落入井裡，也跟著跳下去救他，脫下衣服給別人穿，救活了別人而自己卻凍死了，這從對方來考慮是合適的，但使自己接近死地又怎麼辦呢？先生你大概就是這類人吧？講究仁德而陷入愚蠢的境地，本來是君子所不贊成的。」說罷大笑，東郭先生也笑。於是老人伸手幫助東郭先生拿刀一起將狼殺死，把牠丟在路上才離開。

【研　析】這篇寓言所寫的中山狼，在處境危險、走投無路時，裝出一副善良、可憐的樣子，向仁慈而迂愚的東郭先生求救。而一旦脫離了危險，立即露出了其貪婪、凶殘的本性，想吃掉自己的救命恩人。這則寓言告訴我們，狼的本性是不會改變的，牠總是要吃人的。對於吃人的狼，不管在何種情況下，都不應對牠心慈手軟，懷有天真的想法和善良的同情，而應堅決把牠消滅。作者名義上是寫狼，實際上是以狼擬人。不管這個寓言是否實有所指，它實際上寫出了像狼那樣貪婪凶殘、陰險狡猾、忘恩負義的一類惡人的形象，具有典型意義。

這則寓言在形象塑造方面也有較高的成就，中山狼的陰狡貪殘和東郭先生的迂愚軟弱，形成了鮮明的對比。在趙簡子大獵中山，眾多凶禽猛獸被射中的情況下，中山狼還「當道，人立而啼」，這寫出了牠的猖狂和負隅頑抗，說明這是一頭不易對付的狼。當牠中箭而逃的途中，遇上了墨家信徒東郭先生，牠針對墨家兼愛濟物的特點打動了他的心，又以日後用重寶來報答恩德之類的話來引誘，一番花言巧語，寫出了狼的陰險、狡詐和虛偽。當牠處於危急之中，需要東郭先生解救時，「跼蹐四足」、「曲脊掩胡，蝟縮蠖屈，蛇盤龜息」，任由東郭先生「引繩而束縛之」裝入袋中，顯得溫順馴良。一旦脫離了險境，立即就翻臉不認人，就想吃掉東郭先生了。對於牠要吃掉東郭先生，牠還發表了自己的高見，說自己與其餓死，還不如剛才被獵人打死來得好。東郭先生救牠反而救錯了。而且這時候又搬出了墨家兼愛的理論來作為自己吃掉東郭先生的理由，並且還認為人生來就是讓狼吃的。牠「咆哮謂先生」、「鼓吻奮爪以向先生」，正暴露了牠本性的凶殘和吃人的迫不及待。在遇上老人，受到了斥責之後，牠翻雲覆雨，誣告東郭先生在救牠時是如何的虐待和迫害牠，並且誣蔑東郭先生不是真心救牠，而是試圖將牠弄死在袋中「獨竊其利」。這使我們進一步看到了狼的陰險、狡詐和忘恩負義。

而與狼形成鮮明對照的東郭先生則仁柔迂愚。他「夙行失道，望塵驚悸」，完全是個不通世務、膽小怕事的書生形象。他援救中山狼完全不是希圖後報，而是基於墨家兼愛為本的信仰。在追兵已近的情況下裝狼入袋，動作仍是謹慎、緩慢，唯恐碰傷了狼，這正是他的仁柔迂愚的性格的寫照。在趙簡子求狼不得，拔劍斬轅的盛怒情況下，這位「望塵驚悸」的東郭先生竟然能不動聲色，應對如流，巧妙地支走了趙簡子，顯得異常從容。這是東郭先生「脫有禍，固所不辭」的思想的體現。這是一種仁者之勇，可惜用得不當。在狼要吃他的情況下，他只得連呼「狼負我」，而試圖通過詢問三老而免禍，當問過老杏樹後狼又想吃他時，他指責狼違約之類，都暴露了他的迂愚和天真。當老者設計重新將狼裝入袋中，示意可用匕首殺狼時，他還在猶豫，問老人：這不是害了狼嗎？這簡直迂到了極點，也就難怪老人要笑他「子固仁者，然愚亦甚矣」了。

李東陽

【作　者】李東陽（西元一四四七～一五一六年），字賓之，號西涯，茶陵（今湖南茶陵）人，生於北京。天順八年（西元一四六四年）進士，授編修，後升侍講學士。官至吏部尚書、華蓋殿大學士。正德年間，宦官劉瑾等「八黨」弄權，引起朝臣不滿，他和大學士劉健、謝遷持章反對。事情失敗後，三人上疏辭職，劉瑾矯旨卻去劉、謝，因李東陽態度稍緩而得以留任。因對劉瑾依附周旋，為時人所不滿。但在劉瑾弄權時，也的確保全了一批正直之士。以閣臣地位主持文壇，以詩文獎引後學，頗有時望，形成了茶陵詩派。詩學師承嚴羽，反對摹擬，而詩作仍多依傍之跡。散文長於記述。有《懷麓堂集》。現岳麓書社整理為《李東陽集》。

移樹說

【題　解】本文選自《李東陽集》，是篇議論文。文章從移植樹木的具體事例出發，說明了「其治之也有道，而行之也有序」的道理。並由移植樹木聯想到培植人材，認為培植人材的道理也是這樣，以此勸勉一再落第的族子。

予城西舊塋❶久勿樹❷。比辟地東鄰❸，有檜❹百餘株，大者盈拱❺，高可二三丈，予惜其生不得所❻。有種樹者曰：「我能為公移之。」予曰：「有是哉？」

請試，許之。

【章　旨】寫拓展墳地，有種樹者願意替他移植百餘株檜樹。

【注　釋】❶城西舊塋　城西的祖墳。李東陽家世代寓居京城，京城西郊宛平（今北京市宛平縣）畏吾村有五代舊墳。❷樹　作動詞用。種樹。❸比辟地東鄰　近來在墳墓的東邊擴展土地。比，及；近來。❹檜　檜柏。也叫圓柏。柏樹的一種。❺盈拱　可以兩手合圍。拱，兩手合圍。❻生不得所　生長得不是地方。

【語　譯】我家在京城西郊的祖墳很久沒有種樹了。近來在墳的東邊擴展土地，有檜柏百餘株，大的可以兩手合圍，高約二三丈，我為它們生長得不是地方而感到可惜。有一個以種樹為業的人說：「我能為您移植這些樹。」我說：「有這種事嗎？」他請求試試看，我答應了他。

予嘗往觀❶焉。乃移其三之一❷，規其根圍數尺❸，中留宿土❹，坎及四周，及底而止❺。以繩繞其根，若碇❻然，然其重雖千人莫能舉也。則陊其坎之稜❼，絙樹腰而臥之❽，根之罅實以虛壤❾。復臥而北，樹為壤所墊，漸高以起，臥而南亦如之。三臥三起，其高出於坎。棚木為床❿橫載之，曳以兩牛，翼以十夫⓫。其大者倍其數。行數百步，植於墓後為三重⓬。閱歲⓭而視之，成者十九。則又移其餘，左右翼以及於門⓮。再閱歲而視之，其成者又十而九也。於是幹條交接，行列分布，鬱然改觀⓯，與古墓無異焉。夫規大而坎疏⓰，故根不離；宿土厚，故元氣足，乘虛而起漸，故出而無所傷。取必於旦夕之近，而巧奪於二十餘年之遠⑰，蓋其治之也有道，而行之也有序爾。

【章旨】詳記移植檜樹的過程，並由此而發議論。

【注釋】❶往觀　前去觀看。❷三之一　三分之一。❸規其根圍數尺　圍繞樹根數尺之處畫出圓圈。規，規劃；畫圓。❹中留宿土　謂在樹根與圓周之間留著原土。宿土，舊土；原土。❺坎及四周二句　謂圍繞圓圈在樹根的周圍挖坑，挖到樹根的底部為止。坎，坑。這裡作動詞用。挖坑。❻碇　船停泊時沉落水中以穩定船身的石塊，相當於後來的錨。❼隊其坎之稜　挖掉樹坑的邊角。隊，墜落。這裡是挖掉的意思。稜，邊角。❽絙樹腰而臥之　用粗繩縛住樹腰並將樹橫倒。絙，粗繩。這裡作動詞用。用粗繩綁縛。❾根之罅實以虛壤　在樹根底部的空缺處用鬆土填實。罅，縫隙；空缺。虛壤，浮土；鬆土。❿棚木為床　用木頭綁成床架。棚，作動詞用。綁縛成篷架。⓫曳以兩牛二句　用兩頭牛拉它，兩旁有十個漢子相幫。曳，拉；拖。翼，輔佐；幫助。十夫，十個男子。⓬三重　三層；三行。⓭閱歲　過了一年。閱，經過。⓮門　指墓門。墓的正前方。⓯鬱然改觀　謂樹木繁盛改變了舊貌。鬱然，旺盛的樣子。⓰規大而坎疏　劃出的周邊大而挖的坑也大。疏，疏朗；寬大。⓱取必於旦夕之近二句　挖取的工作在一個早晚之間就完成，而巧妙的取得了生長二十多年的樹木。

【語譯】我曾經前去觀看。原來他先移植三分之一的檜柏，在它們樹根周圍數尺畫出圓圈，中間保留原土，圓圈的四周挖坑，挖到達樹根的底部。用繩子綁繞樹根，好像石碇的樣子。但是它很重，即使千人也抬不起來。就挖掉樹坑的邊角，用粗繩縛住樹腰把它橫倒，在樹根底部的空缺處用鬆土填實。又將樹向北橫倒，樹下用泥土墊實，逐漸高升，向南橫放也這樣做。三次放倒三次升高，樹就高出了樹坑。用木頭綁紮成床架橫載樹木，用兩頭牛拉它，用十個漢子在兩旁相助。大的樹木用的牛和人增加一倍。遷移幾百步，種在墓的背後分成三行。過了一年去看，成活的有十分之九。於是又移植餘下的樹，種在墓的左右兩旁直到前邊墓門旁。再過了一年去看，成活的又有十分之九。從此樹的枝幹相接，成行成列地分布，繁盛莊嚴改變了舊觀，和古墓沒有什麼差別。畫出的圓圈大，挖出的樹坑也深，因此根與樹不相分離；樹根所帶的原土厚，因此元氣充足；墊著鬆土逐漸升高，因此出坑後沒有什麼損傷。挖取工作在一個早晚那麼短的時間內就完成，而巧妙的取得了生長二十多年的樹木，只因為有一套處理的原則，做起來很有條理而已。

予因歎夫世之培植人材，變化氣習❶者，使皆得其道而治之，幾何不為君子之歸❷也哉？族子嘉敬❸舉鄉貢❹而來，予愛其質近於義，留居京師❺，與之攷業論道❻，示之向方❼，俾從賢士大夫遊，有所觀法而磨礪❽，知新而聚博。越三年，志業並進，再詘有司❾，將歸省其親。予冀其復來，以成其學，且見之用也，作〈移樹說〉以貽之。

【章旨】由移植樹木而聯想到培養人材，說明寫作此文的目的。

【注釋】❶氣習　習氣；氣質。❷幾何不為君子之歸　不就可以成為君子的歸宿地。也就是說可以把人培養成為君子。❸族子嘉敬　李東陽的族子李嘉敬，後任工部司務。❹舉鄉貢　謂參加進士考試。舉，應試。鄉貢，唐代由州縣選出來應科舉，元以後以行省選。明清時由各省舉行的鄉試中考取的舉人才有資格參加會試。舉鄉貢也就是選取鄉試合格的人應試，即參加進士考試。❺京師　京城。❻攷業論道　考查他的學業，和他談論道理。❼向方　努力的方向。向，朝著。❽有所觀法而磨礪　有所觀摩效法從而得到磨練。❾再詘有司　謂第二次落第。詘有司，被主考官所詘落。也即沒有被主考官看中而落第。詘，貶退。有司，指主持考試的官員。

【語譯】我因此感歎世上的培植人材、改變人的氣質的人，如果他們都能掌握規律從而處理這事，不就可以把人培養成君子了嗎？我的族子嘉敬來京城參加進士考試，我喜愛他的質性接近仁義，留他住在京城裡，考查他的學業，和他談論道理，指點他努力的方向，讓他跟隨賢能的士大夫遊學，有所觀摩效法從而得到磨練，了解新的學問從而使自己淵博。過了三年，他的志向和學業都有了進步，卻再度落第，將回鄉探望雙親。我希望他能再來，以成就他的學業，並且能夠被錄用，寫了這篇〈移樹說〉送給他。

【研析】本文論述「其治之也有道，而行之也有序」的道理。但它不像一般的論說文那樣，提出論點、採用論據、進行論證，也沒有運用概念、判斷、推理進行邏輯思維，而是通過描述具體的事例，自然而然地得出結論，從而說明了道理。可見論說文的寫法，不一定要拘於固定的格式。有格式但不為格式所束縛就能創造新的格式。只要能夠把自己所要講述的道理講清楚，論說的目的也就達到了。因此，這篇文章為我們寫作論說文提供了一種新的樣式，對我們是富於啟發作用的。

本文寫作的目的是慰勉和鼓勵一再落第的族子，希望他繼續勤學苦練，包含著前輩長者對後學者的殷切期望之情。作為長輩對晚輩的告誡和希望，直接用抽象的大道理進行教誨，也未嘗不可。而採用本文這樣的間接方式，顯得婉轉柔和，使人不覺得有說教的意味，只感到娓娓而談，親切而有味，讓人在不知不覺中受到感化和接受勸勉。它的效果比直接講大道理更佳。特別是對於像本文作者的族子這樣的一再落第者，對他直接講大道理，可能會因為失意而失去耐心，甚至會有逆反心理而對大道理產生排拒，而採用本文的作法則消除了這種在接受上的障礙。

文章是篇論說文，但記敘部分的比例很大，特別是移樹過程的細節，花了較多的筆墨，而這些細節描寫，是為說明道理而存在的。描寫得詳細，它要說明的道理也就很容易讓人理解和明白了。因此說明道理部分也就只有寥寥數語，不必花費多少筆墨就水到渠成了。

羅玘

【作者】羅玘（？～約西元一五一九年），字景鳴，南城（今江西南城）人。成化二十二年（西元一四八六年）鄉試第一。次年成進士，授編修。官至南京吏部右侍郎。遇事嚴謹，為僚屬所畏憚。後因病致仕。卒後諡文肅。人稱圭峰先生。博學，好古文，文章奇奧。有《羅圭峰文集》。

西溪漁樂說

【題解】本文選自《羅圭峰文集》，是篇議論文。作者認為耕、牧、樵、漁四種職業中，漁最快樂。因為它不受傭於人，也不用來獲利，完全是自足自樂的。他所說的這種漁樂生活，實際上是一種隱居的生活，反映了他輕視利祿，不同流俗的思想意識。

漁與樵、牧、耕，均以業為食者也。其食之隆殺❶，惟視其身之勤惰，亦無以異也。然天下有傭樵❷，有傭牧，有傭耕，而獨無傭漁。惟其無傭於人，則可以自有其身。作吾作也，息吾息也❸，飲吾飲而食吾食，不亦樂乎？蓋樂生於自有其身故也。若夫傭，則身非其身❹矣。吾休矣，人曰作之；吾作矣，人曰休之，不敢不聽命焉。雖甘食美飲❺，又焉❻足樂乎？

【章　旨】認為漁、樵、牧、耕四種職業中漁最快樂，因為不用受傭於人。其他三種會受傭於人，身非己有，也就沒有足夠的快樂了。

【注　釋】❶隆殺　豐盛和簡單。隆，豐富。殺，減損。這裡是稀少的意思。❷傭樵　受雇於人，為人打柴。傭，受雇。❸作吾作也二句　工作是我想工作，休息是我想休息。❹身非其身　身體不是自己的身體。謂受別人支配。❺甘食美飲　吃的喝的都很甜美。❻焉　如何；哪裡。

【語　譯】捕魚和砍柴、放牧、耕田，都是憑工作而吃飯的。他們的食物是豐盛還是簡單，只看他自己是勤奮還是懶惰，這也沒有什麼不同。但是世上有受雇於人為人打柴的，有受雇於人為人放牧的，有受雇於人為人耕田的，唯獨沒有受雇於人為人打漁的。正因為不受雇於人，也就可以自己擁有自己的身體。要想工作我就工作，要想休息我就休息，要想喝我就喝，要想吃我就吃，不也快樂嗎？他們的快樂是因為自己擁有自己的身體啊。至於受雇於人，那身體也就不是自己的身體了。我要休息了，別人說工作去；我要工作了，別人說休息吧，我又不敢不聽從別人的使喚。所以即使吃得好喝得好，又有什麼快樂呢？

豈惟傭哉？食人之祿❶，猶傭也。故夫擇業莫若漁，漁誠足樂也。而前世淡薄之士❷託而逃焉者，亦往往於漁：舜於雷澤❸，尚父於渭濱❹。然皆為世而起，從其大也❺，而樂不終❻。至於終其身樂之不厭，且以殉❼者，古今一人而已，嚴陵❽是也。

【章　旨】因為漁最快樂，所以前代淡薄名利的人往往選擇漁來避世。但只有嚴陵才終身享有漁之快樂。

【注　釋】❶食人之祿　吃人君的俸祿。也即做官。人，指人君、君王。祿，俸祿；古時官吏所得的俸給。❷淡薄之士　對名利看得很輕的人。❸舜於雷澤　舜曾在雷澤打漁。舜，傳說中的五帝之一，繼堯而得君位。在得君位前，曾在雷澤打漁。雷澤，在今山東濮縣東南。❹尚父於渭濱　呂尚曾在渭水邊釣魚。尚父，即呂尚。本姓姜，字子牙，呂為封姓。在未遇周文王時，在渭水邊釣魚。輔佐武王滅紂有功，封於齊。為齊國始祖，有太公之稱。故民間俗稱姜太公。西周初官太師，也稱師尚父。❺然皆為世而起二句　然而他們都為了世事而出來，這是以大事為重。❻樂不終　快樂沒有終身享受到。❼殉　為了追求某種東西而以身相許，甚至獻出生命。❽嚴陵　嚴光，字子陵。嚴陵是省稱。西漢末年餘姚人。年輕時與劉秀同學。後來劉秀起兵反抗王莽，取得政權，建立東漢，即是光武帝。嚴光改名隱居。後被召到首都洛陽，任命他官職。他堅辭不受，歸隱於富春江，以釣魚為生。

【語　譯】難道只是受雇於人如此嗎？吃人君的俸祿，也就如同受雇於人。因此選擇職業沒有比捕魚更好的了，捕魚確實是足夠讓人快樂的。前代對名利看得很淡的人，他們逃避人世所選擇的寄託，也往往在捕魚方面。舜曾在雷澤打漁，呂尚曾在渭水邊釣魚。可是他們都為了世事而出來了，這是以大事為重，但快樂也就沒有終身享受到。至於終身以捕魚為樂而不厭倦，並且為此犧牲功名富貴的，從古到今只有一人，這就是嚴子陵。

義興❶吳心遠❷先生漁於西溪❸，亦樂之老❹已矣，無它心也。寧庵編修❺請曰：「仲父得無踵嚴之為乎❻？」先生曰：「吾何敢望❼古人哉！顧吾鄉鄰之漁於利者樂方酣❽，吾愚不能效也，聊以是相配然耳❾。」有聞而善之❿，為之說其事以傳者，羅玘也，南城人。

【章　旨】寫吳心遠漁於西溪，以此為樂。點出作者寫作此文的用意。

【注　釋】❶義興　今江蘇宜興。宜興舊名義興，因宋代避太宗趙匡義諱改今名。❷吳心遠　字大本，自號心遠居士。明代隱士，在宜興溪山間創有二處別墅，南邊的稱樵隱，西邊的稱漁樂，過著隱居的生活。❸西溪　當地的一條小溪的名稱。❹樂之老　這種捕魚的快樂一直到老。❺寧庵編修　號寧庵的編修。寧庵，姓名不詳。編修，翰林院官名，以一甲第二、三名進士（即榜眼和探花）及庶吉士留館者充任。❻仲父得無踵嚴之為乎　仲父莫非是要做效嚴子陵的行為嗎。仲父，對吳心遠的尊稱。仲，排行第二的。父，對長輩的尊稱。踵，跟隨；做效。❼望　仰望。❽漁於利者樂方酣　那些謀取利益的人正快樂得很。漁於利，用不正當的手段謀取利益。酣，酣暢；極其暢快。❾聊以是相配然耳　姑且用這來與他們相配而已。聊，聊且；姑且。是，此。指捕魚。然，如此。❿善之　以之為善；認為它很好。

【語　譯】宜興吳心遠先生在西溪捕魚，也是以捕魚為樂一直到老，沒有別的想法。寧庵編修問他：「仲父莫非要做效嚴子陵的行為嗎？」先生說：「我怎麼敢仰望古人呢！只是我們地方上謀取不正當利益的鄉鄰正樂此不疲，我愚蠢不能做效他們，姑且用這事來和他們相配合而已。」有人聽到他這話，認為很好，為他敘說這件事使它得到傳布，這人是羅玘，江西南城縣人。

【研　析】此文所說的漁樂，其實並不是真的以捕魚為生，而是以漁樂為寄託，過一種隱居避世的生活。作者讚賞吳心遠的這種生活方式，實際上正是自己嚮往隱居生活，欲過這種生活而不可得的內心反映。這種心態在舊時代的士大夫中是頗具代表性的。

舊時代的許多士人，一方面抱著「治國平天下」的宏願，以積極入世的態度投身於社會政治組織結構中；另一方面他們對山水田園生活的寧靜安樂不無嚮往，特別是當他們政治失意、個人受挫，或者事務煩冗、拙於應付的情況下，歸隱於山水田園的意願就愈加強烈。仕與隱、入世與出世、兼濟天下與獨善其身常常在許多士人的內心中既對立又和諧地依存著。他們中的許多人既入世又出世，亦仕亦隱，或者出仕之後歸隱，或者隱居之後出仕；也有的始終是出仕的，而把廟堂之地作為隱居之所，這就是官隱，也叫大隱；當然也有的始終是隱居不仕的，或者對隱居生活雖然嚮往，但始終是積極入世的，他們也不是把廟堂作為隱居之所的。

此文作者羅玘可能就屬於這最後一種情形。他遇事嚴謹不苟，為僚屬所畏憚，又官至南京吏部右侍郎。這說明他是積極入世的，並不是那種以廟堂作為隱居之所的士大夫們的敷衍塞責。但他卻認為接受國家的俸祿出仕做官好像是受雇於人，身非己有，並沒有足夠的快樂，遠不如漁者自有其身，自在快活。可是他又認為「為世而起，從其大也」，隱居漁樂與出仕治世，終究是後者為大，因此他終於沒有棄官歸隱。他對吳心遠先生以漁樂為寄託的隱居生活的讚賞，為他敘寫其事以使它能夠流傳，這是他嚮往這種隱居生活而自己卻沒法做到的一種心理補償。

王守仁

【作　者】王守仁（西元一四七二～一五二八年），字伯安，餘姚（今浙江餘姚）人。曾築室家鄉陽明洞講學，世稱陽明先生。弘治十二年（西元一四九九年）進士，曾任刑部、兵部主事。正德年間，因反對宦官劉瑾，被貶為貴州龍場驛丞。劉瑾被誅後，起用為廬陵知縣。後以左僉都御史巡撫南贛，因平定明宗室朱宸濠叛亂等功，受封為新建伯。官至南京兵部尚書。卒諡文成。在哲學思想方面，發展了南宋陸九淵（象山）的心學思想，以「致良知」和「知行合一」為主旨，形成了與程朱理學相對立的陸王心學。為明代最重要的哲學家、教育家。以講學為手段傳播其哲學思想，門人弟子遍天下，稱為陽明學派（也叫姚江學派），成為明代中後期哲學的主流，對當時的社會產生重大影響。文章不依傍古人，自抒胸臆，俊爽暢達。有《傳習錄》等，後輯為《王文成公全書》。

瘞旅文

【題　解】本文選自《王文成公全書》，是篇祭文。文章寫於正德四年（西元一五〇九年），即作者被貶為貴州龍場驛丞的第三年。三個從京城而來的陌生旅人，經過龍場，客死於荒山野嶺中。作者掩埋了他們的屍骨，並寫下了這篇哀惋動人的祭文。文中對死者為了微薄的俸祿而艱辛跋涉，終於客死異鄉的不幸遭遇表示了深切的同情，同時也曲折地表達了自己無理遭貶，身處荒遠異地的悲憤之情。瘞旅，埋葬死於旅途之人。瘞，埋葬。

維正德四年秋月三日❶，有吏目❷云❸自京來者，不知其名氏❹。攜一子一僕，將之任❺，過龍場❻，投宿土苗❼家。予從籬落❽間望見之，陰雨昏黑，欲就問訊北來事❾，不果❿。明早，遣人覘⓫之，已行矣。薄午⓬，有人自蜈蚣坡來，云：「一老人死坡下，傍兩人哭之哀。」予曰：「此必吏目死矣，傷哉！」薄暮⓭，復有人來，云：「坡下死者二人，傍一人坐哭。」詢其狀，則其子又死矣。明日，復有人來，云：「見坡下積尸三焉。」則其僕又死矣。嗚呼傷哉！

【章　旨】敘吏目及子僕三人自京而來，過龍場驛，先後倒斃在蜈蚣坡下。

【注　釋】❶維正德四年秋月三日　指正德四年八月初三日。維，發語詞。古文中常用在年月日之前。正德四年，西元一五〇九年。正德，明武宗朱厚照的年號（西元一五〇六～一五二一年）。秋月，夏曆七、八、九三月又稱孟秋、仲秋、季秋。八月仲秋為三秋之正，故秋月當指仲秋之月，即八月。❷吏目　明代在知州下設立的佐官，掌出納文書，或分領州事。❸云　據稱；據說。❹名氏　姓名。氏，姓。漢代以前，姓與氏有分別，漢代開始，姓氏合而為一，不再有區別。❺之任　到任。❻龍場　龍場驛，在今貴州修文。當時作者任龍場驛丞。❼土苗　當地的苗族。土，土著；本地人。❽籬落　籬笆。❾欲就問訊北來事　想去向他探問從北方過來的消息。就，靠近；前往。❿不果　沒有實現；沒有達到。⓫覘　窺看；察看。⓬薄午　將近中午。薄，迫近；靠近。⓭薄暮　傍晚。

【語　譯】正德四年八月初三日，有一位據稱是從京城來的吏目，不知他姓甚名誰，帶了一個兒子和一個僕人去上任，經過龍場驛，寄宿在當地的苗族人家裡。我從籬笆裡望見了他們，當時下著陰雨，天色昏黑，本想前去向他們打聽北方的消息，也沒有去成。第二天早上，派人過去察看，他們卻已出發了。將近中午時，有人從蜈蚣坡過來，說：「有一位老人死在坡下，傍邊有兩人哭得很哀傷。」我說：「這一定是那個吏目死了，傷心啊！」傍晚時，又有人從那邊過來，說：「坡下有二個死人，傍邊有一人坐著在哭。」問了那情形，知道是吏目的兒子又死了。第三天，又有人過來，說：「看見坡下堆著三具屍體。」那是吏目的僕人又死了。唉，真是傷心啊！

念其暴骨无主❶，將二童子持畚鍤❷往瘞之。二童子有難色然❸。予曰：「噫❹！吾與爾猶彼也❺。」二童閔然涕下❻，請往。就其傍山麓為三坎❼，埋之。又以隻雞、飯三盂❽，嗟吁涕洟❾而告之曰：

【章旨】寫自己帶領二個童子前去埋葬屍體，並且祭告他們。

【注釋】❶暴骨无主　屍體暴露在外，沒有人負責去掩埋。❷畚鍤　畚箕和鐵鍬。畚箕用來盛土，鐵鍬用來掘土。❸有難色然　臉上露出很不情願的樣子。❹噫　歎詞。❺吾與爾猶彼也　我和你們就如他們一樣啊。❻閔然涕下　哀傷地流淚。閔然，哀傷的樣子。閔，通「憫」。哀傷。涕下，眼淚流下來。涕，眼淚。❼就其傍山麓為三坎　在屍體的旁邊靠著山腳挖了三個坑。傍，旁邊。山麓，山腳。坎，坑。這裡指墓穴。❽盂　盛飯食或漿水的圓口器具。❾嗟吁涕洟　歎息哭泣。嗟吁，歎息聲。涕洟，眼淚和鼻涕。這裡作動詞用。指哭泣時流下眼淚和鼻涕。

【語譯】想到他們的屍骨暴露在野外，沒有人收殮，就帶了兩個童僕拿了畚箕和鐵鍬去埋葬。兩個童僕臉上露出很不情願的樣子。我說：「唉！我和你們也就如他們一樣。」兩個童僕哀傷得流下淚來，請求前去。在屍骨的旁邊靠著山腳挖了三個坑，埋葬了他們。又供上一隻雞、三碗飯，歎息哭泣著祭告他們說：

嗚呼傷哉！繄❶何人？繄何人？吾龍場驛丞❷餘姚王守仁也。吾與爾皆中土之產❸。吾不知爾郡邑❹，爾烏乎❺來為茲山❻之鬼乎？古者重去其鄉❼，遊宦不踰千里❽。吾以竄逐❾而來此，宜也。爾亦何辜❿乎？聞爾官吏目耳，俸不能五斗⓫，爾率妻子，躬耕可有也，胡為乎以五斗而易爾七尺之軀⓬？又不足，而益⓭以爾子與僕乎？

【章旨】告文的第一部分。哀歎吏目不該為了微薄的俸祿而來此地丟失了自己及別人的三條性命。

【注釋】❶緊　句首發語詞。❷驛丞　掌管驛站的官員。❸中土之產　生長在內地的人。中土，中原；內地。指漢族聚居地。❹郡邑　指家鄉。❺烏乎　為何；為什麼。烏，何。❻茲山　這山。茲，此。❼重去其鄉　把離開家鄉看得很重。指不輕易離鄉。❽遊宦不踰千里　外出做官也不超出千里之遠。遊宦，外出做官。踰，超過。❾竄逐　放逐。指貶官。❿辜　罪。⓫俸不能五斗　俸祿不到五斗米。形容俸祿微薄。能，夠；到。五斗，五斗米。古時縣令的俸祿。吏目的職位比知縣還低，故稱不能五斗。⓬七尺之軀　指身體、生命。古時尺的長度比現代的短，七尺相當於一般成年男子的高度。⓭益　加上。

【語譯】唉！真是傷心啊！你是什麼人？你是什麼人？我是龍場驛丞餘姚人王守仁。我和你都出生在內地。我不知道你的家鄉是什麼地方，你為什麼到了這裡做了這座山的鬼呢？古人不輕易離開家鄉，外出做官也不超出千里之遠。我因為被貶官到了這裡，應該如此啊。而你又有什麼罪過呢？聽說你不過做了個吏目的官，俸祿不到五斗米，你帶著妻子兒女，親自耕種就有了，為什麼要用這五斗米來換取你的七尺之軀呢？這還不夠，又加上了你兒子和僕人的生命呢？

嗚呼傷哉！爾誠戀茲五斗而來，則宜欣然就道❶，胡為乎吾昨望見爾容❷蹙然❸，蓋不勝其憂❹者。夫衝冒❺霜露，扳援❻崖壁，行萬峰之頂，飢渴勞頓❼，筋骨疲憊❽，而又瘴癘❾侵其外，憂鬱攻其中，其能以無死乎。吾固知爾之必死，然不謂若是其速❿，又不謂爾子爾僕亦遽然奄忽⓫也。皆爾自取，謂之何哉！

【章旨】告文的第二部分。進一步哀歎吏目不該吃盡千辛萬苦，卻客死在異鄉。

【注釋】❶欣然就道　愉快地上路。欣然，高興的樣子。❷容　容顏；臉色。❸慼然　憂愁的樣子。❹不勝其憂　不能承受自己的憂愁。勝，承受得住。❺衝冒　經受。衝，頂；冒。❻扳援　攀援。扳，同「攀」。❼勞頓　勞苦困頓。頓，困頓；困苦。❽疲憊　極度疲勞。憊，疲乏。❾瘴癘　兩種致人疾病的毒氣。瘴，瘴氣。南方山林間散發出的濕熱之氣，古人認為是瘧疾等傳染病的病原。癘，瘟疫。❿不謂若是其速　沒料到如此之快。不謂，不認為；沒想到。⓫遽然奄忽　很快死去了。遽然，倉促、急速的樣子。奄忽，急速的樣子。指死亡。

【語譯】唉！真是傷心啊！你如果真的是貪戀這五斗米而來，那就應該很愉快地上路，為什麼我昨天望見你滿臉愁容，好像憂傷得不能承受呢？你經受了風霜雨露，攀援了山崖石壁，翻越了萬山重重，又飢又渴，勞苦困頓，筋骨疲乏不堪，又有瘴癘之氣在外面侵襲，憂鬱在內心折磨，哪能不死呢？我本來知道你一定會死，但沒料到死得如此之快，更沒料到你的兒子和僕人也會如此快地死去。這都是你自己招來的，還有什麼好說的啊！

吾念爾三骨之無依而來瘞爾，乃使吾有無窮之愴❶也。嗚呼傷哉！縱不爾瘞❷，幽崖❸之狐成群，陰壑❹之虺❺如車輪，亦必能葬爾於腹，不致久暴爾。爾既已無知，然吾何能為心❻乎？自吾去父母鄉國而來此三年矣，歷瘴毒而苟能自全❼，以吾未嘗一日之戚戚❽也。今悲傷若此，是吾為爾者重，而自為者輕也，吾不宜復為爾悲矣。

【章旨】告文的第三部分。觸類傷懷，哀歎死者也哀歎自身。

【注釋】❶愴　悲愴；悲傷。❷縱不爾瘞　即使我不埋葬你們。縱，縱然；即使。不爾瘞，不瘞爾。否定句賓語前置。❸幽崖　深崖。幽，深。❹陰壑　深谷。壑，山谷。❺虺　毒蛇。❻何能為心　如何能忍心。❼苟能自全　暫時能保全自己。苟，暫且。❽戚戚　憂傷的樣子。

【語譯】我想到你們三具屍骨無處依託而來埋葬了你們，竟使我自己有了無窮的悲傷。唉！真是傷心啊！即使我不埋葬你們，深崖裡的狐狸成群，陰谷中的毒蛇大如車輪，也一定能把你們吃進肚子裡，不至於讓你們長久地暴露在野外。你們雖然已經沒有了知覺，但我怎能忍心那樣呢？從我離開父母之地而來到這裡，已經有三年了，經受了瘴癘的毒氣而暫且能夠保全自己，因為我一天也不曾憂傷過。現在我是如此的悲傷，這是我替你們想得多，而替我自己想得少，我不應該再為你們悲傷了。

吾為爾歌，爾聽之。歌曰：連峰際天❶兮飛鳥不通，游子懷鄉兮莫知西東。

莫知西東兮維❷天則同，異域殊方兮環海之中❸。達觀隨寓兮莫必予宮❹，魂兮魂兮無悲以恫❺。

【章　旨】第一首哀歌，認為胸懷開闊，可以隨處寄身，死者的魂魄不必悲傷。

【注　釋】❶際天　接近於天。❷維　通「惟」。只有。❸異域殊方兮環海之中　異地他鄉也總是在中國的範圍之內。異域殊方，他鄉異地。環海之中，四海之內。指中國。古人認為中國的四周為大海所環繞。❹達觀隨寓兮莫必予宮　心胸開闊，隨處可以安身，不必一定要住在自己家裡。達觀，心胸開闊，對事情看得開。隨寓，隨處可以安身。寓，寄；託。這裡指安身。宮，室；家。❺無悲以恫　不要悲傷哀痛。恫，哀痛。

【語　譯】我為你們唱一首歌，請你們聽著。唱道：連綿的山峰接近天啊，飛鳥也行不通；遊子懷戀故鄉啊，分不清西與東。分不清西與東啊！只有蒼天相同；身處他鄉異地啊，也總在四海之中。心胸開闊隨處可安身啊，未必要在自己家中；魂魄啊魂魄啊，不要傷心哀痛。

又歌以慰之曰：與爾皆鄉土之離兮，蠻❶之人言語不相知❷兮。性命不可期❸，吾苟死於茲兮，率爾子僕來從予兮。吾與爾遨以嬉❹兮，驂紫彪而乘文螭❺兮，登望故鄉而噓唏❻兮。吾苟獲生歸❼兮，爾子爾僕，尚爾隨❽兮。道傍之冢❾累累❿兮，多中土之流離⓫兮，相與呼嘯而徘徊⓬兮。餐風飲露⓭，無爾飢⓮兮。朝友麋鹿⓯，暮猿與棲⓰兮。爾安爾居兮，無為厲於茲墟⓱兮。

【章　旨】第二首哀歌，安慰死者不必感到孤獨，希望他的魂魄安居於此，不要為害這個地方。

【注　釋】❶蠻　古代對南方少數民族的泛稱。❷不相知　不能相互理解。知，懂得；明白。❸期　約定；預料。❹遨以嬉　遨遊玩樂。以，而；並且。❺驂紫彪而乘文螭　駕馭著紫色的小虎，乘著彩色的蛟龍。驂，三匹或四匹馬駕的車左右兩旁的兩匹馬。這裡作動詞用。駕馭。紫彪，有紫色斑紋的小虎。彪，小虎。文螭，有彩色花紋的蛟龍。文，通「紋」。有花紋。螭，傳說中的一種無角的龍，即蛟龍。❻噓唏　即「歔欷」。哽咽；抽噎。❼苟獲生歸　假如能夠活著回去。苟，假如；如果。獲，得；能夠。❽尚爾隨　「尚隨爾」的倒裝。還跟隨著你。❾冢　墳墓。❿累累　一個連著一個；眾多的樣子。⓫流離　流落。這裡指流落在外的人。⓬相與呼嘯而徘徊　一起高呼長嘯著來回走動。相與，共同；一起。呼嘯，發出高而長的聲音。⓭餐風飲露　以風為餐，以露為飲。⓮無爾飢　無飢爾。否定句賓語前置。不要使你們自己飢餓。⓯朝友麋鹿　早晨與麋鹿為友。友，以……為友。麋鹿，泛指鹿群。麋，鹿的一種。⓰暮猿與棲　晚上和猿猴歇息在一起。棲，棲息。⓱無為厲於茲墟　不要化為厲鬼在這山丘為害。厲，厲鬼；惡鬼。墟，土丘；山丘。

【語　譯】又唱歌安慰他們道：我和你都離開了家鄉，聽不懂蠻地之人的言語。生命的長短沒法預期，要是我死在這裡，就帶著你兒子與僕人，前來與我相聚。我和你們遨遊嬉戲，駕著紫色的小虎，乘著彩色的龍螭，登上高處眺望故鄉而抽咽哭泣。要是我能夠活著回歸，你的兒子與僕人，還能與你相隨。道傍的墳墓相連累累，多是中原人流落而來，你和他們一起呼嘯徘徊。餐風飲露，不要使你們受飢。早晨與麋鹿為友，夜晚與猿猴同棲。請你們在此安居，不要禍害了這一帶地區。

【研　析】這篇祭文與一般的祭文有所不同。一般的祭文所哀悼的是自己熟知的人，對死者的生平有相當的了解，與自己的關係也較為密切。而這篇祭文所哀悼的是三個陌生人，作者對死者的生平一無所知，連姓甚名誰、何方人氏也不知道，更不要說有密切的交往了。僅僅因為死者是從北而來，而且也是遊宦到偏遠的蠻夷之地，這才激起了作者的哀傷憐憫之情，不僅埋葬了他們，而且還寫下了這篇真摯感人的祭文。

觸類傷懷，悼人同時也自悼，是這篇祭文的又一個不同之處。由於作者和死者都是來自內地的遊宦人，這種相同的境遇是很容易激起作者的同病相憐之感的。而且死者因何而來雖然不得而知，而作者則是遭貶謫而來此的，因此比起死者來，作者自己的遭遇只有比死者更慘，至少也是一樣的慘。因此當他想到死者暴骨無主，而前去埋葬時，產生了無窮的悲傷。這種悲傷，既是憐人，也是傷己，是「吾與爾猶彼」的深切哀痛。

在結構上，全文可分兩大部分，前一部分敘事，後一部分抒情。敘事部分敘述了吏目及子僕三人猝死的經過和作者帶領童子埋葬他們的經過。抒情部分是三次深長的哀歎，哀歎死者不該為了微薄的俸祿而丟失了自己寶貴的生命，哀歎死者不該吃盡千辛萬苦卻終於客死異鄉，哀歎死者又復哀歎自己。最後是以兩首安慰亡魂的輓歌作結。抒情部分既有散文，又有韻文，可謂韻散結合。

這篇祭文在結構形式上雖然既有敘事又有抒情，既有散文又有韻文，但並不顯得凌亂，而是與作者感情的高低起伏、曲折哀惋相一致。作者的情緒既有哀傷，又有悲憤，既有抑鬱，又有達觀，這四者時隱時現，忽高忽低，構成了祭文的基調，也造成了祭文在形式上的敘事與抒情、散文與韻文的結合。

崔銑

【作者】崔銑（西元一四七八～一五四一年），字子鍾，又字仲鳧，安陽（今河南安陽）人。弘治十八年（西元一五〇五年）進士。歷任翰林院編修、經筵講官、南京國子監祭酒、南京禮部右侍郎等。為人正直，不畏權貴。正德時，宦官劉瑾擅權，每與同官見劉瑾，獨長揖不拜。嘉靖時新貴張璁、桂萼用事，他恥與同列，上書彈劾並求去。觸怒明世宗，被免官。為學尊程朱理學，力排王陽明心學。修撰過孝宗實錄，著有《文苑春秋》、《崔氏小爾雅》、《洹詞》等數種。

記王忠肅公翱三事

【題解】本文選自《洹詞》，是篇傳記。它通過對王翱的三件傳聞軼事的記載，表現了王翱剛正廉潔的優秀品德。王翱，字九皋，鹽山（今河北鹽山縣）人。永樂年間進士。歷事成祖、宣宗、英宗、代宗、憲宗五帝，官至吏部尚書，為明朝名臣。卒諡忠肅。

公為吏部尚書❶忠清❷，為英皇❸所任信。仲孫❹以蔭入監❺，將應秋試❻，以有司❼印卷白公。公曰：「汝才可登第❽，吾豈忍蔽之哉？如汝誤中選❾，則妨一寒士⑩矣。且汝有階得仕⑪，何必強所不能⑫，以幸冀非分⑬邪？」裂卷火之⑭。

【章　旨】第一件軼事，寫秋試前，王翺焚燬仲孫在有司那裡得來的印卷，反映了王翺的忠良清正。

【注　釋】❶吏部尚書　吏部的長官。掌管全國官吏的任免、考課、升降、調動等事務。❷忠清　忠良清正。❸英皇　指明英宗朱祁鎮。❹仲孫　第二個孫子。仲，排行第二的。❺以蔭入監　憑藉上代的餘蔭而進入國子監。明清時期，有一定品級的官員的子弟，可以不經考選而進入國子監就學，稱「蔭監」，也就是以蔭入監。蔭，指憑藉上代的餘蔭。監，指國子監。古代設在京城的最高學府。❻應秋試　參加鄉試。明清時每三年的秋季，在各省省城（包括京師）舉行的鄉試，稱為秋試。錄取的稱為舉人。❼有司　主管官員。這裡指主持秋試的有關官員。❽登第　指考中進士或舉人。這裡指考中舉人。❾中選　考中；被選取。❿寒士　貧寒的士子。⓫有階得仕　明清時的蔭監，只須象徵性地經過一次考試即可給予一定的官職。故稱有階得仕。階，憑藉。仕，出仕；做官。⓬強所不能　勉強自己做沒有能力做的事。⓭幸冀非分　希望達到不正當的目的。幸冀，希冀；希望。非分，不是正當的想法或目的。⓮裂卷火之　將印卷撕破焚毀。

【語　譯】公任吏部尚書忠正清廉，受到英宗皇帝的信任。他的第二個孫子憑藉他的餘蔭而進入國子監，將參加鄉試，拿了有關部門印製的模擬卷子告訴他。他說：「依你的才能可考取的話，我怎麼會忍心遮擋了你呢？如果你不是正常地錄取了，那就妨礙了一名貧寒的士子了。而且你可憑藉上代的餘蔭取得官職，又何必勉強自己做沒有能力做的事，而希望達到不能達到的目的呢？」將印卷撕裂燒掉了。

公一女，嫁為畿輔❶某官某❷妻。公夫人甚愛女，每迎女，婿固不遣❸，恚❹而語女曰：「而翁長銓❺，遷我京職❻，則汝朝夕侍母；且遷我如振落葉❼耳，而固悋者何❽？」女寄言❾於母。夫人一夕置酒，跪白公❿。公大怒，取案上器擊傷夫人，出，駕而宿於朝房⓫，旬乃還第⓬。婿竟不調⓭。

【章旨】第二件軼事，寫王翺拒絕夫人的請求，不把女婿調回京城，反映了王翺的剛正無私。

【注釋】❶畿輔　京城周圍附近的地區。❷某官某　擔任某官職的某人。據《明史・王翺傳》，王翺的女婿叫賈傑。❸固不遣　堅決不送她回娘家。固，必；堅決。遣，遣歸。指送妻子回娘家。❹恚　怨怒。❺而翁長銓　你的父親執掌銓選。而，你。銓，銓選；選拔任用官吏。銓選由吏部執掌。❻遷我京職　把我調來做京官。❼振落葉　搖樹使葉子掉下來。❽固悋者何　一定要這樣吝惜為什麼呢。悋，同「吝」。吝惜。❾寄言　託人捎話。❿跪白公　跪著告訴他。表示鄭重其事。白，告訴。⓫朝房　官員在等待上朝時停留休息的房間。⓬旬乃還第　過了十天才回家。旬，十天。第，私第；住宅。⓭竟不調　終於沒有調任。

【語譯】公有一個女兒，嫁給在京城附近擔任某官的某人作妻子。他的夫人很疼愛自己的女兒，每次讓人去接女兒，女婿堅決不讓她回家，並怨怒地對她說：「你父親做吏部長官，把我調來做京官，那麼你朝夕都可以侍奉你母親了。而且把我調到京城就像搖樹使葉子掉落那麼容易，為什麼一定要這樣吝惜呢？」女兒就託人捎話給了母親。有一晚夫人備辦了酒食，跪著告訴公。公很憤怒，拿起桌上器具打傷了夫人，走出家門，坐著車到朝房，住了十天才回家。他的女婿終於沒調職。

公為都御史❶，與太監某守遼東❷。某亦守法，與公甚相得❸也。後公改兩廣❹，太監泣別，贈大珠四枚。公固辭。太監泣曰：「是非賄得之❺。昔先皇頒僧保所貨西洋珠於侍臣❻，某❼得八焉，今以半別公❽，公固知某不貪也。」公受珠，內所著披襖中❾，紉之❿。後還朝，求太監後⓫，得二從子⓬。公勞⓭之曰：「若翁廉⓮，若輩得無苦貧乎⓯？」皆曰：「然。」公曰：「如有營⓰，予佐爾賈⓱。」二子心計⓲，公無從辨，特示故人意耳⓳。皆陽應⓴曰：「諾。」公屢促之，必如約㉑。乃偽為屋券㉒，列賈五百金㉓，告公。公拆襖，出珠授之，封識宛然㉔。

【章旨】第三件軼事，寫王翱與一位共事的太監相處很好，太監贈給他寶珠，後來王翱又把寶珠還給了太監的後人，反映了王翱的廉潔不貪。

【注釋】❶都御史　都察院的長官。掌管監察百官。❷與太監某守遼東　和太監某某一起鎮守遼東。明代在中期以後有太監監軍的制度，所以這樣說。據《明史・王翱傳》，正統七年（西元一四四二年）冬至景泰三年（西元一四五二年），王翱以都御史身分提督遼東軍務。❸相得　相處融洽。❹改兩廣　調任兩廣總督。據《明史・王翱傳》，這年約為景泰三年。第二年召還為吏部尚書。兩廣，廣東、廣西兩省的合稱。❺是非賄得之　這不是收受賄賂得來的。❻昔先皇頒僧保所貨西洋珠於侍臣　從前先帝在世時曾將僧保從西洋採辦來的珍珠賞賜給侍臣。先皇，已經去世的皇帝。頒，通「班」。賞賜。僧保，可能是宮中太監。貨，購買。西洋，古時稱南洋群島、印度、阿拉伯半島以至東非一帶。與近代指稱歐洲不同。侍臣，皇帝左右的近臣。❼某　代太監自稱其名。❽以半別公　將其中的一半送給你作為分別的禮物。❾內所著披襖中　放入身上所穿的外套中。內，同「納」。放入。著，穿。披襖，穿在外邊的上衣。多指夾襖或棉襖。❿紉之　縫上了它。⓫太監後　太監的後嗣。太監自己不能生育，常以姪輩為嗣子或有養子。⓬從子　兄弟的兒子；姪子。⓭勞　慰問。⓮若翁廉　你們的老人家廉潔。若，你；你們。翁，對對方長輩的尊稱。⓯若輩得無苦貧乎　你們豈不是為貧所苦嗎。得無，莫非；豈不是。苦貧，苦於貧窮；為貧所苦。⓰營　經營。⓱佐爾賈　資助你們錢。佐，幫助。賈，同「價」。錢。⓲心計　心裡盤算。⓳特示故人意耳　只不過是表達一下老朋友的心意罷了。⓴陽應　裝作答應。陽，通「佯」。裝作。㉑如約　照說定的辦；說話算數。㉒偽為屋券　偽造了一張買房契。㉓列賈五百金　開列的價格是五百兩銀子。賈，同「價」。五百金，指五百兩銀子。㉔封識宛然　封好的記號清清楚楚。指原封不動。識，同「志」。記號。宛然，清楚的樣子。

【語　譯】公任都御史，與太監某一起鎮守遼東。某也是守法的人，與公相處得很好。後來公改任兩廣，太監哭著和他告別，贈送給他四顆大珠。公堅決推辭。太監哭道：「這不是受賄得來的。從前先帝將僧保從西洋購來的寶珠賞賜給近臣，我得到八顆，現在將一半作為分別的禮物贈給您，您本來就了解我是不貪財的。」公接受了寶珠，放在所穿的外套中，並將它縫了起來。後來公回到朝廷，尋找太監的後嗣，找到了他的兩個姪子。公慰勞他們說：「你們的老人家清廉，你們豈不是為貧困所苦嗎？」兩人都說：「是這樣。」公說：「如果有什麼經營，我資助你們錢。」兩人心想，公不會去辦，只不過表示一下老朋友的心意罷了。都裝作答應說道：「好。」公催促了他們幾次，說一定按講過的去做。兩人就偽造了一張買房契，開列了五百兩銀子的價錢，告知公。公拆開外套，拿出寶珠交給他們，當初封好的記號還清清楚楚。

正德❶中，予聞上事於今學士吳郡徐縉❷、司業上海陸深❸。二子聞於少傅守溪王公❹，固信不誣❺。恐泯❻也，約二子志❼之，予追書附集中。嘉靖丙戌三月己酉❽銑書。

【章　旨】這是文章的後記，說明上面三件軼事的來源。

【注　釋】❶正德　明武宗朱厚照年號（西元一五〇六～一五二一年）。❷今學士吳郡徐縉　現任翰林院學士的吳郡人徐縉。學士，翰林院的官職。為文學撰述的專職人員。徐縉，字子容，吳縣（今江蘇吳縣。明代吳縣和長洲兩縣為蘇州府治所在地，蘇州古稱吳郡）人。弘治進士，授翰林院庶吉士，編修。官至吏部左侍郎，兼翰林侍講學士。❸司業上海陸深　國子監司業上海人陸深。司業，國子監副長官，掌儒學訓導之事。陸深，字子淵，上海（今上海市）人。弘治進士，授翰林院編修，歷國子監司業、祭酒。嘉靖時官至詹事府詹事。❹少傅守溪王公　指王鏊。王鏊，字濟之，號守溪，吳縣人。成化間鄉試、會試皆第一，廷試第三，授編修。正德初，官至戶部尚書、文淵閣大學士，加少傅。因宦官劉瑾當政，不得志而求去歸里。博學能文，有《姑蘇志》、《守溪長語》等。❺固信不誣　確實不誤。❻泯　滅；失傳。❼志　記。❽嘉靖丙戌三月己酉　即嘉靖五年（西元一五二六年）三月二十六日。嘉靖，明世宗朱厚熜年號（西元一五二二～一五六六年）。

【語　譯】正德年間，我在現在任翰林院學士的吳縣人徐縉、國子監司業的上海人陸深那裡聽說了以上三事。他們兩人是從少傅王鏊那裡聽來的，確實不誤。恐怕它們要失傳，我就約了他們兩位記下來，我追寫出來附在集子裡。嘉靖五年三月二十六日崔銑記。

【研　析】本文所寫的三件軼事，從不同的角度表現了王翱個性特徵的三個方面，多側面地刻畫出了一位正直官吏的形象。第一件事是記王翱認為自己的孫子水準不夠，深怕在鄉試時有關官員因為自己的緣故給予照顧，而錄取了孫子，因此焚燬了有關部門印製的試卷，不讓他應試。在當時社會裡，為使自己的子弟能夠有好的前程，利用自己的職權，千方百計拉關係、託人情的大有人在。王翱不僅不這樣做，連自己孫子可能受到別人主動照顧的途徑也加以堵塞。這件事反映了他的忠良清正。

第二件事是記王翱在京城附近做官的女婿希望岳父將自己調到京城裡來。這種要求其實也不算太過分，而且王翱當時任吏部尚書，可以不費吹灰之力就辦到。如果王翱果真調了女婿的官職，也是人之常情，在一般人的眼裡也是件稀鬆平常的事。但當王翱的夫人鄭重其事地提出請求時，王翱暴怒得用桌上器皿砸傷了夫人，並且十天不回家。女婿的希望自然落空。這件事表現王翱的剛正無私。

第三件事是寫王翱在任遼東提督時，與廉潔守法的監軍太監交情很好。在離任赴新職時，太監贈送四顆大珠作為禮物。實在情誼難卻，王翱只得暫時收受。但在回京後，他想方設法尋找到這位太監的後嗣，還給了他們。這一件事表現了王翱的清廉不貪。因為這位太監與自己相交很深，臨別贈物，純粹是出於情誼，絲毫不帶別的用意，而且這幾顆大珠得來堂堂正正。在這樣的情況下，如果王翱堅拒不收，就顯得絕情絕義，沒有一點人情味了。王翱收受了，正表明他是重情誼的人，很富於人情味的。如果這件事就此為止，也足以表現出王翱在性格方面除了剛正之外，還有重情誼的一面。這樣使得王翱這個形象更加豐滿。更妙的是，王翱接受了大珠之後還有下文。他在接受大珠之時就存了日後還珠的念頭，因此他放入披襖中後當即縫了起來，在最後歸還時當初封好的記號還很清楚。這樣一件事，突出了王翱的清廉不貪，留給人的印象也特別的深。

以上所記的三件軼事，並不是有關忠義大節的英勇行為，也不是治國平天下的豐功偉業，而是極其平凡的日常生活小事。這樣的日常生活小事，最易為人們所忽視和遺忘。但也往往是這些常人所不經意的生活瑣事，恰恰能見微知著，最能體現出一個人的情操和品德。本文從這些小事入手，用「以小見大」的手法，豐富而生動地寫出一個公忠廉明，有情有義的人物形象，活現於文字之外，可說是相當地成功的。

嚴嵩

【作者】嚴嵩（西元一四八〇～一五六九年），字惟中，號介谿，分宜（今江西分宜）人。弘治進士。曾在鈐山讀書十年。嘉靖二十一年（西元一五四二年）任武英殿大學士，入直文淵閣，先後專國政二十年，官至太子太師。為明代權相。在位期間，任用其子世蕃和趙文華等，攬權貪賄，凡直言時政，與他不合的都遭殘害。晚年被明世宗疏遠。其子世蕃奸狀被揭露處死，他也被革職，家產籍沒，寄食墓舍而死。有《鈐山堂集》。

寄適園記

【題解】本文選自《鈐山堂集》，是篇小品文。文中記述了寄適園的來歷，流露了作者對閒適清靜生活的嚮往和因世務纏身欲閒適而不可得的遺憾。

獲地為圃❶，中樹❷一亭，以資燕息❸。種竹數挺❹，雜蒔藼卉❺，以供怡玩❻，命之曰「寄適❼」。夫結林木以延清❽，避喧囂而豁此❾，恆情之所欲也。然而委質王室❿，夙夜在公⓫，萬務嬰其慮⓬，百責萃其躬⓭。聞君命則行不俟駕⓮，草奏記⓯則筆不停揮。雖欲寓情衎衎⓰，棲志恬曠⓱，豈可得哉？園名寄適，予未嘗得一日之適。聊志⑱斯語，以代解嘲⑲云。嘉靖乙巳仲夏⑳記。

【注釋】❶圃　種植蔬菜或花果、樹木的園地。這裡當指種植花木的園地。❷樹　建立。❸以資燕息　以供休息。資，助；供給。燕息，安息；休息。燕，通「宴」。安閒。❹數挺　數枝。挺，枝。❺雜蒔萲卉　錯雜著種植些萱草。蒔，種植。萲卉，萱草。萲，同「萱」。古人以為可以使人忘憂的一種草，花可作觀賞。又叫「忘憂草」。卉，草的總稱。❻怡玩　賞玩。怡，安樂。❼寄適　寄託閒適的心意。❽結林木以延清　在樹林間結廬而過著清靜的生活。結林木，在樹林間建造房屋。延清，招來清靜。即過著清靜的隱居生活。❾避喧囂而豁此　避開喧鬧的塵世而悠閒地處在這裡。豁，這裡是悠閒、疏散的意思。❿委質王室　獻身朝廷。意思是在朝廷做官。委質，託付身體。表示獻身。⓫夙夜在公　從早到晚忙於公事。語出《詩經．召南．小星》：「肅肅宵征，夙夜在公。」夙夜，早晚。⓬萬務嬰其慮　各種事務纏繞著思慮。嬰，纏繞。⓭百責萃其躬　各種責任聚集於一身。萃，聚集；匯合。躬，身子。⓮聞君命則行不俟駕　聽到皇上召喚，沒等到備好車馬就先步行了。形容非常急切。語本《論語．鄉黨》：「君命召，不俟駕行矣。」⓯草奏記　起草奏記之類文字。奏記，兩種文體的名稱。奏指奏議，臣子進呈帝王的文字的統稱。記是傳狀、雜記等文字的統稱。⓰寓情衎衎　寄情於歡樂之中。衎衎，又可作「凱衎」、「衎凱」。歡樂的樣子。⓱恬曠　恬淡曠達。⓲志　通「識」。記下。⓳解嘲　受人嘲笑而自我辯解。這裡是指自我辯解。⓴嘉靖乙巳仲夏　指嘉靖二十四年（西元一五四五年）五月。嘉靖，明世宗朱厚熜的年號（西元一五二二～一五六六年）。仲夏，夏季的第二個月，即農曆五月。

【語譯】獲得一塊地，把它用作園圃，中間建了一座亭子，以供休息。種了幾枝竹，又錯雜地栽了些萱草，以供賞玩。替它命名為「寄適」。在樹林間結廬而過著清靜的隱居生活，避開喧鬧的塵世而悠閒地住在這裡，這是心裡一直所希望的。但我在朝中做官，從早到晚忙於公事，各種事務纏繞了思慮，許多責任聚集於一身。聽到君王召喚，等不及備好車馬就先步行了，起草奏記之類文字筆不停揮。即使想寄情於安樂，託志於恬淡曠達，又怎麼做到呢？園名寄適，我未曾能有一天的安適。姑且記下這些話，用來代替自我辯解。嘉靖乙巳年仲夏記。

【研　析】這篇文章只有短短的一百二十多字，卻寫得情致委婉，極富感染力。文章的篇幅短而容量大，但因寫得極有層次，並不因內容多而顯得促狹，反而有一種從容紆徐的氣度。

要是我們不知道這篇文章的作者是誰，或者雖然知道作者，但對作者的事跡並不了解，光讀這篇文章，一定會覺得作者雖然身在朝廷，其實心境是很淡泊明淨的，而他身在其位，也真的是勤於王事，忠君愛民的。但我們知道了此文的作者是嚴嵩，並且還對他的事跡有所了解的話，就一定會感到非常吃驚，這篇文章所反映出來的情趣、心態與作者平素的所作所為是多麼的不符啊。我們知道嚴嵩不僅不是個淡泊名利的人，反而是一個比一般人更看重功利的人，一個貪圖祿位的人；不僅不是個忠於職守、忠君愛民的人，在很大程度上可以稱得上是禍國殃民的權奸。《明史》把他列入〈奸臣傳〉，並不是隨意性的。

這就告訴了我們，文品與人品有時候並不是相一致的。如果脫離了對作者生平事跡的了解和考察，光研究作品，想要從中考查出作者的思想品行，有時候就會得出大謬不然的結論。「心畫心聲總失真，文章寧復見為人？」像晉代的潘岳作有〈閑居賦〉，我們光看他的這一作品，一定會以為這是個高雅之士，怎麼也不會想到他諂事權貴，甚至到達望塵而拜的地步。這篇〈寄適園記〉同樣給人一種錯覺、一種假象。所以分析某人的作品，還得要知人論世，才不致被誤導。

何景明

【作　者】何景明（西元一四八三～一五二一年），字仲默，號大復，信陽（今河南信陽）人。弘治進士，授中書舍人。正德年間，宦官劉瑾當政，他以病辭歸。劉瑾被誅後，重又出任中書舍人，累官至陝西提學副使。為明代中期著名文學家，與李夢陽齊名，合稱「李何」，同為「前七子」首領，倡導文學復古運動，主張作文取法秦漢，作詩取法盛唐，對明代詩文風氣產生很大影響。有《大復集》。

說琴

【題　解】本文選自《大復集》，是篇說理文。文章以琴喻人，通過琴的取材、使用等進行分析，認為有好的琴材，仍須造琴得法，方能成為好琴，從而提出了社會上應當如何重視人才、合理使用人才的問題。

何子❶有琴，三年不張❷。從其游者戴仲鶡❸，取而繩以弦❹，進而求操❺焉。何子御❻之，三叩❼其弦，弦不服指❽，聲不成文❾。徐察其音，莫知病端❿。仲鶡曰：「是病於材⓫也。予觀其黟然⓬黑，哀然⓭腐也。其質不任弦⓮，故鼓之弗揚⓯。」

【章　旨】寫作者有一把琴，上了弦後，彈不成曲調，他的學生認為是材質不好。

【注　釋】❶何子　作者自稱。❷張　指樂器上弦。❸戴仲鶡　名冠，仲鶡是字，信陽人，何景明的學生，著有《邃欲集》。❹繩以弦　以弦繩之。也即上弦。❺操　彈奏。❻御　用；彈奏。❼叩　用指彈弦。❽弦不服指　琴弦不順從手指。❾聲不成文　聲音不成曲調。❿病端　病的起源；病根。端，端緒；緣由。⓫病於材　病出在材質上。指材質不好。⓬黝然　深黑的樣子。黝，深黑。⓭衺然　歪邪不正的樣子。衺，同「邪」。⓮質不任弦　材質經受不了弦的力量。⓯鼓之弗揚　彈奏它聲音卻不響亮。

【語　譯】何子有一張琴，三年沒有給它上弦。跟隨他求學的戴仲鶡，把它拿出來給它上了弦，並且請求彈奏它。何子彈它，幾次用手指彈弦，但琴弦不順從手指，發出的聲音不成調子。慢慢地審察這聲音，還是不知道病源在哪裡。仲鶡說：「它的病在材質上。我看它顏色發黑，歪邪而且朽壞。它的材質經受不住琴弦，因此彈奏它聲音不響亮。」

何子曰：「噫！非材之罪也。吾將尤夫攻之者❶也。凡攻琴者，首選材，審製器❷，其器有四：弦、軫、徽、越❸。弦以被音❹，軫以機弦❺，徽以比度❻，越以亮節❼。被音則清濁見❽，機弦則高下張❾，比度則細大弗逾❿，亮節則聲應不伏⓫。故弦取其韌密⓬也，軫取其栝圓⓭也，徽取其數次⓮也，越取其中疏⓯也。今是琴弦之韌疏⓰，軫之栝滯⓱，徽之數失鈞⓲，越之中淺以隘⓳。疏故清濁弗能具，滯故高下弗能通，失鈞故細大相逾，淺以隘故聲甕沉伏⓴。是以宮商不誠職㉑，而律呂叛度㉒。雖使伶倫㉓鈞弦而柱指㉔，伯牙㉕按節而臨操㉖，亦未知其所諧㉗也。

【章　旨】作者發表意見。他認為並不是琴的材質不好，而是造琴的人沒有造好，使得音節失度。

【注　釋】❶尤夫攻之者　怪罪造琴的人。尤，怨；怪罪。攻之者，指造琴的人。攻，製造。之，指琴。❷審製器　精心地造琴。審，審慎；細心。器，指琴的各個組成部分。❸弦軫徽越　指琴的四個組成部分。弦，指琴弦。軫，弦軸，可以轉動，用來控制弦的鬆緊。徽，原指繫弦的繩子，後來一般指琴面上所標出的用手指按弦的部位記號。越，琴底下的小孔。❹被音　發出聲音。被，通「披」。散布。這裡是發出的意思。❺機弦　控制琴弦。機，控制；轉動。❻比度　排比音節的高低度數。❼亮節　使音節響亮。即加大音量。❽清濁見　聲音是清亮還是渾厚都顯現出來。見，同「現」。顯現。❾高下張　聲音是高是低也顯現出來。張，展開；顯出。❿逾　超越。這裡指混雜。⓫聲應不伏　發聲和應和聲不低沉。聲，發聲。應，應和聲。⓬韌密　韌度細密。⓭栝圓　軸端圓滑易轉動。栝，弦軸插入的一端。圓，圓滑易轉動。⓮數次　度數合乎次序。數，指音品的度數。次，合乎次序。⓯中疏　中空。中，指琴越的中間。疏，洞空。⓰韌疏　韌度疏鬆。疏，鬆。⓱栝滯　指軸端滯澀難動。滯，不流動；不圓滑。⓲失鈞　失調；不準確。鈞，指音調。⓳淺以隘　淺而且狹窄。⓴沉伏　低沉。㉑宮商不誠職　各個音階不能和諧配合。宮商，古代五聲音階中的兩個。泛指音階。誠職，忠誠地盡職。指配合得很好。㉒律呂叛度　各個音律不符合標準。律呂，古代把音律分為十二律，由低音起，奇數的六音為律，偶數的六音為呂。這裡泛指音律。叛度，違反法度。指不合音律的標準。㉓伶倫　傳說黃帝時代的大音樂家。㉔鈎弦而柱指　指用指頭彈奏。㉕伯牙　傳說春秋時善於彈琴的音樂家。㉖按節而臨操　按節拍演奏。㉗諧　和諧。

【語　譯】何子說：「唉！這不是材質的過錯。我要責怪造琴的人。大凡造琴的人，首先要選擇琴材，細心地造琴。琴的組成部分有四個：弦、軫、徽、越。弦是用來發出聲音的，軫是用來控制琴弦的，徽是用來排比音節的高低度數的，越是用來加大音量的。發音則聲音是清亮還是渾厚都顯露出來；控制琴弦則聲音是高還是低也顯示出去；排比音度則聲音是小還是大就不混雜；加大音量則發聲和應和聲不低沉。因此弦要堅韌細密，軫要軸端圓滑易轉動，徽要度數準確，越要中間洞空。現在這把琴的弦韌度疏鬆，軫的軸端不圓滑流動，徽的度數不準確，越的孔淺而且狹窄。因為疏鬆，因此聲音的清亮或渾厚不能完備；因為不圓滑流動，因此聲音的高低不能交換流通；因為失調，因此聲音的大小相混雜；因為淺而且狹窄，因此發聲和應和聲低沉。

因此各個音階不能和諧配合，各個音律不符合標準。即使讓伶倫用指頭彈奏，伯牙按節拍演奏，也不知怎樣才能使它們和諧。

「夫是琴之材，桐❶之為也。始桐之生邃谷❷，據盤石❸，風雨之所化❹，雲煙之所蒸❺，蟠紆輪囷❻，璀璨岪鬱❼，文炳彪鳳❽，質參金玉❾，不為不良也。使攻者制之中其制❿，修之畜其用⓫，斫⓬以成之，飾以出之。上而君得之，可以薦清廟⓭，設大廷⓮，合神納賓⓯，贊實出伏⓰，暢民潔物⓱；下而士人⓲得之，可以宣氣養德⓳，道情和志⓴。何至夥然邪然，為腐材置物㉑耶？

【章旨】作者進一步認為琴的材質本是美好，要是造琴得法，一定會成為良琴。

【注釋】❶桐　樹名。種類很多，古時一般指梧桐樹，是造琴的材料。❷邃谷　幽谷；深谷。❸據盤石　憑依著大石。據，憑依。盤石，大石。❹化　化育；培養。❺蒸　滋潤。❻蟠紆輪囷　指樹木屈曲。蟠紆，彎曲。輪囷，屈曲。❼璀璨岪鬱　指樹木光彩奪目而且高大奇偉。璀璨，色彩鮮明的樣子。岪鬱，本指山勢高險。這裡借指樹木奇偉。❽文炳彪鳳　紋理璨爛，呈現出虎紋和鳳紋。文，通「紋」。紋理。炳，光彩煥發。彪，虎身上的斑紋。❾質參金玉　材質如同金玉一樣精良。參，比；如同。❿中其制　符合它的規格。中，符合。制，規格；標準。⓫修之畜其用　打磨加工它，使它具備應有的功能。修，打磨；加工。畜，同「蓄」。儲備。用，功用。⓬斫　砍；削。⓭薦清廟　供獻給宗廟。薦，供獻。清廟，宗廟。因其肅然清靜，故稱。⓮設大廷　陳設於朝廷。設，陳設。大廷，指朝廷。⓯合神納賓　祭神和待客。合神，享神；祭神。納賓，待客。⓰贊實出伏　指有助於自然萬物的生長和活動。贊實，有助於結出果實。贊，助。實，指結實。出伏，又叫「出滯」。指冬眠的動物從地下出土活動。⓱暢民潔物　使老百姓舒暢，使事物潔淨。⓲士人　這裡是士大夫階層和平民百姓的通稱。⓳宣氣養德暢通氣息，培養德操。⑳道情和志　疏導情感，協調心志。道，通「導」。疏導。㉑腐材置物　腐朽的材質，棄置的事物。置，棄置；丟棄。

【語譯】「這把琴的材料，是用桐木製成的。最初桐木生長在深谷裡，憑依著大石，為風雨所化育，雲煙所滋潤，樹身屈曲回旋，光彩奪目而且高大奇偉，紋理煥發，呈現出虎紋和鳳紋，材質如同金玉那樣精美，不是不精良啊。假使造琴的人製作符合規格，加工使它具備應有的功能，砍削使它成形，裝飾使它完成。向上則君王獲得了它可以用來供獻給宗廟，陳設於朝廷，祭神待客，有助於植物結果實，使冬眠動物出土活動，可以使百姓和樂，使事物潔淨；向下則士民獲得了它，可以用來暢通氣息，培養德操，疏導情感，協調心志。怎麼會弄到發黑歪邪的地步，成為腐朽的材質、棄置的事物呢？

「吾觀天下之不罪材者寡❶矣。如常以求固執❷，縛柱以求張弛❸，自混而欲別物❹，自徧而欲求多❺。直木輪❻，屈木輻❼，巨木節❽，細木欐❾，幾何❿不為材之病也？是故君子慎焉⓫，操之以勁⓬，動之以時，明之以序⓭，藏之以虛⓮。勁則能弗撓⓯也，時則能應變也，序則能辨方⓰也，虛則能受益也。勁者信也，時者知⓱也，序者義也，虛者謙也。信以居⓲之，知以行之，義以制⓳之，謙以保之。樸其中，文⑳其外，見㉑則用世㉒，不見則用身㉓。故曰雖愚必明，雖柔必強，材何罪焉？」

【章旨】作者又進一步認為造成病材的原因在於使用不當，並提出怎樣才是合理的使用。

【注　釋】❶寡　少。❷如常以求固執　對平常的材料，卻要求它是最好的。常，普通；平常。固執，堅持高標準。❸縛柱以求張弛　把琴軫固定死而要求琴弦或緊或鬆。縛柱，把琴軫固定住。柱，指琴軫。張弛，緊鬆。❹自混而欲別物　自己混淆不清卻想分辨清器材。別，辨別；分清。❺自褊而欲求多　自己才能狹小卻對器材要求得很多。褊，狹小。指才能而言。❻直木輪　用直木作車輪。車輪以曲木製成，直木不能製作。喻所用不當。❼屈木輻　用曲木作車輻。屈木，曲木。輻，車輪中連接軸心和輪圈的直木條。❽巨木節　用大木作屋柱上端頂住橫梁的方木。節，指屋柱上端頂住橫梁的方木。❾細木欐　用細木作大梁。欐，棟；房屋中間的正梁。❿幾何　多少。這裡是怎麼、如何的意思。⓫焉　於此。⓬操之以勁　謂用力掌握它。操，掌握。勁，強勁；有力。⓭序　次序。⓮虛　空。指中空。⓯撓　彎曲。⓰方　方向；方位。⓱知　同「智」。明智；有識見。⓲居　處。這裡是擁有的意思。⓳制　控制；掌握。⓴文　修飾。㉑見　同「現」。表現；顯露。㉒用世　用於世。指出來做官。㉓用身　用於身。於自身有用。

【語　譯】「我看世上不怪罪材質的人是很少的。對普通的材質，也用高標準要求它；把琴軫固定死了，卻要求琴弦或緊或鬆；自己混淆不清卻想分辨清材質；自己才能狹小卻對材質有很多要求。用直木作車輪，用曲木作車輻，用大木作屋柱上頂住橫梁的方木，用細木作大梁，怎麼會不認為材質有病呢？因此君子對材質要審慎，掌握它要用力，使用它要合時，顯示它要有序，保藏它要中空。用力就能不彎曲，合時就能應變，有序就能辨方位，中空就能受益。用力是信，合時是智，有序是義，中空是謙。以信來擁有它，以智來運用它，以義來掌握它，以謙來保有它。內在很樸實，而它的外表很華美，有所表現就對天下有用，不能表現就對自身有用。因此說即使愚昧也一定明智，即使柔弱也一定堅強，材質有什麼罪過呢？」

仲鷗憮然❶離席❷曰：「信取於弦乎？知取於軫乎？義取於徽乎？謙取於越乎？一物而眾理備焉。予不敏，願改弦更張❸，敬服斯說。」

【章　旨】寫作者的弟子聽了作者的議論後，深受觸動，敬服作者的見解。

【注　釋】❶憮然　悵然自失的樣子。這裡形容如夢初醒時的神態。❷離席　離開座位。❸改弦更張　調整琴弦，使音調和諧。這裡既指調整琴弦，又指改變自己的看法。

【語　譯】仲鶡悵然自失地離開座位說：「信可以從琴弦得知嗎？智可以從琴軫得知嗎？義可以從琴徽得知嗎？謙可以從琴越得知嗎？一件事物而眾多的道理都齊備了。我不聰明，願意調整琴弦，改變看法，恭敬地服從您的這番說法。」

【研　析】本文是篇說理文，但它並不直陳事理，而是借物喻理。文章以琴材喻人材，以琴材的選用、製作和使用喻人材的選拔、培養和使用。在文章結構上，通過師生對話構成全篇，而以老師的議論作為全篇的主要內容。

在論證上，不是採用正面論證的方式，而是採用駁論的方式進行。因為作者的琴上弦後仍然彈不出聲音。作者的弟子認為是琴的材質不好，他的論點不能說沒有道理，因為眼前的琴身發黑、歪邪而且衰朽。而作者對弟子的論點加以否定，認為並不是琴的材質不好，接著作者進行了長篇的論證辯駁。

作者首先認為是造琴者的責任，從琴的四個組成部分應有的作用、功效和製作標準上說明造琴者沒有把琴造好。這是第一層次，著重揭示製琴者有過。接著作者說明琴材美好，只要製琴得法，本可以成為良琴。這是第二層次，著重說明琴材無罪。這第二層與第一層形成了對比關係，與文章開頭相呼應，從側面和正面都對弟子的立論進行了反駁。到這裡，對弟子論點的辯駁已經完成了，文章到此也就可以結束了。但這篇文章是借物喻理，說物明理。因此文章接著進行了深化和發揮，由製琴者錯誤地對待琴材這樣一種特殊性的現象擴大到世人錯誤地對待材質、使用材質這樣一種帶有普遍性的現象，使得文章以琴材喻人才的意義十分明顯地表露了出來。這是文章的第三層次。以上三個層次，層層推演，由小及大，由個別到一般，由具體到抽象，逐步接近題旨，使得文章要求社會重視人才、合理地使用人才的用意十分明顯。這樣文章也就具有了較高的社會意義和現實意義。

鄭子擢郎中序

【題解】本文選自《大復集》，是篇贈序。作者的友人鄭子被派往邊地去任職，有人替他擔憂，鄭子自己也畏難而不樂意。作者則以這篇文章勉勵他勇於赴邊地任職。鄭子，當為作者的友人，名字失考。子為對人的敬稱。擢，提升。郎中，官名。隋唐以後，六部沿置，分掌各司事務，是尚書、侍郎以下的高級部員。這裡的郎中是指戶部郎中。

鄭子擢郎中，治大同邊儲❶。有與鄭子戚❷者，見曰：「乃君茲擢❸，予為不懌❹。郎中，近官❺也。治邊儲，居外，不得與朝士❻列，是遠之也。治儲之事，散有聚無❼，士需將征❽，豪干暴取❾，凶不改斂❿，貧不減費⓫，權利而府怨⓬，是難之⓭也。夫居遠處難⓮，非子宜⓯也。」惟鄭子亦不懌。

【章旨】寫鄭子被派往邊地任職，有人為他擔憂，而鄭子自己也不樂意。

【注釋】❶治大同邊儲　掌管大同一帶邊地的糧食儲備。治，掌管；負責。大同，今山西大同，明代為府，是邊防要地。❷戚　憂傷；擔憂。❸乃君茲擢　您這次升官。乃，表示發語的語氣詞。茲，這。❹懌　喜悅；樂意。❺近官　指在朝廷任職，可以接近皇上的官員。❻朝士　朝官。❼散有聚無　謂有儲備時發散開去，沒有儲備時積聚起來。❽士需將征　士兵需求，將官徵用。❾豪干暴取　強暴地求取。干，求取。❿凶不改斂　凶年也照舊徵收。凶，凶年；收成不好的年分。斂，徵收。⓫貧不減費　百姓困頓時也不減少費用。⓬權利而府怨　掌握權利而招致怨恨的所在。府怨，「怨府」的倒文。府，匯聚之處。⓭難之　為難他。這裡是為難你的意思。⓮居遠處難　居在遠方處於為難的地位。⓯宜　合適。

【語　譯】鄭子升任郎中，掌管大同一帶邊地的糧食儲備。有替鄭子擔憂的人見到他說：「您這次升官，我為您不高興。郎中是朝廷中的官職。掌管邊地的糧食儲備，出居在京外，不能與朝官同列，這是疏遠了您。掌管儲備這一事務，有儲備時要散發，沒有時要積聚；應付士兵的需求、將官的徵用，要強力地搜刮；凶年照舊徵收，百姓困頓也不能減免；這是掌握利害的地方，也是招致怨恨的所在。這工作是很為難的。居在遠方、處在為難的境地，不是您所合適的。」鄭子也感到不樂意。

景明聞之，見鄭子曰：「夫謂子者過❶矣。王臣弗以遠賤❷，王役弗以難辭❸。褊人多求親而憒疏❹，庸士多幸易而脫艱❺。馬越險則駑駿❻別，刃試堅則鋼鉛❼見。故弗居遠，其心弗著❽；弗處難，其能弗彰❾。惟子之心不間遠❿，惟子之能不窘難⓫，是以用子也。夫遠之者，重⓬子也；難之者，任⓭子也。子行矣！」

【章　旨】寫作者勸說鄭子，鼓勵他去邊地任職。

【注　釋】❶過　過失；錯誤。❷弗以遠賤　不能因為地區偏遠而輕慢。❸王役弗以難辭　為朝廷做事不能因為艱難而推辭。❹褊人多求親而憒疏　心胸狹隘的人追求親近朝廷的官職而對疏遠的官職感到不平。褊，謂心胸狹隘。❺庸士多幸易而脫艱　無能的人多喜歡容易的事而避開困難的事。❻駑駿　劣馬和良馬。❼鋼鉛　指鋼刀和鉛刀。鋼刀利而鉛刀鈍。❽著　顯著；明顯。❾彰　彰著；明顯。❿不間遠　不以遠為嫌。間，嫌。⓫不窘難　不因困難而窘迫。窘，窘迫；為難。⓬重　器重。

⓭任　信任。

【語　譯】我聽說了這件事，見到鄭子說：「那位跟你說話的人錯了。做朝廷的官不能因為地區偏遠而輕慢，為朝廷做事不能因為艱難而推辭。心胸狹隘的人多追求親近的官職而對疏遠的官職感到不平，無能的人喜歡容易的事而避開困難的事。馬越過險地則劣馬良馬就區分開來了，刀鋒在堅物上試過則鋼刀鉛刀就顯現出來了。因此不居在遠地，心跡就不能顯現；不處在困難，才能就不能彰顯。只因你的心不以遠為嫌，只因你的才不受困於艱難，所以才任用你。讓你處於遠地，這是器重你；讓你擔當艱難，這是信任你。你出發吧！」

鄭子曰：「吾釋❶矣。雖然，權利府怨，可謂無邪❷？」曰：「執火不燔❸，向者多焦❹；導水不溺❺，涉者多沒❻。故利人曰惠❼，利己為害。己苟不利，人又安怨？如有怨焉，則非我矣。古也執利權❽者，桑弘羊❾敗於害❿，劉晏⓫敗於事⓬。不害不專，用之為經⓭，使上不缺；行之惟通⓮，使下不病⓯。在子也夫！」

【章　旨】作者進一步說明掌握利害之所在，如何才能避免不遭怨恨。

【注　釋】❶釋　清除。指消除疑慮。❷邪　通「耶」。❸執火不燔　拿著火的人，不會被火燒到。燔，燒；烤。❹向者多焦　面對火的人，往往會被烤焦。❺導水不溺　引水的人，不被水淹。導，引。溺，淹。❻涉者多沒　徒步渡水的人，往往會被淹死。涉，渡水。沒，淹；淹死。❼惠　恩惠；好處。❽執利權　掌握財利的職權。利權，利益之權。指財政之權。❾桑弘羊　西漢洛陽人。西漢武帝時任治粟都尉，領大司農。制訂、推行鹽鐵專賣，設立平準、均輸機構控制全國商品。昭帝年幼即位，與霍光等共同輔政，任御史大夫，後被指為謀廢昭帝而被殺。❿害　弊端；禍害。即上文「利己為害」的「害」。指弘羊有利己之心。⑪劉晏　字士安，唐曹州南華（今河北東明）人。唐朝代宗時任吏部尚書、同平章事，領度支鹽鐵轉運租庸使及東都、河南等道轉運租庸鹽鐵使等職。疏浚汴水，分段轉運糧食。又整頓鹽稅，推行平準法，改善了安史之亂後財政紊亂的狀況。自比賈誼、桑弘羊，理財達二十年。後被構陷死。⑫專　專權。⑬經　原則。⑭通　通達。⑮病　害；受害。

【語　譯】鄭子說：「我明白了。即使這樣，但是掌握利害的地方也是遭受怨恨之所在，這能說沒有嗎？」我回答說：「拿著火的人，不會被火燒到；面對著火的人，卻往往會被烤焦。引水的人不被水淹，渡河的人往往會被淹死。因此給人利益是恩惠，追求自己的利益是禍害。自己如果不求利益，別人那會怨恨我呢？如果有怨恨，那也不是對我的。古時掌握財利之權的人，桑弘羊因有利己之心而失敗，劉晏因專擅權柄而失敗。既不利己也不專權，以此為原則，使在上者不缺乏；實行起來很通達，使在下者不受損害。這在於你自身啊！在於你自身啊！」

【研　析】升官是件樂事，而掌管邊地糧食儲備則成了苦差；郎中本是朝官，派往邊地則成了外官。因此替鄭子擔憂的人認為這一職務是朝廷疏遠他、為難他，說這官職也不是鄭子所合適的。而鄭子也露出了畏難情緒。

應該說替鄭子擔憂的人的分析不是沒有道理的，而鄭子有畏難情緒也是合乎情理的。在這樣的情況下，要說服鄭子，讓他愉快地去邊地任職，確實不是一件容易的事。作者的高明之處，正在於抓住了一個「遠」字和一個「難」字，層層剖析，反覆說理，站得高看得遠，提出了超乎常人的見解。作者認為在朝廷做官任事不能因為「遠」和「難」而輕視和推辭，這是從正面說理，接著又從反面剖析，只有心胸狹窄的人、平庸的人才求取近便和欣幸容易。繼而又用劣馬和良馬、鋼刀和鉛刀作比喻進一步說明道理。從而得出「弗居遠，其心弗著；弗處難，其能弗彰」的結論。這是非常有說服力的。這樣也就順理成章地把話題轉到勸說鄭子方面來了。作者認為，讓鄭子居於遠地，這是重用他；讓鄭子處於艱難，這是信任他。作者的這一說法雖然不一定符合當局者任用鄭子的本意，但對於辯駁為鄭子擔憂的人的論點則非常有力，而且也容易打動鄭子的心，從而產生勸說、勉勵作用。而且從事情的另一面看，如果鄭子在這又遠又難的職事上做好了，又何嘗不可以受到重用和信任。

說到這裡時，鄭子的畏難情緒基本上消除了，但他還存在更深一層的疑慮，對於掌握利害而招致怨恨這一事該怎麼辦。所以作者在末章中對這一問題進行了著重的申述。他先用執火與向火、導水與涉水這樣不同的作法有不同的結果作比喻，形成鮮明的對比。又運用歷史上桑弘羊、劉晏這樣掌握財利大權的人，因為利己和專權而失敗作反面例證，說明根本準則在於不心存利己和不專權，這樣對上對下都有益處，也就不會危及自己。而這些全在於自己如何把握了。這樣，這篇文章也可說是圓滿地完成了。而它所包含的深刻道理，可說是餘音裊裊，不絕如縷，對人極富啟發性。

這是篇贈序文，又是篇說理文，它採用了對話體的形式，娓娓道來，如同兩人在促膝談心，使人感到親切而有味，有別於一般說理文那樣的形式呆板、說理空洞之味。

歸有光

【作　者】歸有光（西元一五〇六～一五七一年），字熙甫，號震川，崑山（今江蘇崑山市）人。幼聰穎，九歲能文。至三十五歲始中舉，其後八次參加會試，均落選。因屢試不第而遷居嘉定（今上海市嘉定區）安亭江邊，讀書講學達二十餘年，從學者很多。至六十歲時才中進士，授長興（今浙江長興）知縣，三年後改順德（今河北邢臺）通判。六十五歲時升南京太僕寺丞，留北京內閣修世宗實錄。第二年死於北京任上。主張唐宋散文，反對王世貞等人的復古派主張，是唐宋派中創作成就最高的一位。長於散文，善以清淡樸素的筆墨描寫事物，感情真摯，記事生動，不事雕琢而風韻超然。多寫身邊瑣事，題材較窄，是其不足之處。有《三吳水利錄》、《震川文集》等。

見村樓記

【題　解】本文選自《震川先生集》，是篇記敘文。它記敘了見村樓的來歷、環境，表達了對亡友的懷念之情，對亡友之子進行了勉勵。

崑山❶治城之隍❷，或云即古婁江❸，然婁江已湮❹，以隍為江，未必然也。吳淞江❺自太湖❻西來，北向，若將趨入縣城。未二十里，若抱若折，遂東南入於海。江之將南折也，背折❼而為新洋江。新洋江東數里，有地名羅巷村，亡友李中丞❽先世居於此，因自號為羅村云。

【章旨】介紹亡友李中丞世居之地羅巷村的所在位置。

【注釋】❶崑山　今江蘇崑山市，明時屬蘇州府。❷治城之隍　縣城的無水的護城壕。治城，指縣治所在之城。隍，沒有水的護城壕。❸婁江　又名下江，亦稱劉河、瀏河。為太湖支流，流至崑山、太倉，後入長江。❹湮　沒；堵塞。❺吳淞江　古名松江，又名蘇州河。源出太湖，流至今上海市合黃浦江入海。❻太湖　今江蘇南部的大湖，為我國著名淡水湖。❼背折　向北轉折。背，北邊。❽李中丞　指李憲卿。字廉甫，官至都察院左副都御史，嘉靖四十一年（西元一五六二年）去世。因副都御史的官職，相當於漢代御史大夫之下的御史中丞，故以中丞代稱。

【語譯】崑山縣城已經乾涸的護城壕，有人認為就是古時的婁江。但是婁江已經堵塞了，將護城壕當成是婁江，不一定對。吳淞江從太湖由西向東而來，往北，好像將要進入縣城。離縣城還相差二十里，像是懷抱又像是轉折，終於向東南流入大海。在吳淞江即將向南轉折的地方，江水又向北轉折而成為新洋江。新洋江東邊幾里遠，有一地方叫羅巷村，亡友李中丞的祖先世代居住在這裡，因此他自號為羅村。

中丞游宦❶二十餘年，幼子延實，產於江右南昌之官廨❷。其後，每遷官❸輒隨，歷東兗❹、汴❺、楚❻之境，自岱岳❼、嵩山❽、匡廬❾、衡山❿、瀟湘⓫、洞庭⓬之渚⓭，延實無不識也。獨於羅巷村者，生平猶昧⓮之。中丞既謝世⓯，延實卜居⓰縣城之東南門內金潼港。有樓翼然⓱出於城闉⓲之上，前俯隍水，遙望三面，皆吳淞江之野，塘浦⑲縱橫，田塍⑳如畫，而村墟㉑遠近映帶㉒，延實日焚香灑掃㉓讀書其中，而名其樓曰見村。

【章　旨】介紹見村樓的環境、得名由來等。

【注　釋】❶遊宦　去外地做官。❷江右南昌之官廨　江西南昌的官舍中。李憲卿曾經做過江西布政司左參議。江右，指今江西省。古代在地理上以東為左，以西為右。長江在今安徽蕪湖至江蘇南京之間作西南南、東北北流向，在江北看長江，江東在左，江西在右。南昌，今江西南昌。明代為江西布政使司所在地。官廨，官署；官舍。❸遷官　調動官職。一般指升官。❹東兗　指今山東省一帶。因古時為九州中兗州的主體部分，故稱。❺汴　今河南開封故稱汴州、汴梁，簡稱汴。指今河南開封一帶。❻楚　指今湖北、湖南一帶。因為這一帶為古代楚國的主體部分。❼岱岳　指今山東省中部的泰山。因它又稱岱宗、岱山，為五岳中的東岳。❽嵩山　在今河南省中西部。❾匡廬　指今江西省東北部的廬山。因它又稱匡山、匡廬。❿衡山　在今湖南省南部。⓫瀟湘　瀟江和湘江。二水均在今湖南省境內，由南向北流入洞庭湖。⓬洞庭　洞庭湖。在今湖南省北部的大湖，為我國五大淡水湖之一。⓭渚　水中的小洲。⓮昧　不明。這裡是不知道的意思。⓯謝世　去世。⓰卜居　選擇住處。⓱翼然　形容屋簷高聳展開像鳥的翅膀張開一樣。⓲城闉　城門。闉，城門外層的曲城，也可指城門。⓳塘浦　泛指各種小河渠。蘇州一帶，稱小河渠縱向的為浦，橫向的為塘。⓴田塍　田埂。塍，田間的小土堤。㉑村墟　村落；村莊。㉒映帶　相互映襯、彼此關連。㉓灑掃　灑水掃地。

【語　譯】李中丞在外地做了二十多年官，小兒子延實就出生在江西南昌的官舍中。這以後，中丞每次調動官職，延實總是跟隨著他，經過山東、河南、湖北、湖南這些省境，從泰山、嵩山、廬山、衡山、瀟江、湘江、洞庭湖，延實沒有不知道的。單單對羅巷村，生平還不知道它。中丞去世後，延實在縣城東南門內金潼港選擇了住處。有樓像鳥翼展開那樣高出城門之上，前邊可以俯視護城壕，遠望三面，都是吳淞江邊的原野，塘浦縱橫，田埂如畫，而村落或遠或近，相互映襯、彼此關連。延實每天焚香灑掃，在樓內讀書，給這座樓取名為「見村」。

余間過之❶，延實為具飯❷。念昔與中丞遊❸，時時至其故宅所謂南樓者，相與飲酒論文，忽忽二紀❹，不意❺遂已隔世❻，今獨對其幼子飯，悲悵❼者久之。城外有橋，余常與中丞出郭❽，造故人方思曾❾，時其不在，相與憑檻❿，常至暮，悵然而返。今兩人者皆亡，而延實之樓，即方氏之故廬，余能無感乎！中丞自幼攜策⓫入城，往來省墓⓬及歲時⓭出郊嬉遊⓮，經行術徑⓯，皆可指也。孔子少不知父葬處，有輓父之母知而告之⓰，余可以為輓父之母乎？

【章　旨】回憶與亡友生前的交往，產生感傷之情。

【注　釋】❶間過之　偶爾拜訪它。間，間或；偶爾。過，拜訪。之，指見村樓。❷具飯　準備飯食。具，準備。❸遊　交往。❹忽忽二紀　二十多年很快過去了。忽忽，形容時間過得快。二紀，二十四年。古人稱十二年為一紀。❺不意　沒有料到。❻隔世　隔了一個世界。指對方已死去。❼悲悵　悲痛遺憾。❽郭　外城。❾造故人方思曾　拜訪老朋友方思曾。造，訪問。方思曾，名元儒，後更名欽儒。官至侍御，因觸犯權貴而罷歸。❿憑檻　倚著欄杆。⓫攜策　提著馬鞭。指騎馬。⓬省墓　掃墓。省，察看。⓭歲時　逢年過節。時，節令；節日。⓮嬉遊　遊玩。⓯術徑　道路。術，原指大路。徑，原指小路。⓰孔子少不知父葬處二句　據《禮記・檀弓上》和《史記・孔子世家》：孔子很小就死了父親，不知道父親的墳墓在哪裡。長大後，母親死了，因為不知父親的墓在哪裡，沒法將父母合葬。後來一位從事牽引靈柩的人的母親告訴了他，父母親才得以合葬。輓父，替人牽引靈柩的人。父，對從事某行業者的通稱。

【語　譯】我偶爾去見村樓拜訪，延實留我吃飯，想到從前和中丞交往，常常到他稱作南樓的老屋去，和他一起飲酒談論文章。很快地二十多年過去了，沒料到他已經去世，現在獨自對著他的小兒子吃飯，悲痛遺憾了很久。縣城外有一座橋，我常和李中丞到外城去拜訪老朋友方思曾，有時他不在，我們一起倚著欄杆，常常直到晚上，才很失意地返回。現在這兩人都去世了，而延實的樓，就是方氏的老屋，我能沒有感觸嗎！中丞從小騎馬到城裡，往來掃墓及逢年過節時到郊外遊玩，經過的大小道路，我都可以指出來。孔子年輕時不知道父母葬在何處，有一位替人牽引靈柩的人的母親知道而告訴了他，我可以作一回替人牽引靈柩的人的母親吧？

延實既能不忘其先人，依然水木之思❶，肅然桑梓之懷❷，愴然霜露之感❸矣。自古大臣子孫蚤孤❹而自樹❺者，史傳中多其人，延實在勉之而已。

【章旨】勉勵亡友之子，希望他能夠自立。

【注釋】❶依然水木之思　對本源的依依思戀。依然，思戀的樣子。水木之思，水有源、木有本的思念。這裡指對先人的思念。語本《左傳·昭公九年》：「王使詹桓伯辭於晉曰……我在伯父，猶衣服之有冠冕，木水之有本原。」❷肅然桑梓之懷　恭敬地懷念故鄉。肅然，恭敬的樣子。桑梓之懷，語本《詩經·小雅·小弁》：「維桑與梓，必恭敬止。」古人在住宅周圍種桑樹和梓樹，後來就用「桑梓」作為故鄉的代稱。❸愴然霜露之感　看到霜露降下來，產生對父母去世的悲傷之感。愴然，悲傷的樣子。霜露之感，語本《禮記·祭義》：「霜露既降，君子履之，必有悽愴之心。」❹蚤孤　很小就死了父親。蚤，通「早」。❺自樹　自立。

【語譯】延實能夠不忘他的祖先，時常懷著對先人的依依思戀，對故鄉的敬謹懷想，對父母去世的悲傷。自古以來大臣的子孫很小就死了父親而能夠自立的，史書的傳記中有很多，希望延實能夠努力啊。

【研析】這篇文章的題目是記樓，但它並不是篇狀物之作，它的重點也不是寫樓，而是寫與這座樓有關連的人和事。因此見村樓在文章中僅僅有紐帶的作用。

正因為文章的主體不是寫見村樓本身，因此文章並不直接從樓寫起，而是從遠處落筆。先寫崑山縣城的護城壕，寫離縣城還有二十里的吳淞江，再由吳淞江寫到新洋江，從新洋江寫到亡友李中丞世代所居的羅巷村，寫了李中丞自號的來歷。曲曲折折，一路寫來，還未說到見村樓。以上諸多文字看似閒筆，似乎是作者不經意之作，其實作者這樣寫是有深意的。這一點要等我們看完整篇文章後才能體會到。

見村樓是亡友李中丞的幼子延實在縣城東南門內所選擇的新居。這位幼子出生在中丞任職外地期間，到過許多地方，知道這些地方的山川名勝，但單單對老家的故宅不知道。當作者偶爾訪問見村樓，想到從前與李中丞的交往，想到常常去羅巷村的故宅飲酒論文，想到與李中丞同訪老友方思曾。而現在這兩位老友都已去世，想到這些，使作者產生無限的今昔之感。而現在李延實的見村樓，本又是方思曾的故宅。這樣作者的感觸也就更深了。所以作者以見村樓為線索，通過對與見村樓有關連的人和事的回憶，抒發了今昔之感，表達了對亡友的懷念之情，充滿了感傷的情緒。

李延實連先人的故宅都不知道，當然也不會了解父親在老家時的生平事跡，而作者連李中丞進城出城時往來的大小路徑都能夠一一指出來，因此作者願意把這些告訴延實，正是希望他不要忘掉本源，忘掉先人。而文章開頭對羅巷村具體位置的曲折詳盡描寫，以及對李中丞自號的由來的介紹，也正與作者的希望相呼應。文章最後說李延實能不忘自己的先人，但他竟連自己先人的故宅也不知道，怎麼可能還記得自己的先人呢？因此這些話語與其說是肯定之詞，其實含有含蓄的批評和委婉的諷諭，當然更主要的是殷切的希望和深厚的勉勵。

作者敘事、懷人，介紹亡友世代所居的故宅，對亡友之子提出希望和勉勵，各個章節、各個部分之間似乎不相關連，但由於有了見村樓作為紐帶繫連起來，使得各個部分之間似斷實連，能夠有機地貫穿起來了。

滄浪亭記

【題解】本文選自《震川先生集》，是篇記文。僧人文瑛重修滄浪亭，作者寫了這篇記文。文章首先敘述了滄浪亭的來歷、變遷，並就此發出了自己的感想：古今變化，可使原有的事物徹底改變，帝王將相雖可極一時之盛，但日後不免湮滅，只有士人的道德文章可以流傳千古。滄浪亭，為北宋政治家、文學家蘇舜欽被罷官後所建，在今蘇州市城內。滄浪亭得名於《孟子・離婁上》所引的〈滄浪歌〉：「滄浪之水清兮，可以濯我纓；滄浪之水濁兮，可以濯我足。」這首歌表達的是隱居避世的意思。蘇舜欽修亭，也是取這意思。

浮圖❶文瑛居大雲庵，環水，即蘇子美❷滄浪亭之地也。亟❸求余作滄浪亭記，曰：「昔子美之記❹，記亭之勝也。請子記吾所以為亭者❺。」

【章旨】寫和尚文瑛重修滄浪亭，求作者作記。

【注釋】❶浮圖　又作「浮屠」，梵文佛陀的音譯。本指佛教徒，也可指佛塔。這裡指和尚。❷蘇子美　蘇舜欽，字子美。宋仁宗時主張革新朝政，被反對派誣陷而去職。南遊居蘇州，買地建滄浪亭。❸亟　多次。❹昔子美之記　蘇舜欽曾作有〈滄浪亭記〉，描寫滄浪亭的優美環境，見於《蘇學士文集》中。❺所以為亭者　修亭的原因。

【語譯】和尚文瑛居住在大雲庵中，它四面環繞著水，本是蘇子美建滄浪亭之地。多次要求我作一篇滄浪亭記，他說：「從前子美所作的記，是記滄浪亭的勝景，請你記我修亭的原因。」

余曰：昔吳越❶有國時，廣陵王❷鎮❸吳中❹，治南園於子城❺之西南；其外戚❻孫承祐❼，亦治園於其偏❽。迨淮海納土❾，此園不廢。蘇子美始建滄浪亭，最後禪者❿居之，此滄浪亭為大雲庵也。有庵以來二百年，文瑛尋古遺事⓫，復子美之構⓬於荒殘滅沒之餘，此大雲庵為滄浪亭也。

【章旨】寫滄浪亭的來歷、變遷。

【注釋】❶吳越　五代時十國之一。唐鎮海節度使錢鏐在西元九〇七年被後梁封為吳越王，建都杭州，據有今浙江及江蘇南部的一部分領土，西元九七八年降於北宋。❷廣陵王　吳越王錢鏐子元璙的封號。❸鎮　駐守。❹吳中　指今江蘇蘇州一帶。❺子城　大城所屬的小城。即內城。❻外戚　指帝王的母族或妻族。❼孫承祐　人名。其女為吳越王錢俶妃子。❽偏　側；旁邊。❾淮海納土　指宋太宗太平興國三年（西元九七八年）錢俶歸宋，吳越國滅亡。❿禪者　指和尚。⓫遺事　遺跡。⓬構　建築。

【語譯】我說：從前吳越建國時，廣陵王駐守蘇州，在子城的西南修建了南園；吳越王的外戚孫承祐也在南園的旁邊修建了園子。到吳越國滅亡時，這些園子還保存著。蘇子美始建滄浪亭，最後和尚擁有了它，這樣滄浪亭就成了大雲庵。有庵以來二百年，文瑛搜尋古人遺跡，修復了已經荒殘敗滅的子美的建築，這樣大雲庵又成了滄浪亭。

夫古今之變，朝市改易❶。嘗登姑蘇之臺❷，望五湖❸之渺茫❹，群山之蒼翠，太伯、虞仲❺之所建，闔閭、夫差❻之所爭，子胥、種、蠡之所經營❼，今皆無有矣。庵與亭何為❽者哉？雖然，錢鏐因亂攘竊❾，保有吳越，國富兵強，垂及四世❿。諸子姻戚⓫，乘時奢僭⓬，宮館苑囿⓭，極一時之盛。而子美之亭，乃為釋子⓮所欽重如此。可以見士之欲垂名於千載之後，不與其澌然⓯而俱盡者，則有在⓰矣！

【章旨】就滄浪亭的興廢變遷而發出感慨。

【注釋】❶朝市改易　像早上的集市那樣不斷改變。朝市，早上的集市。改易，改變；變化。❷姑蘇之臺　又稱胥臺，遺址在今蘇州姑蘇山上，春秋時吳王闔閭所建，後來越國攻吳時被焚。❸五湖　古人或以太湖為五湖，或以太湖及周圍四湖為五湖，說法不一。這裡當泛指太湖及周圍的湖泊。❹渺茫　浩瀚；沒有邊際。❺太伯虞仲　吳國的始祖。太伯，又作「泰伯」。虞仲，指仲雍。他們兩人為周太王長子和次子。周太王欲立幼子季歷（即周文王父親王季）為繼承人。太伯和仲雍一起逃避到了江南，改從當地風俗，斷髮文身，太伯成為當地部落首領。太伯死後，由仲雍繼位。至仲雍的三世孫周章，被周武王封為吳國國君。周章之弟虞仲被封為虞國國君。因此仲雍又是虞國的始祖，也被稱為虞仲。❻闔閭夫差　春秋後期吳國國王。當時吳國和越國長期進行爭霸戰爭。吳王闔閭被越王句踐打敗，受重傷而死。闔閭死後，子夫差繼位，打敗越兵，並攻破越國都城，迫使越王句踐屈服求和。越國經過二十年休養生息，逐漸強大，興兵攻取吳國，夫差兵敗自殺。❼子胥種蠡之所經營　伍子胥、文種、范蠡所進行的籌劃營謀。子胥，伍子胥。名員，楚國人。因父兄被楚王所殺，為報仇而逃奔吳國，在吳國為大夫，幫助吳王闔閭、夫差進行爭霸戰爭。因勸諫吳王夫差拒絕越國求和等事，而被疏遠。後夫差聽信讒言而賜劍命他自殺。種，文種。楚國人，在越國為大夫，幫助越王句踐滅吳，後被句踐賜劍自殺。蠡，范蠡。楚國人，在越國為大夫，與文種同助越王滅吳。功成後，乘舟遊五湖，後遊齊國，改名陶朱公，以經商致富。經營，籌劃營謀。指幫助吳國或越國進行爭霸戰爭。❽何為　為什麼造起來。為，建造。❾錢鏐因亂攘竊　錢鏐乘著唐末五代時戰亂竊取了權力。錢鏐，字具美，臨安（今浙江臨安）人。吳越國的建立者。❿垂及四世　往下傳到四世。吳越國在西元九〇七年建國，至西元九七八年滅亡，經歷了五位國王，七十二年。⓫姻戚　因婚姻而聯成的親戚。⓬乘時奢僭　趁著時世奢侈越制。僭，逾制；超越制度。⓭苑囿　指供帝王遊樂的園林。⓮釋子　指和尚。⓯澌然　冰解凍流動時發出的聲音。這裡指消逝的樣子。⓰有在　有原因存在；有道理存在。

【語譯】自古至今時世的變遷，就像早上的集市一樣不斷改變。我曾經登上姑蘇臺，遠望浩瀚無際的五湖，蒼翠的群山，太伯、虞仲所建立的，闔閭、夫差所爭奪的，伍子胥、文種、范蠡所籌劃的，現在都已經沒有了。庵與亭造起來幹什麼呢？雖然這樣，但是錢鏐趁著當時混亂竊取了政權，保有吳越之地，國富兵強，往下傳了四世。他的幾個兒子和親戚，趁著時世奢侈越制，宮館苑囿之類，在當時極盛。而蘇子美的滄浪亭，特別被和尚如此的敬重。可見讀書人想名留千古，不願聲名與世間事物同樣的消失淨盡，那是有道理的啊！

文瑛讀書喜詩，與吾徒❶遊，呼之為滄浪僧云❷。

【章旨】補充說明文瑛的喜好及和作者的關係。

【注釋】❶吾徒　我輩；我們這些人。❷云　句末助詞。

【語譯】文瑛讀書，喜歡詩，與我們相交往，我們稱他為滄浪僧。

【研析】這篇記是作者應修復滄浪亭的文瑛和尚的請求而作的。文瑛要求作者寫一寫自己修復此亭的原因。但作者此記顯然並沒有按照請求者的意圖去寫，而是借寫作此文提出了自己對歷史變化、對功名事業的看法。

作者認為古今歷史的變化，就像早上的集市一樣聚散無常、不斷在變化，人世間的一切事物都將隨著時間的流逝成為陳跡，灰飛煙滅。王侯將相、功名富貴、宮館苑囿，無論是歷史人物，還是歷史功績，還是歷史建築，都不免「澌然而俱盡」，所以士人追求垂名於千古而不朽，自有他的道理存在。士人憑藉什麼而能名垂千古呢？作者沒有說，但它肯定不是功名富貴，也不是富麗堂皇的宮館苑囿。當時國富兵強的吳越國修建了那麼多華美的宮館苑囿，可是這些都已經蕩然無存。而蘇子美修築的一個毫不起眼的滄浪亭，在荒殘滅沒了幾百年之後，還受到一位和尚的欽仰而加以修復。這當然並不是滄浪亭本身比吳越的宮館苑囿更有價值，而是因為蘇子美的道德文章比起王侯將相的功名富貴更令人欽仰。正因為他的道德文章使人欽仰，與他有關的遺物才受到人們的重視和保護，作為紀念物存在於世。這一點文章沒有明說，但我們透過對文章閱讀理解，完全可以體會得到。而沒有明說的這層意思，正是這篇文章的立意之所在。

這篇記文的主體是作者的感想部分。文章的立意高正在於它的開掘深。作者登上姑蘇臺，遙望山水之間，想到歷史上多少轟轟烈烈的人物事跡都已經蕩然無存了。而滄浪亭變為大雲庵，大雲庵又變為滄浪亭，這庵與亭其實造起來又有什麼用呢？這是感想的第一層意思，「古今之變，朝市改易」。這一層的開掘已經是不同尋常的了，但它卻只是一個引子，並不是作者的立意之所在。接下來作者筆鋒一轉，進一步開掘下去。強大的吳越國建造了那麼多的宮館苑囿，現在都已消盡，而蘇子美一個小小的亭子竟然還會受到後人的欽仰，這是為什麼呢？因為他有足以使他的亭子得以修復的東西在。這樣，文章的開掘一反一正，欲擒故縱，最後又相合於亭子，而文章的立意，也就意在言外，隱約可見了。

杏花書屋記

【題　解】本文選自《震川先生集》，是篇記文。先記述友人之父因夢見兒子在旁植杏花的屋子中讀書，決心修建杏花書屋，但沒有實現就去世了，友人後來終實現了父親願望，文章進一步闡述了友人父親夢境的含義和建屋的用心，最後對友人表示了勉勵和祝願。

杏花書屋，余友周孺允❶所構讀書之室也。孺允自言其先大夫玉巖公❷為御史謫沅湘❸時，嘗夢居一室，室旁杏花爛漫❹，諸子讀書其間，聲琅然❺出戶外。嘉靖❻初，起官陟憲使❼，乃從故居遷縣之東門，今所居宅是也。公指其後隙地❽，謂孺允曰：「他日當建一室，名之為杏花書屋，以志吾夢云。」

【章　旨】敘述杏花書屋建築與命名的由來。

【注　釋】❶周孺允　字士洵，太倉（今江蘇太倉）人。❷先大夫玉巖公　已經去世的大夫玉巖公。這是對友人先父的敬稱。先，古人用在已去世的人前表示敬重。大夫，古代的官階。後人用於稱相當於這一官階的官員。玉巖公，指周孺允的父親周廣，字充之，玉巖是號。弘治年間進士，官至南京刑部右侍郎。公是對人表示敬重的稱呼。❸為御史謫沅湘　周廣曾任浙江道監察御史，上任兩個月，因上疏言事，被貶為懷遠（今廣西壯族自治區三江侗族自治縣）驛丞。御史，即監察御史。明代在都察院分設十三道監察御史，巡按州縣，掌考察官吏並建言。謫，貶官。沅湘，沅江和湘江，今湖南境內的兩條河流，注入長江，常作為湖南一帶的代稱。懷遠在湖南與廣西交界處，故用沅湘泛稱。❹爛漫　形容杏花盛開時色彩穠豔的樣子。❺琅然　形容讀書聲清脆響亮。❻嘉靖　明世宗朱厚熜年號（西元一五二二～一五六六年）。❼起官陟憲使　被重新任用並升為御史。起官，指貶官後被重新任用。陟，提升。憲使，指御史。明清時的都察院為先朝的御史臺。御史臺又稱「憲臺」，故御史也就有憲使之稱。❽隙地　空地。

【語　譯】杏花書屋是我的朋友周孺允建造的讀書的屋子。孺允自稱他的先父大夫玉巖公任御史而被貶官到沅湘一帶時，曾經夢見住在一座房屋裡，屋子旁邊杏花開得很盛，幾個兒子在屋裡讀書，琅琅的讀書聲傳到門外。嘉靖初年，重新被任用並升為御史，於是從故居遷到了縣城的東門，就是現在住著的房子。玉巖公指著屋後的空地，對孺允說：「將來應當建一座房子，取名叫杏花書屋，用來記著我的夢。」

公後遷南京刑部右侍郎❶，不及歸❷而沒❸於金陵。孺允兄弟數見侵侮❹，不免有風雨飄搖之患❺。如是數年，始獲安居。至嘉靖二十年❻，孺允葺❼公所居堂，因於園中構屋五楹❽，貯書❾萬卷，以公所命名❿，揭之楣間⓫，周環藝⓬以花果竹木。方春時，杏花粲發⓭，恍如公昔年夢中矣。而回思公洞庭木葉、芳洲杜若之間⓮，可謂覺⓯之所見者妄而夢之所為者實矣。登其堂，思其人，能不慨然矣乎！

【章　旨】敘述友人在父親去世後的情況，著重寫了杏花書屋的建成。

【注　釋】❶南京刑部右侍郎　南京刑部的副長官。明初時建都南京。燕王朱棣（明成祖）奪取帝位後，在永樂十九年（西元一四二一年）將都城遷到北京，以南京為留都，保留名義上的中央各機構，任命各機構官員。但這些官員實際上沒有實權，遠不比北京的同級官員地位重要。在任命的各機構官職前，習慣上加上「南京」兩字，以示區別。刑部，隋唐以來中央六部之一，掌管國家的法律、刑獄事務。侍郎，六部的副長官。有時分左、右兩員，有時不分。❷不及歸　還沒等到回家。❸沒　去世。❹見侵侮　被侵害和欺負。見，被。侮，欺負。❺風雨飄搖之患　傾危動盪的危險。風雨飄搖，語出《詩經・豳風・鴟鴞》：「風雨所飄搖。」原指鴟鴞的巢受風雨侵襲而有傾覆的危險。後比喻動盪、傾危。❻嘉靖二十年　西元一五四一年。❼葺　整修。❽楹　房屋一列稱為一楹。❾貯書　藏書。貯，藏。❿以公所命名　用玉巖公所取的屋名。⓫揭之楣間　把它標示在門楣上。揭，標示；標幟。楣，門上的橫木。⓬藝　種植。⓭粲發　開得很鮮豔。粲，同「燦」。鮮豔。⓮公洞庭木葉芳洲杜若之間　謂玉巖公被貶官之時。屈原〈九歌・湘夫人〉有「嫋嫋兮秋風，洞庭波兮木葉下」、〈九歌・湘君〉有「采芳洲兮杜若」的句子。作者這裡用洞庭木葉、芳洲杜若來指代玉巖公被貶的沅湘地區。玉巖公被貶的懷遠離沅湘地區還有一段距離，不過在廣義上也可以這樣稱。洞庭，洞庭湖，在今湖南省北部的大湖，是我國五大淡水湖之一。木葉，樹葉。芳洲，芳香的小洲。洲為水中小塊陸地。杜若，香草名。⓯覺　醒著時。

【語　譯】玉巖公後來升任南京刑部右侍郎，還沒等到回家就在南京去世了。孺允兄弟幾次被別人侵害欺侮，不免有傾危不安的災難。這樣過了幾年，才得以安居。到了嘉靖二十年，孺允整修了玉巖公所住的房屋，於是在園子中建造了五楹屋子，藏書萬卷，用玉巖公所取的屋名，將「杏花書屋」標示在門楣間，周圍種植了花果竹木。春天時，杏花開得很鮮豔，彷彿玉巖公從前夢中的景象。而回想玉巖公貶官到沅湘地區之時，可以說醒著時所看到的很虛妄而夢中所看到的很真實。登上他家的房屋，想著他的為人，能夠不感歎嗎！

昔唐人重進士科❶，士方登第❷時，則長安❸杏花盛開，故杏園之宴❹，以為盛事。今世試進士，亦當杏花時❺。而士之得第❻，多以夢見此花為前兆❼。此世俗不忘於榮名❽者為然。公以言事忤❾天子，間關❿嶺海⓫十餘年，所謂鐵石心腸⓬，於富貴之念灰滅盡矣，乃復以科名⓭望其子孫。蓋古昔君子，愛其國家，不獨盡瘁其躬⓮而已，至於其後，猶冀⓯其世世享德而宣力⓰於無窮也。夫公之所以為心者⓱如此。

【章　旨】闡述玉巖公夢境的含義和他打算建杏花書屋的用意。

【注　釋】❶進士科　唐代科舉的科目之一。唐代科舉考試的科目很多，有秀才、明經、俊士、進士等科。其中明經和進士兩科是重要科目，而以進士科為最貴。❷登第　指考中進士。❸長安　唐代的都城，在今陝西西安。❹杏園之宴　唐代新科進士要在杏園舉行宴會，稱杏園宴，並要在大雁塔下題名留念，稱題名會。杏園，在今西安市郊大雁塔南。❺今世試進士二

句　明清時的進士考試，每三年舉行一次，時間是丑、辰、未、戌年的春二月，所以又稱春試、春闈。這是正當杏花盛開時。❻得第　登第；考中進士。❼前兆　預兆。兆，預示。❽榮名　榮譽；美名。❾忤　觸犯。❿間關　歷盡道路艱險。⓫嶺海　即嶺南。今廣東、廣西一帶。因這一帶北靠五嶺，南臨南海，故名。這裡指周廣被貶往的懷遠一帶。⓬鐵石心腸　比喻心腸堅硬。⓭科名　通過科舉考試而取得功名。⓮盡瘁其躬　竭盡他自己的辛勞。瘁，勞苦。躬，自身。⓯冀　希望。⓰享德而宣力　享有德名而且能夠效力。宣力，效力；貢獻力量。⓱所以為心者　用意之所在。指做夢的原因和建屋的意願。

【語　譯】從前唐朝人重視進士科，士人考中進士時，長安杏花正盛開，因此杏園宴是一件隆重的事情。現在考試進士，也正當杏花盛開時。士人考中進士的，多認為夢見這種花是預兆。世俗中對美名念念不忘的人往往是這樣的。玉巖公因為言事觸犯了皇帝，在嶺南歷盡艱險十多年，可稱是心腸如鐵石般堅硬，對富貴的念頭像是死灰那樣斷絕了，可是還將科舉功名的希望寄託在他的子孫身上。這是因為古時的君子，愛自己的國家，不單竭盡自己的心力，對於自己的後代，還希望他們世代享有高尚的德操並且永遠地為國家貢獻力量。這就是玉巖公做夢的原因和造屋的意願之所在。

今去公之歿❶，曾幾何時❷。鄉之所與同進者❸，一時富貴翕赫❹，其後有不知所在❺者。孺允兄弟雖蠖屈於時❻，而人方望其大用❼，而諸孫皆秀發❽，可以知《詩》、《書》之澤❾也。《詩》曰：「自今以始，歲其有；君子有穀，貽孫子。於胥樂兮！」❿吾於周氏見之⓫矣。

【章　旨】對處於逆境中的友人兄弟的勉勵和祝願。

【注　釋】❶歿　去世。❷曾幾何時　曾經有多長時間。意思是時間不長。❸鄉之所與同進者　從前和他同時做官的人。進，進用。指做官。❹翕赫　顯赫。翕，大。❺不知所在　不知現在何處。意思是默默無聞。❻蠖屈於時　指眼前處於不得志的狀況。蠖屈，像尺蠖那樣彎屈著身子。比喻不得志。蠖，尺蠖。一種桑蟲。❼望其大用　希望他能得到重用。❽秀發　植物生長茂盛。後用以形容人有神采、才華。❾詩書之澤　指受到儒家經書的熏陶。《詩》，指《詩經》。《書》，指《尚書》。這裡泛指儒家各種經書。❿自今以始五句　出自《詩經・魯頌・有駜》第三章。歲其有，每年都豐收。有，豐收。有穀，有美德。穀，善；美德。貽孫子，留給子孫。貽，留給。孫子，孫和子。即子孫。於胥樂兮，都感到快樂。於，語氣詞。無實義。胥，都。⓫見之　見到這種情況。

【語譯】現在距玉巖公的去世，還沒有多長時間，從前和他一起做官的，一時富貴顯赫，他們的後人有的已默默無聞。孺允兄弟雖然眼前處在不得志的狀況，但別人正希望他們能發揮大作用；而且玉巖公的幾個孫子也都富有才華，可以知道這是儒家經書熏陶的結果。《詩經》說：「從現在開始，每年都豐收；君子有美好的品德，留給子孫後代。大家都感到快樂！」我在周氏這裡看到了這種情況。

【研析】這篇記文和前面所選的〈見村樓記〉，從題目上看，同是記屋之作。但兩篇文章在寫法上並不相同。〈見村樓記〉中的「見村樓」在文章中不是敘寫的重點，而僅僅作為一個聯結有關人和事的紐帶，思念亡友才是文章的主旨。而這篇〈杏花書屋記〉則始終圍繞著這座書屋寫。它敘寫了這座書屋修建的經過、得名的由來，闡述了友人的亡父夢見杏花的含義和決心修建杏花書屋的用意。前半部分以記敘為主，後半部分以議論為主，但無論是記敘還是議論，都是圍繞著杏花書屋作文章的。

記敘部分主要寫了三件事：一是友人的父親在貶官之時夢見所住的房屋邊杏花盛開，而自己的孩子在屋子裡讀書，因此他決心造一座杏花書屋來紀念這一個夢。二是友人的父親來不及造屋就在任職期間去世了，他死後兒子們的簡要情況。三是友人兄弟終於建起了杏花書屋，實現了父親的遺願。這記敘部分有詳有略，重點寫了第一事和第三事，使得友人父親夢中之境與書屋修成後杏花盛開的景象互相對應。

議論部分對友人父親夢境的含義和建屋的用意作了推測和闡發，並對友人表示勉勵和祝願，這三方面內容不僅互有聯繫，而且與前半部分也密切相關，是對敘事部分的開掘和生發。作者認為從唐代進士考中時的杏園宴到現在的進士考試，都是在杏花盛開時，而世人考中進士的，也往往預先有夢見杏花的。因此友人的父親夢境中自己的兒子在旁邊有杏花盛開的屋子裡讀書，正是父親對兒子們通過科舉取得功名的厚望的折射。而他想要修建杏花書屋的用意，是希望自己的後代能夠享有德名並且永遠效力國家。這樣的推測和闡發應該說是合理的，也是比較符合友人父親的原意的。

吳山圖記

【題　解】本文選自《震川先生集》，是篇記文。〈吳山圖〉是吳縣知縣魏用晦離職時吳縣人畫了送給他的，後來魏用晦讓歸有光替這幅圖寫一篇記。歸有光在這篇記裡稱讚魏用晦有恩於當地老百姓，使得他在去職後，當地老百姓還能夠不忘記他，而他自己也能夠不忘記那個地方的人民。

吳、長洲二縣在郡治所❶，分境而治。而郡西諸山皆在吳縣，其最高者，穹窿❷、陽山❸、鄧尉❹、西脊❺、銅井❻，而靈巖❼，吳之故宮在焉，尚有西子之遺跡❽。若虎丘❾、劍池❿及天平⓫、尚方⓬、支硎⓭，皆勝地也。而太湖汪洋三萬六千頃，七十二峰⓮沉浸其間，則海內之奇觀⓯矣。

【章　旨】敘吳縣山水名勝。

【注　釋】❶吳長洲二縣在郡治所　謂吳縣和長洲兩縣的縣治在蘇州府城所在地。吳，今江蘇吳縣。長洲，當時為蘇州府的屬縣，民國初年併入吳縣。郡治所，指府城所在地。郡，春秋至隋唐時期的行政區劃名，為縣的上級行政部門。一般範圍和職權都比後世的府為大，但明清時常常用府來比附前朝的郡。❷穹窿　在今吳縣西南的一座山。山頂方平，廣約百畝。❸陽山　在今吳縣西北的一座山。又名萬安山。❹鄧尉　在今吳縣西南的一座山。因漢代鄧尉曾隱居於此，故名。❺西脊　在鄧尉山之西的一座山。又名西磧山。❻銅井　在今吳縣西南的一座山。又名銅坑山。古代曾在此採銅，故名。❼靈巖　在今吳縣西的一座山。又名硯石山。❽吳之故宮在焉二句　春秋時吳王夫差在靈巖山建有館娃宮，相傳靈巖山上的靈巖寺是它的遺址；靈巖山上還有西施洞和夫差為西施修建的響屧廊等遺跡。西子，指西施。春秋時越國美女，越王句踐將她獻給吳王夫差。❾虎丘　在今吳縣西北的一座山。有虎丘塔、劍池、千人石等古跡，是蘇州最有名的遊覽勝地。❿劍池　虎丘山的一個古跡。相傳吳王闔閭葬於此地時，用寶劍三千殉葬。⓫天平　在今吳縣西的一座山。以山頂正平而得名。有望湖臺。⓬尚方　在今吳縣西南的一座山。又名上方山。⓭支硎　在今吳縣西南的一座山。山上有平石，平石叫做「硎」，故名。晉代著名僧人支遁曾隱居於此，山中有放鶴亭、白馬澗，都是支遁的遺跡。⓮七十二峰　太湖中小山很多，著名的有東、西兩洞庭山。七十二峰是虛指，並非實數。⓯奇觀　罕見的景觀。

【語　譯】吳縣、長洲兩縣的縣治在蘇州府的府城，它們兩縣都有自己的範圍。而府城西邊的眾多的山，都在吳縣境內。其中最高的山是穹窿、陽山、鄧尉、西脊、銅井；而靈巖山，是春秋時吳王夫差的故宮所在地，還有西施的遺跡存在著。像虎丘、劍池以及天平、尚方、支硎，都是名勝之地。而太湖水勢浩大廣闊，有三萬六千頃，七十二峰沉浸在太湖之中，這是海內罕見的景觀。

余同年友魏君用晦為吳縣❶，未及三年，以高第召入❷，為給事中❸。君之為縣，有惠愛❹，百姓扳留❺之不能得，而君亦不忍於其民❻，由是好事者❼繪〈吳山圖〉以為贈。

【章　旨】敘〈吳山圖〉的來歷。

【注　釋】❶余同年友人魏君用晦為吳縣　我的同年友人魏用晦做了吳縣的知縣。同年，科舉考試時代，同一年考取進士或舉人的，彼此互稱「同年」。魏君用晦，魏體明，字用晦，侯官（今福建福州）人。與歸有光為同年進士，任吳縣知縣，後遷刑科給事中。為吳縣，治理吳縣。做吳縣知縣的意思。❷以高第召入　以考績優等，被皇帝召進朝廷。❸給事中　朝廷中掌侍從、規諫等職的官員。明代時給事中分吏、戶、禮、兵、刑、工六科，分房治事，有彈劾、糾察官吏，封駁朝廷詔書的職權。❹惠愛　恩惠、仁愛。❺扳留　攀住車轅不讓離開；挽留。扳，通「攀」。❻不忍於其民　不忍心離開吳縣老百姓。❼好事者　喜歡多事的人；熱心人。

【語　譯】我的同年友人魏用晦擔任吳縣知縣，還不到三年，因為考績優等而被召進朝廷，擔任給事中。他任知縣時，對老百姓有恩惠，老百姓挽留他但挽留不住，而他也不忍心離開他的老百姓，於是有熱心人繪了〈吳山圖〉贈送給他。

夫令❶之於民誠重矣。令誠賢也，其地之山川草木亦被其澤❷而有榮❸也；令誠不賢也，其地之山川草木亦被其殃❹而有辱也。君於吳之山川蓋增重❺矣，異時吾民將擇勝❻於巖巒之間，尸祝於浮屠、老子之宮❼也固宜。而君則亦既去矣，何復惓惓❽於此山哉？昔蘇子瞻稱韓魏公去黃州四十餘年，而思之不忘，至以為思黃州詩，子瞻為黃人刻之於石❾。然後知賢者於其所至，不獨使其人之不忍忘，而己亦不能自忘於其人也。

【章　旨】稱讚魏用晦做吳縣知縣，能使吳之山川草木也受到他的恩澤，能使當地老百姓不忘記他，而自己也不忘記當地百姓。

【注　釋】❶令　縣令。這裡指知縣。❷被其澤　受到他的恩惠。被，受到。澤，恩惠。❸榮　光榮；光耀。❹殃　禍害。❺增重　增加價值。❻擇勝　挑選好的地方。❼尸祝於浮屠老子之宮　在佛寺或道觀裡向神禱告求福。尸是古代祭祀時代表死者或神接受祭祀的人，祝是古代祭祀時向神禱告請求保祐的人。這裡尸祝作動詞用。求福。浮屠、老子之宮，指佛寺和道觀。浮屠，也作「浮圖」、「佛陀」，梵語的音譯，指佛教的最高得道者佛。這裡指佛寺。老子，春秋時李耳，道家思想的代表人物，東漢道教興起後以他為祖師。❽惓惓　誠懇的樣子。這裡是思念不忘的意思。❾昔蘇子瞻稱韓魏公去黃州四十餘年四句　蘇軾在〈書韓魏公黃州詩後〉說到韓琦離開黃州知州任四十餘年後，仍對黃州思念不忘而寫入詩中。蘇軾貶官黃州後，將韓琦思念黃州的詩刻在石碑上留作紀念。蘇子瞻，蘇軾的字。韓魏公，指韓琦，北宋大臣，曾做黃州知州，後任樞密使、宰相，執政三朝，封魏國公。黃州，今湖北黃岡一帶。

【語　譯】知縣對於老百姓來說關係確實是很重要的。知縣如果才能、德行好的話，當地的山川草木也會受到他的恩惠而有榮耀；知縣如果才能、德行不好的話，當地的山川草木也會受到他的禍害而有恥辱。魏君對吳縣的山川是增加了價值的，將來我們這裡的老百姓將選擇好的山川勝地，在佛寺或道觀裡向神禱告祝福，那是應當的了。而他已經離開了，為什麼還對此地的山川戀戀不忘呢？從前蘇軾稱韓琦離開黃州四十多年，但還思念不忘，至於寫詩思念黃州，蘇軾替黃州人把詩刻在石碑上了。這可以知道賢者在他所到過的地方，不單使那裡的老百姓不忍心忘記他，而自己也不能忘記當地的老百姓。

君今去縣已三年矣，一日與余同在內庭❶，出示此圖，展玩太息❷，因命余記之。噫！君之於吾吳有情如此，如之何而使吳民能忘之也❸？

【章旨】敘述為〈吳山圖〉作記的原因。

【注釋】❶內庭　宮禁之中。歸有光晚年在內閣制敕房修世宗實錄，故能進入內廷。❷展玩太息　打開欣賞並深深歎氣。太息，歎息。❸如之何而使吳民能忘之也　吳縣的老百姓怎能忘記他呢。如之何，怎麼樣。也，疑問助詞。相當於「耶」。

【語譯】現在魏君離開吳縣已經三年了。一天，他和我一起在內廷，他拿出這幅圖來，打開欣賞並且深深歎息，於是囑我作記。唉，魏君對於我們吳縣如此有情，我們這裡的老百姓怎能忘記他呢？

【研析】本文是為〈吳山圖〉作的記文，如果按照一般人的寫法，當首先敘述這幅圖的由來，介紹這幅圖的內容。但這篇記卻不這樣寫。它首先敘述了吳縣的山水名勝，然後才介紹這幅圖的由來。在敘述吳縣山水部分，以介紹山為主，它列舉了最高的山、有歷史遺跡的山、風景優美的山，可說不厭其詳，至於水，只提到太湖，而提到太湖也是因為有七十二峰沉浸其中，焦點也還是在吳山上。有了這麼多的名山勝跡，自然也就可以繪成〈吳山圖〉了。作者雖然沒有說這就是〈吳山圖〉的內容，而且這也不一定就是〈吳山圖〉上的畫面，但我們可以說作者所介紹的吳縣山水，一定會與圖上的內容有或多或少的聯繫。我們完全可以想到圖上會有些什麼樣的畫境。作者作記的意圖本不在介紹圖上的內容，也不在描寫吳山的風光。這樣寫，既避免了對〈吳山圖〉作直接的描繪，同時又反映了它與〈吳山圖〉一定的聯繫，可說是匠心獨運。而這篇文章的重點不在介紹吳山勝境，也不在介紹〈吳山圖〉的由來，因此這兩部分都沒有詳寫。

這篇文章的用意是為了說明這樣一個道理：一個政府官員，只要他是真心實意地為當地人民辦事的，為當地人民做了些好事的，人民是不會忘記他的；同樣地，這樣的好官也是不會忘記他的人民的。這說明道理的一章是本文的重點所在。文章以「夫令之於民誠重矣」作為論點，接著從正反兩方面展開議論，認為一個好的知縣，連當地的山川草木也會受到他的恩澤而深感榮耀，而一個不好的知縣會使當地的山川草木遭受禍害而感到恥辱。而作者的同年友做吳縣知縣對百姓有恩惠，當他離開吳縣就任新職時，老百姓不能夠挽留他，於是有熱心人畫了〈吳山圖〉贈給他。這樣的縣官無疑是使當地的山川增色的。在這裡作者讚揚了他的同年友魏用晦，但他的讚揚也顯得比較含蓄，並不使人感到有溢美之嫌，更不會使人感到肉麻，而是非常有分寸的，不失自己作為同年友而受託寫記的身分。

末章敘述了為〈吳山圖〉作記的原由，再次強調了魏用晦與吳縣百姓情誼的深厚。這最後用感歎的語氣、反問的形式結束全文，顯得餘意不盡，很發人深思。

項脊軒志

【題解】本文選自《震川先生集》，是篇記文。文章以項脊軒為中心，記敘了自己家庭的變遷，家人之間的關係，著重表現了作者對去世的祖母、母親和妻子的懷念。項脊軒是作者的書齋名。作者的遠祖歸道隆住在太倉的項脊涇，項脊軒得名於此，含有不忘遠祖的意義。「志」與「記」意思相同。

項脊軒，舊❶南閣子也。室僅方丈❷，可容一人居。百年老屋，塵泥滲漉❸，雨澤下注❹，每移案❺，顧視無可置者。又北向❻，不能得日，日過午已昏❼。余稍為修葺❽，使不上漏。前闢四窗，垣牆周庭，以當南日，日影反照，室始洞然❾。又雜植蘭桂竹木於庭，舊時欄楯❿，亦遂增勝⓫。借書滿架，偃仰嘯歌⓬，冥然兀坐⓭，萬籟有聲⓮，而庭階寂寂，小鳥時來啄食，人至不去。三五之夜⓯，明月半牆，桂影斑駁⓰，風移影動，珊珊⓱可愛。

【章旨】記項脊軒整修前後的不同變化，項脊軒內外的景物和布置。

【注釋】❶舊　原先的；從前的。❷方丈　一丈見方。❸塵泥滲漉　泥土向下掉落。滲漉，滲漏。❹雨澤下注　雨水往下流。雨澤，雨水。❺案　長方形的桌子。❻北向　朝北。❼昏　昏暗。❽修葺　修補。❾洞然　明亮的樣子。❿欄楯　欄干。楯，欄干上的橫木。⓫增勝　增添景色。⓬偃仰嘯歌　時臥時起，大聲唱歌。偃，仰臥。仰，起立。嘯，口裡發出長而清越的聲音。⓭冥然兀坐　靜靜地端坐著。兀坐，端坐。⓮萬籟有聲　自然界的一切聲音都能聽到。籟，從孔穴中發出的聲音。泛指一切聲音。⓯三五之夜　農曆每月十五日的夜晚。⓰斑駁　錯雜的樣子。⓱珊珊　美好的樣子。

【語譯】項脊軒是我家原先的南閣子。房間只有一丈見方，能容納一人居住。這是百年老屋，屋頂的泥土向下掉落，雨水往下流，每次移動長方桌，看來看去沒有地方可以安放。屋子又朝北，不能曬到太陽，過了午時就昏暗了。我稍稍作了些修補，使得屋頂不漏。在前牆開了四扇窗，院子周圍砌上牆，用來擋著南邊射來的陽光，日影反射照過來，房間才明亮起來。又在庭院中錯雜種植了蘭、桂、竹、木之類，舊時的欄干也就增添了景色。借來的書放滿了書架，我或臥或起，有時大聲吟唱，有時靜靜地端坐在那裡；可以聽到自然界的各種聲音，而庭院是非常安靜的，小鳥常來啄食，有人過來，也不飛走。在每月十五的夜晚，明月照滿了半邊的牆，桂樹的影子錯落有致，風吹樹影搖動，美好可愛。

然予居於此，多可喜，亦多可悲。先是❶，庭中通南北為一❷。迨諸父異爨❸，內外多置小門，牆往往而是❹。東犬西吠❺，客踰庖而宴❻，雞棲於廳。庭中始為籬，已❼為牆，凡再變❽矣。

【章旨】從這段開始敘述往事。先敘父輩分家後庭中的凌亂情況。

【注　釋】❶先是　在這之前。❷庭中通南北為一　庭院中南北相通，是個整體。❸諸父異爨　伯叔父分居過日子。諸父，伯父、叔父的通稱。異爨，各起爐灶。意思是分家過日子。❹往往而是　到處都是。往往，處處；各處。❺東犬西吠　牆東的狗向著牆西叫。❻踰庖而宴　越過廚房去吃飯。庖，廚房。❼已　已而；後來。❽再變　兩次變化。

【語　譯】然而我居住在這裡，有很多值得高興的事，也有許多值得悲傷的事。在這以前，庭院中南北相通成為一體。等到伯父叔父們分家過日子時，庭院內外設了好幾道小門，牆到處都是。東家的狗向著西家叫，客人要越過廚房去吃飯，雞棲息在廳堂中。庭院裡最先修起了籬笆，後來建起了牆，一共變化了兩次。

家有老嫗❶嘗居於此。嫗，先大母❷婢也，乳二世❸，先妣❹撫❺之甚厚。室西連於中閨❻，先妣嘗一至。嫗每謂余曰：「某所，而母立於茲。」嫗又曰：「汝姊在吾懷，呱呱❼而泣，娘以指叩門扉❽曰：『兒寒乎？欲食乎？』吾從板外相為應答。」語未畢，余泣，嫗亦泣。

【章　旨】敘老嫗說亡母生前事。

【注　釋】❶老嫗　老婦人。❷大母　祖母。❸乳二世　做過二代人的乳母。乳，以乳餵養。二世，指作者父親這一輩和自己這一輩。❹先妣　稱已死的母親。❺撫　對待；照顧。❻中閨　女子居住的內室。這裡指母親的臥室。❼呱呱　小孩子的哭聲。❽門扉　門扇。

【語　譯】家中有一位老婆婆，曾經住在這裡。老婆婆是已去世的祖母的婢女，餵養過我們父子兩代人，先母對她很照顧。房間的西面連著母親的臥室，先母曾經到過這裡。老婆婆常常對我說：「某個地方，你母親曾經站在這裡。」老婆婆又說：「你姊姊在我懷裡，呱呱地哭，你母親用手指敲著門扇問：『孩子冷了嗎？想吃東西嗎？』我在門板的外面回答她。」她的話還沒有說完，我就哭了起來，老婆婆也哭了起來。

余自束髮❶讀書軒中。一日，大母過余❷曰：「吾兒，久不見若影❸，何竟日❹默默在此，大類❺女郎也？」比去❻，以手闔門❼，自語曰：「吾家讀書久不效❽，兒之成則可待乎❾？」頃之❿，持一象笏⓫至，曰：「此吾祖太常公⓬宣德間執此以朝，他日汝當用之。」瞻顧遺跡⓭，如在昨日，令人長號不自禁⓮。

【章旨】敘祖母生前事。

【注釋】❶束髮　把頭髮綰成一髻，表示已經成童。❷過余　到我這裡來。❸若影　你的身影。❹竟日　終日；整天。❺大類　很像。❻比去　在離開時。比，及。❼闔門　關門。❽吾家讀書久不效　我家的人讀書，好久沒有收到成效。意思是很久沒有人因讀書而取得功名了。歸有光的曾祖中過舉人，做過知縣。祖父和父親都只是縣學生員，即秀才，沒有做過官。❾兒之成則可待乎　這孩子得功名大概是可以期待的吧。成，指成就功名。❿頃之　過了一會兒。⓫象笏　象牙製的長方形手版。古代官員上朝時記事所用。⓬吾祖太常公　我的祖父太常公。太常，指太常寺卿，朝廷中掌管禮樂祭祀的長官。太常公，指作者的外高祖父夏杲，字仲昭，在宣德年間任太常寺卿。⓭瞻顧遺跡　看到這些舊物。瞻，往前看。顧，往後看。這裡都泛指看。⓮長號不自禁　自己忍不住放聲大哭。

【語譯】我從束髮成童時開始在項脊軒中讀書。有一天，祖母到我這裡來，說：「我的孩子，好久不見你的身影，為什麼整天默默地在這裡，很像女孩子那樣？」在她離開時，用手把門關上，自言自語說：「我家的人讀書，很久沒有取得成效了，這孩子得到功名大概是可以期待的吧？」過了一會兒，拿了一支象笏過來，說：「這是我祖父太常公在宣德年間拿了它上朝時用的，將來你一定用得上它。」看到這些舊物，好像就在昨天，使得我不禁放聲大哭。

軒東故嘗為廚❶，人往，從軒前過。余扃牖而居❷，久之，能以足音辨人。軒凡四遭火，得不焚，殆有神護者。

【章旨】寫項脊軒幽靜的環境和幾次遭火而沒有燒燬的奇事。

【注釋】❶故嘗為廚　以前曾做過廚房。❷扃牖而居　關著窗戶住在裡面。扃，關閉。牖，窗戶。

【語譯】項脊軒的東邊從前曾做過廚房，人來來往往，從軒前經過。我關了窗戶住在裡面，時間久了，聽腳步聲就能分清是誰。項脊軒一共遭過四次火，但能不被焚燬，大概是有神靈在保護著它。

項脊生❶曰：「蜀清守丹穴，利甲天下，其後秦皇帝築女懷清臺❷。劉玄德❸與曹操❹爭天下，諸葛孔明❺起隴中❻。方二人之昧昧於一隅❼也，世何足以知之？余區區❽處敗屋❾中，方揚眉瞬目❿，謂有奇景。人知之者，其謂與埳井之蛙⓫何異！」

【章旨】對自己當前的處境發出感慨。

【注釋】❶項脊生　作者自稱。❷蜀清守丹穴三句　《史記・貨殖列傳》：「巴蜀寡婦清，其先得丹穴，而擅其利數世，家亦不訾。清，寡婦也，能守其業，用財自衛，不見侵犯。秦皇帝以為貞婦而客之，為築女懷清臺。」蜀清，蜀地的一個名清的寡婦。蜀，今四川西部一帶，是古代蜀國之地，現在作為四川省的簡稱。丹穴，產朱砂的礦穴。丹，指朱砂。利甲天下，財利在天下第一。秦皇帝，指秦始皇。女懷清臺，故址在今四川長壽南。❸劉玄德　劉備，字玄德。三國時蜀漢的建立者。❹曹操　字孟德。東漢末年挾持漢獻帝，任丞相，蕩平北方混戰局面而重新獲得統一，但在與孫權和劉備的戰爭中失利。他死後，子曹丕代漢稱帝，建立魏國。❺諸葛孔明　諸葛亮，字孔明。劉備的軍師，後任蜀國丞相。❻隴中　田畝之中。指諸葛亮在擔任劉備軍師前親自耕種，過著隱居生活。一說隴中即隆中，指諸葛亮的隱居地。❼昧昧於一隅　處於某個角落中默默無聞。昧昧，昏暗。這裡指不為人所知。❽區區　渺小的樣子。這是作者的謙稱。❾敗屋　破屋。❿揚眉瞬目　形容得意洋洋的樣子。瞬目，眨眼。⓫埳井之蛙　淺井裡的青蛙。比喻見聞短淺的人。《莊子·秋水》中說到埳井之蛙曾向東海之鱉誇耀自己的生活環境很優越，說：「吾樂與！出跳梁乎井幹之上，入休乎缺甃之崖。」埳井，淺井。埳，坑。

【語　譯】項脊生說：「古代蜀地一個名叫清的寡婦守著採朱砂的礦，財利甲於天下，後來秦始皇為她修築了女懷清臺。劉備和曹操爭奪天下，諸葛亮於田畝之中被起用。當這兩位在某個角落裡默默無聞時，世上的人哪裡能了解他們？渺小的我身居破屋中，還在揚眉眨眼地得意，以為這裡有什麼奇妙的景致。別人知道了，會認為我與埳井之蛙有什麼不同嗎！」

余既為此志，後五年，吾妻來歸❶，時至軒中，從余問古事，或憑几❷學書❸。吾妻歸寧❹，述諸小妹語曰：「聞姊家有閤子，且何謂閤子也？」其後六年，吾妻死，室壞不修。其後二年，余久臥病無聊，乃使人復葺南閤子，其制❺稍異於前。然自後余多在外，不常居。

庭有枇杷樹，吾妻死之年所手植❻也，今已亭亭如蓋❼矣。

【章　旨】多年後補寫亡妻生前的事情。

【注　釋】❶吾妻來歸　我的妻子嫁了過來。吾妻，指作者的前妻魏氏。來歸，古時稱女子出嫁。意思是來到夫家、歸於夫家。❷几　小桌子。❸學書　學習寫字。❹歸寧　古時稱已出嫁的女子回娘家看望父母。寧的意思是向父母問安。❺制　規格；規模。❻手植　親手種植。❼亭亭如蓋　高高直立著像傘一樣。形容樹的枝葉茂盛。亭亭，直立的樣子。

【語　譯】我作完了這篇志後五年，我的妻子嫁了過來，有時到軒中，向我問古代的事，或者靠著几學習寫字。我妻子回娘家省親，回來後轉述她的幾個小妹妹的話說：「聽說姐姐家有閣子，那麼什麼叫閣子呢？」這之後六年，我妻子死了，房子壞了也不修復。又過二年，我長久臥病無事可做，就讓人又修補了南閣子，那形式有點不同於以前。但從這以後，我大多時間在外面，不常住在這裡。

庭院中有枇杷樹，我妻子死去那年我親手栽種的，現在已高高直立著，枝葉茂盛得像傘一樣了。

【研　析】本文是歸有光的代表作，長期以來被當作古文的範文來鑑賞學習。確實，它在各方面都富有自己的特色，具有強烈的藝術感染力。

首先，從結構來看，本文記事較多，又大多是日常生活中的瑣事，所涉及的人物也很紛雜，並無一人一事作為主幹淹貫全篇，但由於作者圍繞了項脊軒這個軸心，以項脊軒及周圍環境的變遷為經，以與項脊軒有密切聯繫的往事為緯，將所取材料交互編織，使得全文神氣凝聚，脈絡清晰，毫無雜亂紛沓、瑣屑餖飣的感覺。本文作於作者十九歲時，而最後一章補記則作於三十歲以後，前後相距達十多年之久，但無論結構文辭、情感都相聯貫、相一致，渾然成一體。

其次，從語言來看，描寫事物簡樸精練，鮮明生動。如「小鳥時來逐食，人至不去」烘托出項脊軒環境的幽靜，人物的和善。又像「東犬西吠，客踰庖而宴，雞棲於廳」，寥寥十三個字，就講了三件事情，就把大家庭在分家以後那種混亂不堪的場景描摹出來了。特別是人物語言尤其出色，像老婆婆之言、祖母之言、妻子轉述諸小妹之言，都是極其普通的家常話，然而一到作者筆底，卻都神情畢現，維妙維肖。例如，祖母所說的「吾兒，久不見若影，何竟日默默在此，大類女郎也？」寫出了一個老婦人對小輩的關心，其中混雜著責備和讚許兩種矛盾的心情。又如，妻子的妹妹們所說的「聞姊家有閤子，且何謂閤子也？」一種天真無邪的口吻，躍然紙上。

第三，從寫作手法來看，文章中運用了對比手法，寫出了作者又喜又悲，悲喜交集而又以悲為主的心情，深摯而委婉。文章首先將項脊軒修葺前後作對比，說項脊軒未修前室小、屋漏、光暗，修葺後不漏、不暗，且增花木之勝，然後著意寫作在軒中讀書的快樂的情趣和周圍幽美的情景，寫出了作者喜悅的一面。而作者在項脊軒中得到的樂趣與下文所表現出來的哀傷又形成鮮明的對比。因為這裡發生了許多不幸的事件，包括大家庭的解體，祖母、母親和妻子的去世等。作者因這些不幸事件而產生的感傷比起在項脊軒中得到的樂趣來，無疑深沉濃烈得多。像寫老婆婆敘說亡母事，「語未畢，余泣，嫗亦泣」，回憶祖母生前事，「瞻顧遺跡，如在昨日，令人長號不自禁」，都委婉而又深摯地抒發了失去親人後的痛楚哀傷。文末寫到在妻子死去那年作者親手栽種的枇杷樹，這時候已經亭亭如蓋了，睹物思人，託物寄情，同樣表現了物在人亡的感慨，可說是一往情深。

寒花葬志

【題　解】本文選自《震川先生集》，是為埋葬自己的婢女寒花而作的傳記文。文中只寫了寒花生前的三件生活瑣事：初來時的打扮、削荸薺時的舉止和吃飯時的神態，就使一個天真可愛的小女孩形象活生生地呈現在讀者面前。

婢❶，魏孺人❷媵❸也。嘉靖丁酉❹五月四日死，葬虛丘❺。事我而不卒❻，命也夫！

【章旨】交代寒花的身分、去世的時間和埋葬的地點，抒發了自己的惋惜之情。

【注釋】❶婢　在富人家裡受役使的女子。❷魏孺人　作者元配夫人。與作者生活六年，生病去世。為光祿寺典簿魏庠的女兒。孺人，明代七品以下官員的妻子或母親的封號。❸媵　陪嫁的婢女。❹嘉靖丁酉　嘉靖十六年（西元一五三七年）。嘉靖，明世宗朱厚熜年號（西元一五二二～一五六六年）。❺虛丘　地名。在今江蘇崑山市東南。❻卒　終；到底。

【語譯】寒花這位婢女是魏孺人的陪嫁婢女。嘉靖十六年五月四日去世，葬在虛丘。她侍奉我沒有到底，這是命運啊！

婢初媵❶時，年十歲，垂雙鬟❷，曳❸深綠布裳❹。一日，天寒，爇火❺煮荸薺❻熟，婢削之盈甌❼。予入自外，取食之，婢持去❽，不與。魏孺人笑之。孺人每令婢倚几旁飯，即飯❾，目眶冉冉動❿。孺人又指予⓫以為笑。

【章旨】記載寒花生前的三件生活瑣事，是全文的主體部分。

【注釋】❶初媵　剛陪嫁過來。❷鬟　環形的髮髻。❸曳　拖著。❹裳　下衣。指裙子。❺爇火　用火燒。爇，燒。❻荸薺　又叫馬蹄。一種多年生草本植物的地下球莖，可食。❼盈甌　滿盆。甌，小瓦盆。❽持去　端走。❾即飯　吃飯時。❿冉冉動　慢慢地轉動。⓫指予　指點給我。

【語譯】她剛陪嫁過來時，才十歲，垂著一對環形的髮髻，拖著深綠色的布裙子。有一天，天氣很冷，家裡用火煮荸薺，她削了皮裝滿了一小盆。我從外面進來，拿起來吃；她將它端走了，不給我吃。魏孺人笑她。孺人每次讓她靠在小桌子的旁邊吃飯。在吃飯時，她的眼睛慢慢地轉動。孺人又指給我看，認為很好笑。

回思是時，奄忽❶便已十年。吁❷，可悲也已❸！

【章旨】交代這些情景已過去十年了，最後又發出悲歎。

【注釋】❶奄忽　很快速的樣子。❷吁　表示驚異的歎詞。❸已　歎詞。相當於「矣」。

【語譯】回想那時情景，很快地已經十年了。唉，多麼可悲啊！

【研析】本文以寥寥一百十多個字，記敘婢女生前的三件生活瑣事，筆簡意濃，情態畢現，寫人而畫神，極富藝術感染力。首先寫寒花剛陪嫁過來時的服飾和髮式，垂著雙鬟，拖著深綠色布裙，其中「垂」和「曳」兩字將髮式和布裙由靜態化為動態，將一個天真爛漫的小女孩的形態寫活了。其次寫寒花不讓作者吃她削的荸薺，連盆都端走了。作為魏孺人陪嫁過來的貼身婢女，她是只把魏孺人作為自己親近、侍奉的對象的，這盆荸薺也是她專為魏孺人準備的。因為年紀小，她還不知道人情世故，也還不能理解作者與魏孺人夫妻關係的意義，因此她做出了這一唐突主人的舉動。這一件瑣事寫出了小女孩的痴情憨態。而魏孺人笑她，是因為覺得這件事非常有趣，並不把這當作失禮行為的。最後寫小女孩吃飯時眼睛轉動的神態。妻子指給丈夫看，也是覺得挺有趣。這後兩件事既寫出了作者夫妻兩人對這位小婢女的憐愛和欣賞，也反映了他們夫妻間關係的融洽和樂，包含有濃濃的情意。作者文中寫婢女寒花，又處處寫到自己的妻子。悼念寒花，也寄託著對妻子的懷念之情，這樣就把主僕情與夫妻愛交融在一起了。

此文一改誄銘之類文體以英雄豪傑、名人賢士為寫作對象的傳統，滿懷深情地為一位婢女的平凡生活作記，這也標誌著明代中期文學觀念和審美情趣已開始轉變。對晚明小品文和相應的文學觀念的出現都有先導作用。

先妣事略

【題解】本文選自《震川先生集》，是篇傳記文。文章記敘了母親的生平事跡，表現了母親對子女的愛護和治家的勤勞，表達了自己對亡母的深切懷念之情。先妣是對已死去的母親的稱呼。事略，生平事跡的大略。

先妣周孺人，弘治元年❶二月十一日生。年十六來歸。踰年生女淑靜。淑靜者，大姊也。期❷而生有光。又期而生女子殤一人❸，期而不育❹者一人。又踰年生有尚，姙❺十二月。踰年生淑順。一歲又生有功。有功之生也，孺人比乳他子加健❻。然數顰蹙❼顧諸婢曰：「吾為多子苦。」老嫗以杯水盛二螺進，曰：「飲此後，姙不數❽矣。」孺人舉之盡❾，喑❿不能言。

【章旨】敘母親的出生日期及生育情況。

【注釋】❶弘治元年　西元一四八八年。弘治，明孝宗朱祐樘年號（西元一四八八～一五〇五年）。❷期　滿一年；一週年。❸生女子殤一人　生了一個女兒，沒長大就夭折了。殤，沒有成年就死去。❹不育　指流產。❺姙　懷孕。❻比乳他子加健　比撫育別的孩子時更強健。乳，餵乳；撫育。加，更加。❼顰蹙　皺眉頭。❽姙不數　不會經常地懷孕。數，屢次；經常。❾舉之盡　拿起來喝完了它。❿喑　啞。

【語　譯】先母周孺人，弘治元年二月十一日出生。十六歲時嫁到我家。過了一年生了女兒淑靜。淑靜是我的大姊。又過了一週年生下了我。又過了一週年生了個女兒，沒有長大就夭折了。又過了一週年流產了一個。又過了一年生下了有尚，懷了十二個月的胎。又過了一年生下了淑順。一年後又生下了有功。生有功時，孺人比撫育別的孩子時更強健。但她常常皺著眉對著婢女們說：「我因為孩子生得多而痛苦。」一位老婆婆拿一杯水放上兩顆螺螄遞給母親，說：「喝了這以後，就不會經常懷孕了。」孺人拿起杯來喝完了它，嗓子啞了不能說話。

正德八年❶五月二十三日，孺人卒。諸兒見家人泣，則隨之泣，然猶以為母寢也，傷哉！於是家人延畫工畫❷，出二子，命❸之曰：「鼻以上畫有光，鼻以下畫大姊。」以二子肖❹母也。

【章　旨】敘母親的去世日期及死後家中情形。

【注　釋】❶正德八年　西元一五一三年。正德，明武宗朱厚照年號（西元一五〇六～一五二一年）。❷延畫工畫　請畫工畫像。延，請。❸命　吩咐；告訴。❹肖　像。

【語　譯】正德八年五月二十三日，孺人去世了。兒女們看到家人哭泣，也跟著哭，但還認為母親是在睡覺，可悲啊！於是家人請來畫工畫像，叫出二個孩子來，告訴畫工說：「鼻子以上照有光的畫，鼻子以下照大姊的畫。」因為二個孩子像母親。

孺人諱❶桂。外曾祖諱明；外祖諱行，太學生❷；母何氏。世居吳家橋，去縣城東南三十里，由千墩浦而南直❸橋，並❹小港以東，居人環聚，盡周氏也。外祖與其三兄皆以貲雄❺，敦尚簡實❻，與人姁姁說村中語❼，見子弟甥姪無不愛。

【章旨】敘述母親娘家的情況，寫其門風淳樸。

【注釋】❶諱　名諱。古時對帝王或尊長者不直呼其名，稱為避諱。這裡指所要避諱的名字。❷太學生　在國子監就學的生員。明清時的國子監相當於漢代的太學，因此稱國子監的學生為太學生。❸直　直至。❹並　傍；沿著。❺以貲雄　因為有錢財而稱雄。意思是在當地很富有。❻敦尚簡實　崇尚簡約樸實。敦，貴；重。❼與人姁姁說村中語　與人交往很和善，說的是當地的土話。姁姁，和善的樣子。

【語譯】孺人名桂。外曾祖名明；外祖父名行，是國子監的生員；外祖母姓何。世代居住在吳家橋，離崑山縣城東南三十里，由千墩浦往南一直到橋，沿著小港往東，聚居的人家，都是姓周。外祖父和他的三個哥哥都很富有，他們崇尚簡樸，與人交往很和善，說的是當地的土話，見了子弟甥姪沒有不喜愛的。

孺人之❶吳家橋，則治木綿❷，入城，則緝纑❸。燈火熒熒❹，每至夜分❺。外祖不二日使人問遺❻。孺人不憂米鹽，乃勞苦若不謀夕❼。冬月鑪火炭屑❽，使婢子為團❾，累累暴階下❿。室靡棄物⓫，家無閒人。兒女大者攀衣，小者乳抱，手中紉綴不輟⓬，戶內灑然⓭。遇⓮僮奴有恩，雖至箠楚⓯，皆不忍有後言⓰。吳家橋歲致魚蟹餅餌⓱，率⓲人人得食。家中人聞吳家橋人至，皆喜。

【章　旨】敘母親勤儉治家和寬厚地對待僕人。

【注　釋】❶之　到；在。❷治木綿　紡棉花。治，治理；紡績。木綿，棉花。綿，同「棉」。❸緝纑　指將麻連接成長縷。緝，連綴；連續。纑，麻縷。❹熒熒　形容燈火微弱。❺夜分　半夜。❻不二日使人問遺　三天兩頭就派人送東西來問訊。不二日，不過二天。問遺，問候並贈送財物。❼不謀夕　不能作晚上的打算；不曉得晚上會怎樣。❽炭屑　炭的碎末。❾為團　作成團子。❿累累暴階下　一個接一個地曬在臺階下。累累，聚積在一起的樣子。⓫室靡棄物　屋裡沒有扔掉的東西。靡，無。⓬紉綴不輟　縫補不停。紉綴，縫紉。輟，停止。⓭灑然　有秩序的樣子。⓮遇　對待。⓯箠楚　用竹板或木棍處罰。箠，竹片。楚，荊條。這裡都是作動詞用。⓰有後言　在背後說不滿的話。⓱餅餌　糕餅之類。餌也是餅。⓲率　大都。

【語　譯】孺人在吳家橋，就紡棉花，進了城後，就績麻。在昏暗的燈火下，常常到半夜。外祖父經常派人送東西來探問。孺人不必擔憂米鹽之類事，竟勞苦得好像顧了早晨顧不了晚上。在冬季裡燒爐火剩下來的炭碎末，讓婢子作成團子，一個接一個地曬在臺階下。屋裡沒有扔掉的東西，家裡沒有空閒的人。兒女大的牽著衣裾，小的抱在身上餵乳，手裡縫補不停，屋裡整理得很有條理。對待奴婢有恩德，即使有時處罰他們，他們也不會在背後有怨言。吳家橋外祖父家每年送來魚蟹糕餅，大都人人吃得到。家中人聽說吳家橋有人來了，都很高興。

有光七歲，與從兄❶有嘉入學。每陰風細雨，從兄輒留❷；有光意戀戀❸，不得留也。孺人中夜❹覺寢❺，促有光暗誦《孝經》❻，即❼熟讀，無一字齟齬❽，乃喜。

【章　旨】敘母親督促他讀書非常嚴格。

【注釋】❶從兄　堂兄。❷留　指留在家裡不去上學。❸意戀戀　心裡留戀。❹中夜　半夜。❺覺寢　睡醒。❻孝經　儒家經典之一。宣揚孝道和孝治思想，相傳為孔子弟子所作。古代作為教育青少年的重要書籍之一。❼即　如果。❽齟齬　原指牙齒上下對不上。這裡比喻生疏不順。

【語譯】我七歲時，和堂兄有嘉一起入學。每當陰風細雨的天氣，堂兄往往留在家裡不去上學，我也心裡留戀著家，可是不能留下來。孺人半夜醒來，督促我背誦《孝經》，如果讀得熟，沒有一個字生疏不順，她才高興。

孺人卒，母何孺人亦卒。周氏家有羊狗之痾❶，舅母卒，四姨歸顧氏又卒，死三十人而定❷，惟外祖與二舅存。

【章旨】敘母親和外祖父家染病死人的情況。

【注釋】❶羊狗之痾　一種由羊、狗等家畜傳染的疫病。痾，病。❷定　停止。

【語譯】孺人去世了，外祖母何孺人也去世了。周家傳染上了一種由羊、狗帶來的疾病，舅母去世了，嫁給顧家的四姨又去世了，死了三十人才停止，只有外祖父和二舅活著。

孺人死十一年，大姊歸王三接，孺人所許聘❶者也。十二年，有光補學官弟子❷。十六年而有婦，孺人所聘者也。期而抱女，撫愛之，益念孺人，中夜與其婦泣。追惟一二❸，彷彿如昨，餘則茫然❹矣。世乃有無母之人！天乎，痛哉！

【章　旨】敘母親死後情景，表達了失去母親的傷痛之情。

【注　釋】❶許聘　答應訂婚。聘，定親；訂婚。❷補學官弟子　指考取秀才。秀才是經過本省各級考試後錄取到府學或州學、縣學的生員，因為經常要受本地方教官及學政的監督考核，因此稱學官弟子。學官，主管學務的官員和官學教師。❸追惟一二　追思一兩件事。惟，思；想。❹茫然　不清楚。

【語　譯】孺人去世十一年，大姊嫁給了王三接，這是孺人生前訂下來的親事。十二年，我考取了秀才。十六年娶了妻子，這是孺人生前訂的親。過了一週年生下了女兒，撫愛她，更加思念孺人，半夜和妻子一起哭泣。追想一兩件事，好像發生在昨天，別的事已經模糊不清了。世上竟有沒有母親的人！天啊，多麼痛苦啊！

【研　析】歸有光的散文，善於用疏淡的筆墨，通過對日常瑣事的敘寫，表現出自己對家人、對朋友之間的深厚感情。這篇文章就很能反映出這些特點。

作者所敘寫的對象是自己的亡母。他的母親是個極其平凡的普通婦女，既沒有因為丈夫或兒子的關係而在生前享受誥封的榮耀，也沒有因為守節不渝而在死後被表旌為節婦烈女的恩典，更談不上有什麼轟轟烈烈的事業和功績。她有的也只是些勤儉持家、寬厚待人、期望兒子成材之類最平凡不過的事情而已。這些雖然平淡無奇，但因為作者是滿含深情地去敘寫的，因此讀起來使人感到親切有味。

這篇文章中一些細節描寫，雖然平易瑣細，但很真實感人。如寫到母親去世時的情景：「諸兒見家人泣，則隨之泣，然猶以為母寢也。」兒女們因為年紀幼小，根本不懂得人死是怎麼回事，也不懂得失去母親意味著什麼。他們其實還沒有憂愁、哀傷之感，因為看到別人在哭，自己也就跟著哭，至於哭什麼、為什麼哭，則是茫然無知的。母親去世了還以為像往常一樣只是睡著了呢。此時情景在日後回想起來，確實是加倍的傷痛的。又如寫母親因為子女生育得多，因而深感多子女的痛苦，飲了老嫗提供的民間偏方，弄得喉嚨啞了不能說話。這樣的細節寫出了當時因為避孕知識的缺乏、節育措施的不具備和傳統觀念的落後，而給婦女帶來的生育上的痛苦，而醫藥知識的落後，誤飲了藥物，又加深了這種痛苦。這些細節雖然平淡寫出，但留給人的印象極深。

沈貞甫墓誌銘

【題解】本文選自《震川先生集》，是篇墓誌銘。文中主要敘述了作者和沈貞甫之間的深厚友情，表達自己對沈貞甫去世的悲痛心情。墓誌銘是一種喪葬文體，包括誌和銘兩部分。誌多用散文撰寫，記敘死者姓氏、籍貫、生平行事等，銘則是附在後面用以統括全篇的幾句韻文，是對死者的讚揚、悼念或安慰之詞。

自予初識貞甫時，貞甫年甚少，讀書馬鞍山浮屠之偏❶。及予娶王氏，與貞甫之妻為兄弟❷，時時過內家相從❸也。予嘗入鄧尉山❹中，貞甫來共居，日遊虎山、西崦❺，上下❻諸山，觀太湖七十二峰之勝。嘉靖二十年❼，予卜居安亭❽。安亭在吳淞江❾上，界崑山、嘉定之壤，沈氏世居於此；貞甫是以益親善❿，以文字往來無虛日。以予之窮於世⓫，貞甫獨相信，雖一字之疑，必過予⓬考訂，而卒以予之言為然⓭。

【章旨】敘作者與沈貞甫的交往及兩人之間深厚的情誼。

【注釋】❶馬鞍山浮屠之偏　馬鞍山佛塔的旁邊。馬鞍山，在今江蘇崑山市西北，山形似馬鞍，故名。又叫崑山。浮屠，這裡指佛寺。偏，側；旁邊。❷兄弟　這裡指姊妹。古時姊妹也可稱兄弟。❸過內家相從　到妻子的娘家時相接觸。內家，指妻子的娘家。內，稱妻子。相從，相接觸；相往來。❹鄧尉山　在江蘇蘇州西南七十里的一座山，漢朝鄧尉隱居於此，故名。❺虎山西崦　鄧尉山附近的兩座山。❻上下　指登山、下山。❼嘉靖二十年　西元一五四一年。❽安亭　在今上海市嘉定區西南。當時為村鎮。❾吳淞江　源出太湖，流經江蘇南部，在上海市合黃浦江入海。又名松江、吳江，俗名蘇州河。❿益親善　更加親愛友好。⓫窮於世　困頓於人世。窮，困頓。⓬過予　到我這裡來。⓭為然　認為對。然，是；這樣。

【語　譯】我剛認識貞甫時，他年紀很輕，在馬鞍山佛寺旁邊的屋子裡讀書。到我娶了王氏，她與貞甫的妻子是姊妹，我們常常在妻子的娘家相接觸。我曾經到鄧尉山中，貞甫來和我同住，天天遊虎山、西崦，登山、下山，觀看太湖七十二峰的勝景。嘉靖二十年，我遷居到安亭。安亭在吳淞江邊，在崑山、嘉定的交界處，沈家世代居住在這裡。貞甫因此和我更加親近友好，天天有文字往來。以我一個困頓於世的人，貞甫卻特別相信我，即使是一個字有疑惑，也一定到我這裡來考證校訂，最後總是認為我的意見是對的。

蓋予屏居江海之濱❶，二十年間，死喪憂患，顛倒狼狽❷，世人之所嗤笑❸。貞甫了❹不以人之說而有動於心，以與之上下❺。至於一時富貴翕赫❻，眾所觀駭❼，而貞甫不予易❽也。嗟夫！士當不遇❾時，得人一言之善❿，不能忘於心，予何以得此於貞甫耶⓫？此貞甫之沒，不能不為之慟⓬也。

【章　旨】敘作者長期處於困頓之中，而沈貞甫和他的情誼始終不渝。沈貞甫的去世，使作者深感悲痛。

【注　釋】❶屏居江海之濱　謂在安亭過著隱居生活。屏居，退居；隱居。江海之濱，指偏僻之地。這裡指安亭。❷顛倒狼狽　顛沛困頓。指科場失利和家庭變故等。❸嗤笑　譏笑。❹了　全；全然。❺以與之上下　謂隨同世人的看法。以，而。

❻翕嚇　顯赫；顯達。翕，聚合。嚇，同「赫」。❼眾所觀駭　為眾人所注目並感到震驚。❽不予易　「不易予」的倒文。不改變自己的看法。❾不遇　不得志。❿一言之善　一句好話。⓫予何以得此於貞甫耶　我怎麼居然從貞甫那裡得到這些呢。⓬慟　痛哭。

【語　譯】我隱居在偏僻的安亭，二十年間，死喪憂患，顛沛困頓，被世上的人所譏笑。貞甫全然不因為別人對我的評論而有所動搖，而隨從世人的看法。對於一時富貴顯赫，為眾人注視並感到震驚的人，貞甫也不改變自己的看法。唉！讀書人在不得志的時候，得到別人的一句好話，就不能忘懷，我怎麼居然從貞甫那裡得到這些呢？因此貞甫去世了，我不能不為他痛哭。

貞甫為人伉厲❶，喜自修飾❷。介介自持❸，非其人未嘗假以詞色❹。遇事激昂，僵仆❺無所避。尤好觀古書，必之名山及浮屠、老子之宮。所至掃地焚香，圖書充几。聞人有書，多方求之，手自抄寫，至數百卷。今世有科舉速化之學❻，皆以通經❼學古為迂，貞甫獨於書知好之如此，蓋方進於古而未已也，不幸而病。病已數年，而為書❽益勤。予甚畏❾其志，而憂其力之不繼；而竟以病死，悲夫！

【章　旨】敘沈貞甫的性格和愛好，悲痛他學問正日益精深卻不幸去世了。

【注　釋】❶伉厲　正直嚴厲。伉，直。❷喜自修飾　注意自己的儀容打扮。❸介介自持　堅守志節而不與人苟合。介介，耿介。自持，自守。❹非其人未嘗假以詞色　如果不是自己所喜歡的人，就不向他表示好感。假，假借；寬容。詞色，言詞和容色。❺僵仆　跌倒。❻科舉速化之學　應付科舉考試，快速地取得功名的學問。速化，迅速地改變。指通過考試取得功名。❼通經　通曉經書。經，指儒家經典。❽為書　指讀書、抄書之類。❾畏　敬服。

【語　譯】貞甫的為人正直嚴厲，注意自己的儀表打扮，堅守志節不與人苟合，如果不是自己所喜歡的人，就不向他表示好感。遇事激昂，即使遭挫折也不退避。尤其喜歡讀古書，一定去名山和佛寺道觀。所到之處掃地焚香，圖書充滿了小桌子。聽說別人有書，想方設法求得它，親手抄寫，達數百卷。現在世上有應付科舉考試迅速取得功名的學問，都以通曉經書、學習古人為迂腐，貞甫卻獨獨這樣的愛好古書，這應當是他對古人的學問不斷精深的時候，而不幸得病了。病了好幾年，但他讀書、抄書更加勤奮。我很敬服他的志向，而擔憂他的體力不支；而他竟然病死了，可悲啊！

初予在安亭，無事，每過其精廬❶，啜茗論文❷，或至竟日。及貞甫沒而予復往，又經兵燹❸之後，獨徘徊無所之，益使人有荒江寂寞之歎矣。

【章　旨】敘與沈貞甫同住安亭時的往事和沈貞甫死後的寂寞之感。

【注　釋】❶精廬　書齋；講讀之所。❷啜茗論文　喝茶並談論文章。❸兵燹　兵火。指戰亂。燹，火。

【語　譯】當初我住在安亭，沒有事情，常常拜訪他的書齋，喝茶談論文章，有時甚至整天如此。貞甫死後我又前往，加上經過戰亂，我獨自徘徊沒有地方可去，更加使人有荒江寂寞的歎息。

貞甫諱果，字貞甫。娶王氏，無子，養女❶一人。有弟曰善繼、善述。其卒以嘉靖三十四年七月日❷，年四十有二。即以是年某月日葬於某原之先塋❸。可悲也已！銘曰：天乎命乎不可知，其志之勤而止於斯。

【章　旨】敘沈貞甫的家世、卒期、葬地。用銘結束全文。

【注　釋】❶養女　領養他人的女孩作女兒。❷嘉靖三十四年七月日　嘉靖三十四年七月某日。嘉靖三十四年為西元一五五五年。七月日，七月某日。在墓誌刻石時還要填上確切的日子。❸某原之先塋　某高地的祖墳。原，高地。先塋，祖墳。塋，墳墓。

【語　譯】貞甫名果，字貞甫。娶王氏，沒有生孩子，領養一個女兒。有弟弟名叫善繼、善述。他死於嘉靖三十四年七月某日，年四十二歲。在這年某月某日葬在某高地的祖墳上。可悲啊！銘道：天啊命啊不能預知，他的志向勤奮卻在這裡停止。

【研　析】本文是篇墓誌銘，但它在寫法上與常見的墓誌銘並不相同。其一，常見的墓誌銘先敘死者的姓名、里居、家世，再敘死者的生平行事，最後以銘統括全文，對死者進行讚揚、悼念或安慰；而本文卻是先從作者與死者的相識、交往寫起，在後半才敘死者的生平，然後才敘死者的姓名、家世、死期、葬地。最後的銘也只有短短的兩句話。其二，常見的墓誌銘，敘述死者的生平行事構成誌文的主體部分；本文在這方面卻相當簡略。其三，本文著重寫的是作者與死者之間的深厚友情，以及作者對死者的沉痛悼念。作者與死者的關係，在一般的墓誌銘裡是較少提到的，即使涉及到，也只是作為死者生平行事的一個方面，不會作為著重點來寫。

本文是歸有光散文中的一個名篇，也是古文中的一個名篇。它之所以有名，當然並不僅僅在於它的寫法與常見的墓誌銘有所不同，更重要的是作者在寫作時融入了自己的感情。作者寓抒情於敘事之中，不僅在文章中敘述了他與死者的交情之厚，相知之深，而且還表達了作者對死者的哀痛之情，傾吐了自己的抑鬱之感。作者與死者的交誼之厚，不僅是因為他們相識甚早，後來又成為親戚。更重要的是他們皆不得於時，有相似的經歷、相似的哀樂。死者愛好古書古學，而當世以科舉功名為重，以通經學古為迂，死者在當世顯得不合時宜；作者在考中舉人後，數次參加進士考試均落第，只得退居安亭，長期困阨於世。由於都不得於時，使得兩人不僅有文字之交，而且互相尊重、互相支持。當作者退居安亭，困阨不堪，受到世人嗤笑之時，死者並不隨從世人而改變對作者的尊重和支持。因此當死者正對古人的學問日益精深時卻不幸病死，仍處於窮困潦倒之中的作者不能不產生荒江寂寞之歎。這就使得這篇墓誌銘感情真摯哀惋，能夠深深地打動人。

唐順之

【作　者】唐順之（西元一五〇七～一五六〇年），字應德，武進（今江蘇武進）人。嘉靖年間進士，官翰林院編修，不久罷歸。入陽羨（今江蘇宜興）山中讀書十餘年。倭寇侵入大江南北，他以郎中視師浙江，親身泛海，屢破倭寇。擢右僉都御史，巡撫淮陽，卒於舟中。於學術無所不窺，為古文汪洋紆折，是明朝中葉重要散文家。是當時反對復古派擬古主張的唐宋派的主要人物之一。晚年講學，學者稱荊川先生。有《荊川先生文集》。

任光祿竹溪記

【題　解】本文選自《荊川先生文集》，雖然名為記文，實際是篇議論文。文章從京師貴竹而江南賤竹的現象出發，逐層分析議論，證明了「世之好醜無常」的論點。然後進入題目，讚揚了光祿任君的知竹、愛竹和不務紛華、不陷流俗的孤高獨立的人品。任光祿，姓任，生平不詳，是作者的舅父。光祿是官名，或指光祿大夫，是加官或贈官；或指光祿寺卿或少卿，主管皇室的膳食。

余嘗游於京師侯家❶富人之園，見其所蓄❷，自絕徼❸海外、奇花石無所不致，而所不能致者惟竹。吾江南人斬竹而薪之❹，其為園亦必購求海外奇花石，或千錢買一石，百錢買一花，不自惜。然有竹據其間，或芟❺而去焉，曰：「毋以是占我花石地。」而京師人苟❻可致一竹，輒不惜數千錢；然纔❼遇霜雪，又槁❽以死。以其難致而又多槁死，則人益貴之；而江南人甚或笑之曰：「京師人乃寶吾之所薪❾。」

【章旨】謂京師人貴竹而江南人賤竹。

【注釋】❶侯家　達官貴人之家。❷蓄　養；藏。❸絕徼　極遠的邊地。❹薪之　以之為薪。之，指竹。❺芟　割除。❻苟　如果。❼纔　剛剛；一旦。❽槁　枯。❾寶吾之所薪　把我作為柴草的東西看作寶物。寶，以……為寶。

【語譯】我曾經在京城顯貴富有人家的園子裡遊賞，看他們所收藏的東西，從極遠的邊地到海外，奇花異石沒有得不到的，而只有竹不能得到。我們江南人將竹砍下來用作柴薪，他們構築園子也一定購求海外奇花異石，有時用千錢買來一塊石、百錢買來一枝花，並不吝惜。但如果有竹佔據了那地方，有時要把它除掉，說：「不要因為這種東西佔據了我養花藏石的地方。」而京城裡的人如果能得到一枝竹，往往不惜幾千錢；但一遇上霜雪，又枯槁而死。因為它難以得到而且又往往枯死，人們也就更貴重它，而江南人有時甚至要笑話他們說：「京城裡的人竟將我當作柴草的東西看作寶物。」

嗚呼！奇花石誠為京師與江南人所貴。然窮❶其所生之地，則絕徼海外之人視之，吾意其亦無以甚異於竹之在江以南。而絕徼海外，或素不產竹之地，然使其人一日見竹，吾意其必又有甚於京師人之寶之者。是將不勝笑❷也。語云❸：

「人去鄉則益賤，物去鄉則益貴。」以此言之，世之好醜❹，亦何常之有乎？

【章旨】認為世上所說的好壞美醜其實並沒有固定不變的標準。

【注釋】❶窮　探究。❷不勝笑　笑不盡。❸語云　俗話說。❹好醜　美醜；好壞。

【語譯】唉！奇花異石確實受到京城和江南的人的珍愛。但是探究它們的原產地，那在邊遠和海外的人看來，我想這與竹長在長江以南這樣的情況應該沒有很大的區別。而邊遠海外，或者向來不產竹的地方，要是那些地方的人一旦見到了竹，我想一定又會比京城裡的人更加珍愛竹了。這樣的話笑也笑不完了。俗話說：「人離開了家鄉就更加低賤，東西離開了家鄉就更加珍貴。」這樣說來，世上的美醜，又哪裡有常則呢？

余舅光祿任君治園於荊溪❶之上，徧植以竹，不植他木。竹間作一小樓，暇則與客吟嘯❷其中。而間❸謂余曰：「吾不能與有力者❹爭池亭花石之勝，獨此取諸土之所有，可以不勞力❺而蓊然❻滿園，亦足適❼也。因自謂竹溪主人。甥其❽為我記之。」

【章旨】敘寫作此記文的緣由。

【注釋】❶荊溪　在江蘇宜興南的一條河流，因近荊南山而得名。源出蕪湖，注入太湖。❷吟嘯　吟詠高歌。❸間　間或；偶爾。❹有力者　有勢力的人。❺勞力　花費力氣。❻蓊然　草木茂盛的樣子。❼適　舒適。❽其　表示希望的語氣詞。

【語譯】我的舅父光祿任君在荊溪邊構建了園子，全部種了竹子，不種別的樹木。竹林裡建了一座小樓，空閒時與客人在那裡吟詠高歌。偶爾對我說：「我不能和有勢力的人在池亭花石方面爭勝，只有這竹子是取自本地的出產，可以不費力氣而使整個園子很茂盛，也足以快意了。因此自稱竹溪主人。希望外甥能給我寫篇記文。」

余以謂君豈真不能與有力者爭，而漫然❶取諸其土之所有者，無乃獨有所深好於竹，而不欲以告人歟？昔人論竹，以為絕無聲色臭味❷可好❸，故其巧怪不如石，其妖豔綽約❹不如花，孑孑然❺，有似乎偃蹇孤特❻之士，不可以諧❼於俗。是以自古以來，知好竹者絕少。且彼京師人亦豈能知而貴之？不過欲以此鬥富，與奇花石等耳。故京師人之貴竹，與江南人之不貴竹，其為不知竹一也。君生長於紛華❽，而能不溺乎其中，裘馬僮奴歌舞，凡諸富人所酣嗜❾，一切斥去。尤挺挺❿不妄與人交，凜然⓫有偃蹇孤特之氣，此其於竹必有自得⓬焉，而舉凡萬物可喜可玩，固有不能間⓭也歟？然則雖使竹非其土之所有，君猶將極其力以致之，而後快乎其心。君之力雖使能盡致奇花石，而其好固有不存也。嗟乎！竹固可以不出江南而取貴⓮也哉？吾重⓯有所感矣！

【章　旨】認為竹子然獨立，有如偃蹇孤特之士。稱讚任光祿能夠知竹好竹，品性孤高。

【注　釋】❶漫然　隨便地。❷臭味　氣味。臭指一切氣味。❸可好　值得喜愛。❹綽約　原指女子姿態柔美。這裡形容花柔美。❺子子然　孤獨的樣子。❻偃蹇孤特　高傲不群。偃蹇，高傲的樣子。孤特，獨立不群。❼諧　合適。❽紛華　繁華。❾酣嗜　深切愛好。❿挺挺　正直的樣子。⓫凜然　嚴肅的樣子。⓬自得　自己感到滿足。⓭間　間隔；分開。⓮取貴　得到珍愛。⓯重　甚；深。

【語　譯】我認為任君哪是真的不能與有勢力的人爭勝，而隨便地取用本地所有的東西呢，莫非他對竹有特別的愛好，而不願告訴別人吧？前人談論竹，認為它一點也沒有值得喜愛的聲色氣味，因此它的精緻奇特比不上石，妖豔柔美比不上花，孤獨地很像是高傲不群的士人，不能夠與世俗相諧和。因此自古以來，懂得喜愛竹的人很少。並且那些京城中的人難道是懂得竹才重視它嗎？不過是想用它來鬥富，把它看作與奇花異石相同罷了。因此京城中的人重視竹，與江南人不重視竹，他們都不懂得竹是一樣的。任君生長在繁華之地而能不沉迷在這繁華之中，裘衣、車馬、僮僕、歌舞這一些，凡是富人所深切喜愛的，他一律加以排斥。尤其是很正直，不隨便與人結交，凜然有高傲不群的氣象，這顯示他對竹一定有獨到的心得，而大凡可喜可玩的一切事物，本來就不能間隔他對竹的喜愛啊！那麼即使竹不是本地所有的，任君還是會盡力去求取它，然後在心裡才會快樂。憑任君的力量，即使能夠將奇花異石全部求取到，而他的愛好本來就不在那奇花異石啊。唉！竹本來可以不離開江南而受重視的嗎？我是深有所感的了！

【研　析】這篇文章雖然名為記，但它不寫竹溪的種種景物，也不寫竹子的枝葉風骨。雖然名是記文，實際卻是篇議論文。作為議論文，它也沒有照直入題，由題目本身生發議論，而是從京師貴竹、江南賤竹這樣一種現象出發，逐層議論分析，從而闡明「世之好醜，亦何常之有」的道理。然後才進入題目，寫出自己作記的緣由。進而又展開議論，借竹的偃蹇孤特不諧於世俗來讚揚任君孤高雅潔的志趣。由於文章緊扣了竹之貴賤而行筆，使得文章三部分結構似斷實連，雖為說理文而毫不勉強，在平易的推理中逐步揭示出主題。

為了使自己的意思完整而透徹地表達出來，本文還運用了這樣兩種寫法：

一是層層推進法。無論是為了闡明「世之好醜，亦何常之有」的論點，還是讚揚任君知竹好竹的高致，都用了這種寫法。如第一點，它分三層推演：先說不產竹的京師貴竹而產竹的江南賤竹；次言京師與江南都珍視奇花異石，然而在奇花異石的原產地也視其為不足貴，猶如竹在江南不足貴一樣；末言產奇花異石之地或素不產竹之地，假如一旦見竹，貴竹之情也必定勝於京師。從而推出「世之好醜，亦何常之有」的論點。

二是對比法。不產竹的京師貴竹與產竹的江南賤竹形成一個對比。江南人賤竹固是不知竹，而京師人貴竹不過是把它當成奇花異石一樣用此鬥富，其實也和江南人一樣是不知竹。這與生長於繁華之地的任君的知竹好竹又形成一個對比。通過後一個對比，突出了任君孤高雅潔的志趣。

茅坤

【作者】茅坤（西元一五一二～一六〇一年），字順甫，號鹿門，歸安（今浙江湖州）人。嘉靖進士，曾官青陽（今安徽青陽）等地知縣、廣西兵備僉事，遷大名（今河北大名）兵備副使。擅長古文，喜好談兵。在文論上反對復古，推崇唐宋散文，為「唐宋派」的重要成員。編選有《唐宋八大家文鈔》，影響鉅大；還編有《史記鈔》，著有《茅鹿門先生文集》，今人整理為《茅坤集》排印出版。

青霞先生文集序

【題解】本文選自《茅坤集》，是篇序。文章結合沈鍊直諫遭害的生平經歷，介紹了沈鍊文集的內容、影響、流傳和文章的價值。《青霞先生文集》是沈鍊的文集名。沈鍊，字純甫，號青霞山人，會稽（今浙江紹興）人，嘉靖進士。曾官溧陽（今江蘇溧陽）等地知縣、錦衣衛經歷。為人剛正，因上疏彈劾嚴嵩父子，被謫戍保安衛（今河北懷來），後為嚴嵩所害。

青霞沈君，由錦衣經歷❶上書詆❷宰執❸。宰執深疾❹之。方力構其罪❺，賴天子仁聖，特薄其譴❻，徙之塞上❼。當是時，君之直諫之名滿天下。已而❽君累然❾攜妻子，出家❿塞上。會北敵⓫數內犯，而帥府⓬以下，束手閉壘⓭，以恣⓮敵之出沒，不及飛一鏃⓯以相抗。甚且及敵之退，則割中土之戰沒者⓰與野行者之馘⓱以為功。而父之哭其子，妻之哭其夫，兄之哭其弟者，往往而是⓲，無所控吁⓳。君既上憤疆埸之日弛⓴，而又下痛諸將士日菅刈㉑我人民以蒙㉒國家也。數嗚咽欷歔㉓，而以其所憂鬱發之於詩歌文章，以泄其懷，即集中所載諸什㉔是也。

【章　旨】介紹沈鍊因直諫而被流放的事跡及文集中所載詩文的內容。

【注　釋】❶錦衣經歷　掌管錦衣衛文書出納的官員。錦衣，指錦衣衛。明代設置的主管侍衛皇帝，兼管刑獄、巡察、緝捕等職的機關。❷詆　指責。❸宰執　宰相。這裡指稱大學士嚴嵩。明代廢丞相之職，內閣大學士之職權相當於先代的宰相，故稱。❹深疾　痛恨。❺力構其罪　極力羅織他的罪名。構，羅織。❻薄其譴　減輕對他的處罰。薄，減輕。譴，處罰。❼塞上　邊塞之旁。這裡指保安衛。❽已而　不久。❾累然　鬱悶的樣子。❿出家　出京並安家。家，安家。⓫北敵　指元朝滅亡後逃至塞外的蒙古族各部。⓬帥府　指邊塞上的最高軍事機構。⓭束手閉壘　謂緊閉城壘毫不抵抗。束手，自縛其手。謂不抵抗。⓮恣　任憑；聽任。⓯鏃　箭頭。這裡指箭。⓰戰沒者　戰死的人。沒，死去。⓱馘　古代戰爭中割去敵人的左耳用以計功。這裡指左耳。⓲往往而是　到處這樣。⓳控吁　控訴呼告。⓴弛　鬆弛。㉑菅刈　像割草一樣。形容殺人很輕率。菅，一種草。刈，割。㉒蒙　蒙蔽。㉓嗚咽欷歔　哭泣歎息。嗚咽，低聲哭泣。㉔諸什　各篇。

【語　譯】青霞沈君，在任錦衣衛經歷時上書指責宰相。宰相痛恨他，正極力羅織他的罪名，幸好天子仁愛聖明，特意減輕對他的處罰，把他流放到邊塞。在此時，沈君忠直進諫的名聲傳遍天下。不久他鬱悶地帶著妻子和孩子，出京安家於邊塞。正好遇上北邊的敵人屢次侵犯內地，而邊防統帥以下的官員，都緊閉營壘毫無抵抗，任憑敵人進進出出，連射一箭來抵抗也沒有。甚至在敵人退兵後，才割取我方戰死的人與行路的人的左耳作為軍功。於是父親哭自己的兒子，妻子哭自己的丈夫，哥哥哭自己的弟弟，這樣的情況到處都是，他們沒有地方可以控訴呼告。沈君既悲憤邊疆上的守備日益鬆弛，又痛恨將士們經常輕率地殺害自己的人民蒙蔽國家。常常哭泣歎息，而把他的憂鬱通過詩歌文章表達出來，用來宣洩自己的心情，這就是文集中所收的各篇。

君故以直諫為重於時❶，而其所著為詩歌文章，又多所譏刺。稍稍傳播❷，上下震恐，始出死力相煽構❸，而君之禍作❹矣。君既沒，而一時閫寄所相與讒君者❺，尋❻且坐罪❼罷去。又未幾，故宰執之仇君者❽亦報罷❾。而君之門人給諫俞君❿，於是裒輯⓫其生平所著若干卷，刻而傳之。而其子以敬⓬，來請予序之首簡⓭。

【章　旨】介紹沈鍊遭害的原因和文集搜輯刻傳的情況。

【注　釋】❶為重於時　被當時所看重。❷稍稍傳播　漸漸地流傳開來。稍稍，逐漸地。❸煽構　煽惑構害；進讒言加以陷害。❹作　起；興起。❺閫寄所相與讒君者　一同讒害沈君的邊防將帥。閫寄，指身負邊防重任的將帥。閫，外城城門。古稱軍事職務為閫外，委以軍事要職為閫寄。相與，一起。讒，說壞話陷害。❻尋　不久。❼坐罪　犯法。❽宰執之仇君者　指嚴嵩。仇，仇視；敵視。❾報罷　古指吏民上書言事，朝廷不加採納，宣令退去。這裡指罷免。❿給諫俞君　給事中俞君。名字和事跡不詳。給諫，宋代為給事中及諫議大夫的合稱，因兩者均掌糾察和規諫。明清時為六科給事中的別稱。⓫裒輯　搜集編輯。裒，聚集。⓬以敬　沈鍊之子沈襄的字。⓭首簡　書籍的開頭。

【語　譯】沈君本來就因為忠直進諫而被當時所看重，而他所創作的詩歌文章，又有許多譏刺的內容。這些詩文逐漸地流傳開來，朝廷上下都震驚恐懼，開始出死力進讒言進行陷害，於是沈君遭禍了。他死後，在一時間共同讒害他的邊防將帥，不久也犯法罷官離職。又不久，原先仇視沈君的宰相也被罷免了。而沈君的學生給事中俞君，於是搜集編輯了沈君生平所著的詩文若干卷，刊刻流傳開來。沈君的兒子以敬，前來請我在書前作序。

茅子❶受讀而題之曰：若君者，非古之志士之遺❷乎哉？孔子刪《詩》❸，自〈小弁〉❹之怨親，〈巷伯〉❺之刺讒以下，其忠臣、寡婦、幽人❻、懟士❼之什，並列之為「風」，疏之為「雅」❽，不可勝數。豈皆古之中聲❾也哉？然孔子不遽遺❿之者，特憫⓫其人，矜⓬其志，猶曰：「發乎情，止乎禮義⓭」，「言之者無罪，聞之者足以為戒⓮」焉耳。予嘗按次⓯春秋以來，屈原之〈騷〉疑於怨⓰，伍胥之諫疑於脅⓱，賈誼之疏疑於激⓲，叔夜之詩疑於憤⓳，劉蕡之對疑於亢⓴。然推孔子刪《詩》之旨而裒次㉑之，當亦未必無錄之者。君既沒，而海內之薦紳㉒大夫，至今言及君，無不酸鼻而流涕。嗚呼！集中所載〈鳴劍〉、〈籌邊〉諸什，試令後之人讀之，其足以寒賊臣之膽，而躍塞垣戰士之馬，而作之愾㉓也，固矣。他日國家採風㉔者之使出覽觀焉，其能遺之也乎？予謹識㉕之。

【章　旨】闡述沈鍊文集的思想價值。

【注　釋】❶茅子　作者自稱。❷遺　繼承者。❸孔子刪詩　相傳孔子時有詩三千多首，孔子加以刪定，編輯為三百零五篇《詩經》。❹小弁　《詩經・小雅》中的一篇。相傳為周幽王的太子宜臼所作。周幽王聽信寵妃褒姒讒言，廢黜申后，放逐宜臼，宜臼作此詩表示怨恨。❺巷伯　《詩經・小雅》中的一篇。相傳巷伯遭讒而被處宮刑，憤而作此詩。❻幽人　隱士。❼懟士　含怨的人。懟，怨恨。❽並列之為風二句　分列為「風」、「雅」。風，指《詩經》中的十五〈國風〉。疏，分列。雅，指《詩經》中的〈小雅〉、〈大雅〉。❾中聲　中和之聲。指感情中正和平的作品。❿遽遺　輕率地捨棄。⓫憫　憐憫。⓬矜　同情。⓭發乎情二句　發自內心，沒有超越禮義。止，終止；不越出。語出〈毛詩序〉。⓮言之者無罪二句　說話的人沒有罪，聽到的人足以將它作為鑑戒。語出〈毛詩序〉。⓯按次　依次考察。⓰屈原之騷疑於怨　屈原的〈離騷〉近似於怨憤。屈原，戰國時楚國人，輔佐楚懷王，後遭讒被流放。他是我國第一位傑出的創作詩人。〈騷〉，指〈離騷〉，屈原的代表作。疑於，似乎近於。⓱伍胥之諫疑於脅　伍子胥的勸諫近似於威脅。伍胥，指伍子胥。春秋時吳國大夫，因勸吳王夫差拒絕越國的求和並停止伐齊而被疏遠，後遭讒被賜死。⓲賈誼之疏疑於激　賈誼的上疏近似於偏激。賈誼，西漢時政論家、文學家。漢文帝時召為博士，不久任太中大夫，後謫長沙王太傅、梁懷王太傅。他曾多次上疏評論時政，著名的有〈陳政事疏〉、〈過秦論〉等。⓳叔夜之詩疑於憤　嵇康的詩近似於激切。叔夜，嵇康的字。他是魏晉時思想家、文學家，曾官中散大夫，因不滿司馬氏集團，為司馬昭所殺。他的詩風格清峻，長於四言，有〈幽憤詩〉等。⓴劉蕡之對疑於亢　劉蕡的對策近似於剛直。劉蕡於唐文宗時應賢良對策，極言宦官誤國，因而被黜落。後授祕書郎，因宦官誣陷，被貶為柳州司戶參軍。對，對策；應試時針對政事而陳述。亢，剛直。㉑裒次　搜集編次。㉒薦紳　通「縉紳」。原指古代士大夫插笏於腰間大帶。後用作士大夫的代稱。縉，插。紳，古代士大夫束在衣外的大帶。㉓作之愾　激發起義憤。愾，義憤。㉔採風　古時朝廷派官員到民間搜集歌謠，用來考察民情。㉕識　記下。

【語　譯】我接受了下來，讀過後寫下了這樣的話：像沈君這樣的人，難道不是古代志士的繼承者嗎？孔子刪定《詩經》，從怨憤親人的〈小弁〉、譏刺獻讒之人的〈巷伯〉往下，那些忠臣、寡婦、隱士、含怨之士的篇章，都分列入「風」、「雅」之中，不計其數。難道這些都是古代的中和之聲嗎？但是孔子並不輕易地將它們捨棄，只是憐憫他們，同情他們的心意，還要說：「發自內心，沒有超越禮義」、「說話的人沒有罪，聽到的人足以作為鑑戒」。我曾經依次考察春秋以來，屈原的〈離騷〉近似於怨憤，伍子胥的勸諫近似於威脅，賈誼的上疏近似於偏激，嵇康的詩歌近似於幽憤，劉蕡的對策近似於剛直。但是推究孔子刪定《詩經》的原則而搜集編輯，應當也未必沒有可採錄的。沈君死後，海內的士大夫，至今提到沈君，沒有不酸鼻而流淚的。唉！文集中所載的〈鳴劍〉、〈籌邊〉各篇，試著讓後來人讀它們，足以使殘賊的臣子膽寒，使邊防戰士的馬騰躍，激發起他們的義憤，這是一定的。將來國家採風的使者出來看到了這些篇章，難道會捨棄它們嗎？我恭敬地記下了以上這些話。

至於文詞之工不工，及當❶古作者之旨與否，非所以論君之大者也，予故不著❷。

【章　旨】說明自己寫作這篇序的意圖不在於評論文詞是否工巧。

【注　釋】❶當　適合；符合。❷著　著錄；記述。

【語　譯】至於文辭是否工致，以及是否符合古代作者的原則，不是用來評論沈君文章的重要方面，因此我不加以論述。

【研　析】作為替別人文集所作的序文，一般總離不開對文集的作者、內容、刊刻和流傳等情況的介紹，也離不開對文集的價值作出評估。本文也正是這樣做的。在第一段中介紹了文集的產生和內容，第二段中介紹了文集的流傳和編輯、刊刻，第三段中論述了文集的思想價值。不過，這篇序也有不同於通常的序文之處。一般的序文介紹作者的情況往往作為一個獨立的部分，或詳或略，但是比較全面。而本文介紹作者是結合了文集的產生、內容和流傳、影響進行的，並且它不是對作者的生平作全面的介紹，而是著重介紹了文集作者直諫遭害的經過。本文用了極簡淨的筆墨，突出了文集作者沈鍊不畏權貴、敢於直諫的品格，留給人的印象卻很深刻。

這篇序文中可以看出，茅坤對人物的評價，著重於人物的品格。他對沈鍊文集的推重，也正是在於他對沈鍊人格的推重。從序文對文集的價值的評估可以看出，作者茅坤對詩文評價的標準，不在於文辭的工巧和是否符合古代作家的旨意，而要看它是否反映社會生活，是否具有現實意義。沈鍊的詩文憂憤時政，慷慨激越，「足以寒賊臣之膽，而躍塞垣戰士之馬，而作之愾也」，勁健鬱勃，風骨超然，其文品猶如人品，因此受到茅坤的推重。雖然這些詩文未必合於中和的要求，但它們自有存在和流傳的價值。從茅坤對沈鍊文集的評價，也可以看出茅坤在文論方面是很注重作品的思想性的。

徐渭

【作者】徐渭(西元一五二一~一五九三年),字文長,號天池山人、青藤道人,山陰(今浙江紹興)人。二十歲時為諸生(秀才),後連續八次參加鄉試皆不舉。曾做浙閩總督胡宗憲幕客,擔任書記,為胡宗憲平倭出謀劃策,很受器重。胡宗憲因交結嚴嵩受彈劾下獄。徐渭懼受牽連,誘發了精神分裂症,多次自殺未遂。因殺妻而入獄七年,出獄後靠賣書畫度日,在貧病交加中度過晚年。徐渭是明代後期著名的文藝家,詩歌奇恣,文章縱肆。又擅雜劇。工書法,長於行草。善繪畫,特長花鳥,對後來大寫意花卉很有影響。著作有《徐文長全集》、《徐文長佚稿》、《徐文長佚草》、《南詞敘錄》、《四聲猿》等,今人整理合編為《徐渭集》。

葉子肅詩序

【題解】本文選自《徐渭集》,是篇書序。文中他以人學鳥言和鳥學人言作比喻,尖銳地批評了當時文壇上模倣、抄襲的風氣,表達了他反對前後七子復古主義的鮮明態度。文中他還闡明了自己的詩歌創作主張:「出於己之所自得」,也就是從自己的真情實感出發。

人有學為鳥言❶者,其音則鳥也,而性則人也;鳥有學為人言者,其音則人也,而性則鳥也。此可以定人與鳥之衡❷哉!今之為詩者❸,何以異於是?不出於己之所自得，而徒竊於人之所嘗言，曰：某篇是某體，某篇則否；某句似某人，某句則否。此雖極工逼肖❹，而已不免於鳥之為人言矣。

【章　旨】以人學鳥言與鳥學人言為喻，批評當時作詩模擬的現象，認為抄襲別人的言語，模倣別人的作品，就如同鳥學人言。

【注　釋】❶學為鳥言　學說鳥語。❷衡　原指古代稱重的器具，即秤。這裡是標準、準則的意思。❸為詩者　寫詩的人。❹極工逼肖　很工整很相像。逼，接近。肖，相像。

【語　譯】有人學說鳥語，他的聲音是鳥的聲音，但他的本性仍是人的。有鳥學說人語，牠的聲音是人的，但牠的本性仍是鳥的。憑這就可以定出人與鳥的標準了啊！現在寫詩的人，和這有什麼不同？不是從自己的體會創作出來，而只是抄襲別人所說過的話，說：某篇是某體，某篇卻不是；某句像某人，某句卻不是。這即使很工整很相似，但已經免不了鳥說人話了。

若吾友子肅之詩則不然。其情坦以直❶，故語無晦❷；其情散以博❸，故語無拘❹；其情多喜而少憂，故語雖苦而能遣❺；其情好高而恥下，故語雖儉而實豐❻。蓋所謂出於己之所自得，而不竊於人之所嘗言者也。就其所自得，以論其所自鳴❼，規其微疵❽，而約於至純❾，此則渭之所獻於子肅者也。若曰某篇不似某體，某句不似某人，是烏知子肅者哉！

【章 旨】讚揚葉子肅作詩能從自己的真情實感出發，不抄襲他人的言語。

【注 釋】❶坦以直 坦白而且正直。❷晦 隱晦；難懂。❸散以博 發散而且廣博。❹拘 拘束；限制。❺遣 排遣；發洩。❻雖儉而實豐 雖然儉約而實際豐富。儉，少。豐，多。❼自鳴 自己表達出來的。❽規其微疵 糾正它的小缺點。規，糾正。❾約於至純 達到最純淨的地步。約，約束；控制。

【語 譯】像我的友人子肅的詩就不這樣。他的性情坦蕩平直，因此文字不隱晦；他的性情散淡而且廣博，因此文字不拘束；他的性情喜多憂少，因此文字雖苦但能排遣；他的性情好高恥下，因此文字雖少但實際很豐富。這就是所謂出於自己的體會，而不抄襲別人曾經說過的話。根據他自己的體會來評論他自己所表達的，糾正它的小缺點而達到很純淨的程度，這就是我要獻給子肅的。如果說某篇不似某體，某句不似某人，這哪裡是了解子肅呢！

【研 析】本文是徐渭發表他的文學主張的代表性作品。明代中葉以後，前後七子主持文壇，復古主義的主張流行於世，模擬、抄襲的風氣很盛。徐渭主張詩文創作要從真情實感出發，反對因襲模擬而主張創新。但徐渭是個文學家，不是一位理論家。因此他的這一主張不是通過富有嚴密的邏輯性的理論專文闡發的，而是通過這篇為朋友作的書序，用富於形象性的語言表達出來的。

文章首先用人學為鳥語和鳥學為人語這兩種相反的現象作比喻，來說明本性與言語的關係。從而批評當時社會上流行的模擬、抄襲的風氣，認為這種作法就好比是鳥學作人語。這是從反面說明道理。接著他讚揚友人葉子肅作詩能夠從自己的內心體會出發，而不抄襲、模擬別人。認為這正是葉子肅詩的特點和優點所在。這是從正面論述自己的主張，表達自己的觀點。

正反對比強烈，使得文章觀點鮮明，是文章的一大特點。當時社會上流行的模擬抄襲的作法與葉子肅作詩從自己的真情實感出發，不抄襲、模擬是一大對比，人學鳥語與鳥學人語又是一個對比。生動形象，使得文章可讀性強，是這篇文章的又一大特點。由於文章運用了比喻、排比等多種修辭手法，使文章毫無枯燥乏味之感。像用人學為鳥語與鳥學為人語來闡明本性與言語的關係，用的就是比喻手法。說明葉子肅文章的特點，說明情感與文字的關係，用了四個排比句。由於具有這些特點，使得文章簡潔而豐富，自己的觀點得以充分的表達。

書朱太僕十七帖

【題解】本文選自《徐渭集》，是為朱太僕所得的〈十七帖〉作的題詞。朱太僕，可能指朱箎，曾任浙江按察副使分巡寧紹，徐渭殺妻下獄後，曾蒙受他的照顧，徐渭獲釋，他也曾出力。太僕，官名，指太僕寺卿（掌管皇帝的輿馬和馬政的機構的長官），往往是贈官。〈十七帖〉，草書法帖名。原為唐太宗集藏晉王羲之草書書卷，計書二十八通，因第一札首有「十七」二字，故名。這裡當指唐宋時人的臨帖刻石拓本。

予少時似聞學使者蕭公❶言，兀朮❷括❸南中❹寶物，裝數舟載以去，卒沉於河，而〈十七帖〉石❺數片在其中，至是石起於濬河❻者，即此本也。滿刺❼人能辨寶，朮虜❽耳，舍馬上物宜無知，而顧❾亦識此，既又不隨以往也，此亦真神物矣哉。然斯言也，蕭亦得於傳聞，未必然也。予又見吳中❿晚刻別本，引言⓫謂勝此，亦未必然也。

【章旨】敘與〈十七帖〉有關的傳聞。

【注釋】❶學使者蕭公　指蕭鳴鳳。山陰（今浙江紹興）人，正德進士。曾任廣東提學副使，故稱學使者。在廣東任上，因撻肇慶知府，考察時被罷官回鄉。徐渭少時曾問學於他。❷兀朮　金太祖阿骨打第四子。多次率領金軍入侵南宋，造成以秦嶺、淮河為宋金之界的局面。❸括　搜括；囊括。❹南中　南中國。指南宋。❺十七帖石　指〈十七帖〉的刻石。❻濬河　疏濬河道。❼滿剌　又作「滿剌加」，即今名麻六甲。今馬來西亞一個州。十五世紀時與中國有往來，鄭和下西洋曾到達其地。曾控制那一帶的海上貿易。❽虜　胡虜。對北方少數民族的蔑稱。❾顧　卻；反而。❿吳中　指蘇州一帶。⓫引言　序言。

【語譯】我年輕時好像聽提學副使蕭公說過，金兀朮搜括了南宋的寶物，裝了好幾船離開，最後沉在河裡，而〈十七帖〉刻石數塊也在其中。到這時石塊在疏濬河道時發現，就是這本法帖。滿剌人能辨識寶物，兀朮是胡虜，除了馬上之物應當一無所知，卻也能辨識此物，這以後卻又不隨著前往，這也真是神異之物啊。但這些話，蕭公也是聽來的傳聞，不一定真的這樣。我又看見蘇州後來刻石的其他版本，序言說超過這一本，也不一定真的如此。

又跋於後

昨過人家圃榭❶中，見珍花異果，繡地參天❷，而野藤刺蔓❸，交戛❹其間。顧問❺主人曰：「何得濫放此輩？」主人曰：「然，然去此亦不成圃也。」予拙於書，朱使君❻令予首尾是帖❼，意或近是說耶？

【章旨】用珍花異果和野藤刺蔓錯雜其間構成園圃，來比喻自己為〈十七帖〉的前面和後面作題詞。

【注釋】❶圃榭　建有敞屋的園圃。圃，種植花木的園地。榭，建在高土臺上的敞屋。❷繡地參天　形容花木繁富美麗。❸刺蔓　長刺的蔓生植物。❹交戛　交錯；錯雜。❺顧問　回頭問。❻朱使君　指朱簹。使君，漢時對刺史、後世對州郡長官的尊稱。朱簹為按察副使，職位在省以下、府州以上的高級行政長官，故也稱使君。❼首尾是帖　指在〈十七帖〉的前面和後面題詞。

【語譯】昨日到別人家的圃榭，看見園圃中奇花異果，繡地參天，而又有野藤刺蔓，錯雜其中。我回頭問主人道：「怎麼能夠任由這些野藤刺蔓泛濫生長呢？」主人道：「對。但是去除了這些也就不成園圃了。」我對書法不精，朱使君讓我在這法帖的前面和後面題詞，意思或許和這種說法相近呢？

【研析】這篇文字由兩則題詞組成，一則書在〈十七帖〉的前面，另一則「又跋於後」則書在此帖的後面。前一題詞敘述了〈十七帖〉有關的傳聞，簡明扼要，沒有什麼需要特別說明之處。需要略加分析的是後一則題詞。

這後一則題詞是用自然之事來比擬人事。自然界中既有奇花異果，又有野藤刺蔓，它們錯雜生長，構成了園圃的特色。如果光有奇花異果，而去除了野藤刺蔓，也就不成其為園圃了。自然，一般人的觀念中，總是珍視奇花異果而賤視野藤刺蔓的。但不管人們的意願如何，這兩類植物總是互生共長、誰也離不開誰的。或者我們也可以說，因為有了野藤刺蔓的映襯，才愈加顯得奇花異果的珍奇。園圃主人自然是深懂這一道理的，故而能任由野藤刺蔓隨意生長而不加去除。

不過作者並不僅僅在於說明這一道理。用自然之理來比擬、說明人事之理，才是這則題詞的用意所在。〈十七帖〉是草書中的珍品，自然是奇花異果之屬，而自己的書法比不上法帖上的，自然是野藤刺蔓之屬。但自己儘管書法拙劣，在法帖的前後加以題詞，也正好起到映襯作用。徐渭把自己的題詞比作野藤刺蔓，說自己的書法拙劣。其實徐渭的書法在當時和後世都很有名，他工書法，擅行草，自成一家。他曾經自稱書第一、詩第二、文第三、畫第四，對自己的書法很自負。在這裡把自己的書法和題詞比作映襯法帖這一奇花異果的野藤刺蔓，看似很自謙，其實是極自負的，含有與王羲之的書法相比較、相輝映的成分在。

跋陳白陽卷

【題解】本文選自《徐渭集》，是為陳白陽書帖所作的跋文。文章讚揚陳白陽的書法藝術，具有雄壯與柔美兩種對立的風格。跋，也叫「後序」，文體的一種，置於卷首或書前的稱序，列於卷末或書後的稱跋。陳白陽，即陳淳（西元一四八三～一五四四年），字道復，號白陽山人，長洲（今江蘇蘇州）人，著名書畫家。書工行草，畫擅寫意花卉。後人把他與徐渭並稱「青藤白陽」。

陳道復花卉豪一世❶，草書飛動似之。獨此帖既純完，又多而不敗。蓋余嘗見閩楚❷壯士，裘馬劍戟❸，則凜然❹若羆❺，及解❻而當繡刺之綳❼，亦頹然❽若女婦，可近也。此非道復之書與染❾耶？

【注釋】❶豪一世　稱豪於當世；在當世極有名。❷閩楚　指福建和湖南、湖北一帶。閩，今福建一帶的古稱。楚，春秋戰國時國名，以今湖南、湖北一帶為中心，也包括今河南南部、四川東部、安徽、江西、江蘇、浙江等地區。但一般現在指湖南、湖北一帶。❸裘馬劍戟　穿著皮衣，騎著戰馬，手持武器。戟，古代一種將戈、矛合成一體，能直刺也能橫擊的武器。❹凜然　嚴厲、威風的樣子。❺羆　熊的一種。❻解　解甲；解除武裝。❼當繡刺之綳　面對繡刺的綳架。❽頹然　恭順、柔弱的樣子。❾染　感染。

【語譯】陳道復的花卉畫享有一代盛名，他的草書飛動也如此。單單這一書帖既純完，又多而且沒有敗筆。我曾經看見閩楚一帶的壯士，他們穿著皮袍，騎著戰馬，手持武器，威嚴得像熊羆一樣。等到他們解甲面對繡刺的綳架，又恭順柔弱得像婦女一樣可親近。這莫非是道復的書法受到了它的感染嗎？

【研析】徐渭這篇跋文是評論陳道復書帖的風格的。他認為陳道復的花卉畫和草書有相似的風格：飛動。但是此書帖的風格卻與道復的一般的風格不同，不但純完而且字多又沒有敗筆，具有雄壯威嚴和恭順柔弱兩種對立的風格。但徐渭不是直接指出來，而是用閩楚壯士從軍時和解甲後兩種截然不同的神態作比喻加以形象的說明。這種比喻不僅生動而且出人意外，幽默機智。

兩種對立的風格在同一藝術作品中並存，常常能造成一種奇特的風格，在具有高度獨創精神的文藝家是能夠達到的。評論者徐渭也正是如此。他的詩文、書畫，許多作品，把一篇或一幅作為整體來看，則不失為奔放飛動，但具體到某個局部或某個細節則可能流於粗鄙和生澀，使人感到它的怪誕和突兀。而又同時不得不感到它的和諧和貼切。人們常常驚歎於徐渭能將兩種完全不同的風格，如詩文中將雅與俗、書畫中將蒼勁和柔媚完美地結合在一起，構成使人意想不到、用理論沒法表達清楚的意象和畫面。深諳此道的徐渭對他的同道的風格的評論其實可以看作是夫子自道。也就難怪後人要將他們兩人並稱了。

豁然堂記

【題解】本文選自《徐渭集》，是篇記文。文中寫了登上豁然堂所見的勝景和美中不足，寫了豁然堂的改建，並由此引發出人心也需要去除晦塞而達到曠明的道理。

越中❶山之大者，若禹穴❷、香爐❸、蛾眉❹、秦望❺之屬以十數，而小者至不可計。至於湖，則總之稱鑑湖❻，而支流之別出者，益不可勝計矣。郡城隍祠❼，在臥龍山❽之臂❾，其西有堂，當湖山環會處。語其似，大約繚青縈白❿、髻峙帶澄⓫，而近俯雉堞⓬，遠間村落，其間林莽田隰⓭之布錯，人禽宮室之虧蔽⓮，稻黍菱蒲蓮芡⓯之產，甽漁犁楫⓰之具，紛披於坻窪⓱，烟雲雪月之變，倏忽於昏旦。數十百里間，巨麗纖華⓲，無不畢集人衿帶上。或至遊舫冶尊⓳，歌笑互答，若當時龜齡所稱蓮女漁郎⓴者，時亦點綴其中。

【章　旨】寫登上臥龍山側的堂中所見越中山水景色。

【注　釋】❶越中　今浙江紹興一帶。❷禹穴　即大禹陵。位於紹興城東南六公里處的會稽山麓。相傳大禹葬於此，建有禹廟。❸香爐　香爐峰。在紹興城東南距禹陵不遠處。❹蛾眉　山名。在紹興城附近。具體位置不詳。❺秦望　山名。在紹興城南面十多公里處。❻鑑湖　又叫鏡湖。在紹興城西，是狹長形的湖泊。❼城隍祠　城隍廟。城隍，古代傳說為守護城池的神。唐以後縣以上的城都設有城隍廟，加以祭祀。❽臥龍山　今稱府山。在紹興城內，距鑑湖較近。❾臂　側面。❿繚青縈白　青煙白霧繚繞。⓫髻峙帶澄　謂山似髻，水似帶。峙，兩山相對。這裡指山勢聳立。澄，清澈。這裡指清澈的水。⓬雉堞　城上排列如齒狀的矮牆。雉，古代城牆長三丈、高一丈為一雉。堞，城上的矮牆。⓭隰　新開墾的田。⓮虧蔽　或隱或現的意思。虧，損；缺。蔽，隱藏。⓯芡　一種植物，種子稱芡實，可食用。⓰甽漁犁楫　耕田、打魚、犁田、搖船。甽，同「耕」。楫，船槳。⓱坻窪　低窪、低濕之地。⓲巨麗纖華　大小各種美麗的事物。⓳遊舫冶尊　供遊樂用的畫舫和酒樽。冶，遊樂。尊，同「樽」。盛酒器。⓴龜齡所稱蓮女漁郎　指王十朋所作的〈會稽風俗賦〉，文中寫到鑑湖中蓮女、漁郎往來的情景。龜齡，南宋王十朋的字。

【語　譯】紹興一帶像禹穴、香爐、蛾眉、秦望那樣大的山有十多座，而小山則多得數不清。至於湖，總名叫鑑湖，而它分出的支流，更加不可勝數。府城城隍廟，在臥龍山的旁邊，它的西面有一房屋，正對著湖山交會的地方。說說它的大致情景，則有青煙白霧繚繞，山似髻，水似帶。而向近處可俯視城牆，向遠處可遙望村落，其間叢林、田園交錯分布，人禽房屋或隱或現，稻黍菱蒲蓮芡之類作物，耕漁犁楫之類器具，散亂在低窪之地。煙雲雪月的變化，早晚不斷。幾十百里之內，或大或小，各種華美的景象全部聚集在人的襟帶上。甚至於供遊樂的畫船酒樽，歌笑互答，像當年南宋王十朋〈會稽風俗賦〉中所描寫的蓮女、漁郎，有時也點綴其中。

於是登斯堂，不問其人，即有外感中攻❶、抑鬱無聊之事，每一流矚❷，煩慮❸頓消。而官斯土者，每當宴集過客，亦往往寓庖❹於此。獨規製❺無法，四蒙以辟❻，西面鑿牖❼，僅容兩軀。客主座必東，而既背湖山，起座一觀，還則隨失。是為坐斥曠明，而自取晦塞。予病其然，悉取西南牖之，直❽辟其東一面，令客座東而西向，倚几以臨，即湖山終席不去。而後向之所云諸景，若舍塞而就曠，卻晦而即明。工既訖，擬其名，以為莫「豁然」宜。

【章旨】寫登上此堂覽勝的妙處和美中不足之處，又寫了經過改造後的豁然堂的佳美之處。

【注釋】❶外感中攻　指受到外物影響而內心感到痛苦。❷流矚　流覽；遍覽。❸煩慮　內心的憂思。❹寓庖　設宴。庖，廚師。❺規製　設計製作。❻辟　通「壁」。牆壁。❼牖　窗。❽直　僅；只。

【語譯】於是登上這房屋，不論是誰，即使他因受外物影響而內心感到痛苦，有抑鬱無聊的事，當他流覽此景時，憂思立即就會消除。而在這地方做官的人，每當宴集過往的客人，也往往在這裡設宴。只是這座房屋設計建造不得法，四周砌了牆壁，西面鑿了窗戶，只能容納兩人那麼大。客人和主人的座位一定在東面，完全背對了湖山。從座位上站起來可以看一下，回到座位上就看不到了。這是徒然排斥了空曠明朗，而自取晦暗閉塞。我認為這樣不好，在西面和南面全部開了窗戶，只在東邊一面留有牆壁，使客人座位在東面而向著西面，憑靠小桌子而面對著湖山，至宴席結束湖山勝景也不消失。這以後，先前所說到的各種景觀，好像捨棄了閉塞而達到空曠，排斥了晦暗而接近明朗。完工後，給這房屋取名，認為再也沒有比「豁然」更合適的了。

既名矣，復思其義：「嗟乎！人之心一耳。當其為私所障❶時，僅僅知有我七尺軀，即同室之親，痛癢當前❷，而盲然若一無所見者，不猶向之湖山，雖近在目前，而蒙以辟者耶？及其所障既徹❸，即四海之疏❹，痛癢未必當吾前也，而燦然❺若無一而不嬰❻於吾之見者，不猶今之湖山，雖遠在百里，而通以牖者耶？由此觀之，其豁與不豁，一間❼耳，而私一己、公萬物之幾❽係❾焉。此名斯堂者與登斯堂者，不可不交相勉者也，而直為一湖山也哉？」既以名於是義，將以共於人也，次而為之記。

【章旨】由豁然堂改造前後的不同氣象引申出道理，認為人心也和這房屋一樣，需要去晦塞而即曠明。

【注釋】❶障　遮蔽。❷痛癢當前　謂有緊要事情在當前。❸徹　通「撤」。除去。❹疏　遠。❺燦然　耀眼的樣子。❻嬰　纏繞。❼一間　差距很小；距離很近。❽幾　先兆；跡象。❾係　聯屬。

【語　譯】在取名之後，我又思考這道理道：「唉！人的心也是如此。當它被私欲所遮蔽時，僅僅知道有我七尺高的身子，即使是同一房屋裡的親人，當前緊要之事，也如同眼睛一樣什麼也看不到，這不好像先前的湖山一樣，儘管近在眼前，而被牆壁遮擋住了嗎？等到遮蔽被撤除後，即使是四海之遠，不一定是當前緊要之事，也很鮮明地好像沒有一樣不是纏繞在我的所見範圍內，這不好像現在的湖山，儘管遠在百里，而有窗戶可以通達它嗎？如此看來，顯豁與否，只在於一念的微小差距而已，而其先兆就繫於為一己之私還是為萬物之公了。這對於為這房屋取名的和登上這房屋的人，是不可以不相互勉勵的啊，豈僅只是一處湖山如此呢？」已經說白了這道理，將要把它公開給別人，接著就作了這篇記文。

【研　析】文章是記豁然堂，卻先從越中的湖山寫起，這起好像散漫平淡，毫不經意。接著寫到臥龍山上的那座房屋正當湖山環會處，可以賞覽遠近的湖山勝景。這時才發覺文章的開頭並不是興之所至，而是作者經過全盤考慮過的。接著作者寫了遠近的種種景象和登樓可以解憂忘煩的好處。然後輕輕一轉，說此房屋設計建造得不得法，使得登臨的好處不能充分體現出來。至此讀者既對登臨享受到的好處欣羨不已，同時又因它的美中不足深表遺憾，總讓人有種不滿足感。可是不要緊，這座堂屋已經改建，那種美中不足已經成為過去。文章接著寫房屋的改建以及改建之後的情況。改建之後，原來的不足已經不復存在，人們可以充分享受大自然的美景，使人豁然開朗。這時候作者又由豁然堂的改建引申出一番深刻的道理來，由房屋說到人心。這種引申也使人感到非常自然，毫無牽強之感。這篇文章行文綿長，其中承接則接得巧妙，轉折則轉得自然，毫不使人有突兀、生硬之感，這全靠作者用細針密線精心地聯綴。

文章寫景、敘事、說理三者融成一體。寫景為了敘事，敘事又為了說理。但寫景、敘事又不僅僅是作為說理的鋪墊，而各有它獨立的價值和意義。文章所要說明的道理深刻而複雜，但作者並不花費很多的筆墨就把它說明了，這是因為前面大半部分的寫景和敘事，本身就已經給人造成一種鮮明的可以對比的印象，因此從中引申出人心的晦塞與曠明的道理，也就是順勢而下，一點即通，無須多說了。

答張太史

【題解】本文選自《徐渭集》，是封書信。題下原有小序：「當大雪晨，惠羔羊半臂及菽酒。」可知這封信是作者因為張太史送來衣食之物而寫的答謝信。張太史，指張元忭，徐渭同里友人張天復之子。隆慶五年（西元一五七一年）進士第一，授翰林院修撰。後升左春坊左諭德。明清時修史之事歸翰林院，故翰林院的官員稱「太史」。徐渭殺妻入獄得釋，張氏父子出力最多。

僕領賜至矣。晨雪，酒與裘，對證藥❶也。酒無破肚臟❷，罄當歸甕❸；羔半臂❹非褐夫❺所常服，寒退擬曬以歸。西興腳子❻云：「風在戴老爺家過夏，我家過冬。」一笑。

【注釋】❶對證藥　針對症狀所用的藥。這裡是說正好用來療飢禦寒。證，當作「症」。❷酒無破肚臟　酒不會喝壞肚子。意思是不嫌其多。❸罄當歸甕　喝完酒一定將酒罈歸還。罄，盡。❹羔半臂　用羔羊皮做成的短袖皮襖。❺褐夫　穿粗布衣的人。指貧賤之人。這是作者自稱。褐，用粗麻或粗毛織成的粗布衣。❻西興腳子　西興一帶的挑夫。西興，當時的一個小鎮。在今浙江蕭山市西北。腳子，挑夫。

【語譯】我領受您的惠賜多了。今早天下著雪，您送來的酒與皮衣，對我真是對症下藥。酒不會喝壞肚子，喝完後理當將罈子送還；短袖的羔羊皮襖不是我這樣貧賤之人平常穿著的，寒冷過去了準備曬後歸還。西興挑夫說：「風在戴老爺家過夏，在我家過冬。」一笑。

【研　析】徐渭是個孤傲狂放的人，他是不願接受別人的垂憐恩賜的，但他生活無著，最後又不得不接受別人的接濟度日。因此他接受別人財物時是矛盾的，既不想對別人表示感激卻又不得不表示感激，既要表達對人的感激卻又不願謙卑下人。這就造成了這封答謝信似受不受、似謝不謝的風格。

這封信的意思是說您送來的這幾樣用品對於我這樣飢寒交迫的人來說無疑是非常及時的，我也收受下了。但我並不是貪圖別人的財物，因此用過之後，我仍然歸還。為了掩飾自己不得不接受他人接濟而造成的尷尬，最後徐渭說了一則西興挑夫的笑話。作為自然現象的風當然不會那麼勢利眼，諂富欺貧。但富貴人家通風條件好，夏天有風不感到太熱，而貧寒人家因為保暖條件差，冬天有風感到更冷，倒是實情。西興挑夫的話使人想到俗語「窮在債裡，冷在風裡」，以及宋玉〈風賦〉中「大王之雄風」和「小人之雌風」。徐渭引西興挑夫的話，以「一笑」作結，其實是暗含機鋒的，似是自我揶揄，又似對人譏誚，充滿了幽默和機趣，卻又讓人參不透，一如其為人的奇異狂怪。

答李長公

【題　解】本文選自《徐渭集》，是封書信。這封信寫於萬曆十四年（西元一五八六年）。是答謝李如松贈送銀兩的回信。李長公，指李如松，遼東總兵李成梁之子。萬曆四年（西元一五七六年），徐渭到北京，在北京結識李如松，相得甚歡。後李如松因軍功任參將，曾邀徐渭去駐地馬水口參觀。李如松後也任總兵官，父子兄弟俱為遼東名將。長公，對官宦子弟排行第一者的尊稱。

劉君來，得長公書，並銀五兩。前此亦叨惠❶矣，何勤篤❷乃爾耶？今人不可當。顧念老病漸逼，灰槁❸須臾耳，無可為報。如輪迴之說❹不誣❺，定庶幾❻了李源圓澤一段公案。聞勳業❼日隆，大用在即，披甲躍馬，三發小侯❽，破的而飲羽❾。買韓盧五明馬❿適至，便牽往蓮花峰頂，浮大白⓫不計斗石⓬。侍兒抱琵琶⓭，棖棖⓮響萬谷中，儼然突騎出塞之為者。此等豪筋俠氣，定勃勃⓯長在掌股間。正今日囊錐⓰時事也。如相憶伯喈⓱，便可呼虎賁⓲坐飲耳。臨書三歎。

【注　釋】❶叩惠　叩勞惠賜。❷勤篤　殷勤深厚。篤，深厚。❸灰槁　死亡的意思。❹輪迴之說　佛教教義有關眾生的生死世界循環不已的說法。❺不誣　不妄；確實。❻庶幾　差不多。❼勳業　功業。❽小侯　指箭靶。❾破的而飲羽　指箭射入靶心很深。的，箭靶的中心。飲羽，指箭射入很深，連箭尾的羽毛也沒入了。❿韓盧五明馬　指良犬良馬。韓盧，戰國時韓國的良犬。色黑，故名盧。後用作良犬的代稱。五明馬，古代一種良馬。四蹄雪白，肩上有白毛，故名。⓫浮大白　滿飲大杯的酒。浮，原指行酒令時罰酒。引申為滿飲。大白，大酒杯。⓬不計斗石　謂飲酒很多。斗石，容量單位。十升為一斗，十斗為一石。⓭琵琶　撥弦樂器名。⓮棖棖　弦撥動時發出的聲音。⓯勃勃　旺盛的樣子。⓰囊錐　將錐子放入袋子中，它的尖端就顯露出來。喻即將脫穎而出。語本《史記・平原君虞卿列傳》：「夫賢士之處世也，譬若錐之處囊中，其末立見。」⓱伯喈　東漢時蔡邕的字。這裡的伯喈當指元末高則誠據民間流傳的「趙貞女蔡二郎」故事改編的南戲〈琵琶記〉，寫蔡伯喈上京赴考事。⓲虎賁　勇士的代稱。原意為如虎那樣奔跳。賁，通「奔」。

【語　譯】劉君來，我收到了您的來信和五兩銀子。在這以前也叩勞惠賜，您對我為何如此殷勤深厚呢？真使人承當不起。想到自己老病漸漸逼迫，很快就去世，恐怕沒有什麼可以報答。不過生死輪迴的說法如果不虛假，那也差不多可以了結李源圓澤一段公案了。聽說您的功業一天比一天興盛，即將受到重用。則當披上戰甲躍上戰馬，射三次箭，穿透靶心連箭尾羽毛也射入。韓盧和五明馬剛買來，便牽往蓮花峰頂，用大杯滿飲很多的酒。讓侍女抱著琵琶彈奏，聲音在萬山谷中回響，有如突騎出塞，眾馬奔騰。這種豪俠之氣一定常是旺盛蓬勃，常在手掌和大腿之間。這正是今日即將脫穎時可做的事。如果一起回憶《琵琶記》中蔡伯喈的故事，便可以招呼勇士坐著飲酒。對著書信，我不禁三歎。

【研　析】李如松多次送財物接濟徐渭，這次又託人帶來了問候信並送了五兩銀子。徐渭寫回信答謝。開頭幾句就是指的這些事，並表示感謝的話。這些話很平淡。在略略表示感謝之後，又說了說自己的近況。之後又說到對方，說對方功業正盛，定當大用，正包含了作者對對方的殷殷期望。但這封信寫得亦莊亦諧，似乎是興會所至，一如徐渭奇特的為人。

陸樹聲

【作　者】陸樹聲（生卒年不詳），字與吉，號平泉，華亭（今上海市松江縣）人。嘉靖年間會試第一，選庶吉士，授編修。不久歸里。在家拜國子司業、進祭酒，歷遷吏部右侍郎，皆不赴任。神宗即位時在家拜禮部尚書，力辭不得，乃赴任。不久又上疏告歸。去世時九十七歲。有《汲古叢語》、《陸文定公全集》等。

九山散樵傳

【題　解】本文選自《晚明二十家小品》，是篇傳記。文中透過九山散樵不願為官，而寧願過一種山居澤處、逍遙自在的隱居生活，表達了作者對超塵絕俗的理想生活的寄託。

九山散樵者，不著姓氏❶，家九山中，出入不避城市。樵嘗仕內❷，已倦遊❸謝去，曰：「使余處蘭臺、石室❹中，與諸君獵異搜奇❺，則余不能。若一丘一壑❻，余方從事，孰余爭❼者？」因浪跡俗間❽，倘佯自肆❾，遇山水佳處，盤礴箕踞❿，四顧無人，則劃然⓫長嘯，聲振林谷。

【章　旨】寫九山散樵辭官不就，徜徉於山水間。

【注　釋】❶不著姓氏　不知道姓什麼。著，顯明。❷仕內　在朝廷做官。❸倦遊　指不願為官。遊，這裡指宦遊。出外做官。❹蘭臺石室　漢代國家藏書修史之處。後指做史官，明清時翰林院負責修史，故此處指在翰林院任職。作者曾官庶吉士、編修，皆在翰林院。❺獵異搜奇　搜採奇聞異事。指修史。❻一丘一壑　指隱士隱居的地方。這裡是比喻隱居。❼孰余爭　誰能與我相爭。❽浪跡俗間　流落在民間。浪跡，到處漫遊，行蹤不定。❾徜徉自肆　自由自在地往來。❿盤礴箕踞　兩腳張開坐著。是一種不拘形跡的行為。盤礴、箕踞是同樣的意思。⓫劃然　忽然。

【語　譯】九山散樵這個人，不知道他姓什麼，家住在九山中，進出不避城市。他曾經在朝中做官，後來厭倦了就辭去了官職，他說：「讓我處身在蘭臺、石室，和大家一起搜採奇聞異事，那我做不到，如果是一山一壑的隱居生活，我正這樣做著，誰能與我相爭呢？」因此在民間到處漫遊，自由自在地往來，遇到山水優美之處，張開兩腳自在地坐著欣賞。看看四周無人，就忽然間發出長嘯聲，聲音振動了樹林和山谷。

時或命小車❶，御野服❷，執麈尾❸，挾冊❹，從一二蒼頭❺，出遊近郊，入佛廬精舍❻，徘徊忘去。對山翁野老、隱流禪侶❼，班荊偶坐❽，談塵外事❾，商略四時樹藝樵採服食之故。性嗜茶，著〈茶類〉七條，所至攜茶灶，拾墮薪❿，汲泉煮茗⓫，與文友相過從⓬，以詩筆自娛。興劇⓭則放歌〈伐木〉、〈伐檀〉⓮詩二章；倦則偃息⓯樵窩中。客至，造榻⓰與語，輒謝曰：「余方游華胥⓱，接羲皇⓲，未暇理君語。」客去留蕭然⓳不以為意，其放懷自適⓴若此。

【章旨】敘九山散樵的情趣、愛好和與人交往的方式。

【注釋】❶小車　一種可供一人乘坐的車。❷御野服　穿了山野之人穿的衣服。❸麈尾　拂塵。麈，一種似鹿而大的野獸，尾可拂塵。❹挾冊　攜帶了書本。❺蒼頭　奴僕。❻佛廬精舍　佛寺。寺院。精舍，僧侶修行或講經說法之所。❼隱流禪侶　指隱士和和尚。❽班荊偶坐　謂途中相遇，相對而坐。班荊，鋪荊草於地。班，鋪列。偶，相對。❾塵外事　塵世外的事。指禪理玄機。❿墮薪　掉落地上的柴枝。⓫煮茗　煮茶。茗，茶。⓬過從　往來。⓭興劇　興致極高。劇，烈。⓮伐木伐檀　《詩經》中的兩首詩。〈伐木〉是〈小雅〉中的詩篇。〈伐檀〉是〈國風・魏風〉中的詩篇。⓯偃息　仰臥。⓰造榻　靠近床榻。造，至。⓱華胥　古代傳說中的理想國。國內人們的生活無憂無慮，悠閒自適。《列子・黃帝》中說黃帝在白天夢遊華胥國。因而後來作為夢境的代稱。⓲羲皇　指伏羲氏。傳說中太古時代的君王。⓳蕭然　不經意的樣子。⓴放懷自適　坦率盡情，不受拘束。

【語譯】有時駕了小車，穿了山野人的衣服，手持拂塵，攜帶書本，帶著一二個僕人，到近郊出遊，進入佛寺，留連忘返。對著山野老翁、隱士僧侶，鋪荊草席地對坐，談論佛道玄理，或者談論四季種植採藥服食之類的事。喜歡飲茶，著有〈茶類〉七條，每到一個地方總是隨身帶了煮茶的小灶，拾起地上枯柴，汲取山泉煮茶。和文友相交往，以詩文自樂。興致極高時就放聲吟唱《詩經》中〈伐木〉、〈伐檀〉這兩篇詩；困倦了就仰臥在樵窩裡。客人來了，到床榻前想與他談話，往往謝絕道：「我正神遊於華胥國，和羲皇交談，沒有空暇來聽你說話。」客人或去或留都不當一回事，他就是如此不受拘束。

常自命「散樵」曰：「吾將蘧旅天地❶，曹耦雲物❷；以書史為山藪❸，述作為樵斧；包古今以類封殖❹，藉吟詠以代嘯謳❺；居志於名教理義❻中，以為歸宿❼。若是者，余將白首從事焉而無悔者乎！」客有譏其誕❽者，曰：「將使余夤緣⑨塗徑，躐進⑩以倖取世資⑪；處盤錯⑫，剸劇理棼⑬，以遊刃時世⑭，二者余既不能。然則使余攀巒躡阻⑮，狎猿猱⑯，群虎豹，措身荊棘之場，肆意戕伐⑰，累苴給⑱以厚封殖，而後為之直樵者乎？已矣，客非知樵者。」退憩⑲適園⑳，著〈散樵傳〉。

【章　旨】敘九山散樵的志向及回答譏嘲者。

【注　釋】❶蘧旅天地　將天地當作旅舍。蘧旅，傳舍；客舍。❷曹耦雲物　與雲彩為伴。曹耦，作伴。曹，偶；對。耦，通「偶」。❸山藪　深山林木茂盛的地方。❹封殖　聚集財富。❺嘯嘔　長嘯歌唱。❻名教理義　指儒家的道德規範。名教，禮教。❼歸宿　安身之地。❽誕　荒誕。❾夤緣　喻攀附以求仕進。❿躐進　不依次而升遷；超遷。⓫倖取世資　僥倖為世所用。資，用。⓬處盤錯　處在複雜的關係中。盤錯，盤根錯節。喻關係複雜。⓭剸劇理棼　處理紛繁的事務。剸，割斷。劇，繁雜。棼，紛亂。⓮遊刃時世　得心應手地處於當世。⓯躡阻　越過險阻。躡，踐；踏。⓰狎猿猱　與猿猴為伴。狎，親近。⓱戕伐　砍伐。戕，殘害。⓲苴給　粗劣的供給。苴，通「粗」。粗劣。⓳憩　休息。⓴適園　作者居住的園林名。

【語　譯】常自稱「散樵」道：「我以天地為旅舍，與雲彩為伴；以書史為山澤，著作為砍柴的斧頭；以包羅古今為積聚財富，藉吟詠代替嘯歌；將志向寄託在禮教綱常中，作為安身立命的處所。這些，我會一直做到老而沒有悔恨的啊！」有人譏嘲他荒唐，他回答道：「如果讓我攀緣關係以求仕進，得到超遷而僥倖為世所用；處在複雜的關係中，處理紛繁的事務，在當世得心應手，這兩者我都做不到。那麼，要讓我攀上山巒越過險阻，與猿猴為伴，與虎豹為群，置身於荊棘之地，隨意地砍伐，積聚粗劣的供給而使積蓄豐厚，這樣才稱得上名副其實的樵夫嗎？算了吧，你不是懂得樵的人。」我退居適園，作了這篇〈散樵傳〉。

【研　析】明代中後期是中國歷史上一個大變動時期，不僅表現在社會的政治、經濟和文化、日常生活各方面的深刻變化，而且更表現在士人心態的變化上。這時期名士和隱士大量湧現，他們或顛狂放浪，或隱遁避世，以他們背離傳統價值觀念的獨特行為存在於世。

陸樹聲這篇〈九山散樵傳〉所寫的九山散樵就是這樣一個隱士。他起先在朝廷做過官，後來覺得厭倦了，辭去了官職過隱居生活，自由自在，無拘無束。你看他「倘佯自肆」、「遇山水佳處，盤礴箕踞，四顧無人，則劃然長嘯，聲振林谷」，完全沒有官場的那種拘束、紛繁，可以盡情地在大自然中尋求真趣。他的情趣、愛好也很高雅，喜歡與山翁野老、隱流禪侶相交往，喜歡自帶茶灶，汲山泉拾墮薪煮茶，喜歡與文友相過從，以詩文自娛。他的志向也很高潔：「蘧旅天地，曹耦雲物；以書史為山藪，述作為樵斧」，真是一個高士形象。

不過這位高士並沒有完全脫離塵世，他仍然「居志於名教理義中，以為歸宿」，以儒家思想安身立命。既不願攀附權貴以求仕進，俯仰於時，也不願與猿猱、虎豹為群。因此，這位高士所唾棄的是官場而不是人間，他所要堅持的只是「獨善其身」而已。

九山散樵不一定實有其人，而應該看作是作者對理想生活的寄託，在很大程度上又有他個人的影子在。陸樹聲在考上進士，授編修後不久就辭官歸鄉，後來屢次召還、升遷都不赴任，最後拜禮部尚書，可是赴任不久又辭去了。他考取進士取得做官的資格後至去世時長達六十年，可是做官的時間不到十二年。他清虛恬退，有人稱他「外現儒風，中修梵行」，某種程度上又是這位九山散樵形象的寫照。

苦竹記

【題　解】本文選自《晚明二十家小品》，是篇記文。文中寫江南的竹筍，甜美者因為人們喜食而常遭剪伐甚至盡淨，而味苦者因為被棄而得以保全，從而產生感觸，說明以無用為用的道理。

江南多竹，其民習於食筍。每方春時，苞甲出土，頭角蠒栗❶，率以供採食，或蒸瀹❷以為湯，茹介茶荈❸以充饋❹，好事者目以清嗜❺，不靳❻方長，故雖園林豐美，複垣重扃❼，主人居嘗愛護，及其甘於食之也，剪伐不顧。獨其味苦而不入食品者，筍常全。每當溪谷巖陸之間，散漫於地而不收者，必棄於苦者也。而甘者至取之或盡其類。然甘者近自戕，而苦者雖棄，猶免於剪伐。

【章　旨】寫江南的竹筍，味甘者被剪伐而受害，味苦者被棄置而得以保全。

【注　釋】❶苞甲出土二句　謂竹筍破土而出時，外面包著筍殼，頂端尖小像蠒和栗一樣。蠒，「繭」的俗字。❷蒸瀹　蒸煮。瀹，烹煮。❸茹介茶荈　吃筍子，把湯當茶喝。茹，吃。介，鎧甲。這裡指筍子。茶，當動詞用。喝。荈，晚採的茶。❹饋　進食；用餐。❺清嗜　清淡的嗜好；高雅的嗜好。❻靳　吝惜。❼複垣重扃　重重的牆和門。扃，門戶。

【語　譯】江南多竹，那裡的人有吃筍的習慣。每當春天時，竹筍外面包著筍殼破土而出，頂端尖小像蠒和栗一樣，大都可以採食，有人將它蒸煮作湯，吃筍子、喝筍湯當作正餐一樣。好事的人把它看作清雅的愛好，並不憐惜它正在生長，因此儘管園林豐美，有重重的牆和門，主人平時對它很愛護，等到垂涎它的美味時，還是不顧惜地剪伐。唯獨味苦不能當作食品的筍常常能保全，常常在溪谷巖陸之間，散漫在地而不採收的，一定是由於味苦而被棄置的。而味甘的筍甚至有的被搜取得絕種了。這樣味甘的筍近似於自己殘害自己，而味苦的筍雖然被棄置，還能免遭被剪伐。

夫物類尚甘❶，而苦者得全。世莫不貴取賤棄❷也，然亦知取者之不幸，而偶幸於棄者，豈莊子❸所謂「以無用為用❹」者比耶？予廨舍❺之西南隅❻，有竹叢生，出敗甓❼間，既非處於複垣重扃，僅比於溪谷巖陸，散漫無收者，而不虞❽於剪伐，以其全於苦也。而過者方以苦竹藐❾之。予讀《莊子》，適有味其言❿也，感而為之記。

【章　旨】寫看到味甘的筍和味苦的筍的兩種不同境遇，又讀了《莊子》，受到啟發。

【注　釋】❶尚甘　崇尚甘美。❷貴取賤棄　貴重的被取，低賤的被棄。❸莊子　戰國時道家思想的代表人物。主張達觀避世。❹以無用為用　《莊子．人間世》中講到有大樹因為材質很差，沒有什麼用處，匠人不去砍伐它，因此得享天年，而有用的樹木，還沒長得很大就被砍伐作器具了。又講到有動物和人因為有缺陷，免遭投河祭神；又講到有一殘疾人不用服各種勞役，而且又能享受到國家的補給，得享天年。莊子用這些例子來說明「無用之用」的道理。❺廨舍　官舍。❻隅　角落。❼甓　磚。❽不虞　不怕；不擔心。虞，擔憂。❾藐　輕視。❿味其言　體會它的話。其，指《莊子》。

【語　譯】物類崇尚它的甘美，而味苦的得到保全。世上的人沒有不取用珍貴的而棄置低賤的物品。然而有時也可以看到被取用是不幸，而被棄置是幸運的，這難道就是莊子所說的「因為無用才是用」之類嗎？我官署的西南角，有一叢竹子，在破磚中長出來，既不是處在重重的牆門中，僅僅類似生於溪谷巖陸，散漫不被採收的，而它不用擔心被剪伐，是因為它味苦才得以保全，而經過的人也正因為它是苦竹而輕視它。我讀《莊子》，對它的話正有體會，有所感觸寫下這篇文章。

【研　析】這篇記文從江南極為普遍的一個現象說起：江南人喜歡食竹筍，因此味道甘美的竹筍還不及長高就被剪伐，以致有的到了快要絕種的地步，而味苦的竹筍因為不適合作食物而得到保全，以致長成竹子散漫在地。作者從這一現象出發，認為對竹子來說，它的竹筍甘美，未必是好事，因為要被人剪伐作食物，而它的竹筍味苦，為人所棄置，這未必是壞事。聯繫到《莊子》中所說的「以無用為用」的話，深有感觸。

顯然這是一篇以竹喻人，記物言志的文章。竹子因竹筍的甘苦而有不同的境遇，實際上是在寫人的不同境遇，作者從苦竹中所體會到的正是人生的況味。不過他將這體會寓在描寫苦竹之中而沒有直接的顯露。他從苦竹的境遇中體會到了莊子「以無用為用」的觀點，這其實也正表明了作者自己的處世態度。他也寧願像出於敗籬中的苦竹一樣，散漫無收，不用擔心受到戕害而得以保全自己。在作者的這篇文章裡，我們也就可以理解了作者為什麼做官不久就棄官歸鄉，屢次徵召、升遷也不應命，應召不久又棄職回家了。

在這篇文章中，我們可以看到老莊思想對作者的影響。老莊思想主張消極無為，隱遁避世。莊子從不成材的樹木、殘疾之人身上，看到了「無用之用」，認為無用就無害，因此他以無用為用，苟全性命，不求聞達。而本文的作者不僅是人生觀，甚至在處世的態度和行為上都深受莊子思想的影響，就連這篇文章在寫作上也有《莊子・人間世》的影子在。

王叔承

【作　者】王叔承（生卒年不詳），初名光胤，以字行，更字承父，自號崑崙山人，吳江人。好遊山水，嗜酒，為明朝中後期著名布衣詩人。詩歌受到當時文壇領袖王世貞兄弟的推崇。著有《吳越遊編》、《荔子編》等。

遊金焦兩山記

【題　解】本文選自明刊本《吳越遊編》，是篇遊記。文中記敘遊金、焦兩山時所見所感，寫出了兩山的景觀特點，並寫出了自己對歷史和現實的感慨。金、焦兩山，金山和焦山。金山，古稱氐父、伏牛等，唐時裴頭陀於江邊獲金，改名金山。在今江蘇鎮江市西北。本在長江中，清末時江沙淤積，與南岸相連。焦山，也作椒山。因東漢末焦光隱居於此而得名。在鎮江市東北長江中。

丙寅五月❶，同陳貞甫❷、范伯楨、仲昭❸兄弟為金山遊。自京口❹渡江而西，數里及山。由修廊左折入寺，廊壁嵌古今碑題❺數十百，虛敞臨江。寺中，觀中泠泉亭❻，而井之水，經品為天下第一云。又左右三四折，數百步，至吞海亭。

又上則留雲亭。亭立絕頂，所謂妙高峰也。東顧海門❼，南絕吳越❽，上游北襟淮揚❾，長江自岷❿、夔⓫、湘⓬、蠡⓭涌天西來，分下山足⓮，兩岸商舟萬計，檣⓯立如林，江山奇勝，飄然神爽。下峰而南，至江天閣⓰，懸空俯江，大可憩望，輒倚闌觴詠⓱。可二時許⓲，見月出江上，輒徙酌寺門⓳，面石簰山⓴地飲。山即郭璞㉑墓，釃酒㉒弔之，則暮潮明月作白，如大雪垂天，江寒逼人，不知為夏。又漁舟明滅波際，如畫工寫意家素縑㉓飛灑水墨也。忽憶異時同商任叔、陸伯玉㉔遊此。今商生客死㉕，陸生病，不果來㉖。死生離別，覺江水悠悠者。山有日照崖、頭陀崖㉗、朝陽洞、龍池，會暮夜，不及遊。水有善財石㉘，亦曰鶻山㉙，分狀證之，蓋兩肖㉚也。月下捫㉛張清河㉜詩碑，指識㉝其字。議者謂張後無詩。或又誦杜少陵㉞「吳楚東南坼，乾坤日夜浮㉟」之句云。

【章旨】寫遊金山時所見所感。

【注釋】❶丙寅五月　指明世宗嘉靖四十五年（西元一五六六年）五月。❷陳貞甫　陳以忠，字貞甫，無錫（今江蘇無錫）人。以舉人做光州（今河南潢川）知州。以豪俠聞於世。❸范伯楨仲昭　范伯楨，范應期，字伯楨，烏程（今浙江湖州）人。曾官國子監祭酒。為人豪舉跌宕。仲昭，范應期之弟。仲昭當為字。生平不詳。❹京口　故址在今江蘇鎮江市。東漢末、三國吳時稱京城。東晉、南朝時，因城憑山臨江，通稱京口城。為長江下游軍事重鎮。❺碑題　刻在碑石上的題寫文字。❻中泠泉亭　因中泠泉而作的亭。中泠泉，泉名。❼海門　當時泛指長江入海處一帶，非指現在的江蘇海門。❽吳越　指今江蘇南部、浙江一帶。❾淮揚　指今江蘇長江以北一帶。❿岷　古代州名。在今甘肅東南部岷縣一帶，有岷江流入長江。⓫夔　古代州名。在今四川東部奉節，長江流經這裡。⓬湘　今湖南長沙一帶，有湘江流經。⓭蠡　彭蠡的簡稱。指今江西九江市一帶。⓮分下山足　在山腳下分流。⓯檣　帆船上掛風帆的桅桿。⓰江天閣　又名靈觀閣。⓱觴詠　一邊舉杯飲酒，一邊吟詩。⓲可二時許　大約兩個時辰左右。可，大約。二時，兩個時辰。一時辰為現在的兩小時。許，左右。⓳徙酌寺門　移到寺門繼續飲酒。⓴石簰山　在金山西邊江中。㉑郭璞　字景純，河東聞喜（今山西聞喜）人。晉文學家、學者。東晉初任王敦記室參軍，王敦欲謀反，郭璞卜筮稱其必敗，而為王敦所殺。㉒釃酒　斟酒。㉓素縑　白色細絹。㉔商任叔陸伯玉　兩人為作者的晚輩朋友。任叔、伯玉是字。㉕客死　死在異鄉。㉖不果來　沒有來成。果，實；成為事實。㉗頭陀崖　以裴頭陀命名的崖。㉘善財石　在金山東邊，因形狀如拜觀音的童子善財而得名。㉙鶻山　善財石的別名，因其形狀如鶻而得名。鶻，鷹類猛禽。㉚兩肖　兩個都像。肖，像。㉛捫　用手摸。㉜張清河　指晚唐詩人張祜。字承吉，清河（今河北清河縣）人，客居於淮南，晚年隱於丹陽。㉝指識　用手指觸摸來辨認。㉞杜少陵　指唐代詩人杜甫。自稱少陵野老，後人遂稱他為杜少陵。㉟吳楚東南坼二句　見〈登岳陽樓〉詩。吳楚，指今湖北、湖南直至江蘇、安徽一帶。坼，割裂；分裂。乾坤，指天地。

【語　譯】丙寅年五月，我與陳貞甫、范伯楨、仲昭兄弟同遊金山。從京口渡江向西數里到達金山。通過長廊向左轉進入山寺，廊壁嵌著古今的碑題數十上百，廊壁一無遮擋面對著大江。在金山寺中，賞觀中泠泉亭，泉井中的水，據說經品評為天下第一。又向左右轉三四個彎，走數百步，到達吞海亭。又向上則是留雲亭。亭建在山的最高處，就是所說的妙高峰。向東顧視大海的門戶，向南窮盡吳越之地，上游的北面淮揚一帶好像衣襟一樣，長江從岷、夔、湘、蠡自西向東奔湧而來，在金山腳下分流，兩岸商船數以萬計，桅桿像樹林一樣豎立著，江山奇觀勝景，使人精神飄然爽朗。從山峰下來向南，到達江天閣，閣懸空俯視大江，可以好好地休息和遠望，於是倚著欄杆一邊喝酒一邊吟詩。大約二個時辰左右，見到明月出現在江上，於是移到寺門繼續飲酒。面對石簰山席地而飲。這山就是郭璞墓的所在地，我們斟酒憑弔他，只見晚潮和明月都是白色，好像大雪從天而下，江面寒氣逼人，幾乎不知是在夏天。又有漁船的燈火在波濤間一明一暗，好像畫工寫意畫家在白絹上飛灑水墨。忽然記起先前與商任叔、陸伯玉同遊此地。現在商生已死在異鄉，陸生正在生病，沒能前來。與朋友的生死離別，覺得就像這悠悠的江水一樣。山上有日照崖、頭陀崖、朝陽洞、龍池，正當夜晚，所以來不及遊覽。水中有善財石，又名鶻山，分別依照它們的形狀來驗證，大概兩者都相像。在月光下用手摸著張祜的詩碑，用手指辨識它的文字。議論的人說張祜在這以後沒有詩作。有人又吟詠杜甫的「吳楚東南坼，乾坤日夜浮」詩句。

遊金之明日遊焦。焦山去金山下流十五里。是日風大逆[1]，舟人揚帆就風[2]，橫折而下，倍直道六七[3]，乃抵山。其半有關侯祠[4]，飯焉。去祠左折，上登佳處亭，榴花甚吐[5]，童子折一枝，佐飲[6]。見山下江船亂流，僧曰：「漁鰣魚[7]者，斤可十八錢，買而及釜[8]，猶鱍鱍[9]生動也。」右折而上，至吸江亭，則亭對金山而高倍，留雲山亦大於金。金山峻絕，當津渡要衝者易[10]。焦有田可稻麥，山根[11]多巨奇石，如亂獸臥草中，草樹四垂，如衣女蘿[12]衣者，固幽僻藏勝[13]。夫金、焦，伯仲[14]山也，乃坐焦而酹[15]金云。頃之，客有買鰣魚來者，果鮮活色青，鰓微開合，遂烹魚，酌水晶庵、石庭庵，瞰江，又西隔江石壁，不減金之長廊耳。會日暮雲垂，且雨[16]，乃濯足[17]江渚[18]而去。按東漢焦光[19]隱此，三詔不應[20]，山以名。今嘉靖中楊繼盛[21]又大書「椒山」二字於壁，及其名氏日月。椒山，楊所自號也，蓋焦、椒同音，或其自負。楊後竟以劾奸論死。忠臣處士[22]，名節略等[23]。

陳子㉔曰：「焦山亦云椒山矣。」

【章　旨】寫遊焦山時所見所感。

【注　釋】❶風大逆　很大的逆風。❷就風　順著風。就，依從。❸倍直道六七　謂相當於直路的六七倍。❹關侯祠　祭祀關公的祠廟。關侯，指三國時的蜀將關羽，東漢獻帝時曾受封為漢壽亭侯，故稱。後世將他看作忠義的化身，在許多地方建祠祭祀他。❺榴花甚吐　石榴花開得很盛。❻佐飲　為飲酒助興。❼漁鰣魚　捕獲鰣魚。鰣魚，背黑綠色，腹銀白色，肉味鮮美，為長江中名貴魚類。❽釜　鍋。❾鱍鱍　魚跳躍掉尾的聲音。❿當津渡要衝者易　容易成為長江交通要道的渡口。⓫山根　山腳。⓬女蘿　菟絲。一種攀緣類植物。⓭藏勝　藏著勝景。⓮伯仲　兄弟的次第，排行老大稱伯，老二稱仲。這裡是不相上下的意思。⓯酹　把酒灑在地上，表示祭奠。⓰且雨　將要下雨。且，將要。⓱濯足　洗腳。濯，洗。⓲渚　水中小塊陸地。⓳焦光　東漢時隱士。⓴三詔不應　謂皇帝三次下詔徵召，他不奉詔出來任職。詔，皇帝發布的命令。㉑楊繼盛　字仲芳，號椒山，容城（今河北容城）人。嘉靖進士，任兵部員外郎，正直敢言，因彈劾權相嚴嵩而被殺。㉒處士　有才德而隱居不仕的人。㉓名節略等　謂焦光與楊繼盛兩人，一為隱士，一為忠臣，他們不苟的名節大致是相同的。㉔陳子　稱同遊者陳貞甫。

【語　譯】遊金山的第二天遊了焦山。焦山在金山下游，距離十五里。這天逆風很大，船家揚帆順著風向，斜行而下，相當於直道的六七倍，才到達焦山。山的半腰有關侯祠，在那裡吃飯。離開祠向左轉，向上登佳處亭，石榴花開得正盛，童子折了一枝，為飲酒助興。看見山下江船亂流，和尚說：「捕撈的鰣魚，一斤可賣十八枚銅錢，買回來在下鍋時，還跳躍掉尾，鮮活得很。」向右轉往上，到達吸江亭，亭子面向金山而高出一倍，留雲山也比金山大。金山非常險峻，容易成為長江交通要道的渡口；焦山有田可栽種稻麥，山腳有許多巨石和怪石，好像野獸散亂地臥在草中，四周垂布著草和樹，好像披著女蘿織成的衣服，在幽僻中藏著勝景。金山和焦山，是不相上下的山，於是坐在焦山上把酒灑在地上祭祝金山。過了一會兒，有客人買了鰣魚來，果然鮮活顏色很青，魚鰓微微地一開一合，於是烹魚，在水晶庵、石庭庵飲酒，俯瞰大江，又面對隔江的石壁，風景不比金山的長廊差。在傍晚時烏雲下垂，將要下雨，於是在江邊洗洗腳就離開了。按東漢時焦光隱居這裡，皇帝三次下詔他不接受，山因他而出名。當代嘉靖時楊繼盛又在山壁上寫了「椒山」兩個大字，以及自己的姓名和日期。椒山是楊繼盛的自號，可能是因為焦、椒兩字同音，也可能是他自負。楊繼盛後來竟然因為彈劾權奸而被判死刑。一個是忠臣，一個是隱士，他們的名節大體是相當的。陳貞甫說：「焦山也稱椒山。」

【研析】本文按時間順序寫了遊金山和焦山兩山的經過，寫出了遊兩山時的所見所感。

金山地當鎮江、揚州間的要衝，往來商船繁密。作者遊覽金山，寫出了金山地處要衝的特點：他登上峰頂，遙想四方，「東顧海門，南絕吳越，上游北襟淮揚，長江自岷、夔、湘、蠡涌天西來，分下山足」，近看兩岸，「商舟萬計，檣立如林」，看到江山奇勝，「飄然神爽」。作者又寫月夜奇景，「暮潮明月作白，如大雪垂天，江寒逼人，不知為夏」，又寫「漁舟明滅波際，如畫工寫意家素練飛灑水墨」，比喻恰切奇妙，使人有身臨其境之感。又想到昔日與友人同遊此地，如今友人一死一病，感到意愴情傷，「死生離別，覺江水悠悠」，懷念友人的情感真摯而深沉。

作者寫第二天遊焦山是另一種景象。從金山沿長江而下去焦山，遇上逆風，只得行船橫折轉道，走了不少彎路，但絲毫不減遊興。登上佳處亭，「榴花甚吐」，童子折了一枝為飲酒助興，是一大樂趣；客人買來鮒魚，「鮮活色青，鰓微開合」，烹魚酌酒，又是一大樂趣。無論是「坐焦而酹金」，還是「濯足江渚」，都充滿了意趣。而焦山有可栽種稻麥的田，山腳有如亂獸臥草的巨石怪石，有攀緣著女蘿的草木，這些風物無一不充滿了生機，使人心情舒暢。而作者談古論今，將東漢時隱居於此的焦光和當朝留書於山壁的忠臣並提，說「忠臣處士，名節略等」，又寄託著作者自己作為處士的抱負。

作者遊歷金、焦兩山，記敘的重點不同，而遊兩山時的所感所想也不同，即興寄懷，既寫出了兩山的景觀特點，又富有歷史的感慨和現實的內容。在明代遊記散文中，具有自己的特色。

宗臣

【作者】宗臣（西元一五二五～一五六〇年），字子相，興化（今江蘇興化）人。嘉靖二十九年（西元一五五〇年）進士，任刑部主事、吏部員外郎等。後因觸忤權相嚴嵩，被貶為福建布政參議。因抗倭有功，遷福建提學副使，卒於任上。詩文主張復古，與李攀龍、王世貞等齊名，為「後七子」之一。有《宗子相先生集》。

報劉一丈書

【題解】本文選自明嘉靖刻本《宗子相先生集》，是篇書信體散文。這封書信以具體、生動的事例，揭露了明朝嘉靖年間嚴嵩父子當政時官場腐敗的風氣：當政者專權納賄，守門者狐假虎威，敲詐勒索，干謁者趨炎附勢，奴顏婢膝。報，回信。劉一丈，作者父親的朋友。姓劉，字墀石，名不詳。排行第一，故稱劉一。丈是對前輩的尊稱。

數千里外，得長者❶時賜一書，以慰長想❷，即亦幸甚矣；何至更辱饋遺❸，則不才❹益將何以報焉。書中情意甚殷❺，即長者之不忘老父，知老父之念長者深也。至以「上下相孚❻，才德稱位❼」語不才，則不才有深感焉。夫才德不稱，固自知之矣；至於不孚之病，則尤不才為甚❽。

【章旨】開頭幾句客套，為對劉一丈來信作酬答。接著就來信中「上下相孚」兩句發揮，開啟下文。

【注釋】❶長者　對長輩的尊稱，這裡指劉一丈。❷長想　深長的思念。❸饋遺　贈送禮物。❹不才　不成才；不肖。古人謙稱自己。❺殷　深厚。❻孚　信任。❼稱位　與職位相適合。稱，合；適合。❽甚　嚴重。

【語譯】在幾千里外偶爾收到您老人家的來信，以告慰深長的思念，這已經是很幸運了，怎麼又蒙您贈送東西，這讓我更加不知如何報答您了。您的信中情意很深厚，這是您老人家不忘記家父，也可以知道家父對您的思念是很深的。至於信中用「上下相互信任，才德與職位相稱」那樣的話來告訴我，則我有深切的感觸。我的才德和職位不相稱，我本來就自己了解，至於不相信任的弊病，則我是尤其嚴重。

且今世之所謂孚者何哉？日夕策馬❶，候權者❷之門。門者故不入❸，則甘言媚詞❹，作婦人狀，袖金以私之❺。即門者持刺❻入，而主者又不即出見。立廄❼中僕馬❽之間，惡氣襲衣裾❾，即飢寒毒熱不可忍，不去也。抵暮則前所受贈金者出，報客曰：「相公倦，謝客❿矣。客請明日來。」即明日，又不敢不來。夜披衣坐，聞雞鳴，即起盥櫛⓫，走馬抵門。門者怒曰：「為誰？」則曰：「昨日之客來。」則又怒曰：「何客之勤也！豈有相公此時出見客乎？」客心恥之，強忍而與言曰：「亡奈何矣，姑容我入⓬。」門者又得所贈金，則起而入之。又立向所立廄中。幸主者出，南面⑬召見，則驚走匍匐⑭階下。主者曰：「進！」則再拜⑮，故遲不起，起則上所上壽金⑯。主者故不受，則固請⑰；主者故固不受，則又固請。然後命吏內⑱之，則又再拜，又故遲不起，起則五六揖，始出。出，揖門者曰：「官人⑲幸顧我。他日來，幸亡⑳阻我也。」門者答揖，大喜奔出。馬上遇所交識，即揚鞭語曰：「適自相公家來，相公厚我，厚我。」且虛言狀㉑。即所交識，亦心畏相公厚之矣。相公又稍稍㉒語人曰：「某也賢，某也賢。」聞者亦心計交讚之㉓。此世所謂「上下相孚」也，長者謂僕㉔能之乎？

【章旨】以官員到權者之門去結交求寵的經歷作例，揭示當時社會上「上下相孚」的實質。

【注釋】❶策馬　用鞭子趕馬。這裡是騎馬的意思。❷權者　有權勢的人。指當時的宰相。下文多用「相公」稱之。❸門者故不入　守門人故意不讓他進去。門者，守門人。故，故意。下文的「故遲不起」、「故不受」等的「故」意思同此。❹甘言媚詞　甜言蜜語；說諂媚的話。❺袖金以私之　把藏在袖子中的錢拿出來偷偷送給他。❻刺　名帖。相當於現在的名片。明時官場謁見，用紅紙寫官銜、姓名投遞通報。❼廄　馬棚。❽僕馬　僕人和馬。❾惡氣襲衣裾　臭氣侵襲衣襟。❿謝客　謝絕客人；不接見客人。⓫盥櫛　洗臉梳頭。⓬亡奈何矣二句　沒有辦法，姑且讓我進去吧。亡，同「無」。姑，姑且。容，容許。⓭南面　坐北朝南。這是古代尊長者的位置。⓮匍匐　用手腳在地上爬行。⓯再拜　拜了兩次。⓰壽金　禮金。將錢物奉獻給人並祝他長壽，故稱。這裡實際是賄賂。⓱固請　堅持要人收下的意思。⓲內　同「納」。收受。⓳官人　這裡是對守門人的尊稱。⓴亡　通「毋」。不要。㉑虛言狀　謂誇大其辭地說了相公厚待他的情況。㉒稍稍　偶或。㉓心計交讚之　心裡盤算著，交口稱讚他。㉔僕　作者謙稱自己。

【語　譯】況且現在世上所謂的上下互相信任是怎樣的情況呢？一天到晚騎著馬，到權貴者的門前守候，守門的人故意不讓他進去，就用甜言蜜語來向守門人獻媚，作出婦人那樣的模樣，將袖子裡藏著的錢偷偷地送給守門人。即使守門人拿了來者的名帖進去，而主人又不立即出來接見。站立在馬棚中僕人和馬之間，臭氣侵襲衣襟，即使飢寒酷熱不能忍受，也不離開。到夜晚時先前接受了贈金的人出來，回報客人說：「相公疲倦，不接見客人了。客人請明天再來。」到了第二天，又不敢不來。在夜裡披衣坐著，聽到雞叫聲，就起來洗臉梳頭，騎馬到權貴的門前。守門人怒道：「是誰來了？」就回答說：「是昨天的客人又來了。」守門人又怒道：「客人為什麼來得這麼勤呢！難道有相公在這個時候出來接見客人的嗎？」來客在心裡感到受了羞辱，強忍著與守門人說道：「沒有辦法，姑且讓我進去吧。」守門人又得到了他所贈送的錢，就起來放來客進去。又站在先前所站立的馬棚中。幸好主人出來，坐北朝南地召見來客，就急忙跑過來伏在階下。主人說：「進來！」就拜了兩次，故意遲遲不起來，起來就將為主人祝壽的禮金獻上。主人故意不接受，來客就堅持要求他收下；主人故意堅持著不接受，來客又堅持著要求他收下。這樣主人才吩咐小吏收受了它，來客又拜了兩次，又故意遲遲不起來，起身時又作了五六揖，才出來。出來時，對守門人作揖道：「幸虧您老照顧我。以後我來，希望不要阻攔我。」守門人回揖他，來客很高興地奔跑著出門。在馬上遇到所交往認識的人，就舉起馬鞭對他說：「剛才從相公家出來，相公厚待我，厚待我。」並且誇大其辭地說了一番接見的情景。即使他所交往認識的人，也在心裡畏懼相公厚待他了。相公又偶爾對人說：「某某不錯，某某不錯。」聽說的人也就在心裡盤算著交口稱讚他。這就是世上所說的「上下相互信任」，您老人家說我能這樣做嗎？

前所謂權門者，自歲時❶伏臘❷一刺外，即經年不往也。間❸道經❹其門，則亦掩耳閉目，躍馬疾走過之，若有所追逐者。斯則僕之褊❺哉，以此常不見悅於長吏❻，僕則愈益不顧也。每大言❼曰：「人生有命，吾惟守分❽爾。」長者聞此，得無厭其為迂❾乎？

【章　旨】表明自己潔身自好，不與時俗同流合汙。

【注　釋】❶歲時　逢年過節。歲，指年節。時，指四季的節日。❷伏臘　指夏季的伏日和冬季的臘日。是古時的兩個重要節日，要舉行祭祀。❸間　間或；偶然。❹道經　路過。❺褊　狹隘。❻見悅於長吏　為長官所喜歡。長吏，長官。❼大言　說大話。這裡指說寬慰自己的話。❽守分　安守本分。❾迂　迂闊；拘守。

【語　譯】前面說的那個權貴的家，我除了在逢年過節、伏日臘日送一張拜訪的名帖外，就終年也不前去。間或路過他的家門，也是掩著耳朵閉著眼睛，騎馬快跑著過去，好像被人在後面追趕似的。這就是我的心胸狹隘之處，因此常常不為長官所喜歡，我卻更加不管它。常常說大話道：「每個人都有自己的命，我只要安守本分罷了。」您老人家聽到這些，該不會厭惡我，認為我迂闊吧？

鄉園多故❶，不能不動客子❷之愁。至於長者之抱才而困❸，則又令我愴然有感❹。天之與先生者甚厚，亡論❺長者不欲輕棄之，即天意亦不欲長者之輕棄之也，幸寧心❻哉！

【章　旨】對劉一丈的抱才而困深表同情，加以誠懇勸勉。

【注　釋】❶鄉園多故　家鄉多災難。鄉園，家鄉。❷客子　離開家鄉，寄身他鄉的人。❸抱才而困　懷抱才能不得施展而處於困境。❹愴然有感　內心悲傷，有所感觸。❺亡論　無論；不要說。❻寧心　安心；靜心。

【語　譯】我的家鄉發生了多次變故，不能不觸動客居他鄉的人的愁思。至於您老人家懷抱才能不能施展而處於困境，又使我內心悲傷有所感觸。老天所賦予您老人家的很深厚，不要說您不想輕易地放棄它，即使天意也不想讓您輕易地放棄它，希望您安心吧！

【研　析】這是篇書信體散文，但它超越了書信應酬的範圍，在信中揭露了當時官場中的惡濁風氣。雖然寫的是嘉靖年間嚴嵩專權時的事情，但它的意義絕不在此，因為它給我們提供了認識官場醜惡本質的形象材料。文章中所寫的奔走權門、干謁求進的客，顯然是一位不得志但又一心往上爬的小官僚。為了能夠得到權者的庇護和提拔，他惶急無奈，甘願受僕役的刁難和凌辱，進謁時又是那樣的誠惶誠恐，卑躬屈膝，活脫脫一副奴才相。當他達到行賄的目的，知道權者將為他說話，使他大受其惠時，遇到熟人，誇示於人，喜形於色，又十足一副小人得志的嘴臉。而那位權者，傲慢驕橫，貪婪而又虛偽。小官僚第一天來進謁，他藉口疲倦不肯接見，讓人空守了一天。第二天總算召見了來客。他南面而座，來客在階下行禮後，才讓人進來，一個簡短的「進」字，如同呼喚奴才，表現出了傲慢霸道。而當來客向他行賄時，他又拿腔作勢地故意推辭不受，直至再三才令僕人收受。這寫出了他既貪婪又做作的虛偽面目。權者的守門人本是個下人，竟然對求謁權要的官員百般刁難，趁機敲詐，這是狗仗人勢的僕役的寫照。作者所寫的這些人物和事件雖然是有特定的時間和地點的，但這些人物的形象和意義卻是超越時空的限制，古今如一的。

從這篇文章的結構來看，也是富有特色的。文章是一封答信，所以先用書信的套語開頭，接著就書信中「上下相孚」二句進行發揮，轉入揭露官場醜惡的正題。文章最後又以勸慰作結，這既符合一般書信的體例，同時又呼應了文章的開頭，使得文章首尾一體，這是文章一大特點。第二大特點是詳略得當，重點突出。全文圍繞「上下相孚」二句展開敘寫，但對「才德稱位」只一筆帶過，而對「上下相孚」在當世表現出的虛偽性加以盡情揭露和撻伐。既然「上下相孚」並不存在，那麼「才德稱位」也就不攻自破了。而且更為重要的是，官場中的種種醜態愈是描寫得詳盡，全篇所揭露的主旨也就愈加鮮明突出。第三大特點是運用對比描寫的手法來刻畫人物形象。文章中干謁者的卑躬屈膝、甘言媚詞與守門人的狐假虎威、頤指氣使；權貴的驕橫傲慢、虛偽做作與干謁者的奴顏婢膝、曲意逢迎，是兩個身分不同者的對比。而干謁者在求謁時的低三下四和謁見後的洋洋自得，是同一個人在不同環境下的對比。通過這些對比，使得人物形象栩栩如生，躍然紙上。

王世貞

【作　者】王世貞（西元一五二六～一五九〇年），字元美，號鳳洲，又號弇州山人，太倉（今江蘇太倉）人。嘉靖進士，曾任山東副使、大名兵備，後官至南京刑部尚書。為人剛直，楊繼盛為嚴嵩迫害致死，世貞代訟冤狀，操理後事，以致被降官。父親王忬任浙閩提督，抗倭有功，後為嚴嵩父子構陷致死。世貞訟冤，隆慶年間得追復官爵。王世貞與李攀龍同為後七子領袖，攀龍死後，獨主文壇二十年。其論詩必大曆以上，論文必西漢，晚年見解有所改變。世貞才力雄，著述富，著有《弇州山人四部稿》等。

題海天落照圖後

【題　解】本文選自《弇州山人四部稿》，是篇書畫題跋。文章記敘了〈海天落照圖〉的流傳經過以及自己得到摹本的情況，對嚴世蕃奪畫和小璫毀畫的行為表示憤慨。

〈海天落照圖〉，相傳小李將軍昭道❶作，宣和祕藏❷，不知何年為常熟❸劉以則❹所收，轉落吳城湯氏❺。嘉靖中，有郡守❻，不欲言其名，以分宜❼子大符❽意迫得❾之。湯見消息非常❿，乃延⓫仇英實父⓬，別室⓭摹一本，將欲為米顛狡獪⑭，而為怨家所發⑮。守怒甚，將致叵測⑯。湯不獲已，因割陳緝熙⑰等三詩於仇本後，而出真跡，邀所善彭孔嘉⑱輩，置酒泣別，摩挲⑲三日而後歸⑳守，守以歸大符。大符家名畫近千卷，皆出其下。尋坐法㉑，籍入天府㉒。隆慶㉓初，一中貴㉔攜出，不甚愛賞，其位下小璫㉕竊之。時朱忠僖㉖領緹騎㉗，密以重貲㉘購，中貴詰責甚急，小璫懼而投諸火，此癸酉㉙秋事也。

【章　旨】敘〈海天落照圖〉流傳和毀滅經過。

【注　釋】❶小李將軍昭道　李昭道，唐代畫家，官至中書舍人。其父李思訓，曾任右武衛大將軍。父子兩人都是當時有名畫家。時人稱李思訓為「大李將軍」，李昭道為「小李將軍」。❷宣和祕藏　謂宋徽宗內府所藏。宣和，宋徽宗趙佶年號（西元一一一九～一一二五年）。祕藏，謂內府所藏。❸常熟　明時蘇州府的屬縣。今為江蘇常熟。❹劉以則　明代收藏家。❺吳城湯氏　為當時蘇州的一位古董商。吳城，指蘇州。春秋時為吳國都城，後來為吳郡的治所，故稱。❻郡守　這裡指知府。明清時的府比前朝的郡行政區劃要小，但常常有人將當時的府比附前朝的郡，用郡守指稱知府。❼分宜　指當時權相嚴嵩。因籍貫為江西分宜縣，故稱。古時常常用籍貫或郡望指稱某人。❽大符　嚴嵩子世蕃的字。嚴世蕃依靠其父勢力，橫行不法。嚴嵩年老，朝事歸他掌握。官至工部左侍郎。❾迫得　強行取得。❿消息非常　情況緊急。消息，情況。非常，非同尋常；很緊急。⓫延　邀請。⓬仇英實父　仇英，字實父，太倉（今江蘇太倉）人。明代名畫家，擅長臨摹古畫。⓭別室　另外的房間。指隱祕之所。⓮將欲為米顛狡獪　指將採用米芾那樣狡猾的手段，臨摹一幅交差。米顛，宋代著名書畫家米芾，放浪行蹤，玩世不恭，人稱「米顛」。他善於臨摹，可以亂真，常用贗品換取別人的真跡。狡獪，狡猾的手段。⓯發　告發。⓰叵測　不可推測。指大禍。⓱陳緝熙　陳鑒，字緝熙，明代鑑賞家、收藏家。曾官翰林學士。⓲彭孔嘉　彭年，字孔嘉，明代書畫家。⓳摩挲　用手撫弄。⓴歸　通「饋」。贈送；送給。㉑尋坐法　不久因犯法而獲罪。㉒籍入天府　被查抄沒收送進內府。籍，籍沒；查抄沒收。天府，內府；宮中府庫。㉓隆慶　明穆宗朱載垕年號（西元一五六七～一五七二年）。㉔中貴指地位較高的太監。㉕小璫　指小太監。璫，一種玉器。漢代宦官擔任武職者的一種冠飾。後來代稱宦官。㉖朱忠僖　名希孝，忠僖是諡號。鳳陽懷遠（今安徽懷遠）人，官後軍都督府左都督，掌管錦衣衛。㉗緹騎　古代貴官的侍衛人員。這裡指錦衣衛，為皇帝親軍，專治詔獄。緹，丹黃色的帛。㉘重貲　重金。貲，錢財。㉙癸酉　指明神宗朱翊鈞萬曆元年，即西元一五七三年。

【語譯】〈海天落照圖〉，相傳是小李將軍昭道所作，宋徽宗宣和年間藏在內庫，不知哪一年被常熟人劉以則收藏了，輾轉落到了蘇州湯氏的手中。嘉靖年間，有一位知府，這裡不想提及他的姓名，按照嚴嵩的兒子世蕃的意圖想強行取得它。湯氏看到情況非同尋常，於是邀請仇英，在祕室中臨摹了一幅，想倣效宋代米芾那樣狡猾的手段，用摹本交差，但被仇人告發了。知府很惱怒，想狠狠地處罰他。湯氏沒辦法，就裁下真本上陳緝熙等人的三首詩補在仇英的摹本上，並且拿出真本來，邀請了好友彭孔嘉等人，擺酒哭別，賞玩了三天後送給知府，知府又將它送給了嚴世蕃。世蕃家有名畫近千卷，都比不上這一幅。不久世蕃因犯法而獲罪抄家，將它沒收送進內庫。隆慶初年，一位大太監將它帶了出來，不很喜愛賞識它，他手下的小太監偷了它。當時朱忠僖掌錦衣衛，暗中用重金求購它，大太監詰問追尋得很緊，小太監因為害怕就將它投進了火中，這是萬曆癸酉秋天的事。

余處燕中❶，聞之拾遺人❷，相與慨歎妙跡永絕。今年春，歸息弇園❸，湯氏偶以仇本見售，為驚喜，不論直❹收之。按《宣和畫譜》❺稱昭道有〈落照〉、〈海岸〉二圖，不言所謂〈海天落照〉者。其圖之有御題❻，有瘦金❼瓢印❽與否，亦無從辨證。第❾睹此臨跡之妙乃爾，因以想見隆準公❿之驚世也。實父十指如葉玉人⓫，即臨本亦何必減逸少〈宣示〉⓬、信本〈蘭亭〉⓭哉！老人饞眼，今日飽矣，為題其後。

【章旨】寫自己得到〈海天落照圖〉摹本的經過和喜悅心情。

【注釋】❶燕中　指北京。今北京一帶為戰國時燕國領地，故稱。❷拾遺人　指舊貨商人。❸弇園　作者老家花園名。❹直　通「值」。價錢。❺宣和畫譜　宋徽宗敕命臣子所編的內庫名畫錄，集錄古今名跡六千三百九十六件，計二十卷。下文所稱二圖在第一卷。❻御題　皇帝的題字。此指宋徽宗題字。❼瘦金　宋徽宗所創的書體，由唐朝薛稷書體變化而來，字體修長勁挺秀逸，稱為「瘦金體」。❽瓢印　宋徽宗所用的蓋在收藏的古書畫上的一種瓢形的印鑑。❾第　但是。❿隆準公　這裡指李昭道。隆準，高鼻梁。隆，高。準，鼻梁。漢高祖劉邦隆準，稱隆準公。後人因用以指稱帝王及皇室。李昭道為唐朝宗室，故稱。⓫葉玉人　《列子·說符》上所說的巧匠，能將玉雕成極薄的樹葉狀。⓬逸少宣示　指王羲之的楷書法帖〈宣示表〉。逸少，晉代書法家王羲之的字。〈宣示表〉原為三國鍾繇所寫，流傳本為王羲之臨摹本。⓭信本蘭亭　指歐陽詢臨摹的行書法帖〈蘭亭序〉。信本，唐代書法家歐陽詢的字。〈蘭亭序〉原為王羲之所書，而流傳的石刻本為歐陽詢所臨摹。

【語譯】我在北京的時候從舊貨商人那裡聽到了這些事，和他一起感歎美妙的真跡永遠失傳了。今年春，回弇園休息，正好碰上湯氏出賣仇英的摹本，感到驚喜，不管價錢多高也把它買了下來。按《宣和畫譜》說李昭道有〈落照〉、〈海岸〉兩幅畫，沒有提到所謂的〈海天落照圖〉。那幅圖上有沒有宋徽宗的題字、有沒有瘦金體和瓢印，也無從辨別考證。但是看到這臨摹本有如此美妙，憑這也可以想像李昭道的真跡有多麼使世人驚歎了。仇英的十指很靈巧，就像傳說中的葉玉人一樣，即使是他的臨摹本也不一定比不上王羲之的摹本〈宣示表〉和歐陽詢的摹本〈蘭亭序〉！我老人家眼饞，今日能飽眼福了，因此在這幅畫的後邊題了字。

【研析】收藏或品評書畫，最看重的是真跡。不是真跡，無論臨摹的手段如何高明，臨摹得如何逼真，終究會使人覺得美中不足。但是如果真本既已消亡，永不可能再現於世，那麼現存的唯一的臨摹本自然也就非常寶貴了。作為一篇畫作的題跋，作者所見是一個臨摹本，必須凸現它的寶貴，自然又不得不從真本的流傳和毀滅說起，而且又要說出這臨摹本的與眾不同來。

這真本流傳有一個曲折的經過：它原先藏在內庫，後來流落到了民間，於是引來了權勢者的爭搶，而持畫者自然不甘心交出來，但是又不得不交出，於是他請來了名家臨摹，想將臨摹本交出去蒙混過關。這權勢者不是一般的人，而是把持朝政的當朝首輔嚴嵩之子世蕃，他家有名畫近千卷，而他仍必欲得之而後快，持畫人在這樣的情況還甘冒奇險企圖用臨摹本來蒙混過關。這本身也就側面映襯出了名畫的寶貴。在被仇人告發，作偽不成的情況下，請來友朋，置酒泣別，玩賞三日才獻出真本，而這畫到了嚴世蕃家中，近千幅名畫沒有一幅比得上它。這又從正面突出了名畫的寶貴。後來這真本又因抄家進入內府，還引起了那麼多人的覬覦：大太監從內府偷了出來，又被小太監偷走，同時錦衣衛首領又在暗中用重金求購。小太監終因這真本干係太大，害怕遭禍而將畫毀去。這幅畫之經過如此曲折，屢經磨難，幾易其主，涉及到那麼多的人物，而且又包含了那麼多動人的血淚之事。這畫的寶貴，已經超出了畫作本身所具有的價值，而具有了繫世事興衰於一畫的意義。

這畫作的真跡非同一般，固然可以說明臨摹本也相當寶貴。但臨摹本究竟可貴到什麼程度，終究還在於臨摹本自身。臨摹者的水準如何是個很重要的因素。而這〈海天落照圖〉的臨摹者是當時的名家仇英，從臨摹本的美妙可以推想出當時真本該是如何的驚世了，說仇英的臨摹水準簡直比得上王羲之和歐陽詢的臨摹法帖的水平。這些觀感正是為了凸現臨摹本的價值，使讀者不得不承認這臨摹本確實具有與眾不同的價值。

張公洞記

【題　解】本文選自《弇州山人四部稿》，是篇遊記。文中記敘遊歷張公洞的觀感，以及這一鐘乳巖洞的奇幻情趣。張公洞，在今江蘇宜興南張公山，相傳為東漢時道教天師張道陵的居處，在道書上稱為第五十八福地。又名庚桑洞，相傳為古庚桑子所居。

由義興❶而左泛，曰東九❷。九者，九里袤❸也。水皆縹碧❹，兩山旁襲之，掩映喬木，黃雲儲野❺，得夕照為益奇。已泊湖汊❻。湖汊者，洞所從首徑❼也。夜過半，忽大雨，滴瀝❽入篷戶❾。余起，低回❿久之。質明始霽⓫。從行者余弟敬美⓬，燕人⓭李生，歙人⓮程生，郡人⓯沈生、張生。時余病足⓰，李生亦病，為李覓一兜子⓱，並余弟所攜筍輿⓲三，為一行，其三人為一行，可四里許，抵洞，始隆然⓳若覆墩⓴耳。

【章旨】敘前往張公洞途中情景，介紹了同行的人。

【注釋】❶義興　今江蘇宜興。宋太平興國年間，為避宋太宗趙匡義諱，改用今名。❷東九　今名東氿。湖名。在今宜興東。❸九里袤　方圓九里。袤，南北或東西長度，也指周長。❹縹碧　青綠色。縹，淡青色。❺黃雲儲野　成熟了的莊稼像黃雲那樣布滿了田野。黃雲，形容莊稼成熟時金黃色的景象，用唐李頎〈古意〉詩「黃雲隴底白雲飛」意。❻泊湖汊　停泊在湖汊。湖汊，鎮名。在宜興南。❼首徑　最先經過之地。❽滴瀝　雨水滴下的聲音。❾篷戶　船窗。篷，船。戶，指窗子。❿低回　徘徊。⓫質明始霽　天亮時雨才停止而放晴。質明，天亮時。霽，指雨雪過後天轉晴。⓬敬美　作者弟王世懋，字敬美。嘉靖進士，官太常少卿。⓭燕人　指今河北北部一帶的人。戰國時今河北北部一帶屬燕地，故稱。⓮歙人　指今安徽南部徽州一帶人。歙，隋唐時州名，治所在今安徽歙縣一帶。宋時改名徽州。⓯郡人　同郡人。指同為蘇州府的人。⓰病足　腳有病。⓱兜子　一種簡便的轎子。⓲筍輿　用竹子編成的簡便的轎子。⓳隆然　高起的樣子。⓴覆墩　倒翻的土堆。

【語譯】由宜興行船向左，是東九湖。稱為九，是因為方圓九里。湖水呈青綠色。兩座山從旁邊緊靠著它，高大的樹木掩映湖上，成熟的莊稼像黃雲那樣布滿了田野，在夕陽的照耀下景色更加奇妙。後來船停在湖汊鎮。湖汊是到張公洞最先經過的地方。半夜後，忽然下起大雨，雨聲從船窗傳入。我起身，徘徊了很久。天亮時才雨停放晴。同行的有我弟弟敬美，河北人李生，徽州人程生，我的同郡人沈生、張生。當時我的腳有病，李生也生病，替李生找到一頂兜子，連我弟弟所攜帶的筍輿共三頂轎子為一起，其餘三人一起，大約四里路左右，到達張公洞，洞的外形高起，乍看好像是倒翻的土墩。

張生者，故嘗遊焉，謂余當從後洞入，毋從前洞。所以毋從前洞者，前路寬，一覽意輒盡，無復餘❶。意盡而穿橫關❷，險狹甚多，中悔❸不能達。余乃決策從後入。多列炬火前導，始委身一竅❹，魚貫❺而下。漸下漸滑，且峻級不能盡受足❻。後趾俟前趾發乃發，迫則以肩相輔❼。其上隘，又不能盡受肩。如是數十百級，稍稍睹前行人，如煙霞中鳥；又聞若甕中語❽者。發炬則大叫驚絕。巨萬乳皆下垂，崛嵓甗錡❾，玲瓏晶瑩❿，不可名狀⓫。大抵色若漁陽媚玉⓬，而潤過之⓭。稍西南為大盤石，石柱踞⓮其上。旁有所謂石床、丹竈⓯、臨廩⓰者。稍東，地攲⓱下而濕，跡之則益濕，且亦窪不可究⓲，即所謂仙人田也。

【章旨】寫入洞過程和洞中所見之景。

【注釋】❶一覽意輒盡二句　一眼看去，遊興往往就沒有了，不再有餘興。❷橫關　前洞通向後洞的過道橫栓。❸中悔　中途後悔。❹委身一竅　彎腰進一洞穴。委身，屈身；彎腰。竅，洞穴。❺魚貫　像魚群聯貫那樣前後相隨。❻峻級不能盡受足　陡直的山階石磴不能完全站穩雙腳。❼迫則以肩相輔　謂石磴狹窄時就用肩膀幫助兩腳踩到下一階。❽甕中語　指聲音粗低，好像在甕中說話。❾崛嵓甗錡　形容山石有高有低，好像嵌著甗錡一類炊具一樣。甗，古代上大下小的炊具。錡，三足，內空的釜類器物。❿玲瓏晶瑩　靈巧而且明澈。⓫不可名狀　沒法形容。名，描述；形容。狀，形狀。⓬漁陽媚玉　漁陽一帶出產的美玉。漁陽，古郡名。地當今河北北部、天津市、北京市一帶。媚玉，一種美玉。⓭潤過之　謂比漁陽媚玉溫潤。過，超過。⓮踞　蹲居；坐。⓯丹竈　道士煉丹用的灶。⓰鹽廩　鹽倉。廩，米倉。⓱攲　傾斜。⓲窪不可究　低窪之處不知有多深。

【語譯】張生從前曾經遊過這裡，告訴我應當從後洞進去，不要從前洞。不從前洞，是因為前洞路寬，一眼看去遊興往往就沒有了，不再有餘興。遊興沒有了而要穿越過道的橫關，險狹之處很多，中途後悔就不能到達。我於是決定從後洞進去。讓前導的人多拿些火把，才彎腰進了一個洞穴，像魚那樣接連不斷地下去。越往下越滑，而且陡直的山階石磴不能完全站穩腳跟。後腳等前腳開步了才開步，在狹窄處就用肩膀幫助兩腳踩到下一階。洞的上部狹窄，又不能完全容納下雙肩。像這樣過了幾十幾百級，依稀看到前邊的人，好像是煙霞中的鳥；又聽到說話的聲音好像甕中發出那樣的低粗。點亮火炬，極驚訝地大叫起來。成千上萬的巨大的石乳都從洞頂往下垂，高高低低好像嵌著甗錡，玲瓏晶瑩，描述不出它們的形狀。大概色彩好像漁陽出產的媚玉，而溫潤超過它們。西南一點點是大盤石，有石柱蹲居在它上面。旁邊有所謂的石床、丹灶、鹽廩等。往東一點點，地向下傾斜而且潮濕，腳踩上去更加濕，而且低窪得不能估測，這就是所謂的仙人田。

回顧所入竅，不知幾百丈，熒熒若日中沫❶，時現時滅。久之，路幾斷。其下穿不二尺所，余扶服❷過，下上凡百餘級。忽呀然❸中闢❹，可容萬人坐。石乳之下垂者，愈益奇，為五色自然，丹雘❺晃爛❻刺人眼。大者如玉柱，或下垂至地，所不及者尺所；或怒發上，不及者亦尺所；或上下際，不接者僅一髮。石狀如潛虬❼，如躍龍，如奔獅，如踞象，如蓮花，如鐘鼓，如飛仙，如僧胡❽，詭❾

不可勝紀⑩。余時憊足⑪益蹇⑫，強作氣而上。至石臺，俯視朗然⑬。洞之勝，至是而既⑭矣。會所賫酒脯⑮誤失道⑯，呼水飲之，乃出。

【章旨】寫進入巖洞更深處所見的景象更為奇妙。

【注釋】❶熒熒若日中沫　謂微光閃爍，好像在太陽底下發出的那樣昏暗。熒熒，微光閃爍。沫，通「昧」。微光。❷扶服　同「匍匐」。趴在地上爬行。❸呀然　大而開闊的樣子。❹中闢　中間打開。❺丹雘　紅色塗料。雘，赤石脂之類，古代以為好顏料。❻晃爛　明亮。❼虬　傳說中的一種龍。❽僧胡　即胡僧。西方僧人。❾詭　變化多端。❿不可勝紀　不能夠記完全。紀，同「記」。⓫憊足　勞累的腳。⓬蹇　行走困難。⓭朗然　清楚。⓮既　盡；完。⓯賫酒脯　攜帶酒和肉乾。⓰失道　在路上丟失。

【語譯】回頭看所進入的洞，不知有幾百丈遠，閃爍的微光好像在太陽下發出的那麼幽暗，有時顯現有時消失。過了一段時間，道路差不多斷絕了。洞在巖壁下穿過，不到二尺大小，我匍匐著過去了，又下又上總共一百來級。忽然中間一片開闊寬敞，大約可以容納一萬人坐下。下垂的石乳更加奇妙，自然呈現五色，紅色尤其是明亮耀眼。大的像玉柱，有的下垂到地面，離地只有一尺左右；有的昂然向上，離開頂端也只有一尺左右；有的上下相對，僅一根頭髮的空隙不相連接。石的形狀像潛伏的虬，像飛躍的龍，像奔跑的獅，像蹲著的象，像蓮花，像鐘鼓，像飛仙，像胡僧，變化多端，不能完全記下來。我這時勞累的雙腳更加行走困難了，勉強鼓起勁上去。到了石臺，往下看一清二楚的。洞的勝景，到這裡就盡了。正好我們所帶著的酒和肉乾在路上遺失了，捧了水喝了，才出來。

張公者，故漢張道陵❶，或曰張果❷，非也。道陵事在蜀頗著。許遠遊❸貽❹

逸少❺書稱：金堂玉室❻，仙人芝草❼，左元放❽漢末得道之徒多在焉。此亦豈其一耶？王子❾曰：余向所睹石床、丹竈、鹽米廩及棋局❿者，仿佛貌之⓫耳。烏言仙跡哉！烏言仙跡哉！

【章　旨】感慨世人所說的仙跡其實是靠不住的。

【注　釋】❶張道陵　原名張陵。道教的創立者。東漢順帝時，在四川鵠鶴山修道。永和六年（西元一四一年）作道書二十四篇，自稱「太清玄元」，創立道派，凡入道者納米五斗，故稱五斗米道。後道教徒尊稱他為「天師」。❷張果　又稱張果老。傳說中八仙之一。相傳久隱於中條山，至唐代武則天時已有數百歲。武則天派使者召見，佯死，後人又見到他居住在恆州山中。唐玄宗時召至長安，問治道神仙事，語祕不傳。後懇辭還山，不久死去。❸許遠遊　東晉時名士許詢，以好遊山水著稱當時，故稱為遠遊。❹貽　給。❺逸少　東晉書法家王羲之的字。❻金堂玉室　用黃金美玉裝飾的屋子。指神仙的居處。❼芝草　指靈芝。菌類植物的一種，可供觀賞，又可作藥用。古人認為是仙草。❽左元放　東漢末年方士左慈的字。❾王子　作者自稱。❿棋局　棋盤。⓫貌之　和它相像。

【語　譯】張公，據說是從前漢朝時的張道陵，有人說是張果老，這些都不對。張道陵的事跡在四川很顯著。許詢寫給王羲之的信中稱：金堂玉室，仙人芝草，像左慈等在漢末得道的人大多具有這些。這難道也是其中之一嗎？我認為：我先前看到的石床、丹灶、鹽米廩及棋局這些，只是彷彿類似而已。哪能說那是仙跡呢！哪能說那是仙跡呢！

【研　析】這篇遊記依遊歷的順序寫了遊張公洞的觀感，在文章的剪裁安排上頗費匠心。入洞之前路途的所見所遇渲染了遊興，「水皆縹碧，兩山旁襲之，掩映喬木，黃雲儲野」，而夜半遇雨，雖然美中不足，但天亮時雨止放晴，並不略減遊興。他們入洞的方式也與眾不同，不是從前洞至後洞，而是由後洞至前洞，這正是為了探險獵奇，增加遊興。

後洞通道險而洞內暗，作者著重寫了道中的歷險：需要火把前導，才彎腰入洞，魚貫而下，下面越來越滑，連腳也插不進，在極狹處要用肩幫助，但洞的頂端又很窄，雙肩不能同時容納得下，真可謂進退維谷。進了洞裡又大叫驚絕，因為洞中有奇幻的石乳，又有石床、丹灶、鹽廩和仙人田之類仙跡。但在這一部分對奇幻的乳巖卻不作鋪敘描寫。

由後洞入前洞，通道有幾百丈，慢慢地路幾乎要斷。但是匍匐著經過了不到二尺高的洞穴後，再過一百多級，卻別有洞天。這前洞開闊明亮，色彩繽紛。在這一段裡作者盡情描寫了乳巖的奇幻：大的石乳像玉柱，有的下垂到地，離地面不到一尺；有的直往上長，離洞頂也不到一尺；有的上下之間差一點點就要連接上了，接著作者更是連用八個比喻生動地描寫了石乳的形狀，說它們像潛虬，像躍龍，像奔獅，像踞象，像蓮花，像鐘鼓，像飛仙，像僧胡。這一些描寫，既補充了後洞所見的描寫，同時又避免了重複。它完整地寫出了遊程，也全面地寫出了張公洞的奇趣。

李贄

【作　者】李贄（西元一五二七～一六〇二年），字卓吾，號溫陵居士，晉江（今福建晉江市）人。嘉靖三十四年（西元一五五五年）授共城（今河南輝縣）儒學教諭，歷任禮部司務、南京刑部員外郎等職。萬曆五年（西元一五七七年）任姚安（今雲南姚安）知府。三年後辭官，寓居黃安，後移居麻城龍湖，講學著書。後來所居住的龍湖芝佛院被當地士紳指使的無賴所焚燬，李贄被驅逐出境。萬曆二十九年（西元一六〇一年），接受朋友馬經綸的邀請，至北通州，住在馬家。次年被捕下獄，自刎而死。思想方面深受王陽明「心學」和佛教禪宗影響，對程朱理學和孔孟之道加以抨擊，以「異端」自居，著作曾遭焚燬。著有《藏書》、《焚書》等。

題孔子像於芝佛院

【題　解】本文選自《續焚書》，是篇題詞。文章認為人們的尊孔、頌孔，以孔子為聖人，其實都是臆斷盲目的，是萬口一詞、千年一律，陳陳相因的結果。芝佛院，在今湖北麻城東北的龍潭湖上。李贄在萬曆十三年從黃安移居麻城，友人為他建造了一座佛堂和後院住室，就是這座芝佛院。李贄在這裡講學、著述十餘年，後來芝佛院被當地士紳指使無賴燒燬。

人皆以孔子為大聖，吾亦以為大聖；皆以老、佛❶為異端❷，吾亦以為異端。人人非真知大聖與異端也，以所聞於父師之教者熟也；父師非真知大聖與異端也，以所聞於儒先❸之教者熟也；儒先亦非真知大聖與異端也，以孔子有是言❹也。其曰「聖則吾不能❺」，是居謙❻也。其曰「攻乎異端❼」，是必為老與佛也。

【章旨】說明以孔子為大聖人、以佛道為異端的人，其實並不真正了解孔子與佛道。

【注釋】❶老佛　指道家和佛教。老，指老子，為道家思想的創始人。❷異端　指不正統的思想或流派。❸儒先　儒家的先輩。❹是言　這種話；這一說法。❺聖則吾不能　聖人我做不到。這是《孟子・公孫丑上》中孟子引述孔子的話。❻居謙　表示謙虛。❼攻乎異端　批判不合正道的思想。攻，攻擊；批判。出自《論語・為政》。

【語譯】人人都認為孔子是大聖人，我也認為他是個大聖人；都認為道家、佛教是異端，我也認為它們是異端。但是並非人人都真正知道孔子是大聖人，道家、佛教是異端，他們只是從父親、老師的教導聽熟了；父親和老師也並非真正知道誰是大聖人誰是異端，他們只是從儒家前輩的教導而聽熟了；儒家前輩其實也並非真正知道誰是大聖人誰是異端，只因為孔子有這一類的話。孔子說「聖人，則我做不到」，大家認為這是孔子的謙虛；他說「批判那些不正當的思想」，大家認為這一定就是指道家和佛教了。

儒先臆度❶而言之，父師沿襲❷而誦❸之，小子矇聾❹而聽之。萬口一詞，不可破也；千年一律，不自知也。不曰「徒誦其言」，而曰「已知其人」；不曰「強不知以為知」，而曰「知之為知之❺」。至今日，雖有目，無所用矣。

【章旨】謂造成以上這種狀況的原因是萬口一詞、千年一律，沒有了正確的判斷是非的能力。

【注釋】❶臆度　憑主觀推測。❷沿襲　依據；沿用。❸誦　稱述。❹矇聾　同「矇朧」。昏亂模糊。❺知之為知之　出自《論語・為政》。

【語譯】儒家前輩憑主觀推測談論它，父親和老師沿用傳統說法稱述它，後輩昏亂模糊地傾聽它。萬口一詞，不能破除；千年一律，毫無自覺。不說自己「只是誦讀他的話」，而說「已經知道了這個人」；不說自己「不知道的硬要說知道」，而說「知道了就是知道了」。到了現在，雖然人人都有眼睛，也不起作用了。

余何人也，敢謂有目？亦從眾耳。既從眾而聖之❶，亦從眾而事之❷，是故吾從眾事孔子於芝佛之院。

【章旨】說明自己在芝佛院供奉孔子像的原因。

【注釋】❶聖之　以之為聖；認為他是聖人。❷事之　侍奉他。這裡指將孔子像供奉在芝佛院裡。

【語譯】我是什麼人，敢說自己才有眼睛？我也只是隨從眾人而已。既然隨從眾人以孔子為聖人，也就隨從眾人供奉孔子，因此我隨從眾人在芝佛院中供奉孔子像。

【研析】李贄是晚明時期非常奇特、非常怪誕的人。他在本質上是個儒學者，卻又時時不滿意於儒家的學說，對許多問題的看法與道統相悖離，甚至對孔孟的學說也敢於非議。他不是佛教徒，卻偏偏又削髮為僧；既然出家，卻又毫不遵守佛教的戒律，並且還在佛堂中懸掛孔子的像。

李贄認為後儒將孔子視作大聖人，將佛道視為異端，其實並不是基於真正的了解，而是人云亦云，世代沿襲的結果。他並不反對孔子，相反地他是對孔子充滿敬意的，他的文章中就常常稱引孔子作為論據。他所反對的是盲目尊孔，認為這樣會失去獨立思考和判斷的能力，扼殺人的主體意識。李贄接受心學和佛教思想，認為儒、釋、道三家在本質上是相通的，是可以合一的，所以他才反對以孔子為大聖人、儒家為正統，以佛道為異端的傳統思想。所以李贄這篇文章顯然是要破除世人對各家各派思想的臆斷和盲從，要世人以公正客觀的獨立判斷去了解儒、釋、道。

李維楨

【作者】李維楨（西元一五四七～一六二六年），字本寧，京山（今湖北京山縣）人。隆慶二年（西元一五六八年）進士，由庶吉士授編修。累官遷提學副使。浮沉外僚近三十年。天啟初以布政使家居。年七十餘，召修神宗實錄，累官禮部尚書。告老歸，卒於家。有《大泌山房集》、《史通評釋》等。

漁父詞引

【題解】本文選自明刊本《大泌山房集》，是篇序。文章介紹了〈漁父詞〉的來歷、作者的情況，並抒發了自己的感想。引是文體名稱，即「序」，又叫「敘」。

郝公琰工詩而貧，操舴艋❶，游江湖間十年，與漁父狎❷，為〈漁父詞〉示余。其于家則張融❸陸處無屋，舟居無水；其於魚則王弘之❹釣亦不得，得亦不賣；于典寄則張志和❺烟波釣徒，陸龜蒙❻江湖散人。詞之聲音調格❼，相出入矣。余家三澨❽水畔，漁釣故其本業；為世餌所中❾，三仕三已❿。今老病免⓫，青篛綠蓑⑫，返而初服⑬，將從江上丈人⑭遊，顧⑮不如公琰習于水也。請為先導，而余擊榜鼓枻⑯和之。

【注釋】❶舴艋　小船。❷狎　親近。❸張融　南朝齊人，官至司徒左長史。一次齊武帝問他住在何處，他回答說：「臣陸處無屋，舟居無水。」後來武帝問了張融的堂兄張緒，張緒說：「融近東出，未有居止，權牽小船於岸上住。」事見《南史・張邵傳附張融傳》，又見《南齊書》。❹王弘之　南朝宋人。屢次徵召任官，皆不就。家居會稽上虞（今浙江上虞）。性好釣，常在上虞江的一處叫三石頭的地方垂釣。路過的人不認識他，問他釣到的魚賣不賣，他回答說：「亦自不得，得亦不賣。」傍晚帶了魚回來，路經親友家門，每家門裡放上一兩條魚再離開。事見《南史・王鎮之傳附王弘之傳》，又見《宋書・隱逸傳》。❺張志和　唐朝人。唐肅宗時待詔翰林，授左金吾衛錄事參軍。坐事貶官，後不復仕，放浪江湖間，自稱煙波釣徒。事見《新唐書・隱逸傳》。❻陸龜蒙　唐朝人。舉進士不第，長期隱居甫里，自號江湖散人、甫里先生。工詩文，與皮日休為友而齊名，稱「皮陸」。❼調格　即格調。指格律聲調。❽三澨　河流名。是漢江的支流。❾為世餌所中　被世上的功名利祿所引誘。餌，原指引魚上鉤的食物。❿已　停止。這裡指從官場退下來。⓫免　指不做官。⓬青篛綠蓑　青箬笠，綠蓑衣。指過著垂釣生活。張志和〈漁歌子〉：「青箬笠，綠蓑衣，斜風細雨不須歸。」篛，同「箬」。⓭初服　未做官前所穿的衣服。這裡指漁夫的衣服。⓮江上丈人　指漁父。丈人，對年長者的尊稱。⓯顧　但；只是。⓰擊榜鼓枻　敲打著船槳。榜，搖船的用具。即櫓或槳。枻，短槳。

【語譯】郝公琰詩作得很好但很貧困，駕著小船，在江湖間闖蕩了十年，和漁父相親近，作了〈漁父詞〉，拿給我看。他對於家，就像南朝齊時的張融一樣住在陸地上沒有房屋，住在船中沒有水；對於魚，就像南朝宋時的王弘之一樣，釣不到什麼魚，釣到了也不出賣；他對託身來說，則像唐朝張志和自稱煙波釣徒、陸龜蒙自稱江湖散人一樣。他的詞在聲音格調方面，有些不合規格。我的家在三澨河邊，捕魚釣魚，本來就是本業。因為被世上的功名利祿所誘惑，幾次做官又幾次辭官。現在因為老病而不做官了，青箬笠，綠蓑衣，重新穿起了先前的衣服，將跟隨漁父遊於江湖中。只是我不像公琰那樣識水性。請公琰作前導，我敲打著船槳應和他。

【研　析】一般說來，屬於抒情、記敘性的散文，適宜於抒發個人的情感，而屬於議論性、應用性的各種文體，是較難抒發個人的情感的。但晚明以抒發性靈為主的小品文，卻存在於各種形式的文體中。無論是山水遊記、人物傳記，還是序跋、題詞、札記、銘誌、書信等，都表現出性靈文學的傾向，都可以用來抒發個人的閒情逸致。而前者原屬於記敘、抒情性散文，後者則屬於議論、應用性的散文。

〈漁父詞引〉正是一篇抒發性靈的小品文，不到二百字。作為一篇應他人所託而寫的序文，一般說來離不開對作品和作者的介紹，對作品進行評價，自己讀後的感想等等。而這篇序文對作品的評價，只是「詞之聲音調格，相出入矣」這麼一筆帶過；對於作者的介紹雖然較多，也是側重於作者與自己的相同的情趣愛好；全文最多的文字是表達自己不願為世俗世情所累，返歸江湖過隱居漁釣生活的閒情逸致。所以文章雖名為「漁父詞引」，而重點卻在「漁父」這一具有概括典型意義的形象，透過這一形象來抒發自己的性靈世界。

綠天小品題詞

【題　解】本文選自明刊本《大泌山房集》，是篇題詞。文章因《綠天館小品》的主人姓王而且好酒，聯想到歷史上五位王姓好酒之人，認為小品文集的主人，可以與這五位相媲美。最後，感歎文集的主人沒有功名而且早死。

王氏故多酒人。「酒正使人自遠」，光祿之言也❶；「酒正自引人著勝地」，衛軍之言也❷；「三日不飲，使人形神不親」，佛大之言也❸；「名士不須奇才，但使常得無事痛飲酒，熟讀〈離騷〉，便可稱名士」，孝伯之言也❹；唐無功❺所著〈醉鄉記〉、〈五斗先生傳〉及他詩歌率可傳。婁東❻王時馭，自號「酒懶」，好酒不減五君，其詩文所謂《綠天館小品》者，清言秀句，多人外之賞❼。起五君九原❽，揮麈酧酢❾，定入《世說》❿：〈言語〉⓫、〈文學〉⓬、〈任誕〉⓭三則中。其妹婿潘藻生為梓行⓮之，以示余。余惟⓯五君皆有官職，而時馭相國從弟⓰，布衣蚤死⓱。即無功傳《唐書・隱逸》，當遜一籌⓲。是又烏衣馬糞⓳佳子弟之所罕有也。

【注釋】❶酒正使人自遠二句　出自《世說新語・任誕》：「王光祿云：『酒，正使人人自遠。』」光祿，指王蘊，字叔仁，兩晉時太原晉陽（今山西太原）人，官至鎮南將軍。曾任光祿大夫，故稱王光祿。《世說新語注》中引《續晉陽秋》說他平素嗜酒，到了晚年更厲害，在會稽時，很少有清醒的時候。❷酒正自引人著勝地二句　出自《世說新語・任誕》：「王衛軍曰：『酒正自引人箸勝地。』」衛軍，指王薈，字敬文，兩晉時琅琊臨沂（今山東臨沂）人。丞相王導的幼子。有清譽。官至鎮南將軍，死後贈衛將軍，故稱王衛軍。❸三日不飲三句　出自《世說新語・任誕》：「王佛大歎言：『三日不飲酒，覺形神不復相親。』」佛大，指王忱，字元達，小字佛大。王蘊的族弟。官至荊州刺史。《世說新語注》引《晉安帝紀》說他年輕時放達好酒。做荊州刺史時更厲害，有時喝了一次酒連日不醒，終於醉死。❹名士不須奇才五句　出自《世說新語・任誕》：「王孝伯言：『名士不必須奇才，但使常得無事，痛飲酒，熟讀〈離騷〉，便可稱名士。』」孝伯，王恭的字。王恭為王蘊之子。年輕時與王忱關係很好，兩人齊聲見稱。王恭清廉貴峻，起家著作郎，官至青、兗二州刺史。❺唐無功　唐代人無功。指初唐時王績，字無功，絳州龍門（今山西河津）人，為隋末大儒王通之弟。隋時任祕書省正字、六合丞。唐初以原官待詔門下省，以疾罷。後又任太樂丞，不久又棄官還鄉。放誕縱酒，其詩文多以酒為題材。著〈醉鄉記〉以配合西晉劉伶的〈酒德頌〉；喝酒五斗不亂酒性，有人邀他喝酒，無論是誰他都前往，因著〈五斗先生傳〉。事見新、舊《唐書・隱逸傳》。❻婁東　今江蘇太倉的別稱。❼人外之賞　超越世俗的體會。人外，世俗之外。賞，體會；領會。❽九原　春秋時晉國卿大夫的墓地。後泛指墓地。❾揮麈酧酢　手執拂塵，互相勸酒。麈，一種似鹿而大的動物，尾毛可以製成拂塵。這裡的麈正是指麈尾做成的拂塵。魏晉士人清談時常執麈尾。酧，同「酬」。勸酒。酢，以酒回敬。❿世說　《世說新語》的省稱。南朝宋劉義慶撰，分德行、言語等三十六門，著重記載晉代士人的言談、軼事。南朝梁劉孝標為此書作注。⓫言語　《世說新語》三十六門之第二，著重記載士人的言談。⓬文學　《世說新語》之第四門，著重記載學者的言談舉止。⓭任誕　《世說新語》之第二十三門，著重記載士人的縱情怪誕行為。⓮梓行　刊印流布。⓯惟　思；想。⓰相國從弟　相國的堂弟。相國，丞相。明代指內閣大學士。這裡的相國指萬曆時的內閣大學士、首輔王錫爵。從弟，堂弟。⓱布衣蚤死　沒有功名且年紀很輕就死了。布衣，普通百姓。又特指沒有做官的讀書人。蚤死，早死。蚤，通「早」。⓲當遜一籌　還相差一點點。遜，差；不如。籌，古代記數和計算的用具。⓳烏衣馬糞　烏衣巷和馬糞巷的合稱。兩巷均在今南京市。烏衣巷為東晉時望族王、謝所居。馬糞巷為南朝時王志所居。這裡烏衣馬糞指大家子弟。

【語　譯】王姓人中本來就多酒量大的人。「酒正使人遠離塵世」，這是光祿勳王蘊的話；「酒正自引人進入非常美妙的境界」，這是衛軍王薈的話；「三日不喝酒，會使人身體和精神不親近」，這是王忱的話；「名士不必定要有奇特的才能，能夠沒有事情而痛快地喝酒，熟讀〈離騷〉，就可以稱為名士了」，這是王恭的話；唐朝王績所寫的〈醉鄉記〉、〈五斗先生傳〉和其他以酒為題材的詩歌，大多可以流傳下來。太倉王時馭，自號「酒嬾」，喜歡飲酒不亞於以上五君，他的詩文集稱《綠天館小品》，清新的言詞，美妙的文句，有許多超越世俗的體會。如果讓五君從地下起來，揮動麈尾，互相勸酒，這一定可以放入《世說新語》的〈言語〉、〈文學〉、〈任誕〉三則中。他的妹夫潘藻生將他的集子刊行了出來，並拿來讓我看。我想五君都有官職，而時馭雖是丞相的堂弟，卻是以布衣身分而早死。即使像王績被記載在《舊唐書・隱逸傳》中，也應當比他還差一點。這又是像東晉時居於烏衣巷、南朝時居於馬糞巷的大家子弟中所少有的。

【研　析】題詞是寫在集子前面的一種文體，主要用來對作品表示讚許，進行評價或敘述讀後感想，性質與序跋差不多，容易流於應酬，落入俗套。這篇小品題詞的高明之處就是宕開一筆，不是直切題意，從文集本身談起，而是從王姓之人多酒人講起，一口氣列舉了五位好酒的王姓人，並且稱引了他們的有關酒的言論。這樣的開頭和寫法確實使人意想不到。看似興之所至，非常隨意，其實作者是匠心獨具的。因為文集的作者王時馭同是王姓人，又是一個好酒之人，其「好酒不滅五君」。從而將歷史和現實聯繫了起來，從而在下文將王時馭與王姓前人作了比較，說王時馭詩文作得很好，行為也可以與五君相媲美，但他布衣早死，在身分和地位上遠遠不能與五位前人相比，從而對王時馭的不幸表示了深深的感歎。讀到這最後，才覺得文章的開頭這樣的寫法其實不是率意而為，而是有深意的。作為替別人文集所作的題詞，自然不得不在文中說到文集本身。本文也這樣作了，在文中讚揚了文集作品，說到了它的刊行，但這些都只是一筆帶過，不是主要的。

李維楨是個博聞強記的人。讀他的這篇題詞，也就可以感受到他的博洽。這篇文章與其說是一篇文集題詞，倒不如說是一則酒話。提到了那麼多的王姓酒人，又引述了那麼多有關酒的議論。但並不因為博洽而失去了才氣。雖然引述了那麼多的言論，但卻使人感到饒有興味，絲毫沒有乏味、厭倦之感。

屠隆

【作者】屠隆（西元一五四二～一六〇五年），字長卿，又字緯真，號赤水、鴻苞居士，鄞縣（今浙江鄞縣）人。曾學詩於當時名士沈明臣。萬曆五年（西元一五七七年）進士。任潁上（今安徽潁上）知縣，後調青浦（今上海市青浦縣）知縣。遷禮部主事，因行為放縱，遭人挾嫌彈劾被罷官。歸鄉後更加縱情於詩酒，以賣文為生。有《鴻苞》、《由拳》、《白榆》等集和〈彩毫記〉傳奇。

青溪集序

【題解】本文選自《晚明二十家小品》，是篇序。文章介紹了青溪一帶的秀麗景色，敘述了自己與師友同遊青溪的快樂以及《青溪集》的由來。

青溪者何？青浦❶也。青浦古由拳❷地，居雲間❸西鄙❹，為澤國❺。空波四周，多鷗鳧菱芡❻，景小楚楚❼。每乘月蕩槳，如鏡中遊，九峰三泖❽落几席。湖上蓋又有二陸先生❾墓云。余雅抱微尚❿，緬懷哲人⓫，而余鄉沈嘉則⓬先生、就李⓭馮開之⓮吉士⓯，適以七夕⓰至。至即相與操方舟⓱，出郭⓲行遊葦蕭⓳野水間。

是夜雲物⑳大佳，天星並麗，余三人叩舷㉑和歌，仰視青漢㉒，因風而送曼聲㉓，樂甚。已復相攜泛泖湖㉔，登湖上浮屠㉕。尋余立躡天馬㉖，弔二陸祠，慷慨興懷焉。蓋流連三日，而開之別去，嘉則留齋頭旬日，余退食㉗即相與揚扢風雅㉘。諷咏先王，不及於政。嘉則得詩若干首，余詩與之略相等。先生髮短矣，而心甚長，諸所撰結更雄麗，神王㉙哉！余與對壘㉚，逡巡㉛畏之。於是謀刻先生詩，余與開之附焉，而用「青溪」命集。

【注釋】❶青浦　縣名。明嘉靖二十一年（西元一五四二年）析松江府上海、華亭兩縣置。今屬上海市。❷由拳　嘉興的古稱。秦時置由拳縣，治所在今浙江嘉興南。三國吳改名禾興，又改名嘉興。兩宋時華亭縣屬嘉興府，元時析嘉興路華亭縣為華亭、上海兩縣，置華亭府，又改名松江府，以兩縣屬之，故稱青浦為古由拳地。❸雲間　松江府的別稱。因西晉時華亭人陸雲字士龍，對客自稱「雲間陸士龍」而得名。❹西鄙　西邊。青浦縣在今上海市松江縣的西北邊。❺澤國　謂其地江河湖泊甚多。青浦一帶為古太湖的一部分，地勢低平多水。❻鷗鳧蔆芡　泛指各種水鳥和水生植物。鷗，一種水鳥，善飛翔，能游水。鳧，野鴨。芡，一種植物。種子叫「芡實」，俗稱「雞頭米」。❼楚楚　鮮明的樣子。❽三泖　湖名。在當時青浦、松江之間。現已淤為平地。❾二陸先生　指西晉時陸機、陸雲兄弟，吳縣華亭（今上海市松江縣）人。在太康末同至洛陽，文才傾動一時，時稱「二陸」。❿雅抱微尚　平素具有一些小小的自負。雅，平素。尚，自負。⓫緬懷哲人　深切地懷念才識卓越的人。緬，遙遠；深切。哲人，才能和識見超越一般的人。⓬沈嘉則　沈明臣，字嘉則，鄞縣人。嘉靖萬曆時期著名的布衣詩人。曾與徐渭同為胡宗憲幕僚。屠隆曾向他學詩。⓭就李　又作「醉李」、「檇李」。春秋時地名。在今浙江嘉興西南。古人用作嘉興的別稱。⓮馮開之　馮夢禎，字開之，秀水（今浙江嘉興）人。萬曆五年（西元一五七七年）會元，選庶吉士，除編修。與屠隆為同年進士，以文章意氣相豪。不為當時執政所喜，被貶外任，移南京國子監司業，拜南京國子監祭酒。被劾免官，不再任職。⓯吉士　翰林院庶吉士的簡稱。當時進士考試之後，二甲進士名次前列者選入翰林院任庶吉士，三甲進士外放任知縣等職。屠隆任青浦知縣時，馮夢禎正在翰林院任庶吉士。⑯七夕　農曆七月初七的晚上。古代傳說牛郎織女這晚在天河相會。又叫「乞巧節」。⑰方舟　並頭船。這裡指小船。⑱郭　外城。⑲蕭　一種蒿類植物。⑳雲物　景物。㉑舷　船的左右兩側。㉒青漢　指澄明的銀河。㉓曼聲　指柔美的歌聲。㉔泖湖　指三泖湖。㉕浮屠　佛教名詞。這裡指佛塔。㉖天馬　山名。在今上海市松江縣西北，鄰近青浦縣。㉗退食　官員下班回家休息。㉘揚扢風雅　指談論詩文。揚扢，商略；談論。風雅，原指《詩經》中的「十五國風」和大、小「二雅」，後作為詩歌、詩文的代稱。㉙神王　即「神旺」。精神健旺。王，通「旺」。㉚對壘　本指兩軍各築營壘，互相對峙。這裡指吟詠賦詩，互為對手。㉛逡巡　欲進不進，遲疑不決的樣子。

【語　譯】青溪是什麼？它就是青浦。青浦是古代由拳的領地，位處松江的西邊，是水鄉。四周都是空闊的波濤，鷗鳧菱芡之類很多，景地小而鮮明。每當乘著月夜泛舟於湖上，好像在鏡中遨遊，九峰三泖都落在几席之上。湖上又有陸機、陸雲二先生的墓。我平素稍稍有些自負，深深懷念這些才識高超的人。我的同鄉沈嘉則先生、嘉興馮開之庶吉士，正好在七夕時來到。我就與他們一起駕著小船，出了外城在葦蕭野水之間遊賞。這晚景物很美，天上星星也很亮麗，我們三人扣著船舷唱著歌，仰望青青的銀河，藉著風送走我們曼妙的歌聲，非常快樂。後來又一起在泖湖泛舟，登上湖邊的佛塔。不一會兒我又登上天馬山，憑弔二陸祠，胸中產生許多感慨。這樣流連了三日，開之告別離開了，嘉則在我書房中留了十來天，我從官署回來後就與他一起品評詩文，諷詠先朝時的詩歌，不談論政事。嘉則寫了若干首詩，我寫的詩與他大致相等。先生的頭髮很短了，但他的心很長，他撰寫結集的詩文更是雄奇富麗，精神很健旺啊！我與他賦詩吟詠，互為對手，心裡遲疑不決，很畏懼他。於是商量刻印先生的詩，我與開之的詩附在集中，用「青溪」來為這部集子命名。

【研　析】屠隆是晚明時期的大名士，他的日常生活常常與眾人不同，無論是為官還是做一個普通百姓，他都會率意而行，狂放不羈。屠隆在做青浦知縣時，常常招集一些名士飲酒賦詩，徜徉於山水之間，樂而忘返，他也就以仙令自許。這篇文章所寫的正是他這種詩酒風流生活的一個片斷。

當然，名士要過一種詩酒風流的生活，自然離不開佳山水。而青浦這一帶正好為他提供了良好條件，這裡有絕好的山水景物，「空波四周，多鷗鳧菱芡，景小楚楚。每乘月蕩槳，如鏡中遊，九峰三泖落几席。」而且又有可觀的人文景觀，湖上有佛塔，更有西晉時陸機、陸雲二先生的墓和祠，更有東南名士常常可以來此盤桓相聚。這篇文章就是記敘了當時的兩位名士來此相聚的過程。這兩個名士一個是作者的老師，當時有名的布衣詩人沈明臣，一個是作者的同年進士，意氣相投的庶吉士馮夢禎。他們的到來自然使不甘寂寞的作者非常快樂。他們一起在七夕時泛舟於湖中，扣舷和歌，又一起登上湖岸的山峰憑弔二陸祠，慷慨興懷。更要「揚扢風雅，諷咏先王」。詩歌唱和的結果就是結集而成的《青溪集》，而為這集子作序的就是本文。

這篇序文由青溪寫起，由景而人，由遠而近，層層鋪墊，最後點出集子的得名由來，可謂水到渠成。

與陸君策

【題解】 本文選自《晚明二十家小品》，是封書信。信中回憶了自己與友人的幾次聚散離合，敘寫了相聚時的快樂，抒發了別後相思之情。陸君策，作者友人，生平不詳。

往與足下醉西泠橋❶上，醉我家東湖❷，醉虎丘❸，醉峰泖❹，為日亦久，為歡亦暢，乃別來終抱耽耽❺，何耶？再別吳王試劍石❻下，與大帝陵口❼之別，微覺不同。陵口之別，握手踟躕❽，數視日影，河梁之義❾，足為千秋淒涼。姑蘇之別，追隨竟日❿，撒手即行，差近草草⓫。然僕以為草草之別，深於踟躕，何也？畏別也。所畏者別，小遲則生情生恨，益不可任⓬，故忍而斷之，一麾輒往⓭。

然而別後之恨，又何可言？文通⑭多情人，「黯然銷魂⑮」四字，描寫真若畫。君家元量⑯當已行，八行⑰計已達久。所幸有偕計之期⑱，把握非遠⑲，不知此時僕尚在春明門⑳否？臨書悃然不盡。

【注　釋】❶西泠橋　在杭州西湖孤山之旁。是孤山到岳墳的必經之地。橋畔原有南齊時錢塘名妓蘇小小墓，現已毀。❷我家東湖　此處指東錢湖，在作者的家鄉鄞縣。❸虎丘　在蘇州西北閶門外，是著名風景地。❹峰泖　即上文所說的「九峰三泖」。指青浦。❺耽耽　深切的樣子。❻吳王試劍石　在蘇州虎丘。傳說春秋時吳王試劍於此。❼大帝陵口　指大禹陵口。在今浙江紹興東南會稽山麓。大禹陵傳說是夏禹的陵墓。❽踟躕　徘徊不前。❾河梁之義　謂難捨難分的情義。出自舊題〈李少卿與蘇武〉詩三首之三：「攜手上河梁，游子暮何之。」這詩寫送別朋友的情景，前人以為是西漢時李陵（字少卿）送蘇武歸漢時所作，但不可信。❿竟日　終日；整天。⓫草草　匆匆忙忙。⓬任　承受；忍受。⓭一麾輒往　揮一下手就離去了。麾，通「揮」。⓮文通　南朝時文學家江淹的字。⓯黯然銷魂　這是江淹〈別賦〉的首句：「黯然銷魂者，唯別而已矣！」黯然，心神沮喪，容色慘鬱的樣子。銷魂，喪魂落魄。⓰君家元量　指陸元量。陸君策的本家。⓱八行　指書信。古代書信大多用八行的信箋，故稱。⓲偕計之期　指上京赴考的日期。偕計，隨同計吏前往京師。偕，一起。計，計吏。地方政府派往京師呈送戶口、賦稅等簿籍的官吏。漢代中央所徵召的士人，都和計吏一起進京。後世遂稱舉人入京赴考為計偕。亦作「偕計」。⓳把握非遠　指見面的日期不遠了。把握，牽手；握手。⓴春明門　唐代長安城門名。後代指京師。

【語　譯】從前與您在西泠橋邊醉酒，在我家鄉東錢湖邊醉酒，在虎丘醉酒，在九峰三泖的青浦醉酒，相聚的時日也算久的了，歡樂也算是很暢快的了，可是分別後卻終日深切思念，為什麼呢？在蘇州虎丘吳王試劍石下的第二次離別，與在紹興大禹陵口的分別，略微覺得有些不一樣。陵口那次分別，兩人握手徘徊，幾次看著太陽的影子，就像當年李陵與蘇武在河梁分別時難捨難分這樣一種情義，足以成為千古淒涼之事。蘇州那次分別，整天相隨，分手就離去，幾乎近於匆匆忙忙。但是我認為這樣匆匆忙忙的分別，比徘徊不捨的分別更深切，為什麼呢？因為害怕分別。所害怕的是分別，稍有一點遲疑不決就生出情意和憾恨，更加不能忍受。因此忍心地割斷它，揮一下手就離去了。可是分別之後的憾恨，又怎麼能說得出來呢？江淹是個多情的人，「黯然銷魂」這四個字，描寫得真實如畫。你家元量應該已經走了，書信大概已到達很久。所幸有進京考試的日期，見面的日子不遠了，只不知那時我是不是還在京師？在寫這封信時心裡迷惘得很。

【研析】這封信先敘自己與對方相會時的幾次暢飲，對這些日子懷念不已。然後說到在蘇州吳王試劍石下與紹興大禹陵口的兩次分別感覺不一樣。陵口的那次分別，兩人戀戀不捨，而蘇州的那次分別非常匆忙。作者認為那次匆匆忙忙的分別比戀戀不捨的分別來得深切。因為是害怕分別。接著作者說出了害怕分別的原因：分別時稍稍有些遲疑就會產生離情別恨，使人難捨難分，因此還是當機立斷，一揮手就立即離開來得好。這就說出了人們在離別時一種普遍具有的微妙複雜的情緒，非常真切。但是即使這樣，在離別之後的那種憾恨，仍然是難以形容的。以作者的深切體會，感覺到江淹在〈別賦〉中「黯然銷魂」四個字，真是真切得很。最後作者認為幸好與收信的友人相會的日子已經不遠，只是不知道到那時自己是否還在京師，因此在寫這封信時又惘然得很。

這封信敘寫別後情緒，真切生動，使人體會到確實是發自作者內心的真情流露，具有強烈的藝術感染力。更重要的是，作者所敘寫的雖然是作者自己的個人情緒，由於這種情緒是真實的，也是人人所經歷過的，讀者是有親身體驗的，因此又可以說是說出了人們體會得到，想說但又未必說得出的情緒，具有普遍性。

答李惟寅

【題解】本文選自《晚明二十家小品》，是封書信。此信寫於作者在北京禮部任職時，是給在南京的友人李言恭的回信。信中敘寫了自己在京為官的感受，流露出了身處朝廷、心在江湖的矛盾心態。李惟寅，即李言恭，字惟寅。明初功臣李文忠後裔，世居南京。萬曆二年（西元一五七四年）襲封臨淮侯。喜好文墨，結交文士，曾在南京結社賦詩。

含香之署如僧舍❶，沉水一爐❷，丹經❸一卷，日生塵外❹之想。蘭省簿牘❺，有曹長❻主之，了不關白❼，居然雲水間人❽。獨畏騎款段❾出門，捉鞭懷刺❿，回飇薄人⓫，吹沙滿面，則又密想江南之青谿碧石，以自愉快。吾面有回飇吹沙而吾胸中有青谿碧石，其如我何？每當馬上，千騎颯沓⓬，堀堁紛輪⓭，僕自消搖⓮仰視雲空，寄興寥廓⓯，踟躕少選⓰而詩成矣。五鼓⓱入朝，清霧在衣，月暎⓲宮樹，下馬行輦道⓳，經御溝⓴，意興所到，神遊仙山，托詠芝朮㉑，身穿朝衣，心在煙壑，旁人徒得其貌，不得其心，以為猶夫宰官㉒也。江南神皐秀壤㉓，多自左掖門㉔下題成。足下住秦淮㉕渡口，煙鎖月出，水綠霞紅，距風沙之地萬里，而晝來忳憏㉖，殊不自得，何也？大都士貴取心冥㉗境，不貴取境冥心，此中蕭然㉘，則塵壒㉙自寓清虛；內境煩囂㉚，則幽居亦有龐雜。足下以為然不？鄒爾瞻㉛以言事㉜忤明主，又有秣陵㉝之行，此君清身直道，有國之寶也。足下當與朝夕。嘉晨芳甸㉞，條風駘宕㉟，南睇㊱美人㊲，胸如結矣。

【注　釋】❶含香之署如僧舍　帶有香味的官署像僧房。署，官署。❷沉水一爐　一爐沉香。沉水，沉香的別名。❸丹經　指有關煉丹的經書。❹塵外　世俗之外。❺蘭省簿牘　指禮部的書簿公文之類。蘭省，原指祕書省的別稱。這裡指禮部。❻曹長　指各部郎中、員外郎之類。唐宋以後的六部都分設數曹，長官為郎中，副職稱員外郎。❼了不關白　一點也不用報告。了，全；都。關白，稟告；報告。關，通達。❽雲水閒人　像行雲流水那樣行蹤不定的散漫人。❾款段　即款段馬。行走遲緩的馬。❿捉鞭懷刺　手提馬鞭，懷抱名帖。刺，名帖。⓫回飇薄人　回旋的暴風逼人。飇，暴風。薄，迫近。⓬颯沓　眾多的樣子。⓭堀堁紛輪　塵土飛揚。堀堁，塵土突起的樣子。堀，突。堁，塵土。紛輪，多而亂的樣子。⓮消搖　同「逍遙」。優遊自得的樣子。⓯寥廓　空闊。⓰少選　片刻；短時間。⓱五鼓　舊時計時，分一夜為五鼓，又叫五更。這裡指第五鼓之時，天將黎明前。⓲暎　同「映」。⓳輦道　指帝王車駕所經的路。輦，人力推挽的車。秦漢後特指帝王所乘的車。⓴御溝　皇城外的護城河。㉑托詠芝朮　寄情於芝草白朮。比喻嚮往神仙生活。芝，芝草。又叫靈芝。古人認為可以起死回生，是一種仙草。朮，白朮。一種草藥。㉒宰官　泛指官員。㉓神臯秀壤　神奇秀麗的土地。臯，高地。這裡泛指一般的土地。㉔左掖門　宮城正門旁左邊的側門。㉕秦淮　流經南京城西，北入長江的一條河流。在南京城西一帶為著名遊覽地。㉖忳憏　鬱悶；煩悶。㉗冥　冥會；暗合。㉘蕭然　閒靜。㉙塵壒　塵土。壒，同「埃」。㉚煩囂　煩悶焦躁。㉛鄒爾瞻　鄒元標，字爾瞻，吉水（今江西吉水縣）人。萬曆進士。以敢言著稱。考中進士不久，在禮部觀政，因諫首輔張居正奪情，被廷杖，謫戍貴州都勻衛（今都勻縣）。張居正死後，召拜給事中。上書論時政六事，又被貶官南京。母死後，家居講學近三十年。為東林黨代表人物之一，與趙南星、顧憲成號稱三君。天啟元年還朝，官至左都御史。為魏忠賢所忌，次年辭官，不久卒於家。㉜言事　向君王諫議國事。此處指鄒元標任給事中時，向萬曆帝上書論時政六事。㉝秣陵　南京的古稱。㉞嘉晨芳甸　美好的早晨在長滿香花的郊外。甸，郊外。㉟條風駘宕　春風徐徐吹拂。條風，立春時開始吹拂的東北風。駘宕，舒緩蕩漾。㊱南睇　南望。睇，斜視；流盼。㊲美人　美好的人。這裡指李惟寅。

【語　譯】帶有香味的官署好像僧房，沉香一爐，道教煉丹的書籍一卷，每天產生超塵絕俗的思想。禮部的書簿公文，有本曹的長官負責，一點也不用操心，真像是行雲流水般的散漫人。單單害怕騎著遲鈍的馬出門，手提馬鞭，懷抱名帖，暴風撲面而來，飛沙打在臉上，那時我就暗想江南的青溪碧石，使自己愉快。我的臉上有暴風飛沙，但我的胸中有青溪碧石，老天又能拿我怎樣呢？每當在馬上，眾多的馬紛至沓來，塵土飛揚，我就優遊自得地仰視天空，將我的興致寄託在空闊之中，沉吟了一小會兒詩就作成了。五鼓時進入朝廷，清涼的霧露在衣上，月光映照在宮樹上，下馬在輦道上步行，經過御溝，意念興致所到，精神優遊於仙山，心情寄託於芝草白朮，身穿朝衣，心在煙霧繚繞的山林丘壑之中，旁邊的人只看到我的外表，不能了解我的內心，認為我和朝中官員一樣。詠懷江南神奇秀麗的山水的詩篇，大多是在左掖門邊作成的。您住在南京秦淮河的渡口，煙霧消散明月出現，水的綠霞的紅，離風沙之地那麼遙遠，而你的來信中很是憂鬱煩悶，非常不愉快，為什麼呢？一般來說讀書人可貴之處在於讓自己的心意與境遇相冥合，而不是使境遇冥合於自己的心意。內心寧靜，那麼即使塵埃也含有清虛；內心煩悶躁動，那麼即使隱居也會有紛擾不安，您認為對不對？鄒元標因為上書言事觸犯了聖明的天子，又被貶官到南京了。這位先生品行高潔正直，是國家的珍寶。您應當和他朝夕相處。在美好的早晨，花香襲人的郊外，和舒蕩漾的春風中，南望美好的人，胸中憂悶如結。

【研　析】晚明時期是中國歷史上思想解放的時期。這時期作為時代精英的士人階層，已經異化，不再是傳統意義上循循守禮，忠君愛國的儒士形象。他們中的許多人不再以修身為本，不再承擔道義，甚至也不再以求取功名、參加政治、發揮長才作為自己的唯一選擇。這時期名士和隱士大量湧現，他們或顛狂放浪，或隱遁避世，以他們獨特的與傳統價值觀念相背離的行為方式存在於世。他們中的許多人過著山居澤處的隱居生活；有的人亦官亦隱；有的人雖然在朝中為官，但他們的心靈卻是自由的，並不受為官之道的束縛。他們可以說是將朝堂當作了隱居之地，這就是所謂的「大隱隱於朝」。

像屠隆這樣一類人，在身體方面雖然暫時還沒有擺脫為官之道的羈絆，但他們的心靈已經先期獲得了自由和獨立。而這封書信，可說是他身處朝堂心在江湖的「大隱」形象的自我表白和自我寫照，為我們研究這時期士人心態提供了一分不可多得的材料。

在京與友人

【題解】本文選自《晚明二十家小品》，是封書信。信中將北京街市的混亂嘈雜與江南水鄉的寧靜悠閒進行了對比，流露出作者對都市生活的厭倦和對鄉村閒適生活的嚮往。

燕市❶帶面衣❷，騎黃馬，風起飛塵滿衢陌❸，歸來下馬，兩鼻孔黑如煙突❹。人馬屎，和❺沙土，雨過淖濘❻沒鞍膝❼。百姓競策蹇❽驢，與官人肩相摩❾。大官傳呼❿來，則疾竄避委巷⓫不及，狂奔盡氣，流汗至踵⓬。此中況味⓭如此。遙想江村夕陽，漁舟投浦⓮，返照入林，沙明如雪，花下曬網罟⓯，酒家白板青帘⓰，掩映垂柳，老翁挈魚提甕出柴門，此時偕三五良朋，散步沙上，絕勝長安⓱騎馬衝泥也。

【注釋】❶燕市　北京的街市。燕，這裡指北京。北京一帶戰國時為燕國的土地。❷面衣　指面罩之類，乘馬時所用。❸衢陌　指大街小巷。衢，四通八達的道路。陌，小路。❹煙突　煙囪。❺和　混雜。❻淖濘　泥濘。淖，泥。濘，泥漿。❼鞍膝　馬鞍和膝蓋。❽蹇　跛足。這裡指疲劣。❾摩　摩擦；擦過。❿傳呼　指前面有人喝道。⓫委巷　僻陋的小巷。⓬踵　腳後跟。⓭況味　境況和情味。⓮浦　水濱。⓯網罟　漁網。罟，網。⓰青帘　酒旗。⓱長安　原為西漢和唐朝的首都，在今陝西西安。這裡借指北京。

【語譯】在京城街道上帶著面罩，騎著黃馬，風起時飛揚的塵土布滿大街小巷。回家下了馬，兩個鼻孔黑得像煙囪。人與馬的糞便混雜著沙土，下過雨後泥漿埋沒了馬鞍和膝蓋。百姓競相趕著瘦劣的驢子，與官員擦肩而過。大官喝著道前來，百姓就迅速地奔逃躲避到僻陋的小巷中唯恐來不及，用盡力氣狂奔，流汗到腳後跟。這裡的境況和情味就是這樣。遙想江南鄉村在太陽下山時分，漁船停靠到水濱，夕陽反射到樹林中，沙像雪一樣白亮，花下曬著漁網。酒家白的木板青色酒旗，掩映著垂柳，老人拿著魚提著罈子走出柴門。這時候與三五個好友一起，在沙地上散步，絕對勝過在京城裡騎著馬奔跑在泥漿中。

【研析】在作者的筆下，當時的京城完全是一個骯髒、紛擾、喧囂的世界，而江南水鄉則是一個美麗、寧靜、閒適的世界，兩者的反差是何等的巨大、何等的強烈。作者的描寫是具有真實性的，但卻不能代表京城和江南面貌的全部。如果以為當時的北京城和江南就是作者筆下的這種樣子，那也未免失之偏頗。事實上，京城有其醜陋的一面，也自有它美好的一面；而江南有其美好的一面，也自有它不足的一面。由於作者仕途不得志，官場生活與他自由獨立的個性格格不入，因此在他的眼中就只看到了京城醜陋的一面，或者說滿眼看去都是不順眼不稱心的事物了；相反地，更適合於他的個性和生活品味的江南自然也就被理想化了。從這封書信裡，我們看到的是一個急欲擺脫官場束縛回歸自然的士人的心態。

歸田與友人

【題解】本文選自《晚明二十家小品》，是封書信。信中寫了離職後家居生活的環境，極富園池之美的景象。

一出大明門❶，與長安隔世，夜臥絕不作華清馬蹄夢❷。家有採芝堂，堂後有樓三間，雜植小竹樹，臥房廚竈，都在竹間，枕上常聽啼鳥聲。宅西古桂二章❸，百數十年物，秋來花發，香滿庭中。隙地鑿小池，栽紅白蓮，傍池桃樹數株，三月紅錦映水，如阿房❹迷樓❺，萬美人盡臨妝鏡。又有芙蓉蓼花❻，令秋意瑟❼。更喜貧甚道民，景態清冷，都無吳越❽間士大夫家華豔氣。

【注釋】❶大明門　唐朝宮殿大明宮的宮門。這裡借指宮門。❷華清馬蹄夢　謂京師繁華的夢。華清，唐代宮殿名，故址在今陝西臨潼驪山上。唐玄宗天寶年間擴建溫泉宮而改稱華清宮。中有溫泉池，稱華清池。這裡華清借指京師。❸二章　兩株。章，大木。❹阿房　秦代宮殿名。故址在今陝西長安西。規模宏大，極奢華。後為項羽的軍隊所燒毀。❺迷樓　隋煬帝時在揚州所建的樓，非常富麗。人誤入其中，整天也出不來，故名。❻蓼花　蓼草所開的花，淡紅色或白色。❼瑟　蕭瑟；冷落。❽吳越　指今江蘇南部和浙江的大部分地區。春秋時為吳國和越國的領地。

【語譯】一出宮門，就與京城相隔了一個世界，夜裡睡覺時一點也不做京師繁華的夢。家有採芝堂，堂後有樓房三間，錯雜種著小竹和樹，臥室和廚房，都在竹樹間。枕上常常聽見啼鳥的聲音。屋子的西邊有二棵古桂樹，有一百幾十年了，秋天花開了，香滿庭院中。在空地上挖了小池，栽上紅、白蓮花，池旁有數株桃樹，春天三月裡像錦一樣的紅花映在水中，如同阿房宮、迷樓中有上萬美女都對著梳妝的鏡子。又有荷花和蓼花，使秋意更蕭瑟。更可喜的是道路上的百姓很貧窮，光景和情態清冷，全沒有吳越一帶士大夫人家那種豪華富麗的習氣。

【研析】早已厭倦官場生活，追求個性獨立的屠隆終於脫離了職務，棄官回鄉了。雖然他不是自動辭職，而是遭人彈劾而被罷官，是被迫的，但對於身在朝廷心在江湖的屠隆來說，不做官又何嘗不是一種解脫。因為這時候不僅在心靈上早已是自由的，連身體上所受的羈絆也失去了。這一來可說是獲得了徹底的解脫了。

這封信寫的正是他徹底解脫之後家居時的生活情景。離開了京城之後，晚上做夢也不再有京師繁華的情況了，可見這時候身心是多麼的輕鬆。他家居的環境很好，雖然絕沒有奢華的氣象，但是它素雅、整潔、清靜，很適於過優遊、閒適的隱居生活。因為它遠離了嘈雜、喧囂的塵世，在這裡可以不理世事。屠隆信中對家居環境的描寫，有一種自我滿足感。這種滿足感可能與他脫離了官場，剛回到久違了的環境中，重新獲得了一種新鮮感有關。這種生活究竟是不是適合於自己，這時候其實還是未知的。

虞淳熙

【作者】虞淳熙（西元一五五三～一六二一年），字長孺，錢塘（今浙江杭州）人。萬曆十一年（西元一五八三年）進士。授兵部職方主事，遷主客員外郎。萬曆二十一年癸巳京察，改補吏部稽勳郎中，遭黨人攻擊，被削籍。罷官後三十年，與弟一起隱居杭州南山，學仙學佛。天啟初卒於家。為文奇譎，有《德園集》。

解脫集序

【題解】本文選自《晚明二十家小品》，是為袁宏道的《解脫集》所作的序。文中將大地比作梨園，古今比作詞客，對元明以前的一些具有代表性的詩人進行評論，將他們比作戲劇舞臺上的六種角色。繼而對袁宏道進行評論，說他可以扮作舞臺上的許多角色，這實際上是說袁宏道詩文的風格具有多樣性。《解脫集》是袁宏道在萬曆二十五年（西元一五九七年）辭去吳縣知縣後遊歷江浙一帶時所作的詩文集子。

大地，一梨園[1]也，曰生[2]，曰旦[3]，曰外[4]，曰末[5]，曰丑[6]，曰淨[7]。古今，六詞客[8]也，壤父[9]而下，不施粉墨，舉如末；陳王[10]作淨丑面，然與六朝[11]初唐人，俱是貼旦；浣花叟[12]要似外；李青蓮[13]其生乎？任華[14]、盧仝[15]諸家，半丑半淨；而樂天⑯、東坡⑰，教化廣大，色色皆演。王維⑱、張籍⑲、韓子蒼⑳，所謂按樂㉑多詼氣㉒，卒歌工㉓也。袁中郎㉔自詭㉕插身淨丑場，演作天魔戲㉖。每出新聲㉗，輒倨㉘主客圖㉙首席，人人唱〈渭城〉㉚，聽之那得不駭？至抵掌㉛學寒山佛㉜，長吉鬼㉝，無功醉士㉞，並謂為真乃中郎，且哂㉟好音不好曲矣。頭脫烏紗㊱，足脫鳧舄㊲，口脫〈迴波詞〉㊳，身脫倀子之隊㊴，魔女魔民，惟其所扮，直㊵不喜扮法聰㊶。若活法聰，則唱落花人㊷是。顧閻羅老㊸無如予何。中郎畏閻老哉？波波吒吒㊹聲幾許，解脫中郎，定不入畏。

【注釋】❶梨園　唐玄宗時教授伶人的處所。後世因以稱演戲班。❷生　傳統戲曲中扮演男性人物的腳色。一般扮演青壯年男子，是劇中的主要人物。❸旦　傳統戲曲中扮演女性人物的腳色。下文的「貼旦」即旦行的一種，指次要的旦腳。❹外　原為傳統戲曲中扮演次要人物的腳色。明清以來專演老年男子。❺末　傳統戲曲中扮演男子的腳色。明清戲曲中主要扮演中年男子。❻丑　傳統戲曲中在鼻梁上抹一小塊白粉的腳色。俗稱「小花臉」、「三花臉」。❼淨　傳統戲曲中面部化妝用臉譜的腳色。俗稱「花臉」。❽詞客　指詩人。❾壤父　相傳唐堯時唱〈擊壤歌〉的老人。被認為是中國古代最早的詩人。❿陳王　指曹植。三國魏詩人，是曹操第三子。封陳王，故稱。⓫六朝　三國吳、東晉、南朝宋、齊、梁、陳這六個前後相繼的王朝都建都在建康（今南京），故稱六朝。這裡指魏晉南北朝時期。⓬浣花叟　指杜甫。杜甫晚年在成都築草堂於浣花溪上，世稱浣花草堂。⓭李青蓮　指李白。李白號青蓮居士。⓮任華　唐代詩人。與李白、杜甫為同時代人。⓯盧仝　唐代詩人。詩風奇特，近於散文。⓰樂天　白居易，字樂天。⓱東坡　蘇軾，號東坡居士。⓲王維　唐代詩人、畫家。唐代山水田園詩派的代表人物。⓳張籍　唐代詩人。⓴韓子蒼　宋代詩人韓駒，字子蒼。㉑按樂　奏樂。按，擊打。㉒詼氣　詼諧的風格。㉓歌工　歌手；歌唱得好的人。㉔袁中郎　袁宏道，字中郎。㉕詭　詭稱。㉖天魔戲　元代宮廷樂舞。用於贊佛、宴享。用宮女十六人，頭垂辮髮，戴象牙佛冠，身披纓絡，扮成菩薩形象而舞。㉗每出新聲　指每當創出新詩。㉘倨　通「踞」。伸開腳坐著。㉙主客圖　唐代張為撰有《詩人主客圖》一卷。書中以白居易為廣大教化主，列為其他主的還有五人。主下為客，分升堂、入室、及門，所著錄近百人。為後來宋人詩派之說所本。㉚渭城　指王維的詩〈送元二使安西〉，後譜入樂府傳唱，取首句「渭城朝雨裛輕塵」題作〈渭城曲〉。風行一時。這裡借以形容袁中郎「每出新聲」，則人人傳誦。㉛抵掌　擊掌。說話時，手掌向空中側擊作勢。形容自負、激昂的樣子。抵，通「扺」。側擊。㉜寒山佛　指唐代詩僧寒山，居天台寒巖。㉝長吉鬼　指唐代詩人李賀，字長吉。人稱「詩鬼」。㉞無功醉士　指初唐詩人王績，字無功。放誕縱酒，故稱醉士。㉟哂　譏笑。㊱烏紗　古代的官帽，用烏紗製成，故稱烏紗帽。㊲鳧舄　相傳東漢時葉縣令王喬嘗化兩舄為雙鳧。後指官靴。鳧，野鴨。舄，鞋子。㊳迴波詞　樂府商調曲。又名「回波樂」。每句六言，第一句用「回波爾時」四字起。後也用作舞曲。㊴倀子之隊　倀鬼的行列。倀子，指倀鬼。傳說人被虎噬死後，鬼魂為虎服役；虎行求食，倀必與俱，為虎前導。㊵直　但；只是。㊶法聰　以佛教故事為題材的戲曲中的人物。㊷唱落花人　指乞丐。落花，即〈蓮花落〉。宋以後流行，為乞丐行乞時所演唱，內容多宣揚佛教思想。㊸閻羅老　即閻羅王。佛書裡稱地獄之主。㊹波波叱叱　寒顫聲。

【語　譯】大地就像是一個梨園，有生、有旦、有外、有末、有丑、有淨。古今有六類詩人，從壤父以下一類，不用粉墨裝飾，全像是末；曹植裝飾作淨丑的面，但他與六朝、初唐時的詩人，都是貼旦；杜甫大致像外；李白大概是生吧；任華、盧仝這幾家，半丑半淨；而白居易、蘇軾，影響很大，各種腳色都演。王維、張籍、韓駒，可說是奏樂多詼諧的風格，大致是歌手。袁宏道自己詭稱置身於淨丑場中，演作天魔戲，每有新作，往往踞坐主客圖的首席，人人唱〈渭城曲〉，聽了哪能不感到驚駭？甚至於擊掌學詩僧寒山、詩鬼李賀、醉士王績，並且說這才是真正的袁宏道，而要譏笑人們喜愛音律不喜愛曲調。頭脫烏紗帽，腳脫官靴，口脫〈迴波詞〉，身脫倀鬼的行列，魔女魔民，任由他所扮，只是不喜歡扮法聰。如果是活著的法聰，則唱〈蓮花落〉的乞丐就是，只是閻羅王拿我沒辦法。袁宏道害怕閻羅王嗎？波波叱叱幾聲寒顫，解脫了的袁宏道，一定不再有畏懼。

【研　析】這篇序文不像常見的序文那樣介紹所序詩文集的有關情況，對作者和作品進行評價，敘述自己的讀後感受等，而可以看作是一篇借為他人詩文集作序之機抒發自己性靈的文章。作者將大地比作一座梨園，把古今詩人分為六類，這一比喻就非常新奇。把天地比作梨園，使人想到人生大舞臺這一類說法，但文章所說並非談人生的經驗。文中將自傳說中第一位詩人始至唐宋時有代表性的詩人，有的著名，有的並不知名但風格獨特，這樣一些詩人比作戲曲中的六類腳色。儘管作者的劃分不一定確當，但它代表了作者獨特的感悟，令人新奇。進而說到袁宏道，也是從腳色行當方面措手的。說袁宏道可以扮演天魔戲，可以扮演許多角色，有寒山、李賀、王績那樣的風格特點，實際上是指出了袁宏道詩文風格具有多樣性這一特點。說他頭、足、口、身都脫離了世俗和輪迴，幾聲寒顫，不入畏懼，閻羅也拿他無可奈何，這些說法既新奇又詼諧，具有一種奇趣。

錢謙益《列朝詩集小傳》稱作者「賦才奇譎，搜抉奇字僻句，務不經人弋獲，以為絕出」，這篇小品雖沒有奇字僻句，但為文奇譎這一特色卻可見一斑。

復胡敬所

【題解】本文選自《晚明二十家小品》，是封書信。這是作者給朋友胡敬所的覆信，朋友的父親九十大壽，作者在覆信中表示祝賀，但認為自己近來因為病重，文字淺俗，沒法拿出來讓人看。本想寄上壽禮，但沒有能力，只好不寄。信寫得很隨意自然。

弟病深，入山❶更深。以入山之深也，城中之為謠詠❷者，耳目不相屬❸，而任其口，故流言❹易起。足下久不見我矣，安能信我？即我亦疑我，無怪足下也。

公家先生❺九十，尚駐百年而待足下之升，足下需弟言，弟直言其必升，必能待耳。度❻不以示城中人，信不信任之。然弟病深矣，文較淺，如往日之深，則模商彝❼、仿周鼎❽，亂三代之制，庸有焉？今直老瓦盆，注壽酒而漏，足下奚取而奏之家先生乎？書竟，思儷❾以幣，篋中空如足下之四壁也。輒用特達此語，足下寧渠❿能信我，我自信而已。頓惙⓫枕上，未盡離索⓬之衷。

【注釋】❶入山　指在山中過著隱居生活。❷謠諑　造謠毀謗。諑，讒謗。❸不相屬　不相連。這裡指看不到、聽不到。❹流言　謠言。❺家先生　對對方父親的尊稱。❻度　推測；估計。❼商彝　商代流傳下來的彝。彝是青銅器中禮器的總稱。❽周鼎　周代流傳下來的鼎。鼎是青銅製成的炊具。❾儷　配上；附上。❿寧渠　難道。⓫惙　憂。⓬離索　離群索居；離開人群而孤獨地生活。

【語譯】我的病很重，進入山中過隱居生活的日子更長了。因為入山的日子長了，都城中造謠毀謗我的話，我的耳目接受不到，就任由他們的口中怎麼去說，因此流言容易興起。您很久沒有見到我了，怎麼會相信我呢？即使是我也懷疑我自己，不要怪您了。您父親九十大壽，還能活到百歲而等著您升遷，您需要我說句話，我直言您一定升遷，一定能等得著。估計您不把這信給都城中的人看，信不信隨他們。然而我的病長久了，文字較淺俗。像先前那樣艱深的文字，則是商彝、周鼎的仿製品，混亂了三代時的體制，有什麼用呢？現今的文字只是老瓦盆，將壽酒注下去會漏掉，您怎麼取來稟告您父親呢？寫完後，想附上壽禮，但箱中空空如同您家的四面牆壁。因此專意表示這一意思，您難道會相信我，我自己相信罷了。在枕上困頓憂愁，不能盡情地表達離群索居的心情。

【研析】虞淳熙身受萬曆黨爭的禍害，因捲入癸巳京察的爭執而被削籍。回到杭州後，與弟淳貞隱居南山回峰下三十年，不再出仕。在他隱居之後，朝廷中黨人對他的攻擊和流言仍不間斷。信中開頭數句話就是因這事而發。大約胡敬所在來信中提到了都城中對虞淳熙的議論，並且將信將疑，詢問了作者。故作者有「足下久不見我矣，安能信我？即我亦疑我，無怪足下也」這樣的說法。

接下去文章說到了朋友父親的九十大壽，說他老人家將活過一百歲，等待著朋友的升官。又說自己因為久病，文字也寫得淺俗了，就好像是粗陋的老瓦盆，不能夠用來盛壽酒。這裡作者對以往自己刻意追求艱深的文風表示了反思，說自己那些文字就像商彝周鼎的仿製品一樣沒有什麼用。虞淳熙在年輕時詩文受到後七子首領李攀龍、王世貞的賞識。這裡虞淳熙對自己先前的那些文字表示後悔，實際上也正是對後七子復古、擬古主張的否定。

虞淳熙在被削籍後，家居三十年，學仙學佛，採蕁行藥，好像很超脫。實際上他對世俗生活的渴望，對功名的追求，並沒有寂滅。信中最後「頓惙枕上，未盡離索之衷」，道出了他內心的真實。

由於是給朋友的覆信，雙方可能比較熟識，所以寫得很隨意，似乎是信手所之，沒有客套，沒有雕琢，更沒有虛情假意，完全是自己真意的流露。

湯顯祖

【作　者】湯顯祖（西元一五五〇～一六一六年），字義仍，號海若、若士、清遠道人，臨川（今江西臨川）人。所居名玉茗堂。萬曆十一年（西元一五八三年）進士，任南京太常寺博士、禮部主事，因上疏彈劾首輔申時行，被貶為廣東徐聞典史，後改任遂昌知縣。上京大計時受人中傷，自動棄官回家，不再出仕。湯顯祖是晚明著名戲劇家，作有《牡丹亭》傳奇等。又是當時著名的詩文家，有《玉茗堂集》等。今人整理他的文集為《湯顯祖詩文集》和《湯顯祖戲曲集》。

耳伯麻姑遊詩序

【題　解】本文選自《湯顯祖詩文集》，是篇序。在序文中，作者表達了自己對詩歌的見解，「世總為情，情生詩歌，而行于神」，而詩歌流傳於世，一定要神與情相合，至少也應具備其中之一。他主張詩歌要情與神並重，用以反對傳統的言志的束縛。耳伯，謝兆申的號。謝為福建邵武人，萬曆年間貢生。《麻姑遊》是他的詩集。

世總為情，情生詩歌，而行❶于神。天下之聲音、笑貌、大小、生死，不出乎是。因以憺蕩❷人意，歡樂舞蹈，悲壯哀感鬼神風雨鳥獸，搖動草木，洞裂❸

金石。其詩之傳者，神情合至，或一至焉；一無所至，而必曰傳者，亦世所不許也。予常以此定文章之變，無解者。臥痾罷客❹，忽傳綏安❺謝耳伯遊麻姑詩❻數葉，諷之。古漢魏久無屬者，耳伯始屬之。溶溶英英❼，旁魄陰煙❽，有駘蕩遊夷❾之思，可謂足音空谷❿。循後有〈詩導〉一章，亹亹⓫自言其致，亦神情之論也。嘻，耳伯其知之矣。中復有記盱江夫子升遐⓬數語，若以死生為大事。嘻吁⓭，此亦神情所得用耶？水月⓮疾枯⓯，宗復⓰何在？唐人所云「萬層山上一秋毫」⓱也。偶為耳伯敘此。

【注　釋】❶行　傳布；流動。❷憺蕩　震動。❸洞裂　穿裂。洞，穿通。❹臥痾罷客　因養病而不見客。痾，同「疴」。病。❺綏安　今福建邵武。❻遊麻姑詩　即《麻姑遊》中的一些詩。麻姑，山名，在今江西南城西南。山頂有古壇，傳說麻姑得道於此。❼溶溶英英　美盛的樣子。溶溶，盛大的樣子。英英，俊美的樣子。❽旁魄陰煙　廣大華美。旁魄，同「磅礴」。廣大的樣子。陰煙，華美的樣子。❾駘蕩遊夷　舒緩和樂的樣子。❿足音空谷　又作「容谷足音」。指極難得的音訊。⓫亹亹　同「娓娓」。勤勉的樣子。⓬盱江夫子升遐　不詳所指。盱江，一稱撫河，在江西省東部的一條河流。升遐，升到高遠的地方。指成仙升天。⓭嘻吁　表示感歎的聲音。⓮水月　浮梁僧。達觀和尚的弟子。⓯疾枯　指圓寂。⓰宗復　人名。事跡不詳。⓱萬層山上一秋毫　出處未詳。

【語　譯】世上的一切都是因為感情而存在，感情產生詩歌，詩歌的傳布在於它的精神。天下的聲音、笑貌、大小、生死，不外乎感情與精神二者。因此而震動人心，歡樂舞蹈，悲壯哀傷感動鬼神、風雨、鳥獸，搖動草木，穿裂金石。得以流傳的詩，都是精神與感情合一，或者做到其中之一；如果一樣都沒具備，而一定要說能流傳的，也是世上所不承認的。我常常用這一觀點來評論文章的流變，沒有能理解我的。臥病不見客，忽然傳來綏安人謝耳伯的遊麻姑山詩數頁，我誦讀了它。漢魏時的古詩很久沒有繼承的人了，到耳伯才繼承了它們。耳伯的詩溶溶英英、磅礴絪縕，有舒緩和樂的情思，可以說是空谷足音。在詩的後面有〈詩導〉一章，娓娓地自言他的情致，也是對精神感情之類的議論。啊，耳伯是懂得這些的。詩中又有記盱江夫子升天的幾句詩，好像是將生死作為大事。啊，這也是精神和感情得以起作用之處嗎？水月僧去世了，宗復在何處？這就是唐人所說「萬層山上一秋毫」。偶然替耳伯作這序。

【研　析】這篇文章在結構上分為兩部分。第一部分提出了他對詩歌創作的看法。他認為詩歌創作要從感情出發，要有精神，這樣的作品才能流傳久遠。第二部分是從這一觀點出發，對謝耳伯的《麻姑遊》詩作了評價，認為謝耳伯的詩是精神與感情共同起作用的結果。

湯顯祖認為詩歌是從感情出發的，這種觀點其實是詩緣情說的繼承和發展。在詩歌創作上，存在著兩種觀點，一種認為「詩言志」，一種認為「詩緣情」。「詩言志」的觀點是《尚書大傳》中提出的，得到孔子的肯定，後來為儒家傳統的詩學所繼承。「詩言志」的「志」，含義本來比較含混，既包括志向、理念，又包括感情這些含義，但在後來的發展中，感情這一含義被抽掉了，「志」成了指理念的同義語，「詩言志」也就成了詩歌的創作要表達理念，體現儒家的道這樣的觀念。於是就有理論家提出「詩緣情」的說法來進行救治，「詩緣情」的觀念認為詩歌是表達個人情感的，這與「詩言志」的觀念是相抵觸的，因此沒有成為主流派的觀點，但有創作個性的詩人往往偏向於這種觀點。

晚明時期，隨著個性解放思潮的出現，儒家傳統的「此觀念也得到了重新審視，強調詩歌的情感特徵成了一時的風潮，湯顯祖更是高舉「情」的大旗，提出了「世總為情，情生詩歌」的觀點，成了晚明進步思潮的先驅者之一。

牡丹亭記題詞

【題　解】本文選自《湯顯祖集》，是篇題詞。題詞是序文類的文體。在本題詞中，作者闡述了「情」的偉大力量：「生者可以死，死可以生」，又認為「情」與「理」是相對立的，「理之所必無，安知情之所必有」。《牡丹亭記》，是湯顯祖創作的傳奇，又叫《還魂記》，與《邯鄲記》、《南柯記》、《紫釵記》合稱「臨川四夢」。《牡丹亭》寫太守之女杜麗娘遊園遣悶，夢中與書生柳夢梅相愛，醒後感傷而死。後來柳夢梅發現杜麗娘的自畫像，深為愛慕，杜麗娘感而復生，兩人結成夫婦。

天下女子有情，寧有如杜麗娘者乎？夢其人即病，病即彌連❶，至手畫形容❷傳於世而後死。死三年矣，復能溟莫❸中求得其所夢者而生。如麗娘者，乃可謂之有情人耳。

【章　旨】對《牡丹亭》中杜麗娘之事進行概括，指出她是個有情人。

【注　釋】❶彌連　即「彌留」。病重將死。❷手畫形容　指《牡丹亭》中杜麗娘夢醒後非常憂鬱，因為對愛情徒然渴望而病重，死前她替自己畫了像。形容，形體容貌。❸溟莫　渺茫；模糊不清。

【語　譯】天下女子難道有像杜麗娘那樣有情的嗎？夢到了意中人就生病了，生了病就病重將死，等到親手畫了自己的形體容貌然後死去。死了三年，又能在渺茫中追尋到她所夢到的人而復活。像杜麗娘這樣，才可以說是有情的人。

情不知所起，一往而深，生者可以死，死可以生。生而不可與死，死而不可復生者，皆非情之至也。夢中之情，何必非真？天下豈少夢中之人耶？必因薦枕❶而成親，待掛冠❷而為密者，皆形骸❸之論也。

【章旨】強調至情能超越生與死、夢境與現實。

【注釋】❶薦枕　指合枕同寢。❷掛冠　脫帽掛起來。❸形骸　形體。

【語譯】情不知從何產生，一往而深，活著的可以死去，死了的可以復生。活著就不可同死，死了不可復生的，都不是至情。夢中產生的情，為什麼一定不是真實的呢？天下難道缺少夢中的人嗎？一定要因為合枕同寢而成親，等到脫帽而做親密的事的，都是拘泥於形式的粗淺想法。

傳杜太守事者❶，彷彿晉武都守李仲文、廣州守馮孝將兒女事❷，予稍為更❸而演之。至於杜守收考柳生❹，亦如漢睢陽王收考談生❺也。

【章旨】介紹《牡丹亭》中的某些劇情類似於古代志怪小說中的某些情節。

【注釋】❶傳杜太守事者　指話本〈杜麗娘慕色還魂〉。湯顯祖將它改變為《牡丹亭》傳奇。杜太守，指杜麗娘的父親南安太守杜寶。❷晉武都守李仲文句　指李仲文亡女與張世之之子張子長夢中愛戀結婚事，見《搜神後記》卷四；以及馮孝將子馮馬子與徐元女亡女因夢而成夫婦事，見《異苑》卷八。❸更　改變；更動。❹柳生　指《牡丹亭》中的男主角柳夢梅。❺漢睢陽王收考談生　漢睢陽王亡女的鬼魂夜裡與談生結合，並贈以珠袍。睢陽王疑談生盜墓，收拷了他。見《搜神記》卷十六。

【語譯】記載杜太守事跡的情節，接近晉代武都守李仲文、廣州守馮孝將兒女的事，我稍稍作了改變而加以敷演。至於杜太守拘捕拷問柳生的情節，也與漢代睢陽王拘捕拷問談生的事相似。

嗟夫❶！人世之事，非人世所可盡。自非❷通人❸，恆以理相格❹耳。第❺云理之所必無，安知情之所必有邪？

【章旨】提出情與理是相對立的觀念。

【注釋】❶嗟夫　表示感歎的詞。❷自非　除非；如果不是。自，如果；假如。❸通人　通達、開明之人。❹格　糾正。❺第　但；只是。

【語譯】唉！人世間的事，並不是人世間可以探究到盡頭的。除非是通達之人，否則常常以理來糾正情。只會說按理一定沒有的，怎能知道按情一定會有呢？

【研析】湯顯祖的《牡丹亭》作於他棄官家居之後不久。劇中青年女子杜麗娘因夢中與素不相識的青年男子柳夢梅幽會，醒來知道這不過是一場春夢，根本不可能實現，遂憂鬱死去。在地獄經判官審訊知是因慕色而亡後，靈魂被放還尋找夢中人。當她的靈魂找到了自己的夢中情人並再次結合後，杜麗娘起死回生，並和意中人結成了夫妻。這樣的事情在現實生活中無疑是不存在的，在事理上也是說不通的。湯顯祖也深知這一點。但他違反常理的寫法正是為了表現「情至」的超現實力量。從現實到夢境，從死去到復生，這裡貫穿著杜麗娘實現的要求，正體現了作者自己對自我實現的需要和渴望。這種自我實現沒法滿足，只好借助於夢境，在超現實的夢幻和浪漫化了的藝術中得到慰藉。

在情與理的關係問題上，宋明理學家認為情和理是互相對立的，情是人欲，是惡的，理是天理，是善的，要用善的天理來制惡的情，乃至消滅情，這就是「存天理，滅人欲」。湯顯祖認為理不過是「形骸之論」，「人世之事，非人世所可盡」，理只是人世之事的歸納概括，不能由此演繹而盡人世之事，唯有至情可以超越死生，不受理的規範。所以他反對以理來格情，反對一般人以為理所無者則情不可能有，而認為情在理之上，不受理的規範。這種觀點，不但體現湯顯祖個人的心靈世界追求自由解放的強烈願望，也正是晚明浪漫思潮對於傳統禮教的反叛，要以情突破理，要在群體規範中尋找自我的主體和自主性。

陳繼儒

【作　者】陳繼儒（西元一五五八～一六三九年），字仲醇，號眉公，自稱道人、眉道人，華亭（今上海市松江縣）人。早年做秀才時與董其昌齊名。不到三十歲絕意仕進，先後隱居於松江城西北的小崑山、東佘山，以詩文書畫自娛，與當時的官紳名流多所交往，因而又受時人譏評。《明史·隱逸傳》有傳。陳繼儒是晚明小品文的代表性作家之一，有《晚香堂小品》、《娟幽閣文娛》等，並有《陳眉公全集》。

花史題詞

【題　解】本文選自明刊本《眉公先生晚香堂小品》，是篇題詞。文中先說自己喜愛養花的生活情趣，後說到友人所撰《花史》以及讀後的體會。

吾家田舍，在十字水中。數重花外，設土剉❶、竹牀及三教書❷。除見道人❸外，皆無益也。獨生負花癖❹，每當二分❺前後，日遣平頭長鬚❻移花種之。犯風露，廢櫛沐❼。客笑曰：「眉道人命帶桃花❽。」余笑曰：「乃花帶驛馬星❾耳。」幽居無事，欲輯花史傳示子孫，而不意吾友王仲遵❿先之。其所撰《花史》二十四卷，皆古人韵事，當與農書、種樹書並傳。讀此史者，老於花中，可以長世⑪；披荊畚礫⑫，灌溉培植，皆有法度，可以經世⑬；謝卿相灌園⑭，又可以避世，可以玩世也。但飛而食肉者⑮，不略諳⑯此味耳。

【注釋】❶土蚪　瓦鍋。蚪，同「銼」。小鍋。❷三教書　指儒、佛、道三家的書籍。三教，指儒、佛、道三教。❸見道人　悟道的人。❹花癖　對花有特殊的愛好。癖，積久成疾的愛好。❺二分　指春分和秋分。春分在每年國曆的三月二十日左右，秋分在國曆的九月二十三日左右。❻平頭長鬚　指僕人。平頭，一種頭巾的名稱。長鬚，漢王褒所作〈僮約〉，有髯奴名為「便了」，後世遂以長鬚指奴僕。❼廢櫛沐　顧不上梳洗。櫛，梳頭髮。沐，洗頭。❽命帶桃花　古代算命術中的一種說法，謂四柱八字中日支是某碰上年、月、時支是某的，就稱為命中有某種神煞。如「申子辰在酉」，謂生日是申、子、酉三日的碰上生年或生月或生時是酉的，就稱為命帶桃花。謂命中有桃花的人生活放蕩，是酒色之徒。❾馹馬星　即「驛馬星」。算命術中主動的一種星煞。貴人遇之多升躍，常人遇之多奔波。馹，古代驛站專用的車。❿王仲遵　名路，仲遵是字，嘉興人。著有《花史左編》。⑪長世　延長生命。⑫披荊畚礫　劈除荊棘，用畚箕運走礫石。⑬經世　治理世事。⑭灌園　灌溉田園，從事農作。多用以指隱居不仕。⑮食肉者　即肉食者。指為官者。⑯略諳　一點也不懂得。諳，熟悉。

【語譯】我家的田地和房屋在十字交錯的水邊。數層花之外，安置了瓦鍋、竹床和儒、佛、道三家的書籍。除悟道人以外，一點也看不出有什麼好處。唯獨我平生對花有著特殊的愛好，每當春分、秋分前後，天天派僕人移花種植。冒著風露，顧不上梳洗。有客人笑我道：「眉道人命裡帶桃花。」我笑道：「只是花又帶著驛馬星罷了。」隱居無事，想輯集花史傳給子孫看，沒有想到我的朋友王仲遵先做了。他所撰的《花史》二十四卷，都是古人的雅致事，應當與農書、種樹書一併流傳。讀了這本《花史》，終老在花中，可以延長生命；劈除荊棘搬運礫石，灌溉培植，都有一定的法度，可以用來治理世事；辭去卿相高官澆灌花園，又可以避世，可以玩世。但是為官的人是一點也不懂得這趣味的。

【研析】晚明時期，產生了許多山人隱士。這些山人隱士有些絕意仕進，但並不一定過著山居澤處、棄絕塵世的隱居生活，而是與當時的世俗生活有著一定的聯繫，但他們的生活方式和生活情趣則與世俗之人大大的不同。種花蒔草是他們閒適而雅致生活中的一個方面。他們在這樣閒雅的生活中怡情自足，傾注了自己的情感，得到美的享受，體悟情感價值。

陳繼儒是當時隱士山人中具有代表性的人物，不僅名氣大，而且具有真才實學，詩文書畫名重一時。他對種花、賞花有著特殊的愛好，以種花、賞花作為避世、玩世的手段。這篇小品文用一種輕靈的筆觸，寫出了種花、賞花的種種好處：可以長世、經世、避世、玩世。充滿了一種樂天知命的情調。

文中客人與作者的對話饒有趣味。客人笑陳繼儒如此喜愛花，是個花痴，一定是命中帶有桃花。命帶桃花原是說人風流成性的，用在這裡自然是戲謔。而陳繼儒的回答也很有趣，說自己是桃花帶驛馬星，意思是說自己雖有風流之性無奈是個勞碌命，也是用命理學方面的話語來回答。風雅而又不拘束，可以想見當時友人之間談笑時的風采。

這篇小品所寫的閒情逸致使我們今天的人稱羨不已。有那麼安謐的生活環境，悠然閒暇的生活節奏，不必為生計操心，也沒有工作壓力的緊張，更不必為處理人際關係而焦慮。凡是現代都市人日常所困擾的，在這篇文章的作者那裡都不具有。這樣的閒暇，大概在我們遠足郊遊或在某個時段的休養時才偶爾可以獲得，但卻不會長久，更不會忘情。不過我們儘管對那時隱士的生活稱羨不已，但要我們放棄現在已經習慣了的生活去過陳繼儒那樣的生活，恐怕誰也不願意，即使可以提供同樣好的環境，更不要說根本就不可能如此。

花史跋

【題解】本文選自明刊本《媚幽閣文娛》，是篇跋。本文從樵牧、菜傭牙販、達官貴人不能享受眼前之景之物，而陶淵明、蘇東坡卻能有充分的情趣這樣的事實出發，認為這是人的本性所在，不能強制得到的道理。又認為自然界的花開花落，與歷史的興亡盛衰具有同一性，可謂發興高遠。

有野趣而不知樂者，樵牧是也；有果蓏❶而不及嘗者，菜傭牙販❷是也；有花木而不及享者，達官貴人是也。古之名賢，獨淵明❸寄興❹，往往在桑麻松菊、田野籬落❺之間。東坡❻好種植，能手接花果，此得之性生❼，不可得而強❽也。強之，雖授以《花史》，將艴然❾擲而去之。若果性近而復好焉，請相與偃曝❿林間，諦看⓫花開花落，便與千萬年興亡盛衰之轍何異？雖謂二十一史⓬，盡在左編一史⓭中可也。

【注釋】❶果蓏　瓜果的總稱。蓏，瓜類的總稱。原作「果窳」，誤。❷菜傭牙販　種菜的人和菜販。菜傭，受人雇傭種菜的人。牙販，中間商。❸淵明　陶淵明，名潛，以字行。東晉詩人。曾任彭澤令等職，因不滿官場的黑暗，去職歸隱，寫了許多反映田園生活的詩。❹寄興　託興；表達自己的興致。❺籬落　籬笆。❻東坡　蘇軾，號東坡居士，北宋文學家。❼性生　本性生成。❽強　勉強。❾艴然　惱怒的樣子。❿偃曝　仰臥曝曬。⓫諦看　仔細看。⓬二十一史　明代以《史記》、《漢書》、《後漢書》、《三國志》、《晉書》、《宋書》、《南齊書》、《梁書》、《陳書》、《後魏書》、《北齊書》、《周書》、《隋書》、《南史》、《北史》、《新唐書》、《新五代史》、《宋史》、《遼史》、《金史》、《元史》為二十一史。⓭左編一史　指《花史》。《花史》之全名為《花史左編》。

【語譯】有野趣而不懂得樂趣的，是打柴和放牧的人；有瓜果而品嚐不到的，是受雇傭種菜的人和做買賣的中間商販；有花木而不能享受的，是達官貴人。古代有名的賢人，只有陶淵明把自己的興致寄託在桑麻松菊、田野籬笆之間。蘇東坡喜愛種植，能親自嫁接花果，這得之於本性，不能夠勉強。勉強這樣做，即使交給他《花史》，他也將惱怒地扔掉。如果本性相近而且又喜愛那樣做，請一起臥仰曝曬在樹林之間，仔細地觀看花開花落，便與千萬年的興亡盛衰的印跡有什麼兩樣呢？即使說二十一史它全在《花史》一書中也是可以的。

【研 析】前邊那篇是陳繼儒為《花史》作的題詞也即序，而這一篇則是為同一本書所作的跋。一般說來，一部書籍的序跋都由另一個人作成的比較少見。大約陳繼儒對友人的這本《花史》情有獨鍾，作了題詞後，感到興猶未盡，因此又為它作了跋。確實這一題詞一跋的內容完全不同。題詞更多的是從《花史》本身出發，介紹了它的來歷；而這篇跋純然是自己發表感想。

樵夫牧人不知野趣之樂，菜傭牙販不及品嚐瓜果，達官貴人不能欣賞花木，他們雖然有條件享受這些，無奈他們沒有這樣雅致的本性；陶淵明、蘇東坡有雅致的本性，所以陶淵明寧願棄官不做而過田園生活，蘇東坡雖是為官的人，卻喜愛種植和培育花果。這說明天性是生成的，是勉強不得的。這是這篇跋中所要揭示的道理。

這番議論很有哲理，但還不算高深。不知他怎麼忽然產生了奇思妙想，竟從自然界的花開花落這一現象，與千萬年歷史興亡盛衰的印跡聯繫了起來，認為那二十一史所說的道理、意義，其實已經畫在這小小的一本《花史》中了。不知他這時為何突然產生了靈感，發出了這樣高妙而又使人歎服的感想。但我們所說的晚明小品是性靈文學，就是因為隨時可以在小品文中讀到類似的奇思妙想。

酒顛小序

【題 解】本文選自明刊本《媚幽閣文娛》，是篇序。序中先扼要介紹了《酒顛》一書的內容，繼而對飲酒的風度、境界作了奇妙的描述。《酒顛》，夏樹芳撰，二卷。

夏茂卿❶撰《酒顛》，侈引❷東方❸、酈生❹、畢卓❺、劉伶❻諸人，以策酒勳❼，辯哉，無以應矣。予不飲酒，即飲未能勝一蕉葉❽，然頗諳酒中風味。大約太醉近昏，太醒近散，非醉非醒，如憨❾嬰兒。胸中浩浩❿，如太空無纖雲⓫，萬里無寸草，華胥無國⓬，混沌無譜⓭，夢覺半顛，不顛亦半，此真酒徒也。畢忘盜，未忘甕⓮；劉忘埋，未忘鍤⓯。俗人治生，道人學死，聖人之教，生榮而死哀，是皆猶有生死耳。然則將何如？樂天⓰不云乎：「吾嘗終日不食，終夜不寢，以思無益，不如且飲。」

【注釋】❶夏茂卿　名樹芳，茂卿是字。❷侈引　多方引證。侈，多。❸東方　指西漢武帝時辭賦家東方朔，時人目之為狂人，曾在酒酣時席地而歌。見《史記・滑稽列傳》。❹酈生　指秦末儒生酈食其。劉邦帶領軍隊經過陳留，酈食其求見，劉邦因為他是儒生而不肯見，酈食其瞪著眼睛手按劍柄呵斥通報人，說自己是高陽酒徒，劉邦才召見了他。見《史記・酈生陸賈列傳》。❺畢卓　兩晉時人。在東晉元帝太興末年，任吏部郎，曾因飲酒而廢職。❻劉伶　西晉時文學家。為「竹林七賢」之一。縱酒放誕，作〈酒德頌〉，對禮法表示蔑視。❼策酒勳　記載酒的功勞。策，簡策。這裡用為動詞。記在簡冊，即書寫的意思。❽一蕉葉　一片芭蕉葉所能承載的東西。喻數量極小。❾憨　痴獃。❿浩浩　廣大的樣子。⓫纖雲　細小的雲彩。⓬華胥無國　謂不做夢。傳說黃帝時晝寢，夢遊於華胥之國。後就用華胥國作為夢的代稱。⓭混沌無譜　混一無別。混沌，天地未形成之前的混合狀態。譜，分別；分類。⓮畢忘盜二句　畢卓為吏部郎時，鄰家釀成了新酒，畢卓乘著酒醉，晚上前去偷喝。主人以為是賊，綁縛了去見官，知道是吏部官員，放了他。畢卓就拉了主人在酒甕邊喝酒，喝醉了才離開。見《世說新語·任誕》注引《晉中興書》。⑮劉忘埋二句　劉伶常乘一鹿車，攜一壺酒，使僕人荷鍤相隨，說：「死就掘地將我埋了。」見《世說新語·文學》注引《名士傳》。⑯樂天　唐代詩人白居易的字。

【語　譯】夏茂卿撰《酒顛》，廣泛引用東方朔、酈食其、畢卓、劉伶這些人的事例，用來記載飲酒的功勞，很有說服力，難以反駁它。我不飲酒，即使飲也喝不了一蕉葉那麼多，但我卻很熟悉酒中風味。大概太醉就近於昏亂，太醒就近於散漫，半醉半醒，就像是痴獃的嬰兒。胸中很廣大，如太空中沒有一絲雲彩，萬里大地沒有寸草，不做夢，混一沒有分別，夢醒半顛狂，半不顛狂，這是真酒徒。畢卓忘了偷酒，不忘酒甕；劉伶忘了死亡，不忘記鐵鍤。世俗的人謀生存，得道的人學死亡，聖人的教導，活著很榮耀而死了很哀傷，這都是還有生死的區別。那怎麼辦呢？白樂天不是說過「我曾經整天不吃，整夜不睡，這樣思考還是沒用，不如暫且飲酒」嗎？

【研　析】在一般人的觀念裡，詩人文士總是善飲酒的，實際往往並不如此。陳繼儒和袁宏道都是晚明著名的文士，小品文的代表作家，然這兩人都是善品茗而不善飲酒，兩人都自稱飲不能一蕉葉。雖不善飲酒，然兩人皆雅習酒道。袁宏道作《觴政》一卷，論述酒道頗為內行；而陳繼儒這篇文字雖是篇小序，卻把酒中的風味講得頭頭是道，看來深懂酒中三昧，即使是酒仙酒聖也未必有他這樣熟知酒道。

看來飲酒真有一種境界。善飲者未必能達到一種境界，能達到一種境界者又未必善飲。似醉似醒，非醉非醒，無生死，無榮辱，達到這樣一種境界，才可以稱為「真酒徒」，這就需要飲酒者把握自己飲酒的度量，既不少飲又不多飲。像《水滸傳》中那般大塊吃肉、大碗喝酒的粗豪漢子是體會不了這種境界的。十碗八碗，不過是酒量大而已，可以稱之為酒囊飯袋、酒肉傖父。幾杯下肚，即刻爛醉如泥，或嘔吐狼籍，或胡言亂語，全屬沒有境界。還有在酒宴中，常見有強迫人家喝酒的舉動，非要等到喝酒的一方醉倒不可，這當然不會喝出味道來，不會喝出境界來，連喝酒的風度也沒有了，不如不喝。

袁宗道

【作　者】袁宗道（西元一五六〇～一六〇〇年），字伯修，號石浦，公安（今湖北公安）人。萬曆十四年（西元一五八六年）會試第一，授庶吉士，進編修，東宮講官，終右庶子。曾在北京城西崇國寺結蒲桃社講學。他和二弟宏道、三弟中道都有文名，人稱「公安三袁」。因喜愛唐代白居易和宋代蘇軾的作品，取書齋名為「白蘇齋」。散文風格清俊。有《白蘇齋類集》。

論文上

【題　解】本文選自《白蘇齋類集》，是篇議論文。本文主要論述了文章與語言的關係，闡述了「公安派」在散文創作中反對模擬古人的主張。明代中後期，前後七子擬古、復古的主張盛行於文壇。袁宗道之世，前七子的復古運動雖已消歇，而後七子的復古運動正盛極一時。復古派的主張，被人概括為「文必秦漢，詩必盛唐」，對明代中後期的文學創作產生了不良的影響。袁宗道的〈論文〉就是為反對復古派的主張而作的。〈論文〉分上、下兩篇。下篇為探究模擬古人的弊病和根源。這裡選的是上篇。

口舌代心者也，文章又代口舌者也，展轉隔礙❶，雖寫得暢顯❷，已恐不如口舌矣，況能如心之所存乎？故孔子論文曰：「辭，達而已❸。」達不達，文不文之辨也。

【章旨】作文要做到言辭能夠達意。

【注釋】❶展轉隔礙 因為周折而產生隔閡。❷暢顯 暢達明顯。❸辭達而已 見《論語·衛靈公》。辭達，言辭能夠表達意思。

【語譯】嘴和舌是代表心的，文章又是代表口舌的，因為周折而產生隔閡，雖然寫得通暢明顯，已經恐怕不如口舌了，何況能像存在在心裡的嗎？因此孔子論文說：「言辭，能夠表達意思就行了。」通達或不通達，就是文或不文的區別。

唐、虞、三代❶之文，無不達者。今人讀古書不即通曉❷，輒謂古文奇奧❸，今人下筆不宜平易。夫時有古今，語言亦有古今；今人所詫❹謂奇字奧句，安知非古之街談巷語❺耶？《方言》❻謂楚人稱「知」曰「黨」，稱「慧」曰「𧬈」，稱「跳」曰「𨁽」，稱「取」曰「挻」。余生長楚國❼，未聞此言，今語異古，此亦一證。故《史記》五帝三王紀❽，改古語從今字者甚多：「疇」改為「誰」❾，「俾」為「使」❿，「格姦」為「至姦」⓫，「厥田」「厥賦」為「其田」「其賦」⓬，不可勝記。

【章　旨】用具體例子說明語言古今不同。

【注　釋】❶唐虞三代　指上古時期。唐，指堯時。堯為陶唐氏。虞，指舜時。舜為有虞氏。三代，指夏、商、周三代。❷不即通曉　不能立即明白。❸奇奧　奇異深奧。❹詫　詫異。❺街談巷語　指民間的俗話土語。❻方言　西漢揚雄所著的一部講語言和訓詁的書。❼余生長楚國　作者的家鄉公安在春秋戰國時為楚國地，故云。❽五帝三王紀　指《史記》中的〈五帝本紀〉和〈夏本紀〉、〈殷本紀〉和〈周本紀〉。❾疇改為誰　《尚書・堯典》中「疇咨」，《史記・五帝本紀》改為「誰可」即其一例。❿俾為使　《尚書・堯典》中「有能俾乂」，《史記・五帝本紀》改為「有能使治者」即其一例。⓫格姦為至姦　《尚書・堯典》中「不格姦」，《史記・五帝本紀》改為「不至姦」。⓬厥田厥賦為其田其賦　《尚書・禹貢》中「厥田惟上中，厥賦中中」，《史記・夏本紀》改為「其田上中，賦中中」。

【語　譯】堯、舜時和夏、商、周三代的文章，沒有不暢達的。今人讀古書不能立即明白，往往說古文奇異深奧，今人動筆不應當平易。時代有古今，語言也有古今；今人感到詫異認為是奇字奧句，怎知道它不是古時在街巷中交談用的俗語呢？《方言》說楚地人稱「知」為「黨」，稱「慧」為「譓」，稱「跳」為「踃」，稱「取」為「挻」。我生長在楚地，沒有聽到過這類話，現在的語言與古代的不同，這就是一例。因此《史記》五帝三王紀中，將古語改為今字的很多，「疇」改為「誰」，「俾」為「使」，「格姦」為「至姦」，「厥田」「厥賦」為「其田」「其賦」，多得記不過來。

左氏❶去古不遠，然《傳》❷中字句未嘗肖❸《書》❹也；司馬❺去左亦不遠，然《史記》句字亦未嘗肖《左》也。至於今日，逆數前漢❻，不知幾千年遠矣，自❼司馬不能同於左氏，而今日乃欲兼同左、馬，不亦謬乎？中間歷晉、唐，經宋、元，文士非乏，未有公然撏撦❽古文，奄為己有❾者。昌黎❿好奇，偶一為之，如〈毛穎〉⑪等傳，一時戲劇⑫，他文不然也。空同⑬不知，篇篇模擬，亦謂反正⑭。後之文人遂視為定例，尊若令甲⑮，凡有一語不肖古者，即大怒，篤為野路惡道⑯。不知空同模擬，自一人創之，猶不甚可厭；迨其後，以一傳百，以訛益訛，愈趨愈下，不足觀矣。

【章　旨】批評近來模擬古人的風氣，使文章愈趨卑下。

【注　釋】❶左氏　指左丘明。春秋時魯國史學家，著有《左傳》。❷傳　指《左傳》。❸肖　相像。❹書　指《尚書》。❺司馬　指司馬遷。西漢史學家，著有《史記》。❻逆數前漢　逆著年代往上推到西漢。前漢，西漢。❼自　即使。❽捋撦　割裂。捋，取。撦，同「扯」。裂開。❾奄為己有　全部據為己有。奄，覆蓋；包括。❿昌黎　唐代文學家韓愈，自謂郡望昌黎，世稱韓昌黎。⓫毛穎　指〈毛穎傳〉。韓愈所作，是篇結構模仿《史記》的寓言。毛穎，指毛筆。文中假託為人名。⓬戲劇　遊戲。⓭空同　指李夢陽。他自號「空同子」，作品集為《空同集》。⓮反正　返回正道。反，同「返」。⓯尊若令甲　像對待詔令一樣尊重它。漢代保存皇帝的詔令，按發布的先後編為令甲、令乙等，令甲指最早的詔令。⓰野路惡道　指不是正當的途徑。

【語　譯】左丘明離上古不遠，但《左傳》中的字句未曾像《尚書》；司馬遷離左丘明不遠，但《史記》中的句字也未曾像《左傳》。到了今日，往上推到西漢，不知有幾千年了，即使司馬遷也不能與左丘明相同，而今日卻想與左丘明、司馬遷都相同，不也是荒唐嗎？這中間經歷了晉、唐，經歷了宋、元，文士並不缺少，只是沒有公然割裂古文，全部據為己有的。韓愈好奇，偶然作作，像〈毛穎〉等傳，是一時遊戲之作，別的文章並不這樣。李夢陽不了解這點，篇篇文章都模擬，也說是返回正道。後來的文人於是把它看作定例，像對待詔令一樣尊重它，凡有一句話不像古人的，就大怒，罵為野路惡道。不知李夢陽的模擬古人，從他一人開創了它，還不很可厭；等到這以後，以一傳百，錯上加錯，愈到後來愈卑下，不值得一看了。

且空同諸文，尚多己意，紀事述情，往往逼真，其尤可取者，地名官銜俱用時制❶。今卻嫌時制不文❷，取秦漢名銜以文之，觀者若不檢《一統志》❸，幾不識為何鄉貫❹矣。且文之佳惡，不在地名官銜也。司馬遷之文，其佳處在敘事如畫，議論超越。而近說乃云：「西京以還❺，封建❻宮殿，官師❼郡邑，其名不馴雅❽，雖子長❾復出，不能成史。」則子長佳處，彼尚未夢見也，而況能肖子長也乎？

【章旨】承上文批評當時作文擬古造成的弊病，認為文章的好壞不在文字是否像古人。

【注釋】❶時制　現時的規定。❷文　雅。❸一統志　記古今輿地的書。元明清三代均編有一統志，這裡指《明一統志》。❹鄉貫　籍貫。❺西京以還　西漢以來。西京，指長安。東漢遷都洛陽後，稱西漢的都城長安為西京，後人因以西京為西漢的代稱。❻封建　封邦建國。指帝王將土地、爵位分封給諸侯，在封地內建立邦國。❼官師　眾官；百官。❽馴雅　典雅不粗俗。❾子長　司馬遷的字。

【語譯】況且李夢陽的文章，還多有自己的思想，記載事情表達感情，常常很逼真，其中最為可取的，是地名官銜都用現時的制度。今人卻嫌現時的制度不雅，而採用秦漢時的地名官銜來文飾，讀者如果不翻檢《一統志》，差不多就不知道是什麼籍貫的了。況且文章的好壞，不在地名官銜。司馬遷的文章，他的好處在敘事如畫，議論高超。而近人的說法竟然說：「西漢以來，封建宮殿、官師郡邑的名稱不雅馴，即使是司馬遷再世，也不能寫成史。」那麼司馬遷文章的好處，他們還沒有夢見，更何況還能寫出類似司馬遷的文章嗎？

或曰：「信如子言❶，古不必學耶？」余曰：古文貴達，學達即所謂學古也。學其意，不必泥其字句也。今之圓領方袍❷，所以學古人之綴葉蔽皮❸也；今之五味煎熬❹，所以學古人之茹毛飲血❺也。何也？古人之意，期於飽口腹，蔽形體，今人之意，亦期於飽口腹，蔽形體，未嘗異也。彼摘古字句入己著作者，是無異綴皮葉於衣袂❻之中，投毛血於殽核❼之內也。大抵古人之文，專期於達；而今人之文，專期於不達。以不達學達，是可謂學古者乎？

【章　旨】認為古文貴在通達，學古文就要學習古文的通達，不必拘泥於字句。

【注　釋】❶信如子言　果真像你所說的那樣。信，誠；當真。❷方袍　大袍子；長袍子。❸綴葉蔽皮　連綴葉子作為衣服，用獸皮來遮身體。❹五味煎熬　指調味烹飪。五味，指甜酸苦辣鹹五種味道。❺茹毛飲血　謂上古之人生活方式原始，捕到禽獸連毛帶血吃。茹，吃。❻衣袂　衣袖。❼殽核　泛指各種食物。殽，肉類蔬菜類食物。核，果類食物。

【語　譯】有人說：「果真像你所說的那樣，古文不必學嗎？」我說：古文貴在通達，學習通達就是學習古文。學習古文的精神，不必拘泥它的字句。現在的圓領長袍，就是學習古人的連綴葉子作衣服，用獸皮遮身體的；現在的調味烹飪，就是學習古人的茹毛飲血的。為什麼呢？古人的用意，希望使口腹飽，使身體得以遮蔽，今人的用意，也希望使口腹飽，使身體得以遮蔽，未曾有什麼不同。那些摘古人字句放入自己著作的人，無異於連綴獸皮葉子放入衣袖中，將毛和血投進食品之中。大抵古人的文章，專求通達；而今人的文章，卻專求不通達。用不通達來學習通達，這可以說是學習古文嗎？

【研　析】明代中期，以李夢陽、何景明為首的前七子提倡文學復古，推崇秦漢時的散文和盛唐時的詩歌，極力模擬，在當時的文壇聲勢很盛，影響很大。前七子之後，到了嘉靖中後期，李攀龍、王世貞為首的後七子繼承了前七子的主張，掀起了第二次復古運動。比起第一次復古運動來，第二次復古運動聲勢更盛，影響更大，追隨者也更多。當時詩文創作模擬古人的風氣很盛，甚至將模擬當成了創作的根本，這樣也就產生了很大的弊端，有的人生搬硬套古語，甚至將現時的名物、制度比附古代的，以古代的名物、制度來稱呼當今的，弄得文章不堪卒讀。

前後七子的復古主張和產生的流弊，當然也引起一些自立於復古派之外的人們的反對。在前後七子之間，唐宋派就反對復古派的主張，而明代中後期出現了以袁氏三兄弟為代表的公安派。袁宗道的這篇文章針對復古派流弊而作的，這是一篇申述他們文學主張的代表作之一。

本文主要在論文章與語言的關係。作者認為在上古時代語言與文字是一致的，今人讀古書不能通曉古文，是因為古今語言產生了很大的變化。在論述這個問題時，作者舉了許多例子，有《方言》記載的楚人語言今不存，《史記》三王五帝紀改古字為今語等，這些例子無疑增強了文章的說服力。接著文章進一步闡明《左傳》與《尚書》、《史記》與《左傳》、現在與過去，文章語言的不同，從而說明李夢陽提倡復古的主張是錯誤的，更指出了李夢陽之後追隨於復古主張的文士創作文章不可卒讀的弊端。文章最後一段又故設問難，引出「古文貴達，學達即所謂學古」的命題，認為學習古文應當學習其精神，而不必拘泥於字句。這不僅補足了前文反對擬古並不排斥學古的用意，而且還呼應了篇首以通達論文的主張，進一步突出了全文的主旨。

極樂寺紀遊

【題解】本文選自《白蘇齋類集》，是篇遊記。文章先寫高梁河一帶的景色，再寫遊極樂寺所見所感。極樂寺，在北京阜成門外，明成化年間所建，自成化至萬曆年間，為遊覽勝地，後遭火焚。

高梁橋❶水，從西山❷深澗中來，道此入玉河❸。白練❹千疋，微風行水上，若羅紋紙❺。堤在水中，兩波相夾，綠楊四行，樹古葉繁，一樹之蔭，可覆數席，垂線長丈餘。岸北佛廬道院甚眾，朱門紺殿❻，亘❼數十里。對面遠樹，高下攢簇❽，間以水田。西山如螺髻❾，出於林水之間。極樂寺去橋可❿三里，路徑亦佳，馬行綠蔭中，若張蓋⓫。殿前剔牙松⓬數株，松身鮮翠嫩黃，斑剝⓭若大魚鱗，大可七八圍許。

暇日曾與黃思立諸公⓮遊此，予弟中郎⓯云：「此地小似錢塘蘇堤⓰。」思立亦以為然。予因歎西湖⓱勝境，入夢已久，何日掛進賢冠⓲，作六橋⓳下客子，了此山水一段情障⓴乎！是日，分韻㉑各賦一詩而別。

【注釋】❶高梁橋　北京西直門外高梁河上所架設的橋。❷西山　在北京西郊的名勝，為太行山支脈，眾山連接，總名為西山，又名小清涼。❸玉河　源出北京西北玉泉山下，匯成昆明湖。出而東南流，環繞紫禁城，注入大通河。❹白練　白色的熟絹。❺羅紋紙　一種質地輕軟，有羅紋狀的紙。❻紺殿　天青色的殿宇。紺，天青色。即深青帶紅的顏色。❼亘　連綿不絕。❽攢簇　聚集。❾螺髻　盤在頭頂，形似螺殼的髮髻。❿可　大約。⓫張蓋　張開的傘。蓋，一種形似傘的遮蓋物。⓬剔牙松　針葉像牙籤一樣的松樹。⓭斑剝　又作「斑駁」。色彩雜亂錯落。⓮黃思立諸公　黃思立等人。當時同遊者有黃大節、曹大咸、黃輝及弟袁宏道等人。黃思立，即黃大節，字思立，一作斯立，江西信豐人。與袁宏道為同年進士，當時任太常寺博士。⓯中郎　袁宏道的字。袁宏道當時任順天府教授。⓰錢塘蘇堤　指杭州西湖蘇堤。錢塘，杭州府的附郭縣。蘇堤為宋代蘇軾任杭州知州時橫截西湖築成。⓱西湖　在今杭州城西，是著名的風景名勝區。⓲掛進賢冠　指辭官。進賢冠，東漢時文儒所戴的冠，後代沿用，至元時廢。這裡指學官所戴的冠，時袁宗道以翰林院編修任皇長子講官。⓳六橋　蘇堤上自北往南有跨虹、車浦、壓堤、望山、鎖瀾和映波六座橋。⓴情障　情結。障，佛家語。煩惱。㉑分韻　指作詩事先規定若干個字為韻，各人分拈韻字，依韻作詩。

【語　譯】經過高梁橋的河水，從西山深澗中出來，流經這裡注入玉河。流水像是千匹的白練，微風吹拂水上，又好像是羅紋紙。水中有堤岸，兩邊的水波相夾，堤上種有四行綠楊，樹齡很大，樹葉繁密，一株樹的樹蔭，能夠覆蓋數張宴席，垂下的枝條像線一樣有一丈多。堤岸的北邊佛寺道院很多，朱紅色的門、天青色的大殿，連綿數十里。對面遠處的樹，或高或低叢集在那裡，中間夾雜著水田。西山好像螺殼般的髮髻，高出於樹林和河水之上。極樂寺離高梁橋大約三里，路徑也很美，馬在綠蔭中行走，好像張開的傘蓋。大殿前有數株剔牙松，樹身鮮翠嫩黃，色彩錯雜好像大魚鱗，大的樹有七八圍左右。空暇日曾經與黃思立幾位到這裡遊覽，我的弟弟中郎說：「這地方有些像杭州的蘇堤。」思立也認為是這樣。我因此感歎西湖的勝境，在夢中已很久，什麼時候能夠辭去官職，作蘇堤六橋下的旅居人，了卻對西湖山水的這分情結呢！這一天，我們分韻各賦一首詩後才分別。

【研　析】本文為極樂寺遊記，前面卻用了一半的篇幅寫了高梁橋水，寫水中之堤，寫堤岸之樹，寫岸北的佛寺道院。然後才寫到極樂寺，寫了殿前的松樹。再寫遊覽時的感歎。作為遊記，它沒有寫他們當時的遊蹤和活動，而是把筆墨傾注在對自然環境的描寫上。

對自然環境和景物的描寫，作者抓住了那些富有特色的事物，寫出了各自獨具的美妙之處。如寫高梁橋水，主要寫河水在微風吹拂下的動態，「白練千疋，微風行水上，若羅紋紙」；寫堤岸上的楊樹，「樹古葉繁，一樹之蔭，可覆數席，垂線長丈餘」，寫出了樹蔭之大和枝條之長；寫松樹，「松身鮮翠嫩黃，斑剝若大魚鱗，大可七八圍許」，寫出了它的蒼勁奇偉。

作者在精心描寫景物時，還非常注意把握空間層次，由近及遠地展開描寫，寫高梁橋水，寫水中之堤，寫堤上之樹，這是寫近處，而高低層次很分明。接著寫堤岸北面佛寺道院，橫亘數十里，這是由近及遠所見。接著寫對面遠樹、水田，視野漸遠；又寫超出於林水之間的西山，視野更遠。

在寫了幽美的自然環境之後，作者將筆觸轉到了它的主體事物——極樂寺。寫極樂寺則變換了鏡頭，由遠及近地展開描寫。先寫去極樂寺的路徑，綠蔭如張開的傘，再寫到極樂寺。而寫極樂寺，只選擇描寫了殿前的松樹，並沒有寫寺院建築本身，因為前面已經提到岸北佛寺道院很多，「朱門紺殿」，所以這裡省略了。在寫了這些內容後，作者提到了他們的這次出遊，從而點出了這是記遊。最後寫到了袁宏道對此地此景的評論，從而激發了自己對與此相似的西湖勝景的縈繞心頭的嚮往。

答江長洲涤蘿

【題　解】本文選自《白蘇齋類集》，是封書信。在信中寫了五件家常細事，似乎是信手寫來，實際上也反映出了當時作者既高興又悲苦的複雜心情。江長洲涤蘿，指江盈科，字進之，號涤蘿山人，桃源（今湖南桃源）人，萬曆二十年（西元一五九二年）進士，與袁宏道為同年。選授長洲（今江蘇蘇州）知縣，故稱江長洲。當時袁宏道選授吳縣（今江蘇吳縣）知縣，長洲與吳縣同為蘇州府的附郭縣，兩人同時出京上任。江盈科與袁宗道、宏道兄弟交好，為「公安派」的健將。

家弟❶既有《錦帆集》❷矣，門下❸可無《茂苑集》❹乎？集果行❺，不佞❻當僭❼跋數語，庶幾賤姓名託佳篇不朽，意在附驥❽，不恥為蠅❾也。家弟尚未抵家，不知萍蹤❿近在何處，音耗⓫不通，業已半載。徵仲⓬真跡難得，其倣山谷老人⓭者尤難得。明牕棐几⓮，沐手展玩，神采奕奕⓯，射映⓰一室，塵土胃腸，為之一浣⓱。十年夢想虎丘茶⓲，如想高人韻士，千里寄至，發甌⓳喜躍，恰如故人萬里歸來，對飲之語，不足方⓴弟之愉快也。弟僅有一女，適人㉑匝歲㉒，死於產病，情殊難堪。所幸當事見憐㉓，聽辭試差㉔。婆娑㉕一室，良朋時來，一觴一詠㉖，消結滌鬱㉗，恩纏愛繾㉘，日就輕微。卜夏之病㉙，庶幾免矣。知門下念我，故縷及近懷㉚。

【注釋】❶家弟　指袁宏道。❷錦帆集　袁宏道在任吳縣知縣期間所作的詩文集，因吳縣治前有錦帆涇而得名。❸門下　對長官的敬稱。這裡指江盈科。❹茂苑集　江盈科的詩文集名。❺集果行　文集果真得到刊行。果，確實；果真。❻不佞　不才；沒有才能。常作自稱的謙詞。❼僭　超越本分。❽附驥　附驥尾。比喻依附他人以成名，一般用作謙詞。❾不恥為蠅　不以像蒼蠅一般為恥。古有「蒼蠅附驥尾以致千里」的話，見《史記・伯夷列傳》索隱。❿萍蹤　萍生於水中，飄泊無定，因此稱無定的行蹤為萍蹤。⓫音耗　消息。⓬徵仲　明代書畫家文徵明的又字。⓭山谷老人　北宋詩人、書法家黃庭堅，號山谷道人。⓮棐几　榧木製作的几。棐，通「榧」。樹木名。⓯神采奕奕　這裡指書畫作品光彩照人。⓰射映　映照；光照。⓱浣　洗。⓲虎丘茶　出產於蘇州虎丘的茶，是當時的一種名茶。⓳甌　古代青銅製或陶製的盛物器。⓴方　比擬；表達。㉑適人　嫁人。適，出嫁。㉒匝歲　滿一年。匝，周。㉓當事見憐　受到上司的顧念。當事，負責人。見，被。㉔聽辭試差准許我辭去主持鄉試的差使。試差，指朝官發放外任主考鄉試的官職。㉕婆娑　徘徊。㉖一觴一詠　指飲酒賦詩。這裡一……一……的句型，等於或……或……。觴，酒杯。㉗消結滌鬱　消除內心聚積的鬱悶。㉘恩纏愛縛　受到恩愛的牽纏。㉙卜夏之病　指子夏因喪子而失明的事。見《禮記・檀弓上》。卜夏，指子夏。姓卜，名商，字子夏。春秋衛國人，孔子弟子。㉚縷及近懷　細述近來的心情。

【語　譯】家弟既然有《錦帆集》，那您能沒有《茂苑集》嗎？你的文集果真刊行的話，我應當不客氣地作上幾句跋語，希望讓我低賤的姓名依附在您的佳作上從而不朽，用意在於像蒼蠅附在驥尾上一樣，不以為恥。家弟還沒有到家，不知他飄忽不定的行蹤近來在什麼地方，音訊不通已經半年了。文徵明的真跡難以得到，他模仿黃庭堅的更加難以得到。明窗棐几，洗手展開真跡賞玩，發出奕奕的神采，映照整個房間，滿胃腸的塵土，也被它洗乾淨了。十年夢想著虎丘茶，好像想念高人韻士一樣；承您從千里之遠寄來給我，我打開甂一看，高興得跳了起來，好像是老朋友從萬里回來，相對而飲所說的話，也比不上我現在那麼愉快。我僅有一位女兒，嫁了滿一年，死於產病，心情特別難受。幸虧上司體恤我，准許我辭去了擔任主試的差使。徘徊在一室中，好朋友時常前來，喝酒作詩，消解了心頭積久的鬱悶，恩愛的牽纏也一天天減輕。像子夏喪子得病的事，我或許可以避免了。我知道您顧念我，因此詳細地敘述了我最近的心情。

【研　析】晚明文學獨抒性靈的特點，往往在書信中表現得最為突出。因為書信是屬於私人交往的一種方式，寫信人在寫作之時不一定考慮到拿出來公開發表，所以可以率性而寫，少了一些顧忌、拘束和字斟句酌，真正能夠不拘格套。

這封寫給江盈科的私信就是這樣，作者信手寫來，所談的也是瑣細的家常事，而唯其如此，才真正體現出作者的真性情。信中先寫了自己願意為對方新近的詩文集作跋，並說自己想藉著對方的佳篇得以不朽，就像蒼蠅附在驥尾上一樣不以為恥，寫得謙抑而幽默，可見雙方交往之深。接著寫了弟弟袁宏道的近況，袁宏道與江盈科為同年進士，一起發放到蘇州府的兩個屬縣為知縣，這兩個縣的縣衙在同一府城中，兩人在公事之餘常常結伴出遊，友誼自然非同一般。袁宏道做知縣一年後即辭官在吳越一帶漫遊，這時袁宗道在京城當官，而江盈科任知縣未滿期，兩人對袁宏道的近況自然都很關心。接著信中寫了賞玩文徵明書法真跡時的愉悅和開啟對方所寄贈虎丘茶時的歡欣。又寫了愛女的不幸去世所帶來的悲傷和請假回家後憂傷漸漸減輕的情況。

在這封短信裡，無論是敘喜悅之事還是寫憂傷之情，筆調都是自然而閒靜，輕靈而委婉。雖然都是寥寥數語，但流露的是殷殷的肺腑之情。

李日華

【作　者】李日華（西元一五六五～一六三五年），字君實，號竹嬾、九疑，嘉興（今浙江嘉興）人。萬曆進士，官至太僕寺少卿。能書畫，並善於鑑賞。所作筆記，亦多論書畫，筆調清雋，富有小品意致。有《恬致堂文集》、《李君實先生雜著》等。

竹冊

【題　解】本文選自明刻本《李君實先生雜著》之《紫桃軒雜綴》，是篇題畫記。文中表達了自己對竹子的獨特感悟，讚揚友人所畫的竹子深得竹子的神韻。

古人稱韻士❶，必曰有林下風氣❷，然惟松竹桄榔❸乃得稱林，其他臃腫支離❹各自傲兀❺者不與焉。顧竹之生江湖濱者瑣細攲斜❻，其在巖崖窟穴者孤挺無伴，俱非林下。成林之竹，止吳越有之。繪者欲寫全林，恐難位置❼。即全竹根梢俱露者亦無妍態❽。余友魯孔孫天資高亮❾，神用沉鬱，居恆袪俗自恣❿，走入林中，浥⑪其颯爽⑫之氣，興到一呼，墨君登案⑬，疏濃單複，無不盡意。但不作全竹，止以斜梢側葉遮露於石坳⑭樹底，此如半面低眉美人，無限生趣溢出楮⑮間，可謂居多竹之鄉而工於選勝⑯者矣，斯真不負林下風氣哉！

【注釋】❶韻士　高雅之士。❷林下風氣　指隱士的風範。林下，指退隱的地方。❸桄榔　一種常綠高大喬木。❹臃腫支離　指樹幹疏鬆腫大，枝條支離不正。❺傲兀　高聳突出。❻攲斜　傾斜。❼位置　安排；布置。❽妍態　美態。❾高亮　聰明的意思。❿祛俗自恣　擺脫世俗的習氣，自我放達。⓫浥　濕潤。⓬颯爽　神采飛動的樣子。⓭墨君登案　指立即就將墨竹畫成了。墨君，指水墨畫成的竹子。案，几案。⓮石坳　石上低窪之處。⓯楮　一種樹，皮可製紙，因此作為紙的代稱。⓰選勝　選擇佳美。

【語譯】古人稱讚高雅之士，一定說有林下隱逸之氣，然而只有松竹桄榔這些樹才能稱為林，其他臃腫支離各自高聳突出的樹木不在此列。然而生長在江湖岸邊的竹子細小歪斜，生長在巖崖洞穴之中的竹子孤獨挺立沒有同類，這些都不能稱林下。成林的竹子，只有吳越一帶才有。繪畫者想畫出整個竹林，恐怕難以布置。即使整枝竹子，根梢全露也就沒有美態。我的友人魯孔孫天資聰明，神情深沉，平時一直是擺脫世俗習氣而自我放達，走入竹林中，浸潤竹林飛動的神采，興致一來，一聲呼喚，一幅墨竹圖即刻在几案上出現，或疏或濃，或單或複，沒有不盡意的。但不畫全竹，只以斜梢側葉掩映在石坳樹底，這就像露出半邊臉低著眉的美人，有無限生趣在紙間溢出，可說是居住在多竹之鄉而精於選擇佳美的了，真正不辜負林下隱逸風氣啊！

【研析】中國文人墨客愛竹成癖，至有「不可一日無此君」者，而詠竹、寫竹者更是代不乏人。大多數詩文、書畫，詠竹寫竹都著眼於竹子的蒼勁挺拔，象徵著一種高尚、堅強的精神操守。而作者對竹子卻是從有沒有散朗閒雅的林下隱逸之氣這一角度來感受，他認為只有成片成林的才可能有「林下風氣」，臃腫支離各自傲兀的，或瑣細攲斜、孤挺無伴的都稱不上是林下。但是以竹為題材的畫作，如果想繪出整個竹林，則很難布局，如果畫成的整枝竹子根梢全露則又不見美感。這又是從審美的角度來觀察的。

因此，作者非常讚賞友人魯孔孫所畫的竹子布局得好：「不作全竹，止以斜梢側葉遮露於石坳樹底」，就像是美人半面低眉，有無限生趣，足以引起人的無窮想像，具有林下風氣，深得竹子的神韻。自然，深得竹子神韻者才能畫出有神韻的竹子，而能對竹子有這樣一番精妙見解者又何嘗不深得竹子的神韻呢？

程嘉燧

【作者】程嘉燧（西元一五六五～一六四四年），字孟陽，號松圓、偈庵，原籍休寧（今安徽休寧），寓居嘉定（今上海市嘉定區）。工詩善畫。論詩主張先立人格，然後有詩格。山水畫筆墨枯淡，偏於閒靜，也畫花卉。平生遊蹤甚廣，所作小品多記山水美景和遊中之樂，慣於畫意入文。與唐時升、婁堅、李流芳合稱「嘉定四先生」。有《偈庵集》、《松圓浪淘集》等。

餘杭至臨安山水記

【題解】本文選自明刻本《松圓偈庵集》，是篇遊記，寫了自餘杭至臨安途中的山水景物。餘杭，今浙江餘杭。臨安，今浙江臨安。明清時，餘杭、臨安屬杭州府，今屬杭州市。

辛卯二月丁亥❶，夜發抵餘杭城下，明日舁籃輿❷過城之西門，道左見溪水甚清深，問舁夫❸，云是苕溪❹，從天目❺來。道逶迤❻隱起若隄，右平田，左陂澤❼，澤中多蓮芰莖，陂皆臨溪，田亦帶山。沿陂多深松美篠❽。遠山色若翠羽，時出松杪❾，稍前竹益緜密，路屈曲竹中，如行甬道。竹光娟娟❿襲人，有溝水帶之，或鳴或止，與竹聲亂，錝錚⑪可聽。幾十餘里，逕折竹窮，復與溪會。溪益深闊，道行溪之右，皆高岸。溪流所激齧⑫，多崩坼⑬。樹根時踞頹岸，半迸出水上，偃蹇⑭離奇，多桑多烏臼⑮。溪左皆平沙廣隰⑯，松竹深秀，桃柳始華，時見人家隱林間。估客⑰乘筏順流下，悠然如行鏡中。溪流曲折明滅，遠水窮處，爰有高山入雲，黛色欲滴，與叢林交青，深溪合翠，森沉翁萲⑱，驚神沁目⑲。蓋至青山亭而道折，背溪行山間，至十錦亭大溪橋，乃復踰溪，則已次臨安。橋以石，頗壯。橋上四望皆山，采翠翔翥⑳，誠所謂龍飛鳳舞者也。馬首一山，形若案，上有浮圖㉑，為石鏡山，一曰衣錦山，吳越王㉒歸燕㉓父老處。山林皆蒙以錦，故今有十錦亭。道傍竹林中有化成寺，會天雨，急趨臨安邸㉔。按餘杭有大滌山㉕，有金堂玉室㉖，為第三十四洞天㉗。又有天柱山㉘，居福地㉙之五十七。是日意於空際或一覩焉，然舁夫野人㉚莫能指其處也。

【注　釋】❶辛卯二月丁亥　即明萬曆十九年二月二十日，西元一五九一年三月十五日。❷籃輿　竹轎。❸舁夫　轎夫。舁，抬。❹苕溪　浙江的一條河流名。有二個源頭，出天目山之南的為東苕溪，出天目山之北的為西苕溪，在今湖州市區合流後注入太湖。這裡指東苕溪。❺天目　浙江臨安境內的山脈，有東天目山和西天目山兩峰，峰頂各有一池，左右相對，因此稱天目山。這裡指東天目山。❻逶迤　彎曲連綿不絕的樣子。❼陂澤　低窪濕地。陂，池。❽篠　小竹。❾杪　樹梢。❿娟娟　美好的樣子。⓫錝錚　指清脆悅耳的聲音。⓬激齧　衝擊侵蝕。齧，咬。⓭崩坼　崩裂。⓮偃蹇　屈曲上伸的樣子。⓯烏臼一種果實如胡麻子多脂肪的樹。⑯隰　低窪潮濕之地。⑰估客　商人。⑱森沉翁葼　深沉茂密的樣子。⑲沁目　滲入眼睛。沁，滲入。⑳采翠翔翥　形容山色翠綠靈動。翥，飛舉。㉑浮圖　這裡指佛塔。㉒吳越王　指五代時吳越國的建立者錢鏐，臨安人。㉓歸蕪　指衣錦還鄉時設宴。㉔邸　旅舍。㉕大滌山　在今餘杭市餘杭鎮西南中橋鄉，近旁原有建於唐代的道觀洞霄宮。㉖金堂玉室　指道教所稱神仙的居室。㉗洞天　道教所稱神仙所居的洞府，意謂洞中別有天地。道教所稱有「十大洞天」、「三十六小洞天」。大滌山為三十六小洞天之第三十四洞天。道教書籍《雲笈七籤》稱為「天目山洞」。㉘天柱山　即天柱峰。為大滌山的群峰之一。㉙福地　道教所稱神仙所居的地方，意謂安樂有福之地。道教所稱有「七十二福地」，天柱山為第五十七福地。㉚野人　鄉野之人；農夫。

【語譯】辛卯年二月丁亥日，晚上出發，到達餘杭城下，第二天坐著竹轎經過縣城的西門，在道路的左邊看見溪水很清很深，問轎夫，說這是苕溪，從天目山流來的。道路曲折連綿，時隱時現，好像堤岸，路的右邊是平田，左邊是池澤。澤中有許多蓮芰的莖葉，池都靠近溪，田也連著山。沿著池有許多茂密的松樹和優美的小竹。遠山的顏色像鳥羽般青翠，時時在松樹梢顯露出來。往前一點點，竹子更加綿密，道路在竹林中曲折延伸，我們好像行走在甬道上。竹子的光亮美好襲人，有溝水圍繞著它，有時發出響聲，有時停止，與竹聲混雜，聲音錝錚動聽。走了差不多十餘里，路一彎，到了竹子的盡頭，又與溪流會合了。溪水更加深闊，道路在溪流的右邊，都是高岸。溪岸被流水沖激侵蝕，許多地方崩裂了。時有樹根盤踞在傾頹的溪岸，一半迸出水面，屈曲上伸，樣子很奇怪；又有許多桑樹和烏臼樹。溪的左邊都是平整的沙地和寬廣的低地，松竹又茂密又優美，桃柳才開花，時常看見有人家隱映在樹林之中。商人乘了筏子順流而下，悠然自在地好像在鏡中行進。溪流曲折明滅，在遠水盡處，有高山伸入雲中，山色青黑，像鮮明欲滴，與叢林、深溪的青翠，交互輝映，深沉茂密，動人心神，沁人眼目。大約到青山亭道路出現轉折，背對著溪流行進在山中，到十錦亭大溪橋，才又越過溪流，則已經到達臨安了。橋用石塊築成，很壯觀。橋上回望都是山，山色翠綠，靈動欲飛，真可以說是龍飛鳳舞的了。馬前有一座山，形狀像几案，上面有佛塔，是石鏡山，又名衣錦山，是吳越王錢鏐還鄉設宴款待父老鄉親之處。當時山林都披上錦，因此現在有十錦亭。路邊竹林中有化成寺，正好碰上下雨，急忙趕回臨安旅舍。按餘杭有大滌山，有金堂玉室，是道教第三十四洞天；又有天柱山，是道教第五十七福地。這天本來想或許可以抽空去看一看，但是轎夫和鄉間農民沒有人能夠指出它們的所在。

【研　析】作者程嘉燧原籍休寧而寓居嘉定，萬曆十九年與人一起回原籍祭祖，沿途經過杭州、餘杭、臨安、昌化（今併入臨安縣）、淳安而進入今安徽境內，一路行來，按日程一一作了遊記。這篇〈餘杭至臨安山水記〉是其中一篇。這一篇遊記按行程記了從餘杭至臨安這一帶的山水美景和物產風土。從餘杭縣城（今餘杭鎮）往西，是浙西平原向浙西中山丘陵的過渡帶，這篇遊記所記充分體現出了這一帶的地形地勢特點。出了縣城西門，是苕溪。而往西的道路逶迤隱起，道傍有平田，有陂澤，陂臨溪，田帶山。而越往前就漸漸進入山地丘陵，有松有竹，竹更綿密，路更曲折。而過了十幾里，又有溪流，溪邊高岸上有道路。入山更深，景色也更秀美。而從上游順溪流而下的商人乘著筏子，好像行在鏡中。再往前走，「高山入雲，黛色欲滴，與叢林交青，深溪合翠」，已經完全進入深山區了。過了這一段路程，又峰迴路轉，背溪行山間，不久就到達臨安了。最後文章又補記了道路中本想看看大滌山、天柱山這些道教勝地卻不可得的遺憾。

冷泉亭畫記

【題　解】本文選自明刻本《松圓偈庵集》，是篇記。文中記述了魯生以扇索畫，自己畫扇的過程，並介紹了畫在扇上的人物。冷泉亭，在今杭州飛來峰下、靈隱寺前，因冷泉而得名。冷泉為西湖群山中名泉之一。冷泉亭始建於唐代，後幾經重修。

魯生以此扇索畫，留余篋中年餘矣。今年再同至杭，長夏，魯生泊[1]松毛[2]

而余棲韶光❸，時往來焉。又時時致❹美酒，酒酣，與坐客揮灑❺。一日，魯生所餉❻酒特芳冽❼，適雨過，下至冷泉亭觀瀑，經靈隱寺僧舍，攜友人數輩，先置此扇於案，汲水拭硯❽。及移茶鐺酒榼❾，就澗底弄石掬水；磅薄❿大醉，徑起入寺，因惜魯生不共此，作圖貽之，其兀然欹坐⓫者，余也。對余飲者，為薛蕙光。相向斟酌⓬者，為薛更生、張德新。翹足仰臥者馬巽甫。爇爐煎茶為鮑谿父。濯足⓭仰觀崖際僧者，陳文叔也。時烟嵐淋漓⓮，雲木杳靄⓯，雖未及髣髴⓰，而人物意態，筆法流動，眾客頗為絕倒，遂命記之。

【注釋】❶泊　停留；暫住。❷松毛　即松木場。明代時在杭州府西北城外，因這一帶松樹很多，故稱。❸韶光　在靈隱寺的西北，原有寺，今已廢。韶光本是唐代四川一位著名詩僧的法號，因曾在此居留，故以名寺。❹致　送來。❺揮灑　揮毫灑墨。指寫字或作畫。❻餉　贈送。❼芳冽　又香又清。冽，清涼。❽拭硯　擦抹硯臺。拭，擦抹。❾移茶鐺酒榼　撤走茶酒器。指酒後茶畢。移，撤走；搬走。茶鐺，煮茶器。酒榼，盛酒器。❿磅薄　廣大的樣子。這裡形容大醉的樣子。⓫兀然欹坐　昏沉斜坐。兀然，昏沉的樣子。⓬斟酌　酌酒以供飲。⓭濯足　洗足。⓮烟嵐淋漓　煙霧很盛。嵐，山中的霧氣。淋漓，充盛的樣子。⓯杳靄　幽暗深遠的樣子。⓰髣髴　又作「彷彿」。相像。

【語譯】魯生用這把扇向我求畫，留在我的書箱裡已經一年多了。今年又一同到杭州，漫長的夏天，魯生停留在松木場，而我居住在韶光，時常來往。又常常送來美酒，在酒喝得正暢快時，往往與在座客人一起揮毫灑墨。有一天，魯生送來的酒特別芳香清冽，剛好下過雨，我們下到冷泉亭觀看瀑布，經過靈隱寺僧房，帶了幾個友人，先將這把扇放在桌上，打上水來，擦抹硯臺。等到移走茶鐺酒榼，到澗底弄石戲水；大醉，逕自起身進入寺中，因為可惜魯生不和我們一起在這裡，作了畫送給他。畫上昏沉斜坐的人是我。面對著我飲酒的是薛蕙光。相對斟酒而飲的是薛更生、張德新。翹足仰臥的是馬巽甫。燒爐子煎茶的是鮑豁父。在水邊洗腳仰頭看崖邊和尚的是陳文叔。當時煙霧很大，雲木幽暗，雖然不能畫得非常像，但人物的意態，筆法的流動，各位客人多為之絕倒，於是讓我把這件事記下來。

【研 析】本文可以分為兩部分：一是魯生索畫和自己題畫的經過，二是介紹題畫的內容。作者程嘉燧是當時書畫名家，向他求書索畫的人一定很多。魯生顯然是位與作者熟識的後生小子，他要求作者替他在扇上題畫，但一直得不到滿足，扇子在作者的書箱裡一放就是一年多。這一年因為兩人一起到杭州，整個夏天在杭州度過，而兩人居留的地方又相近，因此時常往來。魯生又常常送來美酒。這一天所送的酒特別的清香，作者和幾位客人一起到靈隱寺附近的冷泉亭觀瀑，賞玩得很舒暢。因為這天魯生沒有與他們在一起，不免覺得有些美中不足，因此作者在扇上畫了畫送給他。接著作者介紹了畫上的內容。原來扇上所畫的就是他們當時玩賞的情景：有兀然欹坐的，有相對而飲、相向斟酌的，有翹足仰臥的，有熱爐煎茶的，有濯足仰觀崖際僧的，一個個神態畢現，維妙維肖。作者雖是在介紹畫上的情景，但我們讀了這段文字，腦中一定浮現出一幅很真實很直觀的畫面，不能不感歎作者運用文字之妙。

袁宏道

【作　者】袁宏道（西元一五六八～一六一〇年），字中郎，號石公，湖廣公安（今湖北公安）人。萬曆二十年（西元一五九二年）進士，外放任吳縣知縣，不久辭官，在吳越一帶漫遊。後至北京任順天府教授，升禮部主事，遊歷了北京一帶的諸多名勝。又辭官回家，在公安城南柳浪湖隱居六年。第三次出仕，任吏部稽勳郎中。袁宏道講究適意與避世，過著亦官亦隱的生活。性愛山水，寫作了大量的山水遊記，是晚明小品文的代表作家之一。反對前後七子，提倡作文「不拘格套，獨抒性靈」，創立「公安派」，在晚明文壇影響很大。與兄宗道、弟中道合稱「公安三袁」，而宏道的成就最高，影響最大。有《袁中郎全集》，今人整理為《袁宏道集箋校》。

虎丘

【題　解】本文選自《袁宏道集箋校》，是篇遊記。文章作於袁宏道辭去吳縣知縣而尚未離開蘇州之時，追憶了虎丘月夜之遊的盛況，最後對自己遊虎丘而不能盡興發出感歎。虎丘是蘇州城外的名勝，春秋時吳王闔閭葬於此，相傳葬後三日有虎來踞其上，故名。

虎丘去城可七八里，其山無高巖邃壑[1]，獨以近城故，簫鼓樓船[2]，無日無之。凡月之夜，花之晨，雪之夕，遊人往來，紛錯❸如織；而中秋為尤勝。每至是日，傾城闔戶❹，連臂而至。衣冠士女❺，下迨蔀屋❻，莫不靚粧麗服❼，重茵❽累席，置酒交衢❾間。從千人石❿上至山門，櫛比如鱗⓫，檀板⓬丘積，樽罍雲瀉。遠而望之，如雁落平沙，霞鋪江上，雷輥電霍⓭，無得而狀。

【章　旨】寫虎丘中秋月夜遊人之盛。

【注　釋】❶高巖邃壑　高山深谷。邃，深。壑，溝谷。❷樓船　有層樓的大船。❸紛錯　紛亂錯雜。❹傾城闔戶　全城的人都關了門出去。闔，關閉。❺衣冠士女　指上層社會的男女。❻下迨蔀屋　下至貧窮人家。迨，及；至。蔀屋，用草蓆覆蓋屋頂。指窮人所居之屋。蔀，覆蓋屋頂的草蓆。❼靚粧麗服　塗脂抹粉，穿著漂亮的衣服。靚粧，塗脂抹粉。❽茵　蓆子。❾交衢　交通要道。❿千人石　虎丘山半腰的大石，石面平坦，面積很大。傳說唐代僧公在此說法，有千人在石上列聽，故稱。⓫櫛比如鱗　形容排列得非常緊密。櫛比，像梳齒一樣緊密排列。櫛，梳子。鱗，魚鱗。⓬檀板　檀木製成的拍板，歌唱時用以打節拍。⓭雷輥電霍　雷鳴電閃。形容又響又快。雷輥，雷聲。電霍，閃電的光。

【語　譯】虎丘離城大約有七八里，這山並沒有高山深谷，只因為近城的緣故，簫鼓樓船，沒有一天沒有。大凡在有月的夜晚，有花的早晨，有雪的晚上，遊人往來，紛雜如織；而以中秋為最盛。每到這一天，整城的人家都關了門，臂碰著臂地來到。從上層社會的士女，下至貧窮人家，沒有不精心妝扮，穿著華麗，鋪著一張張的褥蓆，在交通要道邊擺了酒席。從千人石向上到山門，人像梳齒魚鱗一樣密集，檀板像山丘一樣積聚，酒杯與酒壺像雲一樣傾瀉在地。遠遠看去，好像大雁落在平沙上，雲霞鋪在江上，像雷鳴電閃，沒辦法形容出來。

布席之初，唱者千百，聲若聚蚊，不可辨識。分曹部署，競以歌喉相鬬；雅俗既陳，妍媸❶自別。未幾而搖頭頓足者，得數十人而已。已而明月浮空，石光如練❷，一切瓦釜❸，寂然停聲，屬而和者，纔三四輩。一簫，一寸管，一人緩板而歌，竹肉❹相發，清聲亮徹，聽者魂銷。比至夜深，月影橫斜，荇藻❺凌亂，則簫板亦不復用。一夫登場，四座屏息，音若細髮，響徹雲際，每度一字❻，幾盡一刻❼，飛鳥為之徘徊，壯士聽而下淚矣。

【章　旨】詳寫中秋月夜虎丘歌樂競勝的場景。

【注　釋】❶妍媸　美醜。這裡指歌唱的優劣好壞。❷練　白色的絹。❸瓦釜　比喻粗俗的音樂聲。瓦，陶製器。釜，陶製或鐵製的炊具。瓦和釜都可作打擊器。❹竹肉　指簫管和歌喉，樂聲和歌聲。❺荇藻　兩種水草。❻每度一字　指每唱一個字。❼一刻　古代將一晝夜分為一百刻。這裡說每唱一個字，幾乎用了一刻的時間，是形容歌聲綿延。

【語　譯】剛開始陳列酒席的時候，唱歌的人成千上百，聲音像聚集的蚊子，不能分辨。各自安排，紛紛以歌喉相競爭，或雅或俗既已表現出來，優劣也就自然分出來了。沒有多久還在搖頭頓足按拍子演唱的，只有幾十人了。接著明月浮現在天空，石上映射出像絹那樣的白光，一切粗陋的樂聲都沉寂停止了，還在繼續按拍子演唱的，只有三四人了。一支簫，一寸管，一人緩緩地打著拍子在唱，樂聲和歌聲一齊發出，聲音清亮，聽到的人像沒了魂那樣入迷。等到夜深，月影西斜，荇藻凌亂，那時簫板也不再使用。一人登場，四座的人悄無聲息，歌聲像細髮那樣，響徹雲際，每唱一個字，幾乎用了一刻的時間，飛鳥因為他的歌聲而徘徊不離開，壯士聽了流下淚來。

劍泉❶深不可測，飛巖如削。千頃雲❷得天池❸諸山作案，巒壑競秀，最可觴客❹。但過午則日光射人，不堪久坐耳。文昌閣❺亦佳，晚樹尤可觀。面北為平遠堂❻舊址，空曠無際，僅虞山❼一點在望。堂廢已久，余與江進之❽謀所以復之，欲祠韋蘇州❾、白樂天❿諸公于其中，而病尋作；余既乞歸，恐進之興亦闌⓫矣。山川興廢，信有時哉！吏吳兩載，登虎丘者六。最後與江進之、方子公⓬同登，遲月⓭生公石⓮上，歌者聞令來，皆避匿去。余因謂進之曰：「甚矣，烏紗之橫，皂隸⓯之俗哉！他日去官，有不聽曲此石上者如月⓰。」今余幸得解官，稱「吳客」矣，虎丘之月，不知尚識⓱余言否耶？

【章旨】先敘虎丘景觀，再憶自己以前月夜遊此想聽曲而不得的情景，最後發出感慨。

【注釋】❶劍泉　即「劍池」。在千人石下面，傳說吳王闔閭埋葬於此，並將三千寶劍殉葬，故稱劍池。池水終年不涸。❷千頃雲　山名，在虎丘山上。❸天池　山名。又名華山。在蘇州閶門外。❹觴客　設宴待客。❺文昌閣　奉祀文昌帝君之處，許多地方都建有。文昌，古代天文中對斗魁之上六星的總稱，又叫「文曲星」、「文星」，傳說為主文運的星宿。士人多奉祀，以為可保功名。❻平遠堂　初建於宋代，取「平林遠野」之意。元代時改建。❼虞山　在今江蘇常熟西北，是江南名勝之一。❽江進之　即江盈科。當時任長洲縣令。❾韋蘇州　唐代詩人韋應物。曾任蘇州刺史，故稱。❿白樂天　唐代詩人白居易，號樂天居士，也曾任蘇州刺史。⓫闌　盡；消失。⓬方子公　方文僎，字子公，新安（今安徽歙縣）人。當時為袁宏道幕僚。⓭遲月　待月。遲，等待。⓮生公石　在千人石前，為生公說法之處。⓯皂隸　衙門差役。因著黑衣，故稱。皂，黑色。⓰有不聽曲此石上者如月　意思是有明月作證，自己一定會來此石上聽曲。有……者如……，古人發誓時常用的套語。

⑰ 識　記住。

【語　譯】劍池深得沒法估測，高高的巖壁像刀削一樣筆直。千頃雲有天池等山作它的几案，山峰和峽谷一齊爭奇鬥豔，最值得用來供遊客邊飲酒邊欣賞。但過中午後日光照射在人身上，不能久坐而已。文昌閣也很美，晚上的樹更值得一看。面向北是平遠堂舊址，空曠無邊，只有虞山一點可以望見。平遠堂廢壞已很久了，我和江進之商量著將它修復過來，想在裡面奉祀韋應物、白居易這幾位先賢，但不久我生病了；我現在已請求辭官還鄉，恐怕江進之的興致也已消失了。山川盛衰，確實是有時限的啊！在吳縣做了兩年官，六次登上虎丘。最後一次是與江進之、方子公一同登山，在生公石上等待月亮的出現，唱歌的人聽說是知縣來了，都迴避離開了。我因此對進之說：「官員的橫暴，衙役的庸俗，都是太過分了啊！將來我辭了官，一定要在此石上聽人唱曲，就請明月作證吧。」現在我幸而辭去了官職，可以稱為「吳客」了，虎丘的明月，不知還記得我的話沒有？

【研　析】虎丘是蘇州最著名的名勝之一。虎丘對於蘇州，猶如西湖對於杭州。到了杭州而沒去西湖，等於沒去過杭州；同樣地到了蘇州而沒去虎丘，也等於白到了蘇州。虎丘在蘇州城外七八里，不算遠，但也並不近。那山也並沒有高巖深谷，但是遊人卻沒有一日沒有。大凡在月夜、花晨、雪夕這樣佳美的日子，遊人更多。尤其是到了每年的中秋日，更是全城男女傾城閉戶而上虎丘。這篇文章的第一段寫出了蘇州城的一大人文景觀，寫出了那裡的民風民俗。同時也道出了一些著名景點出名之由：不一定是自然景觀秀麗出名，而是因為人文景觀而出名。許多勝地出名，往往需要有這兩者。

文章第二段著重寫了中秋之夜虎丘歌樂競勝的盛況。剛開始時唱歌的人成百上千，接下來只有幾十人，再後來只剩下三四人，最後只有一人登場。文中形容歌聲和場景也很生動傳神，當成百上千人在唱歌時，「聲若聚蚊，不可辨識」；而當三四人在唱歌時，「明月浮空，石光如練」；當一人在唱時，「竹肉相發，清聲亮徹，聽者魂銷」；而最後夜深時，「月影橫斜，荇藻凌亂」，這時「一夫登場，四座屏息」，歌者「音若細髮，響徹雲際，每度一字，幾盡一刻，飛鳥為之徘徊，壯士聽而下淚」。而在這生動傳神的形容中，歌者由多而少，歌聲由「不可辨識」到使飛鳥徘徊，壯士下淚，時間由初布席到夜深，顯現出一種由繁囂到冷靜的過程，這也反映出作者的審美情趣。

最後一段寫了劍池，寫了千頃雲，寫了文昌閣，寫了平遠堂舊址，既寫自然風貌，同時又突出了人文景觀。正是自然風光和人文景觀兩者使虎丘享有盛名。寫到想修復平遠堂而沒有實現，寫到最近一次與友人月夜遊虎丘，想聽曲而沒有達到，內心充滿遺憾。而這次登上虎丘，聽曲如願以遂，是自己已辭官以後，於是又產生出些許感慨。這最後一段不是重點，卻也用了相當多的篇幅，從而構成了讀者對虎丘一個大致完整的印象，不至於將虎丘看作僅僅是一個遊人鬥歌演出的場所。

上方

【題解】本文選自《袁宏道集箋校》，是篇遊記。遊記中將上方山與虎丘時時作對照，認為兩山各具特色。文章作於萬曆二十三年（西元一五九五年）九月。這年四月，宏道弟中道應大同巡撫梅國楨的邀請往遊塞上，於九月返回吳縣宏道官署中。宏道與中道、江盈科一行人同登上方山看月，寫了這篇遊記。

去胥門❶十里，而得石湖❷。上方踞湖上，其觀大於虎丘，豈非以太湖故耶？至於峰巒攢簇❸，層波疊翠，則虎丘亦自佳。徙倚孤亭，令人轉憶千頃雲耳。大約上方比諸山為高，而虎丘獨卑。高者四顧皆伏，無復波瀾；卑者遠翠稠疊❹，為屏為障，千山萬壑，與平原曠野相發揮，所以入目尤易。夫兩山去城皆近，而游人趨舍若此，豈非標孤❺者難信，入俗者易諧❻哉？余嘗謂上方山勝，虎丘以他山勝。虎丘如冶女豔粧❼，掩映簾箔❽；上方如披褐❾道士，丰神特秀。兩者孰優劣哉？亦各從所好也矣。

【章旨】將虎丘與上方進行比較，指出兩山各具特色，並感慨一山遊人眾多而另一山落寞。

【注釋】❶胥門　蘇州城西的城門。❷石湖　蘇州西南的湖泊，與太湖相通，東入胥門運河。❸峰巒攢簇　峰巒聚集。❹遠翠稠疊　遠處翠綠的山峰稠密地重疊在一起。❺標孤　孤高。標，高超。❻易諧　容易諧世。諧，合。❼冶女豔粧　美女盛妝。冶，妖豔。❽簾箔　用布、竹、葦等編織而成的遮蔽門窗的用具。❾褐　用粗麻製成的短衣。

【語譯】離胥門十里，到石湖。上方就在石湖邊，它的景觀比虎丘大，難道不是因為太湖的緣故嗎？至於峰巒聚集，層層起伏，翠綠重疊，則虎丘也自有佳處。徘徊孤亭，使人轉而想到千頃雲而已。大約上方比眾山高，而虎丘獨比眾山低。山高所以向四周看，都俯伏在下面，不再有波瀾；山低所以遠處翠綠的山峰稠密重疊，像屏障一樣，千山萬壑，與平原曠野相發揮，更容易進入人的視野。這兩山離城都很近，但遊人卻趨虎丘而捨上方，難道不是孤高者難以取信，而入俗者容易諧世嗎？我曾說上方是以本山取勝，而虎丘是以別的山取勝。虎丘好像是美女盛妝，在簾箔之中若隱若現；上方好像穿褐衣的道士，丰神特別秀潔。這兩山誰優誰劣呢？也是由各個人不同的喜好而定。

乙未秋杪❶，曾與小修❷、江進之登峰看月，藏鉤肆謔❸，令小青奴❹罰盞❺，至夜半霜露沾衣，酒力不能勝，始歸，歸而東方白矣。

【章　旨】點出遊山的時間、同遊的人員、歸還的時間等。

【注　釋】❶乙未秋杪　指萬曆二十三年（西元一五九五年）九月。秋杪，又作「杪秋」。指農曆九月。❷小修　袁中道的字。❸藏鉤肆謔　指做藏鉤的遊戲來助酒興。藏鉤，將衣鉤藏於手中讓別人猜。❹小青奴　指僮僕、書僮之類。因為穿青衣，故稱。❺罰盞　用酒盞罰飲。

【語　譯】乙未年九月，曾與小修、江進之登上峰頂看月，做藏鉤的遊戲助酒興，讓小書僮執掌酒盞罰飲，到夜半霜露沾衣，再也喝不下酒了，才回來，回來時東方已經露白了。

【研　析】上方山是蘇州城外一個並不十分知名的景點。那裡既沒有獨具一格的自然風貌，也沒有讓人津津樂道的人文景觀。像上方這樣的景觀其實在江南無處不在。對這樣的景點寫遊記，往往沒有什麼值得一記。而雅愛遊山的袁宏道對這樣的地方遊得一定很多。要是平常人，偶一出遊一處山，可能會覺得挺新奇，即使是極平常的山，也可能還有一些觀感可寫。而袁宏道對山水遊得多了，也真難為他還能觸動藝術的神經，為極普通的山寫出遊記。

就山論山地寫，上方山確實無事可記。山是青的，樹是綠的，這一些幾乎無山不備，沒有什麼可寫。袁宏道畢竟比平常人更具慧眼，更有匠心，所以寫上方山，時時與虎丘山對照了寫，這樣寫不僅有內容可寫，而且更主要的是對上方這樣極普通的山賦予了神韻。

上方與虎丘，同樣離城較近，同樣是峰巒攢簇，層波疊翠，同樣有孤亭，具有共同之處。但上方比周圍之山高，而虎丘獨低，這是它們最大的不同之處。因為上方特高，周圍的山都在它的下面，看起來也就沒有波瀾；而虎丘有遠處的山作為屏障，有平原曠野相發揮，所以更能引人注目。因此虎丘遊人很多而上方相對冷寞。於是作者引發出了「標孤者難信，入俗者易諧」這樣的道理。作者認為上方山本身就是勝景，而虎丘是依託了別的山才成為勝景的，這好像是在替上方抱不平。但作者接下來又比較兩山說：虎丘像盛妝的美女隱現在簾箔之中，而上方像披了褐衣的道士，丰神特別秀潔。兩者誰優誰劣，其實很難判斷。這又認為兩山不分高下了。不知作者本身是更喜歡妖豔女子還是披褐道士，恐怕講究適意與避世的作者自己也是很難回答的了。

作為山水遊記，總要介紹遊歷的時間、同遊之人和當時的活動情景。作者將這些放在最後一段，用寥寥數語交代出。這樣才讓人明白這篇其實是遊記，而不是「上方虎丘比較論」之類的論文。

龔惟長先生

【題解】本文選自《袁宏道集箋校》，是封書信。信中對官場生涯表示厭倦，認為人生有五種快活事，只要具備其中之一，也就不枉此生了。信寫於萬曆二十三年（西元一五九五年）在吳縣任知縣時。龔惟長，龔仲慶，字惟長。袁宏道舅父。萬曆八年進士，授行人，改福建道御史，因介入萬曆黨爭而遭貶。終兵部車駕員外郎。

數年閑散甚，惹一場忙在後。如此人置如此地，作如此事，奈之何？嗟夫，電光泡影❶，後歲知幾何時？而奔走塵土，無復生人半刻之樂，名雖作官，實當官耳。尊家道隆崇❷，百無一闕，歲月如花，樂何可言。然真樂有五，不可不知。目極世間之色，耳極世間之聲，身極世間之鮮，口極世間之譚，一快活也。堂前列鼎❸，堂後度曲❹，賓客滿席，男女交舄❺，燭氣熏天，珠翠委地❻，金錢不足，繼以田土，二快活也。篋中藏萬卷書，書皆珍異。宅畔置一館，館中約真正同心友十餘人，人中立一識見極高，如司馬遷❼、羅貫中❽、關漢卿❾者為主，分曹部署，各成一書，遠文唐、宋酸儒之陋，近完一代未竟之篇，三快活也。千金買一舟，舟中置鼓吹❿一部，妓妾數人，游閑數人，泛家浮宅⓫，不知老之將至，四快活也。然人生受用至此，不及十年，家資田地蕩盡矣。然後一身狼狽，朝不謀夕，托鉢歌妓之院，分餐孤老⓬之盤，往來鄉親，恬不知恥⓭，五快活也。士有此一者，生可無愧，死可不朽矣。若只幽閑無事，挨排度日，此最世間不緊要人，不可為訓。古來聖賢，公孫朝穆⓮、謝安⓯、孫瑒⓰輩，皆信得此一著，此所以他一生受用。不然，與東鄰某子甲蒿目而死⓱者，何異哉！

【注釋】❶電光泡影　形容事物迅速消逝。為佛教用語。電光，閃電。❷家道隆崇　家道殷實，有權勢。❸列鼎　列鼎而食。喻生活奢靡。鼎，先秦時青銅製成的三足的烹煮器。❹度曲　按曲譜歌唱。❺交舄　形容來人很多。舄，鞋。❻珠翠委地　珠寶散落在地上。珠翠，珍珠和翡翠。❼司馬遷　西漢時史學家和文學家。《史記》的作者。❽羅貫中　元明之際的小說家。《三國演義》、《水滸傳》的編訂者。❾關漢卿　元時雜劇和散曲作家。《竇娥冤》、《拜月亭》等的作者。❿鼓吹　由鼓、鉦、簫、笳等樂器合奏的樂隊。⓫泛家浮宅　指以船為家，到處流蕩。⓬孤老　嫖客。⓭恬不知恥　安然不以為恥。恬，安然。⓮公孫朝穆　生平不詳。⓯謝安　東晉時人。年輕時負有盛名，累徵不起。性愛山水，每次出遊，一定攜妓以從。四十歲時才出來做官。⑯孫瑒　南朝陳時人，曾任都督、荊州刺史，以公事免官。居家豪奢，當世無匹。出鎮郢州，合十餘船為大舫，泛長江而置酒。⑰蒿目而死　死於憂患。蒿目，對世事憂慮不安。

【語　譯】數年來非常的閒散，後來竟招來一場忙。像這樣的人置身於這樣的地方，做這樣的事，怎麼辦？唉，歲月像電光泡影一樣稍縱即逝，怎知以後的日子還有多久？卻奔走在塵世間，不再有活人半刻的樂趣，名義上雖然是做官，實際上是當官罷了。您家道殷實，什麼也不缺少，歲月像花一樣美好，快樂哪能說得出呢？但是真正的快樂有五件，不能不了解。眼睛看夠了世上的彩色，耳朵聽夠了世上的聲音，身體享夠了世上的新鮮事，嘴巴說夠了世上的話，這是第一件快活事。堂前排列著鼎，堂後演奏著曲子，賓客滿席，男女雜聚，燭氣沖天，珠寶散落在地，金錢不夠，用田地來繼續，這是第二件快活事。書箱中藏萬卷書，書都是珍異之本。在屋旁造一館舍，館舍中邀請了真正同心的友人十多人，在眾人中推舉出一位識見很高，像司馬遷、羅貫中、關漢卿這樣的人為主持人，分組部署，各個編成一部書，從遠處說來文飾唐、宋酸儒的淺陋，從近處說來完成一代沒有完成的篇章，這是第三件快活事。用千金買一艘船，船裡設置一支鼓吹樂隊，妓妾數人，遊手好閒的人數人，將船作為流動的家，不覺得年紀快要老了，這是第四件快活事。但是人生享受到這種地步，不到十年，家產田地蕩盡了。然後一身狼狽，在早晨考慮不到晚上的事情，拿著缽在歌妓院向嫖客乞食，往來於鄉親之間，安然不知羞恥，這是第五件快活事。讀書人有這五件之一，活著可以沒有羞愧，死了也可以不朽了。如果只是幽靜閒散沒有事情，無聊地打發著日子，這是世上最不緊要的人，不可作為榜樣。從古以來的聖賢，像公孫朝穆、謝安、孫瑒這些人，都確實有這一著，這就是他們一生享受的緣故。不這樣的話，與東邊鄰居家某個兒子憂患而死，有什麼兩樣呢！

【研　析】袁宏道的舅父龔惟長因為介入萬曆黨爭而長期遭貶，返回江陵老家。這對於一個正值壯年，而對功名利祿甚為看重的人來說無疑不是一件幸運的事。而作為外甥的袁宏道跟舅父的境況正好相反，正做著官，卻把做官當苦事，而把投閒置散當成樂事。這封書信既是勸慰舅父，同時又表達了自己的人生意趣和價值取向。

與傳統社會的大多數士人相反，袁宏道並不把儒家的修齊治平當作自己的價值取向、人生目標。他把做官當成一件苦事。說自己「名雖作官，實當官耳」。做官與當官有什麼區別？袁宏道是把當官看作當官差，是件人生苦役。因為是封私人之間的通信，而通信的對象又是自己的親舅父，因此在這封信裡袁宏道縱筆所至，肆口而談，絲毫也不考慮自己的這種言論會不會對社會造成不良的影響。他所說的人生五大真樂，容易給人造成追求享樂，帶有享樂主義的傾向。但其實不全是。因為袁宏道所說的五大快活事，既有物質的、感官的享受，又有精神的、情感的體悟。既有極世俗化的一面，又有極風雅的一面。還是合於他適意的旨趣。特別是他所說的第五件快活事：「托鉢歌妓之院，分餐孤老之盤，往來鄉親，恬不知恥」，即使極放達的人其實也是很難做到的。而且把這樣落魄的事當成人生樂事，更是一般人難以理解的。袁宏道自己也不過是說說而已，其實他自己也未必願意這樣做。

丘長孺

【題　解】本文選自《袁宏道集箋校》，是封書信。信中訴說自己做吳縣知縣的種種困苦之狀，對官場生活表示厭倦。這封信寫於萬曆二十三年（西元一五九五年）吳縣知縣任上。丘長孺，丘坦，字坦之，號長孺。湖廣麻城（今湖北麻城）人，萬曆三十四年（西元一六〇六年）舉武鄉試第一。官至海州參將。這時仍是諸生。善詩，工書，喜遊歷。與袁氏兄弟交好，是公安派作家。

聞長孺病甚，念念。若長孺死，東南風雅盡矣，能無念耶？

【章　旨】對丘長孺的重病表示問候。

【語　譯】聽說您病得很重，我非常掛念。如果您死了，東南一帶的風流儒雅沒有了，能不掛念您嗎？

弟作令備極醜態，不可名狀❶。大約遇上官則奴，候過客則妓，治錢穀則倉老人❷，諭百姓則保山婆❸。一日之間，百煖百寒，乍陰乍陽，人間惡趣❹，令一身嘗盡矣。苦哉，毒哉！

【章　旨】敘自己做吳縣知縣時的種種窘苦之狀。

【注　釋】❶不可名狀　不能把這種情狀表達出來。名，指稱。❷倉老人　管理官倉的老吏。❸保山婆　老保姆。保山，保人。言其可靠如山，故稱保山。❹惡趣　煩惡之事。惡，憎恨；討厭。

【語　譯】我做知縣扮盡了各種醜態，沒法表達出來。大致遇到上級就像奴僕一樣，接待過往的客人就像妓女一樣，管理錢糧就像是管官倉的老吏，教導百姓就像是老保姆。一天之內，百暖百寒，忽陰忽陽，人間煩惡之事，我做知縣的一身嘗遍了。苦啊，毒啊！

家弟❶秋間欲過吳，雖過吳，亦只好冷坐衙齋，看詩讀書，不得如往時，攜侯子❷登虎丘山故事也。

【章　旨】說自己的弟弟秋天將來蘇州，以及到來時的境況。

【注釋】❶家弟　指袁中道。❷傒子　即「猴子」。有本子作「胡孫」。借指小僮。

【語譯】家弟在秋天將到蘇州來，即使他到蘇州來，也只好冷坐在官署中，看詩讀書，不能夠像先前那樣攜帶小僮登虎丘山的舊事了。

近日遊興發不？茂苑主人❶雖無錢可贈客子，然尚有酒可醉，茶可飲，太湖一勺水可遊，洞庭❷一塊石可登，不大落寞❸也。如何？

【章旨】邀請丘長孺來蘇州作客。

【注釋】❶茂苑主人　作者自稱。茂苑，古苑名。在今江蘇吳縣西南。後來用為蘇州的代稱，語出晉左思〈吳都賦〉：「佩長洲之茂苑。」❷洞庭　指太湖中的東西洞庭山，是太湖名勝。❸落寞　冷清寂寞。

【語譯】近日有沒有產生遊興？我這個茂苑主人雖然沒有錢可以贈送給客人，但還有酒可以醉，有茶可以飲，太湖一勺水可以遊，洞庭山一塊石可以登，並不太冷落寂寞。怎麼樣？

【研析】講究適意的袁宏道顯然適應不了官場的繁忙和應酬。在做吳縣知縣幾個月後，就流露出了對官場生涯的厭倦之情。藉著問候朋友病情之機，第一次向別人盡情地訴說了自己對官場的煩苦和反感。這封信本為問候病情所寫，但在寥寥幾句問候語後，即迫不及待地一吐心中的煩苦了。他說自己做知縣，嘗遍了做官的各種醜態，說也說不盡。接著用四個排比句，四個比喻，寫出了四種窘況、四種醜態，說自己遇到上級官員則像奴僕一樣，接待過往的客人就像妓女一樣，處理錢糧之類事情像管倉庫的老吏，教導百姓就像老保姆。這「奴」、「妓」、「倉老人」、「保山婆」的比喻，把做知縣的窘狀寫盡了，絕沒有做官的一絲一毫的尊貴，而只使人感到下賤和勞苦。接著他深深地感歎自己「一日之間，百煖百寒，乍陰乍陽」，這是他對官場醜陋生活的內心深刻體驗，可作官場醒語看。針對官場醜態的諷刺性文字，並不少見，但出於作者自述，自寫官場中煩惱和醜態，如此真切生動的卻極少見。在這以後的與友人的通信中，作者屢次傾訴自己做官的煩苦和窘迫，如〈楊安福〉中說自己「苦瘦，苦忙，苦膝欲穿，腰欲斷，項欲落」，〈沈博士〉中說「作吳令，無復人理，幾不知有昏朝寒暑矣。何也？錢穀多如牛毛，人情茫如風影，過客積如蚊蟲，官長尊如閻老」，〈羅隱南〉中說「是在官一日，一日活地獄也」。正是這種對官場的不堪煩苦，促使他任職不到兩年即辭官了。

這封敘述自己煩苦境況的書信，通篇卻以幽默出之。開頭說聽說友人病得很重，說自己很掛念。掛念的理由卻是「若長孺死，東南風雅盡矣」，所以是死不得的。本來生病之人是極忌諱說自己死的。但友人讀到這裡，卻會忍不住笑出聲來。因為這裡既帶有希望病人的病好起來，又讚揚了友人的才華和影響，語氣中帶有一種輕鬆的調侃味。說自己做官的窘狀，如「奴」，如「妓」，如「倉老人」，如「保山婆」，更是帶有自貶自抑的調侃筆調，生動真切，在深惡痛絕中流露出作者特有的幽默感。最後邀請友人前來遊玩，說自己雖無錢贈給客人，但還是有酒可醉，有茶可飲，有湖可遊，有石可登，並不會很落寞的，既情真意切又不失風趣。

西湖二

【題解】本文選自《袁宏道集箋校》，是篇遊記。一作〈晚遊六橋待月記〉。文中寫了西湖春日的盛景，認為月下看西湖之景比白日更美。文章作於萬曆二十五年（西元一五九七年）辭去吳縣知縣後漫遊吳越期間，第一次遊覽杭州時作。

西湖最盛，為春為月[1]。一日之盛，為朝烟，為夕嵐[2]。今歲春雪甚盛，梅花為寒所勒❸，與杏桃相次開發❹，尤為奇觀。石簣❺數為余言，傅金吾❻園中梅，張功甫❼家故物也，急往觀之。余時為桃花所戀，竟不忍去。湖上由斷橋❽至蘇堤❾一帶，綠烟紅霧，彌漫二十餘里。歌吹為風，粉汗為雨，羅紈❿之盛，多于堤畔之草，豔冶⓫極矣。

【章　旨】寫春天時西湖的盛景和遊人出遊的盛況。

【注　釋】❶為春為月　指在春天和在月下。❷夕嵐　晚上山林散發出的霧氣。❸勒　抑制。❹開發　開放。❺石簣　陶望齡，字周望，號石簣，會稽（今浙江紹興）人。萬曆十七年（西元一五八九年）進士第三名。授翰林院編修，後官國子監祭酒，以講學名。是作者的好友。❻傅金吾　當時杭州的士紳之一，曾為錦衣衛的官。有花園設在西湖小瀛洲。金吾是掌管宮廷宿衛的官職。❼張功甫　張鎡，字功甫。南宋將領張俊的孫子。曾闢地十畝，種有四百株名貴的梅花，築賞梅之室為玉照堂。❽斷橋　在西湖白堤東端，本名寶祐橋，唐後改稱斷橋。❾蘇堤　為北宋蘇軾任杭州知州時橫截西湖築堤防水，灌溉農田而作。❿羅紈　絲織品製成的衣服。羅，質地薄，手感滑，透氣的絲織物。紈，細緻潔白的薄綢。這裡羅紈指穿羅紈的男女。⓫豔冶　美麗妖嬈。

【語　譯】西湖最美是在春天和在月下。一天中最美是朝煙，是夕嵐。今年春雪很多，梅花被寒冷所抑制，與杏花桃花依次開放，特別成為奇觀。陶望齡幾次對我說，傅金吾園中的梅花是張功甫家中的舊物，趕快前去觀賞。我當時被桃花迷戀了，竟然不忍心離開。西湖上從斷橋到蘇堤一帶，綠葉如煙紅花似霧，彌漫二十多里。歌聲和音樂聲像風，粉汗像雨，穿了羅紈的男女之多，多過堤邊的草，美麗妖嬈到了極點。

然杭人遊湖，止午未申三時❶，其實湖光染翠之工，山嵐設色之妙，皆在朝日始出，夕舂❷未下，始極其濃媚。月景尤不可言，花態柳情，山容水意，別是一種趣味。此樂留與山僧遊客受用，安可為俗士道哉！

【章旨】認為西湖最美的景象是在月下。

【注釋】❶午未申三時　指從上午十一點至下午五點這段時間。古人將一晝夜分為十二時辰，一時辰相當於現在兩個小時。其中上午十一點至下午一點為午時，下午一點至三點為未時，三點至五點為申時。❷夕舂　指夕陽。語出《淮南子・天文訓》：「至于虞淵，是謂高舂。」

【語譯】然而杭州人遊西湖，只是在午未申三個時辰，其實湖光染翠、山嵐設色的工妙之處，都在朝日剛出來，夕陽還未下時，才是最為濃豔美好的時候。月下之景尤為美不可言，花態柳情，山容水意，另有一種趣味。這種樂趣留給山僧遊客受用，哪能向世俗的人說出來呢！

【研析】袁宏道在萬曆二十五年辭去吳縣知縣後，第一次遊覽杭州西湖，寫下了十六篇西湖遊記，本篇為遊記的第二篇。文章寫西湖的盛景，一開頭就說「西湖最盛，為春為月」。接著極寫春天的盛景，說今年因為春雪多，梅花受到寒冷的抑制，遲開了，與杏花、桃花依次開放，成為奇觀。雖有好友數次勸自己去看梅花，但自己被繁盛的桃花所迷戀，竟然沒有去看。接著寫自斷橋至蘇堤一帶桃花繁盛的場景，「綠烟紅霧，彌漫二十餘里」。花盛，而遊人更盛，「歌吹為風，粉汗為雨，羅紈之盛，多于堤畔之草，豔冶極矣」。桃花本來就豔俗，而遊人喧囂紛雜，顯得更俗。因為他們的出遊並不主要是為了觀賞春景，而主要是為了趁著這個時節拋頭露面，爭奇鬥豔罷了，也就是何處熱鬧就往何處擠。

生長在西湖邊的杭人，儘管有這樣的湖光山色，但他們確實不具備審美情趣，並不懂得如何欣賞西湖美景，因此他們遊湖，只在午、未、申三時，而湖光山色極美妙的時候是在朝日始出、夕陽未下之時。而月下西湖美景，更是不可言說，只有留待山僧、遊客享用，世俗的人根本是不能欣賞到的。這最後幾句是感歎，表現了作者的審美情趣確實與世俗不同。

這篇遊記，開頭說「西湖最盛，為春為月」，詳寫春之盛景，而略寫月下美景。寫春景，以層翻浪湧之筆，依次寫梅花、桃花之美，朝煙、夕嵐之美，一景勝似一景，逐層襯染。而寫月下美景，只是「花態柳情，山容水意，別是一種趣味」，點到為止，並不展開，匆匆照面，卻又飄然而去，顯得韻味無窮。

五泄

【題解】本文選自《袁宏道集箋校》，是篇遊記。共由三則組成，對五泄一帶的景物和遊者的活動作了生動的描繪。文章作於萬曆二十五年作者遊歷諸暨時。五泄，在今浙江諸暨西六十里的五泄山上，是浙江風景名勝區之一。共有五道瀑布。當地人稱瀑布為泄，故稱五泄。

其一

越人❶盛稱五泄，然皆聞而知之。陶周望❷雖極言五泄之好，其實不曾親見，與我等❸也。發郡城❹凡二日，至諸暨縣，縣去五泄尚七十餘里。次日始行，一路多頑山，無卷石❺可入目者。余私念看山數百里外，敝舟羸馬❻，艱辛萬狀，今諸山態貌若此，何以償此路債？周望亦謂乃弟❼：「余輩誇張五泄太過，若爾❽，當奈中郎笑話何？」獨靜虛❾以為不然。

【章　旨】寫往五泄的路上擔心五泄目見不如耳聞，將令人失望。

【注　釋】❶越人　指浙江紹興一帶的人。春秋時紹興（當時稱會稽）為越國首都。越國的範圍主要在今浙江北部和中部。❷陶周望　陶望齡。❸與我等　與我相同。等，相同。❹郡城　指紹興城。諸暨在明代屬紹興府。❺卷石　不規則的石塊。❻敝舟羸馬　破舊的船，瘦弱的馬。這裡作使動用法。❼乃弟　指陶奭齡，字公望。陶望齡的弟弟。❽若爾　如果那樣。❾靜虛　王贊化，字靜虛，山陰（今浙江紹興）人。學佛居士。與陶望齡兄弟交好。

【語　譯】越地的人高度評價五泄，但都是聽說而已。陶望齡雖然竭力稱說五泄的美好，其實他也未曾親眼見到，與我們相同。從紹興府城出發共兩天，到達諸暨縣，縣城離五泄還有七十多里。第二天才出發，一路上多粗劣的山，沒有卷石可以使人看得上眼。我暗想到幾百里外去看山，使舟破舊，馬也瘦弱了，艱辛萬狀。現在這些山的面貌如此，將用什麼來抵償路債？陶望齡也對他的弟弟說：「我們這些人誇讚五泄誇讚得太過分，如果那樣的話，讓宏道笑話該怎麼辦？」只有王靜虛認為不是這樣。

頃之，至青口❶，兩山夾天如綫，山石玲瓏❷峭削，若疊若鏤。數里一壁，潭水滑滑❸流壁下。一壁上有古木一株，土人云是沉香樹，一年一花❹，猿猱所不到。其他非奇壁，則皆穠花異草❺，幔山❻而生，紅白青綠，燦爛如錦。映山紅❼有高七八尺者，與他山絕異。因相顧大叫曰：「奇哉！得此足償路債，不怕袁郎輕薄❽也。」王靜虛曰：「未也，爾輩遇小小丘壑，便爾張皇❾如是，明日見五泄，當不狂死耶？」靜虛曾習定❿五泄三年，以是知之極詳。

【章　旨】寫進入青口後見到奇異的山景及眾人的反應。

【注　釋】❶青口　離五泄十里處的一座山名。❷玲瓏　靈巧。❸滑滑　水湧流的樣子。❹花　開花。❺穠花異草　繁盛的花，奇異的草。穠，繁盛。❻幔山　漫山；滿山。幔，通「漫」。❼映山紅　杜鵑花的別稱。❽輕薄　這裡是取笑、看輕的意思。❾張皇　誇張炫耀。❿習定　學習靜修。定，禪定。佛教靜修的一種方法。

【語　譯】一會兒，到了青口，兩山夾天，中間狹窄如線，山石靈巧又峭削，好像疊出來又好像刻出來。幾里後有一山壁，潭水滑滑地湧流在壁下。一壁上有一株古木，當地人說是沉香樹，一年開一次花，猿猱也到不了那裡。別的地方要不是奇壁的話，那就都是繁花異草，滿山都生長著，紅白青綠，燦爛如錦繡。映山紅有高達七八尺的，和別的山完全不一樣。因而陶望齡他們相視大叫道：「奇妙啊！見到這些足夠抵償路債，不怕袁郎取笑了。」王靜虛說：「還沒有呢。你們遇上了小小的山壑，就如此激動，明天見到五泄，該不發狂而死吧？」靜虛曾在五泄學習靜修三年，因此對這一帶了解得很詳細。

余與公望聞之喜甚，皆跳吼石上。緩步十餘里，始至五泄僧房。靜虛曰：「牛羊下矣❶，五泄留供來日朝餐。」因散步前山，沿溪而行，兩山一溪，比青口天尤狹，而奇峭率相類。山形或如鑪，如鐘鼓，如屏障劍戟，皆拔地而生，溪傍天竹❷成林。行數里，遇一白鬚人云：「前山有虎。」同行者皆心動，尋舊路而歸。

【章　旨】寫到達五泄僧房及以後的情形。

【注　釋】❶牛羊下矣　牛羊歸家了。這裡借指天晚。出自《詩經．王風．君子于役》：「日之夕矣，羊牛下來。」❷天竹　亦稱南天竹。常綠灌木，春夏開白色小花，實赤色。

【語　譯】我和陶奭齡聽了非常高興，都在石上又跳又喊。慢慢地走了十多里，才到五泄僧房。王靜虛說：「天已晚了，五泄留著明天早晨再出遊了。」因而我們在前山散步，沿著山溪走，兩山之間一溪，比青口看到的天更狹窄，而奇峭大致相似。山的形狀有的像鑪，有的像鐘鼓，有的像屏障劍戟，都拔地而起，溪邊天竹成林。走了幾里，遇到一白鬚人說：「前山有虎。」同行的人都心慌，尋著原路回來了。

其二

五泄水石俱奇絕，別後三日，夢中猶作飛濤聲，但恨無青蓮❶之詩、子瞻❷之文，描寫其高古瀆薄❸之勢，為缺典❹耳。石壁青削，似綠芙蕖❺，高百餘仞，周迴若城，石色如水浣淨，插地而生，不容寸土。飛瀑從巖顛挂下，雷奔海立❻，聲聞數里，大若十圍之玉，宇宙間一大奇觀也。因憶〈會稽賦〉❼有所謂「五泄爭奇于雁蕩❽」者，果爾，雁蕩之奇，當復如何哉？

【章　旨】寫五泄水石的奇絕。

【注　釋】❶青蓮　李白，自號青蓮居士。❷子瞻　蘇軾，字子瞻。❸瀆薄　湧出。❹缺典　缺少記載。❺芙蕖　荷花的別稱。❻雷奔海立　像雷滾動，海水洶湧那樣。形容聲勢很大。❼會稽賦　指〈會稽風俗賦〉。南宋文學家王十朋所作。❽雁蕩　浙江東南部的山名。分南北兩支。南雁蕩在今平陽西南，北雁蕩在今樂清東。這裡指北雁蕩，有二潭稱為龍湫，飛瀑直下，懸巖數百仞，是東南風景名勝區。

【語　譯】五泄水石都奇絕，離開後三日，夢中還聽到飛濤聲，只遺憾沒有李白的詩才、蘇軾的文筆，來描寫它的高古洶湧的氣勢，成為缺典。石壁青色、峭削，好像綠荷花，高有百餘仞，四周環圍好像城牆，石色好像用水洗淨，插在地裡生長出來，沒有一寸土。飛瀑從巖頂倒掛下來，像迅雷滾動，海水洶湧那樣，聲音可以在幾里之地聽到。大的好像十圍大的玉，真是天地間一大奇觀。因此想到〈會稽賦〉裡有「五泄爭奇于雁蕩」那樣的話。果真如此的話，雁蕩山的奇妙，該又是怎樣的呢？

暮歸，各得一詩，余詩先成，石簣次之，靜虛、公望、子公❶又次之。所目既奇，詩亦變幻恍惚❷，牛鬼蛇神❸，不知是何等語。時夜已午，魈❹呼虎號之聲，如在床几間。彼此諦觀❺，鬚眉毛髮，種種皆豎，俱若鬼矣。

【章旨】寫遊五泄後夜晚回來後的情景。

【注釋】❶子公　方文僎的字。❷變幻恍惚　變化多端，捉摸不定。❸牛鬼蛇神　比喻怪誕。杜牧〈李賀集序〉：「鯨呿鼇擲，牛鬼蛇神，不足為其虛荒幻誕也。」❹魈　傳說中的山中怪物。❺諦觀　仔細看著。

【語譯】夜晚回來，每人作了一首詩，我最先完成，陶望齡第二，接著是王靜虛、陶奭齡和方文僎。眼睛所看到的既然很奇特，所作的詩也變化多端，不可捉摸，牛鬼蛇神樣的怪誕，不知是怎樣的話語。這時已是午夜，魈呼虎號的聲音好像在床几間。互相仔細看著，鬚眉毛髮，統統都豎起來了，全像是鬼。

其三

一二三四等泄，俱在山腰，五級而下，飛濤走雪❶，與第五泄率相類。山路甚險巇❷，余等從山顛下觀之，時新雨後，苔柔石滑，不堪置足。一手拽樹枝，一手執杖，踏人肩作蹬❸，半日始得那❹一步，艱苦萬狀。山僧云：「自此往富陽❺，便是平地，不復下嶺。」五泄或作五雪，亦佳。

【章旨】寫五泄的瀑布、山路和下山時艱苦的情景。

【注釋】❶飛濤走雪　形容瀑布飛濺下來的盛勢。❷險巇　也作「險戲」。險阻崎嶇。❸蹬　臺階。❹那　通「挪」。移動。❺富陽　今浙江富陽。

【語譯】第一、二、三、四道泄，都在山腰，分五級向下，飛濤走雪，與第五泄大致相似。山路很險阻崎嶇。我們從山頂往下觀看，當時剛下過雨，苔柔石滑，沒有可以踩腳的地方。一手揪著樹枝，一手拿著杖，踏著別人的肩膀作臺階，半天才能移動一步，艱苦到了極點。山裡的和尚說：「從這裡往富陽便是平地，不再下嶺。」五泄有時又作五雪，也很好。

【研析】有道是「戲法人人會變，只是巧妙不同」，套用過來可以說：文章人人會作，只是手法不同。袁宏道無疑是作文高手，他的這篇遊記寫得曲盡其妙，引人入勝。

這篇遊記寫五泄，卻不著眼於寫五泄本身，而是詳寫五泄一帶的環境，去五泄途中的景物，人們對它的反應，對人的心理活動的刻畫很細緻，用這些來渲染氣氛，烘托出五泄的奇絕。作者先用欲揚故抑的手法，寫出了自己這行人的失望和疑慮：從縣城出發看到的是一路的頑山，稍為可觀的卷石都沒有，這怎麼能不使人失望呢？於是作者心想花費了那樣多的精力去看五泄，會不會得不償失。而陶望齡也很緊張，因為他是越地人，多次向作者宣揚五泄極好，但自己也是聽來的，並不曾親見，這時心裡沒底，怕作者事後取笑他。只有王靜虛沒有什麼反應。這裡不僅作者他們失望和疑慮，就是讀者讀至此，也不禁會為遊客們擔心起來：會不會真的五泄沒有什麼好景緻。

可是不久這種疑慮和失望就煙消雲散了。到了青口，眼前便出現了奇景。這裡山水、花草無一不奇，這時陶望齡兄弟又高興得大叫。而王靜虛卻說這並不算什麼，真正好看的五泄還沒見到。於是作者和陶奭齡高興得在石上跳叫。在短時間裡，遊人的心情一悲一喜，起伏變化得很快。這裡由抑到揚，但還沒有揚到極致，而是蓄勢待發。寫青口一帶奇絕的景物，又暗伏了烘托五泄的作用。到這裡，無論是作者他們這行人還是讀者都恨不得一步到達五泄，看到那裡的奇景。可是還沒有，到達五泄僧房，時間已晚，只能留待第二天再去觀賞五泄。這裡事情又有了個起伏，無論作者還是讀者的心被五泄攫住了，但又看不到，一定是既迫切又無奈。

第二則寫五泄。按照一般的想法和寫法，當按遊蹤由下而上詳細地描寫這五道飛瀑的態勢，各自的特點和周圍的環境。可是作者卻不。他用倒敘的手法寫離開後三日對五泄的印象和觀感。只用五十餘字寫了五泄的石壁和飛瀑。第三則主要寫下山時艱難的情形，寫第一至第四道瀑布也只是「飛濤走雪，與第五泄率相類」這樣一句總寫。總之，這篇文章寫五泄，詳於寫往五泄途中的經歷、見聞和反應，而略於寫五泄本身。但儘管沒有正面詳寫五泄，通過前面的襯托，讀者還是能夠對五泄有一個深刻的印象的。而沒有詳寫五泄本身，更會引起讀者一遊五泄的強烈欲望。

天　目

【題　解】本文選自《袁宏道集箋校》，是篇遊記。本文由兩則組成，第一則將天目山與一般的山嶺作比較，認為天目山有「七絕」。第二則對天目山具體的景點作了描繪，寫出了天目山的敞、奇、險、幽的特點。本文作於萬曆二十五年在於潛（今浙江臨安）時。天目是浙江西北部今臨安境內的山脈，有遙遙相對的東西兩峰，峰頂各有一天池，好像天的眼睛，故稱天目山。

其一

天目幽邃奇古不可言。由莊至巔❶，可二十餘里。凡山深僻者多荒涼，峭削者鮮迂曲，貌古則鮮妍❷不足，骨大則玲瓏絕少，以至山高水乏，石峻毛枯，凡此皆山之病。天目盈山皆壑，飛流淙淙❸，若萬疋縞❹，一絕也。石色蒼潤，石骨奧巧❺，石徑曲折，石壁竦峭❻，二絕也。雖幽谷縣巖，菴宇❼皆精，三絕也。余耳不喜雷，而天目雷聲甚小，聽之若嬰兒聲，四絕也。曉起看雲，在絕壑下，白淨如綿，奔騰如浪，盡大地作琉璃海❽，諸山尖出雲上若萍，五絕也。然雲變態最不常，其觀奇甚，非山居久者不能悉其形狀。山樹大者，幾四十圍，松形如蓋，高不踰數尺，一株直萬餘錢，六絕也。頭茶之香者，遠勝龍井❾，筍味類紹興破塘❿，而清遠過之，七絕也。余謂大江之南，修真棲隱⓫之地，無踰此者，便有出纏結室⓬之想矣。

【章旨】寫天目山與別的山相比，有七大特異之處。

【注釋】❶由莊至巔　由雙清莊至山頂。莊，指雙清莊，在天目山腳下，有僧房可供住宿。❷鮮妍　亮麗。❸淙淙　水流聲。❹縞　未經染色的絹。❺石骨奧巧　謂山石的稜角奇曲精妙。❻竦峭　又高又直。竦，高。❼菴宇　僧人所住的房屋。❽琉璃海　形容雲彩亮麗明澈。琉璃，一種半透明有色的礦物質。❾龍井　出產於浙江杭州西湖龍井一帶的名茶。❿破塘疑即「坡塘」，在今浙江紹興。以產筍著稱。⓫修真棲隱　隱居而修養心性。修真，佛教用語。指通過修心養性而達到真境。⓬出纏結室　指擺脫塵世煩擾，在此築室居住。

【語　譯】天目山幽邃奇古，用語言表達不出來。從雙清莊到山頂，大約二十多里。大凡深僻的山多荒涼，峭削的缺少迂曲，形狀古樸的亮麗不夠，山體大的少靈巧，以至於山高而沒有水，石塊突出而草木枯萎，大凡這些都是山的缺點。天目山滿山都是溝谷，飛瀑淙淙，好像萬匹縞，這是一絕。石的顏色青蒼滋潤，石的稜角奇曲精妙，石徑曲折，石壁高直，這是二絕。雖然是在深谷懸巖，但僧人的菴宇都很精美，這是三絕。我的耳朵不喜歡聽雷聲，而天目山的雷聲很小，聽起來像嬰兒的聲音，這是四絕。早晨起來看雲，雲在絕谷下，白淨如綿，奔騰如浪，整個大地成了琉璃海，眾山峰高出在雲上好像萍在水上那樣，這是五絕。但是雲彩不斷地變化著，它的景觀很奇妙，如果不是在山中住得久的人不能識出它的形狀。山樹大的，差不多有四十圍，松的形狀像傘蓋，高不過幾尺，一株樹可值一萬多錢，這是六絕。第一泡茶氣味香，遠勝龍井茶，筍的味道好像是紹興破塘出產的，而清香遠遠超過它，這是七絕。我認為在長江之南，修養心性隱居的地方，沒有比這裡更好的，於是就有了擺脫塵世的煩擾，在這裡築室隱居的念頭。

宿幻住❶之次日，晨起看雲，已❷後登絕頂，晚宿高峰死關❸。次日由活埋菴❹尋舊路而下。數日晴霽❺甚，山僧以為異，下山率相賀。山中僧四百餘人，執禮甚恭，爭以飯相勸。臨行，諸僧進❻曰：「荒山僻小，不足當巨目，奈何？」余曰：「天目山某等亦有些子分❼，山僧不勞過謙，某亦不敢面譽。」因大笑而別。

【章　旨】寫登天目絕頂後下山的情景。

【注　釋】❶幻住　天目山上的寺名。❷巳　巳時。早上九至十一點。❸高峰死關　天目山上的兩處地名。死關，謂此處險峻。❹活埋菴　天目山上的小寺。地處僻遠，人跡難至，居於此如同活埋，故名。❺晴霽　天氣放晴。霽，雨後天晴。❻進　向前。❼子分　細小的緣分。

【語　譯】住宿在幻住的第二天，早晨起來看雲，巳時後登上了最高峰，晚上住宿在高峰死關。第二天從活埋菴沿原路下來。幾天來天晴得很，山中僧人認為是奇異事，下山時紛紛相祝賀。山中僧人有四百多人，持禮很恭敬，爭著招待我們用飯。臨行時，眾僧致歉說：「荒山僻小，不能滿足您的觀賞，怎麼辦？」我說：「天目山我們也有些緣分，山僧不必過分謙抑，我也不敢當面稱讚。」於是大笑著分別。

其二

天目之山，敞於幻住，奇於立玉❶，險於獅子巖❷，幽於活埋菴。菴小而飾，竹石皆秀，面峰奇削，廣不累丈，遊人行刀脊上，髮皆豎。峰巔老松，偃石側出❸。周望❹緣而上，坐其幹，余謂：「陶王孫❺，今即真矣。」周望身羸瘦❻，故有此戲。

【章　旨】寫活埋菴一帶的景物。

【注　釋】❶立玉　天目山峰名。❷獅子巖　天目山巖名。❸偃石側出　臥在石上從旁生長。❹周望　陶望齡的字。❺陶王孫　陶望齡的綽號。王孫，猴子的別稱。❻羸瘦　瘦弱。羸，弱。

【語　譯】天目山，寬敞在幻住，奇特在立玉，險峻在獅子巖，幽靜在活埋菴。活埋菴小但建築得很精巧，竹石都很秀麗，面對的山峰特別削直，寬不到一丈，遊人好像行走在刀背上，毛髮都豎起來。峰頂有老松樹，臥在石上從旁長出。陶望齡攀了上去，坐在樹幹上，我說：「陶王孫，現在變成真的了。」陶望齡身體瘦弱，因此有這種玩笑。

獅子巖架壁為閣，下臨無地，巨木繡壁如韭；飛巖怒壑，不可盡狀。立玉骨色類湖石，一峰拔地立，玲瓏纖峭，高千餘級；四面石壁刻露❶，攢青簇黛❷，似有高手堆疊而成。米南宮❸所謂秀瘦皺透，大約其體石之變幻奇詭者也。

【章　旨】寫獅子巖和立玉峰一帶的景物。

【注　釋】❶刻露　完全顯露。❷攢青簇黛　聚集著青黑色。攢，聚集。簇，聚集。黛，青黑色。❸米南宮　北宋書畫家米芾，宋徽宗時召為書畫學博士，曾官禮部員外郎，人稱米南宮。

【語　譯】獅子巖在石壁上架木作閣，下面淩空，看不見地，大木像韭那樣密集地架設在石壁上，飛巖怒壑，不能詳細地描述出來。立玉峰的峰體和顏色好像湖中之石，孤峰拔地而起，靈巧細峭，有一千多級高；四面石壁完全裸露，或青或黑，堆積聚集，好像有高手堆疊而完成的。米南宮所說的書畫的秀瘦皺透，大約是他體會石的變幻奇詭而提出來的。

峰腰板屋二間，一頭陀❶坐其中，縣❷破瓦釜，壁間掛一烟黃❸本，其行腳❹時所著論也。行迫，未及問其名字。從立玉至此，徑甚險，面臨絕崖，梯級而下，不容半趾。一老人從平路望，兩足酸楚，遂不能步。幻住即中峰道場❺，景尤空闊，諸峰奇態，畢供眼前。從山足至此，可十餘里。由幻住而上，山愈高峻，然佳處皆在山半，好事者皆遊至，再抵幻住，便可息足矣。

【章旨】寫幻住一帶的景物。

【注釋】❶頭陀　梵文的譯音，意為抖擻，即去掉塵垢煩惱的意思。後來指修頭陀行的行腳僧人。佛教苦行有「頭陀行」，按規定應守著百衲衣、乞食等十二項苦行。❷縣　通「懸」。懸掛。❸烟黃　黃色的一種。❹行腳　指僧人為尋師求道而周遊各地。❺道場　佛道兩教誦經做法事的地方。

【語譯】山峰的半腰有木板屋二間，一個頭陀坐在裡面，掛著破瓦釜，牆壁上掛著一個煙黃色的本子，這是他行腳時用來寫作的。因為走得很匆忙，來不及問他的名字。從立玉到這裡，路很險，面對著絕崖，沿著石級而往下，容不下半趾。有一位老人在平路遙望，竟至兩腳酸痛而不能舉步。幻住就是中峰道場，景象更加空闊，各個山峰奇妙的姿態，全顯現在眼前。從山腳到這裡，大約有十多里。從幻住再往上，山更加高峻，但美好處都在半山，喜歡多事的人都遊到這裡，再到達幻住，就可以停下腳來了。

【研析】這篇文章的第一則和第二則所取的寫作視角很不相同。第一則先總寫，再分寫，寫出了天目山與別的山相比所具有的特異之處。第二則對天目山具體的景點進行細緻的描繪來寫出它的特點。

第一則作者先用「幽邃奇古」四字來總括天目山的整體形象。並以別的山作比較，認為別的山具有各種各樣的缺陷。這是從反面來說明天目山的特異之處。接著作者列舉了天目山的七個特異之處，給人留下了天目山無景不奇、無物不美的深刻印象。而列舉這七點，用詞簡潔、準確而鮮明，不枝蔓，不鋪陳，恰到好處。作者說長江之南修真隱居之地沒有比這裡更好的，對著這奇山異景自己也產生了出世的念頭，這正是為了進一步烘托出天目山自身所具有的魅力。後一章，扼要地寫了自己的遊蹤。由寫景轉而寫人。寫到了因為數日晴好，山僧以為是異事，寫到了山僧的好客。最後寫到與山僧的分別，用對話來結束全文。作者的答話，風趣幽默，顯示了他這方面的性格，同時也顯示了他超塵脫俗的思想。

第二則先寫天目山各個具體景點的特色，「敞於幻住，奇於立玉，險於獅子巖，幽於活埋菴」，再對這四個景點進行了具體的描繪。在寫景的過程中，作者還用點墨寸毫，生動地表現遊人的情態，使得人在景中，景在人見。如寫陶望齡攀緣峰巔老松，坐在樹幹上，作者戲笑他為猴子，這一類描寫增加了文章的意趣。又在寫景過程中，插入簡短的議論，如寫立玉之奇，「米南宮所謂秀瘦皺透，大約其體石之變幻奇詭者也」，增強了文章的活潑感。

滿井遊記

【題解】本文選自《袁宏道集箋校》，是篇遊記。文中寫早春時遊覽京城外滿井一帶所見景物和自己的感受。文章作於萬曆二十七年（西元一五九九年）在北京任順天府教授時。滿井，北京安定門外的一個古井，井水冬夏不竭，是北京近郊的一處名勝。

燕地❶寒，花朝節❷後，餘寒猶厲。凍風❸時作，作則飛沙走礫❹。局促❺一室之內，欲出不得。每冒風馳行，未百步輒返。

【章旨】謂北京一帶氣候寒冷，早春時還出不得門。

【注釋】❶燕地　今河北北部和北京一帶，戰國時為燕國疆域，故稱這一帶為燕地。❷花朝節　指農曆二月十二日，古人以這一天為百花生日。❸凍風　冷風；寒風。❹飛沙走礫　形容風勢強勁，將沙石都吹動了。礫，碎石。❺局促　拘束。

【語　譯】北京一帶氣候寒冷，過了花朝節，餘寒還很冽寒。冷風時常刮起來，一刮起來就飛沙走礫，拘束在室內，想出來也不行。屢次頂著風騎馬出去，不上百步，往往返回來。

廿二日，天稍和，偕數友出東直❶，至滿井。高柳夾堤，土膏微潤，一望空闊，若脫籠之鵠❷。於時冰皮始解，波色乍明❸，鱗浪層層，清澈見底，晶晶然如鏡之新開，而冷光之乍出於匣❹也。山巒為晴雪所洗，娟然❺如拭，鮮妍明媚，如倩女❻之靧面❼，而髻鬟之始掠也。柳條將舒未舒，柔梢披風，麥田淺鬣寸許❽。遊人雖未盛，泉而茗❾者，罍而歌❿者，紅裝而蹇⓫者，亦時時有。風力雖尚勁，然徒步則汗出浹背⓬。凡曝沙之鳥，呷浪之鱗⓭，悠然自得，毛羽鱗鬣⓮之間，皆有喜氣。始知郊田之外未始無春，而城居者未之知也。

【章　旨】寫滿井一帶所見的早春景物。

【注　釋】❶東直　東直門。北京城東面最北的門。❷鵠　一種水鳥，頸長，羽毛白色，俗稱天鵝。❸乍明　開始發出亮光。乍，始。❹匣　指鏡匣。❺娟然　美好的樣子。❻倩女　美女。❼靧面　洗面。❽淺鬣寸許　高約一寸左右的新毛。這裡形容不高的麥苗。鬣，獸頸上的毛。❾泉而茗　用泉水煮茶。❿罍而歌　喝著酒而唱歌。罍，盛酒器。這裡是喝酒的意思。⓫紅裝而蹇　穿著豔裝騎著驢。蹇，跛足。常常指驢子。⓬浹背　濕透了脊背。⓭呷浪之鱗　指在波浪中飲水的魚。呷，飲吸。鱗，借指魚。⓮毛羽鱗鬣　指鳥的羽毛與魚鱗魚鰭。鱗鬣，指魚鱗魚鰭。

【語　譯】二十二日，天稍稍暖和了一點，我與幾個朋友出東直門，到了滿井。高大的柳樹種在堤的兩邊，肥沃的土地微微有些濕潤，一眼望去，一片空闊，覺得像是脫了籠的鵠。在這個時候冰的表層開始融化，水波開始發出亮光，波浪一層層有如魚鱗，清澈可見水底，亮晶晶的好像鏡子剛打開，冷光從鏡匣裡放射出來。山巒被晴天融化的雪所洗，好像拭抹過那樣美好，鮮美明媚，好像美女洗面後髻鬟才梳掠過一樣。柳條將發芽尚未發芽，柔嫩的柳梢迎風飄拂，麥田中的麥苗像短鬣那樣有一寸來長。遊人雖然還不多，但煮泉水而飲茶的，喝著酒而唱歌的，穿著豔麗的服裝而騎著驢的，也常常有。風力雖還強勁，但是步行就汗流濕透了背。大凡在沙灘上曬太陽的鳥，在波浪中吸水的魚，悠悠自得，在鳥的羽毛和魚鱗魚鰭之間，都有喜氣。這才知道郊外田野中，未嘗沒有春天，而住在城裡的人不知道這點。

夫能不以遊墮事❶，而瀟然❷於山石草木之間者，惟此官也。而此地適與余近，余之遊將自此始，惡❸能無紀？己亥❹之二月也。

【章旨】因遊滿井而產生感想。

【注釋】❶墮事　壞事。墮，通「隳」。毀壞。❷瀟然　無牽無掛的樣子。❸惡　如何。❹己亥　指萬曆二十七年（西元一五九九年）。

【語譯】能夠不因為遊賞而壞事，無牽無掛地徜徉在山石草木之間，只有我現在所擔任的這個官職。而此地又剛好與我相近，我的遊賞將從這裡開始，怎麼能沒有遊記呢？己亥年二月。

【研析】這篇遊記只有短短的三百來字，但它的容量卻很大。首先，他以準確而細膩的筆觸捕捉北國早春的特點，水是「冰皮始解，波色乍明」，土地是「土膏微潤」，柳條則「將舒未舒，柔梢披風」，麥田則「淺鬣寸許」，將早春時將暖未暖，萬物正在甦醒過來的景象描摹了出來。其次，描寫自然景物，不僅形神兼備，而且融入了作者的主觀感受，顯得新奇而生動。如寫到望見空闊之地，「若脫籠之鵠」，這是寫出了自己走進大自然中，心靈與自然相契合的那種感受。而「曝沙之鳥，呷浪之鱗，悠然自得，毛羽鱗鬣之間，皆有喜氣」，把鳥魚都人格化了，既是寫鳥和魚，實際上也是寫人，寫出了春天來臨時共同的喜悅感受。而在作者的筆下，山水也都具有了人的體態和情意，清澈的水波，「晶晶然如鏡之新開，而冷光之乍出於匣也」，為晴雪所洗的山巒，「如倩女之靧面，而髻鬟之始掠」。再次，是風景畫與風情畫相結合，由物而及人，將山水景物的特寫與人物風情的速寫疊映在一起，表現了豐富的藝術畫面。在寫土地，寫水，寫山巒，寫柳條之後，寫了遊人的活動，有「泉而茗」者，有「罍而歌」者，有「紅裝而蹇」者，由於人的活動，使得大自然不僅充滿了生機，而且與人相貼近。

遊盤山記

【題解】本文選自《袁宏道集箋校》，是篇遊記。文中對盤山的總體風貌和各個重要景點進行了細緻的描繪，並貫之以遊人的活動，非常有情致。本文作於萬曆二十七年作者在北京任職期間。盤山，在今天津市薊縣北三十里，以盤旋得名，也叫盤龍山。山上多泉、松和怪石，是有名的風景點。

盤山外骨而中膚❶。外骨，故峭石危立❷，望之若劍戟羆虎❸之林；中膚，故果木繁。而松之抉石罅❹出者，⿰山敫嶔虯曲❺，與石爭怒❻，其幹壓霜雪不得伸，故旁行側偃，每十餘丈。其面削不受足，其背坦，故遊者可迂而達。其石皆銳下而豐上，故多飛動。其疊而上者，漸高而漸出。高者屢數十尋，則其出必半仄❼焉，若半圮❽之橋，故登者慄。其下皆奔泉，夭矯曲折，觸巨細石皆鬪，故鳴聲徹晝夜不休。其山高古幽奇，無所不極。

【章旨】寫盤山的總體風貌。

【注釋】❶外骨而中膚　謂盤山外表巖石突出而內蘊的泥土豐厚。❷危立　高高聳立；直立。❸劍戟羆虎　喻手持劍戟之類武器的武士。羆虎，喻勇猛。指武士。❹抉石罅　穿透石縫。抉，挖開。罅，縫隙。❺巉嵚虬曲　高低曲折。巉嵚，高低不平。❻爭怒　爭強；爭勝。❼半仄　半斜。仄，傾斜。❽半圮　半壞。圮，坍塌。

【語譯】盤山外表巖石突出而內蘊的泥土豐厚。外表巖石突出，因此峭石高聳，望過去像手持劍戟的武士林立。內蘊的泥土豐厚，因此果樹繁盛。穿透石隙而出的松樹，高低曲折，與石爭勝，樹幹被霜雪壓抑而不能伸展，因此從旁臥伏著長出，常常有十餘丈長。山的正面陡峭，容不得足，山的背面平坦，因此遊人可以迂迴到達。山上的石塊都是下尖上寬，因此多靈動。上疊的石塊，越往高處越顯露。高的常常有幾十丈，所顯露出來的一定半斜，好像半塌了的橋，因此攀登的人感到害怕。石下都是奔騰的泉水，躍動曲折，撞在大小石塊產生沖激，因此鳴聲日夜不息。這山高古幽奇，無不到達極致。

述其最者：初入得盤泉，次曰懸空石，最高曰盤頂也。泉莽莽❶行，至是落為小潭，白石卷而出，底皆金沙，纖魚數頭，尾鬣❷可數，落花漾而過，影徹底，忽與之亂。遊者樂，釋衣，稍以足沁水❸，忽大呼曰奇快，則皆躍入，沒胸，稍泝❹而上，踰三四石，水益諠，語不得達。間或取梨李擲以觀，旋折奔舞而已。

【章旨】分寫盤泉景點。

【注釋】❶莽莽　浩蕩廣大的樣子。❷鬣　指魚的鰭。❸沁水　浸在水裡。❹泝　溯；逆流而上。

【語譯】記一下盤山最著名的景點：初進山見到的是盤泉，其次是懸空石，最高處是盤頂。泉水無邊際地流，到這裡聚為小潭，白石卷曲露出水面，潭底都是黃沙，有小魚數條，魚尾和魚鰭都可以數出來。落花漂蕩著經過，花影映在水底，忽然與魚一起混淆不清了。遊人很高興，脫了衣，慢慢將腳浸在水裡，忽然大叫說痛快，於是都躍進水中，水沒到胸，漸漸逆流而上，越過三四塊石，水聲更加響了，說話聲也聽不到。偶爾拿梨李擲在水裡觀賞，這些東西在水中旋轉奔舞。

懸空石數峰一壁，青削到地，石粘空而立，如有神氣性情者。亭負壁臨絕澗，澗聲上徹，與松韻答。其旁為上方精舍❶，盤之絕勝處也。

【章旨】分寫懸空石景點。

【注釋】❶上方精舍　即上方寺。精舍，僧道居住或講道之所。

【語譯】懸空石幾個峰頭一面山壁，青蒼筆直一直到地，石粘著天空而豎立，好像有神氣性情。有小亭靠著山壁面向絕澗，澗中水聲傳到上面，與松樹聲音相應答。它的旁邊是上方精舍，是盤山最美好的景點。

盤頂如初抽筍，銳而規❶，上為窣諸波❷，日光橫射，影落塞外，奔風忽來，飜雲抹海❸，住足不得久，乃下。迂而僻，且無石級者，曰天門開。從髻石❹取道，闊以掌，山石一右臂，左履虛不見底，大石中絕者數❺。先與導僧約，遇絕嶮❻處，當大笑，每聞笑聲，皆膽落。捫蘿探棘❼，更上下僅得度。兩巖秀削立，太古雲嵐，蝕壁皆翠。下得枰石❽，方廣可几筵。撫松下瞰，驚定，乃笑世上無判命❾人，惡得有此奇觀也？

【章　旨】分寫盤頂景點。

【注　釋】❶銳而規　又尖又圓。規，畫圓的工具。這裡指圓。❷窣諸波　梵語浮屠、塔的意思。也譯作「窣堵波」。❸飜雲抹海　飜捲著雲，掃過天空。飜，「翻」的俗字。抹，一掃而過。海，借指天空。天色碧藍，一望無際，故云。❹髻石　盤山上的地名。因形似頭上的髮髻而得名。❺中絕者數　有好幾處地方中間斷裂。❻絕嶮　絕險。嶮，同「險」。❼捫蘿探棘　攀持著蘿和棘。捫，執持。蘿，一種蔓生植物。探，摸；持。❽枰石　棋盤名。枰，棋盤。❾判命　拚命。判，通「拚」。

【語　譯】盤頂好像剛長出的筍，又尖又圓，上面有佛塔，日光斜照，塔影落在塞外。迅猛的風突然吹來，翻捲著雲掃過天空，不能站立太久，於是就下來了。迂迴而且荒僻，並且沒有石級的叫天門開。從髻石取道，較為寬闊而且開敞，山石都在右手邊，左邊空蕩蕩的深不見底，大石有好幾處中間斷裂。先與作嚮導的和尚約好，遇到極險之處，應當大笑。每次聽到笑聲，都害怕得掉了膽似的。攀持著蘿和棘，再往上往下僅能過去一個人。兩邊的巖石秀美峭峻地立在那裡，有遠古的雲氣，剝蝕的山壁都呈現出青綠色。下面有棋盤石，長和寬差不多有几案那麼大。撫著松樹往下看，驚駭穩定了，才笑說世上沒有拚命的人，怎麼能有這奇觀看呢？

面有洞，嵌絕壁，不甚闊，一衲❶攀而登，如彌猴。余不往，謂導僧曰：「上山險在背，肘行❷可達。下則目不謀足❸，殆已❹，將奈何？」僧指其凸曰：「有微徑，但一壁峭而油，不受履，過此雖險，可攀至脊，迂之即山行道也。」僧乃跣❺，蛇矯❻而登，下布以縋❼，健兒以手送余足，腹貼石，石膩且外欹❽，至半體僵，良久足縮，健兒努以手從❾，遂上。迨至脊，始咋指❿相賀，且相戒也。峰名不甚雅，不盡載。其洞壑初不名，而新其目者，曰石雨洞，曰慧石亭。洞在下盤，道聽澗聲，覓之可得。石距上方百步，纖瘦豐妍不一態，生動如欲語，下臨飛澗，松鬣覆之如亭，寐可憑，坐可茵，閒可侶，故慧之也。其石泉奇僻，而蛇足⓫之者，曰紅龍池。其洞天成可菴者，曰瑞雲菴之前洞，次則中盤之後嶺也。其山壁窈窕⓬秀出而寺廢者，曰九華頂，不果上，其剎宇多不錄。寄投者，曰千像、曰中盤、曰上方、曰塔院也。

【章旨】寫探石雨洞的驚險經歷和石雨洞一帶的景物。

【注釋】❶衲　僧衣。僧衣多經補綴，稱衲衣。這裡指和尚。❷肘行　用胳膊爬行。肘，上臂與前臂交接的部位。❸目不謀足　眼睛顧不了腳。❹殆已　危險了。已，通「矣」。❺跣　赤腳。❻蛇矯　像蛇那樣曲著身。❼布以縋　用布作繩索攀緣而上。❽膩且外欹　滑而且外斜。❾努以手從　盡力用手往上送。從，通「縱」。❿咋指　咬住手指。表示驚異。咋，通「齚」。嚙咬。⓫蛇足　「畫蛇添足」的省略。⓬窈窕　幽美。

【語　譯】對面有洞嵌在絕壁上，不很闊，一位和尚像猴子那樣攀登了上去。我不上去，對嚮導的和尚說：「上山時危險在背後，用手爬行可以到達。下來時眼睛顧不了腳下，危險得很，怎麼辦？」和尚指著突出的地方說：「有小路，只是這一山壁峭峻而且滑，鞋子踩不上去，過了這一地方，雖然險，但可以攀到山脊。繞過去就是山行道了。」和尚就赤了腳，像蛇那樣曲著身上去。從上面放下布來作繩索，強壯的腳伕用手讓我的腳踩著上去，肚子貼著石頭，石頭滑而且向外斜出，到了一半時，身體僵直，過了好久腳才能伸縮，腳伕盡力用手將我送上去，這樣我才上去了。等到了山脊，才咬著手指互相慶賀，並且相互告誡。峰名不很雅，不完全記下來。它的洞壑原先沒有名稱，新給它們取的名稱，稱石雨洞，稱慧石亭。洞在下盤，在路上聽得見澗水聲，可以尋找到。石離上方百步，有的細瘦有的豐美，形態不一，生動得好像想說話。下臨飛澗，有松針覆蓋著，好像亭子。睡時可以憑靠，坐著可以作墊子，閒時可以作伴侶，因此用「慧」命名它。它的石和泉都很奇特，而畫蛇添足的人稱之為紅龍池。它的山洞自然生成可以作菴的，是瑞雲菴的前洞，其次是中盤的後嶺。它的山壁幽美突出而山寺廢棄的，叫九華頂，最後沒有上去。山上寺廟很多，不記下來。寄住投宿的地方，是千像、中盤、上方和塔院。

其日為七月朔，數得十❶。偕遊者，曰蘇潛夫❷、小修❸、僧死心❹、寶方❺、寂子❻也。其官于斯而以舊雅❼來者，曰鍾刺史君威❽也。其不能來，而以書訊且以蔬品至者，曰李郎中西卿❾也。

【章　旨】記出遊的日子和同遊的人。

【注　釋】❶七月朔二句　指七月初十日。朔，農曆每月的初一日。❷蘇潛夫　蘇惟霖，字雲浦，號潛夫，江陵（今湖北江陵）人。萬曆二十六年（西元一五九八年）進士，曾任監察御史。與作者為至交好友。❸小修　袁中道的字。❹僧死心　指袁文煒，字中夫。李贄弟子。後出家，法名死心。❺寶方　一名圓象。後隨作者至公安，任二聖寺住持。❻寂子　一個和尚的法號，其事跡不詳。❼舊雅　故交。❽鍾刺史君威　鍾起鳳，字君威，浙江人。舉人。這時任薊州知州。❾李郎中西卿　李長庚，字酉卿，麻城（今湖北麻城）人。萬曆二十三年（西元一五九五年）進士，授戶部主事，官至吏部尚書。李長庚時任戶部郎中。

【語　譯】這一日是七月初十日。同遊的人是蘇潛夫、小修和和尚死心、寶方、寂子。這時在當地做官而因為是故交而前來的是鍾刺史君威。不能前來，但寫信問候並送來食物的是李郎中西卿。

【研　析】袁宏道的散文中最有成就也最有特色的是他的遊記。他的遊記或長或短，有短至百來字，有長至上千字的。這篇遊記就是較長的一篇。與他的大多數小品遊記淡雅簡潔不同，這篇遊記簡直就是工筆重彩寫就了。

遊記先總寫後分寫。總寫盤山的體貌，寫了危立的峭石，虬曲的松樹，鳴響的奔泉，寫出了山的高古幽奇。說此山「外骨而中膚」，寫出了山的神韻。分寫部分選取了三個景點：盤泉、懸空石和盤頂。寫盤泉，白石、金沙、花影，動靜相襯，搖曳多姿。而遊者釋衣，戲水，以梨李擲觀，也富有盎然的情致。寫懸空石數峰，說山石有神氣性情，澗聲與松韻應答，是擬人寫法，寥寥數筆，富有韻味。

就分寫而言，盤泉、懸空石是略寫，而盤頂則是詳寫。不僅寫了盤頂的景物，更寫了攀登時的驚險過程和成功後的又驚又喜的心情。特別是探石雨洞的細節描寫，驚險之極，而又筆態自然，遣詞用字也頗為講究，既簡潔又生動。

讀袁宏道的遊記，不管是小品還是長篇，常常可以發現一種頗相一致的風格，簡潔而細緻，而且善於由物及人，既寫景狀物，又描繪遊人的活動和感受。而且遊人的活動常常是與寫景結合在一起進行。像這篇中寫盤泉一章，寫小潭中金沙纖魚和遊者之樂就是將景觀、物態、人情融合在一起，於傳神觀照中添了一種盎然的情致。其他如寫登盤頂，先寫物態再寫人的活動和神情；寫探石雨洞，先寫攀登之險再寫澗聲松鬣，也是如此。

徐文長傳

【題解】本文選自《袁宏道集箋校》，是篇傳記文。文章對明代具有多方面藝術才能的文藝家徐渭具有傳奇色彩的生平和他在文藝上的成就作了簡要的敘述和評價。文章作於萬曆二十七年春作者在京任職時，這時徐渭已死了六年。

余一夕坐陶太史❶樓，隨意抽架上書，得《闕編》❷詩一帙❸，惡楮毛書❹，烟煤敗黑❺，微有字形，稍就燈間讀之。讀未數首，不覺驚躍，急呼周望：「《闕編》何人作者，今邪古邪？」周望曰：「此余鄉徐文長先生書也。」兩人躍起，燈影下讀復叫，叫復讀，僮僕睡者皆驚起。蓋不佞❻生三十年，而始知海內有文長先生。噫，是何相識之晚也！因以所聞於越人士者，略為次第，為〈徐文長傳〉。

【章旨】敘第一次讀到徐渭作品時的欣喜之情以及寫作此傳記的緣起。

【注釋】❶陶太史　指陶望齡，字周望。曾擔任翰林院編修。明清時翰林院擔負編纂國史的任務，因此稱翰林院的官員為太史。❷闕編　徐渭的詩文集的一個版本名。❸帙　原是包書的布套子，這裡是一套的意思。❹惡楮毛書　紙張很差，刻印的字也很粗糙。楮，紙。古人常用楮樹皮造紙，後來也就用「楮」來指稱紙。❺烟煤敗黑　指印刷的質量很差。明代多用煙煤和以麵粉代替墨汁印書，日久，煙煤易於脫落。❻不佞　不才。自稱的謙詞。

【語　譯】我有一天晚上坐在陶太史的樓上，隨意抽出書架上的書，找到了一套《闕編》詩，紙張差，刻印的文字也差，印刷也差得煙煤敗黑，稍微看得見字跡，稍稍靠近燈閱讀。還沒有讀幾首，不覺驚奇得跳起來，急忙呼叫陶周望：「《闕編》是誰作的，是今人還是古人？」周望說：「這是我的鄉人徐文長先生的書。」兩人跳起來，在燈影下讀了叫，叫了又讀，睡著了的僮僕都被驚醒。我活了三十年，到現在才知道海內有文長先生。唉，為什麼對他了解得這麼晚呢！因此將在浙江人那裡聽來的，稍作編排，作〈徐文長傳〉。

徐渭，字文長，為山陰❶諸生❷，聲名藉甚❸。薛公蕙❹校越❺時，奇其才，有國士❻之目。然數奇❼，屢試輒蹶❽。中丞胡公宗憲❾聞之，客諸幕。文長每見，則葛衣烏巾❿，縱譚天下事，胡公大喜。是時公督數邊兵⓫，威振東南，介胄之士⓬，膝語蛇行⓭，不敢舉頭，而文長以部下一諸生傲之，議者方之劉真長⓮、杜少陵⓯云。會得白鹿，屬文長作表⓰，表上，永陵⓱喜。公以是益奇之，一切疏記⓲，皆出其手。

【章　旨】寫徐渭有文才而不得志，後入胡宗憲幕府，得到賞識，才能得以發揮。

【注　釋】❶山陰　明代紹興府城所在的一個縣。今浙江紹興市越城區和紹興縣的一部分。❷諸生　即秀才。❸聲名藉甚　聲名很盛。❹薛公蕙　薛蕙，字君采，亳州（今安徽亳州）人。正德進士，授刑部主事。官至吏部考功司郎中。❺校越　主持越地考試。❻國士　國家傑出人材。❼數奇　命運不好。❽蹶　挫。❾中丞胡公宗憲　胡宗憲，字汝貞，績溪（今安徽績溪縣）人。嘉靖進士。嘉靖三十四年（西元一五五五年）任浙江巡按御史。後升總督。因結交嚴嵩父子，後論罪下獄而死。中丞，本為漢代御史大夫的屬官，後為御史臺長官。明代改御史臺為都察院，都察院副都御史相當於前代的御史中丞。這裡以巡按御史比附中丞。❿葛衣烏巾　粗布衣黑頭巾。這是平民百姓的裝束。⓫督數邊兵　嘉靖三十五年，胡宗憲繼楊宜任總督，負責江南、江北、浙江、福建等數省的海防，抗擊倭寇，故稱。⓬介冑之士　指武士、軍人。介冑，甲冑；軍服。⓭膝語蛇行　跪著說話，像蛇那樣曲著身子走路。⓮劉真長　指東晉時劉惔，字真長。晉簡文帝時為相，與王濛同為玄談家，簡文帝待之為上賓。⓯杜少陵　指唐代詩人杜甫，詩中曾自稱少陵野老，故後人稱他杜少陵。嚴武再鎮劍南，杜甫為參謀。嚴武善待杜甫，親自到杜家，杜甫有時不戴頭巾就出來見他。⓰表　臣子寫給皇帝的奏章。⓱永陵　指明世宗嘉靖。因其陵墓為永陵，故代稱之。⓲疏記　疏指上奏皇帝的文字，即奏疏。記指一般公私往來、雜記的文字。

【語　譯】徐渭字文長，是山陰縣秀才，名聲很大。薛公蕙主持越地考試時，認為他的才能很奇特，稱讚他是國家傑出人才。但他的運氣不好，屢次考試都失敗。中丞胡公宗憲聽說了他，延請他做幕僚。文長每次見胡宗憲，都是穿粗布衣戴黑頭巾，盡情地談論天下事。胡公很高興。這時胡公總督數省的邊防軍，威震東南，武夫見他，跪著說話，像蛇那樣曲著身子走路，不敢抬頭，而徐文長憑著他幕中一個秀才竟對他傲慢，議論他的人將他比作劉真長和杜少陵。正好胡宗憲捕獲了白鹿，讓徐文長作表，表送到朝廷，嘉靖帝很高興。胡公因此更認為他是個奇才，所有疏、記之類文字，都出自文長的手。

文長自負才略，好奇計，談兵多中❶，視一世士，無可當意❷者；然竟不偶❸。

文長既已不得志於有司❹，遂乃放浪麴糵❺，恣情山水，走齊、魯、燕、趙❻之地，窮覽朔漠❼，其所見山奔海立，沙起雲行，風鳴樹偃❽，幽谷大都，人物魚鳥，一切可驚可愕❾之狀，一一皆達之于詩。其胸中又有勃然不可磨滅之氣，英雄失路托足無門之悲，故其為詩，如嗔如笑，如水鳴峽，如種出土，如寡婦之夜哭、羈人⑩之寒起，雖其體格時有卑者，然匠心獨出，有王者氣，非彼巾幗⑪而事人者所敢望也。文有卓識，氣沉而法嚴，不以模擬損才，不以議論傷格，韓、曾⑫之流亞⑬也。文長既雅不與時調合，當時所謂騷壇主盟者⑭，文長皆叱而奴之，故其名不出於越，悲夫！喜作書，筆意奔放如其詩，蒼勁中姿媚躍出，歐陽公所謂「妖韶女老自有餘態」⑮者也。間以其餘，旁溢⑯為花鳥，皆超逸有致。

【章　旨】敘徐渭的不幸遭遇和他在詩文書畫這些文藝領域中的成就。

【注　釋】❶談兵多中　談論軍事多切合實際。中，中肯。❷無可當意　沒有合自己心意的。亦即沒有一個看得上眼的。❸不偶　遭遇不好。即前面所說的「數奇」。偶，遇合。❹有司　官吏。這裡指主持考試的官員。❺放浪麴蘗　沉溺於酒。麴蘗，原指釀酒所用的酒母。後常指代酒。❻齊魯燕趙　指今山東、河北省和北京市一帶。今山東一帶春秋戰國時為齊魯地。今河北、北京一帶春秋戰國時為燕趙地。❼朔漠　北方大漠。朔，北方。❽偃　倒伏。❾愕　陡然一驚。❿羈人　漂泊之人。羈，羈旅；困頓在旅途中。⓫巾幗　古代婦女的頭巾和髮飾。代稱女子。⓬韓曾　韓愈和曾鞏。唐宋時的兩大散文家。⓭流亞　同一類的人物。⓮騷壇主盟者　文壇領袖。指後七子的代表人物李攀龍、王世貞等人。騷壇，詩壇。⓯妖韶女句　美麗的女子，雖老而自有風姿韻致。歐陽修〈水谷夜行寄子美聖俞〉詩：「文詞愈清新，心意雖老大。譬如妖韶女，老自有餘態。」妖韶，美麗。餘態，餘韻。⓰旁溢　從旁邊溢出來。這裡的意思是徐文長充沛的才氣，表現在詩、文、書、畫，而畫是他多餘才氣的餘事，所以說是旁溢，如同多餘的水從旁邊溢出一樣。

【語　譯】文長自認為有才能謀略，喜愛出奇計，談論軍事大多切合實際，對當世的士人沒有一個看得上眼的，但竟然遭遇不好。文長既然在主試官那裡不得志，於是就沉溺於酒，縱情於山水，遊歷齊、魯、燕、趙之地，飽看了北方大漠，他所看見的山奔海立，沙起雲行，風鳴樹偃，幽谷大都，人物魚鳥，所有值得驚愕的情狀，一一通過詩表達了出來。他的胸中又有昂揚不可磨滅的生氣，英雄失意沒處託身的悲痛，因此他所作的詩，好像在怒好像在笑，好像峽谷的流水聲，好像種子鑽出了土，好像寡婦在夜裡哭泣，漂泊在外的人因為寒冷而起身，雖然體制格局有時卑下，但它出自個人的匠心，有王者的氣度，不是那些像女子般柔順侍奉人的文人所能望其項背。他的文章見識高超，氣勢深沉而法度精嚴，不因為模擬而減損文才，不因為議論而傷害體格，這是韓愈、曾鞏之類人物的文章。文長既然一向不與當時流行的格調合拍，當時所謂文壇的主持者，文長都怒斥他們，看不起他們，因此他的名聲也就沒有傳出越地，可悲啊！他喜愛書法，筆意奔放如同他的詩，蒼勁中有柔美的姿態躍然紙上，這就像歐陽修所說的「妖韶女老自有餘態」。偶爾將他多餘的才氣，表現在花鳥畫上，也都超逸有情致。

卒以疑殺其繼室❶，下獄論死，張太史元忭❷力解乃得出。晚年憤益深，佯狂益甚，顯者至門，或拒不納。時攜錢至酒肆，呼下隸與飲。或自持斧擊破其頭，血流被面，頭骨皆折，揉之有聲。或以利錐錐其兩耳，深入寸餘，竟不得死。周望言：「晚歲詩文益奇，無刻本，集藏于家。」余同年❸有官越者，托以抄錄，今未至。余所見者，《徐文長集》、《闕編》二種而已。然文長竟以不得志于時，抱憤而卒。

【章旨】敘徐渭晚年的遭遇和詩文成就。

【注　釋】❶繼室　續娶的妻子。❷張太史元汴　張元汴，字子藎，山陰（今浙江紹興）人。隆慶五年（西元一五七一年）狀元，授翰林院修撰。後為翰林侍讀。因其在翰林院任職，故稱太史。❸同年　指鄉試、會試同時考中的人。

【語　譯】最後因為懷疑而殺了他的繼室，入獄判處死罪，張太史元汴竭力解救才得出獄。晚年憤恨更深，裝瘋更厲害。顯達的人上門來，有時拒絕不接見。時常拿了錢到酒肆，將下等的役吏叫來共飲。甚至自己拿斧擊破了頭，血流滿面，頭骨都折斷，揉摸它有聲。又將利錐刺入兩耳，深入耳中一寸多，竟然沒死。陶望齡說：「晚年他的詩文更奇妙，沒有刻本，集子保藏在家。」我的同年進士有在越地做官的，我託他們抄錄徐文長的詩文，到現在還沒有拿到。我所看到的是《徐文長集》、《闕編》這二種而已。然而文長竟因為在當時不得志，懷著憤恨而死。

石公❶曰：「先生數奇不已，遂為狂疾；狂疾不已，遂為囹圄❷。古今文人牢騷❸困苦，未有若先生者也。雖然，胡公間世❹豪傑，永陵英主，幕中禮數異等，是胡公知有先生矣；表上，人主悅，是人主知有先生矣。獨身未貴耳。先生詩文崛起❺，一掃近代蕪穢❻之習，百世而下，自有定論，胡為不遇哉？梅客生❼嘗寄余書曰：『文長吾老友，病奇於人，人奇於詩。』余謂文長無之而不奇者也。無之而不奇，斯無之而不奇也❽，悲夫！」

【章　旨】作者對徐渭進行評論，感歎他才能奇異而命運不好。

【注　釋】❶石公　作者自號。❷囹圄　監獄。❸牢騷　抑鬱不平。❹間世　隔世；不經常。❺崛起　特起；突出。❻蕪穢荒蕪汙濁。❼梅客生　梅國楨，字客生，麻城（今湖北麻城）人。能詩文，善騎射。萬曆十一年（西元一五八三年）進士，授固安知縣。後官至兵部右侍郎總督宣大山西軍務。❽無之而不奇二句　沒有什麼是不奇異的，也就沒有什麼是順利的了。前一奇是奇異的奇，後一奇是數奇的奇。

【語　譯】我說：「徐文長先生命運一直不好，因此得了瘋病；瘋病一直不癒，因此進了監獄。古今文人抑鬱困苦，沒有人像先生那樣悲慘的。雖這樣，但胡公是世上少有的豪傑，嘉靖帝也是英明的君王，徐文長在胡公幕府中受到與眾不同的禮遇，這是胡公深知徐先生了；進獻白鹿的表奏上，君王很高興，這是君王知道有徐先生這樣的人了。只是一生沒能顯貴罷了。先生詩文突出，將近代荒蕪汙濁的習氣全掃除了，百代之後，自會有定論，這哪能說是不遇呢？梅客生曾寄信給我說：『文長是我的老友，病比人奇異，人比詩奇異。』我認為文長沒有什麼是不奇異的。因為沒有什麼是不奇異的，也就沒有什麼是順利的了，可悲啊！」

【研　析】本文的傳主徐渭是個奇人，他具有多方面的才能和成就，無論是在作為正統文學的詩文、作為通俗文學的戲曲方面，還是在書法、繪畫等藝術領域方面，都有著高深而獨到的造詣。就文學藝術領域的廣泛才能和高度成就而言，歷史上大約只有唐代的王維、宋代的蘇軾這樣寥寥的二三人才可以和徐渭相提並論，但歷史上卻再也找不出一個文藝名家，人生的不幸和苦難有如徐渭那樣的悲慘，並且徐渭儘管在文藝上有高深而獨到的造詣，但他在生前聲名不彰，在死後更趨於湮沒無聞，由於袁宏道的盛相推崇，他才為當時的人們所熟知，並且揚名於後世。所以說徐渭是個奇人，而袁宏道這篇傳記也是篇奇文。

袁宏道這篇奇文，不僅寫出了徐渭高深而獨到的文藝成就，也不僅寫出了他的苦難和不幸，更重要的是寫出了徐渭充滿傳奇色彩的經歷。他做秀才時就有名聲，而且受人推崇，但參加科舉考試卻屢遭失敗。後來做胡宗憲的幕僚，軍士們見了胡宗憲「膝語蛇行，不敢舉頭」，可見胡宗憲威勢之盛，而徐渭一介書生，竟敢傲視他，「葛衣烏巾，縱譚天下事」，胡宗憲不僅不以為迕，而是很高興。因為文章作得好，更得胡宗憲的器重。而且徐渭不僅具有文才，還具有謀略，「好奇計，談兵多中」。儘管他的才能如此好，但命運不好，始終不得志於試場。徐渭確實可稱為人奇，事也奇了。他的事奇還當包括多次自殺，而竟然未死。

袁宏道的文奇，表現在敘述徐渭的不幸遭遇、生平經歷與他的文藝創作的關係方面。這一章文字寫得生動、形象而又富有概括意義，「山奔海立，沙起雲行，風鳴樹偃」，這些景象該是多麼壯觀和奇異，而這種壯觀和奇異的景象又該對人的創作具有多大的感悟和啟發。而介紹徐渭的詩歌風格，說他為詩「如嗔如笑，如水鳴峽，如種出土，如寡婦之夜哭，羈人之寒起」，連續用六個不常見的比喻來說明徐渭詩歌風格的奇絕。本來用博喻的修辭方法並不常見，而這六個比喻又很不凡，無疑使這篇文章增添了不少奇異的色彩。

在對材料的選擇與剪裁方面，這篇文章也不同於史書的傳記，它沒有按照事件發生的時間順序來敘述，而是為了文章的寫作需要來進行。例如徐渭的發瘋和自殺未遂都是在他殺妻入獄之前發生的，而文章中把這些史實寫在他出獄之後，說他晚年「佯狂益甚」。這樣的敘述雖然與實際不太相符，但卻使文章顯得生動，又使人看不出是剪裁過的。這也說明這篇傳記是記傳文學而不能等同於史傳，它是文學的而不是史學的。

袁中道

【作者】袁中道（西元一五七〇～一六二三年），字小修，公安（今湖北公安）人。萬曆四十四年（西元一六一六年）進士，授徽州府教授，歷任國子博士、南京吏部郎中。與兄宗道、宏道並有文名，時稱「公安三袁」。文學主張反對摹擬，崇尚自然，與宏道大致相同。有《珂雪齋集》。

西山十記

【題解】本文選自《珂雪齋集》，是篇遊記。由十則組成，寫了北京西郊西山一帶秀麗的景色，基本按遊蹤寫，一則側重寫一處。這裡選取十則中的四則。西山，北京西北郊群山的總稱，是北京名勝區之一。

記一

出西直門❶，過高梁橋❷。楊柳夾道，帶以清溪，流水澄澈，洞見❸沙石。蘊藻縈蔓❹，鬣走帶牽❺。小魚尾遊，翕忽跳達❻。亘流❼背林，禪剎相接。綠葉穠鬱，下覆朱戶。寂靜無人，鳥鳴花落。過響水閘，聽水聲汩汩❽。至龍潭堤，樹益茂，水益闊，是為西湖❾也。每至盛夏之月，芙蓉十里如錦，香風芬馥❿，士女駢闐⑪，臨流泛觴⑫，最為勝處矣。憩青龍橋⑬，橋側數武⑭有寺，依山傍巖，古柏陰森，石路千級。山腰有閣，翼以千峰，縈抱屏立。積嵐沉霧，前開一鏡，堤柳溪流，雜以畦畛⑮。叢翠之中，隱見村落。降臨水行，至功德寺，寬博有野致，前繞清流，有危橋⑯可坐。寺僧多業農事。日已西，見道人⑰執畚者、鍤⑱者，帶笠者，野歌⑲而歸。有老僧持杖散步塍⑳間。水田浩白，群蛙偕鳴。噫，此田家之樂也，予不見此者三年矣！

【章旨】這則為〈西山十記〉第一記，寫西直門至功德寺沿途風光。

【注釋】❶西直門　北京西直門，城樓今已拆除。❷高梁橋　在西直門外西北半里，橋跨高梁河，故名。❸洞見　清楚地看見。❹蘊藻縈蔓　蘊藻纏繞蔓延。蘊藻，一種水草。❺鬣走帶牽　形容水草在水中漂動像馬鬃隨風吹拂，帶子被風牽扯一樣。❻翕忽跳達　快速輕捷的樣子。❼亘流　橫貫的流水。❽汩汩　流水聲。❾西湖　指北京頤和園內的昆明湖。❿芬馥　芳香。馥，香；香氣。⓫駢闐　絡繹不絕。⓬臨流泛觴　在流水邊浮杯飲酒。⓭青龍橋　在頤和園西北。⓮武　三尺。古代以六尺為一步，半步為武。⓯畦畛　田間的道路。畦，菜圃間劃分的長行。畛，田間小路。⓰危橋　高聳的橋。⓱道人　道上行人。這裡指僧人。⓲鍤　鐵鍬。⓳野歌　率意而歌。⓴塍　田埂。

【語譯】出西直門，經過高梁橋。楊柳夾道，道旁清溪如帶，流水清澄明澈，可以清楚地看見沙石，蘊藻纏繞蔓延，像馬鬃隨風飄動、衣帶被風牽扯一樣。小魚尾隨著在水中游動，快速輕捷。橫貫的流水背著樹林，佛寺接連不斷。綠葉穠密，遮掩著富貴人家的朱門，寂靜無人，鳥鳴花落。經過響水閘，聽到水聲汩汩。到了龍潭堤，樹更茂，水更闊，這就是西湖。每到盛夏之月，十里荷花像錦一樣，隨風散發著芳香。上流社會的男女絡繹不絕，在水邊浮杯飲酒，這是最美好之處。在青龍橋休息，橋邊數步有寺，依靠在山巖邊，古柏陰森，石路千級。半山腰有一座閣，周圍眾多的山峰，像屏障般環抱聳立著。聚積著的山林霧氣，前邊好像開了一面鏡子，有堤柳溪流，錯雜著田間的道路。叢叢翠綠中，隱約可見村落。從山腰下來沿著水行，到功德寺，寬廣博大有野外的情致。前面繞著清澈的水流，有高聳的橋可坐。寺中僧人大多從事農業。太陽已偏西，看見路上行人拿著畚、鍤之類農具，帶著斗笠，率意而歌著回來。有一老和尚拄著拐杖在田埂上散步。水田廣闊而白，群蛙齊鳴。唉，這是農家的快樂生活啊，我不見這種情景已經三年了！

記四

從香山❶俯石磴❷，行柳路，不里許，碧雲❸在焉。剎後有泉，從山根❹石罅❺中出，噴吐冰雪，幽韻涵澹❻。有老樹，中空火出❼。導泉于寺，周於廊下，激聒❽石渠❾，下見文礫金沙❿；引入殿前為池。界以石梁⓫，下深丈許，了若徑寸。朱魚萬尾，匝池⓬紅酣，爍人目睛。日射清流，寫影潭底，清慧可憐。或投餅於左，群赴于左；右亦如之，咂呷⓭有聲。然其跳達刺潑⓮，遊戲水上者，皆數寸魚，其長尺許者，潛泳潭下，見食不赴，安閑寧寂。毋乃靜躁關其老少耶？水脈隱見，至門左奮然作鐵馬水車之聲，迸入於溪。其剎宇整麗不書。書泉，志勝也。

或曰：「此泉若聽其噴溢石根中，不從龍口出；其巖際砌石，不令光滑，令披露山骨⓯；石渠不令若槽臼，則剎之勝，恐東南未必過焉。」然哉！

【章　旨】這則為〈西山十記〉第四記，記碧雲寺後的清泉。

【注　釋】❶香山　西山眾山之一，建有寺，稱香山寺，香山紅葉是著名的秋景。❷石磴　山路的石級。❸碧雲　碧雲寺，在香山東麓。❹山根　山腳下。❺石罅　巖石裂縫。❻涵澹　水搖動的樣子。❼中空火出　指雷擊老樹而起火，樹幹中空。❽激聒　喧鬧。❾石渠　用石頭鋪築成的通水渠道。❿文礫金沙　有紋路的碎石和金黃色的細沙。⓫石梁　用石頭鋪築成的攔水堤。⓬匝池　滿池。匝，周；圍。⓭唼呷　吞食吸飲。呷，吸飲。⓮刺潑　魚在水中躍動聲。⓯山骨　山中巖石。

【語　譯】從香山沿著石級俯身走下，通過柳路，不到一里左右，碧雲寺就在那裡。寺後有泉水，從山腳下石縫中流出，噴吐出來的泉水像冰雪那樣清亮，韻致清幽瀲蕩。有老樹，因雷擊而樹幹中空。將泉水引進寺中，繞過廊下；石渠水聲喧鬧，往下可以看見有紋路的碎石和黃色的細沙；引進殿前成為水池。水池用石梁作分界，下面有一丈多深，像徑寸那樣一目了然。有紅魚一萬多條，滿池是醒目的紅色，耀人眼目。日光投射在清澈的水流上，魚的身影映在潭底，清慧可愛。有人將餅投在左邊的水中，群魚都到了左邊，將餅投在右邊，也是這樣，魚唼嚼吸飲發出聲音。然而輕捷地跳躍，在水上做遊戲的，都是幾寸的魚。身長一尺左右的魚，潛游在水池底下，見到食物也不過去，安閒寧靜，莫非是安靜是躁動也與老少有關嗎？水流的動向隱隱可見，到了門的左邊，奮然發出鐵馬水車的聲音，迸入到溪中。它的廟宇很整齊宏麗，這裡不記。這裡記泉，是記下這勝景。有人說：「這泉水如果任由它從石根中噴溢出來，不從龍口中出來；它的巖間砌著石塊，不使它光滑，而使巖石披露；不把石渠修成槽臼的樣子，那寺的勝景，恐怕在東南一帶也不一定有超過它的。」真是這樣啊！

記五

香山跨石踞巖，以山勝者也；碧雲以泉勝者也。折而北，為臥佛❶，峰轉凹，不聞泉聲，然門有老柏百許森立，寒威逼人。至殿前，有老樹二株，大可百圍。

鐵幹鏐枝❷，碧葉虬結❸；紆羲回月❹，屯風宿霧；霜皮❺突兀，千癭❻萬螺；怒根出土，磊塊詰曲❼。叩之，丁丁❽作石聲。殿墀❾周遭❿數百丈，數百年以來，不見日月。石墀整潔，不容唾。寺較古，游者不至，長日靜寂。若盛夏宴坐其下，凜然想衣裘矣。詢樹名，或云娑羅樹⓫，其葉若蔌⓬。予乃折一枝袖之，俟入城以問黃平倩⓭，必可識也。臥佛蓋以樹勝者也。夫山，當以老樹古怪為勝，得其一者皆可居，不在整麗。三剎之中，野人寧居臥佛焉。

【章旨】這則為〈西山十記〉第五記，記臥佛寺殿前的兩株古樹。

【注釋】❶臥佛　寺名。因寺內有元代銅鑄的臥佛像而著名。❷鏐枝　金黃色的枝條。鏐，純美的黃金。❸虬結　曲折糾結。❹紆羲回月　指老樹的枝葉遮蔽了日月的光。紆，彎曲。羲，原指日神羲和，後常借指太陽。回，曲折。❺霜皮　白色的樹皮。霜，形容潔白。❻癭　腫塊。❼磊塊詰曲　謂石塊突出彎曲。❽丁丁　叩擊老樹發出的聲音。❾墀　臺階。❿周遭　周圍。⓫娑羅樹　一柄七葉的喬木。⓬蔌　蔬菜。⓭黃平倩　黃輝，字平倩。萬曆十七年（西元一五八九年）進士，改庶吉士，由編修遷右中允，充皇長子講官。以博識著稱。與「公安三袁」交好。

【語譯】香山寺跨踞山巖間，憑著山而取勝；碧雲寺憑著泉水而取勝。轉折向北，是臥佛寺。山峰轉為凹入，聽不到泉聲，但門旁有老柏一百來枝密集地聳立著，寒威逼人。到了殿前，有老樹二株，有一百圍那麼大。樹幹像鐵，枝條像黃金，樹葉碧綠糾結。遮蔽了日月，聚積了風霧；霜白的樹皮很突出，樹身上長滿了瘤；堅硬的樹根露出地面，突出彎曲。敲擊它，發出丁丁類似石塊的聲音。殿階周圍幾百丈，幾百年以來看不見日月。石階整潔，不許唾吐。寺比較古老，遊人不到這裡來，整日很寂靜。如果在盛夏安坐在下面，會感到寒冷想穿裘衣了。問這二株的樹名，有人說是娑羅樹，它的葉子像歎。於是我折了一枝放在袖中，等進城後去問黃平倩，他一定認識它。臥佛寺大概是因為樹而取勝的。山寺應當以老樹怪石而成為勝景，得到其中之一就可居住了，並不在乎它是否整齊華麗。三座寺院中，山野之人寧願住在臥佛寺中。

記八

予欲窮萬安❶絕頂之勝，而僧云徐之，俟微雨灑塵，乘其爽氣，可以登涉，且宜眺矚也。一宿而微雨至，予大喜曰：「是可遊矣！」遂遡澗而上，徘徊怪石之間，數步一息。于時宿霧既收，初日照林。松柏膏沐❷之餘，楊柳浣澣❸之後，深翠殷綠，媚紅娟美。至于原隰隱畛❹，草色麥秀，莫不淹潤柔滑，細膩瑩潔，似薤簟❺初展，文錦❻乍鋪矣。既至層巔，意為可望雲中❼、上谷❽間，而香山、金山諸峰，遮樾雲漢❾。惟東南一鑑❿，了了可數。平疇盡處，見南天大道一縷，捲霧噴沙，浩白無涯。或曰：此走邯鄲⓫道也。捫蘿分棘，遂過山陰⓬。憩於香山松棚庵中，松身僅五尺許，而枝幹虯結，蔽於垣內。下有流泉，清激聲與松風相和。松花墮地，飄粉流香。時晚煙夕霧，縈薄湖山，急尋舊路以歸。

【章旨】這則為〈西山十記〉第八記，記登萬安絕頂。

【注釋】❶萬安　萬安山，在香山的背面。❷膏沐　婦女潤髮用的油脂。這裡指雨水的滋潤。❸浣澣　洗濯。❹原隰隱畛指各類土地。原，高曠之地。隰，低濕之地。隱畛，田間道路。❺薙簟　曬薙花的葦子。薙，一種鱗莖圓錐形宿根植物，成熟時莖端開出紫色傘形花。簟，竹葦子。❻文錦　有彩色花紋的錦緞。❼雲中　古郡名，轄境相當於今河北北部內蒙古自治區黃河南岸長城以北一帶。❽上谷　古郡名。地當今河北張家口、北京一帶。❾遮樾雲漢　遮蔽了天空。樾，樹蔭。雲漢，銀河。這裡指天空。❿鑑　清朗；明朗。⓫邯鄲　戰國時趙國都城，故址在今河北邯鄲一帶。⓬山陰　山的背面。

【語　譯】我想窮盡萬安絕頂的勝景，而和尚說慢慢來，等到微雨灑落塵土，乘著涼氣，可以登攀上去，而且適宜於遠眺。住了一晚而下了小雨，我大喜道：「這可以遊賞了！」於是逆著澗流上去，徘徊在怪石之間，走幾步歇一下。這時候晚霧散去了，初升的太陽照在樹林上。松柏在雨露滋潤之後，楊柳在經過洗滌之後，更加青翠深綠，紅色美好。至於原隰隱畛之類高低不一的土地，草色和麥穗，沒有不濕潤柔滑，細膩瑩潔，好像曬了薙花的竹葦剛剛展開，有彩色花紋的錦緞突然鋪開。到了山頂，以為可以望見雲中、上谷之間，而香山、金山這幾座高峰，遮蔽了天空。只有東南這一邊清朗可見，望去非常清楚。在平展的原野盡頭，看見南天大道好像是一縷線，霧氣飛捲如同噴沙，廣闊潔白沒有邊際。有人說：這是到邯鄲去的道路。牽持著蘿分開了棘，於是通過了山的背面。在香山松棚庵中休息，那裡的松樹只有五尺左右，而枝幹糾結，遮掩著牆內。下面有流動的泉水，清亮激越的聲音與松樹隨風發出的聲音相應和。松花落在地上，飄散著花粉流布著香氣。這時傍晚的煙霧，縈繞逼近在湖山之間，急忙尋找舊路回來。

【研　析】袁中道的〈西山十記〉由十則組成，按遊蹤依次寫了北京西郊西山一帶勝景，可以看作是由十幅圖景組成的山水長卷。這裡選了第一、第四、第五、第八共四則。第一則寫西直門至功德寺沿途風光，對於所觸及到的各種景觀，或實寫、或虛寫，或工筆、或寫意，用一連串特寫，作了生動傳神的觀照，無不給人以詩畫之感。最後寫功德寺僧多務農，傍晚時收工野歌而歸，又有老僧持杖散步在田塍間，在這幅極富風情的畫中，正是為了表現極其安適的田家之樂，這也正反映了作者對官場生活的厭倦和閒適生活的嚮往。

第四則寫碧雲寺後的清泉流水。但它的側重點並不在寫泉水本身，而是用主要的筆墨寫了水中游魚。對小魚爭搶投餌的情景寫得既詳細又生動。而大魚沉潛於水底，非常安詳。這一動一靜、一大一小形成很鮮明的對照。

第五則重點寫了香山臥佛寺殿前的兩株古樹。作者通過整體勾勒與局部描摹相結合的手法，以豐富而有層次的色調，寫出了老樹的奇古的形象。這兩株老樹「鐵幹鏐枝，碧葉虬結」，遮蔽了日月，聚積了風霧，儘管千瘿萬螺，霜皮突兀，仍然保持了旺盛的生命力，並且具有一種異乎尋常的陽剛之美。

第八則寫登萬安山絕頂。分三層來寫，每一層一種境界，而寫法各異。第一層主要寫登山途中所見，在微雨灑塵之後，陽光初照，各種松柏楊柳，草色麥秀，都透露出清新秀潔的氣息。第二層寫山頂所見，作者憑著居高臨下的地勢，不僅著力刻畫出了眺望中盡收眼底的山山水水，而且通過藝術想像和誇張的手法，繪製出了另一番山外奇觀，帶有浪漫的因素。第三層寫休息於松棚庵以及歸途所見。寫松身、清泉、松風、松花，又寫了縈薄湖山的晚煙夕霧，富有詩情畫意，活潑輕靈。

遊居柿錄

【題解】本文選自《珂雪齋集》，是則日記。《遊居柿錄》是作者在萬曆三十六年（西元一六〇八年）秋冬後的日記。這時正值他參加禮部會試落榜，大哥宗道去世不久，二哥宏道又遠赴京城就職，作者心境落寞。柿性耐寒、耐旱，其蒂之味多苦澀。取名《遊居柿錄》正顯有自慰自勉之意。《遊居柿錄》共十三卷，本篇為第一卷之一則。

王中翰新居，亦枕山，門前有方塘，貯水可❶十畝。松桂數十株，森秀蓊鬱❷。

壽藤❸一大壁，作殷紅色，雜以碧綠。旁有磐石❹一具可弈❺。中翰云：「此處有洞，可容數十人，今封閉未開，其徑路亦迷，恐有他藏，亦未敢開也。」由此登山，可數百步，巖石磊磊。至左極高阜，望見江及遠山，可亭❻。中翰乞名，予曰：「可名為遠帆亭。」乞聯，書曰：「天際識歸舟，雲中辨江樹❼。」

【注　釋】❶可　大約。❷蓊鬱　茂盛的樣子。❸壽藤　老藤。❹磐石　大石。❺可弈　可以下棋。❻可亭　可以建亭。亭，建亭。名詞作動詞用。❼天際識歸舟二句　語出南朝詩人謝脁〈之宣城郡出新林浦向板橋〉詩。

【語　譯】王中翰的新居，也靠著山，門前有方塘，積貯的水大約有十畝。松樹桂樹有幾十株，秀麗茂盛。老藤爬滿了一大面牆壁，深紅色，混雜著碧綠色。旁邊有大石一具可以弈棋。王中翰說：「這裡有洞，可以容納幾十人，現在封閉了沒有開，這路徑也迷失了，恐怕藏有別的東西，也就不敢打開它。」從這裡登山，大約幾百步，巖石突出。到左邊很高的地方，可以望見江和遠山，可以建亭子。中翰求我給新居取名，我說：「可以取名叫遠帆亭。」求我作對聯，我寫了：「天際識歸舟，雲中辨江樹。」

【研　析】這篇小品日記，如同一幅山水畫作。整個畫面，布局清晰，富有立體感。首先是新居背山臨水的秀美格局：屋靠著山，前有十畝水面的方塘。松桂雜植，森秀蓊鬱，一片蒼翠之色浮現出來，而作殷紅色的老藤爬滿一牆壁，錯雜碧綠，空間畫面頓然靈動起來，而色彩也很分明，給人視覺上具象的美感。屋旁大石又可弈棋，環境的清麗古雅可以想見。而屋旁有洞，封閉未開，又給人一種神祕感，並為這新居添了一抹野趣。登山遠眺，大江、群山盡收眼底。屋前的清麗古雅與山上的開闊浩茫，組構為一。山下靜美，山上動美，互相結合，而近處的屋、遠處的山和江，又互相補足，一種幽雅曠朗的氣韻悠然瀉出。

這篇如畫之文，在畫面布局上是由下而上，從左下角到右上角，由實漸虛，由繁漸簡，線條和色彩則是由濃而淡，右上角猶如一片空濛布白，氣韻從布白流轉而出，給人以無窮想像。

鍾惺

【作者】鍾惺（西元一五七四～一六二四年），字伯敬，竟陵（今湖北天門）人。萬曆進士，授行人，累遷南京禮部郎中，出為福建提學僉事。與同鄉譚元春一起倡導抒寫性靈，反對復古派的擬古，同時又主張用幽深孤峭的風格來矯正公安派末流的浮淺之弊，當時號稱竟陵派。能詩善畫，詩文流於冷僻生澀。有《鍾伯敬合集》。

浣花溪記

【題解】本文選自《鍾伯敬合集》，是篇遊記。文中生動細緻地描繪了浣花溪的景色，並對唐代杜甫在窮愁奔走中還能選擇勝地作居處的安詳胸懷表示讚賞。浣花溪，在今成都西郊，又名百花潭，是錦江的支流。杜甫流寓成都時，曾在其旁作草堂居住，稱浣花草堂，後人稱杜甫草堂，宋時建為杜工部祠。

出成都南門，左為萬里橋❶，西折纖秀長曲❷，所見如連環、如玦❸、如帶、如規❹、如鉤，色如鑒❺、如琅玕❻、如綠沉瓜❼，窈然深碧、瀠迴城下者，皆浣花溪委❽也。然必至草堂，而後浣花有專名，則以少陵❾浣花居在焉耳。

【章　旨】寫浣花溪曲折多變的形狀。

【注　釋】❶萬里橋　在今成都市南錦江上，是古代乘船東航啟程的地方。❷纖秀長曲　形容溪水細長而蜿蜒的樣子。❸玦　似環而有缺口的玉佩。❹規　一種畫圓的工具。❺鑒　鏡子。❻琅玕　一種質次於玉的美石。❼綠沉瓜　一種深綠色的瓜。❽委　流水聚積處。❾少陵　指杜甫。杜甫自稱少陵野老。

【語　譯】出了成都南門，左邊是萬里橋，向西折溪水細長蜿蜒，所看到的像連環、像玦、像衣帶、像規、像鉤，色彩好像鏡子、像琅玕、像綠沉瓜，深碧色、環繞在城下的，都是浣花溪的溪流。然而一定要到草堂，然後才有浣花的專名，那是因為杜甫浣花草堂在那裡的緣故。

行三四里，為青羊宮❶，溪時遠時近，竹柏蒼然，隔岸陰森者盡溪，平望如薺；水木清華❷，神膚洞達❸。自宮以西，流匯而橋者三，相距各不半里。舁夫❹云通灌縣❺，或所云「江從灌口來」❻是也。

【章　旨】寫青羊宮以西溪流兩岸景色。

【注　釋】❶青羊宮　在今成都西南的道觀。相傳老子乘青羊至此而得名。❷水木清華　指溪水清碧，林木繁盛。❸神膚洞達　從精神到肌膚都感覺到。❹舁夫　轎夫。❺灌縣　今四川灌縣。❻江從灌口來　語出杜甫〈野望因過常少仙〉詩。江，指錦江。灌口，鎮名，在今四川灌縣。

【語　譯】走了三四里，有青羊宮，浣花溪時遠時近，竹柏青蒼，隔岸沿溪陰森森的都是，從地平面望去好像薺一樣，溪水清碧，林木繁盛，從精神到肌膚都感到清爽。從青羊宮往西，流水匯合處而建橋的有三處，相距各不到半里。轎夫說溪水通灌縣，杜甫詩中「江從灌口來」可能就是指這點。

人家住溪左，則溪蔽不時見，稍斷則復見溪，如是者數處，縛柴編竹，頗有次第。橋盡，一亭樹道左，署曰「緣江路」。過此則武侯祠❶，祠前跨溪為板橋一，覆以水檻❷，乃覩「浣花溪」題牓❸，過橋，一小洲橫斜插水間如梭，溪周之，非橋不通，置亭其上，題曰「百花潭水」。由此亭還度橋，過梵安寺❹，始為杜工部祠❺。像頗清古，不必求肖，想當爾爾。石刻像一，附以本傳，何仁仲別駕❻署華陽❼時所為也。碑皆不堪讀。

【章　旨】寫前往杜工部祠一路的景物，著重寫了杜工部祠。

【注　釋】❶武侯祠　後人所建的祭祀諸葛亮的祠廟。蜀漢劉後主封諸葛亮為武鄉侯，故後人稱他為武侯。❷水檻　臨水的欄杆。❸牓　匾額。❹梵安寺　在成都市南，與杜甫草堂相連，俗稱「草堂寺」。❺杜工部祠　宋代呂大防在原杜甫草堂舊址所建的祭祀杜甫的祠廟。❻別駕　漢時為刺史的佐官，魏晉時諸州均置別駕從事一人，總理眾務。宋代置州通判，類似別駕之職，後世遂作為州通判的代稱。❼署華陽　暫任華陽通判。署，代理；暫任。華陽，今四川成都一帶為古華陽郡地，故這裡指代成都。

【語　譯】溪邊住家的屋舍在左岸，溪流時時被遮蔽不見，在屋舍稍微不連接處才又見到溪流，像這樣的有好幾處。那村舍是編紮柴竹所建，分布得很有次序。橋的盡頭，有一座亭子建在道路的左邊，題名叫「緣江路」。過了這裡就是武侯祠，祠前跨溪有一座木板橋，上面建有欄杆，於是可以看見「浣花溪」的匾額。過了橋，有一處小洲像梭子那樣橫斜插在水中，溪水圍繞著它，沒有橋就沒法過去，上面建了一座亭，題名「百花潭水」。由這一亭回來度過橋，經過梵安寺，才是杜工部祠。杜甫的像很清古，不一定要求它很相像，想像它應當這樣而已。有一幅石刻像，附有本傳，是何仁仲別駕代理華陽州通判時所造。石碑都不能讀。

鍾子曰：杜老二居，浣花清遠❶，東屯險奧❷，各不相襲❸。嚴公❹不死，浣溪可老，患難之於朋友大矣哉！然天遣此翁增夔門❺一段奇耳。窮愁奔走，猶能擇勝，胸中暇整❻，可以應世，如孔子微服主司城貞子時❼也。時萬曆辛亥十月十七日❽，出城欲雨，頃之霽。使客游者❾，多由監司❿郡邑招飲，冠蓋稠濁⓫，磬折⓬喧溢，迫暮趣歸⓭。是日清晨，偶然獨往。楚人⓮鍾惺記。

【章旨】對杜甫在窮愁奔走之中還能擇勝地而居表示讚歎。

【注釋】❶清遠　清靜悠遠。❷東屯險奧　東屯這地方險要僻遠。東屯，夔州（今四川奉節）東瀼溪。杜甫入蜀，開始時依嚴武，居成都浣花草堂。嚴武卒，杜甫從成都遷居雲安，次年到夔州，又次年秋遷東屯。❸襲　沿襲；繼續。❹嚴公　嚴武。官劍南節度使。與杜甫友好。❺夔門　夔門峽，是四川東部瞿塘峽西口。❻暇整　安詳不煩亂。❼如孔子微服主司城貞子時　據《史記・孔子世家》載：孔子周遊列國時，處境狼狽，如同喪家之狗，後到了陳國，住在大夫司城貞子家。❽萬曆辛亥十月十七日　萬曆三十九年十月十七日。即西元一六一一年十一月二十一日。❾使客游者　使者和遊人。使客，朝廷派出的使臣。❿監司　監察州郡之官。⓫冠蓋稠濁　官吏繁亂。冠蓋，指官吏。⓬磬折　彎腰似磬，表示恭敬的樣子。磬，古代一種打擊樂器，用石板製成。⓭趣歸　急忙回來。⓮楚人　楚地人。鍾惺家鄉竟陵為古時楚國地。

【語譯】鍾子說：杜老二處居室，浣花草堂清靜悠遠，東屯險要僻遠，各不相沿襲。嚴公不去世的話，杜甫能在浣花溪終老，患難之中朋友真是重要啊！然而這是老天使這老人增添夔門一段奇事而已。窮愁奔走之中，還能選擇勝地，胸中安詳不煩亂，可以應付世事，好像孔子周遊列國時住在司城貞子家的時候。這時正當萬曆辛亥年十月十七日，出城時天將下雨，不久又雨過天晴。使臣和遊客，大多由監司和郡邑官員邀請飲酒，官吏繁亂，恭敬地彎腰，大聲地喧嚷，在接近傍晚時急速歸來。這日清晨，偶然一個人獨自過去。楚人鍾惺記。

【研　析】這篇遊記，以作者沿溪而行的足跡為線索，將浣花溪旁的自然景觀和人文景觀貫穿組合，構成了一幅意境清遠秀麗的絕妙小品。文中寫兩岸景色，筆法靈動。作者連用八個比喻來形容溪水的形狀和顏色，說它的曲折多變，是「如連環、如玦、如帶、如規、如鉤」，寫溪水的顏色，是「如鑒、如琅玕、如綠沉瓜」。這八個比喻給人一種完整而豐富的總體印象。寫溪行，不斷移步換形，勾勒出撩人情思的流動形象。寫沿溪的竹柏，因溪的遠近不同，竹柏呈現出不同的景觀，近看「蒼然」、「陰森」，色調濃鬱；遠眺「如薺」，色彩淡青。繁密的林木與清碧的溪水相映照，使人從心神到肌膚都感到通達清爽，作者用「水木清華，神膚洞達」這樣凝煉的句子表達了出來。而描寫溪上的人文景觀，筆意深厚，武侯祠、杜工部祠，都被摹畫得沉寂深幽，使人覽物生情，不禁為作者筆端流露的敬仰之意所感動。寫杜工部祠，將它放在幽寂清遠的環境中寫。對祠中的杜甫像，不作具體描繪，僅以「清古」二字傳其風神。對杜甫在窮愁奔走之中，還能擇勝地而居，胸中安詳不亂，作者深表感佩。文章最後蕩開一筆，寫權貴俗吏喧鬧應酬的情景，並對此深表鄙夷，自己不願與他們為伍，因此在清晨時偶然獨往。

鍾惺為文，主張幽深孤峭。這篇文章以峭拔之筆，寫清幽之景，敘次井然，歷歷如畫。文脈深細，足以表現景物的清幽，可以看出竟陵派的風格特點。

夏梅說

【題解】本文選自《鍾伯敬合集》，是篇議論文。文章從賞梅、詠梅的冷熱與實際時令相反，對社會上人情世態的冷熱進行了刻意的揭露。

梅之冷，易知也，然亦有極熱之候❶。冬春冰雪，繁花粲粲❷，雅俗爭赴，此其極熱時也。三四五月，累累其實，和風甘雨之所加，而梅始冷矣。花實俱往❸，時維朱夏❹，葉幹相守，與烈日爭，而梅之冷極矣。故夫看梅與詠梅者，未有於無花之時者也。

【章旨】寫賞梅、詠梅的冷熱正與時令的冷熱相反。

【注釋】❶候　時節。❷粲粲　鮮豔的樣子。❸往　過去。❹朱夏　夏季。《爾雅・釋天》：「夏為朱明。」故稱。

【語譯】梅的冷，是容易知道的。但它也有極熱的時候。冬春冰雪時節，繁花鮮豔，雅士俗客爭相前往，這是梅極熱的時節。三四五月，梅子累累，和煦的風、甘美的雨滋潤了它，而梅開始冷了。等到花和果實都過去了，這時正當盛夏。樹葉與樹幹相守，與烈日抗爭，而梅這時冷到了極點。所以賞梅和詠梅的人，沒有在沒有花的時候的。

張謂〈官舍早梅〉詩❶所詠者，花之終，實之始也。詠梅而及於實，斯已難矣，況葉乎！梅至於葉，而過時久矣。廷尉董崇相❷，官南都❸，在告❹。有〈夏梅〉詩，始及於葉。何者？舍葉無所為夏梅也。予為梅感此誼，屬同志者和❺焉，而為圖卷以贈之。

【章旨】寫前人及時人詠梅的詩。

【注釋】❶張謂官舍早梅詩　張謂，唐代詩人。大曆年間曾任禮部侍郎。〈官舍早梅〉詩：「階下雙梅樹，春來畫不成。晚時花未落，陰處葉難生。摘子防人到，攀枝畏鳥驚。風光先占得，桃李莫相輕。」❷廷尉董崇相　指大理寺丞董崇相。廷尉，秦漢時掌司法的官職，為九卿之一。這裡指明代的大理寺卿。董崇相，福建人，時任南京大理寺丞，故稱廷尉。❸南都　今江蘇南京，明初為都城。明成祖遷都北京後，以南京為留都，保留有政府的一部分機構，稱為南都。❹在告　指官員告假在家休息。❺和　唱和；酬答。

【語譯】張謂〈官舍早梅〉詩所詠的，是花衰謝了，果實開始結出來之時。詠梅而詠到果實，這已經很難得了，何況是詠梅葉呢！梅到了長葉時，已經過時令很久了。廷尉董崇相，在南京做官，這時正告假在家。他作有〈夏梅〉詩，才詠到梅葉。為什麼呢？離開了葉就稱不上是夏梅了。我為梅而感受到這意義，囑同道唱和它，並畫了圖贈送給他。

夫世固有處極冷之時之地，而名實之權在焉。巧者乘間❶赴之，有名實之得，而又無赴熱之譏，此趨梅於冬春冰雪者之人也，乃真附熱者也。苟真為熱之所在，雖與地之極冷，而有所必辯焉。此詠夏梅意也。

【章　旨】表明自己詠夏梅的用意。

【注　釋】❶乘間　乘著這個空隙。

【語　譯】世上本來就有處在極冷的時候極冷的地方，但手中掌握著名實大權的。投機的人乘著這機會前往，有名稱和實際的獲得，而又沒有趨炎的譏嘲，這就是冬春冰雪之時前往賞梅的人，那是真正的附熱的人。如果真的是熱的所在，即使處在極冷之地，也一定要分辨清楚。這就是詠夏梅的用意。

【研　析】獨抒性靈的竟陵派在文風上追求幽深孤峭，把文章寫得落寞苦澀。不要說他們把目光投向冷僻的題材，就是在常見的題材中，他們也能夠拔幽抉微、獨闢蹊徑，說出一番與眾不同的道理來。這篇文章就是這樣。

梅樹在嚴冬萬花紛謝之際，凌霜傲雪，花朵怒放，人們一直把它作為高潔的、在嚴酷環境中持節奮爭的象徵。一般人都是循著這一思路，讚賞梅花、歌詠梅花。而本文則不是這樣。在冬春冰雪的極冷時節裡，他看到了梅花受人賞、被人詠的景象，他認為這是梅樹極熱之時；而當氣候日暖，花朵凋落，果實累累之時，則梅樹已經被冷落了；當夏天氣候最熱之時，則是它被冷落到極點之際。梅樹受到冷熱不同的遭遇，正與自然界的冷熱氣候相反。

由梅樹冷熱遭遇的強烈反差，聯想到人生冷熱遭際的況味。這種人生體驗確實是很獨特的，可能正是作者自己際遇的感受。但由於竟陵派為文的孤峭，這種人生的體驗表達出來並不十分明瞭，而是晦澀的。由梅樹冷熱的不同待遇，到世人處於極冷之時之地而名實之權在焉的聯想，終究不免牽強。

王思任

【作者】王思任（西元一五七四～一六四六年），字季重，號謔庵，山陰（今浙江紹興）人。萬曆進士，曾任九江僉事。清兵破南京後，魯王監國，任禮部侍郎，進尚書。順治三年（西元一六四六年），清兵破紹興，絕食而死。詩重自然，文章筆調詼諧。有《王季重十種》。

屠田叔笑詞序

【題解】本文選自《王季重十種》，是篇序。序中對笑的種種現象作了分析，將笑分為「真」、「樂」、「苦」三個階段，並認為苦而笑是閱盡人間種種不平事之後的笑，帶有人生種種況味的深切體驗。屠田叔，屠本畯，字田叔，晚年自號憨先生。浙江鄞縣人。官至湖南辰州知府。是晚明詩文家。

古之笑，出於一；後之笑，出於二，二生三，三生四，自此以後，齒不勝冷❶也。王子❷曰：笑亦多術❸矣，然真於孩，樂於壯，而苦於老。海上憨先生❹者，老矣。歷盡寒暑，勘破玄黃❺，舉人間世一切蝦蟆❻、傀儡❼、馬牛❽、魑魅❾，搶攘⑩忙迫之態，用醉眼一縫，盡行囊括。日居月諸⑪，堆堆積積，不覺胸中五嶽墳起⑫，欲歎則氣短，欲罵則惡聲有限，欲哭則為其近於婦人，於是破涕為笑。極笑之變，各賦一詞，而以之囊天下之苦事。上窮碧落⑬，下索黃泉，旁通八極⑭；由佛聖至優旃⑮，從脣吻至腸胃；三雅四俗，兩真一假⑯；回回⑰演戲，緣龍⑱打狗；張公喫酒，夾糟帶清⑲。頓令蝦蟆肚癟，傀儡線斷，馬牛筋解，魑魅影迯⑳，而憨老胸次，亦復雲去天空，但有歡喜種子，不更知有苦矣。此之謂可以怨，可以群，此之謂真詩。若曰打起黃鶯兒㉑，摔開皺眉事，憨老笑了一生，近又得聾耳，長進笑矣，奚其詞也！

【注釋】❶齒不勝冷　牙齒冷得不能忍受。因笑的時間長，張口久了牙齒感到冷。勝，堪；經得起。❷王子　作者自稱。❸術　方式；方法。❹憨先生　屠田叔的號。❺玄黃　指天地。❻蝦蟆　青蛙和蟾蜍的統稱。這裡指自大、無自知之明的人。❼傀儡　木偶戲裡的木頭人。這裡指無主見、受人擺布的人。❽馬牛　馬和牛。這裡用作「禽獸」的意思，指不明是非的人。❾魑魅　傳說為山澤中的鬼怪。這裡指為害他人的人。❿搶攘　紊亂的樣子。⓫日居月諸　指歲月流逝。居、諸，都是語助詞。⓬五嶽墳起　五嶽隆起。比喻內心激憤不平。墳起，高起；隆起。⓭上窮碧落　向上窮盡了青天。碧落，指天空。⓮八極　最邊遠的地方。⓯優旃　秦代的優人，善用笑言來諷諫。這裡指一般的歌舞戲曲演員。⓰三雅四俗二句　從雅到俗，有真有假。這裡的數目字都是虛字。⓱回回　古代對信伊斯蘭教的人的統稱。後來專指回族人。⓲緣龍　繩子和籠子。龍，當作「籠」。⓳張公喫酒二句　俗語有「張公喫酒李公醉」，意思是累及他人。此處用其前半，加上「夾糟帶清」，意思是張公喝酒，清濁不拘。張公，虛指的人名。糟，未濾清的酒。⑳迯　「逃」的俗字。㉑打起黃鶯兒　語出唐代詩人金昌緒〈春怨〉

詩。

【語　譯】古代的笑，從一產生，後來的笑，從二產生，二產生三，三產生四，從此以後，牙齒就不堪其冷了。王子說：笑也有多種方式，然而在孩提時笑得真誠，在壯年時笑得快樂，在老年時笑得苦。海上憨先生，已經老了。經過了許多寒暑，看透天地之間的事情，大凡人世間所有的蝦蟆、傀儡、馬牛、魑魅，紊亂忙迫的狀態，用醉眼的一個縫隙，全都看在眼裡。隨著時間的流逝，堆堆積積，不覺胸中隆起了五嶽，想歎息卻氣短，想罵卻惡聲有限，想哭卻認為這種行為接近婦人，因此破涕為笑。窮極笑的各種變化，每種各作一詞，用它來概括天下的苦事。向上窮盡青天，向下尋到了黃泉，向旁邊通達最邊遠的地方；由佛和聖人到達優伶藝人，從嘴巴到達腸胃；由雅到俗，真真假假；就像是回回人演戲，用繩子和狗籠打狗；張公喫酒，不拘濁酒或清酒。頓時使蝦蟆肚子癟了，傀儡的線斷了，馬牛的筋斷了，魑魅的影逃走了，而憨老的胸中，也像是雲散天晴，只有歡喜的種子，不再知道有苦了。這就叫可以怨、可以群，這就叫真詩。如果說打起黃鶯兒，丟棄皺眉的事，憨老笑了一生，近來又耳聾，可以經常笑了，難道僅是詞嗎！

【研　析】自稱「謔庵」的王思任生性詼謔，不僅在說話時，而且在寫文章時，都要詼謔上一番。他「矢口放言，略無忌憚」，可以說是嬉笑怒罵皆成文字。這篇序的文字就是一篇詼謔的文字。

這篇文章可謂亦雅亦俗，亦駢亦散，亦莊亦諧。什麼「三雅四俗，兩真一假」，什麼「回回演戲，絛龍打狗；張公喫酒，夾糟帶清」，什麼「打起黃鶯兒，摔開皺眉事」，什麼「人間世一切蝦蟆、傀儡、馬牛、魑魅，搶攘忙迫之態，用醉眼一縫，盡行囊括」等等，都使人忍俊不禁。將蝦蟆、傀儡、馬牛、魑魅這些不相關聯的事物連在一起，造成了一種意想不到的幽默效果。尤其突出的是，化用古人的文字，造成了極通俗、極幽默的效果，什麼「古之笑，出於一；後之笑，出於二，二生三，三生四」，這裡套用了《老子》中「道生一，一生二，二生三，三生萬物」的文字和意思，把本來極莊重、極高深的哲學思想改造得不倫不類，還有「上窮碧落，下索黃泉」又是化用了白居易〈長恨歌〉的「上窮碧落下黃泉」的句子，「打起黃鶯兒，摔開皺眉事」，前一句用了唐人金昌緒〈春怨〉的句子，用在這裡極雅也極俗。

不過王思任的這篇文章也並不是一味諧謔有趣的無聊文字，而是在諧謔的文字之中包含了極苦痛、極憤慨的思想在，可以說是「雖謔而莊，雖迂而急」。他說屠本畯的笑是以哭為笑，是經歷了人生種種不平事、憤慨事之後的苦笑，是無力改變自己；更無力改變周圍環境的無可奈何的笑，是感悟到了人生種種況味的破涕為笑，其實可以看作是王思任自己的人生體味。

剡溪

【題解】本文選自《王季重十種》，是篇遊記。文中寫了剡溪一帶的山光水色，並透露出一種高人雅士品味山水的佳趣。剡溪，曹娥江的上游，在今浙江嵊州南，北流入上虞。

浮曹娥江❶上，鐵面橫波❷，終不快意。將至三界址，江色狎人❸，漁火村燈，與白月相上下；沙明山靜，犬吠聲若豹，不自知身在板桐❹也。昧爽❺，過清風嶺，是溪江❻交代處，不及一唁❼貞魂❽。山高岸束，斐綠疊丹❾，搖舟聽鳥，杳小清絕，每奏一音，則千巒嚮答❿。秋冬之際，想更難為懷。不識吾家子猷何故興盡⓫？雪溪無妨子猷，然大不堪戴⓬。文人薄行，往往借他人爽厲心脾⓭，豈其可！過畫圖山，是一蘭苕⓮盆景。自此萬壑相招赴海，如群諸侯敲玉鳴裾⓯。逼折久之，始得豁眼一放地步。山城崖立，晚市人稀，水口有壯臺作砥柱，力脫幘⑯往登，涼風大飽。城南百丈橋翼然虹飲⑰，溪逗其下，電流雷語。移舟橋尾，向月磧枕漱⑱取甜，而舟子以為何不傍彼岸，方喃喃怪事我也。

【注　釋】❶曹娥江　為剡溪的下游，至今浙江嵊州各支流匯合，曲折北流經曹娥廟前，至今上虞又稱上虞江。曹娥江因東漢孝女曹娥而得名。相傳當時上虞人曹娥，因其父五月初五迎神，溺死江中，屍骸流失。曹娥當時十四歲，沿江哭號尋找，最後投江而死。❷鐵面橫波　形容陰冷的夜幕籠罩江面。❸狎人　誘人；迷人。❹板桐　指造船用的木板和桐油。這裡借指船。❺昧爽　天將亮未亮時。❻溪江　指剡溪和曹娥江。❼唁　弔慰。❽貞魂　貞潔之魂。指曹娥之魂。曹娥墳在清風嶺上。❾斐綠疊丹　紅綠相間。❿哂答　回應。⓫吾家子猷何故興盡　指東晉時書法家王徽之雪夜訪戴逵事。據《世說新語・任誕》，王徽之家居山陰（今浙江紹興），有一大雪夜，忽然想起住在剡溪旁的好友戴逵，便連夜乘船前往，但到了戴的住處，又沒有進門便返回了。有人問他原因，他說：我本來是乘著興致而來，現在興致盡了，也就回去了，何必要見到戴逵呢。王徽之字子猷。因作者與他同姓，故稱「吾家」。⓬大不堪戴　對戴逵來說是很難堪的。戴，指戴逵。⓭爽厲心脾　使自己心脾愉快。⓮蘭苕　蘭草和苕草。苕，一種木質藤本的草，夏秋開花，花可供藥用，也叫淩霄。⓯鳴裾　衣襟上因為掛著飾物而鳴響。裾，衣服的前襟。⓰幘　頭巾。⓱虹飲　橋如彩虹，兩端像是低頭喝水。⓲月磧枕漱　在月光下淺水中的沙石旁枕著沙石睡覺，用河水洗漱。

【語　譯】在曹娥江上行船，江面陰沉沉的，一直使人感到不愉快。將到三界址，江上景色很迷人，漁火村燈，與明月相輝映。江沙明淨，群山靜立，狗吠聲聽起來像豹子聲一樣，這景色使人不知身是在船中。黎明時，經過清風嶺，這是剡溪和曹娥江的交接處，來不及弔慰一下曹娥貞潔的幽魂。山高河岸狹窄，江岸山坡上紅綠相間，搖著船聽著鳥聲，聲音杳小清絕，每一聲鳥鳴，則千山回響。秋冬之際，想起來更加令人難以忘懷。真不曉得我家王子猷為什麼會興盡而返？雪夜的剡溪，王子猷不妨任性而為，但對於戴逵來說卻不大能夠忍受。文人輕薄的行為，往往借別人來使自己的心脾愉快，這怎麼行呢？經過畫圖山，好像是一處蘭草苔草的盆景。從這裡開始千萬條山溝相招著奔向大海，好像眾多的諸侯敲著玉衣襟上發出響聲。狹窄曲折了很久，眼前才豁然開朗。山中的城鎮立在山崖間，傍晚的集市上人很稀少，水口有壯臺成為中流砥柱，勉強脫下頭巾登上去，大大地享受了一陣涼風。城南百丈橋像鳥的翅膀那樣張開著，又像長虹在喝水，溪流在這下面停頓，水聲像閃電、像雷聲那樣。將船移到橋尾，在月光下面的淺水沙灘上枕著沙石睡覺，用甘甜的河水漱口，而船家認為為什麼不靠近那岸邊，正在口中喃喃地怪罪我呢。

【研　析】這篇三百來字的山水小品，用「移步換形」的手法，按遊程攝取了景色各異的五個景點，視角不斷變換，筆墨靈動活潑。

寫第一個景點曹娥江，作者只用了「終不快意」四個字，認為那裡缺少山水之勝。寫三界址，便用重彩濃墨，寫出了那裡漁火村燈和月色的迷人畫面。寫過清風嶺，則以動襯靜，用鳥聲每奏一音，千巒應答，寫出了江流的靜幽；又用彩筆點繪，以「斐綠疊丹」四字勾勒出了山水的秀麗。寫過清風嶺，作者將自己的遊歷情態融入了畫面，以不能弔慰曹娥的貞魂的感歎作開端，而以感慨文人薄行作結尾。在這裡作者對東晉時王子猷雪夜訪戴逵乘興而來、興盡而返的怪異行為表示不解，提出了自己的異議。雪夜訪戴逵歷來被視作魏晉名士無拘無束的理想生活態度而傳為美談，作者卻從另一角度考慮，認為王子猷雖然盡興了，但對戴逵來說則不堪忍受，認為這樣只顧自己不顧別人的輕薄行為並不足取。寫過畫圖山與水口壯臺，作者又改變了以動為靜和化景為趣的手法，而是用具體形象的比喻，表現千姿百態的湖光山色。結尾處用船家怪罪我的喃喃情態，既反襯了作者情操的雅潔，又照應了全文，別有韻味。

小洋

【題解】本文選自《王季重十種》，是篇遊記。遊記寫了小洋在日落時分不斷變幻的各種顏色。小洋，在今浙江青田，是好溪下游的支流。

由惡溪❶登括蒼❷，舟行一尺，水皆汙❸也。天為山欺❹，水求石放，至小洋而眼門一辟❺。

【章旨】寫惡溪至括蒼途中船前行很艱難。

【注釋】❶惡溪　今名好溪，又名麗水。發源於浙江縉雲東北，西南流至麗水縣，東入大溪。傳說溪中多水怪，故名惡溪；後水怪遁去，於是改名好溪。❷括蒼　山名，在浙江省東南部，主峰在仙居縣東南。❸汙　通「洿」。停滯不流的水。❹天為山欺　指山高蔽天。❺辟　開闊。

【語譯】從惡溪向括蒼山前進，船前行的每一尺，水都是停滯的。天被山所欺，水求石放行，到了小洋眼前才覺得開闊。

吳閎仲送我，挈❶睿孺出船口席坐引白❷，黃頭郎❸以棹歌❹贈之，低頭呼盧❺，俄而驚視各大叫，始知顏色不在人間也。又不知天上某某名何色，姑以人間所有者仿佛圖之。

【章　旨】寫在船頭喝酒，看到傍晚天色奇絕而驚視大叫。

【注　釋】❶挈　帶著。❷引白　舉杯喝酒。白，指酒杯。❸黃頭郎　本指漢代掌管船舶行駛的官員，因頭戴黃色帽而得名。這裡借指船夫。❹棹歌　船歌。棹，船槳。❺呼盧　「呼盧喝雉」的簡稱。指賭博。盧和雉是古代賭具上的兩種顏色。

【語　譯】吳閬仲送我，帶了睿孺出了船口，坐在席上舉杯飲酒。船夫唱著船歌贈別我。我們低頭做賭博的遊戲，不久吃驚地看著，又各自大叫，才知道美好顏色不在人間。又不知天上那些是什麼色彩，姑且用人間所有的色彩來近似地形容它。

落日含半規❶，如胭脂初從火出。溪西一帶山，俱似鸚綠鴉背青❷，上有猩紅雲五千尺，開一大洞，逗出縹天❸，映水如繡鋪赤瑪瑙❹。

【章　旨】寫落日將下山時的景色。

【注　釋】❶半規　半圓。❷鸚綠鴉背青　像鸚鵡的羽毛那樣翠綠，像烏鴉背上的羽毛那樣青黑。❸縹天　淡青色的天空。❹赤瑪瑙　紅瑪瑙。瑪瑙，一種玉石。

【語　譯】落日還剩下半個圓，好像胭脂剛從火中出來。溪西一帶的山，都好像是鸚鵡羽毛一樣翠綠、烏鴉背羽毛一樣青黑，上面有猩紅色的雲彩五千尺，開了一個大洞，暫露出淡青色的天空，映在水面上如錦繡鋪上紅瑪瑙。

日益曶❶，沙灘色如柔藍懈白❷，對岸河則蘆花月影，忽忽❸不可辨識。山俱老瓜皮色。又有七八片碎剪鵝毛霞❹，俱金黃錦荔❺，堆出兩朵雲，居然晶透葡萄紫也。又有夜嵐數層鬪起，如魚肚白，穿入出爐銀紅中，金光煜煜❻不定。蓋是際，天地山川，雲霞日彩，烘蒸鬱襯，不知開此大染局作何製。意者❼，妬海蜃❽，凌阿閃❾，一漏卿麗之華❿邪？將亦謂舟中之子，既有蕩胸決眦⓫之解，嘗試假爾以文章⓬，使觀其時變乎？何所遘⓭之奇也？

【章旨】寫太陽下山後天昏黑前的景色。

【注釋】❶曶　昏暗。❷懈白　淡白色。❸忽忽　模糊不清的樣子。❹碎剪鵝毛霞　形容一片片的雲霞如剪碎的鵝毛。❺金黃錦荔　形容雲霞的色彩如黃金，如錦繡的荔枝。❻煜煜　光亮照耀的樣子。❼意者　料想。❽海蜃　海市蜃樓。一種出現在海上或沙漠上空的奇異的光學現象，因光線的折射作用，遠方的物體或景象會呈現在空中。❾阿閃　即「阿閦」。如來佛的名。這裡指無邊的佛法。❿卿麗之華　美麗雲彩的光華。卿，卿雲，古時以為象徵祥瑞的彩雲。⓫蕩胸決眦　心胸搖蕩，眼眶決裂。形容全神貫注，觀賞山光水色。語出杜甫〈望嶽〉：「蕩胸生層雲，決眦入歸鳥。」⓬假爾以文章　給予你文采。文章，文采。⓭遘　遭遇。

【語譯】太陽更加陰暗了，沙灘的顏色好像淡藍和淡白色，河的對岸，蘆花月影，昏沉沉辨認不出來。山都是老瓜皮的顏色。又有七八片雲霞像剪碎的鵝毛，像金黃色錦繡的荔枝，堆出兩朵雲，竟然晶瑩透剔像葡萄那樣的紫色。又有夜霧一層層競相湧起，好像魚肚白穿入出爐銀紅中，金光閃爍不定。這時候，天地山川，雲霞日彩，相互渲染映襯，不知道開出這大染局用來作什麼。是妒忌海市蜃樓，想超過無邊的佛法，而漏下一些美麗雲彩的光華嗎？或者也是說船中的人，既然有心胸搖蕩、眼眶決裂的領會，嘗試著要給予你文彩，使你觀看隨時的變化嗎？否則為什麼會遇到如此奇特的景觀呢？

夫人間之色，僅得其五，五色互相用，衍至數十而止，焉有不可思議如此其錯綜幻變者！曩吾稱名取類❶，亦自人間之物而色之❷耳。心未曾通，目未曾睹，不得不以所睹所通者，達之於口而告之於人。然所謂仿佛圖之，又安能仿佛以圖其萬一也！嗟呼！不觀天地之富，豈知人間之貧哉！

【章旨】感慨天地之間色彩的富麗。

【注釋】❶稱名取類　按照事物的類別稱呼其名。❷色之　給予它色彩的名稱。

【語譯】人間的色彩，僅有五類，五種顏色相互作用，衍生到數十種就終止了，哪有如此不可思議錯綜變化的！先前我們按照事物的種類來給事物取名稱，也是從人間的事物而指稱它的色彩而已。對於心未曾通曉，眼睛未曾看到過的事物，不得不用所看到、所通曉的，從嘴中表達出來而告訴給人。然而所說的以近似來描繪它，又哪能近似地描繪出它的萬分之一呢！唉！不觀察到天地的富麗，又哪能知道人間的貧乏呢？

【研析】這篇遊記，著眼點不在山水的自然景色本身，而是寫在船行過程中從夕陽將下到日落後天黑前的各種色彩的變化。按時間順序，先寫將落未落的半圓的夕陽，這時的色彩是「如胭脂初從火出」，這時在夕陽映照下的溪西一帶的山，色彩是「似鸚綠鴉背青」，而天上的猩紅色雲彩，映水如「繡鋪赤瑪瑙」。當太陽下山後，天昏黑前，沙灘之色「如柔藍懈白」，山「俱老瓜皮色」，雲彩似「碎剪鵝毛霞」，「金黃錦荔」，「晶透葡萄紫」，而夜間的雲霧「如魚肚白，穿入出爐銀紅中」，「金光煜煜不定」。因為是描寫各種色彩，單靠正面刻畫，顯然是難以表達的，作者於是從各種不同的角度，運用各種比喻來加以描寫，顯得生動形象。

在不同的視角方面，作者不僅寫了落日的色，而且還畫了它的形；寫山色，則受光一面與背光一面也有不同；寫沙灘，則近景與遠景有異；寫雲霞，則既抓住它變幻的特點，又注意時間的推移，寫出各自的形狀與色彩。在視線上，作者先由上而下，從落日、山色、倒影寫到沙色；再由下而上，從山色寫到雲霞，使讀者有身臨其境之感。

曹學佺

【作　者】曹學佺（西元一五七四～一六四七年），字能始，侯官（今福建福州）人。萬曆二十三年（西元一五九五年）進士，授戶部主事，累遷南京戶部郎中、陝西副使。因撰記述挺擊案本末的《野史紀略》，天啟年間遭閹黨迫害，被削籍，家居二十年。明亡後，曾任唐王禮部尚書。清兵入閩，走入山中，投繯而死。生平著述宏富，曾倣佛、道二藏體，採擷四庫書成儒藏，未果。詩文集總名《石倉集》。

遊武夷記

【題　解】本文選自《晚明二十家小品》，是篇遊記。文中寫了武夷山的山水風物，尤其突出了它的帶有神仙道教濃厚色彩的景觀。武夷，山名，在今福建省境內，有四十八峰、八十七巖、九曲等名勝，為道教第十六洞天，有「奇秀甲於東南」之譽。

以七夕❶前一日發建溪❷，百里，抵萬年宮❸，謁玉皇❹太姥❺十三仙❻之列，履漢祀壇❼，即漢武帝時所謂「乾魚薦❽武夷」者也。泛舟溪上，可以望群峰，巍然首出，為大王❾；次而稍廣，為幔亭❿。按志：「魏子騫⓫為十三仙地主，築升真觀于峰頂，有天鑑池、摹鶴巖諸勝。以始皇二年，架虹橋而宴曾孫⑫，奏『人間可哀』之曲。」今大王梯絕不可登，幔亭亦惟秋蟬咽衰草⑬矣。玉女⑭兜鍪⑮之下數里為一線天。道經友定故城⑯，虎為政，遊人不敢深入。兩崖相闔者里許，中露天光僅一線，有風洞，白玉蟾⑰斬蛇於此，今祠之，而肅殺之氣猶存云。

【章　旨】寫泛舟建溪所見武夷山群峰。

【注　釋】❶七夕　指農曆七月初七的晚上。民間傳說為牛郎、織女相會的日子。❷建溪　在福建西北部，是崇安溪的上游。❸萬年宮　唐朝時所建，原名武夷觀。❹玉皇　道教所尊奉的地位最高的神。❺太姥　道教尊神。傳說混沌初開，有神星名聖姥，母子二人來武夷山居住。❻十三仙　傳說戰國末魏王子騫訪道，入武夷山；後有張湛、孫淖、趙元、彭令昭、劉景、顧思遠、白石先生、馬鳴主、胡氏、季氏、二魚氏等也到武夷山修煉，共推王子騫為主。後合稱為十三仙。❼漢祀壇　漢武帝所立祭祀武夷君之壇，當時有人奏請祀武夷君用乾魚。❽薦　祭祀。❾大王　武夷山峰名。又稱紗帽峰、天柱峰。❿幔亭　武夷山峰名，在大王峰北。⓫魏子騫　戰國末年仙人王子騫是魏國人，故稱魏子騫。⓬以始皇二年二句　相傳秦始皇二年八月十五，武夷君在幔亭峰大會鄉人，稱鄉人為曾孫。⓭秋蟬咽衰草　秋蟬在衰草中哀鳴。形容荒涼冷落。⓮玉女　武夷山峰名。⓯兜鍪　武夷山峰名。因峰形似古代戰士頭上戴的盔而得名。⓰友定故城　元末時陳友定所築。陳友定為元末統領福建的平章，所築城為朱元璋手下將領湯和所破。⓱白玉蟾　宋代閩清人，原名葛長庚，因過繼給白氏為子，改名為白玉蟾。晚年隱居武夷山，詔封紫清明道真人。

【語　譯】在七夕前一日從建溪出發，經過一百里，到達萬年宮，拜祭玉皇、太姥、十三仙這類神仙，登上漢祀壇，這壇就是漢武帝時用乾魚祭祀武夷君的地方。在溪上泛舟，可以望見群峰，高高地聳立的是大王峰；第二高而山體稍微寬廣的，是幔亭峰。按志書記載：『魏子騫被推為十三仙的首領，在峰頂築了升真觀，有天鑑池、摹鶴巖這些名勝。在秦始皇二年，架設了虹橋而設宴招待鄉人，呼他們為曾孫，奏了『人間可哀』

的曲子。」現在大王峰的石階斷絕了不能登上去，幔亭也只有秋蟬在衰草中哀鳴這樣的景象了。玉女峰和兜鍪峰之下數里是一線天。路經陳友定故城，有老虎佔據著，遊人不敢深入。兩岸相合大約有一里左右，中間僅一線寬露出天光。有風洞，白玉蟾曾在這裡斬蛇，現在有廟祭祀它，肅殺之氣還存在著。

移舟過大藏峰❶，踵御茶園❷，萬磴而上，其山如鳥巢，蓋魏王❸易裸服❹以登天柱者，為更衣臺。渡隔岸，謁朱子所讀書❺，拜其遺像，徘徊久之。以一徑入雲窩，陳丹樞❻修煉之所，存其石竈。出大隱屏❼以西，登接筍❽木梯鐵纜之路，視上則恐錯趾，視下則恐眩目；千盤而度龍脊，乃有仙弈亭❾可憩。修竹鳴蟬之外，黃冠❿啟閉於丹房⓫而已。

【章旨】寫過大藏峰後，登岸所見景物。

【注釋】❶大藏峰　武夷山峰名。❷御茶園　在武夷山四曲溪南，更衣臺之左。古時在此製茶，進貢皇帝飲用，故稱。❸魏王　指戰國時魏人王子騫。❹裸服　指世俗的衣服。裸，裸蟲。指人。❺朱子所讀書　朱子讀書的地方。指武夷山隱屏峰下的紫陽書院。南宋理學家朱熹曾在此講學。朱子，指朱熹。❻陳丹樞　指陳省，曾任明兵部侍郎。萬曆年間隱居武夷山修煉。❼大隱屏　武夷山峰名，在五曲溪北。❽接筍　即「接榫」。榫，木器中兩部分相接的地方。❾仙弈亭　亭名。傳說仙人曾在此下棋對弈。❿黃冠　道士所戴之冠，後作為道士的代稱。⓫丹房　道士煉丹之處。

【語譯】移船過大藏峰，步行到御茶園，經過許多石級而往上，山如鳥巢，這是魏王子騫換了衣服而登天柱的地方，稱為更衣臺。渡過對岸，拜謁朱熹讀書之處，拜了他的遺像，在那裡流連了很久。從一條小路進入雲窩，是陳丹樞修煉之處，有石灶存在著。出了大隱屏向西，登上接榫的木梯鐵纜的路，向上面看恐怕腳踩錯了，向下看恐怕眼花；經過許多迂迴而度過龍脊，才有仙弈亭可以休息。除了長長的竹子和鳴叫的蟬之外，有道士從煉丹房出入而已。

天遊雖稱崔嵬❶過之，然迢遞❷可肩輿❸入。登一覽臺❹，於是三十六峰之勝，可屈指數矣。復命舟里許，過隘嶺，為陷石堂。小橋流水之中，度石門而桑麻布野，雞犬聲聞，依稀武陵之境❺乎！於是望鼓子峰❻相近，穿修篁❼五里，木石棧道，相為鉤連。叩巖石，逢然❽作鼓聲。巖下為吳公洞，道旁為道院。

【章　旨】寫從一覽臺到吳公洞一帶勝景。

【注　釋】❶崔嵬　高聳的樣子。❷迢遞　緩慢而持續的樣子。❸肩輿　轎子。❹一覽臺　在天遊峰絕頂，武夷全景可一覽無遺，故名。❺武陵之境　指晉陶淵明在〈桃花源記〉中所寫的桃花源。武夷三仰峰下有小桃源。❻鼓子峰　武夷山峰名，以其峰巖石叩之作鼓聲而得名。❼篁　竹林。❽逢然　指鼓聲。

【語　譯】天遊峰雖號稱高峻，但坐著轎子慢慢走可以到達。登上一覽臺，於是三十六峰的勝景，可以屈指數出來。又坐船行了一里左右的路，經過隘嶺，是陷石堂。小橋流水之中，度過石門而看見桑麻布滿了原野，雞犬聲可以聽到，彷彿是陶淵明筆下武陵桃花源的景象啊！於是望見近處的鼓子峰，穿過五里修竹，木石的棧道，互相連接。叩擊巖石，發出逢然的鼓聲。巖石下面是吳公洞，路邊是道院。

是遊凡以次達九曲矣，乃歸萬年宮。從山麓走二十里，遊水簾❶，亂崖飛瀑而下，衣裾入翠微❷盡濕。以別澗出崇安溪❸之西楚❹道上。

【章　旨】寫回到萬年宮時的情景。

【注　釋】❶水簾　洞名。又名唐曜洞天，為武夷山最大的巖洞，洞內寬敞可容千人，巖頂有兩道終年不竭的流泉，彷彿兩幅珠簾懸掛洞前，有「山中最勝」之稱。❷翠微　指青翠相映的雲霧水氣。❸崇安溪　又叫崇溪，在南平與南浦溪、松溪合流，匯為閩江。❹西楚　指江西、兩湖（今湖南、湖北）一帶。

【語　譯】這次遊覽依次到達九曲，才回萬年宮。從山麓前行了二十里，遊過水簾洞，亂崖上瀑布如飛而下，衣襟被青翠的雲霧霑濕。經過另外的溪澗出了崇安溪，到了通往西楚的大道上。

曹學佺曰：余考《武夷祀典志》，詳哉其言之，則知人主之媚於神仙所從來矣。始皇遣方士徐市求仙海上❶，而武夷不少概見，何以故？又按魏子騫遇張湛十三仙，及宴曾孫，俱始皇二年事，何其盛也，而後無聞焉？夫山靈之不以此易彼❷，明矣。語云：「遺榮可以修真❸。」是之謂夫？

【章　旨】作者發表評論，對歷代君主追求成仙之事表示否定。

【注　釋】❶始皇遣方士徐市求仙海上　據《史記‧秦始皇本紀》載：秦始皇二十八年（西元前二一九年）秦始皇派齊人方士徐市率童男女各三千人，乘樓船入海尋不死之藥。徐市，又叫徐福。市、福同音。❷山靈之不以此易彼　謂山神不會因為你對祂祭祀而改變祂的山川本性。山靈，山神。❸遺榮可以修真　捨棄榮華富貴才能得道成仙。

【語　譯】曹學佺說：我考查《武夷祀典志》，對於神仙之事記載得很詳細，從中知道君主迷戀於神仙的由來。

秦始皇曾經派方士徐市到海上求仙，而有關武夷山神仙之事並不少見，是什麼緣故？又按魏人王子騫遇上張湛十三仙，以及宴請曾孫，這些都是秦始皇二年事，這是多麼盛大，但是為什麼這以後卻不再聽說？山神不會因為祭祀祂而改變祂的習性，這是很明顯的。有句話說：「捨棄榮華可以修真成仙。」就是這個道理吧？

【研　析】武夷山是著名的風景遊覽地，以山水取勝；又是著名的道教勝境，在道教三十六洞天中名列第十六洞天，與神仙道教有關的景觀很多。這篇遊記就是從這兩方面結合起來寫的。作者在依遊程勾繪武夷秀麗風光時，常常引入有關道教的傳說。如寫萬年宮，拜謁了玉皇、太姥、十三仙之列和漢祀壇；寫大王峰、幔亭峰，引述了地方志書有關神仙的傳說，寫風洞、大藏峰、雲窩等等，都寫到了道教仙跡。因為引述了有關道教的傳說，給各處景觀塗上了一層神秘的色彩。

但作者寫了許多神仙道教的勝景勝跡，並不表明作者是個道教的推崇者和宣揚者，相反的，他對神仙道教有不滿、有否定。他在最後的評述中，對秦始皇以來的歷代君主迷信神仙方術表示了否定，而提出「遺榮可以修真」的道教。這實際上是對明代中後期的皇帝佞道的行為表示曲折的批判。明代嘉靖帝迷信道教，是非常出名的，當時的大臣為了迎合他，獻祥瑞，上青詞，弄得烏煙瘴氣，許多大學士正是因為青詞寫得好才入閣的。而在朝野求仙問道者更是不乏其人。

作者在文章中對神仙道教頗有微詞，而對理學大師朱熹卻頗為崇敬。武夷山隱屏峰曾有朱熹當年講學、讀書之處，作者到了這地方，拜其遺像，徘徊久之，這顯示了儒學者的情懷。他對神仙道教的批判，也正是站在儒學者的立場，用儒學者的眼光進行的。

李流芳

【作　者】李流芳（西元一五七五～一六二九年），字長蘅，嘉定（今上海市嘉定區）人。萬曆舉人，後絕意仕進。性好山水，工書畫，精題跋，小品散文以精雋著稱。與程嘉燧、唐時升、婁堅合稱「嘉定四先生」。有《檀園集》等傳世。

遊虎丘小記

【題　解】本文選自《晚明二十家小品》，是篇遊記。文中寫兩度與人夜遊虎丘時的景象和感受。

虎丘，中秋遊者尤盛。士女傾城而往，笙歌笑語，填山沸林，終夜不絕，遂使丘壑化為酒場，穢雜可恨。

【章　旨】寫中秋時虎丘遊人盛多而穢雜。

【語　譯】虎丘，在中秋時遊客尤多。上層社會的男女傾城前往，笙歌笑語，充滿了山林，整夜不斷。於是使山壑化作了飲酒場，穢雜使人厭。

予初十日到郡❶，連夜遊虎丘，月色甚美，遊人尚稀，風亭月榭間，以紅粉❷笙歌一兩隊點綴，亦復不惡。然終不若山空人靜，獨往會心。嘗秋夜與弱生坐釣月磯❸，昏黑無往來，時聞風鐸❹，及佛燈隱現林杪❺而已。

【章旨】寫第一次月夜遊虎丘時的景象。

【注釋】❶郡　這裡指蘇州府城。❷紅粉　指歌女。❸釣月磯　在虎丘山頂。❹風鐸　風鈴。常常懸掛在佛殿、佛塔的四角。❺林杪　林梢。

【語譯】我在初十日到蘇州城，連夜遊虎丘，月色很美，遊人還稀少，在風亭和月榭之間，用歌女和笙歌一兩隊作點綴，也很不壞。然而終究不如山空人靜，獨自前往，心靈與山川相感應。曾經在秋夜與弱生坐釣月磯上。天昏黑沒人來往，有時聽到風鈴聲，看見佛燈在林梢隱隱約約地顯現。

又今年春中，與無際舍姪偕訪仲和於此。夜半月出無人，相與趺坐❶石臺，不復飲酒，亦不復談，以靜意對之，覺悠然欲與清景俱往也。生平過❷虎丘才兩度，見虎丘本色耳。友人徐聲遠詩云：「獨有歲寒好，偏宜夜半遊。」真知言哉！

【章旨】寫今年春月夜遊虎丘的情景。

【注釋】❶趺坐　雙足交疊而坐。是佛教中修禪者常用的坐法。❷過　往訪。

【語譯】又在今年春天，與無際姪到這裡同訪仲和。半夜時，月亮出來，沒有人，一起趺坐在石臺，不再飲酒，也不再言談，默默地相對著，覺得心神悠然，幾乎要和清靜的景象一起離去。平生往訪虎丘才兩次，見到了虎丘的本色。友人徐聲遠詩中說：「獨有歲寒好，偏宜夜半遊。」真是知心話啊！

【研析】同樣是喜遊山水，有的人酷愛山水的本色，喜歡「山空人靜，獨往會心」，沉浸於大自然的靜謐中，使心靈和山水景物自然感應。而有的人喜歡一種氛圍，喜歡遊人如織的熱鬧場景。李流芳和袁宏道都寫過虎丘遊記，同樣寫到中秋明月夜虎丘遊人之盛，袁宏道喜歡簫鼓樓船，遊人紛錯如織的熱鬧場景，對歌詠比賽的場景描寫得很仔細、很生動。而李流芳對這「笙歌笑語，填山沸林，終夜不絕」的熱鬧場景深表厭惡，認為這是「使丘壑化為酒場，穢雜可恨」。這顯示了兩人在審美情趣上的大相逕庭。

李流芳這篇小品只有短短的二百四五十字，卻寫出了虎丘夜遊的三種景象，三種不同的意境。第一種景象是中秋之夜的熱鬧場景，作者對這一種景象深表厭惡。第二種景象是月色很美，遊人尚稀之景，這時候雖有一兩隊紅粉笙歌作點綴，比起前一種笙歌笑語填山沸林來，顯然要好得多，但還不是理想的境界。因為作者講究「山空人靜，獨往會心」的境界。在春天時的一次遊賞才達到了這種境界，夜半月出無人，兩三人相對默默趺坐，「覺悠然欲與清景俱往」。這才是所要追求的理想的審美境界，摒除了塵世的喧鬧紛繁，只覺得心靈與大自然的交融冥會。

遊西山小記

【題解】本文選自《晚明二十家小品》，是篇遊記。文中寫了西山一帶秀麗的湖光山色。

出西直門❶，過高梁橋❷，可十餘里，至元君祠。折而北，有平堤十里，夾道皆古柳，參差晻映❸，澄湖❹百頃，一望渺然。西山匌匒❺與波光上下。遠見功德古剎❻及玉泉亭榭❼，朱門碧瓦，青林翠嶂❽，互相綴發。湖中菰蒲❾零亂，鷗鷺❿翩翻，如在江南畫圖中。

【章旨】寫西山一帶湖光山色秀麗如同江南。

【注釋】❶西直門　在今北京西城。❷高梁橋　在西直門外高梁河上。❸晻映　同「掩映」。❹澄湖　清澈的湖。指北京西湖，也即昆明湖。在今頤和園內。❺匌匒　重疊的樣子。這裡指連綿重疊的山峰。❻功德古剎　指功德寺。❼玉泉亭榭　指玉泉寺亭榭。榭，建在高土臺上的敞屋。❽嶂　高而險的山。❾菰蒲　兩種水生植物。菰生長在淺水中，夏秋時抽生花莖，基部形成肥大的嫩莖，稱「茭白」，可食用。蒲是一種淺水中的水草。❿鷗鷺　鷗和鷺。兩種水鳥。

【語譯】出西直門，過高梁橋，大約十多里，到元君祠。轉而向北，有十里長的平堤，夾道都是古柳，高低掩映，清澈的湖水有上百頃，望過去浩渺不清。西山連綿不斷，與波光上下重疊。往遠處見到功德古剎以及玉泉山的亭榭，朱紅的門，青綠的瓦，青的樹林在綠的山巒中，互相連綴映發。湖中菰蒲零亂，鷗鷺翩然翻飛，如同在江南的圖畫中。

予信宿❶金山❷及碧雲❸香山❹。是日，跨蹇❺而歸。由青龍橋縱轡❻堤上，晚風正清，湖煙乍起，嵐潤如滴❼，柳嬌欲狂，顧而樂之，殆不能去。

【章旨】寫晚遊時所見的山水景色。

【注釋】❶信宿　連宿兩夜。❷金山　即萬壽山。❸碧雲　指碧雲寺。❹香山　指香山寺。❺蹇　跛足。常指蹇驢或劣馬。

這裡指驢。❻縱轡　放鬆繮繩。❼嵐潤如滴　山林中的霧氣濕潤得像要滴下來。

【語　譯】我在金山及碧雲寺、香山寺連續住了兩夜。這天，跨著驢回來。從青龍橋放鬆繮繩任由驢走在堤上，晚風正清爽，湖上煙霧突然起來，山林中的霧氣濕潤得像要滴下來，柳嬌嫩欲狂，回過頭來看著它很高興，幾乎不能離開。

先是約孟旋、子將同遊，皆不至。予慨然獨行。子將挾西湖為己有，眼界則高矣，顧穩踞七香❶城中，傲予此行，何也？書寄孟陽❷諸兄之在西湖者一笑。

【章　旨】寫自己約了朋友來遊湖，朋友沒能來。把這遊賞所見記下來寄給朋友分享。

【注　釋】❶七香　各色香料的和合。這裡喻繁華紛雜。❷孟陽　程嘉燧，字孟陽。為作者好友。

【語　譯】先前約了孟旋、子將同遊，兩人都沒來。我慨然獨行。子將挾西湖作為自己所有，眼界是高的。但穩穩地踞守在七香城中，輕視我的這次前行，為什麼呢？把它寫下來寄給在西湖邊的孟陽等諸位友人一笑。

【研　析】北京西郊的西山一帶，山青水秀如同江南，是北方極難得的一處佳山水。那裡離京城既近，因此成了旅居京城的文人墨客必到的一處景點。而有遊必有記，也就留下了不少的關於西山的遊記。李流芳的這篇遊記是其中非常出色的一篇。

這篇小品遊記非常短小，只有短短的二三百字，但它以凝練別致的文筆，寫出了西山的秀麗景色，具有神韻。寫山光如果沒有水色作映襯，就顯不出山的明秀；寫水色如果沒有山光作烘托，也同樣顯不出水的空濛。因此好的景觀，一定是山水相得益彰。這篇遊記正是圍繞著西山的湖光山色而寫。

寫湖光山色在視角上遠近交替。「折而北，有平堤十里，夾道皆古柳，參差晻映，澄湖百頃，一望渺然」，這是在視角上由近漸遠。而寫「西山匌匌與波光上下」，這在視角上是遠近重疊。寫古剎亭榭與青林翠嶂互相綴發，這是遠景；寫湖中菰蒲零亂、鷗鷺翩翻，這是近景。而寫由青龍橋縱轡堤上，「晚風正清，湖煙乍起，嵐潤如滴，柳嬌欲狂」，這猶如是特寫。這篇文章就是這樣，通過不斷地變換視角，轉換鏡頭，寫出了一幅幅精美的山水圖畫。

題畫兩則

【題　解】本文選自《晚明二十家小品》，是兩則題畫記。這兩則題畫記記述了他在畫作生涯中的一些有趣的事情：本為逃避友人索畫，最後還是被友人索去；他的畫柳之作為女郎和和尚所喜愛珍藏。

余近喜畫小冊，時有好事者，往往致此乞畫。此冊亦為友人所乞，攜之虞山❶。是日風日清美，與子崧尋吾谷，盤礴❷楓林下，丹黃如繡。飯後，呼兜輿至維摩、興福兩蘭若❸。歸而落日映湖，圓月出嶺矣。因出此冊示子崧，便欲攘去，子崧愛余畫，十年所畜，皆落盜手。遂欲以攘補之，知攘効矣。顧余手在，患子崧不好爾，何必爾耶！因題而歸❹之，并發一笑。

【章　旨】寫自己隨身攜帶的畫冊被友人索走一事。

【注　釋】❶虞山　在今江蘇常熟，是當地的一個名勝。❷盤礴　徘徊。❸蘭若　梵文「阿蘭若」的省稱，指僧人習靜修行的處所，後來指一般佛寺。❹歸 通「饋」。贈送。

【語 譯】我近來喜愛畫小冊，常常有喜歡多事的人，往往送來小冊求畫。這小冊也是被友人所求，我將它帶到了虞山。這天風日清美，與子崧尋到吾谷，徘徊在楓林下，眼前一片紅黃好像錦繡一般。吃過飯後，叫了小轎到達維摩、興福兩座佛寺。回來時落日映照湖面，圓月出了山嶺，因而拿出這小冊給子崧看，子崧便想奪走，子崧喜愛我的畫，他十年積累的畫，都落入了賊手，於是想奪了我的畫來彌補損失，我知道一定會被奪走。但是我有手在，只怕子崧不喜愛而已，何必那樣呢！因此在小冊上題了詞送給他，並發一笑。

又

余嘗畫柳，贈西湖張女郎，題云：「斷橋堤外柳如絲，愁殺春風煙雨時。見說美人能愛畫，的應將此鬬腰肢。」女郎珍重此畫，數持以示人。由是湖上之人，無不知余能畫柳者。及至緇流道民❶，亦以見乞。一日，法相寺小師❷乞余畫，輒依前韵題云：「西湖煙柳斷腸絲，只合將來鬬翠眉。料得禪心應不染，也教和墨寫風枝。」後又為靈隱蘧沙彌❸題扇云：「愛柳終何意，秋風君始知。青青雖畫得，不是動搖時。」為六如畫此便面❹，已數年，紙墨剝落，猶為裝池成軸，可以見其癖好，不減女郎小師也。

【章 旨】記畫柳贈女郎、贈和尚事。

【注 釋】❶緇流道民 指和尚道士。緇流，僧人。舊時中國僧徒多穿黑衣，因此稱「緇流」。❷小師 受戒未滿十年的和尚。❸沙彌　梵語的音譯。指剛出家，已受十戒，尚未受具足戒的男子。❹便面　摺扇。

【語　譯】我曾經畫柳，贈給西湖張女郎，題道：「斷橋堤外柳如絲，愁殺春風煙雨時。見說美人能愛畫，的應將此關腰肢。」女郎珍重這畫，幾次拿了給人看。於是湖上的人，沒有不知我能畫柳的，以致和尚、道士也求我作畫。一天，法相寺小和尚求我畫，我就依照前韻題道：「西湖煙柳斷腸絲，只合將來關翠眉。料得禪心應不染，也教和墨寫風枝。」後又給靈隱寺蘧沙彌題扇道：「愛柳終何意，秋風君始知。青青雖畫得，不是動搖時。」替六如畫了這摺扇，已經多年，紙墨剝落，還為我裝裱成軸，可以見到他的喜愛，並不亞於女郎和小和尚。

【研　析】晚明小品文很注重趣味，這兩則小品文就寫得妙趣橫生，很有味。第一則寫自己畫小冊，往往被友人求走。自己為了躲避友人的索畫，跑到了鄰縣常熟的虞山。因為某日風和日麗，和在此地的友人一起遊賞。興致上來了，拿出了畫冊。誰知一拿出來，就被友人看到想要佔有。友人並且擺出了非要不可的姿態，作者雖然捨不得，但不給友人又頗失風度，因此作者題了詞送給了他。本欲為躲避友人索要而隨身帶了出門，誰知最終還是被友人索走。這自然是一件趣事。

第二則是寫自己畫柳贈人的故事。畫柳贈女郎，這很合乎情理。因為柳枝開在春天，纖細柔弱，正如美女的腰，而且柳枝依依，正如女人的情絲綿綿。而且在古人的觀念裡，「柳」與「留」諧音，還有留戀之意。因此女郎索要畫柳之作，非常自然。但是和尚道士也索要這柳畫，就有點出人意料。因為和尚道士作為出家人，應該脫離了塵世俗念，道心堅定，不應為色相所惑。而現在不僅法相寺小師求畫，靈隱蘧沙彌也求畫，而且這位法號六如的蘧沙彌還鄭重其事地將畫裱裝成軸，他對柳畫是真正的喜愛。

這兩則有關畫作的趣事，都寫出了自己的畫作受人喜愛。為什麼他的畫作會如此受人喜愛，連和尚也向他求畫，並且鄭重其事地裱好，極為珍愛，關鍵在於他的畫作高明、技法超越，能夠引人入勝。這層意思，作者雖沒有在字裡行間流露出來，但讀者在讀過之後，完全可以體會得到。這也正是作者行文的高明之處。

黃汝亨

【作　者】黃汝亨（生卒年不詳），字貞父，仁和（今浙江杭州）人。早年受知於茅坤。萬曆二十六年（西元一五九八年）進士，授進賢知縣，後任江西布政使參議。不久謝病歸里，隱居杭州西湖小蓬萊，以著作自娛。有《寓林集》。

題懶園記

【題　解】本文選自《晚明二十家小品》，是篇雜記。文中對什麼是「懶」提出了自己的見解，並讚揚友人秦心卿以懶命園是含有超世絕俗的深意的。

天地間人，懶者多矣，而獨一嵇叔夜❶當之。懶亦未易言，真懶者世外而得身，外身而得性。性便神逸，形骸❷不能束，塵鞅不能紲❸。故足尚也。叔夜之懶，見於絕山巨源一書❹。鄙薄榮進，遺棄世俗，即肢體骨節，非其所檢。而於琴於鍛，於往古高士，於當世之名流儒品，欣然有合，率爾天放❺，此真懶者也。

吾里有秦心卿，亦以懶自命，即以懶名園。園之中，玄對山水，而尤寄興於畫。所逢曠達之士，醉眠任意，而亦不奈見俗人，酬俗務。即楚楚風儀，而頹然土木。識者謂心卿之類叔夜，猶長卿之慕相如❻，有之似之耳。余笑謂心卿：「請以子之園，以葛天無懷❼為懶祖，巢許卞務❽而下，若子陵淵明嗣宗叔夜❾一輩人，高列兩廡❿，若五斗先生⓫之祠杜康⓬，配以焦革⓭，心卿即於此中參一座。且著我作懶侯附庸，如何？」心卿亦笑不答，遂書其語云。

【注釋】❶嵇叔夜　嵇康，字叔夜。三國魏時文學家、思想家。與阮籍齊名，為魏晉時名士，頗受老莊思想影響，提出「越名教而任自然」。後遭構陷而被殺。❷形骸　形體；身體。❸塵鞅不能紲　謂世俗的禮法不能束縛他。鞅，原指套在馬脖子上的繮繩。這裡指禮法觀念。紲，束縛。❹絕山巨源一書　指嵇康的〈與山巨源絕交書〉。山巨源，即山濤，字巨源。山濤也是當時名士，與嵇康、阮籍同為「竹林七賢」中的人物，後因山濤依附司馬氏集團，並欲薦嵇康出任官職，嵇康與他絕交。❺天放　一任自然。❻長卿之慕相如　指西漢時司馬相如仰慕戰國時趙國名相藺相如的為人，改名相如。長卿，司馬相如的字。❼葛天無懷　葛天氏、無懷氏，傳說中遠古時的兩個帝號。傳說那時的統治天下是不言而自信、不化而自行，是古人認為理想中的自然、淳樸之世。❽巢許卞務　傳說中上古時代的四個隱士。巢，指巢父。傳說是堯時隱士，在樹上築巢而居，故時人稱為巢父。許，指許由。傳說也是堯時隱士，堯曾想把帝位傳給他，不接受，隱耕在箕山之下。卞，指卞隨。務，指務光。傳說商湯時兩個隱士。湯取得天下後，想把帝位讓給他們，兩人不肯接受，投水自殺。❾子陵淵明嗣宗叔夜　嚴光、陶淵明、阮籍、嵇康。嚴光，字子陵，東漢隱士。與漢光武帝為同學。光武帝即位後，想讓他任官職，不肯接受，歸隱於富春山。陶淵明，東晉時人。曾做了八十多天彭澤令，因不肯為五斗米折腰，去職歸隱。阮籍，字嗣宗。嵇康，字叔夜。二人齊名，為魏晉大名士。❿廡　堂周的廊屋。⓫五斗先生　隋時王績別號。傳說王績能飲五斗而不醉，著有〈五斗先生傳〉。⓬杜康　傳說為最早造酒的人。⓭焦革　事跡不詳。

【語　譯】天地間的人，懶的很多，而只有一個嵇康當得起。懶也不是輕易說說的。真懶的人在塵世外得以養身，在身外得以修性。性情安適精神便放逸，形體不能束縛他，世俗的禮法不能約束他，因此值得崇尚。嵇康的懶，可以從他的〈與山巨源絕交書〉中看出來。輕視榮華富貴，拋棄世俗觀念，即使是身體骨節，也不是自己約束得了的。而對於奏琴、對於打鐵之類的事，對於前代的高士，對於當世的名流和神仙般的人物，高興地與他們契合，一任自然，這是真正的懶。我鄉有秦心卿，也以懶自命，就用懶名園。園之中，對著山水玄想，而尤其將興致寄託在繪畫中。他所遇上的曠達之人，醉眠隨意，也不能忍受見到世俗的人，應酬世俗的事。雖然是儀表堂堂，也像土木一樣頹廢。有識見的人認為心卿之類似嵇康，就好像司馬相如的仰慕藺相如，有些相似。我笑著對心卿說：「請將您的園子，奉祀葛天氏、無懷氏作為懶祖，巢父、許由、卞隨、務光以下，嚴子陵、陶淵明、阮籍、嵇康一類人，高高列在兩廡，好像五斗先生祭祀杜康，用焦革作陪祀。心卿在這裡可以佔有一席。況且讓我作懶侯的附庸，怎麼樣？」心卿也笑著不回答，於是我寫下了這些話。

【研　析】我們平常說某人懶，是說這個人飽食終日，無所用心。懶絕不是美德。而本文對懶的意義有一種新的闡釋，他所說的懶實際上是一種境界：不理俗務，超然物外，「世外而得身，外身而得性。性便神逸，形骸不能束，塵鞅不能紲」，是「鄙薄榮進，遺棄世俗」，這樣的「懶」才是一種真懶，這種真懶沒有多少人能夠達到。像嵇康這樣的人稱得上是真懶。而現在也有鄉人以懶自命，而且以懶命園。他在懶園中玄對山水，寄興於書畫，他所認識結交的朋友，也是曠達之士。作者讚賞這樣的人物，因此樂意為他的懶園作記。

當懶僅僅是懶惰、懶散、好吃懶做這樣層次上的「懶」時，這種懶無疑是人的惡習。但當人脫離了這種低級氣味，對世事洞明，對人生有了透徹的感悟，這之後，有自己的方向，自己的目標，有自己的生存方式，這種方式有別於世人的蠅營狗苟、追名逐利，這樣的懶才是高層次的懶，是一種新的不是一般人能夠達到的境界。晚明時期是中國士人自覺的時代，與魏晉時代有些相似。怡情自足，適意澹泊，是當時許多士人的生活方式。無論是秦心卿還是作者自己，都是如此的。

姚元素黃山記引

【題解】本文選自《晚明二十家小品》，是篇序文。文章記述了自己和朋友姚元素登黃山的時間不同，因而所記的感受也不同。

我輩看名山，如看美人，顰笑不同情❶，修約不同體❷，坐臥徙倚不同境，其狀千變。山色之落眼光亦爾❸，其至者不容言也。

【章旨】將看名山比喻看美人，落眼不同，所見也不同。

【注釋】❶顰笑不同情　一顰一笑有不同的情致。顰，皺眉。❷修約不同體　不同的修飾就顯出不同的體態。❸亦爾　也如此。

【語譯】我們這些人看名山，就好像看美人，一顰一笑都有不同的情態，不同的修飾有不同的體態，坐著、臥著、走動和靠著都有不同的境況，這情狀變化很多。山色在我們的眼光中也是如此，它的極致是不容易說出來的。

庚戌❶春晚，予遊黃山有記，自謂三十雲峰之美略盡。而元素後予往，以秋月，所為記簡而整，有與不同者，取境使然❷。海子光明頂❸上，元素獨饒取❹；

而予所快覽丹臺❺之雲氣，與石筍❻上下之峰幻，元素不盡也，雖然，亦各言其美也已。夫美人入宮見妒，而吾輩入山豈相妒耶？書之發覽者一笑。

【章旨】寫自己和姚元素遊黃山的時間不同，所記也不同。

【注釋】❶庚戌　指萬曆三十八年庚戌（西元一六一〇年）。❷取境使然　所取之境不同使它這樣。❸海子光明頂　黃山上兩處著名的風景區。❹饒取　多有所取。❺丹臺　黃山一處著名風景區。❻石筍　黃山一處著名風景區。

【語譯】庚戌年春天的一個晚上，我遊黃山，有遊記，自認為三十雲峰的美妙差不多窮盡了。而元素後來才前往，在秋月，遊後所作的記簡單而工整，與我有所不同，這是因為取境不同造成的。海子光明頂上，元素所取素材獨多；而我所痛快地欣賞的丹臺的雲氣，與石筍上下的峰巒的變幻，這是元素所沒有盡記的。雖是這樣，也是各自記述了自己認為美妙之處。美人進入宮中被人妒忌，而我們這些人進入山中難道相互間也妒忌嗎？寫了這些話讓閱讀它的人發一笑。

【研析】同一座山，由於欣賞的角度不同，會有不同的意態美。如正面看、側面看、背面看，近看、遠看，在早晨看、在中午看、在晚上看，在晴天看、在陰天看、在雨天看、在雪天看，在春天看、在夏天看、在秋天看、在冬天看，都會不一樣。而且不同的人，由於審美觀不一樣，對同一座山，也會有不同的印象。

作者與友人姚元素各自在不同的季節裡遊了黃山，他們對黃山的印象各不相同，正是說明了這一道理。作者是在春天遊的黃山，遊了三十雲峰，寫了三十雲峰的美景，自己以為黃山之美大略盡在其中了。而他的友人姚元素是在秋天去的黃山，所取的境不同，寫出來的遊記，所反映的審美觀也就不一樣，可以說是各盡其美。也就是說審美具有多樣性，各種不同的觀點可以並存。

作者在說明這些道理時，以看美人來比喻看名山。名山與美人，同樣可予人愉悅感，因此具有可比性。不過也有不同，美人入宮見妒，而我們這些人入山可不能相互嫉妒。這最後的話說得很幽默。

張鼐

【作者】張鼐（生卒年不詳），字世調，號侗初，華亭（今上海市松江縣）人。萬曆進士，曾任禮部侍郎，遭閹黨彈劾，削籍回家。崇禎初起故官，協理詹事府，不久改吏部右侍郎，未上任而卒。有《張侗初集》。

程原遷稿序

【題解】本文選自《晚明二十家小品》，是篇序。文中闡述了山水與文章之間的關係，認為好文章必得佳山水之助。

南高峰下，松梢亂雲，竹影蔽日。刳竹引泉，其聲潺潺❶，出於澗底。啼鳥上下，與行人唱和。境過清，非韻士❷不能耦❸而居，非胸中夙有烟霞者不能鬯❹其文章❺之靈氣。

【章旨】寫南高峰下景色清幽，不是雅士就不能居於此。

【注釋】❶潺潺　形容水聲。❷韻士　高雅之士。這裡指隱士。❸耦　兩人各持一耜並肩而耕。❹鬯　通「暢」。❺文章文采。

【語譯】南高峰下，松梢高入雲天，竹影遮蔽了天日。剖開竹接引泉水，水聲潺潺，從澗底流出。啼鳥飛上飛下，和行人相唱和。環境過於清幽，不是雅士不能並耕而居於此地，不是胸中素有煙霞的人不能深入體會它的文采靈氣。

吾友程原邇從新安❶來，同王象斗讀書於此。余偶過其室，瀹茗焚香❷，出文章數篇讀之，曠遠卓絕，澗水松風，宛在筆底。吾嘗嘆人生於世，凡濃豔之物，可爭掬取者，以吾澹然當之，其味立盡。惟天下名山水，高人韻士，與奇文章相偪❸而來，領此趣者覺神魂飛動，手足鼓舞。蓋遊不奇不曠，交不奇不王❹也。

【章旨】因拜訪程原邇所居之處而引起感慨。

【注釋】❶新安　郡名，隋時所置，轄境相當今安徽新安江流域、祁門及江西婺源等地。後世作為徽州的別稱。即今安徽黃山市一帶。❷瀹茗焚香　煮茶焚香。瀹，以湯煮物。❸相偪　相迫近。❹王　通「旺」。

【語譯】我的朋友程原邇從徽州來，同王象斗一起在這裡讀書。我偶然經過他的書房，煮茶焚香，拿出幾篇文章來閱讀，高遠卓絕，澗水松風，彷彿就在筆底下。我曾經感歎人生在世，大凡穠豔的東西，可以爭相得到的，我澹然地面對它，它的滋味立即盡了。只有天下的名山佳水、高人韻士與神奇的文章相迫近而來，領受這趣味的，覺得神魂飛動，手足鼓舞，大概是遊歷不奇特就不曠遠，交往不奇特就不興盛。

文章之借靈於湖山，如草色借潤於酥雨❶。其於朋友之助，如鳥遡風而魚沫水❷也。挾冊子咿唔❸，仰面看屋梁索解句者，惡❹足以語此？原邇之文饒於韻，而遠於趣；入於正，而出於奇❺。倘非湖山之助，安能筆筆生動？今而往，原邇益勉之矣。

【章　旨】分析了程原邇文章奇特的原因。

【注　釋】❶酥雨　滑潤的雨。❷鳥遡風而魚沫水　鳥乘風拍打著翅膀，魚用口沫互相潤濕一樣。遡，向；面臨。沫，唾沫。❸咿唔　讀書聲。❹惡　何；怎麼。❺奇　出人意外。

【語　譯】文章借湖山的靈氣，好像草色借滑潤的雨而濕潤。至於朋友的幫助，好像鳥乘風拍打著翅膀，像魚用口沫互相潤濕。挾著書本咿唔讀書，仰面看著屋梁索解字句的人，怎麼足以談論這些呢？原邇的文章韻味富饒，意趣悠遠；從正規方面進去，從變化方面出來。倘若不是得到湖山的幫助，怎麼能夠筆筆生動？從今以後，原邇更加努力了。

吾歸山中，晨起見遠烟一抹，起玳瑁湖上，九峰隱隱在西樓可數者，不覺曠然遠覽，有南峰之懷焉。原邇其時寄我新篇，今我數浮大白❶，為原邇展山水之清音❷也。

【章　旨】寫回山後讀原邇之文產生聯想。

【注　釋】❶浮大白　滿飲一大杯酒。浮，舊時行酒令罰酒之稱。引申為滿飲。大白，指酒杯。❷清音　清亮的聲音。

【語　譯】我回到山中，早晨起來看見遠處一抹煙雲，在玳瑁湖上升起，九峰隱隱在西樓可以數出，不覺向遠處遠眺，產生出對南峰的懷戀之情。原邇這時候寄給我新的篇章，使我幾次滿飲大杯的酒，為的是看到原邇布展山水的清亮之音啊。

【研　析】這篇為友人文稿所作的序有一個中心的議題，就是文章得湖山之助，才能充沛有靈氣。這實際上是中國古代文學理論中常常論及的一個命題，從劉勰《文心雕龍．物色》開始，一直到蘇轍的〈上樞密韓太尉書〉、楊萬里的詩，都對這一問題提出過自己的見解，而這篇文章對此有所發展。

作者認為文章借助於湖山的靈氣，好像草色借助於酥雨的滋潤。友人的文章曠遠宛絕，澗水松風，如在筆底，顯然是得到了湖山的靈氣的。他認為如果光是挾冊子咿唔，仰面看屋梁索解字句，是不可能使文章「饒於韻，而遠於趣；入於正，而出於奇」的。

但是光有湖山的靈氣還不夠，還是不能產生出奇文章來的，作文章的必須是「韻士」。只有韻士才能體會到湖山的情趣，覺得神魂飛動，手舞足蹈，才能作出好文章。否則，一介俗物，面對名山佳水，毫無所感，是不可能有靈異之感的。湖山本身並無所謂是否有靈氣，而是觀賞的人，把自己的感受、體會移注過去，物我一體，於是山水也就有了靈氣。韻士好隱居，處於山水田園之中讀書養性，從山水中感悟到的自然比常人細緻、豐富，因而他們的山水詩文以至山水畫作也使人心曠神怡。

蓋茅處記

【題　解】本文選自《晚明二十家小品》，是篇記。文中記了有僧人慧雲帶領弟子蓋茅屋居住，從中體會到禪悅之風。

城之南墅❶，吾廬居焉，徑寂而宜禪也。百堞❷縈左，群木羅戶，暎❸以環溪，錯以脩竹，廣疇❹迷望，雲物❺曠然，纍纍古丘，平出若髻。有僧慧雲者，紫柏老人❻舊弟子也，率其二徒來就於傍，定而無喧，朴乃知足。於是編竹為椽❼，誅茅❽當瓦；一龕❾依於松柏，燈火掛於蓬蘿。雖震風凌雨，未受夏屋之帲幪❿，而夕秀朝雲，已占⓫蕭齋⓬之景色。一枝⓭粗穩，半壁晏如⓮；量腹而一缽千家，度形而十年片衲⓯，物無取也，我何有哉？

【章旨】記慧雲所蓋茅屋及居住的情況。

【注釋】❶墅　原指在田野的草房，這裡指在家宅以外別築的遊息之所。❷堞　城上的矮牆。即女牆。❸暎　「映」的俗字。映襯。❹廣疇　廣闊的田野。疇，田畝。❺雲物　景物。❻紫柏老人　晚明時著名僧人。俗姓沈，字達觀，吳江（今江蘇吳江市）人。萬曆年間校刻《大藏經》。後因妖書案被誣，死於獄中。❼椽　屋頂上承受屋瓦的圓木。❽誅茅　割取茅草。❾龕　供奉神像或佛像的石室或櫃子。❿震風凌雨二句　語出《法言・吾子》：「震風陵雨，然後知夏屋之為帲幪也。」夏屋，大屋。夏，通「廈」。帲幪，原指帳幕。引申為覆蓋、庇蔭。⓫占　預卜；預測。⓬蕭齋　指書齋。這裡借指僧房。⓭一枝　指棲身之所。⓮半壁晏如　牆壁安然。半壁，半面牆。此借指牆壁。晏如，安然的樣子。⓯片衲　一件僧衣。衲，指用許多碎布補綴而成的僧衣。

【語譯】在城南的郊野，我有房屋座落在那裡，小路幽靜適宜於參禪。城牆環繞在左邊，樹木散布在屋旁，映襯著迴環的溪流，錯雜著修長的竹子。廣闊的田野迷亂了視野，景物空曠。層層疊疊的古丘，好像髮髻那樣整齊地顯現出來。有一位慧雲和尚，是紫柏老人以前的弟子，帶著他的兩個徒弟來到了附近，無聲無息地定居在那裡，過著樸素的生活卻很知足。於是他將竹子編起來作椽，割了茅草當作瓦。有一佛龕靠在松柏之間，燈火掛在蓬蘿間；雖然受到風的搖動、雨的侵凌，也沒有大屋的覆蓋；而晚霞朝雲，已可預卜僧房的景色。一枝之棲大致穩固，半壁之牆也很安然。根據自己食量，托著一缽走訪千家；估量自己身材，一件衲衣可穿十年。身外之物無所取用，對自己來說有什麼難呢？

古之至人❶，以三光❷為戶牖，故不礙桑樞❸；四時為庭除❹，故不卑茨草❺。但取造化之有，生成自然；若罄人工之能，補苴❻特甚。所以虛能生白❼、無有窒用❽，況乎佛地，雅似蓬居。昔維摩❾十笏❿開基，支公⓫三賢⓬備勝，止以眠前作案⓭，不須物外多求，豈必問金田於給孤，飛玉粲於祇洹⓮，作塵外塵⓯，作法中法⓰也？

【章旨】引出禪理，認為禪悅境界是一種不須物外多求的境界。

【注釋】❶至人　指修為達到最高境界的人。❷三光　指日、月、星。❸桑樞　桑木所製的門軸。❹庭除　庭院。除，臺階。❺茨草　雜草。茨，指蒺藜。❻補苴　補綴；彌補。❼虛能生白　語出《莊子・人間世》「虛室生白」。謂空屋中能為陽光所照。❽無有窒用　謂沒有什麼阻礙了這空屋的作用。❾維摩　維摩詰的簡稱。佛教中的菩薩。曾以稱病為由，與釋迦牟尼派來問病的文殊師利等反覆論說佛法。❿十笏　十塊朝板連接起來那麼長。形容很小。笏，朝笏。古代君臣相見時手執的用玉、象牙等製成的板子。⓫支公　東晉時高僧支遁。精通佛法和《莊子》，以好談玄著稱。⓬三賢　指儒、道、佛三教。⓭作

案 佛教用語。指考慮。⓮問金田於給孤二句 向給孤獨園主人詢問遍地黃金之事，在那裡看玉盤送來送去。給孤，「給孤獨園」的省稱，也叫祇樹給孤獨園，又稱祇園。相傳釋迦牟尼成佛後，憍薩羅國舍衛城長者給孤獨購置了波斯匿王太子的花園，建築精舍，作為佛說法之地。相傳給孤獨園極為豪華，用大量黃金裝飾，佛說法時，有玉盤送來送去。祇洹，即祇樹給孤獨園。祇園又稱祇洹。⓯塵外塵 在紅塵之外卻做塵世間俗事。⓰法中法 身處佛法中卻按俗法行事。

【語譯】古代修為達到最高境界的人，將日、月、星當作窗戶，因此不為門軸所阻；將春、夏、秋、冬四時作為庭院，因此不輕視雜草。只取用大自然所有的，天然生成；如果用盡了人工的能力，那就是修飾得太過分了。因此空屋能有陽光的照射，沒有什麼外物可以阻礙，何況是佛地，一向就像茅草所蓋的居處。從前維摩詰菩薩用十笏那麼小的地方開出了基業，支公則儒、佛、道這三者都很精通，他們只是就眼前之物而考慮，並不必在物外多求，哪裡用得著向給孤獨園主人詢問遍地黃金之事，並且在那裡看玉盤送來送去，處在塵世外卻作塵世間事，處在佛法中卻按俗法行事呢？

余性嗜丘園，夙敦禪悅❶。數椽❷古屋，栖已儉於鷦鷯❸；四壁秋風，趣更饒於薜荔❹。暇當選佛❺，間亦觀空❻；意不屬於蝸爭❼，忻亦同於鳥託❽。蓋茅之旨，余有味焉，故記。

【章旨】寫自己體會慧雲等蓋茅屋的用意，表達自己遠離塵世紛爭的心意。

【注釋】❶禪悅 謂耽好禪理，心神恬悅。❷椽 屋舍一間稱一椽。❸鷦鷯 一種體形小，頭部淡棕色，有黃色眉紋的鳥。《莊子・逍遙遊》：「鷦鷯巢於深林，不過一枝。」❹薜荔 常綠藤本植物。❺選佛 謂設堂供佛。❻空 佛家語。指透過因緣所生一切事物，沒有永恆的本體，生滅不停，本質空寂。❼蝸爭 謂為了極小的利益而爭鬥。語出《莊子・則陽》：「有國於蝸之左角者，曰觸氏；有國於蝸之右角者，曰蠻氏；時相與爭地而戰。」❽鳥託 謂像鷦鷯一樣，寄身之巢不過一樹枝。

【語　譯】我生性喜愛山丘林園，素來勉力於禪悅。數椽寬的古屋，棲身比鷦鷯鳥還儉樸；四壁秋風吹起，趣味更多於薜荔繞屋。暇時應當設堂供佛，閒時也參悟空寂；心思不化在微小的紛爭上，欣喜則與鷦鷯寄身於樹枝相同。僧慧雲蓋茅屋的用意，我有所體會，因此作了這篇記。

【研　析】此文是因僧人慧雲蓋茅屋居住，而為他寫記。在記文中，表達了作者徹底的禪悅思想，並反映了作者熱愛大自然、超然於世間紛爭的人生態度。

第一章寫了自己在城南的別墅，那裡道路幽寂，適宜禪悅，因此有僧人選中了這樣的環境，築室居住。他們所築的居室很簡樸，「編竹為椽，誅茅當瓦」，是典型的陋室。這樣簡樸的居處，正適於修煉。因此作者在第二章中發表了自己的看法，認為人工雕琢太過，則有損於自然，只要取用造化所有的、自然生成的東西，也就可以了。這裡強調自然美勝過人工美，表現了作者自己的審美情趣。因為作者自然美的情趣，所以他認為徹底的禪悅境界也是一種不須物外多求的境界。處在紅塵之外的人不應該有世俗的念頭，居於佛法中的人不應有俗法的觀念。清淨佛地，理當簡樸，取用眼前所見之物，不必像給孤獨園那樣黃金遍地、玉盤傳送。因為那樣豪華的居處太世俗化了，並不適宜作為清修之地。作者在最後一章中寫了自己的人生態度是喜愛丘園，夙敦禪悅。閒暇時設堂供佛，或參悟空寂之理，並不喜世俗間的微利之爭。正是作者這種超然於物外的人生態度，他才極為推許慧雲這樣在荒僻之地蓋茅屋而居的作法。

與姜箴勝門人

【題　解】本文選自《晚明二十家小品》，是封書信。這是天啟年間作者引疾辭去南京禮部右侍郎官職，即將離開南京時寫給門生姜箴勝的信。信中寫了自己辭官的原因，對當時國事的危壞和士風的頹廢表示了深深的憂慮。姜箴勝，張鼐的門生，事跡不詳。

杜門❶不見一客者，三月矣。留都散地❷，禮曹冷官❸，而乞身❹之人，其冷百倍。然生平讀書潔身，可對衾影❺。即鄉曲小兒❻，忌謗相加，無怪也。獨念國家所重者人才，君子所惜者名行；今設為風波❼之世局，令小人得駕❽為陷阱，而驅局外之人以納其中，縱不為斯人名行惜，其如國家人才一路何？人才壞而國事壞，國家壞而士大夫身名爵位與之俱壞。吁，可懼也！不佞歸矣。有屋可居，有田可耕，有書可讀，有酒可沽；西過震澤❾，南過武林❿，湖山之間，賦詩談道，差堪⓫自老。官居卿貳⓬，年逾五十，而又黃門彈事⓭，止云文章無用，恐濫金甌⓮，不減一篇韓昌黎〈送楊少尹序〉⓯。嘻！可以歸矣。況又朝局以為庸靡⓰，而天子以為才望⓱，即宗伯⓲墓門一片石⓳，即年邀惠惇史⓴，不稱好結局哉？可以歸矣。

【章旨】寫自己將辭官歸隱的原因有三條。

【注釋】❶杜門　閉門不出。❷留都散地　南京是閒散之地。留都，指南京。明初時建都於此。明成祖時遷都北京，以南京為留都，保留有中央六部機構。❸禮曹冷官　禮部是清冷的官署，少職事。❹乞身　指上書皇上要求退休。也叫乞骸骨。❺可對衾影　謂行為高潔，問心無愧。語本《宋史・蔡元定傳》：「獨行不愧影，獨寢不愧衾。」❻鄉曲小兒　謂見識寡陋的人。鄉曲，窮鄉僻壤。❼風波　紛擾動盪。❽駕　架設；製造。❾震澤　太湖的古稱。在今江蘇省南部。❿武林　古時杭州的別稱。因武林山而得名。⓫差堪　尚可；還能。⓬卿貳　指高官的副職。作者當時任禮部右侍郎，侍郎為尚書的副職。⓭黃門彈事　指當時作者上書稱病辭職，被魏忠賢指責為假稱疾病以邀功名，削奪他的官職一事。黃門，宦官。這裡指魏忠賢。⓮金甌　原指盛酒器。這裡比喻疆土完固。⓯韓昌黎送楊少尹序　韓愈此文寫楊巨源年老辭官還鄉事，這裡用來比喻自己也可以歸去的意思。韓昌黎，指韓愈，唐代文學家。楊少尹，指楊巨源。⓰庸靡　平庸無能。⓱才望　有才能和聲望。⓲宗伯　原為春秋時掌管宗廟祭祀等禮儀的官職。後世指禮部尚書或侍郎。⓳一片石　指墓碑。⓴邀惠惇史　指在青史上留下好名聲。惇史，良史。

【語　譯】閉門不見一客，已經三個月了。留都南京是個閒散之地，禮部是清冷的官署，而請求退休的人，更是冷清百倍。然而生平讀書講究潔身自好，可以問心無愧。即使是見識短淺的人，忌妒誹謗加在我身上，也是沒有什麼好奇怪的。只是想到國家最重要的是人才，君子所珍惜的是名聲和德行；現在弄出個紛擾動盪的世局，使小人能製造陷阱，而把局外之人趕入陷阱中，即使不珍惜這人的名聲和德行，那將置國家重人才這一點於何地呢？人才破壞了國事也就敗壞，國事敗壞了而士大夫的身名爵位也就一起敗壞。唉，可怕啊！我要歸隱了。有房屋可以居住，有田地可以耕種，有書可以讀，有酒可以買；往西可以到太湖，往南可以到杭州，在湖山之間，作詩談道，還能自在終老。官位做到高級副職，年紀已經超過五十，而又遭到宦官彈劾，只能說是文章沒用，恐會毀壞了江山，不亞於一篇韓愈的〈送楊少尹序〉。唉！可以歸隱了。何況又朝局雖以為平庸無能，天子卻認為是很有才能名望；那就能在我侍郎的墓立碑，就能在來年留名青史，這不可以說是好結局嗎？可以歸隱了。

諦觀❶年來士大夫風尚，愈趨愈下，鰓鰓❷惟異己是除，私人❸是引；楚人為楚人出缺❹，秦人為秦人營遷❺；不論官方❻，不談才品；目中豈復有君父，而堪以服天下，挽世運乎？足下講臣❼，朝夕對揚重瞳❽，須留一段光明於胸中，即不宜輕發以逢時忌，而因事陳規❾，婉詞微諷，當有旋轉妙用，莫負此千載遭逢也！吾輩口不宜快，而心固不可不熱，二疏已上，速去為幸，扁舟已買江上矣。

【章　旨】論述近來士大夫風氣的不正，並鼓勵姜箴勝立身行事要正直。

【注　釋】❶諦觀　仔細觀察。❷鰓鰓　又作「諰諰」。憂懼的樣子。❸私人　自己的人。❹出缺　指原任人員因故去職，遺缺待補。❺營遷　謀求升遷。❻官方　官吏應守的法度。❼講臣　講官。指侍講、侍讀等翰林院官職，掌講讀經史等事。❽對揚重瞳　奏對皇上。對揚，奏對。重瞳，眼中有兩個瞳子。相傳舜的眼睛重瞳。這裡用來借指皇帝。❾陳規　陳述規勸之辭。

【語　譯】仔細觀察近年來士大夫的風尚，越來越低下，非常憂懼地只是要除去異己，引用自己的人；楚地人替楚地人空出職位，秦地人為秦地人謀求升遷；不管做官應守的法度，也不管才能和品行，眼中哪裡還有君父，而能夠使天下人信服，挽救世運呢？您是皇上的講官，早晚奏對皇上，必須留一段光明在胸中，即使不宜輕易發表言論而遭到時人的忌妒，而趁著事機陳述規勸，用委婉的言辭暗暗地諷諫，應當有旋轉局勢的妙用，不要辜負了這千載難逢的際遇啊！我們這些人口中不宜快言，而內心固然不可不熱，我二道奏疏已送上去了，速速離去是幸事，扁舟已在江上雇好了。

【研　析】深受儒家思想影響的傳統士大夫往往一方面看不慣官場上的種種黑暗腐朽，潔身而退，一方面又心存魏闕，關心著朝政。張鼐在這封辭職後離任前寫給門人的信正流露出了這種矛盾的心態。

在這封信中，作者寫了自己離職回家的三個重要原因，一是因為世局險惡，小人得勢，國事壞，人才壞，士大夫聲名官位隨之齊壞；二是年過五十，身居禮部冷官，又遭宦官彈劾；三是此時歸去，或尚可在青史上留得好名，也不失為是好結局。何況歸家之後，有屋可居、有田可耕、有書可讀、有酒可沽，可以遊山玩水，賦詩談道，豈不優哉悠哉。

脫離了官場，全身而退，似乎身心自由了，然而並非如此。他仍然關心國事，「須留一段光明於胸中」，「心固不可不熱」，他鼓勵自己的門生在做皇帝講官時，能夠「因事陳規」，巧妙地加以諷諫。遭遇了不公，可是失望而並不絕望，心中的火依然沒有冷卻，還要替國事獻策分憂，這可能正是傳統士大夫的悲劇所在，不知真該如何評價為是。

陳仁錫

【作　者】陳仁錫（西元一五七八～一六三〇年），字明卿，長洲（今江蘇蘇州）人。天啟二年（西元一六二二年）殿試第三名，授翰林院編修。因得罪魏忠賢，被削籍。崇禎時復故官，進右諭德。性好學，喜著書，以博洽名於世。有《陳明卿集》。

冒宗起詩草序

【題　解】本文選自《晚明二十家小品》，是篇詩序。在序中先寫了冒宗起的為人和個性，再寫了他的詩作，讚揚他的詩作與時俗之人不一樣。冒宗起，生平不詳。

己未❶識冒宗起於燈市❷，氣不可一世，而恂恂下人❸，文特秀挺。茲集又一變矣，蓋游蜀作也，險阻增壯采。嘗論文字如美人，浮香掠影❹，皆其側相，亦須正側俱佳。今文字日媚日薄，可斜視，不可正觀；如美人可臨水，不可臨鏡。宗起，鏡中人也。所著《山水影》，鏡中影也。宗起自此遠矣。

【注　釋】❶己未　指明神宗萬曆四十七年（西元一六一九年）。❷燈市　舊時在上元節（農曆正月十五日）放燈為戲，節前數日各店家出售各色花燈，炫奇鬥巧，買客雲集，稱為燈市。❸恂恂下人　謙恭謹慎，禮讓他人。❹浮香掠影　飄忽而過的香氣，一掠而過的影子。比喻匆匆而過，印象不深。

【語　譯】己未年，在燈市認識了冒宗起，他的意氣非常之大，但又謙恭謹慎，禮讓他人，他的文章尤為秀麗挺拔。這一部詩集又有變化了，大概是遊四川時所作，險阻增加了作品的壯麗和文采。我曾經評論說文字像美人一樣，飄忽的香氣，一掠而過的身影，都是側面的形相，也必須是正面側面都好。今人的文字一天比一天柔媚和淺薄，可以斜視，不可以正面觀看，就像可以面對著水，不可以面對著鏡子的美人。冒宗起，是鏡中人。他所著的《山水影》，是鏡中影。宗起從這裡顯得很高遠了。

【研　析】這是為冒宗起詩稿所作的序。評論他的詩作，卻先從這個人的印象寫起。作者在燈市上認識冒宗起，燈市是個很熱鬧的場所，人來人往，川流不息，怎麼會認識這個人呢？因為冒宗起「氣不可一世」，與眾不同，在人群中顯得很惹眼，所以認識了他。「氣不可一世」是冒宗起留給作者的第一印象，這第一印象也許不太佳，但使人記憶深刻。這樣不可一世的人是否很怪僻、難於交往呢？不是的，接觸之後，才知道冒宗起「恂恂下人」，是個謙恭謹慎，禮讓他人的君子。這是冒宗起留給作者的第二印象，這第二印象才是冒宗起的本相，才是他的內在性格。這表明作者對冒宗起的認識由外及內，變得深刻了。

由人品而文品，對他人作品的評判才能切中肯綮。接著作者論述冒宗起的詩作。評論詩作很難像評論人的個性一樣用三言兩語判斷。因此作者用了形象性的比喻，通過冒宗起的文字與時人的文字作比較，來分別高下。冒宗起的文字本來秀麗挺拔，已經形成了一種鮮明的風格。而這部《山水影》詩稿又有了變化，大概是因為遊蜀之作，因為蜀道蜀山的險阻增加了文字的壯麗神采，因此這部作品也就顯得悠遠。

這篇序文說明冒宗起詩作的風格，但沒有刻板地評說，而是用了形象性的說法來說明對它的感覺、印象，這比純粹的說理自然要高明得多，值得讀者回味。

題春湖詞

【題解】本文選自《晚明二十家小品》，是篇序。這是為《春湖詞》集所作的序，但在序裡，並沒有對詞集的內容作出評價，而是寫了他遊西湖得到的體會。

嘗笑紅粉❶心長，節俠氣短；西湖不然，節俠心即紅粉心。拜岳先生❷，齒牙盡裂❸；纔過第一橋，渾眼嬌粉❹。以此二障❺牽惹，湖光消去一半。夫縞衣綦巾❻，齒于蝤蠐❼；衷懷悒怏❽，屬云義憤，緣❾紅粉心不真耳。初抵杭，忽見撩草人，如覩西湖面。古今懷古詩，鷓鴣宮草，一經摹擬，便成醜惡。詞云：「見說當年歌舞地，錢塘三日斷江潮」老勁，他詩稱是。月之十，泊岳墳，坐樓舟，「美人躍馬如飛電，琵琶消盡第三橋」，歸作〈春湖詞序〉。

【注釋】❶紅粉　指美女。❷岳先生　指岳飛。西湖邊棲霞嶺下有岳飛的墓和廟。❸齒牙盡裂　形容非常憤慨寒心。❹渾眼嬌粉　滿眼所見都是濃妝女子。❺二障　兩種障礙。指上文「齒牙盡裂」、「渾眼嬌粉」所生的心情。❻縞衣綦巾　白絹所製的衣服和暗綠色的佩巾。這是貧家女子的服飾。出自《詩經・鄭風・出其東門》。❼蝤蠐　天牛的幼蟲，體長色白。借以形容女子的美麗。出自《詩經・衛風・碩人》。❽衷懷悒怏　心懷不樂。悒怏，鬱悶。❾緣　因為；由於。

【語譯】曾笑紅粉心長而節俠氣短，西湖卻不這樣，節俠心就是紅粉心。拜謁岳飛廟，齒牙都裂開來；纔過第一橋，滿眼都是濃妝女子。因為有這兩種障礙牽惹，湖光消去一半。女子雖穿白絹衣和綠佩巾，也可入美女之列；心懷鬱悶，屬於義憤，只是因為紅粉心不真實而已。剛到杭州時，忽然遇到擰草的人，好像看到西湖的面。古今懷古的詩，鷓鴣、宮草，一經摹擬，就成為醜惡之事。詞中說：「見說當年歌舞地，錢塘三日斷江潮」老勁，別的詩亦是這樣。這月的十日，停泊在岳墳，坐在樓船邊，「美人躍馬如飛電，琵琶消盡第三橋」，歸來作了〈春湖詞序〉。

【研　析】紅粉心即兒女情，節俠氣即英雄氣。兒女情與英雄氣，在一般人的觀念中是相對立的，猶如水與火一樣，所謂「兒女情長，英雄氣短」，一方長了另一方就短了。歷來的士大夫也崇尚名節，崇尚英雄氣而輕視紅粉心、輕視兒女情。而本文作者卻一反常規，認為紅粉心與節俠氣並不水火不容，而是可以合而為一，「節俠心即紅粉心」。他以西湖為例，認為兩者兼而有之。也確實如此，在西湖邊忠魂義膽與紅粉佳人可以相得益彰，就拿西泠橋附近來說，既有岳飛廟，又有蘇小小墓，兩者相鄰為伴，難怪清代詩人趙翼在《西湖雜詩》裡也說：「蘇小墳連岳王墓，英雄兒女各千秋。」遊西湖，不要被紅粉心或節俠氣所牽惹，心平氣和地觀賞，才能欣賞到湖光山色的空靈，如果被紅粉心或節俠氣所牽惹，就消減去了一半湖光。因此古今的懷古詩，將「鷓鴣」、「宮草」這樣的詞語來摹擬西湖，實在是把西湖的形象給毀壞了。作者在初遊西湖時，看到了擰草人，好像看到了西湖的天然本色。因而當他停泊在岳墳，坐在樓船上時，產生了「節俠心即紅粉心」的想法。無論是節俠氣還是紅粉心，割裂開來都不能形成一個真實西湖的面貌。而更進一步的，無論是節俠氣還是紅粉心，都不能算是西湖的本真之色——這大概是作者所要表達的真實意思。

譚元春

【作　者】譚元春（西元一五八六～一六三七年），字友夏，竟陵（今湖北天門）人。天啟七年（西元一六二七年）鄉試第一，後屢次會試不第。崇禎十年（西元一六三七年）再度赴京應試，染病卒於旅舍。曾與同里鍾惺評選唐詩及隋以前古詩，輯成《唐詩歸》、《古詩歸》，在文學上對公安派的淺顯文風不滿，有意用幽深孤峭的文風加以矯正，不免轉入冷澀僻奧。與鍾惺同為竟陵派領袖。有《譚友夏合集》。

再遊烏龍潭記

【題　解】本文選自《譚友夏合集》，是篇遊記。文中記作者與同伴第二次遊烏龍潭時遇雨的情景。烏龍潭，在南京城西清涼山側，傳說晉時潭中曾出現烏龍，故名。是一處風景清幽的景點。

潭宜澄，林映潭者宜靜，筏宜穩，亭閣宜朗，七夕❶宜星河，七夕之客宜幽適無累❷。然造物者豈以予為此拘拘❸者乎？

【章　旨】設想最適宜遊潭的六種景象。

【注　釋】❶七夕　農曆七月初七晚。相傳這晚牛郎、織女相會於銀河。❷累　牽累；連累。❸拘拘　拘泥不知變通。

【語譯】水潭應當清澄，樹林映在潭水中應當靜止，筏子應當穩妥，亭閣應當寬敞，七夕應當有銀河，七夕的遊客應當幽適沒有牽累。然而造物的自然界難道會因為我而變得拘泥不通嗎？

茅子❶，越中人❷，家童善篙檝❸，至中流❹，風妬之，不得至河蕩❺。旋近釣磯，繫筏垂柳下，雨霏霏濕幔❻，猶無上岸意。已而雨注下，客七人，姬六人，各持蓋立幔中，濕透衣表，風雨一時至，潭不能主。姬惶恐求上，羅襪無所惜，客乃移席新軒❼。坐未定，雨飛自林端，盤旋不去，聲落水上，不盡入潭而如與潭擊。雷忽震，姬人皆掩耳欲匿至深處。電與雷相後先，電尤奇幻，光煜煜❽入水中，深入丈尺，而吸其波光以上于雨，作金銀珠貝影，良久乃已。潭龍窟宅❾之內，危疑未釋，是時風物倏忽❿，耳不及於談笑，視不及於陰森，咫尺相亂。而客之有致⓫者，反以為極暢，乃張燈行酒，稍敵風雨雷電之氣。忽一姬昏黑來赴，始知蒼茫歷亂，已盡為潭所有，亦或即為潭所生。而問之女郎來路，曰：「不盡然⓬。」不亦異乎！

【章旨】寫遊烏龍潭時遇風雨的情景。

【注釋】❶茅子　指茅元儀，字止生，浙江歸安（今湖州市）人。茅坤的孫子。知兵略，善詩文。❷越中人　越中原指今紹興一帶，而茅元儀為吳興人，吳興一帶為吳地。❸善篙檝　善於使用篙檝行船。篙，撐船用的竹竿。檝，船槳。❹中流這裡指水潭的中間。❺蕩　水流聚集的地方。❻幔　帳幕。❼軒　這裡指有長廊的小室或亭子。❽熠熠　明亮耀眼的樣子。❾潭龍窟宅　潭中龍所居之地。❿倏忽　快捷的樣子。⓫致　興致；情致。⓬不盡然　不完全這樣。

【語　譯】茅子是越中人，家童善於使用篙檝。到了潭的中間，有風嫉妒它，不能夠到達河蕩，不久接近釣魚磯，將筏子繫在垂柳的下面。濛濛細雨打濕了帳幕，還沒有想要上岸的意思。不久大雨下來了，七位客人，六位女子，每人拿了傘站在帳幕中，濕透了外衣。風雨在一時間到來，在潭中不能堅持下去。女子們急忙要求上岸，羅襪濕透了也在所不惜。於是客人們移席到了新的亭子中，還未坐定，雨從樹梢飛下來，盤旋不散。雨聲落在水上，不全落在水潭中，而好像與水潭相撞擊。忽然有響雷響動，女子們都用手遮著耳朵想躲到樹林的深處。閃電與響雷先後到達，閃電更是奇幻，明亮的光映在水中，深入水中丈尺，將波光吸收到了上邊的雨中，化作金銀珠貝的影子，許久才消失。在潭深處的龍穴，危疑還是沒有消解。這時風物快捷地閃過，耳朵來不及聽談笑聲，眼睛來不及看陰森的樹林，咫尺之間也惑亂了。而有情致的客人，反認為暢快極了。於是張燈擺酒，稍稍抵擋了風雨雷電的氣勢。忽然有一個女子從昏黑中前來，才知蒼茫歷亂，已全部被潭所佔據了，或即是水潭所產生。而問女郎來路怎樣，回答說：「不全是這樣。」不也是很怪異嗎！

招客者為洞庭❶吳子凝甫，而冒子伯麟、許子無念、宋子獻儒、洪子仲韋，及予與止生為六客，合凝甫而七。

【章　旨】記述同遊的客人為誰。

【注　釋】❶洞庭　這裡指太湖中的洞庭山。

【語　譯】招待客人的是洞庭吳子凝甫，而冒子伯麟、許子無念、宋子獻儒、洪子仲韋，以及我和止生是六位客人，連同凝甫共七人。

【研　析】這篇遊記以議論發端。作者連用六個「宜」，分別從時間、地點和人物三個方面提出最適宜於遊覽的要求。在這之後，又用一個「然」字作一轉折，用反問句作結。這樣也就為他的記遊埋下了伏筆，文章寫得有開有合，姿態橫生。

第二章先用寥寥數語，略寫了遊潭的緣起，並為大雷雨的到來作了鋪墊。作者用一「姤」字，寫風勢很大，將風擬人化，並預示著大雷雨的即將到來。接著作者從感覺、視覺、聽覺及幻覺等角度寫了雷雨到來時的迅速變化，寫了雷雨中女子們的驚恐和慌亂，也寫出了作者及同遊者的喜悅及情致。寫雷雨到來時的迅疾變幻，「濕透衣表」等給人一種沁骨之涼的感覺，而「飛自林端，盤旋不去」，則是視覺。「聲落水上，不盡入潭而如與潭擊」，是聲覺的描寫，也暗含了幻覺的感受。最後作者進一步極寫雷電之奇幻及創造出的種種幻境，此時電閃雷鳴，雷電交加。閃電之光尤為奇幻，寒光耀目，直射水中。電光與潭中水波、潭上的雨注交映，「作金銀珠貝影」。這些由光和波結合而產生的幻境，如同海市蜃樓，奇蹟般地呈現在烏龍潭上。這些奇幻的境象，給予作者及友人的不僅僅是奇幻陰森，更多的是驚喜和陶醉，於是張燈行酒。在這之後寫到一女子從昏黑中前來，說來路並不全是這樣，說明剛才所經歷的奇景，為烏龍潭所獨有。

這次遊潭，因為一場雷雨，烏龍潭呈現了另一番氣勢雄偉的奇觀。這與開頭一段的議論，形成了鮮明的對照和呼應。

三遊烏龍潭記

【題　解】本文選自《譚友夏合集》，是篇遊記。作者於萬曆四十七年（西元一六一九年）在南京時曾三次遊覽烏龍潭，作有三篇遊記。前兩次遊，因準備不足或遇風雨，未得盡覽勝景。這第三次遊才得以飽覽。這篇遊記以簡淡的筆墨描摹了烏龍潭一帶的山水景觀。

予初遊潭上，自旱西門❶左行城陰下，蘆葦成洲，隙中露潭影。七夕再來，又見城端柳窮為竹，竹窮皆蘆，蘆青青達於園林。後五日，獻孺召焉。止生坐森閣❷未歸，潘子景昇❸、鍾子伯敬❹由蘆洲來，予與林氏兄弟❺由華林園❻、謝公墩❼取微徑南來，皆會於潭上。

【章旨】介紹第三次遊潭時同遊之人。

【注釋】❶旱西門　又稱清涼門，南京城門之一。❷森閣　茅元儀（止生）建在烏龍潭附近的房屋。❸潘子景昇　潘之恆，字景昇，歙縣（今安徽黃山市）人。僑居南京。詩人。❹鍾子伯敬　鍾惺，字伯敬。❺林氏兄弟　指林君遷、古度兄弟，福清（今福建福清）人，與鍾、譚友善，是竟陵派作家。❻華林園　南京園林，原為三國東吳宮苑，南朝時帝王常遊此園。❼謝公墩　地近鍾山，原為東晉謝安園池。宋時王安石改為半山園。

【語譯】我第一次到烏龍潭遊，從旱西門往左沿城背而行，看到蘆葦一片片地，隙縫中露出烏龍潭的影子。七夕時第二次來，又見城頭柳樹盡處是竹林，竹林盡處是蘆葦，蘆葦青青一直到園林。七夕後五日，宋獻孺邀請我前往。茅止生住在森閣中還未回來，潘子景昇、鍾子伯敬從蘆洲過來，我和林氏兄弟從華林園、謝公墩走小路從南邊過來，都在烏龍潭上會合。

潭上者，有靈應❶，觀之岡合陂陀❷，木杪❸之水墜於潭。清涼一帶，叢灌其後，與潭邊人家檐溜溝勻入浚潭❹中，冬夏一深。閣去潭雖三丈餘，若在潭中立；筏行潭無所不之，反若住水軒❺。潭以北，蓮葉未敗，方作秋香氣，今筏先就之。

又愛隔岸林木，有朱垣點深翠中，令筏泊之。初上蒙翳❻，忽復得路，登登至岡❼，岡外野疇❽方塘，遠湖近圃。宋子指謂予曰：「此中深可住，若岡下結廬，闢一上山徑，頫空杳❾之潭，收前後之綠；天下昇平，老此無憾矣。」已而茅子至，又以告茅子。

【章旨】寫烏龍潭一帶的景色。

【注釋】❶靈應　觀名，在烏龍潭南。❷陂陀　傾斜不平的樣子。❸木杪　樹梢。❹浚潭　深潭。❺水軒　臨水建築的廊屋。❻蒙翳　草木茂密掩覆。❼登登至岡　登上登至岡。登至岡，岡名。❽疇　田野。❾空杳　空明幽深。

【語譯】潭邊有靈應觀，看那山岡高低不平地連在一起，樹梢的水墜落進水潭中。清涼山一帶，在它的後面有許多水流，和潭邊人家檐溜溝的水一起流入深潭中，冬夏兩季一樣的深。閣離潭雖有三丈多，如同立在潭中，筏在潭中行進沒有地方不能到，反而好像住在水軒中。潭的北面，蓮葉還沒有敗落，正發出秋香之氣，就讓筏先接近它。又愛隔岸的林木，有朱色的牆點綴在深綠色中，讓筏停泊在岸邊。初上岸，草木茂密掩覆，忽然又找到了路，登上登至岡。岡外有田野和方塘，遠處是湖近處是圃。宋獻孺指著對我說：「這裡面很深可以住下來。如果在岡下建屋，開闢一條上山的路，俯視空明幽深的潭水，飽看山前山後的綠色，天下昇平，終老在這裡沒有什麼遺憾了。」不久茅元儀到了，又將這話告訴了他。

是時殘陽接月，晚霞四起，朱光下射，水地霞天。始猶紅洲邊，已而潭左方紅，已而紅在蓮葉下起，已而盡潭皆頳❶。明霞作底，五色忽復雜之。下岡尋筏，月已待我半潭。乃回篙泊新亭❷柳下，看月浮波際，金光數十道，如七夕雷影❸，柳絲垂垂拜月。無論明宵❹，諸君試思前番風雨乎？相與上閣，周望不去。適有燈起薈蔚❺中，殊可愛。或曰：「此漁燈也。」

【章　旨】寫夜晚月光下烏龍潭景色。

【注　釋】❶頳　紅色。❷新亭　茅元儀在烏龍潭建造的房子。❸雷影　雷電的光影。❹明宵　皓月朗照之夜。❺薈蔚　茂密。這裡指茂密的草叢樹林。

【語　譯】這時殘陽連接著月亮，晚霞從四方升起，紅光往下射，地上是水，天邊是霞。開始時還只在洲邊紅，不久潭的左方也紅了，不久紅在蓮葉的下面起來，不久整個潭都成了紅色。有明亮的霞作底，五色忽然又錯雜了它。下岡找到了筏子，月亮已映照半潭等待我們。於是回篙停在新亭柳樹下，看月亮浮出波面，金光數十道，好像在七月初七晚雷電的光影，柳絲垂垂迎月而拜。不去管它這是皓月朗照的晚上，諸君試著想過上次的風雨嗎？一起上了閣，望著周圍不離去。正好有燈光在茂密的草叢樹林中發出來，很可愛。有人說：「這是漁燈。」

【研　析】這篇遊記篇幅雖短，但意境深遠。作者對烏龍潭的景色逐層點染，一步一步地將讀者引入勝境。開始時作者先以簡淡的筆墨，勾出路上所見烏龍潭的遠景，水光潭影，楊柳與翠竹、蘆葦連成一線，隱隱約約，景色是誘人的。接著從不同的觀察點像潭邊、潭上、岡上攝下烏龍潭的各個側影，展現了一個清靜幽美的環境。宋獻孺所說的話，既表達了遊者的生活理想，也是對烏龍潭的讚美。寫「殘陽接月」一節，如奇峰突起，使人目眩神搖。作者敷彩設色，簡潔而細緻地描繪了在殘陽晚霞映照下潭上絢爛瑰麗、時時變幻的景色。又寫月下龍潭，氣象雄麗，而寫柳絲，情調則是柔媚的。文章結尾處，忽寫漁燈閃現，情與境俱有未盡之意。

譚元春曾三次遊覽烏龍潭，寫了三篇遊記。第一次遊潭，是經過其地，未得細細觀賞，所以印象不深。第二次遊潭，遇上狂風暴雨，在疾電震雷中也未能盡情地欣賞烏龍潭的美景。第三次遊潭，在殘陽接月之時，才有機會好好地欣賞烏龍潭的美景。這第三次所遊的烏龍潭，帶有一種迷濛、奇幻的色調。種種景象朦朦朧朧，一眼望不透，恍恍惚惚，有點捉摸不定。意境擴大了，韻味也更濃了。

徐宏祖

【作　者】徐宏祖（西元一五八六～一六四一年），原名弘祖，清朝因避乾隆弘曆諱，改為宏祖，字振之，號霞客，江陰（今江蘇江陰）人。幼年好學，博覽群書，尤其喜歡地理方面的書籍。因朝政黑暗，不願仕進，決心遊歷全國，北至河北、山西，南至雲、貴、四川，歷三十多年，足跡遍及十六省。途中歷盡艱險，將觀察所得寫成《徐霞客遊記》。

遊黃山日記

【題　解】本文選自《徐霞客遊記》，是篇日記體遊記。徐宏祖在萬曆四十四年（西元一六一六年）二月第一次遊黃山。在萬曆四十六年（西元一六一八年）九月再遊黃山。這是作者在九月初三至初六四天遊黃山的日記。黃山在今安徽省南部，有三十六峰，景色絕佳，是有名的風景名勝區。本文著重描寫了天都、蓮花兩峰的動人景色。

戊午❶九月初三日。出白岳❷榔梅菴，至桃源橋，從小橋右下，陡甚，即舊向黃山路也。七十里，宿江邨❸。

【章　旨】記九月初三日遊蹤。

【注　釋】❶戊午　明神宗萬曆四十六年（西元一六一八年）。❷白岳　在黃山西南的山。❸江邨　在黃山東北的鎮。

【語　譯】戊午年九月初三日。從白岳榔梅菴出來，到桃源橋，從小橋向右下去，路很陡，就是從前遊黃山的路。走了七十里路，住宿在江邨。

初四日。十五里，至湯口❶。五里，至湯寺❷，浴於湯池❸。扶杖望硃砂菴❹而登。十里，上黃泥岡，向時雲裡諸峰，漸漸透出，亦漸漸落吾杖底。轉入石門❺，越天都❻之脅而下，則天都、蓮花❼二頂，俱透出天半。路旁一岐東上，乃昔所未至者，遂前趨直上，幾達天都側。復北上，行石罅中，石峰片片夾起，路宛轉石間，塞者鑿之，陡者級之❽，斷者架木通之，懸者植梯接之。下瞰峭壑陰森，楓松相間，五色紛披，燦若圖繡。因念黃山當生平奇覽，而有奇若此，前未一探，茲遊快且愧矣。時夫僕俱阻險行後，余亦停弗上，乃一路奇景，不覺引余獨往。既登峰頭，一菴翼然，為文殊院❾，亦余昔年欲登未登者。左天都，右蓮花，背倚玉屏風❿。兩峰秀色，俱可手擥⓫。四顧奇峰錯列，眾壑縱橫，真黃山絕勝處。非再至⓬，焉知其奇若此？遇游僧⓭澄源至，興甚勇。時已過午，奴輩適至。立菴前，指點兩峰，菴僧謂：「天都雖近而無路，蓮花可登而路遙，衹宜近盼天都，明日登蓮頂。」余不從，決意遊天都，挾澄源、奴子⑭，仍下峽路。至天都側，從流石蛇行而上，攀草牽棘，石塊叢起則歷塊，石崖側削則援崖，每至手足無可著處，澄源必先登垂接。每念上既如此，下何以堪？終亦不顧。歷險數次，遂達峰頂，惟一石頂，壁起猶數十丈，澄源尋視其側，得級，挾予以登，萬峰無不下伏，獨蓮花與抗耳。時濃霧半作半止，每一陣至，則對面不見。眺蓮花諸峰，多在霧中。獨上天都，予至其前，則霧徙於後；予越其右，則霧出於左。其松猶有曲挺縱橫者，柏雖大幹如臂，無不平貼石上如苔蘚然。山高風鉅⑮，霧氣去來無定，下盼諸峰，時出為碧嶠⑯，時沒為銀海⑰。再眺山下，則日光晶晶，別一區宇也。日漸暮，遂前其足，手向後據地，坐而下脫，至險絕處，澄源併肩手相接。度險下至山坳，暝色已合，復從峽度棧以上，止文殊院。

【章旨】記九月初四日上天都峰的途中情況。

【注釋】❶湯口　黃山腳下的鎮名，是上黃山的必經之處。❷湯寺　即祥符寺。因靠近湯泉，故俗稱湯寺。❸湯池　即湯泉。❹硃砂菴　在硃砂峰下，又名慈光寺。❺石門　黃山峰名。❻天都　黃山主峰之一。❼蓮花　黃山主峰之一，與天都並稱黃山兩大峰。❽陡者級之　在陡峭之處鑿出石級來。❾文殊院　在天都、蓮花兩峰之間的寺。❿玉屏風　即玉屏峰。⓫擥　同「攬」。⓬再至　第二次到。⓭遊僧　遊方和尚。⓮奴子　奴僕。⓯鉅　同「巨」。⓰碧嶠　青翠的山峰。嶠，高而尖的山峰。⓱銀海　雲霧瀰漫似大海波濤，故稱。

【語　譯】初四日。走了十五里，到達湯口。又走五里，到達湯寺，在湯池洗了澡。持手杖望硃砂菴登山。又走十里，上黃泥岡，先前在雲裡的各山峰，漸漸顯露出來，也漸漸落在我的杖底。轉入石門峰，越過天都峰的半腰而下山，就看見天都、蓮花二座山頂，都高高地露出在半空中。路邊有一歧路向東上山，是從前所沒有到過的，於是前行一直向上，差不多到達天都峰的側面。又北上，在石縫中行進，石峰一片片夾起，道路在石塊中間彎彎曲曲的，閉塞的地方鑿了開來，陡峭的地方鑿出石級，斷路的地方架上木頭連起來，懸空之處立梯子接起來。向下看陡峭的山溝陰森森地，楓樹和松樹相間雜，各種顏色相混雜，好像圖繡那樣燦爛。因此想到黃山正是生平奇覽，而有如此奇景，從前沒有探訪過，這次遊覽可說是既快樂又慚愧了。這時腳伕僕人都被險難所阻走在後面，我也停下來不上去，可是一路上的奇景，不覺吸引著我獨自前往。登上峰頂後，有一座菴突起在那裡，這是文殊院，也是我從前想要登而沒有登的。左邊是天都峰，右邊是蓮花峰，背靠著玉屏峰。兩峰秀麗的景色，都可以用手攬到。向四周望，奇峰錯雜陳列，眾多的山溝縱橫，這真是黃山最誘人的地方。不是第二次到，哪裡知道有這樣的奇景？遇上遊僧澄源到了，興致很高。這時已過了正午，奴僕們正好到了。立在菴前，指點著兩座山峰，菴中的和尚說：「天都峰雖然近但沒有路可到達，蓮花峰可攀登但是路遠，只好近看天都峰，明日登蓮花頂。」我不聽，決意遊天都峰，帶了澄源和奴僕，仍然下行到峽路。到了天都峰的旁邊，從流石像蛇那樣屈折向上行進，攀著草牽著荊棘，石塊一叢叢高起則越過石塊，石崖旁邊陡削則攀崖而上，每當到了手腳沒有地方可放的地方，澄源一定先登上去垂下手來接應我。每次想到上山如此之難，下來怎麼忍受得了？最終也就顧不上這些了。經歷了幾次險阻，才到達峰頂，只是有一石頂，像牆壁那樣樹起還有幾十丈，澄源察看它的旁邊，尋到了石級，帶著我登了上去，眾多的山峰沒有不俯伏在下面，只有蓮花峰和它相對抗。這時濃霧時起時停，每一陣霧到來，就看不見對面。遠眺蓮花各峰，大多在霧中。獨自登上天都，我到了峰的前面，則霧就轉移到後面；我越過峰的右邊，則霧就出現在峰的左邊。這裡的松樹還有彎曲挺直或縱或橫的，柏樹幹雖然有的像手臂那麼大，沒有不平貼在石塊上像苔蘚那樣的。山高風大，霧氣來去不定，向下看眾山峰，有時現出來成為翠綠的山峰，有時淹沒在霧中成為銀色的海洋。再向山下眺望，則太陽光亮閃閃的，是另有一番天地。太陽逐漸地暗下去了，於是將腳向前伸，手向後撐在地上，坐著向下滑，到了險絕之處，澄源併著肩手相接應。越過艱險下到山坳，天已全黑了，又從峽谷中越過棧道向上，住宿在文殊院。

初五日。平明❶，從天都峰坳中北下二里，石壁岈然❷，其下蓮花洞❸，正與前坑石筍❹對峙，一塢幽然❺。別澄源下山，至前歧路側，向蓮花峰而趨。一路沿危壁西行，凡再降升，將下百步雲梯，有路可直躋❻蓮花峰，既陟而磴絕，疑而復下。隔峰一僧高呼曰：「此正蓮花道也！」乃從石坡側度石隙，徑小而峻，峰頂皆巨石鼎峙❼，中空如室，從其中迭級直上，級窮洞轉，屈曲奇詭，如下上樓閣中，忘其峻出天表❽也。一里，得茅廬，倚石罅中，方徘徊欲升，則前呼道之僧至矣。僧號凌虛，結茅於此者，遂與把臂❾陟頂。頂上一石，懸隔二丈，僧取梯以度，其巔廓然❿。四望空碧，即天都亦俯首矣。蓋是峰居黃山之中，獨出諸峰上，四面巖壁環聳，遇朝陽霽色⓫，鮮映層發，令人狂叫欲舞。久之，返茅菴。凌虛出粥相餉⓬，啜一盂。乃下至歧路側，過大悲頂⓭，上天門⓮。三里，至煉丹臺⓯，循臺嘴而下。觀玉屏風、三海門⓰諸峰，悉從深塢中壁立起。其丹臺一岡中垂，頗無奇峻，惟瞰翠微⓱之背，塢中峰巒錯聳，上下周映，非此不盡瞻眺之奇耳。還過平天矼⑱，下後海⑲，入智空菴，別焉。三里，下獅子林⑳，趨石筍矼㉑，至向年所登尖峰上，倚松而坐，瞰塢中峰石迴攢㉒，藻繢滿眼㉓，始覺匡廬㉔、石門㉕，或具一體㉖，或缺一面，不若此之閎博富麗也。久之，上接引崖，下眺塢中，陰陰覺有異。復至岡上尖峰側，踐流石，援棘草，隨坑而下，愈下愈深，諸峰自相掩蔽，不能一目盡也。日暮，返獅子林。

【章　旨】記九月初五日上蓮花峰途中的情景。

【注　釋】❶平明　天剛亮時。❷岈然　山很深的樣子。❸蓮花洞　蓮花峰下面的山洞。❹石筍　黃山峰名。❺幽然　僻靜的樣子。❻躋　登。❼鼎峙　像鼎一樣三足而立。❽天表　天外。❾把臂　拉著手臂。❿廓然　廣大的樣子。⓫霽色　雨後初晴的天色。⓬餉　招待。⓭大悲頂　峰頂名。⓮天門　在天都峰下。⓯煉丹臺　在煉丹峰上。相傳浮丘公在此煉丹，黃帝服食而升仙。⓰三海門　在石門峰與煉丹峰之間的山峰。⓱翠微　清潭峰北的山峰。⓲平天矼　在煉丹峰。矼，石橋。⓳後海　黃山分為前海、後海、天海、東海、西海。後海即黃山北部。⓴獅子林　煉丹峰左側的山峰。㉑石筍矼　在始信峰。㉒迴攢　曲折簇聚。㉓藻繢滿眼　滿眼色彩絢爛。藻繢，文采。㉔匡廬　即廬山。在今江西九江市境內。㉕石門　石門山。在今浙江青田境內。㉖具一體　具備黃山的某一體。

【語　譯】九月初五日。天剛亮時，從天都峰坳中向北下二里，石壁很深，它的下面是蓮花洞，正與前坑的石筍峰對峙，整個山谷很僻靜。告別澄源下山，到前面歧路旁，向蓮花峰走去。一路沿著危壁向西行，共降升了兩次，將要沿百步雲梯而下，有路可直登蓮花峰，登上後發現石級斷了，因產生疑問而又下來了。隔著山峰有一和尚高喊道：「這正是通向蓮花峰的道路！」於是從石坡的旁邊越過石縫，路窄而且險峻，峰頂都是大石像鼎一樣分立著，中間空空像房屋一樣，從這中間一級級一直向上，石級盡了洞也轉折了，曲折奇怪，好像下上樓閣中，忘了它是高出天外。走一里，尋到了一間茅屋，靠著石縫中，正徘徊著想登上去，就看到先前在道路上喊叫的和尚到了。和尚號凌虛，在這裡建造了茅屋，於是和他一起拉著手臂登上山頂。頂上有一塊石，懸空隔著二丈，僧取來梯子登上去，山頂很空闊。向四望空而碧，即使天都峰也俯首了，大概是這山峰居於黃山之中，獨獨高出各峰之上。四面巖壁環繞聳立，遇上朝陽和雨後初晴，鮮明的光芒映照在層層山峰間煥發出來，使人狂叫欲舞。過了很久，返回茅庵。凌虛拿出粥來招待，喝了一盆。於是下到岐路的旁邊，經過大悲頂，登上天門。又走三里，到達煉丹臺，沿著臺邊突出之處下來。觀看玉屏風、三海門各峰，全從深谷中像牆壁一樣聳立起來。丹臺在一山岡中垂下來，頗沒有奇險峻峭，只是看到了翠微峰的背面，谷中峰巒錯雜聳立，上下全映照著，不是這裡就不能盡眺望的奇絕。回來經過平天矼，下後海，進入智空菴，在那裡分別了。又走了三里，下了獅子林，走向石笋矼，到達前幾年所登的尖峰上，靠著松樹坐下，俯瞰谷中峰石曲折簇聚，滿眼絢爛的色彩，才覺得廬山、石門山，有的具備黃山的某一體，有的缺少黃山的某一方面，不如這山那樣閎博富麗。過了很久，登上接引崖，向下眺望山谷中，陰陰地覺得有點奇怪。又到岡山上尖峰的旁邊，踏著流石，拉著棘草，隨著坑而下，越下越深，各個山峰自相掩蔽，不能夠一眼望盡。天黑了，返回獅子林。

初六日。別霞光❶，從山坑向丞相原❷。下七里，至白沙嶺❸，霞光復至，因余欲觀牌樓石❹，恐白沙菴❺無指者，追來為導。遂同上嶺，指嶺右隔坡，有石叢立，下分上并，即牌樓石也。余欲逾坑溯澗，直造其下，僧謂：「棘迷路絕，必不能行，若從坑直下丞相原，不必復上此嶺，若欲從仙燈❻而往，不若即由此嶺東向。」余從之，循嶺脊行。嶺橫亙天都、蓮花之北，狹甚，旁不容足，南北皆崇峰夾映。嶺盡北下，仰瞻右峰羅漢石，圓頭禿頂，儼然二僧也。下至坑中，逾澗以上。共四里，登仙燈洞。洞南向，正對天都之陰，僧架閣連板於外，而內猶穹然❼，天趣未盡刊❽也。復南下三里，過丞相原，山間一夾地耳。其菴頗整，四顧無奇，竟不入。復南向循山腰行五里，漸下，澗中泉聲沸然，從石間九級下瀉，每級一下，有潭淵碧，所謂九龍潭❾也。黃山無懸流飛瀑，惟此耳。又下五里，過苦竹灘❿，轉循太平縣⓫路，向東北行。

【章　旨】寫九月初六日遊蹤。

【注　釋】❶霞光　和尚名。❷丞相原　在石門峰、鉢盂峰之間。相傳宋理宗時丞相程元鳳曾在此讀書。❸白沙嶺　在皮篷嶺與丞相原之間。❹牌樓石　即天牌石，俗稱「仙人榜」。❺白沙菴　在白沙嶺下。❻仙燈　在鉢盂峰下的山洞。❼穹然　大而且深。❽天趣未盡刊　天然的情致還沒有完全失掉。刊，消除。❾九龍潭　在丞相原附近。❿苦竹灘　即苦竹溪，在九龍潭下。⓫太平縣　今安徽太平。

【語　譯】初六日。告別了霞光，從山坑向丞相原出發。下行七里，到達白沙嶺，霞光又到了，因為我想看牌樓石，擔心白沙菴沒有人指點，追來做嚮導。於是一同上了山嶺，指著嶺右的隔坡，有石塊叢立在那裡，下面分開上面合併，就是牌樓石。我想越過坑逆澗上行，直到它的下面，和尚說：「荊棘會使人迷失方向，路找不到，一定不能這樣走，如果從坑一直下到丞相原，不必再上這山嶺，如果想從仙燈而前往，不如即從此嶺向東。」我聽了他的話，沿著嶺脊前行。山嶺橫亙天都、蓮花峰的北面，很狹窄，旁邊容不下腳，南北都是高峰夾映著。山嶺盡了往北而下，仰望右邊山峰的羅漢石，圓頭禿頂，好像是兩個僧人。下到坑中，越過溪澗往上。共走了四里，登上仙燈洞。洞向南，正對著天都峰的背面，和尚架著閣連板在外邊，而裡面還是大而且深，天然的情致還沒有完全失掉。又向南往下三里，經過丞相原，山間夾有一塊平地而已。這裡的菴非常整齊，往四周看沒有什麼奇特之處，終於沒進去。又向南沿著山腰走了五里，漸漸下行，澗中泉聲很響，從石間九級往下流瀉，每下一級，有潭深而且碧綠，這就是所說的九龍潭。黃山沒有懸空的水流飛瀉的瀑布，只有這裡。又下行五里，經過苦竹灘，轉而沿著太平縣的路，向東北行進。

【研析】 文章詳細記錄了遊歷黃山的四天行程。因為是日記體，每天的行程按先後程序寫，顯得井然有序。不僅經過的路線、登臨的時間記載得很清楚，而黃山諸峰和名勝的地理位置和相隔的距離，也大致能準確地標明。作者考察地形地貌而遊歷黃山，不是一般的遊山玩水，因此文章就自己的遊覽所見而寫，不同於山水遊記中借景抒情或借物喻理一類作品。同時它又是一篇優秀的山水遊記散文，描寫黃山的松、泉、雲、石，文筆細緻，生動準確，具有相當高的文學價值。如寫登天都峰途中所見：「向時雲裡諸峰，漸漸透出，亦漸漸落吾杖底。」這三句極準確、形象地寫出了愈登愈高的過程，既有時間的流動感，同時也展現了開闊的空間，似乎也包含了作者的喜悅和豪情。本篇中最精彩的部分是描寫天都峰上所見奇景的一段文字。作者寫黃山的雲海、奇松，準確地寫出了雲霧的飄忽、聚散不定，而寫黃山松，以苔蘚形容扎根於石縫中的松樹，反映出了作者觀察的細緻和狀物的貼切。寫天都峰所見諸峰「時出為碧嶠，時沒為銀海」，生動地寫出了由於雲海的流動而不斷變換的山峰景象。作者筆下的黃山奇景，恰似一幅變幻無定的鮮豔圖畫，令人神往。

作者是位冷靜求實的科學家，同時也是位充滿情感的遊記文作家。每每在寫景狀物時抒發自己不畏艱險的探索精神，又流露出熱愛大自然的可貴情感。如寫攀天都峰途中，看到燦若圖繡的景色，「因念黃山當生平奇覽，而有奇若此，前未一探，茲遊快且愧矣。」抒寫了上次遊覽時未登天都峰因而產生的慚愧和這次遊覽的喜悅之情。

遊雁宕山記

【題　解】本文選自《徐霞客遊記》，是篇日記體遊記。徐宏祖在萬曆四十一年（西元一六一三年）四月遊雁宕山。後來又兩次遊雁宕山。這是第一次遊山時所作的日記。雁宕山分南北兩支，這裡指北雁宕山，在樂清市境內，是著名的風景區，有一百零二峰、六十一巖、四十六洞、十三瀑布等風景點。

自初九日別台山❶，初十日抵黃巖❷，日已西。出南門三十里，宿於八嶴❸。

【章　旨】記遊天台山後，往雁宕山的途中情況。

【注　釋】❶台山　天台山，在今浙江天台一帶。❷黃巖　今浙江台州黃巖區。❸八嶴　山地名。嶴，山裡深奧的地方。

【語　譯】從初九日告別天台山，初十日抵達黃巖，太陽已西下。出南門三十里，住宿在八嶴。

十一日，二十里，登盤山嶺❶，望雁山諸峰，芙蓉插天，片片撲人眉宇❷。又二十里，飯大荊驛❸。南涉一溪，見西峰上綴圓石，奴輩指為兩頭陀❹，余疑即老僧巖，但不甚肖。五里，過章家樓❺，始見老僧真面目：袈衣❻禿頂，宛然兀立❼，高可百尺。側又一小童，傴僂❽於後，向為老僧所掩耳。自章樓二里，山半得石梁洞。洞門東向，門口一梁自頂斜插於地，如飛虹下垂。由梁側隙中層級而上，高敞空豁。坐頃之，下山，由右麓逾謝公嶺❾。渡一澗，循澗西行，即靈峰❿道也。一轉山腋⓫，兩壁峭立亘天，危峰亂疊，如削如攢⓬，如駢筍⓭，如挺芝⓮，如筆之卓，如幞之欹⓯。洞有口如捲幞⓰者，潭有碧如澄靛⓱者，雙鸞⓲、五老⓳，接翼聯肩。如此里許，抵靈峰寺。循寺側登靈峰洞⓴。峰中空，特立寺後，側有隙可入。由隙歷磴數十級，直至窩頂，則窅然㉑平臺圓敞，中有羅漢諸像。坐玩至暝色，返寺。

【章旨】記十一日的遊歷情況，重點寫靈峰道上所見。

【注釋】❶盤山嶺　在黃巖縣和樂清縣交界處。❷撲人眉宇　近在面前。眉宇，眉間，這裡指面孔。❸大荊驛　地名。❹頭陀　苦行僧。❺章家樓　地名。❻袈衣　袈裟。僧尼穿的法衣。❼兀立　直立。❽傴僂　彎腰。❾謝公嶺　山峰名。傳說晉朝謝靈運嘗遊山至此。嶺上有落屐亭。❿靈峰　雁宕山有名的山峰，山頂有兩大石突起，相對如合掌。⓫山腋　山腰凹入的地方。⓬攢　聚集。⓭駢筍　並列的竹筍。⓮挺芝　直立的靈芝。⓯如幞之欹　像幞那樣傾斜。幞，頭巾。⓰捲幞　拉起來的帳幕。⓱靛　青藍色染料。⓲雙鸞　峰名。因形如兩鸞飛舞而得名。⓳五老　峰名。峰頂分為五個小峰。⓴靈峰洞　又名羅漢洞，唐朝僧人善孜曾居於此。㉑窅然　深遠的樣子。

【語譯】十一日，走了二十里，登盤山嶺，眺望雁宕山諸峰，像蓮花直上插入天空，一片片近在人的面前。又走了二十里，在大荊驛吃飯。往南涉水過一條溪，看見西峰上連綴著圓石，奴僕們指著說像兩個頭陀，我懷疑即是老僧巖，但不很像。又走五里，經過章家樓，才看見老僧巖真面目：好像穿著袈裟禿著頭，清晰地挺立著，大約有一百尺高。旁邊又有一峰像小童，彎著腰在後面，先前被老僧巖所掩蓋。從章家樓走二里，在山的半腰有石梁洞。洞門向東，門口有一石梁從山頂斜插到地，像飛虹下垂。從石梁旁縫隙中沿著石級一層層向上，山上高敞空闊。坐了一會兒，下山，從右邊的山麓越過謝公嶺。渡過一條山澗，沿著山澗向西行，即是通往靈峰的路。一轉過山腰，兩壁峭立直通天際，高峰亂疊，好像削出來的又好像聚集在一起，好像並列的筍，好像直立的靈芝，好像筆那樣直立，好像頭巾那樣傾斜。洞有口像拉起來的帳幕，潭中有碧水像澄淨的靛，雙鸞峰和五老峰，接著翼聯著肩。如此一里左右，到達靈峰寺。沿著寺邊登上靈峰洞。靈峰中空，獨立在寺後，旁邊有縫隙可以進入。由縫隙經過幾十級石階，直到窩頂，則平臺圓敞深遠，中間有許多羅漢像。坐著欣賞到天色昏暗，回到寺中。

十二日，飯後，從靈峰右趾覓碧霄洞。返舊路，抵謝公嶺下。南過響巖，五里，至淨名寺路口。入覓水簾谷，乃兩崖相夾，水從崖頂飄下也。出谷五里，至靈巖寺，絕壁四合，摩天劈地，曲折而入，如另闢一寰界❶。寺居其中，南向，背為屏霞嶂，嶂頂齊而色紫，高數百丈，闊亦稱❷之。嶂之最南，左為展旗峰，右為天柱峰。嶂之右脇，介於天柱者，先為龍鼻水。龍鼻之穴，從石罅❸直上，似靈峰洞而小。穴內石色俱黃紫，獨罅口石紋一縷，青紺❹潤澤，頗有鱗爪之狀，自頂貫入洞底。垂下一端如鼻，鼻端孔可容指，水自內滴，下注石盆，此嶂右第一奇也。西南為獨秀峰，小於天柱，而高銳不相下。獨秀之下為卓筆峰，高半獨秀❺，銳亦如之。兩峰南坳❻，轟然下瀉者，小龍湫❼也。隔龍湫與獨秀相對者，玉女峰也，頂有春花，宛然插髻❽。自此過雙鸞，即極於天柱❾。雙鸞止兩峰並起，峰際有僧拜石❿，袈裟傴僂，肖矣。由嶂之左脇，介於展旗者，先為安禪谷，谷即屏霞之下巖。東南為石屏風，形如屏霞，高闊各得其半，正插屏霞盡處。屏風頂有蟾蜍石⓫，與嶂側玉龜相向。屏風南去，展旗側褶中有徑直上，磴級盡處，石閾限之，俯閾而窺，下臨無地，上嵌崆峒⓬。外有二圓穴，側有一長穴，光自穴中射入，別有一境，是為天聰洞，則嶂左第一奇也。銳峰疊嶂，左右環向，奇巧百出，真天下奇觀。而小龍湫下流，經天柱、展旗，橋跨其上，山門臨之。橋外含珠巖在天柱之麓，頂珠峰在展旗之上，此又靈巖之外觀也。

【章旨】記十二日遊歷情況，以靈巖寺為中心，分兩路詳寫南面的景物。

【注釋】❶寰界　廣大的世界。❷稱　相合；相等。❸石罅　石縫。❹青紺　青紅色。紺，紅色。❺高半獨秀　高度為獨秀峰之半。❻南坳　南面窪下的地方。❼小龍湫　位於龍巖寺後，捲圖峰下，與大龍湫並為雁宕勝景之一。湫，水潭。❽宛然插髻　很像插在髻上。髻，挽束在頭上的頭髮。❾極於天柱　到天柱峰就是路的盡頭。❿僧拜石　像僧人拜佛形狀的石塊。⓫蟾蜍石　形狀像蝦蟆的石塊。⓬崆峒　山洞。

【語譯】十二日喫過飯後，從靈峰右邊的山腳下尋到碧霄洞。返回舊路，到達謝公嶺下。往南經過響巖，又過五里，到淨名寺路口。進去尋到水簾谷，原來是兩邊懸崖相夾，水從崖頂飄下來。出水簾谷五里，到靈巖寺，絕壁四面相合，擦著天劈開地，曲折而進入，好像另外闢開的一個世界。靈巖寺在它的中間，面向南，背面是屏霞嶂。嶂頂平齊而且紫色，高幾百丈，寬度也和高度相當。嶂的最南面，左邊是展旗峰，右邊是天柱峰。嶂的右山腰，介於天柱峰之間的，前面是龍鼻水。龍鼻的孔，從石縫一直往上，好像靈峰洞而又比它小。洞中石頭都是黃紫色，只有縫隙口有石紋一縷，青紅色很潤澤，很有鱗爪的形狀，從頂端一直通到洞底。垂下一端好像鼻子，鼻端的孔可以放進手指，水從裡面滴下來，往下流入石盆中，這是嶂右邊的第一奇景。西南是獨秀峰，比天柱峰小，但高而尖則與天柱峰不相上下。獨秀峰的下面是卓筆峰，它的高度是獨秀峰的一半，尖也與獨秀峰相當。兩峰南面窪下的地方，水轟然往下瀉的，是小龍湫。隔開龍湫與獨秀峰相對的，是玉女峰，頂上有春花，好像插在髻上。從這裡過雙鸞峰，到天柱峰就是路的盡頭。雙鸞峰只有兩峰並起，峰邊有僧拜石，穿著袈裟彎著腰，很像僧人拜佛一樣。從嶂的左山腰，介於展旗峰之間的，先是安禪谷，谷即是屏霞的下巖。東南是石屏風，形如屏霞，高和寬各得它的一半，正面插在屏霞的盡頭。屏風的頂上有蟾蜍石，與嶂邊的玉龜面對著面。屏風往南，展旗旁邊石紋連續折疊之處有路一直向上，石級的盡頭，有石門檻阻斷了它，俯在門檻上探視，下面著不到地，上面有山洞。外面是兩個圓洞，旁邊是一個長洞，光從洞中射入，另有一番境界，這是天聰洞，是嶂左第一奇。尖峰疊嶂，左右環繞相向，奇巧百出，真是天下的奇觀。而小龍湫往下流，經過天柱峰、展旗峰，橋跨在這上面，靈巖寺的大門對著它。橋外含珠巖在天柱峰的山腳，頂珠峰在展旗峰的上面，這又是靈巖峰的外觀。

十三日，出山門，循麓而右。一路崖壁參差，流霞映采。高而展者為板嶂巖。巖下危立而尖夾者為小剪刀峰。更前，重巖之上，一峰亭亭插天，為觀音巖。巖側則馬鞍嶺橫亙於前，鳥道盤折。逾坳右轉，溪流湯湯❶，澗底石平如砥❷。沿澗深入，約去靈巖十餘里，過常雲峰，則大剪刀峰介立澗旁。剪刀之北，重巖陡起，是名連雲峰。從此環繞迴合，巖窮矣，龍湫之瀑轟然下搗潭中。巖勢開張峭削，水無所著，騰空飄蕩，頓令心目眩怖。潭上有堂，相傳為諾詎那❸觀泉之所。堂後層級直上，有亭翼然面瀑❹，踞坐久之。下飯菴中，雨廉纖❺不止，然余已神飛雁湖山頂，遂冒雨至常雲峰。由峰半道松洞外，攀絕磴三里，趨白雲菴。人空菴圮❻，一道人在草莽中，見客至，望望❼去。再入一里，有雲靜菴，乃投宿焉。道人清隱，臥床數十年，尚能與客談笑。余見四山雲雨淒淒❽，不能不為明晨憂也。

【章旨】記十三日由靈巖寺右行到達雲靜菴投宿的情況。

【注釋】❶湯湯　水急流的樣子。❷砥　磨刀石。❸諾詎那　東晉時帶幾百弟子到中國來的外國僧人，住在雁宕山。❹面瀑　面對著瀑布。❺廉纖　雨微細的樣子。❻圮　坍塌。❼望望　失意的樣子。❽淒淒　陰冷；淒涼。

【語譯】十三日，出山門，沿著山麓向右行。一路上懸崖峭壁參差不齊，移動的霞光映著景物，現出各種彩色。高並且舒展的是板嶂巖。巖下高立而尖夾的是小剪刀峰。再向前，層疊的巖石之上，有一峰聳立插天，是觀音巖。巖旁是馬鞍嶺橫亙在前，艱險狹窄的山道盤旋曲折。越過山坳向右轉，溪流湯湯，澗底石平如磨刀石。沿著溪澗深入山中，大約離開靈巖十多里，經過常雲峰，則大剪刀峰獨立在山澗旁。剪刀峰的北面，重疊的山巖陡然拔起，這是連雲峰。從這裡環遶迴合，巖石盡了，龍湫的瀑布轟然下搗潭中。巖石的體勢開張峭削，水沒有地方可以停留，騰空飄蕩，頓時使人心目眩暈害怕。潭上有堂，相傳是諾詎那觀賞泉水的所在。堂後一層層的石級一直向上，有亭子像鳥翅膀那樣伸展著面對著瀑布，在那裡坐了很久。下來在菴中吃飯，細雨飄個不停，然而我已神飛雁湖山頂，於是冒雨到常雲峰。從峰的半腰處途經松洞外，攀登絕磴三里，直到白雲菴。人空菴也坍塌了，有一道人在雜草中，看見客人到了，冷淡地回去了。再深入一里，有雲靜菴，於是投宿在那裡。道人清隱，臥床數十年，還能和客人談笑。我見四周的山雲雨淒涼陰冷，不能不為明天早晨擔憂。

十四日，天忽晴朗，乃強清隱徒為導。清隱謂湖中草滿，已成蕪田，徒復有他行❶，但可送至峰頂。余意至頂，湖可坐得❷。於是人捉一杖，躋攀深草中，一步一喘，數里始歷高巔。四望白雲，迷漫一色，平鋪峰下。諸峰朵朵，僅露一頂，日光映之，如冰壺瑤界❸，不辨海陸。然海中玉環一抹❹，若可俯而拾也。北瞰山坳壁立，內石筍森森❺，參差不一，三面翠崖環繞，更勝靈巖。但谷幽境絕，惟聞水聲潺潺，莫辨何地。望四面峰巒累累，下伏如邱垤❻，惟東峰昂然獨上，最東之常雲猶堪比肩。導者告退，指湖在西腋一峰，尚須越三尖❼，余從之。乃越一尖，路已絕。再越一尖，而所登頂已在天半。自念志❽云：「宕在山頂，龍湫之水即自宕來。」今山勢漸下，而上湫之澗卻自東高峰發脈，去此已隔二谷。遂返轍而東，望東峰之高者趨之。蓮舟❾疲不能從，由舊路下。余與二奴東越二嶺，人迹絕矣。已而山愈高，脊愈狹，兩邊夾立，如行刀背。又石片稜稜怒起❿，每過一脊，即一峭峰，皆從刀劍隙中攀援而上。如是者三，但見境不容足，安能容湖？既而高峰盡處，一石如劈，向懼石鋒撩人，至是且無鋒置足矣。躊躇崖上，不敢復向故道。俯瞰南面，石壁下有一級，遂脫奴足布四條，懸崖垂空，先下一奴，余次從之，意可得攀援之路。及下，僅容足，無餘地，望巖下斗⓫深百丈。欲謀復上，而上巖亦嵌空三丈餘，不能飛陟⓬。持布上試，布為突石所勒，忽中斷。復續懸之，竭力騰挽，得復登上巖出險。還雲靜菴，日已漸西，主僕衣履俱敝，尋湖之興衰矣，遂別而下。復至龍湫，則積雨之後，怒濤傾注，變幻極勢⓭，轟雷噴雪⓮，大倍於昨。坐至暝始出，南行四里，宿能仁寺。

【章旨】記十四日的遊歷情況。重點寫了兩點，一是尋雁湖不得，一是旅程之險。

【注釋】❶復有他行　還要到別的地方去。❷坐得　不費力而得到。❸冰壺瑤界　仙界的玉壺。冰壺，盛冰的玉壺。瑤界，仙界；仙境。❹玉環一抹　指太陽。一抹，一筆抹畫而成。❺森森　樹木叢生的樣子。❻邱垤　小土山。垤，原指蟻穴旁的小土堆。❼三尖　三個山峰。❽志　可能是指明朝朱諫著的《雁山志》。❾蓮舟　蓮舟上人，同遊天台山和雁宕山的和尚。❿稜稜怒起　突起直而尖的樣子。稜稜，直而尖的樣子。⓫斗　通「陡」。⓬陟　登。⓭極勢　各種形狀應有盡有。⓮轟雷噴雪　聲轟如雷，噴沫似雪。

【語譯】十四日，天忽然晴朗，於是懇求清隱的弟子為嚮導。清隱說湖中長滿了草，已變成荒蕪的田，徒弟還有事要到旁處去，只可送到峰頂。我想到了山頂，湖就能夠不費力而尋到。於是每人拿了一根拐杖，登攀在深草中，一步一喘，經過數里才到達高頂。四面望去，全是白雲，白茫茫一片，平鋪在峰下。一座座山峰，僅露出峰頂，在太陽光映照下，好像仙界的玉壺一樣，分不清是雲海還是陸地。然而雲海中一抹陽光，好像可以俯下身子拾到。向北看山坳像牆壁一樣直立，裡面石筍茂密，參差不齊，三面有青翠的崖壁環繞，更是勝過了靈巖。只是山谷幽深境界奇絕，只聽到水聲潺潺地流，不能分辨是在什麼地方流。望到四面峰巒累累，像小土山那樣下伏，只有東面山峰昂然地獨立著，最東邊的常雲峰還可以和它並列。帶路的人告別回去時，指出湖在西半山腰的一個山峰上，還須越過三個山峰，我聽了他的話。等越過了一個山峰，路已斷絕了。又越過一個山峰，所攀登的山頂已在半空中。自己想到志書上所說：「宕在山頂，龍湫的水即是從宕來的。」現在山的體勢漸漸向下，而上湫的山澗卻從東高峰發源，離這裡已隔了兩個山谷。於是返回來而往東，望著東面高的山峰前進。蓮舟很累不能跟著去，從舊路下了山。我和兩個奴僕往東越過兩個山嶺，人跡絕了。不久山越來越高，山脊越來越狹窄，兩邊夾立，好像在刀背上行走。又石片直而尖地向上突起，每經過一個山脊，就是一個陡峭的山峰，都是從刀劍的縫隙中攀援而上。這樣三次，只見這地方連腳也插不下，怎能容得下湖呢？這之後高峰盡頭，有一石塊好像刀劈的一樣，先前害怕石塊的鋒銳挑弄人，到這裡則沒有鋒銳可以插足了。在崖上猶豫之後，不敢再向故道行進。俯瞰南面，石壁下有一石級，於是脫下奴僕的腳布四條，從山崖上垂空而下，先讓一個奴僕下去，我第二個跟隨著他，心想可以找到攀援之路。等到下來，僅僅能容得下腳，沒有餘地，望著巖下陡深百丈。想考慮再上去，而上巖也懸空三丈多，不能飛登上去。拿著布往上試，布被突出的石塊所勒住，忽然中斷。於是又繼續懸掛它，竭力騰空挽上去，得以又登上巖石脫離險阻。回到雲靜菴，太陽已漸漸西下，主僕衣服和鞋子都破了，尋找湖的興頭衰退了，於是告別下來。又到了龍湫，則在接連的下雨之後，怒濤傾注，變幻出各種形狀，應有盡有，聲轟如雷，噴沫似雪，比昨天大了一倍。坐到天黑才出來，向南走四里，住宿在能仁寺。

十五日，寺後覓方竹數握❶，細如枝。林中新枝，大可徑寸❷，柔不中杖❸，老柯斬伐殆盡矣。遂從岐度四十九盤❹，一路遵海而南，踰窰嶴嶺，往樂清。

【章旨】記十五日離開能仁寺前往樂清。

【注釋】❶數握　幾根。❷徑寸　直徑一寸。❸柔不中杖　軟得不能作手杖。中，適合。❹四十九盤　曲折的山路名。

【語譯】十五日，在寺後找了幾枝方竹，像樹枝那麼細。林中新的枝條，大約有直徑一寸那麼大，柔軟得不能作手杖，老枝斬伐得幾乎盡了。於是從岔路度過四十九盤，一路沿著海而往南，越過窰嶴嶺，往樂清。

【研析】這篇文章是日記體，記事以時間先後為序。所記的事是遊山，所記內容是景物和人物活動。山是自然形成的，錯綜複雜，千變萬化，因此，寫山水布置，難在條理清楚，能使人看到清晰的格局；寫景色，難在如實描畫，突出特點，從而給人生動印象。而如果按時間順序記，又容易平鋪直敘，輕重不分，使人覺得重複拖沓。這篇遊記，在這些方面處理得很好。文章以時間為綱，每次移動都寫明方位、里程，又常常是先概括介紹大的布局，然後詳寫途中所見，所以條理分明。描寫景物更是筆精墨妙，既能夠要言不煩，又能夠抓住景物的特有神態。如十一日遊山，以寫靈峰寺為主，寫了老僧巖的形態，石梁洞的形勢，靈峰道的千姿萬態，又寫了潭水的深碧。十二日遊山，以寫屏霞嶂為主，寫了嶂右第一奇的龍鼻穴，寫了嶂左第一奇的天聰洞。十三日遊山，以寫天柱峰附近山景及大龍湫瀑布為中心，寫出了大龍湫的聲威。十四日重點寫探尋雁湖遇險的經過。這一部分寫景狀物，或用比喻，或用敘述，筆姿靈動，語言如珠落玉盤。而寫人抒情部分，則隱現跌宕，驚心動魄，特別是寫遇險的情景，筆法細膩，既點明了心情前後變化的脈絡，又映襯了雁宕絕峰的奇險。

劉侗

【作者】劉侗（約西元一五九三～一六三六年），字同人，號格菴，麻城（今湖北麻城）人。崇禎七年（西元一六三四年）進士，授吳縣知縣，卒於赴任途中。為明末竟陵派重要作家，為諸生時因「文奇」被禮部參奏而與譚元春等同受降等處分。著有《龍井崖詩》、《雉草》及與于奕正合撰之《帝京景物略》。

三聖菴

【題解】本文選自明刊本《帝京景物略》，是篇隨筆。本文寫了北京德勝門外農村的田園風光，重點寫了三聖菴一帶的景物。

德勝門❶東，水田數百畝，洫溝❷澮❸川上，隄柳行植，與畦中秧稻，分露同烟。春綠到夏，夏黃到秋。都人望有時，望綠淺深，為春事淺深；望黃淺深，又為秋事淺深。望際，聞歌有時，春插秧歌，聲疾以欲❹；夏桔槔❺水歌，聲哀以囀❻；秋合酺賽社❼之樂歌，聲嘩以嘻❽。然不有秋❾也，歲不輒聞也。

【章　旨】寫德勝門外農村的風光。

【注　釋】❶德勝門　北京東城門。❷洫溝　田間的水溝。❸澮　田間水溝。這裡作動詞用。通向的意思。❹疾以欲　迅速而且柔順。欲，柔和。❺桔槔　一種井上汲水的用具。❻哀以噭　哀惋而且綿長。❼合酺賽社　聚會飲酒祭神之類。合酺，聚飲。賽社，原是周代十二月蜡祭的遺俗，農事完畢後，陳酒食祭田神。❽嘩以嘻　喧譁而且歡愉。❾有秋　指秋禾收成好。

【語　譯】德勝門的東面，有水田幾百畝，田間的水溝與河相通，河堤柳樹一行行地種著，與田間的秧稻分享著露水和煙霧。春天綠了到夏天，夏天黃了到秋天。京城中的人適時地觀賞，觀賞到綠色由淺到深，就知道春的淺深；觀賞到黃色由淺到深，又知道秋的淺深。觀賞之時，適時地聽到歌聲。春天插秧時的歌，聲音迅疾而且柔和；夏天用桔槔汲水時的歌，聲音哀惋而且綿長；秋天合酺賽社的樂歌，聲音喧譁而歡愉。然而秋天收成不好的話，過年時也就不常聽到歡愉。

有臺而亭之，以極望，以遲所聞者。三聖菴，背水田菴❶焉。門前古木四，為近水也，柯如青銅，亭亭❷。臺，菴之西。臺下畝，方廣如菴。豆有棚，瓜有架，綠且黃也，外與稻楊同候。臺上亭，曰觀稻。觀不直❸稻也，畦隴❹之方方，林木之行行，梵宇之厂厂❺，雉堞❻之凸凸，皆觀之。

【章　旨】寫三聖菴及其周圍的景物。

【注　釋】❶菴　名詞作動詞用。建菴。❷亭亭　挺立的樣子。❸不直　不只是。❹畦隴　指田畝。畦、隴，都是田埂的意思。❺厂厂　巖石突出的樣子。❻雉堞　城上排列如齒狀的矮牆，用作掩護。

【語　譯】有高臺而在那裡建了亭子，用來遠望，用來等待所要聽的，三聖菴背著水田而建。門前有四棵古樹，因為接近水邊，樹枝顏色像青銅，亭亭挺立著。臺在菴的西面。臺下有田，方和寬像菴那麼大。有豆棚、有瓜架，由綠而黃，與外邊的稻和楊樹一樣隨時令的變化而變化。臺上有亭，名叫「觀稻」。其實觀賞的不只是水稻。畦隴方方，林木行行，梵宇厂厂，雉堞凸凸，都可以觀賞到。

【研　析】這是篇隨筆式的短文，但非常注重文字的修飾，喜用短句、疊字，造語冷雋，別具理趣。開頭寥寥幾筆，就將一幅濃淡相間的水墨畫展現在讀者面前了：幾百畝的水田中，溝渠與河流相連，一丘丘稻秧，與堤上的成行柳樹一起沐浴在陽光雨露中。寫春天到秋天，隨著季節的變化，田中的植物不斷變換著顏色，文中用「春綠到夏，夏黃到秋」這樣的造語。這裡的「綠」和「黃」原是形容詞，用作動詞，使得「綠」、「黃」這兩種顏色具有了動態的漸變的過程。而綠和黃這兩種顏色，也都是由淺而深地變化著，從而也知道季節也在推移著。田野上不僅莊稼在不斷地變化著顏色，就連農夫所唱的歌也在不斷地變化著，春天是插秧歌，夏天是桔槔水歌，秋天是合酺賽社之歌，而且這些歌聲也不相同，有的「聲疾以欲」，有的「聲哀以嘒」，有的「聲嘩以嘻」。這一章寫出了田園風光，也寫出了民俗風情，是風景畫與風俗畫的結合。

寫三聖菴一節，既寫了菴，也寫了臺。這裡用了工筆畫與寫意畫相結合的寫法。寫菴前的古木，枝如青銅，是工筆畫。寫臺下的田畝，有豆棚，有瓜架，綠且黃，與稻楊同候，這是寫意畫，而寫觀稻亭上所見景物，歷歷在目，這又似乎是工筆畫。這一章中，最可注意的是短語和疊詞。

溫　泉

【題　解】本文選自明刊本《帝京景物略》，是篇隨筆。文章寫了北京城外畫眉山北面的溫泉，寫了溫泉帶給周圍景物的好處。

西堂村而北，曰畫眉山。產石，墨色，浮質而膩理❶，入金宮❷為眉石，亦曰黛石也。山北十里，平疇❸良苗，溫泉出焉。泉如湯未至沸時，甃❹而為池，以待浴者。泉雖溫乎其出，能藻❺，能蟲魚❻。禾黍早成，早於他之秋再旬❼；林後凋，草色久駐，晚於他之秋再旬。資泉❽之民，無苦瘍躄❾。泉前數武❿，有碧霞殿⓫，單楹⓬板扉。泉而東六十里，大湯山，又一溫泉。再東三里，小湯山，又一溫泉。

【注　釋】❶浮質而膩理　質地疏鬆而紋理細膩。❷金宮　指皇宮。❸平疇　平整的田地。❹甃　用磚修井。❺能藻　能生長水藻。藻，這裡作動詞用。❻能蟲魚　指能生長蟲魚。❼再旬　二十天。旬，十天。❽資泉　以泉水為資源。❾瘍躄　指腳上有膿瘡而行走不便。❿武　半步。古代以跨出一腳，再跨出一腳為一步。半步就是跨出一腳，也就是現在的一步。⓫碧霞殿　祭祀碧霞元君的場所。碧霞元君相傳為泰山女神，宋以後各地多建祠供奉她。⓬單楹　單間。

【語　譯】西堂村向北，有畫眉山。出產石頭，墨色，質地鬆散而紋理細膩，進入皇宮稱作眉石，也叫黛石。由這山往北十里，田地平整禾苗美好，有溫泉流出來。泉好像熱水還不到沸點時那樣，用磚砌成池子，供人洗浴。泉水雖然溫熱地流出來，可以生長水藻，可以生長蟲和魚。禾黍很早就成熟了，比其他地方的秋天早二十天；樹木凋謝得遲，草的綠色也長駐，比其他地方的秋天遲二十天。依靠泉水生活的百姓，不會因為腳生惡瘡行走不便而痛苦。在泉前幾步遠處，有碧霞殿，單間的屋子，木板的門。從溫泉往東六十里，有大湯山，又有一處溫泉；再往東三里，有小湯山，又有一處溫泉。

【研　析】這篇文章，以短見長，直接寫溫泉的句子雖只有五句，卻能從各種不同角度，將溫泉的好處面面俱到地寫了出來。

文章按遊蹤，先描繪了溫泉所在的地理位置和環境，出產墨石的畫眉山，其北十里廣闊的平原，茁壯的莊稼，再寫到了溫泉。寫溫泉的熱度是「如湯未至沸時」，可見熱度是很高的。這樣的溫泉，第一個用處是洗浴，因此用磚砌成泉池。當溫泉流出後，能生長水草和蟲魚，這是溫泉的第二個用處。由於水溫，因此這一帶的莊稼在秋天比別處早熟二十天，而樹木百草又比別處的遲凋二十天，這是溫泉的第二個好處。它不僅對動植物有益處，對人也有豐厚的奉獻，使得這一帶的人不生皮膚病。溫泉的好處真是很多的。寫了溫泉之後，又寫了泉水前邊的碧霞神殿。又點到了離此處不遠的兩處溫泉，可見這一帶是泉水豐富的地方。作者一再用「又一溫泉」這樣重複的句子，一方面指出了當地溫泉資源的豐富，另一方面又流露出了他因泉水豐富而產生的驚歎、喜悅心情。

水盡頭

【題　解】本文選自明刊本《帝京景物略》，是篇隨筆。文章依著遊覽的順序，寫了沿溪探尋水盡頭一路上的風光景物。水盡頭是北京西郊壽安山西邊的一條溪水，又名櫻桃溝。

觀音石閣而西，皆溪，溪皆泉之委❶；皆石，石皆壁之餘。其南岸皆竹，竹皆溪周而石倚之。燕❷故難竹，至此林林畝畝。竹丈始枝❸，筍丈猶籜❹，竹枝生於節，筍稍出於林，根鞭出於籬，孫❺大于母。

【章　旨】寫觀音石閣西邊溪岸的竹林。

【注　釋】❶委　指水向下分流。❷燕　指北京。本為戰國時燕國地。❸枝　作動詞用。長出竹枝。❹籜　筍殼。❺孫　指孫竹，由母竹的竹鞭的末梢所生的小竹。

【語　譯】從觀音石閣往西，都是溪，溪都是泉水的下流；都是石，石都是山壁的餘留物。溪的南岸都是竹，竹都在溪的周圍而有石緊靠著它。北京本來很難生長竹，到了這裡，卻成為竹林，一片片地。竹長到成丈高才分出竹枝；筍長到成丈高還帶著筍殼。竹枝生在竹節上，筍梢高出竹林中，根鞭穿出竹籬外，孫竹比母竹大。

過隆教寺而又西，聞泉聲。泉流長而聲短焉，下流平也。花者，渠泉而役乎花❶；竹者，渠泉而役乎竹。不暇聲也。花竹未役，泉猶石泉矣。石罅亂流，眾聲澌澌❷。人踏石過，水珠漸❸衣。小魚折折❹石縫間，聞跫❺音則伏，於苴❻於沙。

【章　旨】寫過隆教寺往西泉流兩邊的景物和泉中小魚的活動。

【注　釋】❶渠泉而役乎花　引泉為渠，用水來澆灌花。役，服役。❷澌澌　泉水流動聲。❸漸　霑濕。❹折折　安逸舒適的樣子。❺跫　腳步聲。❻苴　這裡指水草。

【語　譯】經過隆教寺又向西行，聽到泉水聲，泉流很長而聲音短促，因為流到平地的緣故。種花的人，引泉為渠用水來澆灌花；種竹的人，引泉為渠用水來澆灌竹。這時泉水無聲。沒用來澆花澆竹的地段，泉水還是石泉。泉水在石縫中亂流，聲音喧嘩，澌澌地響。人踏在石上跨過去，水珠濺濕了衣服。小魚在石縫間安逸舒適地游動，聽到腳步聲就伏在水草和沙中。

雜花水藻，山僧園叟不能名之。草至不可族❶，客乃鬥以花❷，采采❸百步耳，互出，半不同者。然春之花尚不敵其秋之柿葉。葉紫紫，實丹丹，風日流美，曉樹滿星，夕野皆火。香山曰杏，仰山曰梨，壽安山曰柿也。

【章旨】寫隆教寺西邊的花草樹木。

【注釋】❶族　分類。❷鬥以花　一種遊戲，猜花名。❸采采　眾多的樣子。

【語譯】雜花和水藻，山中和尚、管園的老人都叫不出它們的名稱。草多得不能分類，客人於是以猜花名為遊戲，在百步之內花就非常的多，彼此拿出來，多半是不相同的。然而春天的花還抵不上秋天的柿葉。葉紫紫，果實紅紅，風和日美，早晨的樹上好像掛滿了星星，晚上的野外好像都是火。香山長著杏樹，仰山長著梨樹，壽安山長著柿樹。

西上圓通寺，望太和菴前，山中人指指水盡頭兒，泉所源也。至則磊磊中兩石角如坎❶，泉蓋從中出。鳥樹聲壯，泉唶唶❷不可驟聞。坐久，始別，曰：「彼鳥聲，彼樹聲，此泉聲也。」

【章旨】寫水盡頭的景物。

【注　釋】❶坎　坑穴。❷喈喈　本指鳥叫聲。這裡形容泉水流出的聲音。

【語　譯】西上圓通寺，望到太和菴前，山中人指指水盡頭兒，這是泉水的起源。到了則看到磊磊山石中有兩塊石角好像坑穴，泉水大約從這裡出來。鳥在樹間的聲音很大，泉水喈喈，一下子也不能分辨。坐了很久，才離開，說：「那是鳥聲，那是樹聲，這是泉水聲。」

又西上廣泉廢寺，北半里，五華寺。然而遊者瞻臥佛❶輒返，曰：「臥佛無泉。」

【章　旨】寫西上五華寺，至臥佛寺無泉而返。

【注　釋】❶臥佛　寺名。因寺內有元代所鑄銅像而得名。

【語　譯】又西上廣泉寺廢址，北邊半里是五華寺。然而遊客看到臥佛寺就回頭，說：「臥佛寺沒有泉水。」

【研　析】作者在這篇文章中不對水盡頭的景觀作總體介紹，而是選取了富有代表性、能充分體現這一帶特色的景觀，依遊覽的順序，從自己的獨特感受出發，選取了泉、石、花、竹、魚、草作繪聲繪色的描摹，編織出了一幅富有山野情趣的風光圖。

第一章寫了觀音閣西面的溪、石和竹。寫竹，寫了竹枝、竹筍，還寫了竹孫、竹鞭。北京一帶本來難於種竹，但這裡的竹卻「林林畝畝」，成片成林。第二章寫泉水非常精微細緻，「泉流長而聲短焉」，這是寫下流的水聲。「石罅亂流，眾聲澌澌。人踏石過，水珠漸衣」，寫了泉水在亂石中流的特有景象。而「小魚折折石縫間，聞跫音則伏，於苴於沙」，寫了小魚遇到人的腳步聲時的驚恐情狀，非常生動。第三章寫秋色之美，最為傳神：「秋之柿葉。葉紫紫，實丹丹，風日流美，曉樹滿星，夕野皆火。」無論是形容取譬，還是遣詞造句，都十分新穎獨到，堪稱佳句。第四章寫水盡頭，「磊磊中兩石角如坎，泉蓋從中出」，寫了泉水的出處。而周圍的氣氛是：「鳥樹聲壯，泉唶唶不可驟聞。」坐久之後，才可以分辨出鳥聲、樹聲、泉聲，這顯示了這裡環境的清靜，沒有遭到人為的破壞。

魏學洢

【作　者】魏學洢（西元一五九六～一六二五年），字子敬，嘉善（今浙江嘉善）人。父親魏大中，因彈劾魏忠賢而被逮，冤死獄中。學洢因痛父冤，號哭悲憤而死。好學善文，有《茅簷集》。

核舟記

【題　解】本文選自《虞初新志》，是篇記敘文。它記敘了明代民間藝人王叔遠在一顆果核上刻出的栩栩如生的船和船中非常細緻的人物形像，體現了古代工藝美術品所達到的高超水準。

明有奇巧人曰王叔遠，能以徑寸❶之木，為宮室、器皿、人物，以至鳥獸、木石，罔不因勢象形，各具情態。嘗貽余核舟一，蓋大蘇❷泛赤壁云。

【章　旨】寫明代民間藝人王叔遠能在細小的物體上刻出各種圖像。

【注　釋】❶徑寸　直徑一寸長。❷大蘇　指宋代蘇軾。

【語　譯】明代有奇巧的藝人叫王叔遠，能在直徑一寸長的木頭上，刻出宮室、器皿、人物，以至鳥獸、木石，無不隨著物體的情狀刻出相應的物體形態。曾經送給我一枚核舟，上面刻的是蘇軾遊赤壁。

舟首尾長約八分有奇❶，高可二黍許。中軒敞者為倉，箬篷❷覆之。旁開小窗，左右各四，共八扇。啟窗而觀，雕欄相望焉。閉之，則右刻「山高月小，水落石出」❸，左刻「清風徐來，水波不興」❹，石青糝之❺。

【章旨】介紹核舟的結構，以及船的左右的刻字。

【注釋】❶奇　餘數。❷箬篷　箬竹葉作的船篷。❸山高月小二句　出自蘇軾〈後赤壁賦〉。❹清風徐來二句　出自蘇軾〈前赤壁賦〉。❺石青糝之　用青色顏料塗在刻字上。

【語譯】船的首尾長約八分有餘，高大約有二粒黍左右。中間寬敞的部分是船艙，用箬竹葉作的篷覆蓋在上面。旁邊開著小窗，左右各有四扇，一共八扇。開窗而觀看，雕欄可以相互望見。關上它，則右邊刻著「山高月小，水落石出」，左邊刻著「清風徐來，水波不興」，用青色顏料塗抹在上面。

船頭坐三人，中峨冠而多髯者為東坡，佛印❶居右，魯直❷居左。蘇、黃共閱一手卷❸。東坡右手執卷端，左手撫魯直背。魯直左手執卷末，右手指卷，如有所語。東坡現右足，魯直現左足，各微側，其兩膝相比者，各隱卷底衣褶中。佛印絕類彌勒，袒胸露乳，矯首昂視，神情與蘇、黃不屬。臥右膝，詘右臂支船，而豎其左膝，左臂掛念珠倚之，珠可歷歷數也。

【章旨】介紹船頭所刻的人物形態。

【注釋】❶佛印　和尚名。蘇軾謫黃州時，佛印住在廬山，相與酬酢往還。❷魯直　黃庭堅，字魯直。北宋著名詩人。與蘇軾友好。❸手卷　橫幅的書畫卷子。

【語譯】船頭坐了三人，中間戴著高帽而有許多鬍鬚的人是蘇東坡，佛印在右，黃魯直在左。蘇、黃一起看一軸卷子。東坡的右手拿著卷子的開頭，左手撫著魯直的背。魯直的左手執著卷子的末端，右手指著卷子，好像在說什麼。東坡伸出右腳，魯直伸出左腳，各人微微側身。他們相近的兩膝，各各隱入卷底的衣服折褶中。佛印非常像彌勒佛，袒著胸露出乳房，抬著頭仰視，神情與蘇、黃不一樣。臥著右膝，屈著右臂支著船板，而豎起他的左膝，左臂掛著念珠倚靠著它，念珠可以很清楚地數出來。

舟尾橫臥一楫。楫左右舟子各一人。居右者椎髻仰面，左手倚一衡木，右手攀右趾，若嘯呼狀。居左者右手執蒲葵扇，左手撫爐，爐上有壺，其人視端容寂❶，若聽茶聲然。

【章旨】介紹船尾的人物神態。

【注釋】❶視端容寂　眼睛正視，神色平靜。

【語譯】船尾橫臥一楫。楫左右船夫各一人。居右的人梳著椎形的髮髻仰著面，左手倚靠一橫木，右手攀著右趾，好像嘯呼的樣子。居左的人右手執著蒲葵扇，左手撫著爐，爐上有壺，那人眼神端正，神色平靜，好像在聽茶聲的樣子。

其船背稍夷，則題名其上，文曰「天啟壬戌❶秋日，虞山❷王毅叔遠甫刻」，細若蚊足，鉤畫了了❸，其色墨。又用篆章一，文曰「初平山人」，其色丹。

【章旨】介紹船背所刻的字。

【注釋】❶天啟壬戌　明熹宗天啟二年（西元一六二二年）。❷虞山　在今江蘇常熟西北。這裡指常熟。❸了了　清楚。

【語譯】船背稍平，則在這上面題名，文字是「天啟壬戌秋日，虞山王毅叔遠甫刻」，細如蚊足，一筆一畫清清楚楚，它的顏色是黑色的。又用了一枚篆章，文字是「初平山人」，它的顏色是紅的。

通計一舟，為人五；為窗八；為箬篷，為楫，為爐，為壺，為手卷，為念珠各一；對聯、題名並篆文，為字共三十有四。而計其長曾❶不盈寸。蓋簡桃核修狹者為之。

【章旨】統計船上所刻的物體數。

【注釋】❶曾　竟然。

【語譯】統計一艘船上，刻有五個人，八扇窗；刻有箬篷，有楫，有爐，有壺，有手卷，有念珠各一件；對聯、題名並有篆文，共刻有三十四字。而計算它的長度竟然不滿一寸。大概是挑選桃核修長的來刻它。

魏子詳矚既畢，詫曰：嘻，技亦靈怪矣哉！《莊》、《列》❶所載，稱驚猶鬼神❷者良多，然誰有遊削於不寸之質，而須麋❸瞭然者？假有人焉，舉我言以復於我，亦必疑其誑。今乃親睹之。繇斯以觀，棘刺之端，未必不可為母猴❹也。嘻，技亦靈怪矣哉！

【章　旨】寫作者在仔細觀看了核舟之後發出了感慨。

【注　釋】❶莊列　指《莊子》和《列子》。古代兩部哲學著作，裡面記載了許多怪異之事。❷驚猶鬼神　驚奇得好像鬼神所造。❸須麋　即鬚眉。❹棘刺之端二句　在棘刺的尖端上未必不能刻成一隻母猴。《韓非子・外儲說左上》說：有宋人在燕王面前誇說可以在棘刺之端刻一母猴。

【語　譯】魏子詳細地觀賞完，驚異地說：唉，技藝也真是靈巧啊！《莊子》和《列子》所記載的，稱說驚奇得好像鬼神所造的非常多，然後誰能夠在不到一寸的材料上從事雕刻，而鬚眉非常清楚呢？假如有人拿我說過的話來回答我，也一定會懷疑他是在欺騙我。現在才親眼見到了它。從這些看來，在棘刺的尖端，未必不能夠刻成一隻母猴。唉，技藝也真是靈巧怪異啊！

【研　析】這篇文章將一件微雕藝術品再現在讀者面前。微雕技藝最令人歎服之處，便是以小容大，以少容多。在核舟上面，民間藝人曾刻成了一艘遊船，船上有五位人物、八扇窗，以及各種器皿和物品，以及三十四個文字。如此多的人物、器物和文字，容納在長僅八分餘，高只「二黍許」的小小核桃上。更難能可貴的是，上述這麼多的內容在一個小小的桃核上絲毫不顯得擁擠局促。民間藝人經過精心的藝術構思，作了合理的布局，如將五個神態各異的人物分兩組安排在船的首尾兩端，並配以貼切的服飾、器物，從而在人們面前展現了一幅充滿詩情畫意的「大蘇泛赤壁」圖景。文章的作者用他細緻周密的觀察力，幫助讀者按觀察的順序逐一觀賞，由總體而局部，從船頭到船尾，從船面到船背，從人物器皿到銘文篆章，有條不紊地一一介紹，使讀者更真切地感受到這件微雕精品的藝術價值和雕刻家技藝的高超不凡。

如果這件微雕藝術僅僅停留在以小容多和從容不迫的巧妙布局上，還不足以顯示這一藝術品的「奇巧」和「靈怪」。這件微雕上人物的神態各異，栩栩如生，他們有的「峨冠而多髯」，有的「袒胸露乳，矯首昂視」，有的「椎髻仰面」，有的「視端容寂」。特別是描寫蘇、黃共閱一手卷的姿勢神情，更令人猶如親見他們的音容笑貌，親聞他們吟哦讚歎之聲。而兩個舟子的不同神態動作也十分生動，使人彷彿真切地聽到詩意的「嘯呼」聲和茶爐的水沸聲。舟上的器物也非常精巧細緻。如小小船艙竟有八扇小窗，而且能開合自如；鏤刻花紋的欄杆左右相對；佛印和尚臂上那串念珠可歷歷數；船背上所刻的文字雖「細若蚊足」，卻是「鉤畫了了」。而且雕刻家還能閒中著色，準確地在各種刻字上著上不同的顏色。

王叔遠這個民間藝人在一個不到徑寸的桃核上雕出如此豐富而生動的內容，令人驚歎；而文章作者在不到五百字的短文中，對這件微雕工藝品所作的簡潔而生動的介紹，同樣也令人驚歎。

張岱

【作者】張岱（西元一五九七～一六八九年），字宗子、石公，號陶菴、天孫，山陰（今浙江紹興）人。諸生。早年為紈袴子弟，過著聲色犬馬的生活。明亡後，避跡山居，窮困而終。在寫作上，取公安、竟陵兩派之長，將晚明小品藝術發展到了精美純熟的境地。所作《陶菴夢憶》、《西湖夢尋》，均為晚明小品文的神品。有《琅嬛文集》。

湖心亭看雪

【題解】本文選自《陶菴夢憶》。文章回憶了明亡前住杭州西湖邊在湖心亭看雪的情景。

崇禎五年❶十二月，余在西湖。大雪三日，湖中人鳥聲俱絕。是日更定❷矣，余拏❸一小舟，擁毳衣❹爐火，獨往湖心亭看雪。霧凇❺沆碭❻，天與雲、與山、與水，上下一白，湖上影子，惟長堤一痕，湖心亭一點，與余舟一芥，舟中人兩三粒而已。到亭上，有兩人鋪氈對坐，一童子燒酒爐正沸。見余大喜，曰：「湖中焉得更有此人？」拉余同飲。余強飲三大白❼而別。問其姓氏，是金陵❽人，客此❾。及下船，舟子喃喃❿曰：「莫說相公癡，更有癡似相公者！」

【注　釋】❶崇禎五年　西元一六三二年。崇禎，明思宗朱由檢年號。❷更定　初更開始。古時，一夜分為五更，每更大約兩小時。晚上八時左右，打鼓報初更開始，稱為更定。❸拿　牽引；划。❹毳衣　細毛裘衣。❺霧淞　由寒冷的霧氣結成的冰花。❻沆碭　晃漾；晃蕩。❼大白　大杯酒。❽金陵　南京的舊稱。❾客此　客於此；在這裡作客。❿喃喃　低聲自語。

【語　譯】崇禎五年十二月，我在西湖。大雪下了三日，湖中人鳥的聲音都絕滅了。這天已是更定時分，我划了一艘小船，擁著裘衣爐火，獨自前往湖心亭看雪。寒霧結成的冰花蕩漾在冷氣中，天與雲、與山、與水，上下白成一片，湖上影子，只有長堤一痕，湖心亭一點，與我的一艘小船、船中兩三個人而已。到了亭上，有兩人鋪了氈相對坐著，一童子用爐子燒酒，正在沸騰。看到我很高興，說：「湖中怎麼會還有這人？」拉著我一同飲酒，我勉強飲下三大杯酒和他們分別。問他們的姓氏，是金陵人，在這裡作客。到下船後，船夫喃喃地說：「別說您相公痴，還有和相公一樣痴的人！」

【研　析】這篇文章從「看」字寫西湖冬日雪景，著力於微觀中顯出宏觀。寫雪景，只用「上下一白」四個字來概括，每個人都會有這種印象，不能算奇句。但接下去用「一痕」、「一點」、「一芥」、「兩三粒」來深入描寫這個上下一白，卻是作者極妙的修辭手法。「上下一白」的「一」字，是形容天與水的渾茫難辨，使人感到境界之大；而「一痕」、「一點」、「一芥」的「一」字，是形容視像的依稀可辨，使人感到景物之小。大小相形，大者更覺其大，小者愈見其小，這真所謂著「一」字而境界出矣！同時由「長堤一痕」到「湖心亭一點」，到「余舟一芥」，到「舟中人兩三粒」，其鏡頭則是從小而更小，直至微乎其微。這「痕」、「點」、「芥」、「粒」等量詞，一個小似一個，寫出了視線的移動，景物的變化，暗示出小船在夜色中徐徐行進，展現了一個微妙而變幻的意境。這些經過千錘百煉的字眼，絲毫沒有雕琢的痕跡，彷彿信手拈來，使人覺得天造地設，自然地生定在那兒，誰也撼動它不得。這一段是寫景，卻又不止於寫景，我們從這個混沌一片的冰雪世界中，不難感受到作者那種人生天地間，茫茫如滄海一粟的感慨。

到了湖心亭，遇上了二客和燒酒的童子，飲酒之後下船，舟子喃喃說：「莫說相公癡，更有癡似相公者！」這一筆，閒中點染，耐人尋味。它透出了船家與相公在思想感情上的不一致。因為不一致，他不能理解為什麼在這麼冷的天，深更半夜，還要到湖心亭看雪，真是個怪人。這裡也就反襯出了相公的獨往獨來，落寞寡合。

柳敬亭說書

【題解】本文選自《陶菴夢憶》，是篇記敘文。文章記敘了當時的說書藝人柳敬亭說書的情景。

南京柳麻子❶，黧黑❷，滿面⿺几巴癗❸，悠悠忽忽，土木形骸❹。善說書。一日說書一回，定價一兩。十日前先送書帕❺下定❻，常不得空。南京一時有兩行情人❼，王月生❽，柳麻子是也。

【章旨】記柳敬亭的外貌、特長、說書的受歡迎程度。

【注釋】❶柳麻子　柳敬亭的綽號，因為他的滿臉疤瘢而得名。敬亭名逢春，泰州（今江蘇泰州）人。當時的著名說書人。❷黧黑　面色黃黑。黧，黃黑色。❸⿺几巴癗　疤痕疙瘩。⿺几巴，同「疤」。❹悠悠忽忽二句　閒散放蕩，不修邊幅。❺書帕　指錢財或禮物。明代官場往往以一書一帕為禮物，用來餽贈長官，稱書帕，後改用金銀錢財，而仍稱書帕。❻下定　預定；預約。❼行情人　非常有行情的人。❽王月生　當時南京名妓。

【語譯】南京柳麻子，面色黃黑，滿臉疤痕和疙瘩，隨便任性，不修邊幅，擅長說書。一天說一回書，定價一兩。十日前要先送定金預約，常常沒有空暇。南京在同一時有兩個有行情的人，就是王月生和柳麻子。

余聽其說景陽岡武松打虎白文❶，與本傳大異。其描寫刻畫，微入毫髮，然又找截乾淨❷，並不嘮叨。哱夬❸聲如巨鐘❹，說至筋節處❺，叱咤叫喊，洶洶崩屋❻。武松到店沽酒，店內無人，謈❼地一吼，店中空缸空甓❽，皆甕甕有聲。閑中著色❾，細微至此。主人必屏息靜坐，傾耳聽之，彼方掉舌❿。稍見下人呫嗶耳語⓫，聽者欠伸有倦色，輒不言，故不得強。每至丙夜⓬，拭桌剪燈，素甆⓭靜遞，款款⓮言之，其疾徐輕重，吞吐抑揚，入情入理，入筋入骨，摘世上說書之耳，而使之諦聽，不怕其不齰舌⓯死也。

【章旨】敘柳敬亭說武松打虎白文時維妙維肖的情景。

【注釋】❶白文　南方說書中的「大書」，只說不唱，著重表現說時的語言、表情、聲勢。❷找截乾淨　指說書時毫無拖沓鬆散的毛病。找，補敘。截，停止。❸哱夬　吆喝聲。❹聲如巨鐘　形容聲音非常響亮。❺筋節處　關鍵處。❻洶洶崩屋　喊聲震屋。洶洶，迅猛的喧嘩聲。❼謈　大聲呼叫。❽甓　本意是磚，這裡作瓦器解。❾閑中著色　在別人不經意的地方加以渲染。❿掉舌　動舌；出詞發言。⓫呫嗶耳語　附耳小語。⓬丙夜　指夜半時分，與「子夜」、「午夜」同義。⓭素甆　指茶盌。甆，同「瓷」。⓮款款　徐緩的樣子。⓯齰舌　咬舌。這裡是羞愧欲死的意思。齰，咬。

【語譯】我聽過他說景陽崗武松打虎的大書，與原書所寫大不相同。他的描寫刻畫，非常細緻，然又毫不鬆散拖沓，並不嘮叨。他的吼喝聲像巨鐘一樣響亮。說到關鍵處，叱吒叫喊，聲震屋瓦。武松到店沽酒，店中無人，大聲一吼，店中空缸空罐，都發出甕甕的聲音。在別人不經意的地方加以渲染，細微到這樣的地步。主人一定要屏住呼吸靜坐著，傾著耳朵聽說書，他才動舌出詞。稍見下人附耳低語，聽者伸腰有疲倦的神色，往往就不說了，因此不能強迫他。每到半夜，擦桌子點上燈，茶盌靜靜地傳遞，說書人徐緩地說書，聲音的快慢輕重，吞吐抑揚，入情入理，入筋入骨，摘下世上說書人的耳朵，而讓他們仔細地聽柳說書，不怕他們不羞愧欲死。

柳麻子貌奇醜，然其口角波俏❶，眼目流利，衣服恬靜，真與王月生同其婉孌❷，故其行情正等。

【章旨】寫柳麻子雖貌醜，但說書口齒伶俐。

【注釋】❶波俏　流利有風致，這裡指柳敬亭說書口齒伶俐。❷婉孌　美好的樣子。

【語譯】柳麻子外貌奇醜，但他口齒伶俐，眼目靈動，衣服雅潔，簡直就和王月生一樣的美好，因此他們的行情也相等。

【研析】文章先從介紹柳麻子的形象入手，畫出了柳麻子面貌的缺憾。這樣寫，正是為了反襯出他說書時「口角波俏，眼目流利」的神采。這是欲揚先抑的寫法，避免了行文的呆板，同時可以顯示出人物平中有奇的特點。緊接著寫他說書時受人歡迎的程度，這是鋪墊，為下文寫他說書的高超技巧渲染氣氛。

寫柳敬亭說書，作者既不重複一波三折的故事情節，也不渲染繪聲繪色的說書技巧，而是採用了閒中著色的傳統手法。如寫武松進店沽酒，不去正面描繪武松的外貌內心，也沒有一一細表酒店內的家具陳設，而是寫他看見無人，猛地一聲大喝，店中空缸空罐瓮瓮作聲。這就把武松的大英雄氣概寫出來了。這一句勝過了正面描繪的千言萬語。作者在更多的地方，借助對柳敬亭的為人處事來刻畫他的性格，仍然採用閒中著色的手法。寫他說書時要主人屏息靜坐，不許下人低聲耳語，否則不開口。這寫出了他的藝格高，人格也高。這說明了他之所以在說書藝術上能取得卓越成就，在於他對這一行業所抱的嚴肅認真的態度，同時也揭示了他人微而心高，狷介奇特的性格。

最後一段的描寫與開頭的文字形成照應，作者有意將面貌醜陋的柳麻子與當時的名妓王月生相對照，既照應了前文，又使這篇文章餘韻不盡。

紹興燈景

【題　解】本文選自《陶菴夢憶》，是篇筆記文。文中寫了燈節之時紹興燈景之繁盛。

紹興燈景，為海內所誇者無他，竹賤、燈賤、燭賤。賤故家家可為之，賤故家家以不能燈❶為恥。故自莊逵❷以至窮檐曲巷，無不燈，無不棚者。棚以二竿竹搭過橋，中橫一竹，掛雪燈一，燈球六。大街以百計，小巷以十計。從巷口回視巷內，複疊堆垛，鮮妍飄灑，亦足動人。

【章　旨】寫紹興燈景之盛，是由於製燈材料普通，家家能為之。

【注　釋】❶不能燈　不能做燈。燈，這裡作動詞用。❷莊逵　大道。

【語　譯】紹興燈景被海內所誇耀的原因沒有別的，是因為竹賤、燈賤、燭賤。因為賤，所以家家可以做它；因為賤，因此家家以不能做燈為羞恥。因此從大道以至窮人家的屋檐，僻靜的曲巷，沒有不掛燈，沒有不張棚的。棚用兩根竹竿搭作過橋，中間橫著一根竹竿，掛一盞雪燈，六個燈球。大街有上百處，小巷有數十處。從巷口回頭看巷內，複疊堆聚，鮮妍飄蕩，非常動人。

十字街搭木棚，掛大燈一，俗曰「呆燈」，畫四書❶、《千家詩》❷故事，或寫燈謎❸，環立猜射❹之。菴堂寺觀以木架作柱燈及門額，寫「慶賞元宵」、「與民同樂」等字。佛前紅紙荷花琉璃百盞，以佛圖燈帶間之，熊熊煜煜❺。廟門前高臺，鼓吹五夜。

【章　旨】寫十字街及菴堂寺觀前的燈景。

【注　釋】❶四書　《論語》、《孟子》、《大學》、《中庸》四部儒家經典，為古人學習的入門書，元明清時為科舉考試的出題範圍。❷千家詩　宋代劉克莊選輯的唐宋詩人一千多家近體詩集。舊時為兒童啟蒙讀物。❸燈謎　張貼謎語在花燈上，供人猜測的一種遊戲。❹猜射　猜測。射，猜度。❺熊熊煜煜　光彩奪目的樣子。

【語　譯】十字街搭了木棚，掛了一盞大燈，俗稱「呆燈」，畫了四書、《千家詩》裡的故事，或者寫了燈謎，大家圍立猜測它。菴堂寺觀用木架作柱燈及門額，寫了「慶賞元宵」、「與民同樂」等字。佛前用紅紙、荷花、琉璃燈百盞，用佛圖燈帶間隔它們，光彩奪目，廟門前有高臺，連續五夜鼓吹彈唱。

市廛❶如橫街軒亭、會稽縣西橋，閭里相約，故盛其燈。更於其地門獅子燈，鼓吹彈唱，施放烟火，擠擠雜雜。小街曲巷有空地，則跳大頭和尚，鑼鼓聲錯，處處有人團簇看之。

【章旨】寫一些熱鬧之地燈景盛況。

【注釋】❶市廛　商市集中之地；商業街。

【語譯】商市集中之地如橫街軒亭、會稽縣西橋，閭里相約，因此燈景很盛。更在其地門獅子燈，鼓吹彈唱，施放煙火，擠擠雜雜。小街曲巷有空地，則跳大頭和尚，鑼鼓聲錯雜，到處有人圍聚著看。

城中婦女多相率步行，往鬧處看燈；否則，大家小戶雜坐門前，吃瓜子、糖豆，看往來士女，午夜方散。鄉村夫婦，多在白日進城，喬喬畫畫❶，東穿西走，曰「鑽燈棚」，曰「走燈橋」，天晴無日無之。

【章旨】寫城鄉居民看燈的情景。

【注釋】❶喬喬畫畫　精心打扮的意思。

【語譯】城中婦女大多結伴步行，往熱鬧之處看燈；否則大家小戶雜坐在門前，吃瓜子、糖豆，看來來往往的男女，到半夜才散去。鄉村夫婦，大多在白日進城，打扮得齊齊整整，東穿西走，稱為「鑽燈棚」，又稱「走燈橋」，天晴時沒有一日沒有。

萬曆間，父叔輩於龍山❶放燈，稱盛事，而年來有效之者。次年，朱相國❷家放燈塔山❸，再次年放燈蕺山❹。蕺山以小戶效顰❺，用竹棚多掛紙魁星燈。有輕薄子❻作口號❼嘲之曰：「蕺山燈景實堪誇，箭篠❽竿頭掛夜叉❾；若問搭彩是何物？手巾腳布神袍紗。」繇今思之，亦是不惡。

【章　旨】寫萬曆年間放燈盛事。

【注　釋】❶龍山　在今紹興市城西，又叫「府山」。上有越王臺等。❷朱相國　指朱賡。萬曆後期入閣執政。❸塔山　在今紹興城南。❹蕺山　在今紹興城北。❺效顰　模倣。❻輕薄子　油滑的人；嘴巴尖刻的人。❼口號　指打油詩之類。❽箭篠　一種細竹。❾夜叉　佛經中一種形象凶惡的鬼。

【語　譯】萬曆年間，父叔輩在龍山放燈，當時稱為盛事，而近幾年有倣效它的。第二年，朱相國家在塔山放燈，又過一年，在蕺山放燈。蕺山有小戶人家倣效放燈，用竹棚，多掛紙魁星燈。有輕薄子弟作打油詩嘲笑它說：「蕺山燈景實堪誇，箭篠竿頭掛夜叉；若問搭彩是何物？手巾腳布神袍紗。」在今日想起來，也是不差的。

【研　析】紹興燈景的特色，在於它「三賤」，即製作材料便宜，因此能夠普遍。因為普遍，所以從大街至小巷，燈無處不有。接著作者寫了十字街頭的「呆燈」和燈謎，寫了菴堂寺觀的柱燈和佛像前的燈景。不僅在燈節隨處有燈，而且更在燈節開展各種娛樂活動，鼓吹彈唱，施放煙火，跳大頭和尚。寫了燈景，自然得寫人景。寫觀燈的人群，城鄉居民各個不同。城中婦女是相率步行，往熱鬧處看燈，或者雜坐門前，一邊吃東西，一邊觀來往行人。而鄉村農民進城不易，所以一般在白天進城，而且打扮得很刻意，東穿西走。最後文章寫到當地豪紳放燈的盛事。因為豪紳帶頭，小戶人家也就倣效，但終不敵豪紳的氣派，於是有人作打油詩加以嘲諷。

寫這些歷歷如在眼前的勝事，原來卻已是先朝舊事。作者寫這些是在易代之後，因此回憶起來，帶有一種濃重的懷舊情緒。最後的「緜今思之，亦是不惡」，正露出了這種對往事的依戀之情。

西湖香市

【題解】本文選自《陶菴夢憶》，是篇筆記文。文章記敘了西湖香市的熱鬧場面，並通過香市衰歇原因的敘述和杭州情況的描繪，反映了當時的社會時勢。

西湖香市，起於花朝❶，盡於端午❷。山東進香普陀❸者日至，嘉湖❹進香天竺❺者日至，至則與湖之人市焉，故曰香市。

【章旨】介紹了香市的由來。

【注釋】❶花朝　農曆二月十二日或十五日，民間以為百花生日，稱為花朝。❷端午　農曆五月初五日，民間為端午節。❸普陀　在今浙江舟山市。是舟山群島中的一個島嶼，是我國四大佛教勝地之一。❹嘉湖　指今浙江嘉興、湖州，當時的兩個府。❺天竺　杭州西湖邊的上、中、下三天竺寺。

【語譯】西湖香市，從花朝日開始，到端午日結束。山東到普陀山進香的人每天都有到這裡來的，嘉興、湖州一帶到三天竺進香的也每天都有到這裡來的，到了就和湖邊的人買賣東西，因此稱香市。

然進香之人，市於三天竺，市於岳王墳❶，市於湖心亭❷，市於陸宣公祠❸，無不市，而獨湊集於昭慶寺❹，昭慶兩廊故無日不市者。三代八朝❺之骨董❻，蠻夷閩貊❼之珍異皆集焉。至香市，則殿中甬道上下，池左右，山門內外，有屋則攤，無屋則廠❽，廠外又棚，棚外又攤，節節寸寸。凡胭脂簪珥❾，牙尺剪刀，以至經典木魚，孩兒嬉具之類，無不集。

【章旨】寫香市所設之地和所買賣之物。

【注釋】❶岳王墳　宋代岳飛所葬之地，在西湖棲霞嶺下。❷湖心亭　西湖中間的一個小島。❸陸宣公祠　祭祀唐代陸贄的祠廟，在西湖孤山麓。陸宣公，指唐大臣陸贄，謚忠宣公。❹昭慶寺　西湖北邊的寺，現已廢。❺三代八朝　三代指夏、商、周三朝。八朝指漢、魏和六朝共八朝。❻骨董　今稱「古董」。❼蠻夷閩貊　對少數民族的稱呼。這裡指閩、粵和外洋。❽廠　指沒有牆壁的亭子。❾胭脂簪珥　胭脂、簪子、耳環之類。

【語譯】可是進香的人，在三天竺做交易，在岳王墳做交易，在湖心亭做交易，在陸宣公祠做交易，沒有地方不做交易，而獨獨湊集在昭慶寺，昭慶寺的兩廊因此沒有一日沒有交易。三代八朝的古董，蠻夷閩貊的珍異都聚集在那裡。到了香市，大殿中的甬道上下，池左右，山門內外，有屋則設攤，無屋則設廠，廠外又有棚，棚外又有攤，節節寸寸都是市集。大凡胭脂簪珥，牙尺剪刀，以至經典木魚，孩兒玩具之類，沒有不聚集的。

此時春暖，桃柳明媚，鼓吹清和，岸無留船，寓無留客，肆無留釀❶。袁石公❷所謂：「山色如娥，花光如頰，波紋如綾，溫風如酒❸。」已畫出西湖三月，而此以香客雜來，光景又別。士女閒都❹，不勝其村莊野婦之喬畫❺；芳蘭薌澤❻，不勝其合香芫荽❼之熏蒸❽；絲竹管絃，不勝其搖鼓欲笙❾之聒帳❿；鼎彝⓫光怪，不勝其泥人竹馬之行情；宋元明畫，不勝其湖景佛圖之紙貴。如逃如逐，如奔如追，撩撲不開，牽挽不住。數百十萬男男女女，老老少少，日簇擁於寺之前後左右者，凡四閱月方罷，恐大江以東，斷無此二地矣。

【章旨】寫香市上男女老少的情景。

【注釋】❶釀　這裡指酒。❷袁石公　袁宏道的號。❸山色如娥四句　見《袁宏道集箋校》卷十〈西湖一〉。原文「溫風如酒」在「波紋如綾」之上。❹閒都　文雅美麗。❺喬畫　精心打扮。❻薌澤　即「香澤」。香氣。❼芫荽　一種香菜。❽熏蒸　熱氣升騰。這裡指香氣升騰。❾欲笙　以口吹笙。❿聒帳　吵鬧。⓫鼎彝　泛指古代的青銅器。

【語譯】這時春暖，桃柳明媚，樂聲清和，岸邊沒有停泊的船，客舍中沒有羈留的客人，酒店中沒有殘留的酒。這就是袁宏道所說的：「山色如娥，花光如頰，波紋如綾，溫風如酒。」已畫出西湖三月的風光，而這時因為香客雜來，光景又不一樣。士女文雅美麗，比不上村莊野婦的精心打扮；芳蘭的香氣，比不上合香芫荽的氣味升騰；絲竹管絃，比不上搖鼓吹笙的熱鬧；鼎彝的光怪，比不上泥人竹馬的行情；宋元明的繪畫，比不上湖景佛像的洛陽紙貴。如逃如逐，如奔如追，撩撥不開，牽挽不住。幾百幾十萬男男女女，老老少少，每天簇擁在寺的前後左右，總共超過四個月才作罷，恐怕在大江的東面，一定沒有第二個地方會是這樣的。

崇禎庚辰❶三月，昭慶寺火。是歲及辛巳、壬午❷洊饑❸，民強半餓死。壬午虜鯁山東❹，香客斷絕，無有至者，市遂廢。辛巳夏，余在西湖，但見城中餓殍❺舁出❻，扛挽相屬。時杭州劉太守夢謙，汴梁❼人，鄉里抽豐❽者，多寓西湖，日以民詞饋送❾。有輕薄子改古詩誚之曰：「山不青山樓不樓，西湖歌舞一時休。暖風吹得死人臭，還把杭州送汴州。」❿可作西湖實錄。

【章　旨】寫崇禎年間天災人禍，香市衰廢。

【注　釋】❶崇禎庚辰　即崇禎十三年（西元一六四〇年）。崇禎，明思宗朱由檢年號。❷辛巳壬午　指崇禎十四、十五年。❸洊饑　再饑。洊，再。❹虜鯁山東　指山東一帶寇盜橫行，阻塞交通。鯁，通「梗」。阻塞。❺餓殍　指餓死的人。❻舁出　抬出。❼汴梁　今河南開封。❽抽豐　以各種名義向親友中做官吏的索取餽贈。又叫「打秋風」。❾以民詞饋送　指包攬詞訟。遇有訴訟案件，從中關說，而獲得原被告中一方錢財，作為自己的饋送。❿山不青山樓不樓四句　此詩改宋林升〈題臨安邸〉詩：「山外青山樓外樓，西湖歌舞幾時休。暖風熏得遊人醉，直把杭州作汴州。」

【語　譯】崇禎庚辰三月，昭慶寺發生火災。這年及辛巳、壬午年一再發生饑荒，老百姓大半餓死。壬午年有強盜橫行山東，阻塞路途，進香客斷絕，沒有到這裡來的，香市遂荒廢。辛巳年夏，我在西湖，只見城中餓死之人不斷抬出，扛挽相連接。當時杭州知府劉夢謙是開封人，同鄉人來打秋風的，大多寓居在西湖，每天包攬詞訟，有輕薄子改了古詩譏誚說：「山不青山樓不樓，西湖歌舞一時休，暖風吹得死人臭，還把杭州送汴州。」可作為西湖實錄。

【研　析】這篇記錄時令風俗的文字，將風物人情與即時勝景兩者結合起來寫。

寫西湖香市起於花朝，盡於端午，這是寫香市持續之久，差不多有三個多月。香市的形成是「山東進香普陀」、「嘉湖進香天竺」的人聚集於此，與本地人做買賣而自然形成的。香市無處不在，但最集中之處在昭慶寺。所以接著集中寫了昭慶寺香市的熱鬧情況。各種各樣的器物玩具在這裡都可以買到，寫出了香市物品之富，而從殿中邊，至山門內外，有攤、有廠、有棚，節節寸寸，無處不有市，這是寫了市集的繁多。

正因為香市之盛，引來了無數的遊客。所以這時候，「岸無留船，寓無留客，肆無留釀」。西湖在春天本來就景色和美，而這時候，香客雜來，更顯得熱鬧非凡。作者接著一連用了五個排比句來描寫當時各階層人士光顧香市和香市上陳列各種物品的熱鬧景象。這時的人潮「如逃如逐，如奔如追，撩撲不開，牽挽不住」，差不多四個月才結束，所以作者感歎：大江之東恐怕沒有第二個地方會如此熱鬧了。

在寫了西湖香市的熱鬧之後，作者寫了西湖香市的衰絕，既有天災造成，更是人禍使然，這裡流露出了作者感傷的情懷。而最後作者改古詩，對當時官場和民風的敗壞進行痛斥，反映了作者對當時汙濁的社會風氣、對造成社會衰敗之勢力的不滿和悲憤。

西湖七月半

【題　解】本文選自《陶菴夢憶》，是篇筆記文。文章介紹了晚明時杭州人在七月半遊西湖的盛況，生動地描繪了社會各階層人士的種種情態。

西湖七月半，一無可看，只可看看七月半之人。看七月半之人，以五類看之。其一，樓船❶簫鼓，峨冠❷盛筵，燈火優傒❸，聲光相亂，名為看月而實不見月者，看之；其一，亦船亦樓，名娃閨秀，攜及童孌❹，笑啼雜之，環坐露臺❺，左右盼望，身在月下而實不看月者，看之；其一，亦船亦聲歌，名妓閑僧，淺斟低唱，弱管輕絲，竹肉相發❻，亦在月下，亦看月而欲人看其看月者，看之；其一，不舟不車，不衫不幘❼，酒醉飯飽，呼群三五，躋❽入人叢，昭慶❾，斷橋❿，嘄呼嘈雜⓫，裝假醉，唱無腔曲⓬，月亦看，看月者亦看，不看月者亦看，而實無一看者，看之；其一，小船輕幌⓭，淨几煖爐，茶鐺⓮旋煮，素瓷⓯靜遞，好友佳人，邀月同坐，或匿影樹下，或逃囂裡湖⓰，看月而人不見其看月之態，亦不作意⓱，看月者，看之。

【章　旨】寫七月半看月的人可以分為五類。

【注　釋】❶樓船　有層樓的大船。❷峨冠　高冠。這是古代士大夫的裝飾。❸優傒　倡優歌伎及奴僕。❹童孌　孌童；美童。古代常常為富豪的同性戀對象。❺露臺　指樓船上的平臺。❻竹肉相發　簫笛聲和著歌聲。竹，指簫笛等類管樂器。肉，指歌喉。❼幘　古代男子包髮的頭巾。❽躋　登上。這裡指擠入。❾昭慶　昭慶寺。在西湖東北岸。❿斷橋　西湖名勝之一，在西湖白堤東端，離昭慶寺不遠。⓫嘄呼嘈雜　高聲呼叫，聲音雜亂。⓬唱無腔曲　唱歌聲不成曲調。⓭輕幌　細薄的幃幔。⓮茶鐺　燒茶的小鍋。⓯素瓷　精緻雅潔的瓷杯。⓰裡湖　西湖的一部分。因蘇堤、白堤、孤山等將西湖分割成幾部分。蘇堤以東，今西山路以西，北至東浦橋，南至花港觀魚的部分水面稱「西裡湖」。白堤、孤山與北山路之間的部分水面稱「北裡湖」。⓱作意　用心；在意。

【語　譯】西湖七月半，什麼也沒有可看的，只可看看七月半的人。看七月半的人，分五類來看。第一類，坐著樓船，帶著簫鼓，戴著峨冠，開著盛宴，燈火通明，歌妓僮僕侍候在旁，聲音和光亮相雜亂，號稱看月而實際不見月的，看他；第二類，也坐著樓船，帶著美女，攜著孌童，有笑聲有嬌啼，圍坐露臺，左看右看，身在月下而實際不看月的，看他；第三類，也坐著船，也有樂聲和歌聲，名妓閒僧，慢慢地喝，柔柔地唱，管絃輕柔，管樂聲和著歌聲，也在月下，也看月也希望別人看他們看月的，看他；第四類，不坐船也不乘車，不穿長衫也不戴頭巾，酒醉飯飽，呼叫著三五個同伴，擠入人群中，在昭慶寺，在斷橋，狂呼亂叫，裝假醉，唱的歌不成曲調，月也看，看月者也看，不看月者也看，而實際什麼也不看的，看他；第五類，小船輕幔，淨几煖爐，茶壺隨時在煮，素雅的瓷杯靜靜地遞送，好友美人，邀月同坐，有時藏影在樹下，有時逃避在裡湖上，看月而別人見不到他們看月的情態，也不十分用心看月的，看他。

杭人遊湖，巳出酉歸❶，避月如仇。是夕好名，逐隊爭出，多犒門軍酒錢，轎夫擎燎❷，列俟岸上。一入舟，速❸舟子急放斷橋，趕入勝會。以故二鼓以前人聲鼓吹，如沸如撼，如魘如囈❹，如聾如啞❺。大船小船一齊湊岸，一無所見，止見篙擊篙，舟觸舟，肩摩肩，面看面而已。少刻興盡，官府席散，皂隸❻喝道❼去。轎夫叫船上人怖以關門❽，燈籠火把如列星，一一簇擁而去。岸上人亦逐隊趕門，漸稀漸薄，頃刻散盡矣。吾輩始艤舟近岸❾，斷橋石磴始涼，席其上，呼客縱飲。此時月如鏡新磨，山復整妝，湖復頮面❿，向之淺斟低唱者出，匿影樹下者亦出，吾輩往通聲氣，拉與同坐。韻友來，名妓至，杯箸安，竹肉發。月色蒼涼，東方將白，客方散去。吾輩縱舟，酣睡於十里荷花之中，香氣拘人，清夢甚愜⑪。

【章　旨】寫遊湖時的熱鬧景況和散去後的清靜冷落，以及自己和同輩在蒼涼月色下遊賞的愜意。

【注　釋】❶巳出酉歸　巳時出城，酉時返城。巳時，約上午九時至十一時。酉時，約下午五時至七時。❷擎燎　舉著火把。❸速　催促。❹如魘如囈　如夢魘如囈語。❺如聾如啞　像聾人一樣大聲說話，像啞巴一樣說不清楚。❻皂隸　官府中的差役。❼喝道　官員外出，衙役在前面開路，喝令行人迴避。❽怖以關門　用關城門來恐嚇，使遊人早歸。❾艤舟近岸　擺船靠岸。❿頮面　洗面。⓫愜　適意。

【語　譯】杭州人遊湖，巳時出酉時歸，避月如避仇敵。這晚為了好名聲，成群結隊爭著出城，大多送給守城門的衛兵酒錢，轎夫舉著火把，列在岸上等候。一下船，催促船家趕快把船開往斷橋，趕入這盛會。因此在二更之前人聲和音樂聲，如沸騰如震撼，如夢魘如囈語，像聾子啞巴在說話，大船小船一齊靠岸，什麼也看不見，只見到篙擊篙，船碰船，肩擦肩，面看面而已。不久興致盡了，官府的宴會散了，衙門的差役喝道離去。轎夫叫船上人趕快上岸，恐嚇說城門要關了，燈籠火把像排列的星星一樣，一一簇擁著離開。岸上人也結隊趕緊進城門，人越來越少，頃刻間散光了。我們一班人這時才擺船靠岸。斷橋石級開始變涼，坐在它的上面，招呼客人放懷豪飲。這時月亮好像鏡子剛磨過，山重新整齊地打扮了，湖面重新洗過臉了，先前淺斟低唱的人出來了，藏身樹下的人也出來了，我們互相問候，拉來坐在一起。有雅致的友人來了，名妓來了，杯和筷安放了，音樂聲和歌聲一齊發出。月色蒼涼，東方將白，客人才散去。我們這些人放開船，在十里荷花中酣睡，香氣襲人，清夢很適意。

【研　析】許多節日的設定，原先有它特殊的意義。但是到後來，漸漸地失去了它的本義，變成了人們純粹為了娛樂的日子。比如說七月半，本來是望月的節日，但在杭州西湖邊，純粹變成杭州人群聚湊熱鬧的日子了。

大約是平素不太有機會在眾人歡聚的場合拋頭露面，展示自己。因此看月也就成了藉口，實際並不看月，不過是看人，更主要的是想要被人看。因為想要被人看，於是有了五類不同的人。第一類是士紳人家，「樓船簫鼓，峨冠盛筵」，這是在炫耀自己的地位、身分；而第二類人在樓船之上，不忘攜帶美女孌童，這是在炫耀自己富貴的同時，又不忘享樂；第三類有名妓閒僧，有淺斟低唱，欲人看其看月，頗有賣弄風情的味道；而第四類是些市井閒漢，因為太普通，實在引不起人們的注意，於是只好裝醉弄傻，用起哄來引人注目；第五類大概算是高雅之士了，本不為湊熱鬧而來，卻也來湊熱鬧，因為討厭熱鬧，於是避入略為清靜之地。這五類人實際可以分為「有錢」和「有閒」兩類。有的有錢又有閒，有的雖沒錢但卻有閒。至於那些既沒錢又沒閒的普羅大眾，這裡是忽略不計了，因為他們也看人，也看月，只是沒人看他們。

而作者一班人，屬於哪類呢？大概屬於第五類，所以看月而別人不見他們看月的情態，當夜闌人散之後，他們才正式出場，賞月，也被月賞。待到月色蒼涼，東方將白時，酣睡十里荷花之中，是真正的好韻致。

自為墓志銘

【題　解】本文選自《琅嬛文集》，是篇墓誌銘。墓誌銘本為傳主亡故後，家屬託有一定地位和影響力的人物撰寫。這裡是作者自撰。在這篇墓誌銘中，作者自己對自己的一生進行了總結。

蜀人❶張岱，陶菴其號也。少為紈袴子弟❷，極愛繁華，好精舍❸，好美婢，好孌童❹，好鮮衣，好美食，好駿馬，好華燈，好煙火，好梨園❺，好鼓吹，好古董，好花鳥，兼以茶淫橘虐❻、書蠹詩魔❼。勞碌半生，皆成夢幻。

【章　旨】寫自己年輕時的愛好。

【注　釋】❶蜀人　張岱的先祖為四川遷浙的，故自稱蜀人。❷紈袴子弟　不知長進的富家子弟。紈袴，細絹製成的衣褲。❸精舍　精美的屋舍。❹孌童　美童。❺梨園　本指演戲的場所。這裡指戲劇。❻茶淫橘虐　謂非常喜愛飲茶食橘。❼書蠹詩魔　謂喜愛詩書成癖。蠹，蛀蟲。

【語　譯】蜀人張岱，號陶菴。年輕時是紈袴子弟，非常喜愛繁華，喜愛漂亮的房子，喜愛美貌的婢女，喜愛俊俏的童子，喜愛鮮豔的衣服，喜愛精美的食物，喜愛駿馬，喜愛華燈，喜愛煙火，喜愛戲劇，喜愛音樂，喜愛古董，喜愛花鳥，還有喜愛飲茶食橘，讀書作詩成癖。勞碌半生，都成了夢幻。

年至五十，國破家亡，避跡山居，所存者，破牀碎几，折鼎病琴❶，與殘書數帙❷，缺硯一方而已。布衣蔬食，常至斷炊。回首二十年前，真如隔世。

【章　旨】寫五十歲時國亡家破而過著貧窮的生活。

【注　釋】❶折鼎病琴　指鼎斷了足，琴斷了弦。鼎是三足的煮食器，斷了足就不能立起來。琴斷了弦就不能演奏音樂。❷帙　本為書套。這裡指書一套。

【語　譯】到五十歲時，國破家亡，避居到山中，所存有的是破床碎几，折鼎病琴，和殘書數套，缺硯一方。穿著粗布衣，吃著蔬菜，常常到斷炊的地步。回想二十年前，真好像隔了一個世界。

常自評之，有七不可解。向以韋布❶而上擬公侯，今以世家而下同乞丐，如此則貴賤紊矣，不可解一。產不及中人，而欲齊驅金谷❷，世頗多捷徑，而獨株守於陵❸，如此則貧富舛❹矣，不可解二。以書生而踐戎馬之場，以將軍而翻文章之府，如此則文武錯矣，不可解三。上陪玉皇大帝❺而不諂，下陪悲田院❻乞兒而不驕，如此則尊卑溷❼矣，不可解四。弱則唾面而肯自乾❽，強則單騎而能赴敵，如此則寬猛背矣，不可解五。奪利爭名，甘居人後，觀場❾遊戲，肯讓人先，如此則緩急謬矣，不可解六。博弈摴蒲❿則不知勝負，啜茶嘗水則能辨澠淄⓫，如此則智愚雜矣，不可解七。有此七不可解，自且不解，安望人解？

【章旨】敘說自己有七種與眾不同、連自己也無法解釋的特點。

【注釋】❶韋布　韋帶布衣，古代為貧賤者所服。韋，熟牛皮。❷金谷　金谷園，晉石崇所建，極豪華。❸株守於陵　指過著隱居生活。於陵，戰國時隱士陳仲子所居地。❹舛　相違背。❺玉皇大帝　道教天神中最崇高的神。❻悲田院　收容貧困之人的慈善組織。悲田，佛教語。施濟貧困的意思。❼溷　混淆。❽唾面而肯自乾　別人把唾沫吐在自己的臉上，卻不擦去，而讓它自己乾掉。比喻極度忍讓。❾觀場　看戲；看表演。❿摴蒲　又作「樗蒲」。古代一種博戲。⓫澠淄　澠水和淄水，兩河均在今山東境內。澠水，在淄水東北，很久以前已湮沒。

【語譯】常常自己評論自己，有七種不可理解的事。先前韋帶布衣而上比公侯，現在以世家大族卻下同乞丐，這樣，貴賤就混亂了，這是第一件不能理解之事。產業及不上中等人家，卻想與富人的豪華相並美，世上有許多捷徑可走，而獨自守著山丘，這樣，貧富就相違背了，這是第二件不能理解之事。以書生的身分而踏上戰場，以將軍的身分而想躋身文場，這樣，文武就錯亂了，這是第三件不能理解之事。上陪玉皇大帝而不諂媚，下陪悲田院的乞丐而不驕慢，這樣，尊卑就混淆了，這是第四件不能理解之事。軟弱時別人將唾沫吐在我臉上，肯讓它自己乾掉，強大時單騎而能赴敵，這樣，寬猛就相違背了，這是第五件不能理解之事。奪利爭名，甘居人後，看戲遊戲，肯讓人先，這樣，緩急就錯亂了，這是第六件不能理解之事。博弈之類的遊戲卻不知勝負，喝茶嚐水則能辨澠水和淄水，這樣智愚就混雜了，這是第七件不能理解之事。有這七件不能理解之事，自己尚且不能理解，怎麼能希望別人理解呢？

故稱之以富貴人可，稱之以貧賤人亦可；稱之以智慧人可，稱之以愚蠢人亦可；稱之以強項❶人可，稱之以柔弱人亦可；稱之以卞急❷人可，稱之以懶散人亦可。學書不成，學劍不成，學節義不成，學文章不成，學仙、學佛、學農、學圃❸俱不成。任世人呼之為敗子，為廢物，為頑民，為鈍秀才，為瞌睡漢，為死老魅❹也已矣。

【章旨】稱自己一無所成，是廢物一個。

【注釋】❶強項　不肯低頭；倔強。項，脖子。❷卞急　急躁。❸學圃　學習種菜。圃，種植蔬菜等的綠地。❹魅　鬼魅；精怪。

【語譯】因此稱他是富貴人可以，稱他為貧賤人也可以；稱他為有智慧的人可以，稱他為愚蠢的人也可以；稱他為倔強的人可以，稱他為柔弱的人也可以；稱他為急躁的人可以，稱他為懶散的人也可以。讀書不成功，學劍也不成功，學習節義不成功，學習文章也不成功，學仙、學佛、學農、學圃都不成功。任憑世人呼他為敗家子，為廢物，為頑民，為愚蠢的秀才，為瞌睡漢，為死老的鬼魅罷了。

初字宗子，人呼之為石公，即字石公。好著書，其所成者，有《石匱書》、《張氏家譜》、《義烈傳》、《琅嬛文集》、《明易》、《大易用》、《史闕》、《四書遇》、《夢憶》、《說鈴》、《昌谷解》、《快園道古》、《傒囊十集》、《西湖夢尋》、《一卷冰雪文》行世。

【章　旨】敘自己的字和所著的書。

【語　譯】初字宗子，別人稱他為石公，即以石公為字。喜歡著書，完成的有《石匱書》、《張氏家譜》、《義烈傳》、《琅嬛文集》、《明易》、《大易用》、《史闕》、《四書遇》、《夢憶》、《說鈴》、《昌谷解》、《快園道古》、《傒囊十集》、《西湖夢尋》、《一卷冰雪文》流傳在世。

生於萬曆丁酉❶八月二十五日卯時❷。魯國相大滌翁❸之樹子❹也，母曰陶宜人❺。幼多痰疾❻，養於外大母❼馬太夫人者十年。外太祖❽雲谷公宦兩廣❾，藏生牛黃丸❿盈數簏⓫，自余囡地⓬以至十有六歲，食盡之而厥疾始瘳⓭。

【章　旨】記自己的出生年月、家世、幼時多病的情景。

【注　釋】❶萬曆丁酉　萬曆二十五年（西元一五九七年）。❷卯時　上午五時至七時。❸魯國相大滌翁　張岱的父親張耀芳晚年任山東魯王府右長史，相當於國相，故稱。大滌是張耀芳的號。❹樹子　嫡長子。❺陶宜人　指作者的母親陶氏。宜人，明清時對五品官的母親和妻子的一種封號。❻痰疾　一種多痰的病症。❼外大母　外祖母。大母，祖母。❽外太祖　外祖父。❾兩廣　今廣東、廣西兩省區的合稱。❿牛黃丸　一種名貴中藥，由牛膽囊中的結石製成。多產於陝甘、廣西等地。出於廣西的稱廣黃。⓫盈數簏　滿滿的好幾簏。簏，用竹子、柳條或藤條等編成的圓形盛器。⓬囡地　小孩能在地上走路。囡，小孩。⓭瘳　病愈。

【語　譯】我生於萬曆丁酉年八月二十五日卯時。是擔任過魯王國相的大滌翁的嫡長子。母親是陶宜人。我小時多痰症，養於外祖母馬太夫人家十年。外祖父雲谷公在兩廣做官，藏有生牛黃丸，滿滿的好幾簏，從我學會走路一直到十六歲，吃完了它那病才好了。

六歲時，大父雨若翁❶攜余至武林❷，遇眉公先生❸，跨一角鹿，為錢塘遊客，對大父曰：「聞文孫❹善屬對❺，吾面試之。」指屏上〈李白騎鯨圖〉曰：「太白騎鯨，采石江邊❻撈夜月。」余應曰：「眉公跨鹿，錢塘縣❼裡打秋風。」眉公大笑，躍起曰：「那得靈雋❽若此！吾小友❾也。」欲進余以千秋之業❿，豈料余之一事無成也哉！

【章　旨】記與陳繼儒屬對事。

【注　釋】❶大父雨若翁　張岱的祖父張汝霖。大父，祖父。雨若是張汝霖的號。❷武林　原指杭州西的靈隱山。後代指杭州。❸眉公先生　陳繼儒，號眉公。❹文孫　原指周文王的孫子。後來稱別人的孫子。❺屬對　對對子。❻采石江邊　指采石磯。在今安徽當塗長江邊。❼錢塘縣　明清時杭州府治屬錢塘、仁和兩縣。這裡指杭州。❽靈雋　聰明。❾小友　年長的人稱呼年少的朋友；忘年之交。❿千秋之業　指寫作文章。

【語譯】六歲時，祖父雨若翁帶我到杭州，遇見眉公先生，騎著一隻角鹿，在杭州作遊客，對我祖父說：「聽說您孫子善於對對子，我當面考考他。」指著屏風上〈李白騎鯨圖〉說：「太白騎鯨，采石江邊撈夜月。」我回答說：「眉公跨鹿，錢塘縣裡打秋風。」眉公大笑，起坐說：「怎麼會如此聰明！是我的小友啊。」想要教給我成就千秋大業的方法，哪裡想得到我竟然一事無成呢！

甲申以後❶，悠悠忽忽❷，既不能覓死，又不能聊生，白髮婆娑❸，猶視息人世❹。恐一旦溘先朝露❺，與草木同腐。因思古人如王無功❻、陶靖節❼、徐文長❽，皆自作墓銘，余亦效顰為之。甫構思，覺人與文俱不佳，輟筆者再，雖然，第言吾之癖錯，則亦可傳也已。去年，營生壙❾於項王里❿之雞頭山，友人李研齋題其壙曰：「嗚呼！有明著述鴻儒陶菴張長公之壙。」伯鸞⓫高士，冢近要離⓬。余故有取於項里也。明年，年躋七十，死與葬，其日月尚不可知也，故不書。

【章旨】寫自己作墓誌銘的原因和建造生壙的地點。

【注釋】❶甲申以後　指明亡入清以後。甲申，這裡指西元一六四四年。這一年是崇禎十七年，李自成攻佔北京，明亡。清軍進入山海關，打敗李自成軍隊，佔領北京，建立清朝，改元為順治元年。❷悠悠忽忽　因憂傷過度而精神恍惚。❸婆娑　稀疏的樣子。❹視息人世　活在人間。視息，生存。息，呼吸。❺溘先朝露　忽然間去世。溘，忽然。朝露，早晨的露水。

太陽一出就乾了，常比喻人在世的時間很短。❻王無功　隋唐時王績，字無功，隱士。❼陶靖節　東晉時大詩人陶淵明，私諡靖節。❽徐文長　明詩人徐渭，字文長。❾生壙　生前預造的墓穴。❿項王里　地名。相傳項羽曾居於此而得名。⓫伯鸞　漢代隱士梁鴻的字。⓬要離　春秋時刺客，以計謀刺殺吳國慶忌。

【語譯】甲申以後，精神恍惚，既不能尋求一死，又不能苟且偷生，白髮稀疏，還活在人間。唯恐一旦忽然像早晨露水乾了那樣很快死去，與草木一同腐朽。因此想到古人像王無功、陶靖節、徐文長，都自作墓誌銘，我也仿效寫作。剛要構思，覺得人與文都不好，幾次停筆。即使這樣，只說說自己的癖好和錯失，也可以作成傳記。去年在項王里的雞頭山造生壙，友人李研齋給我的生壙題道：「嗚呼！有明著述鴻儒陶菴張長公之壙。」伯鸞是個高士，他的墓接近要離的墓。我在項王里作生壙是有用意的。明年，我年紀剛上七十歲，什麼時候死、什麼時候埋葬，現在還不能知道，因此不寫上。

銘曰：「窮石崇，鬪金谷❶；盲卞和，獻荊玉❷；老廉頗，戰涿鹿❸；贗龍門，開史局❹；饞東坡，餓孤竹❺；五羖大夫，焉肯自鬻❻；空學陶潛❼，枉希梅福❽，必也尋三外野人❾，方曉我之衷曲❿。」

【章旨】謂自己的內心世界只有塵世之外的人才能夠了解。

【注釋】❶窮石崇二句　石崇為西晉時巨富，在河陽建金谷園，奢靡成風，與貴戚王愷等鬥富。❷盲卞和二句　卞和是春秋時楚人，相傳他在山中發現了一塊玉璞，先後獻給楚厲王和武王，都被認為欺詐，被截去雙足。等到楚文王即位，卞和抱璞在荊山下哭，楚王使人剖璞加工，果得寶玉，稱為和氏璧。❸老廉頗二句　廉頗為戰國時趙國名將，獲罪奔魏。後秦數圍趙，趙王想要廉頗回來，派使者到魏見廉頗，使者因受廉頗仇人的賄賂，回來詆毀廉頗，趙王認為廉頗太老，不再用他。涿鹿，地名，在今河北省。相傳黃帝與蚩尤曾在此會戰。❹贗龍門二句　指漢代著名史學家司馬遷寫作《史記》。司馬遷〈太史公自序〉稱「遷生於龍門」，後以龍門作為司馬遷的代稱。❺孤竹　古國名。在今河北、熱河一帶。此處借指東坡被貶到嶺南荒遠之地。❻五羖大夫二句　指百里奚原是用五張公羊皮換來的。百里奚原為春秋時虞國大夫，晉滅虞後，逃至宛，為楚人所獲。秦穆公聞其賢，用五張公羊皮換回了他，並任為相。因百里奚是用五張公羊皮換來的，故人稱「五羖大夫」。羖，黑色的公羊。鬻，賣。❼陶潛　陶淵明，名潛，以字行。❽梅福　漢末九江人，做南昌尉，棄官歸里。王莽專政時，又棄妻拋家到會稽，變換姓名為吳市門卒。❾三外野人　南宋遺民詩人鄭思肖自號，以示不與元合作。❿衷曲　衷情；內心的情意。

【語　譯】銘道：「石崇雖窮，還建金谷園與人鬥富；卞和雖盲，還能將荊玉獻給楚王；廉頗雖老，還能在涿鹿與敵軍交戰；司馬遷雖是假男人，還能開史局寫《史記》；東坡先生是個嘴饞，卻被貶嶺南而挨餓；五羖大夫百里奚，怎肯自己把身賣？空學陶潛歸田，徒然傚效梅福拋家。一定要尋到三外野人鄭思肖，才能理解我的內心想法。」

【研　析】墓誌銘是敘寫死者的生平事跡，對死者的一生行事進行贊揚，並且埋入墓穴中的一種文體。一般總是由死者的家人託人所寫。而自己作墓誌銘，並且在墓誌銘中對自己的行事，特別是一些不良的愛好和作為進行曝光，無論如何也是一種怪異的行為了。所以，歷史上也只有極少的幾個人，像這文章中提到的王績、陶淵明、徐渭等少數幾人自撰了。而這幾人，恰恰是名士或隱士，是游離於主流社會以外的人士。張岱也是個奇士，所以他傚效這些前人，自為墓誌銘。

張岱在這篇墓誌銘中，首先列舉了自己的一生愛好，說自己自小是個紈袴子弟。看他的這些愛好，也確是紈袴子弟的行為，好吃好穿好玩，尤其是「好孌童」這樣的行為，簡直就是傷風敗俗的醜惡行為。一般的人，有著這樣的嗜好，斷斷不肯宣之於口，更不會著成文字，流布後世。張岱先生確實坦率得驚人。

他說自己有七種與人不同，連自己也不能理解的行為，這七種不可解，顯示了作者自己行事處世的特異之處，他對自己的這種與眾不同非常欣賞，也非常得意，說自己不可解，實際是反話，其實他是最了解自己了。他說自己學書不成，學節義不成，學仙、佛、農、圃皆不成，這不必看作是他的自謙，而應看作他的自我誇耀，實際上是說自己涉及面很廣，各方面的知識和專長都具有。不然，他在下文不會說自己「好著書」，並且列舉了一大串的著作名錄。

在列舉了自己的家世和幼年的病症之後，他特別得意自己在孩童時的嬉謔陳繼儒的行為，所以詳細地寫出來。他的屬對確實工妙而且貼切，很能將陳當時的行為體現出來。作者把他記下來，並不表示對陳這樣的山人名士的菲薄，而是得意於自己童年時的聰慧、敏捷和通達世故。這童言無忌的下聯，似乎是嬉謔了陳繼儒的山人行為，冒犯了長者，實際卻是大大褒獎了陳眉公，大大地抬高了他的身分，你看將眉公與太白相提並論，這還不是抬舉了他。難怪陳繼儒要大笑，並贊揚作者的聰慧，對他寄予厚望了。

銘文前的文字寫了自己在明亡入清以後的經歷和思想，寫了自己作墓誌銘的原因，並寫了自己營造生壙在項王里的用意。銘文之末以三外野人鄭思肖自況，這些都可以體會到作者在明亡入清後不與新政權合作的遺民心態。

張溥

【作者】張溥（西元一六〇二～一六四一年），字天如，太倉（今江蘇太倉）人。崇禎四年（西元一六三一年）進士，授庶吉士。與同邑張采齊名，同為「復社」領袖，號稱「婁東二張」。繼承東林黨人傳統，反對閹黨殘餘勢力，文學上主張復古。散文作品政治色彩濃烈，風格樸實。著有《七錄齋詩文合集》，輯有《漢魏六朝百三名家集》等書。

五人墓碑記

【題解】本文選自明刊本《七錄齋詩文合集》，是篇記文。文章通過天啟年間蘇州市民一次抗暴事件的敘述，表現了作者對領導抗暴而遭殺害的五位義士的敬仰和哀悼。

五人者，蓋當蓼洲周公❶之被逮，激於義而死焉者也。至於今，郡之賢士大夫請於當道，即除逆閹廢祠❷之址以葬之，且立石於其墓之門以旌其所為❸。嗚呼，亦盛矣哉！

【章　旨】記五人的死因和葬地。

【注　釋】❶蓼洲周公　指周順昌。號蓼洲，吳縣（今江蘇蘇州）人。萬曆進士。天啟時任文選員外郎，不久辭官歸家。因斥責魏忠賢被逮下獄，受酷刑死。❷逆閹廢祠　指廢棄了的魏忠賢的生祠。魏忠賢當政時，各地依附於他的官員為他廣建生祠，魏失勢後，生祠廢棄了。逆閹，指魏忠賢。❸旌其所為　表揚他們的行為。

【語　譯】五人是當周順昌被逮捕之時，激於義憤而死於這件事的。到今天，地方上的賢士大夫向當政者請示，立即清除了逆閹魏忠賢廢生祠的遺址安葬了他們，並且將石碑立在墓門前用來表揚他們的行為。唉，這也是盛事啊！

夫五人之死，去今之墓而葬焉，其為時止十有一月耳。夫十有一月之中，凡富貴之子，慷慨得志之徒，其疾病❶而死，死而湮沒❷不足道者亦已眾矣，況草野❸之無聞者歟？獨五人之皦皦❹，何也？予猶記周公之被逮，在丁卯三月之望❺。吾社❻之行為士先者，為之聲義❼，斂貲財❽以送其行，哭聲震動天地。緹騎❾按劍而前，問：「誰為哀者？」眾不能堪，抶而仆之❿。是時大中丞撫吳者⓫為魏之私人，周公之逮所由使也。吳之民方痛心焉，於是乘其厲聲以呵⓬，則譟而相逐。中丞匿於溷藩⓭以免。既而以吳民之亂請於朝，按誅五人，曰顏佩韋、楊念如、馬傑、沈揚、周文元，即今之傫然⓮在墓者也。

【章旨】記當年周順昌被逮激起民變的經過。

【注釋】❶疾病　這裡作動詞用。生病。❷湮沒　埋沒。❸草野　原指鄉野，這裡指民間。❹皦皦　光明的樣子。❺丁卯三月之望　指明熹宗天啟七年（西元一六二七年）三月十五日。按《明史》載周順昌被逮在熹宗天啟六年丙寅三月。望，農曆十五日。❻吾社　指作者等人領導的民間組織復社。❼聲義　聲張正義。❽斂貲財　募集款項。貲，同「資」。❾緹騎　古代當朝貴官的前導和隨從。這裡指明代專事偵查、逮捕人犯的差役。❿抶而仆之　把他打倒在地。抶，打。⓫大中丞撫吳者　指巡撫毛一鷺。中丞原為漢御史臺長官。明代時以副都御史或僉都御史放到外省任巡撫，故稱巡撫為中丞。⓬訶　責罵。⓭溷藩　廁所。⓮傫然　聚集的樣子。

【語譯】五人死去離現在葬在墓裡，時間只相隔十一個月。十一個月中，大凡富貴人家的子弟，慷慨得意的人，他們生病而死，死後埋沒不值得稱道的人是非常多的，何況是民間那些沒沒無聞的人呢？只有這五人聲名顯赫，這是為什麼呢？我還記得周順昌先生被逮之時是在丁卯年三月十五日。我們復社中那些有名望的人，為他聲張正義，並募集了款項為他送行，哭聲震動天地。差役持著劍上前，問：「你們為誰哀傷？」眾人不能忍受，將他們打翻在地。這時在吳地做巡撫的是魏忠賢的私人，周順昌先生的被捕是因他造成的。吳地的老百姓正在痛心，於是乘著他厲聲責罵時，喊叫著追趕他。巡撫躲藏到廁所中才倖免。不久他以吳地百姓暴亂的理由請示朝廷，定罪殺了五人，是顏佩韋、楊念如、馬傑、沈揚、周文元，就是現在聚集在墳墓中的幾個人。

然五人之當刑也，意氣揚揚，呼中丞之名而詈❶之，談笑以死。斷頭置城上，顏色不少變。有賢士大夫發五十金，買五人之脰❷而函之❸，卒與屍合。故今之墓中，全乎為五人也。嗟乎！大閹之亂，縉紳❹而能不易其志者，四海之大，有幾人歟？而五人生於編伍❺之間，素不聞詩書之訓，激昂大義，蹈死不顧，亦曷故哉？且矯詔❻紛出，鉤黨之捕❼遍於天下，卒以吾郡發憤一擊，不敢復有株治❽，大閹亦逡巡畏義，非常之謀❾，難於猝發，待聖人之出而投繯道路❿，不可謂非五人之力也。

【章旨】記敘五人就義的經過，讚揚他們的功績。

【注釋】❶詈　罵。❷脰　頸項。這裡指頭。❸函之　用棺材收殮了他們。❹縉紳　代指士大夫。❺編伍　指老百姓。古代將平民編入戶籍，五家為一伍。❻矯詔　假託皇帝名義頒發的詔書。❼鉤黨之捕　指當時魏忠賢大興黨獄，陷害東林黨人。鉤黨，牽引為同黨。❽株治　株連而治罪。❾非常之謀　指篡奪帝位的圖謀。❿待聖人之出句　指崇禎即位，魏忠賢在流放途中自殺。聖人，指崇禎帝。崇禎元年，安置魏忠賢到鳳陽，不久又宣布逮捕他，魏忠賢在回京途中自縊於阜城驛。

【語譯】然而五人在受刑時，意氣揚揚，呼巡撫的姓名並罵他，談笑而死。斷頭放在城上，臉色一點也沒有改變。有賢士大夫拿出五十金，買回了五人的頭裝在棺材中，終於與屍體合在一起。因此現在的墳墓裡，五個人的屍體是完整的。唉！大閹作亂，士大夫能夠不改變他們的志向的，四海之大，能有幾人呢？而五人生在平民的中間，一向沒有聽到過詩書的教導，因為大義而激昂，踏上死地而不顧，又是什麼緣故呢？況且假託皇帝名義的詔命不斷出來，牽連進黨禍而遭逮捕的遍及天下，終於因為我們吳郡發憤一擊，不敢再有牽連治罪，大閹也猶疑地害怕正義，想篡奪帝位的圖謀，難於突發，等到崇禎帝出來繼位而他只好在流放的路途中自縊身亡，這不能不說是五人的力量。

由是觀之，則今之高爵顯位，一旦抵罪，或脫身以逃，不能容於遠近，而又有翦髮杜門❶，佯狂不知所之者，其辱人賤行，視五人之死，輕重固何如哉！是以蓼洲周公忠義暴❷於朝廷，贈諡美顯❸，榮於身後，而五人亦得以加其土封❹，列其姓名於大堤❺之上。凡四方之士，無有不過而拜且泣者，斯固百世之遇也！不然，令五人者保其首領，以老於戶牖之下❻，則盡其天年，人皆得以隸使之❼，安能屈豪傑之流，扼腕❽墓道，發其志士之悲哉？故予與同社諸君子，哀斯墓之徒有其石也，而為之記，亦以明死生之大，匹夫之有重於社稷也。

【章　旨】就五人慷慨就義而聲名顯赫發表議論，認為五人死得其所。

【注　釋】❶翦髮杜門　剃髮為僧，閉門不出。❷暴　表露；顯揚。❸贈諡美顯　指崇禎帝諡周順昌為「忠介」。❹加其土封　指增修他們的墳墓。❺大堤　在吳縣虎丘前蘇州河上。五人墓碑所在地。❻戶牖之下　指家中。❼隸使之　像使喚奴隸那樣使喚他們。❽扼腕　用手握腕。表示惋惜或悲憤。

【語　譯】從這裡看來，那現在享有高官顯位的人，一旦觸及罪網，有的脫身而逃，不能被遠近的人所容納，而又有剃髮為僧，閉門不出的，假裝發狂而不知到何處去的，他們的使人羞辱的卑賤行為，與五人之死相比較，輕重又怎樣呢！因此周順昌的忠義顯揚於朝廷，被贈以諡號留下美譽，在死後還很光榮，而這五人也能夠得到增修墳墓，把他們的姓名列在大堤上。大凡四方的讀書人，經過沒有不祭拜而且哭泣的，這本來是百世才有的禮遇啊！不這樣的話，使這五人保全了他們的生命，而老死在家中，那麼，終其一生，別人都能夠像對待奴僕那樣使喚他們，怎能使豪傑之流屈身，在墓道用手握腕表示志士的痛惜呢？因此我和同社的各位君子，哀傷這墓只有石碑，而替它作記文，也是用來表明生死是大事，匹夫對於國家也是很重要的。

賢士大夫者，冏卿因之吳公❶、太史文起文公❷、孟長姚公❸也。

【章　旨】記三位賢士大夫的姓名。

【注　釋】❶冏卿因之吳公　指太僕寺少卿吳默。冏卿，周穆王時置太僕正，命伯冏擔任，故後來借指太僕寺卿。因之吳公，吳默字因之，吳江人，萬曆時任太僕少卿（太僕寺的副長官）。❷太史文起文公　指翰林院修撰文震孟。太史，對翰林的稱呼，因翰林院掌編修國史的任務。文起，文震孟的字。文震孟天啟年間殿試第一，授翰林院修撰，後官至東閣大學士。❸孟長姚公　指翰林院檢討姚希孟。姚希孟字孟長，萬曆進士，授翰林檢討，故亦稱太史。

【語　譯】賢士大夫是冏卿吳因之、太史文文起和姚孟長。

【研　析】這篇記文是寫在墓碑之後帶有說明性的文字，它不同於一般的記敘文，而是一種雜記文。因為不是一般的記敘文，所以它採用夾敘夾議的手法來寫作。文章前半部分主要是記敘，而後半部分主要是議論。但在記敘之中又有議論，在議論之中又有記敘。如第一章在扼要敘述了五人的死因及樹立墓碑的緣由後，發出了感歎，由記敘而帶出議論，從而很自然地過渡到了第二章中對五人之死的評介。接著追敘了周順昌被逮激起民變、五人死難的經過，記敘了五人受刑時的情景及死後收葬的經過。在充分記事的基礎上，作者盡情地發表議論，對五人死難的意義和影響作了有力的論述，對閹黨表示了憎惡並貶斥當時不能堅持操守的士大夫。在後兩章直接發表議論中，又帶有記敘的成分。如寫崇禎繼位而魏忠賢自縊於道路，這是記敘。如寫在五人之墓前四方之士的拜泣，這也帶有記敘的成分。這樣，記敘和議論水乳交融，渾然一體。這種夾敘夾議的寫法，既可使讀者加深對文章所記敘的事實有具體深刻的印象，又便於作者表達自己的思想感情，使讀者受到感染。

處處對比的寫法是這篇文章的又一大特點。「富貴之子，慷慨得志之徒」死後埋沒無聞和一般草野之民的沒沒無聞，與五人死後聲名赫赫，是一處對比，說明死的意義有不同。寫魏忠賢當政時，飽讀詩書的士大夫改圖失節而這不知詩書的編伍之民卻能為大義所激昂，這又是一個對比；寫身居高位的人一旦抵罪時的辱人賤行，與五人受刑時的意氣揚揚是一個對比，與周順昌死後被贈美謚，五人受到敬仰，這又是一個對比；而五人因正義而死，死後英名不朽，與五人如果不這樣，則將終老家中聲名不顯，這又是一個對比。通過這些對比，說明了「明死生之大，匹夫之有重於社稷」的道理。這些對比，不僅可以加強議論的藝術效果，給人造成深刻的印象，而且逐層深入，引起人的深思。除此之外，在敘述中也用了前後對比的手法，寫周順昌被逮，眾人哭聲震天，說明了老百姓對周順昌這樣的忠貞之士的喜愛；而民眾將前來執行逮捕任務的巡撫及爪牙的痛打，說明了民眾對邪惡勢力的痛恨。這一對比，不僅使當時的情景緊張而鮮明，而且也使作者孰愛孰憎帶有明確的傾向性。

祁彪佳

【作者】祁彪佳（西元一六〇二～一六四五年），字虎子、幼文，別號遠山主人，山陰（今浙江紹興）人。天啟進士。初任興化推官，崇禎時為御史，巡按蘇、淞。不久辭官家居九年，從劉宗周學。南明弘光時，任右僉都御史，巡撫江南。不久被馬士英排擠去職。清軍進迫杭州，投水自盡。

寓山注序

【題解】本文選自《祁彪佳集》，是篇序文。寓山是作者家鄉一座小山，作者在那裡建有別墅。〈寓山注〉是一組記述這別墅的文章。這篇是這組文章的序文，記別墅的建造經過及主要景物。

予家梅子真❶高士里❷，固山陰道❸上也。方千一島❹，賀監半曲❺，惟予所恣取。顧獨予家旁小山，若有夙緣❻者，其名曰「寓」。往予童稚❼時，季超、止祥❽兩兄以斗粟易之。剔石栽松，躬荷畚鍤❾，手足為之胼胝❿。予時亦同拏⓫小艇，或捧土作嬰兒戲。迨後餘二十年，松漸高，石亦漸古，季超兄輒棄去，事宗乘⑫；止祥兄且構柯園為菟裘⑬矣，舍⑭山之陽建麥浪大師⑮塔。餘則委置於叢篁灌莽⑯中。予自引疾南歸，偶一過之，於二十年前情事，若有感觸焉者。於是卜築⑰之興，遂勃不可遏⑱，此開園之始末也。

【章　旨】寫在寓山建別墅的緣由。

【注　釋】❶梅子真　梅福字子真，西漢末壽春人，王莽專擅朝政，他棄家出遊，隱居會稽（今紹興）。❷高士里　隱士的故鄉。❸山陰道　指紹興城西南郊外一帶，以景色秀麗著稱。《世說新語·言語》中說：「王敬之云：『從山陰道上行，山川自相映發，使人應接不暇。』」❹方干一島　方干，唐朝人，舉進士不第，隱居紹興鏡湖，終身不出。一島，指鏡湖中小島。❺賀監半曲　賀監，唐朝賀知章，曾任祕書監，故稱。賀為越州永興（今浙江蕭山）人。家於鏡湖。半曲，指佔有半個角落。❻夙緣　前定的緣分。❼童稚　幼小。❽季超止祥　季超，祁駿佳的字，作者胞兄。止祥，祁豸佳的字，作者堂兄。❾畚鍤　畚箕和鐵鍬。❿胼胝　手足因磨擦而生厚皮。⓫拏　牽引。⓬宗乘　指佛教。佛教有大乘、小乘之分，又有許多宗派。⓭菟裘　告老退隱的處所。語出《左傳·隱公十一年》：「使營菟裘，吾將老焉。」⓮舍　布施。⓯麥浪大師　僧人，俗姓黃，山陰人，死於崇禎三年（西元一六三〇年）。作者有〈會稽雲門麥浪懷禪師塔銘〉。⓰叢篁灌莽　叢生的竹和灌木草叢。⓱卜築　興建。古代興建屋宇時，先要占卜吉凶，故稱卜築。⓲遏　抑止。

【語　譯】我家住在梅子真高士的故里，本來就在風景絕佳的山陰道上。方干的鏡湖中小島，賀知章的半個山水角落，可讓我任意欣賞。但只有我家旁邊的小山，好像有前定的緣分似的，山名是「寓」。以前我童年時，季超、止祥兩位兄長用幾斗粟換取了它。清除石塊栽種松樹，親自扛著畚箕鐵鍬，手腳都起了厚皮。我當時也一同牽引著小艇，或者捧著土作嬰兒的遊戲。二十多年，松樹漸漸長高，石也漸漸地蒼古了，季超兄把這些全部拋棄了，專心信奉了佛教；止祥兄並且建築了柯園為退隱之所，布施了山的南面建麥浪大師塔。其餘的則在叢竹灌木草叢之中荒廢了。我從託病辭官南歸以來，偶爾去個一次，對二十年前的情景，好像有所感觸呢。於是興建屋宇的念頭，勃然不能遏制，這是開闢別墅的經過。

卜築之初，僅欲三五楹❶而止。客有指點之者，某可亭，某可榭❷，予聽之漠然，以為意不及此。及於徘徊數回，不覺問客之言，耿耿胸次❸。某亭、某榭，果有不可無者。前役❹未罷，輒於胸懷所及，不覺領異拔新❺，迫之而出。每至路窮徑險，則極慮窮思❻，形諸夢寐❼，便有別辟之境地，若為天開。以故興愈鼓❽，趣亦愈濃。朝而出，暮而歸，偶有家冗❾，皆於燭下了之。枕上望晨光乍吐，即呼奚奴❿駕舟，三里之遙，恨不促之於跬步⓫。祁寒⓬盛暑，體粟汗浹⓭，不以為苦。雖遇大風雨，舟未嘗一日不出。摸索牀頭金盡，略有懊喪意。及於抵山盤旋，則購石庀材⓮，猶怪其少。以故兩年以來，橐中如洗。予亦病而愈，愈而復病，此開園之痴癖也。

【章旨】寫別墅的謀劃和採購材料。

【注釋】❶楹　計算房屋的單位。一間。❷榭　建在高臺上的敞屋。❸耿耿胸次　胸中不忘的意思。胸次，胸中；心裡。❹前役　前事。役，事。❺領異拔新　指與眾不同的構想。領、拔都是突出的意思。❻極慮窮思　費盡心思。❼形諸夢寐　表現在夢裡。形，表現。❽鼓　振起。❾家冗　家中繁雜的事情。❿奚奴　奴僕。⓫跬步　半步一步。跬，半步。古代跨出一腳為半步，即今之一步；跨出兩腳為一步，即今之兩步。⓬祁寒　嚴寒。⓭體粟汗浹　即冒著寒暑。體粟，身體因寒冷而起小疙瘩。汗浹，汗水沾濕了背脊。⑭庀材　籌備建築材料。庀，籌備。

【語譯】剛開始興建時，只想建三五間就罷了。有客人向我指點，某處可以建亭，某處可以建榭，我聽了也不當一回事，認為我的心願還不到這樣的程度。等到在那裡徘徊了好幾次，不禁想起客人的話，在心中念念不忘。某處建亭、某處建榭，果真是不能沒有的。前事還沒完，常常在心裡想到它，不自覺地有些新奇園林的構想，在眼前逼真地出現。每到路的盡頭或遇到危險的路徑，就會費盡心思，並且在夢裡出現，便有另闢的境地，好像是天生如此的。因此興致更高，興趣也更濃了。朝出暮歸，偶爾有繁雜的家事，都在燭下完成。枕上望見晨光剛起，立即招呼奴僕駕著船，三里之遠，恨不得縮短為一步兩步。嚴寒時身上起小疙瘩，盛暑時汗流浹背，也不認為是苦事。即使遇上大風雨，船未嘗一日不出發。摸索著床頭，錢花完了，稍稍有點懊喪的意味。等到了彎彎曲曲的山中，則所採購的石塊和木料，還怪它少。因此兩年以來，錢袋空了。我也生病好了，好了又生病了，這就是開闢園林執迷不悟的愛好。

園盡有山之三面，其下平田十餘畝，水石半之，室廬與花木半之。為堂者二，為亭者三，為廊者四，為臺與閣者二，為堤者三。其他軒與齋類❶，而幽敞各極其致❷；居與菴類❸，而紆廣不一而形❹。室與山房類，而高下分標其勝❺。與夫為橋、為榭、為徑、為峰，參差點綴❻，委折波瀾❼。大抵虛者實之，實者虛之；聚者散之，散者聚之；險者夷之❽，夷者險之。如良醫之治病，攻補互投❾；如良將之治兵❿，奇正並用⓫；如名手作畫，不使一筆不靈⓬；如名流作文，不使一語不韻⓭。此開園之營構也。

【章　旨】寫別墅的布置情況。

【注　釋】❶軒與齋類　軒與齋以類相從。軒，有窗檻的長廊或小室。齋，屋舍。類，以類相從。❷致　情趣。❸居與菴類　居室與菴相類而從。菴，小草屋或圓頂屋。❹紆廣不一而形　曲折寬闊的形狀不一樣。紆廣，曲折寬闊。❺分標其勝　分別表現出它的佳處。❻參差點綴　長短高低不一地加以修飾。❼委折波瀾　曲折起伏。❽夷之　使它平。❾攻補互投　指中醫中克制病情與滋補身體的藥互相使用。投，下藥。❿治兵　指訓練軍隊。⓫奇正並用　奇兵和正兵兼用。奇正為兵法術語。⓬靈　靈巧。⓭韻　風雅。

【語　譯】園林包括了山的三面，它的下面有十多畝平田，水和石各一半，房屋與花木各一半。建了二處堂，三座亭，四處廊，臺和閣各有二處，堤有三處。其他的則軒與齋以類相從，而幽深和寬敞各有它的情趣；居與菴以類相從，而曲折寬廣的形狀不一樣。室與山房以類相從，或高或下分別表現出它的佳妙。以及橋、榭、徑、峰，高低不一地加以修飾，曲折起伏。大抵虛的使它實，實的使它虛；聚的使它散，散的使它聚；險的使它平，平的使它險。好像良醫治病，克制與滋補交互使用；好像良將帶兵，奇兵正兵一併使用；好像名家作畫，不讓一筆不靈巧；好像名流作文章，不使一句話不風雅。這就是園林的營建。

園開於乙亥之仲冬❶，至丙子孟春❷，草堂告成，齋與軒亦已就緒。迨於中夏❸，經營復始。榭先之，閣繼之，迄山房而役以竣❹。自此則山之頂趾❺鏤刻殆遍，惟是泊舟登岸，一徑未通，意猶不慊❻也。於是疏鑿之工復始。於十一月自冬歷丁丑❼之春，凡一百餘日，曲池穿牖❽，飛沼拂几❾，綠映朱欄，丹流翠壑，乃可以稱園矣。而予農圃之興尚殷⑩，於是終之以豐莊與豳圃⑪，蓋已在孟夏⑫之十有三日矣。若八求樓、溪山草閣、抱甕小憩⑬，則以其暇偶一為之，不可以時日計。此開園之歲月也。

【章　旨】寫建造園林從開始到結束的時間。

【注　釋】❶乙亥之仲冬　指崇禎八年（西元一六三五年）十一月。仲冬，農曆十一月。❷丙子孟春　指崇禎九年正月。孟春，農曆正月。❸中夏　仲夏。指農曆五月。❹竣　指完工。❺頂趾　山頂和山腳。❻慊　滿足。❼丁丑　指崇禎十年。❽曲池穿牖　曲折的水池流過窗下。❾飛沼拂几　水珠飛濺的池沼飄拂到几案。❿殷　深重；濃厚。⓫豐莊與豳圃　這兩處都是園中的景點名。⓬孟夏　指農曆四月。⓭八求樓句　這三處都是別墅中的館舍名。

【語　譯】園林在乙亥年十一月開始建造，到丙子年正月，草堂建成，齋與軒的修建也已準備完成。到了五月，又開始建造了。榭先建，閣接著造，到山房建成而工程完工。從此則山頂和山腳的雕刻差不多全了。只是停船登岸，一條路也還沒有通，心裡還有不滿足。於是疏通開鑿的工作又開始了。在冬天十一月經丁丑年春天，一共一百多天，彎曲的水池流過窗下，池沼中飛濺的水珠飄拂到几案上，綠色映在朱欄，紅色在翠壑流動，才可以稱為園林。而我對於農作物的興致還很濃，於是最後又建了豐莊和豳圃，大致已經是在四月的十三日了。至於八求樓、溪山草閣、抱甕小憩這些景點，則在空暇時間裡偶爾做它，不能夠用時日來計算。這就是建造園林的時程。

至於園以外山川之麗，古稱萬壑千巖❶；園以內花木之繁，不止七松五柳❷。四時之景，都堪泛月迎風；三徑❸之中，自可呼雲醉雪。此在韻人縱目，雲客宅心(ㄒㄧㄣ)❹，予(ㄩˊ)亦(ㄧˋ)不(ㄅㄨˋ)暇(ㄒㄧㄚˊ)縷(ㄌㄩˇ)述(ㄕㄨˋ)之(ㄓ)矣(ㄧˇ)。

【章　旨】寫園林內外的寓山四時景色。

【注　釋】❶古稱萬壑千巖　用的是《世說新語・言語》中顧長康描繪會稽山水的句子：「顧長康從會稽還，人問山川之美。顧云：千巖競秀，萬壑爭流。」❷七松五柳　指隱居者所居處的樹木。七松，《舊唐書・鄭薰傳》：「既老，號所居為隱巖，蒔松於庭，號七松處士云。」五柳，陶淵明〈五柳先生傳〉：「宅邊有五柳樹，因以為號焉。」❸三徑　指隱士居所的小路。李善注《文選》引《三輔決錄》卷一：「蔣詡歸鄉里，荊棘塞門，舍中有三徑，不出，唯求仲、羊仲從之遊。」❹雲客宅心　隱士存於心中。雲客，指隱士。

【語　譯】至於園林以外山川的秀麗，古人稱為「千巖競秀，萬壑爭流」；園林以內花木的繁多，不只是七松五柳。四季的景色，都可以月下泛舟迎風遊觀；三徑之中，自然可以呼雲醉雪。這就在於風雅之人如何放眼觀賞，隱士如何的用心了，我也沒有餘暇可以細細地敘述它。

【研　析】晚明時期的士大夫常常過著亦官亦隱的生活，這位祁彪佳也是其中一位。所謂引疾辭官，實際是不適應或看不慣當時的官場生活。辭官歸來，興建園林，享受山水田園之樂，這是當時許多人的作法。祁彪佳辭官退隱後，整理了原來兄長們構置的寓山，修建了園林、別墅作為自己的隱居之所。

這篇文章就是詳細地記敘了修建園林的緣起和詳細經過，語言平實、細緻，是這篇文章的第一個特點。這篇文章對於建造寓山園林的始末、營建情況、前後時間及主觀意願都交代得一清二楚，對有關園林的名目、方位、模式和建築時間等亦作了巧妙的指點。

文章的第二個特點是借用了比喻、對偶、排比、用典等多種修辭手法，把事理和情理有機地結合起來，寓感情於敘述之中。特別是用典，在文章中最為突出，如開頭借用梅福、方干、賀知章這樣三個典故，暗示了寓山是處隱居的好居處。借用《左傳》中「菟裘」一典，說出了一位兄長的最後歸宿。還有像文章結尾一段，借用顧長康評說會稽勝景的話來敘述園林之外的山景。用「七松五柳」，既指樹木之多，同時更是指出了隱居之地的雅致和幽靜。文中的「三徑」既與「四時」對舉，同時也用了漢末隱士闢三徑與高士來往的故事，從而也暗示了自己在退隱之後所與來往的人也是隱士。

黃淳耀

【作　者】黃淳耀（西元一六〇五～一六四五年），字蘊生，號陶菴，嘉定（今上海市嘉定區）人。崇禎十六年（西元一六四三年）進士。清順治二年（西元一六四五年）清兵渡江，嘉定人民起兵抵抗，推黃淳耀等為首領。嘉定城堅守十多天後，被清兵攻陷，自縊殉國。門人私諡「貞文先生」。有《陶菴文集》、《山左筆談》等。

李龍眠畫羅漢記

【題　解】本文選自《陶菴文集》，是篇記畫之作。文章記李公麟所畫羅漢渡江這幅畫，把羅漢栩栩如生的情態刻畫了出來。李龍眠，北宋時名畫家李公麟，晚年居龍眠山（在今安徽桐城），號龍眠居士。李公麟善畫人物、佛像、山水等，被譽為「宋畫第一」。羅漢，佛教中得道的僧人，地位僅次於菩薩。

李龍眠畫羅漢渡江，凡十有八人。一角漫滅❶，存十五人有半，及童子三人。

【章　旨】記這幅畫上羅漢和童子的數量。

【注　釋】❶漫滅　指文字或圖畫等因受潮或浸水而模糊。

【語譯】李龍眠畫羅漢渡江，一共有十八人；圖畫的一角模糊了，還存有十五個半，以及童子三人。

凡未渡者五人。一人值壞紙，僅見腰足。一人戴笠，攜杖，衣袂翩然❶，若將渡而無意者。一人凝立遠望，開口自語。一人跽❷左足，蹲右足，以手捧膝，作纏結狀❸；雙屨脫置足旁，迴顧微哂❹。一人坐岸上，以手踞地，伸足入水，如測淺深者。

【章旨】寫未渡江的五個羅漢的冠服、動作和神態。

【注釋】❶衣袂翩然　衣袖輕快飄動的樣子。❷跽　長跪。膝著地，膝以上挺直。❸作纏結狀　作捆綁的樣子。❹微哂　微笑。

【語譯】沒有渡江的共有五人。有一人在紙壞的部分，只見腰和腳。一人戴笠，持杖，衣袖飄然，好像將要渡江而又無意渡江似的。一人靜立遠望，開口在自言自語。一人左腳長跪，右腳蹲著，用手捧膝，作捆綁什麼的樣子；一雙鞋脫放在腳旁，回頭微笑。一人坐在岸上，用手靠著地，把腳伸入水中，好像在測探水的深淺。

方渡者九人。一人以手揭衣❶，一人左手策杖❷，目皆下視，口呿❸不合。一人脫衣，雙手捧之而承以首❹。一人前其杖，迴首視捧衣者。兩童子首髮鬅鬙❺，共舁❻一人以渡；所舁者長眉覆頰❼，面怪偉，如秋潭老蛟。一人仰面視長眉者。一人貌亦老蒼，傴僂❽策杖，去岸無幾❾，若幸其將至者。一人附童子背，童子瞪目閉口，以手反負之，若重不能勝❿者。一人貌老，過於傴僂者，右足登岸，左足在水，若起未能；而已渡者一人捉其右臂，作勢起之⓫。老者努其喙⓬，纈紋皆見⓭。

【章　旨】寫正在渡河的九個羅漢的動作神態，著重寫了渡江的艱辛。

【注　釋】❶揭衣　掀起衣服。❷策杖　扶杖。❸呿　張口的樣子。❹承以首　用頭頂著。❺鬅鬙　頭髮鬆散的樣子。❻舁　抬。❼頰　臉的兩旁。❽傴僂　背脊彎曲；駝背。❾去岸無幾　離岸沒多遠。❿不能勝　支持不住。⓫作勢起之　做著拉起他來的姿勢。⓬努其喙　撅起他的嘴。喙，原指鳥嘴。⓭纈紋皆見　臉上的皺紋都顯露出來。纈，本意是指有花紋的絲織品。這裡指臉上的皺紋。見，同「現」。

【語　譯】正在渡江的有九人。一人用手掀起衣服，一人左手扶杖，二人眼睛都往下看，嘴張著不合。一人脫了衣，雙手捧著頂在頭上。一人手杖在前，回頭看著捧衣的人。兩個童子頭髮蓬鬆，一起抬著一個人渡河；所抬的人長眉覆在臉的兩旁，臉怪偉，好像秋潭老蛟。一人仰著臉看著長眉的人。一人的面貌也很蒼老，駝著背扶著杖，離岸不遠，好像慶幸自已將到岸了。一人伏在童子背上，童子瞪著眼閉著嘴，用手反揹了他，好像重得支持不住的樣子。一個人外貌蒼老，超過駝背的人，右腳登岸，左腳在水中，好像要起來又不能；而已經渡過的有一人，抓住他的右臂，做出要拉他起來的樣子。老人撅著嘴，臉上的皺紋都顯露出來。

又一人已渡者，雙足尚跣❶，出其履❷，將納之；而仰視石壁，以一指探鼻孔，軒渠❸自得。

【章　旨】寫已渡過的一個羅漢的動作神態。

【注　釋】❶跣　赤腳。❷履　鞋。❸軒渠　笑的樣子。

【語　譯】又一個人已渡過了江，雙腳還赤著，鞋子已經拿出來了，將穿上它；而仰視石壁，用一指探著鼻孔，自得地笑著。

按羅漢於佛氏為得道❶之稱，後世所傳高僧，猶云錫飛杯渡❷，而為渡江艱辛乃爾，殊可怪也。推畫者之意，豈以佛氏之作止語默❸皆與人同，而世之學佛者徒求卓詭變幻可喜可愕之迹，故為此圖以警發❹之與？昔人謂太清樓❺所藏呂真人❻畫像，儼若孔老❼，與他畫師作輕揚❽狀者不同，當即此意。

【章　旨】寫作畫者的用意，在於表明佛家的作止語默，與一般人並無不同。

【注　釋】❶得道　修煉成功。❷錫飛杯渡　憑錫杖飛身，乘木杯渡水。錫飛，宋道原《景德傳燈錄》卷八：「〈五臺山隱峰禪師〉乃擲錫空中，飛身而過。」錫，錫杖。僧人的禪杖，杖頭安鐶，振動時作錫聲。杯渡，梁慧皎《高僧傳》卷十一：「杯度者，不知姓名，嘗乘木杯度水，故以為目。」❸作止語默　動作、休息、說話、沉默。❹警發　告誡啟發。❺太清樓　宋朝皇宮中的一座樓。❻呂真人　指呂洞賓。號純陽子，又稱呂祖。唐時京兆（今陝西西安）人。進士出身，曾兩次任縣令。

後隱居終南山得道，不知下落。他是傳說中的八仙之一。真人，道家對得道成仙的人的稱呼。❼孔老　孔子和老子。❽輕揚飄逸。

【語　譯】按羅漢是佛教中對修煉成功者的稱呼，後世所傳說的高僧，還說能憑錫杖飛身，憑木杯渡水，而這些羅漢渡江時如此艱辛，真奇怪啊。推想畫者的意思，難道是認為佛家的動作、休息、說話、沉默都與別人相同，而世上學佛的人只求卓然奇異、變化莫測、可喜可愕的事跡，因此作了這圖畫來告誡啟發他們嗎？前人稱太清樓所藏呂真人畫像，很像是孔子和老子，和別的畫師作飄逸狀態的不一樣，應當就是這意思。

【研　析】這篇文章是畫記。李公麟是北宋名畫家，他的畫作自然是非常高明的，但我們無緣見及他的畫作，自然沒法想像。我們想要知道李公麟畫作的高明，自然只能靠別人的轉述。但是如果轉述者的表達能力不強，那麼李公麟最好的畫作也會被他轉述得毫無生氣，平淡無奇。而這篇文章的高妙之處，是把李公麟的十八羅漢渡江圖轉述得栩栩如生，使我們雖未親見李公麟的畫作，但這畫作如同就在我們眼前一樣，給我們留下深刻的印象。

李公麟的這一畫作是一殘卷，雖是殘卷，但基本完整。畫面人物眾多，作者記敘時按未渡、方渡、已渡的順序來寫，條理井然。方渡者與已渡者因人物之間動作連結，明分而實合，不致散漫而各不相干。記人物有單獨描寫，有合併敘述，有就其神情、動態而寫出其間顧盼呼應的，手法顯得活潑有變化。

文章作者能體味到李公麟人物畫運筆傳神，寓意含蓄的特點，對畫面形象的記敘，也多能抓住人物的自然神情，寥寥數語，神情逼肖，呼之欲出。寫方渡的羅漢，那種離岸涉水時斂神屏息的神情，及至中流時勉為其難的神情，去岸不遠時的自慰慶幸的神情，描摹細微，栩栩如生，而又無不突出羅漢渡江的不勝其苦。至於同屬遷延未渡的四個羅漢，也著意狀寫他們各異的神態：一個是臨渡而無意，一個是逡巡而觀望，一個寫出他決心初下時的愉悅，一個寫了他入水欲渡前的審慎。對這一組人物的刻意描寫，自然也是為了襯托渡江的艱難。而那已渡者怡然自得的神態，表現出歷盡風波，終達彼岸的喜悅心情，實際上也是對渡江艱難的一種反襯。

作者在描述了李公麟這幅羅漢渡江圖後，又發表了議論，對李公麟所作羅漢渡江圖的用意進行了揣摩。因為傳說中佛門中得道之人行路涉水能錫飛杯渡，毫無滯礙，而畫中羅漢涉江非常艱辛，作者認為此畫有警發世人的用意。

夏完淳

【作　者】夏完淳（西元一六三一～一六四七年），字存古，松江華亭（今上海市松江縣）人。與父夏允彝、師陳子龍並有聲名。崇禎年間，父、師在家鄉組織「幾社」，與張溥等人的「復社」相呼應。明亡後，從父、師起兵抗清；事敗，父、師先後死難。夏完淳復入吳易軍中參與軍事。易敗後，繼續從事抗清鬥爭。順治四年夏間，因上表謝魯王遙授中書舍人，被人告發，被捕，解送南京，不屈死，年僅十七歲。有《夏完淳集》。

獄中上母書

【題　解】本文選自《夏完淳集》，是封書信。此信寫於清順治四年（西元一六四七年），夏完淳因魯王朱以海遙授為中書舍人而上表謝恩，為清廷發覺，遭到逮捕，押解南京。南京獄中，作者寫這封絕筆信給嫡母盛氏，一面以瑣瑣家事相囑託，另一面又表示不以兒女私情為念，表示要報仇在來世。

不孝完淳今日死矣，以身殉父，不得以身報母矣！痛自嚴君見背❶，兩易春秋❷。冤酷❸日深，艱辛歷盡。本圖復見天日，以報大仇，卹死榮生，告成黃土❹。奈天不佑我，鍾虐先朝❺，一旅纔興，便成齏粉❻。去年之舉❼，淳已自分❽必死，誰知不死，死於今日也。斤斤❾延此二年之命，菽水之養❿無一日焉。致慈君託迹於空門⓫，生母寄生於別姓⓬。一門漂泊，生不得相依，死不得相問。淳今日又溘然⓭先從九京⓮。不孝之罪，上通於天。嗚呼！雙慈在堂，下有妹女，門祚衰薄，終鮮兄弟⓯。淳一死不足惜，哀哀八口，何以為生？雖然，已矣，淳之身，父之所遺；淳之身，君之所用。為父為君，死亦何負於雙慈！但慈君推乾就溼⓰，教禮習詩，十五年如一日，嫡母⓱慈惠，千古所難。大恩未酬，令人痛絕。

【章　旨】寫自己死期在即，不能報效慈母，負起家庭的責任，因此內心憂傷。

【注　釋】❶嚴君見背　指父親去世。嚴君，本是子女對父母的稱呼，後專指父親。夏完淳的父親允彝，崇禎十年（西元一六三七年）進士，授福建長樂知縣，後丁母憂歸家。順治二年（西元一六四五年），南京被清軍攻陷，八月間與陳子龍等起兵松江，兵敗，自沉松塘而死。見背，去世。❷兩易春秋　過了兩年。易，更換。❸冤酷　冤恨和慘痛。❹告成黃土　謂告祭墳墓，告訴死者已取得了成功。黃土，指墳墓。❺鍾虐先朝　降禍於明朝。鍾，聚集。虐，災禍。先朝，指已滅亡了的明朝。❻齏粉　碎粉。這裡指軍隊潰敗散亡。❼去年之舉　指清順治三年（西元一六四六年）的抗清軍事行動。❽自分　自料。❾斤斤　僅僅。❿菽水之養　指奉養父母。菽，豆類。水，指湯。⓫慈君託迹於空門　指夏完淳的嫡母盛氏削髮為尼。慈君，慈母。這裡指嫡母盛氏。空門，佛門。⓬生母寄生於別姓　指夏完淳的生母陸氏在夏父死後另嫁他人。⓭溘然　奄忽；忽然。⓮九京　九原；地下。⓯門祚衰薄二句　語出李密〈陳情表〉。意思是門第衰落，福澤淺薄，同胞兄弟又少。⓰推乾就溼　把床上乾處讓給兒女，自己睡在溼處。形容母親撫育子女的辛勞。⓱嫡母　妾生之子稱父親的正妻。

【語　譯】不孝兒完淳今日將死了！以身殉父，不能以身報答母親了！從父親去世以來的痛苦，至今已兩年了。冤恨與慘痛一天比一天深，艱辛全部經歷過了。本想能夠復明成功，報滅國的大仇，安慰死者，使生者得到榮譽，成功之後祭告死者。無奈老天不保佑我，降禍於先朝，一支抗清的軍隊剛興起，便潰散敗亡了。去年的這場舉事，我已自料一定會死，誰知沒有死，死在今日。僅僅延長了這兩年的命，沒有一日能奉養父母。致使慈母寄身於佛門，生母寄生於別姓。一家之人漂泊無定，生不能相依靠，死不能相問候。我今日又忽然先往地下。不孝的罪，上通於天。唉！兩位慈母在堂上，下面還有妹妹，家門衰落福薄，兄弟又少。我一死不值得可惜，哀哀八口人，憑什麼為生？即使這樣，也就罷了。我的身體，是父親留給我的；我的身體，是君王所用的。為了父親和君王，死了又有什麼對不起兩位慈母的呢！只是慈母撫育我非常辛勞，教我禮儀和詩書，十五年如一日，嫡母的慈愛恩惠，千古所難有。大恩還沒有報答，令人悲痛欲絕。

慈君託之義融女兄❶，生母託之昭南女弟❷。淳死之後，新婦❸遺腹得雄❹，便以為家門之幸。如其不然，萬勿置後❺！會稽大望❻，至今而零極矣！節義文章，如我父子者幾人哉？立一不肖後如西銘先生❼，為人所詬笑，何如不立之為愈耶？嗚呼！大造❽茫茫，總歸無後。有一日中興再造，則廟食❾千秋，豈止麥飯豚蹄，不為餒鬼❿而已哉！若有妄言立後者，淳且與先文忠⓫在冥冥誅殛頑嚚⓬，決不肯捨！兵戈天地，淳死後，亂且未有定期。雙慈善保玉體，無以淳為念。二十年後，淳且與先文忠為北塞之舉⓭矣！勿悲勿悲！相託之言，慎勿相負！武功甥⓮將來大器，家事盡以委之。寒食盂蘭⓯，一杯清酒，一盞寒燈，不至作若敖之鬼⓰，則吾願畢矣！新婦結褵⓱二年，賢孝素著，武功甥好為我善待之，亦武功渭陽情⑱也。

【章　旨】這一段交代後事。說自己死後，如果沒有男孩，也不必立他人之子為後嗣；希望兩位母親保重；並希望外甥能照顧自己的妻子。

【注　釋】❶義融女兄　指夏完淳的姊姊夏淑吉，字美南，號義融，嫁與嘉定書生侯洵。❷昭南女弟　指夏完淳的妹妹夏惠吉，字昭南。❸新婦　指作者之妻錢秦篆，嘉善錢旃之女。當時結婚已兩年。❹遺腹得雄　遺腹子是男的。婦女有孕後丈夫死了，稱腹中胎兒為遺腹。雄，男兒。❺置後　立嗣承繼。❻會稽大望　會稽望族。會稽，今浙江紹興。大望，大族。夏氏的先世出於晉朝夏統。❼西銘先生　指張溥。張溥死時年僅四十，無子，死存遺腹，後生一女。嗣子名永錫。❽大造　指天地。造物者的意思。❾廟食　有功於國的人，死後立廟祭祀。❿餒鬼　餓鬼。⓫先文忠　指自己的父親夏允彝。順治二年死難，南明唐王贈謚「文忠」。⓬誅殛頑嚚　誅殺頑鈍愚蠢的人。⓭北塞之舉　指重舉義軍，掃清塞北，完成復明大業。⓮武功甥　指作者的外甥侯檠。字武功，為夏淑吉所生。⓯寒食盂蘭　兩個節日。寒食，在清明節前一兩天，舊俗於這期間祭掃先墓。盂蘭，即盂蘭盆，舊時習俗，於七月十五日作盂蘭盆會，謂可救先亡者倒懸之苦。⓰若敖之鬼　謂死後斷絕子孫成了餓鬼。若敖是楚國君主熊儀的姓氏，若敖氏的後人子文為楚國令尹，擔心他的姪兒越椒將來會使若敖氏滅族，因而在臨終時召集族人，哭著說：「鬼還要吃飯，若敖氏的鬼，將要變成餓鬼了。」⓱結褵　舊時農家嫁女，母親替她施妝，繫袂於首。也叫上頭。這裡是結婚的意思。⓲渭陽情　指舅甥之間的感情。《詩經‧秦風》中有「我送舅氏，曰至渭陽」之句。舊說為秦穆公之子康公送別舅舅晉公子重耳歸國至渭陽時所作。渭陽，渭水的北邊。

【語　譯】慈母託付給姊姊義融，生母託付給妹妹昭南。我死之後，妻子遺腹子是男孩的話，便是家門的幸事。如果不這樣，千萬不要立嗣承繼。我們本是會稽的望族，到現在已經凋零到了極點。節義文章，像我父子這樣的有幾人呢？像西銘先生張溥那樣立了一個不肖的後嗣，被人恥笑，還不如不立後嗣來得好呢！唉，天地茫茫，總歸沒有後人。有一天能夠中興復明，則能千秋萬代立廟祭祀，豈只是吃麥飯和豬蹄，不做餓鬼而已呢！如有胡言立嗣的，我將與先父文忠公在冥冥之中誅殺頑固愚蠢的人，決不肯放過！天下到處是戰爭，我死後，戰亂還將是沒有定期。希望兩位母親善保玉體，不要以我為掛念。二十年後，我將與先父文忠公轉世重舉義旗掃清塞北。不要悲傷不要悲傷！託付您的話，慎勿相違背。武功外甥將來會成大器，家事可以全部託給他。寒食節和盂蘭會，一杯清酒，一盞寒燈，不至於作若敖氏那樣的餓鬼，那麼我的願望就完成了！妻子與我結婚兩年，賢慧孝順平素就很顯著，武功甥替我好好地對待她，則也是武功和我的甥舅之情。

語無倫次，將死言善❶，痛哉痛哉！人生孰無死？貴得死所耳！父得為忠臣，子得為孝子。含笑歸太虛❷，了我分內事。大道本無生❸，視身若敝屣。但為氣所激，緣悟天人理❹。惡夢十七年，報仇在來世。神遊天地間，可以無愧矣！

【章旨】說自己將要死了，死是痛苦的事，但自己死得其所，可以毫無愧恨。

【注釋】❶將死言善　謂人將死時所說的話也是好話。語出《論語・泰伯》：「曾子言曰：『鳥之將死，其鳴也哀；人之將死，其言也善。』」❷太虛　指天。❸大道本無生　謂生命是一個虛幻的過程，以前本來沒有，以後也不存在。大道，指天道。無生，佛教術語。無生無滅。❹天人理　天道和人事的道理。

【語譯】說話沒有什麼條理，將死的時候所說的話是好話。悲痛啊悲痛啊！人生誰沒有一死？可貴之處在於死得其所。父親能夠是忠臣，兒子能夠是孝子，含笑歸於天，了卻我分內之事。天道本來無生無死，我把自身看作破鞋那樣。但被氣所激蕩，只因為感悟到了天意與人事的道理。活在世上十七年像是做了一場惡夢，報仇在來世。精神遊蕩於天地之間，可以沒有慚愧了。

【研析】這封信是夏完淳在就義前寫給嫡母的訣別信。人之將死，其心必哀；人之將死，其言也善。在十七年的短暫生涯行將結束、告別人間之時，首先想到的是什麼呢？是國破家亡的慘烈，離別親人的劇痛。想到自己的兩位母親無依無靠，一個只能削髮為尼，一個只好改嫁他人，自己的妹妹也無人扶持，一家八口無以為生，想著這些都是非常令人痛絕的。還有使他牽腸掛肚的是才結婚兩年的妻子以及腹中的胎兒。妻子懷胎，不知是男是女。如是無子，他反覆囑咐不要立嗣，以免嗣子不肖，敗壞了門風。在臨死之前，為什麼要反覆叮嚀不要立後呢？本來「不孝有三，無後為大」，沒有子孫，也往往要在近支的親屬中選一位男孩過繼。但這位無畏於獻出生命的夏完淳，主要是出於維護他家的忠義門風，生怕嗣子會玷汙了家族的盛名。本來在天昏地暗的易代之際，到處是戰亂和殺戮，即使有後代，也可能逃不脫被屠戮的命運，既然沒有後代，那也就不必立嗣了。

這封信中家破與國亡的仇恨是交結在一起的。兩年前參與反清復明的義舉，可是剛開始就失敗了，本來以為那時會死，結果又延續了兩年生命。信中又寫到了在二十年之後，他還要和父親在來世重舉復明的義旗，在臨死時，念念不忘「報仇在來世」，這種堅貞不屈的氣節，撼人心魄。在這封信中，措辭淒哀而壯懷激烈，寫得血淚交縈，動人肺腑。其哀為其壯鳴響了悲歌慷慨的衷曲，其壯又為其哀抹上了英氣凜凜的亮采。

新譯李商隱詩選
新譯范文正公選集
新譯蘇洵文選
新譯蘇軾文選
新譯蘇軾詞選
新譯蘇轍文選
新譯曾鞏文選
新譯王安石文選
新譯唐宋八大家文選
新譯柳永詞集
新譯李清照集
新譯辛棄疾詞選
新譯陸游詩文選
新譯歸有光文選
新譯唐順之詩文選
新譯徐渭詩文選
新譯薑齋文集
新譯顧亭林文集
新譯方苞文選
新譯袁枚詩文選
新譯李慈銘詩文選
新譯聊齋誌異選
新譯聊齋誌異全集
新譯閱微草堂筆記
新譯浮生六記
新譯弘一大師詩詞全編

教育類

新譯爾雅讀本
新譯顏氏家訓
新譯聰訓齋語
新譯曾文正公家書
新譯三字經
新譯百家姓
新譯幼學瓊林
新譯增廣賢文‧千字文
新譯格言聯璧

歷史類

新譯史記
新譯漢書
新譯後漢書
新譯三國志
新譯資治通鑑
新譯史記——名篇精選
新譯尚書讀本
新譯周禮讀本
新譯逸周書
新譯左傳讀本
新譯公羊傳
新譯穀梁傳
新譯春秋穀梁傳
新譯戰國策
新譯國語讀本
新譯說苑讀本
新譯新序讀本
新譯吳越春秋
新譯西京雜記
新譯列女傳
新譯越絕書
新譯燕丹子
新譯東萊博議
新譯唐六典
新譯唐摭言

宗教類

新譯金剛經
新譯高僧傳
新譯碧巖集
新譯百喻經
新譯楞嚴經
新譯梵網經
新譯法句經
新譯六祖壇經
新譯禪林寶訓
新譯維摩詰經
新譯經律異相
新譯阿彌陀經
新譯無量壽經
新譯妙法蓮華經
新譯景德傳燈錄
新譯大乘起信論
新譯釋禪波羅蜜
新譯八識規矩頌
新譯永嘉大師證道歌
新譯華嚴經入法界品
新譯地藏菩薩本願經
新譯悟真篇
新譯无能子
新譯坐忘論
新譯列仙傳
新譯抱朴子
新譯神仙傳
新譯性命圭旨
新譯老子想爾注
新譯周易參同契
新譯道門觀心經
新譯養性延命錄
新譯樂育堂語錄
新譯沖虛至德真經
新譯長春真人西遊記
新譯黃庭經‧陰符經

地志類

新譯山海經
新譯水經注
新譯佛國記
新譯大唐西域記
新譯洛陽伽藍記
新譯徐霞客遊記
新譯東京夢華錄

政事類

新譯商君書
新譯鹽鐵論
新譯貞觀政要

軍事類

新譯孫子讀本
新譯司馬法
新譯尉繚子
新譯三略讀本
新譯六韜讀本
新譯吳子讀本
新譯李衛公問對

◎新譯昭明文選　崔富章、張金泉等／注譯　劉正浩、黃志民等／校閱

《昭明文選》選錄先秦至南朝梁的各體文學作品七百多篇，是現存最早的詩文總集，它長期被視為學習文學的教科書，而有「文選爛，秀才半」之諺。本書力邀兩岸十數位學者，全面將《文選》加以校訂、解題、注解、翻譯，以深入淺出的闡釋、簡明清晰的面貌呈現給讀者，是有心一窺古典文學風範的最佳讀本。

國家圖書館出版品預行編目資料

新譯明散文選／周明初注譯,黃志民校閱.－－二版二刷.－－臺北市：三民，2020
面； 公分.－－(古籍今注新譯叢書)

ISBN 978-957-14-5438-2（平裝）

835.6 99026352

古籍今注新譯叢書

新譯明散文選

注 譯 者　周明初
校 閱 者　黃志民

發 行 人　劉振強
出 版 者　三民書局股份有限公司
地 址　臺北市復興北路 386 號 (復北門市)
臺北市重慶南路一段 61 號 (重南門市)
電 話　(02)25006600
網 址　三民網路書店 https://www.sanmin.com.tw

出版日期　初版一刷 1998 年 5 月
初版二刷 2004 年 1 月
二版一刷 2011 年 1 月
二版二刷 2020 年 1 月
書籍編號　S031610
I S B N　978-957-14-5438-2